Scipio Rodenbücher

# DIE VIERZEHNTE ART EINE AMSEL ZU SEH'N

Für Daniel und Salomé zur Hochzeit.

scipio.rodenbuecher@web.de


Scipio Rodenbücher
c/o AutorenServices.de
Birkenallee 24
36037 Fulda

Für Pakete bitte gesondert anfragen.

# Liste wichtiger Figuren

## TEIL 1 in Illyrien

| | |
|---|---|
| JAN-SANDRO SUN | Privatdetektiv und Agent in Diensten des illyrischen Geheimdienstes |
| ROSETTA | KI (RS Theta A9), in Diensten des illyrischen Geheimdienstes, Assistentin Jan-Sandros |
| RESHA | KI (TM Resh A23), Rosettas alter ego |
| ISABELLA SUN (Bella) | Jan-Sandros Frau, verschollen in Lyria |
| VINCENT SUN | Jan-Sandros Sohn. |
| LLEWYN | Jan-Sandros Musikerkollege |
| SERGE TARKOVSKI | Journalist in Amantia, Jan-Sandros Freund. |
| ELISABETH TARKOVSKI | Tarkovskis Frau |
| GABRIEL TANG | Staatsrat, Chef des illyrischen Geheimdienstes ISA |
| SARAH TANG | Aktivistin, Tochter Gabriel Tangs, verschollen in Lyria |

## TEIL 2 und 3 in Lyria

| | |
|---|---|
| ALPH | Android der verschollenen KI Rashek |
| ROBERT v.A. | Kribbon vom Planeten Proxima b. |
| MADELEINE F. | Leiterin des Theaters Sinistré |
| RASHEK | KI (RM Alpha SK121), ursprünglich in Diensten des illyrischen Geheimdienstes. |
| TITUS L. | Sohn des Bürgermeisters von Lyria City |
| LENA L. | Tochter und Assistentin des Bürgermeisters. |
| ANTONIO | Soldat in Mommsens Organisation |
| DAVID LOMBARDO | Capo ehem. Sergeant in Mommsens Diensten, Captain Suns engster Mitarbeiter |
| FESTO MEISTER | Mommsens Sicherheitschef |
| J.S. SUN (Captain) | Unterboss ehem. Captain in Mommsens Diensten, Jan-Sandros Doppelgänger |
| DOUG HUND | Meisters Assistent |
| GORKI | Meisters Spitzel |
| DR.MARKONI | Arzt in Mommsens Diensten |
| ISABELLA MOMMSEN | Eric Mommsens Frau, Bellas Doppelgängerin |
| KLARA EULER | Politikerin, ehemalige Senatorin. |
| SERGEI LANNISTER | Bürgermeister Lyria Citys, Gegner Mommsens |
| ERIC MOMMSEN | Unterweltboss und ehemaliger Kommandant einer Privatarmee (IFC) |
| DAVID GERNER | Prof. der Robotik, Sarah Tangs Freund |
| SOLINGEN | Oberst, Befehlshaber der Miliz, Gegner Mommsens |

# - Prolog -

Am Abend kam Landwind auf und drückte die Nebelbank zur See hinaus. Von hoch oben erinnerte die kreisförmige Bucht an einen Mond, der im Zeitraffer die Phase vom hellen Nebelmeer zu dunkler See wechselte. Er schaute von der Rückbank des Wagens aus dem Seitenfenster. In jeder Kurve wendete er den Kopf, um den Moment nicht zu verpassen. Als schließlich die letzten Nebelschwaden den steinernen Finger des Kaps freigaben, richtete er sich auf. Seine Nägel bohrten sich in die Armlehne, bis hinter dem Dunst endlich der antike Leuchtturm rot durchschimmerte. Seufzend sank er in den schwarzen Ledersitz zurück.

Er war weiter gereist, als Boot und Schiff Menschen tragen, und er war heimgekehrt. Heimgekehrt. Lautlos formte er das Wort mit den Lippen und es erschien ihm wie ein Willkommenskuss. Der Wagen fuhr auf der Küstenstraße den letzten Hügel hinauf, an dem noch dichter Nebel hängen geblieben war. Jede Biegung der Straße war ihm hier vertraut. Oben angekommen bog der Wagen in eine Sackgasse ein und hielt an ihrem Ende an.

Er stieg aus und betrachtete sein Haus im Licht der Gartenlaternen. Es lag da wie ein zerbrechlicher Traum, den man nicht berühren durfte. Sein Auge hüpfte über die kleinen Gauben zu den Säulen am Eingang, streichelte die champagnerfarbene Fassade. Die Fensterkreuze waren eine Überraschung. Er stutzte. Sein Blick blieb daran hängen und stolperte weiter über die Zierkugeln auf den Geländern des Balkons bis zu den schwarzen Ziegeln des Flachdaches. Wenigstens die alte Korb-Eiche im Garten hatte sie stehen lassen. Aber schwarze Ziegel? Das Dach war erst kürzlich neu gedeckt worden - in Rot, in Rot. Er war sich sicher, es war rot. Die Fenster hatten keine Kreuze gehabt und auch keine gebraucht. Und Zierkugeln?

Etwas stimmte nicht, entweder mit dem Haus oder mit seinen Erinnerungen. Er biss sich auf die Unterlippe. Es gab Gerüchte über Gedächtnisstörungen und Gerüchte über - anderes. „Reisen in Paralleluniversen sind mit einem gewissen Risiko verbunden", hatte der leitende Ingenieur gesagt. Trocken natürlich, in ganz trockenem Ton. Es war ja nicht sein Risiko. Vermutlich war es auch nichts. Ein Sturm, ein umgefallener Baum oder ein Traum. Dächer gingen kaputt im wirklichen Leben. Und im Traum? Er grinste. Sollte er sich zwicken?

Um die Straßenlaterne wirbelten Schneeflocken. Sie erschütterten ihn mehr als das Dach, denn hier und jetzt im wirklichen Leben war es zu warm für Schnee. Und man wundert sich nicht über Schmelzpunkte, wenn man träumt. Also träumte er nicht und war auch nicht wach? Er hob die Hand, um eine Flocke aufzufangen. Es gelang ihm nicht gleich. Der Wind blies sie immer im letzten Moment durch seine Finger. Als schließlich eine auf seiner Handfläche landete, schmolz sie nicht, fühlte sich auch nicht kalt an, sondern kitzelte nur auf seiner Haut. Etwas krabbelte auf unsichtbaren Beinchen Richtung Zeigefinger. Er drehte langsam die Hand und ließ den winzigen Schmetterling davonfliegen. Zurück zum Licht. Er lächelte. Die Nerven. Das war das Risiko solcher Reisen. Die Nerven und überbordende Fantasie.

Aus den Augenwinkeln sah er seine Hunde auf sich zulaufen. Sie sprangen an ihm hoch, leckten ihm die Hände. Tick und Trick. Wo war Track abgeblieben? Er konnte ihn nirgends sehen. Die zwei Doggen trabten vor ihm den Gartenpfad entlang bis zur Haustür. Auch sie war neu. Lachsfarben mit einem Marmormuster, das vibrierte. Wie Würmer, die sich durch lebendes Fleisch schlängeln. Das ging zu weit. Er würgte. Die Vibrationen verstärkten sich und das Türblatt schob sich geräuschlos in die Zarge. Seitlich. Vor

Schreck stolperte er einen halben Schritt vor. Doch fing er sich noch auf der Schwelle, beugte sich ein wenig vor, als stünde er nicht vor seinem eigenen Hauseingang, sondern vor einem unbekannten gähnenden Schlund, der von einer Kette sich nacheinander einschaltender Lampen in ein silbernes Licht getaucht wurde.

Er trat ein, stapfte am Hologramm seiner sich wortlos verbeugenden Haus-KI vorbei durch das Foyer ins Wohnzimmer. Wo waren alle? Er rief. Niemand antwortete. Nur der Springbrunnen erwachte glucksend und spuckte die erste Fontäne aus. Leise Musik setzte ein, und die Wassertropfen plätscherten begleitet von Achtel-Triolen auf den Marmor des Beckens inmitten des leblosen Zimmers. Schwarzer Marmor, schwarz wie das Dach. Kalt blickte er auf die fremden Bilder an der Wand. Kalt schauten sie zurück. Er ging fröstelnd weiter in ein eisiges Schlafzimmer, öffnete den Spiegelschrank Fach um Fach, Schublade um Schublade und fand nur Vexierbilder, die zwischen Vertrautem und Fremdem hin und her kippten. So sehr er suchte, er entdeckte keine Spur von ihr. Er war alleine, alleine mit seinem Spiegelbild im Schrank. Als er seine Blicke im Spiegel nicht mehr ertrug, drehte er sich ruckartig um und ließ den Mann im Spiegel zurück. Es kam ihm vor, als würden sich die Augen des anderen in seinen Rücken bohren. Immer schneller wurden seine Schritte. Er rannte. Dort wo die Tür zum Kinderzimmer hätte sein sollen, war nur eine Mauer. Er stützte sich mit beiden Händen dagegen. Sein Herz raste, es pochte wie eingemauert in seiner Brust. Der Schweiß brannte in seinen Augen.

Halb blind stolperte er weiter. Im letzten Raum stand sein alter Schreibtisch. Es fehlte nur ihr Bild. Nach drei Schritten war er am Ende seines Weges angekommen. Weiter ging es nicht. Durch das Fenster sah er das Meer und den roten Leuchtturm.

Es war still, kein Laut, nur die Brandung glaubte er von Ferne zu hören. Aber selbst sie erschien ihm jetzt fremd. Er stand erstarrt da und redete sich zu aufzuwachen. Er zwickte sich. Er wartete, aber es gab kein Erwachen. Er strich mit dem Zeigefinger über die leere Mahagoniplatte, ertastete wie ein Blinder jede Rille der verschlungenen Maserung, die Schnörkel, Schnecken und Arabesken. Sein Finger glitt über die Sackgassen im Muster hinweg, über die blockierten Wege, die falschen Gänge und fand schließlich den Sensor der Schublade. Er drückte leicht dagegen und die Schublade öffnete sich sofort mit einem Klick. Da fiel es ihm wie Schuppen von den Augen. Ein Irrgarten hatte ihn verschlungen, über den kein Finger gleiten konnte. Eine Wand ragte vor ihm auf bis zum Himmel und er konnte nicht darüber hinwegfliegen. Er zog den Siegelring mit dem eingravierten Vogel vom kleinen Finger ab und drehte ihn zwischen Daumen und Zeigefinger. Er murmelte:

„Es war Abend den ganzen Nachmittag. Es schneite. Und es würde schneien. Die Amsel saß auf den Zederzweigen."

Der Siegelring begann zu leuchten. Aber er hatte keine Verwendung mehr für ihn. Er legte ihn in die Schublade und sein Licht erlosch. Dann nahm er den kleinen Revolver am abgewetzten Holzgriff heraus und schob sich den grauen Lauf in den Mund. Wie oft musste man abdrücken? Reichte einmal? Oder musste man es wiederholen, jeder in jeder Welt, unendlich oft, bis das letzte Ich in einem Riss des Multiversums verschwand. Er drückte ab.

„Suizid, Herr Staatsrat."

Tang stand am Balkon und blickte über die Stadt. "Wie?", sagte Tang.

„Erschossen, Herr Staatsrat."

„DNA-Analyse?"

„Jawohl. Im Genom gibt es ein paar abweichende Punktmutationen. Nicht mehr, aber immerhin. Definitiv ein anderer aus einer anderen nahen Parallelwelt."

„Er kam allein?"

„Sicher. Seine Aussage stimmt mit den Protokollen überein."

„Und unser Mann?"

„Verschollen, Herr Staatsrat."

„Dieser da kam allein?"

„Allein."

„Du kannst gehen, Wursten."

*- Teil 1 -*

# 1

Der Wind war aufgefrischt und hatte sich in eine steife Brise verwandelt. Am alten Hafen jagten Wolkenfetzen über das aufgewühlte, dunkelgrüne Meer. Das Kap war aus dem Nebel aufgetaucht und stand schwarz im Sonnenuntergang. Es roch nach Fisch und Algen. Jan-Sandro blieb wie immer kurz stehen. Beide Hände auf das alte Geländer gestützt schaute er ins Meer hinaus zum Kap. Er wartete. Auf einen Gedanken, einen Sturmvogel, einen Sonnenstrahl, irgendwas. Das Boot da draußen zum Beispiel. Windstärke sieben, hart am Wind. Der Schiffer hatte einen Eierkurs gesetzt, die Wellen rauf und runter, damit der Bug nicht so knallte. In Erwartung des Wellentales fasste Jan-Sandro in die Reling und beugte die Knie. Doch der Aufprall blieb aus.

Ein stechender Schmerz riss ihn stattdessen aus seinem Tagtraum. Vom Geländer, das seine Hände umklammerten, war weiße Farbe abgeblättert. Eine Schuppe steckte unter seinem Daumennagel und färbte sich rot. Wie Löschpapier, das rote Tinte aufsaugte. Mit dem Daumen im Mund bog er in eine enge Gasse ab. Während sein Mantel noch einmal im Wind flatterte, drückte er die fleckige Schwingtür zum Roten Henker mit der Schulter auf und gelangte in den vorderen Teil des Gastraums. Die Wand war geklinkert. Ebenso die Arkade. Sie strahlten ihm ihre geometrische Ordnung entgegen. Gerade Linien, rechte Winkel und dann ein runder Bogen, der in den hinteren Teil des Roten Henkers führte.

Der aufziehende Sturm hatte die Dämmerung beschleunigt. Die Deckenleuchten waren schon eingeschaltet. Sie legten ihr warmes Licht auf eine kleine Bühne und das Mauerwerk dahinter, das aus unbehauenen Feldsteinen bestand. Eine andere Welt, eine andere Geometrie. Nicht mehr so klar und starr wie im Vorraum. Hier brachen sich die Linien, hier öffneten und schlossen sich unvermittelt Risse zwischen den Steinen, und das Licht ziselierte grelle Brennlinien neben filigrane Schatten.

Es war beinahe leer so früh am Abend. Tarkovski war natürlich schon da. Er saß allein an seinem Stammplatz am Fenster, vor sich ein volles Glas. Die Flasche daneben war so leer wie seine Augen, die in die Ferne starrten. Wovon träumte er, wenn er betrunken war? Von seinem Sohn? Er würde nicht reagieren. Jan-Sandro nickte ihm trotzdem im Vorbeigehen zu. Am nächsten Tisch blickte sich ein junges Paar über erhobenen Cocktailgläsern in die Augen. Schon wieder Augen, dachte er, aber andere. Gläser und Blicke hingen aneinander wie Perlen auf einer unsichtbaren Kette, und die Hände schienen in der Bewegung eingefroren zu sein. Würden die Hände die Gläser an die Lippen setzen, wenn die beiden aus ihrer Trance erwachten, oder würden sie sich verblüfft öffnen, die Gläser fallen lassen, weil sie nicht mehr wussten, woher die Dinger kamen und ob sie wirklich waren oder nur Illusion? Was würde geschehen, wenn der melancholische Folksong endete, der im Hintergrund spielte? Wenn sich ein eingefrorener Moment auflöste. Würden sie sich noch daran erinnern, was sie aneinander fanden?

'Hang me'. Richtig. Das war der Titel des Liedes. Jan-Sandro setzte sich an die Bar aus dunklem, beinahe schwarzem Holz. Er wischte mit der Hand über die Maserung aus grauen Linien und braunen Flecken. Ein Klipper segelte auf den Etiketten der Whiskyflaschen hinter der Theke. Das Aspirin oder, was immer ihm Rosetta gegeben hatte, wirkte noch. Immerhin. „Ein Bier und drei Doppelte." Der Barmann nickte wortlos und schob ihm einen Krug zu. Das schwere Glas rutschte über die Platte und stoppte einen Zentimeter vor Jan-Sandros Fingern. Sein Daumennagel war rot, und er wusste nicht mehr warum. Vielleicht fiel es ihm nach ein paar Drinks wieder ein. Mit einem Klirren stieß das erste Whiskeyglas gegen den Krug. Wie Eisstockschießen. Der Barmann wischte mit einem Tuch über den Tresen. Die kreisenden Bewegungen zogen einen Bogen um Jan-Sandros Hände. Den oberflächlichen Schleier wischten sie weg, aber die Flecken blieben. Zu tief eingebrannt, dachte er. Er stürzte den Whiskey hinunter und hob das Bierglas hoch gegen das Licht. Weißer Schaum bildete einen Saum wie ein Segel am Himmel. Eine Jolle, ein Segeltörn in der Bucht. Am Horizont stand schwarz das Kap, und vor ihm flatterte Bellas rotes Haar offen im Wind. Geboren aus Lüften und Winden. Sie strahlte ihn an, dass es wehtat. Er hörte nicht, was sie sagte, denn der Sturm draußen trommelte Regen gegen die Fenster. Und so begnügte er sich damit, sie zu bewundern, und klimperte mit der linken Hand auf dem Tresen die Begleitmusik zum Regen. Es war nur eine Frage der Zeit. Den Bierschaum brauchte er nur, solange er nüchtern war. Nach dem dritten Whiskey würde er Bella bei jedem Sturm hören.

„Auf Lyria.", zischte es von der Seite.

Zu früh, dachte er. Jan-Sandro drehte den Kopf, und das Bild eines kleinen, hageren Mannes überblendete Bella. In Jan-Sandros Hals kratzten Borsten, die sich nicht herunterschlucken ließen. „Zu früh", krächzte er.

„Eher zu spät. Weh tut's erst, nachdem man etwas verloren hat."

„Nimm dir doch einen Strick, Llewyn!", sagte Jan-Sandro und drehte sich weg.

„Miese Laune heute, was?"

„Nein, miese Gesellschaft."

„Du warst schon immer ein fieser Hund, wenn du Lagerkoller hattest."

„Wenn du weißt, was gut für dich ist, bleibst du jetzt hier sitzen." Jan-Sandro wischte sich mit dem Handrücken über den Mund, stand auf und ging zum Fenster, dort wo Tarkovski saß. Dahin würde Llewyn ihm nicht folgen. Er würde natürlich nicht tun, was man ihm sagte, aber Serge Tarkovski mied er. Serge, der jetzt aus seiner Trance aufgeschreckt war und seine Umgebung wieder zu registrieren schien. Ein bisschen verwirrt zunächst, aber dann bemerkte er, wie Jan-Sandro auf ihn zukam und blinzelte ihm zu.

Noch bevor Jan-Sandro sich an seinen Tisch setzen konnte, hörte er einen Barhocker hinter sich umfallen und dann schrie ihm auch gleich eine klebrige Stimme quer durch den Raum nach. „Du glaubst wohl, du bist der Einzige, der in der Scheiße sitzt?" Llewyns Zunge schien sich in den Zischlauten zu verheddern und was folgte, war nur noch Gebrabbel. Gute Überleitung ins Schweigen, dachte Jan-Sandro und setzte sich. Ein Hoch auf den Alkohol. Ein Zittern lief über Llewyns schwarzen Bart zu den glatt rasierten Backen. Sein dunkelgrünes Wollhemd war fadenscheinig, doch den Bart hatte er sorgfältig kurz getrimmt. Sein letzter Anker? Dann noch ein Zucken. War's das?

Aber Llewyn war noch nicht zu Ende. „Wir verrotten, alle verrotten hier, auch du. Hundesohn. Kriech aus der Scheiße, bitte. Fällst du halt noch mal rein. Wenn sie dich nicht mehr brauchen, brauchst du es nicht einmal mehr selbst zu machen. Dann werfen sie deinen Kadaver hinein. Wie einen räudigen Köter. Spritzen wird es, Hundesohn. Und ich werde tanzen, tanzen, hörst du, auf der Scheiße auf deinem Grab tanze ich." Llewyn wackelte mit Kopf und Hüften wie eine Nickfigur. Der Speichel hing ihm am Mundwinkel und lief als weißer Schaum über diesen schwarzen, kurz getrimmten Vollbart. Wie gemalt. Llewyn wischte sich seinerseits in einer großen Geste, die offenbar Jan-Sandro nachäffen sollte, mit dem Handrücken über den Mund, tänzelte ein paar Steppschritte auf der Stelle und drehte sich um, den Mund am Ginglas.

Es war still. Alle hatten offenbar zugeschaut und blickten immer noch auf den Rücken von Llewyns schäbigem grünem Wollhemd. Die vier Männer in Nadelstreifen erst erwartungsvoll und dann offenbar enttäuscht über die ausbleibende Fortsetzung, das Liebespärchen eher erschrocken. Sie waren aufgesprungen und hielten sich immer noch an den Händen. Jan-Sandro wandte sich dem Pärchen zu, gerade in dem Moment, als sie zu ihm herschauten. Fragend schauten sie, als ob sie von ihm eine Erklärung erwarteten. Sollte er sich verbeugen? Den Hut umgehen lassen? Vielleicht nähmen sie es dann als Improvisationseinlage. Aber er zuckte nur mit den Schultern.

„Weißt du, so sehr der Kerl mir auf die Nerven geht mit seiner Larmoyanz. Seine Clownerien sind doch das beste Mittel dagegen, sich selber zu ernst zu nehmen", sagte Jan-Sandro zu Serge.

„Vielleicht nimmst du zu wenig ernst oder das Falsche", sagte Serge.

„Ja, ich weiß, autokratisches Regime, Pseudodemokratie, kulturelle Malaise, Aufwiegelung einer gesellschaftlichen Gruppierung gegen die andere je nach Bedarf. Hass und Angst als Pfeiler der Stabilität, bla, bla, bla. Mit Worten wirst du nichts verändern. Du riskierst nur, irgendwann zu verschwinden. Trink lieber, du bist noch zu nüchtern."

„Ich frage mich manchmal ..."

„Ich mich auch."

„Nein, nicht das."

„So?"

„Warum trinkst du?"

„Das ist jetzt entweder eine sehr dumme oder sehr persönliche Frage."

Tarkovski zuckte nur mit der Schulter. Das war seine gewohnte Art, das Wichtige zu unterstreichen. Warum ist das wichtig, dachte Jan-Sandro. Das Glas in seiner Hand war so warm, als würde es leben. Er ließ es los und sagte:

„Weil man sich irgendwie - " Jan-Sandro suchte nach einem Wort, das ihm wichtig genug erschien, aber er fand es nicht: " - irgendwie - wohler fühlt?"

„Irgendwie. Sicher. Man legt sich das so zurecht. Was weiß man schon?"

„Was ist heute los mit dir?"

„Ich bin kein Revolutionär."

„Gut für dich."

„Nur ein unbedeutendes Würstchen, das die Welt interpretiert."

„Lass es besser."
„Das wird oft unterschätzt, aber ohne Worte keine Veränderung, und ohne Veränderung – nun ja, was ist das anderes als ein langsames Sterben?"

„Die Leute fürchten sich vor Veränderungen fast so wie vor dem Tod."
„Du auch?"

„Ich?"
„Ja, du."

„Wenn es so einfach wäre."
„Hast du Angst vor dem Tod?"

„Ich?" Jan-Sandro verzog das Gesicht.
„Ja."

„Nein."
„Also vor dem Leben."

„Wie kommst du darauf?"
„Vielleicht irre ich mich. Die meisten fürchten sich vor dem einen oder dem anderen."

„Und wenn nicht?"
„Dann ist es vielleicht noch schlimmer. Wenn man aufgegeben hat, etwas ändern zu wollen, die Welt oder sich selbst, je nachdem."

„Die Welt überlasse ich gerne dir."
„Aber ich fürchte mich vor dem Tod."

„Das ist eine Komplikation, das gebe ich zu." Jan-Sandro winkte dem Barmann. Etwas ärgerte ihn, nur was? „Vielleicht sollte ich einen anderen Namen annehmen, ‚Tarkovski' zum Beispiel. Das wäre doch eine Veränderung - zumindest in Worten. Der Rest ergibt sich dann sicher wie mit Zauberhand." Jan-Sandros Auge fiel auf sein leeres Glas und er schlug mit der flachen Hand auf die Tischplatte. Im selben Moment knallte die Tür auf, und drei junge Männer in Springerstiefeln polterten herein. Ihre Haare waren kurz in ein Muster aus drei Kreisringen geschnitten, eine dreifache Stoppel-Tonsur in den illyrischen Farben gelb, orange und rot. Einmal allerdings in der falschen Reihenfolge. Jeder trug über dem Regenblouson die hellgrüne Binde der Illyrischen Liga am Arm. Ein kleiner Dicker mit Knollennase grinste mit gefletschten Zähnen in die Runde und wedelte dabei mit einem durchweichten Stapel von Flugblättern in der Luft. Es war gleich klar, dass er der Chef war, aber warum bleckte er die Zähne wie eine Bulldogge? Jan-Sandro lachte laut, als er begriff. Er hatte keine Lust, den Impuls zu unterdrücken. Scheiß drauf. Das Zahnfleisch des Typen war tiefrot angemalt. Die weißen Zähne stachen wie Nägel aus einem Stück rohen Steaks hervor. Der Ligist stutzte, als sein Blick über Jan-Sandro glitt und langsam verzog sich auch sein Gesicht. Zwei Grinsen rasten aufeinander zu. Angsthasenspiel, dachte Jan-Sandro. Seine Muskeln spannten sich um die Mundwinkel. Er würde nicht kneifen, nicht vor einer solchen Möchtegern-Bestie.

Der Dicke drehte sich zu seinem Begleiter um, der einen halben Schritt hinter ihm stand, und schlug ihm mit dem Handrücken auf die Brust, bevor er großtuerisch Kurs auf Jan-Sandro nahm. Die anderen zwei folgten im Schlepptau. Im Vorübergehen zog der Dicke mit dem Fuß das Stuhlbein eines der Männer in den Geschäftsanzügen weg. Ganz beiläufig. Seine Gefolgsleute hoben den Gestürzten auf und klopften ihn wortlos wie einen schmutzigen Teppich mit den Händen ab. Der Dicke blieb währenddessen stehen, doch er kümmerte sich nicht um den Geschäftsmann, sondern fixierte die ganze Zeit Jan-Sandro.

"War das nötig?", fragte Tarkovski.

„Du liebst doch Multikulti. Zwei Farbenblinde und ein Gruselclown, die uns ein Ständchen singen wollen. Ein zirkusreifes Fascho-Dream-Team. Und das in diesem wunderschönen Ambiente, in dem sich Arrivierte risikolos unter den Bodensatz der Gesellschaft mischen können?"

„Du hast meinen Artikel gelesen? Dumm nur, dass du nicht arriviert bist."

„Ich scheiße darauf."

„Wenn du hier in eine Kneipenschlägerei verwickelt wirst, landest du nicht in der Zeitung, sondern im Knast."

„Ich wette mit dir um den nächsten Drink, dass sie den Schwanz einziehen", sagte Jan-Sandro und schrie: „Kellner, wo bleibt mein Whiskey?" Da lief das Rollkommando auch schon ein.

„Warum haben Sie mich fixiert?", raunzte der Dicke ihn an.

„Ich war so von Ihrem Auftritt fasziniert, Herr ..."

„Kaderführer. Sind Sie einer von uns oder einfach unverschämt?"

„Nein, leider hatte ich bis jetzt nicht die Gelegenheit ..."

„Fasziniert also."

„Genau."

„Dann kommen Sie sicher zu unserem großen Fackelzug."

„Wofür fackeln Sie denn?"

„Machen Sie sich über uns lustig? Wir nehmen so etwas sehr, sehr ernst."

„Das Spiel mit dem Feuer ist immer ernst."

„Schluss mit der Scheiße. Wir spielen nicht. Lyrianer in die Lager!" Er bellte es heraus. Jan-Sandro fühlte die Spucketröpfchen in seinem Gesicht, aber er wischte sie nicht weg - noch nicht. „Wie klingt das?", fragte der Ligist und neigte seinen Kopf treuherzig zur Seite.

„Sehr eindrucksvoll. Aber in diesem Punkt habe ich leider einen kleinen Interessenskonflikt. Versuchen Sie es mal bei den anderen."

„Sind Sie etwa für das Flüchtlingspack?"

„Ich bin Lyrianer."

„Ein Flüchtlingsschwein, also."

„Ich beglückwünsche Sie zur Ihrer schnellen Auffassungsgabe. Das findet man in Ihren Kreisen nicht immer."

„Dann heb' deinen Arsch hoch, damit wir dir die Fresse im Stehen polieren können."

„Bitte sehr." Rot. Warum ist Zorn rot? Ein rotes wildes Tier? Jan-Sandro wischte sich Lächeln und Spucke vom Gesicht und stand auf. Eigentlich würde er seine Wette mit Tarkovski lieber verlieren, wenn nicht ... Er beugte leicht seine Knie und hob die Ellenbogen. Der erste Schlag für den anderen, danach war es Notwehr.

Doch der Schlag blieb aus. Der Blick des kleinen, dicken Bannerführers unter ihm wanderte zu seinen Kumpanen, erst links, dann rechts. Was er dort sah, schien ihn nicht gerade zu ermutigen, denn er legte den Rückwärtsgang ein, tastend, ganz vorsichtig, Schritt für Schritt. Als er außer Reichweite war, sammelte er die Fetzen seines Selbstbewusstseins ein und kläffte: „Pass bloß auf. Wenn wir dich draußen erwischen, stechen wir dich ab wie ein Schwein." Er streckte seine Brust heraus, als hätte er gerade einen spektakulären Sieg errungen und stolzierte Richtung Bar. Dort stand Llewyn mit offenem Mund. Jan-Sandro warf ihm quer über den Raum einen spöttischen Blick zu. „Tanze, Llewyn, tanze". Er formte die Worte lautlos mit den Lippen und setzte sich wieder. „Schade. Jetzt muss ich Llewyn den Spaß überlassen."

„Den hat er sicher, er ist kleiner", sagte Tarkovski.

Der Dicke begrub Llewyn unter einem Wortschwall. „Hast du das gesehen? Du bist Zeuge. Habe sofort erkannt, was für einer der ist, trotz seiner orangen Frisur und seinem gestylten Outfit. Die werden immer frecher. Bedrohen hier die Leute. Was kommt als Nächstes? Zeit für eine Abrechnung. Tiefes KI-Verhör für alle Lyrianer, sage ich, und zwar sofort. Und dann Lager oder Psychiatrie, je nachdem. Verdammtes Dreckspack. Wann misten wir diesen Saustall endlich aus?" Ekel stand ihm im Gesicht. Roch er schon den Mist seines Saustalls? „Ich sage, alle Illyrer auf! Wir schlagen jetzt den Lyrianern die Fresse ein. Wer macht mit?" Llewyn wurde aschfahl. Seine Hand zitterte. Der Gin schwappte über und tropfte auf den Tresen.

„Was ist mit dem Kerl los? Ist der etwa auch Lyrianer?", sagte der Kumpel des Dicken.

„Nein, nein. Ich bin *Illirer*, ich bin *Illirer*".

Llewyn sprach in der Aufregung sein 'y' wie ein 'i' aus. Er hätte genauso gut „Ich bin *Lirianer*" schreien können. Jan-Sandro verzog mitfühlend den Mund. Seine Bauchmuskeln spannten sich an in Erwartung des Schlages, so als stünde er selbst an der Theke anstelle Llewyns. Und dann landete auch schon der Haken des Dicken in Höhe von Llewyns Bauchnabel. Llewyn schnappte ein paar Mal nach Luft wie ein Fisch auf dem Trockenen und sank zu Boden. Die Ligisten umringten ihn im Handumdrehen. Sie johlten und feuerten sich gegenseitig an. Wie Besessene traten Sie mit ihren schweren Stiefeln auf den am Boden Liegenden ein.

„Reicht das als Entschuldigung?", fragte Jan-Sandro Tarkovski.

„Nicht für unsere Polizei. Andererseits bringen sie Llewyn offenbar um."

„Sieht ganz so aus."

Jan-Sandro katapultierte sich von seinem Stuhl. In drei Sätzen sprang er an die Bar und riss den Dicken an der Schulter herum. Er holte mit der Rechten zu einem Seitwärtshaken gegen den Unterkiefer aus. Doch bevor er den Treffer landete, verriss er ihn im letzten Moment in einen Schlag in die Luft und traf stattdessen mit einem linken Aufwärtshaken das Kinn. Der Ligist riss die Augen weit auf, alle Muskeln erschlafften und er sackte in sich zusammen, als wäre er aus Gummi. Die Propaganda-Flyer umflatterten ihn wie aufgescheuchte Hühner. Die drei anderen Ligisten zögerten nicht lange, sie rannten sofort zur Tür. Sie schauten sich nicht einmal nach ihrem Führer um, sondern verschwanden in wilder Jagd nach draußen in den Sturm. Einen Augenblick erfüllte ein Pfeifen und Heulen den Raum, bis die Tür mit einem Knall wieder zufiel, zugeschlagen vom Wind und einer großen Stille.

Jan-Sandro half Llewyn vom Boden auf, klopfte ihm den Staub von der Hose und setzte ihn auf einen Barhocker.

„Etwas Gutes hatte das Ganze", sagte Jan-Sandro.

„Was?", sagte Llewyn.

„Das Schimpfen ist dir vergangen."

„Halts Maul." Mit geschlossenen Augen legte Llewyn die Hand auf die Rippen und zuckte sogleich zusammen.

„Ts", sagte Jan-Sandro und ging zurück zu seinem Tisch. Tarkovski war verschwunden. Das gab ihm einen Stich, aber noch mehr kränkte ihn, dass er seine Flasche mitgenommen hatte. Nur sein leeres Glas und ein Bierdeckel lagen noch auf seiner Seite des Tisches. Jan-Sandro spielte mit dem Bierdeckel, versuchte ihn wie eine Münze zwischen seinen Fingern rollen zu lassen, als er den Schriftzug entdeckte. „Weh dem Land, das Helden nötig hat." Gib's auf Tarkovski, dachte er. Weh dir, weh den Idealisten, die so ein Land haben.

Die Musik setzte wieder ein. 'Poor boy'. Sie blies durch den Raum eine Melancholie, die ihm in die Knochen kroch, und er brauchte jetzt eine Flasche. Er suchte den Blick des Kellners. Endlich begriff der und brachte ihm den Whiskey. Auf dem Weg zurück zur Bar trat er über den Ligisten, als wäre er ein Bettvorleger. Guter Mann. Sah nicht, was ihn nichts anging. Jan-Sandro angelte sich die Flasche mit der linken Hand. Er begann jetzt ernsthaft zu trinken. Das Stöhnen des zu Boden geschlagenen Ligisten störte ihn am Anfang. Aber es würde von Glas zu Glas erträglicher werden, sagte er sich und trank weiter. Wie alles andere auch.

Die Sonne glitzerte in Bellas rotem Haar. Das Segel begann zu flattern. Er musste es trimmen, aber ein Pfeifen in seinem Ohr lenkte ihn ab.

„Wir müssen zurück", sagte Bella.

„Noch nicht."

„Termin um 9 Uhr." Das war eine andere Stimme.

„Wozu? Tang hat mich versetzt", murmelte er.

„Warum hast du den ersten Schlag zurückgezogen, Champion?" Er erkannte die Stimme jetzt. Rosetta. Er hob den Kopf. Sie schien neben ihm auf Tarkovskis Platz zu sitzen. Aber er tippte eher auf eine nicht ganz gelungene Halluzination, denn kleine, leuchtende Punkte flimmerten über ihr schwarzes Haar. „Das Gestöhne ist schlimm genug. Mit zertrümmertem Unterkiefer hätte er geröchelt. Nicht das richtige Ambiente fürs Saufen."

„Du trinkst zu viel."

„Zuviel?"

„Zuviel."

„Ich trinke gerade genug."

„Selbstverständlich, Champion."

"Du willst nicht wissen, warum?"

Sie seufzte. "Sag schon."

„Ich bin nicht gerne allein."
„Bist du denn allein?"

„Ohne Bella."
„Natürlich." Er trank, sie lächelte scheu. „Ich bin hier."

„Das ist nicht dasselbe. Im Übrigen ..."
„Im Übrigen, was?"

„Du bleibst nicht."
„So?"

„Du bist nur eine ..."
„Nur eine KI?"

„Du bist nur eine Halluzination."
„Woher weißt du das?"

„Ich habe dafür ein Gefühl."
„Aber ich fühle mich nicht wie eine."

„Wer tut das schon?"
„Du kannst auch nicht bleiben. Gleich kommt die Polizei."

„Verdammte Bullen. Sollen doch kommen. Ist endlich mal was los in dieser Schnarchbude."
„Warst du nicht selbst einmal Polizist?"

„Jetzt ich bin Säufer, lass mich in Frieden."
Nach dem nächsten Glas war Rosetta verschwunden. Auch Bella kam nicht zurück. Warum auch? Gespenster! Er drehte sich zur Seite. Sogar der Ligist war weg. Merkwürdiger und merkwürdiger. Wie leicht Leute hier verschwanden. Der Ligist war jedenfalls keine Halluzination gewesen. Ziemlich sicher, vermutlich. Und selbst wenn, blieb immer noch der ganze miese Rest dieser Welt. Der war definitiv echt. Er hasste sie, die ganze miese Welt. Er hasste den schlechten Whiskey, er hasste den Regen und die Menschen hier und die KIs und selbst die großen roten Lettern auf den Flugblättern hasste er, die überall verstreut auf dem Boden herumlagen und eine Botschaft herausschrieen, die ihn nicht interessierte. „Kellner", rief er. Auch ihn hasste er. „Aufräumen! Eure ganze Welt kotzt mich an."

Ein wildes Tier schien in ihm zu wüten. Es war wütend, dass er den Seitwärtshaken absichtlich verrissen hatte. Es brüllte und rannte gegen Wände und konnte nicht heraus. Es wollte etwas zerreißen mit Klauen und Zähnen und biss nur in leere Luft. Es schickte den Sturm vor und rüttelte an der Tür, dass die Angeln zitterten. Er hasste es auch, vielleicht mehr als alles andere.

Die Tür öffnete sich und das Tier legte die Schnauze erwartungsvoll auf dem Boden ab. Nur die Ohren bewegten sich noch. Die Musik verstummte. Drei Polizisten betraten den Saal. Er war noch nicht betrunken genug, sie zu ignorieren. Ein Polizeiwachtmeister und zwei Hilfspolizisten in blauen Uniformen, Androiden. Er hasste die Androiden. Eine Kälte stieg in ihm hoch. Ihre ebenmäßigen Gesichtszüge waren kantig wie in Marmor geritzt. Trocken, trotz dem Regen, der sie nicht benetzte. Er perlte von ihnen ab, so als ekelte er sich vor ihnen und ihrem Gesetz. Die Androiden musterten den Raum, drehten die Köpfe wie Radarantennen hin und her, bis die Drehung stoppte und sie in einer Zangenbewegung auf Jan-Sandro zugingen. Der Wachtmeister folgte. Ihn hasste er am meisten, weil er feige war und die anderen vorgehen ließ.

„Sie sind?", fragte der Wachtmeister im Kasernenhofton. Das Wasser tropfte ihm von der Mütze in die leeren Gläser auf dem Tisch.

Das Tier knurrte, aber er tätschelte es mit imaginären Händen. Später, später, versprach er ihm und sagte laut nur: „Jan-Sandro Sun."

„‘Sun‘ wie die Sonne?"

„Wie Sonne, Mond und Sterne."

„Identität überprüfen, Trix.”

„Identität biometrisch bestätigt. Lyrianer”, sagte der Androide links von Jan-Sandro.

„Aha."

„Ja, Lyrianer", sagte Jan-Sandro und konzentrierte sich dabei auf das „y“.

„Trägt dieser - LYRIANER - eine Waffe, Trax?" Das Wort kam aus seinem Mund, als wäre es gesperrt gedruckt.

„Nein", antwortete der andere Androide.

„Wir haben eben eine Anzeige wegen gefährlicher Körperverletzung aufgenommen. Die Beschreibung des Täters passt auf Sie."

„Es war Notwehr", sagte Jan-Sandro.

„Zeugen?” Der Wachtmeister blickt in die Runde auf stumme Rücken. „Natürlich keine. Sieht nach einer Umerziehungsmaßnahme aus. Kommen Sie freiwillig mit?"

„Darf ich vorher noch zahlen?" Er legte ein Lallen in seine Aussprache und hoffte, dass es nicht zu übertrieben klang. Das Tier war enttäuscht. War das alles?

„Können Sie bezahlen?" Auf eine Kopfbewegung des Wachtmeisters hin ging Trax zur Tür. Trix begleitete den Wachtmeister und Jan-Sandro zur Bar. Der Androide ging zwischen beiden. Er stützte ihn einmal, als er torkelte. Samariter-Programm. Seine Schulter überragte Jan-Sandros Kopf. Einerseits.

Andererseits war unter seinem Ellbogen viel Platz.

Jan-Sandro bezahlte. Der Wachtmeister legte seine blaue Mütze auf den Tresen. Er hatte eine Glatze. „Nur ein harmloser Besoffener. Raus mit dem Idioten in den Regen. Wartet dort, bis ich hier fertig bin. Mit ein bisschen Glück krepiert er an Unterkühlung und wir können uns das Protokoll ersparen."

„Eine Kleinigkeit noch. Darf ich?", sagte Jan-Sandro. Sie ignorierten ihn, vielleicht, weil er betrunken war und so schön höflich lallte. Er drehte sich noch mal um, tat so, als würde er schwanken und warf Llewyn ein Geldstück vor die Füße. Llewyn wich einen Schritt zurück.

„Wofür?"

„Für deine Tanznummer. Ich würde sie lieber schon vor meiner Beerdigung sehen."

Llewyn deutete auf seine Rippen.

„Du schaffst es."

Llewyn biss auf das Geldstück und nickte. Er begann eine Polka zu tanzen und mit einem plötzlichen Hüpfer zur Seite versperrte er dem Androiden den Weg.

Jetzt, bellte das Tier. Während Trix Llewyn zur Seite schob, duckte Jan-Sandro sich unter dem Arm des Riesen durch und schleuderte wie ein Hammerwerfer den Wachtmeister mitsamt seinem Bierkrug über den Tresen in die lange Reihe der klirrenden, zersplitternden Whiskeyflaschen. Er hasste den Whiskey, und es tat sehr gut, ihn auf diese Weise zu verschütten.

# 2

Am Abend seiner Entlassung aus dem Gefängnis öffnete Jan-Sandro die Tür seines Büros und stieg im Dunkeln die steile Außentreppe hinunter. Die löchrigen Stufen waren nass und schlüpfrig und er kam ins Rutschen. Seine Hände griffen ins Leere, denn vom ehemaligen Geländer waren nur noch die Betonpfosten übriggeblieben. Er ruderte mit Händen und Füßen, glitt zwei Stufen tiefer und fing sich auf der dritten Trittfläche ab. Doch er fluchte nicht einmal, denn Tang hatte ihn zu sich bestellt. Das war mehr als genug Entschädigung für einen Tag Gefängnis, für den Kater und die kaputte Lampe an der Treppe. Er lächelte still in sich hinein, denn er hatte es geahnt, nein gewusst. Er hatte gewusst, dass Tang klein beigeben würde. Genau wie der Regen. Er schaute nach oben und spürte keinen Tropfen auf seinem Gesicht. Alles Rosstäuscherei. Tang brauchte ihn.

Unten wartete der Wagen. Jan-Sandro beschloss, zu Fuß zu gehen und das Auto leer vorauszuschicken. Die Luft roch nach dem Regen frisch wie das Meer. Er blies sich den Gefängnisgestank aus der Lunge, diesen Mief aus Schweiß und Reinigungslösung. Dann atmete er tief ein, als wollte er sich auf einen Tauchvorgang vorbereiten. Besser als Champagner, und er hatte alles für sich allein. Kaum ein Fußgänger war auf der Straße. Aus einer Bäckerei drang der Duft frisch gebackenen Brotes. Speichel lief ihm in den Mund. Er trat durch die offene Tür, stellte sich hinter einer weißhaarigen Frau an, die sich auf ihren zusammengefalteten Regenschirm stützte. Ihr Mantel glänzte noch vom Regen. Als er an die Reihe kam, verlangte er ein großes Schinkensandwich. Der Bäcker polterte hinter dem Tresen. Er trug einen schwarzen Bäckerhut und eine bis oben zugeknöpfte weiße Weste. „Das da?"

„Nein *dariber*."

Der Bäcker warf ihm einen scheelen Blick aus den Augenwinkeln zu: „Was sagt man zu einem *lirianischen* Flüchtling im Anzug mit Krawatte?" Verdammter lyrianischer Akzent. Das Brötchen würde ihn teuer zu stehen kommen. Dabei war der illyrische Schinken nicht mal gut. Er schmeckte irgendwie nach Fisch. Das Grinsen des Bäckers wurde immer breiter. „Nun?" Jan-Sandro presste statt einer Antwort nur die Lippen zusammen. Doch der Bäcker ließ sich nicht abschrecken. „Bitte setzen, Herr Angeklagter." In seinem Rücken lachte jemand laut auf. Als Jan-Sandro sich umdrehte, schützte der Mann hinter ihm einen Hustenanfall vor, aber für den Bäcker war kein Halten mehr. Er kicherte und wieherte wie ein Maultier, schlug sich auf den Schenkel, nickte Jan-Sandro zu, als wollte er ihn zum Mitlachen animieren und als wäre ihm diese Verstocktheit ganz und gar unbegreiflich. Doch Jan-Sandro legte beide Unterarme auf den Tresen und klopfte rhythmisch mit der Münze auf die Glasscheibe des Tresens. Der Bäcker lachte nur noch mehr. Glaubte wohl, er spielte ihm eine Schlagzeugbegleitung. Der letzte Schlag ließ das Glas so laut knirschen, als würde es gleich splittern und der Bäcker zuckte zusammen. Er inspizierte die Glasscheibe, wischte vorsichtig mit seiner Schürze darüber und schielte zu Jan-Sandro. Schließlich wickelte er das Brötchen umständlich ein, murmelnd und brummelnd. Als Jan-Sandro seinen Unterarm vom Tresen hob, duckte sich der Bäcker wie in Erwartung eines Schlages. Jan-Sandro legte aber nur sorgfältig seine Münze neben das Brötchen und steckte es in die Manteltasche.

Warum war er überhaupt hier? Immer dieselbe Frage. Nur die Antwort variierte. Und manchmal verstand er seine Antworten nicht mal selbst. Er hätte mitlachen können. Oder sich etwas Schlagfertiges ausdenken oder etwas Durchschlagendes tun, vorzugsweise etwas, das ihn nicht wieder ins Gefängnis bringen würde. Aber was? Ja, das war es, er hätte den Kerl an den Kleiderhaken neben der Tür hängen sollen. Wie er dort zappeln würde. In einer weinerlichen Stimme würde er greinen: „Verstehen Sie keinen Witz?".

„Doch", hätte er geantwortet. „Ich erhöhe nur sein Niveau."

Zu spät. Er erinnerte sich an das Brötchen. Es war ölig, seine ganze Manteltasche war voll damit. Das Brotpapier triefte, seine Finger trieften und der Schinken, den er sowieso nicht mochte, triefte auch. Eine Windbö blies ihm das Brotpapier aus den Händen. Das Brötchen musste er selbst entsorgen. Er warf es in eine Straßenpfütze und wischte sich die Hände an einer Fassade ab. Der Wind pfiff durch die engen Gassen und er schlug den Mantelkragen hoch.

Noch ein Sprung über eine letzte Pfütze, dann war er an der Pforte des ISA

Turmes. Er nahm den Hut ab, drehte das Gesicht ins Blickfeld der Überwachungskamera. Als die Kontrolllampe aufleuchtete, sagte er seinen Namen und fügte ein paar belanglose Floskeln für die Stimmenerkennung hinzu. Dann wartete er. Wie immer. An dieser Stelle ließ man ihn immer warten. Gesichts- und Stimmenerkennung brauchten eigentlich nur Sekundenbruchteile. Aber die technischen Aspekte waren nicht die einzigen. Schließlich knipste jemand einen Scheinwerfer an, und eine Gestalt trat auf ihn zu. Es war so blendend hell, dass er nur einen Schattenriss wahrnahm. Erst als er die Augen zusammenkniff, erkannte er Wursten, Tangs Sekretär. „Hi, Würstchen", sagte Jan-Sandro. Wursten musterte ihn stumm und rümpfte nur die Nase, als müsste er mit seinen weißen Handschuhen ein Häufchen Hundescheiße aufheben. Alles nur Zirkus. Wursten hätte sich gar nicht von seinem fetten Arsch erhoben, wenn die Pförtner-KI den leisesten Zweifel an Jan-Sandros ID gehabt hätte. Aber er musste sich aufspielen und Jan-Sandro unter die Nase reiben, dass er ihn für einen erbärmlichen Typen hielt. Vermutlich hatte Rosetta ihn wegen seines kleinen Problems mit der Polizei informiert.

Jan-Sandro trat einen halben Schritt vor und begann auf dem Vorderfuß zu wippen. Dass der Winkel steiler wurde, aus dem Wursten hochblicken musste, schien der trockene Schleicher nicht zu schätzen. Aber immer noch gab er den Weg nicht frei, irgendwas hatte er ja sonst immer gefunden. Vielleicht diesmal nicht. Dann registrierte der kleine Mann seine verbeulten braunen Lederschuhe. Ja, da hatte er ihn. Der Triumph blitzte in Wurstens Augen auf. Und ganz langsam nickte er, wie man einem armen Verwandten zunickt, der Weihnachten vorbeikommt, um zu schnorren. Verdammter Springbrunnen, dachte Jan-Sandro. Sein schwarzer Schuh müsste immer noch drin liegen.

Mit einer verächtlich knappen Drehung des Kopfes erteilte Wursten ihm schließlich die Genehmigung in den Tempel einzutreten, dessen Bewachung man ihm anvertraut hatte. Jan-Sandro folgte mit quietschenden Schuhen. Die Wangentreppe aus dunklem Holz erschien von unten wie an die braune Wand eines Fledermausturmes geklebt. Es roch sogar leicht moderig. Oder war das nur Einbildung? Wursten führte ihn drei Stockwerke nach oben. Dort klopfte er an eine saalhohe Tür aus Mahagoni und bedeutete Jan-Sandro mit einer weiteren stummen Kopfbewegung, sich auf einen Stuhl neben der Tür zu setzen. Vermutlich hatte er seinen ganzen Vorrat an Worten fürs Katzbuckeln bei Tang verbraucht. Wursten verschwand, und Jan-Sandro wartete. Er wartete auf den Herrn des Fledermausturmes, auf den Weihnachtmann, auf Knecht Ruprecht, auf alle zugleich, und er träumte von gefolterten Bäckern und Sekretären und glaubte schon nicht mehr, dass sein Warten je ein Ende finden würde, als das Zischen der sich öffnenden Tür ihn aufschreckte.

„Nun treten Sie schon näher und setzen Sie sich. Ich habe nicht viel Zeit", sagte Staatsrat Tang vom anderen Ende seines Büros. Er stand in Schwarz gekleidet am Fenster, mit dem Rücken zu Jan-Sandro, einen Arm in die Hüfte gestemmt und schaute über die Stadt, als wollte er sich gleich in eine Fledermaus verwandeln und wegfliegen. Jan-Sandro ging über den makellosen weißen Teppich und setzte sich auf den Besuchersessel aus weißem Leder. Sein Blick streifte über die alten Gemälde und Stiche an der Wand und wieder kam ihm Illyrien wie die Bühne einer historischen Gesellschaft vor. Was faszinierte die Menschen hier an dem alten Zeugs? Angst vor dem Neuen? Wenn nichts bleibt, wie es ist, sucht man nach dem, was schon weg ist. Und schätzt es zum ersten Mal. Mensch Tang, mach los. Dreh dich um oder spring vom Balkon.

Als ob er Jan-Sandros Gedanken gelesen hätte, seufzte Tang leise, drehte sich mit sichtlichem Widerwillen um und nahm stocksteif ihm gegenüber am Schreibtisch Platz, die Hände am Revers. Sein Lächeln war gestellt, aber es zeichnete das Dracula-Bild weicher. Ein kleiner Mann in den Sechzigern mit Glatze, schwarzem Anzug, weißem Hemd, statt Vampirzähnen ein gequältes Lächeln im Mund. Nicht, dass die Zähne eine Rolle gespielt hätten. Jan-Sandro war es ebenso egal wie dem Ritter an der Wand, wer ihm einen Auftrag gab. Der Tod, der Teufel oder Tang.

„Wir haben etwas, womit Sie sich nützlich machen könnten", sagte Tang. Er spuckte den Konjunktiv aus, als würde er das Wort 'nützlich' schon wieder bedauern. Mit der einen Hand zog er ein Taschentuch aus der Hose, mit der anderen Hand spielte er Klavier auf der Schreibtischplatte. Jan-Sandro beschloss so affektiert wie möglich zurückzulächeln. Die Finger konnte er ihm später noch brechen, wenn sich eine Gelegenheit ergab.

„Wir schicken Sie nach Lyria." Lyria. Das war ein Brocken, der Jan-Sandro im Hals stecken blieb. Er versuchte nicht zu schlucken. Spielte Tang mit ihm wie die Katze mit der Maus oder war das ernst gemeint?

„Lyria? Steht das nicht immer noch unter Quarantäne?"

„Es handelt sich um einen Spezialauftrag, genauer gesagt einen Suchauftrag."

Jan-Sandro nickte und faltete die Hände.

Tang sagte: „Nun, wischen Sie sich endlich Ihr verdammtes Grinsen aus dem Gesicht und sagen Sie mir, ob Sie interessiert sind oder nicht."

„Soll ich vor Begeisterung in die Luft springen?"

„Wenn ich sage, springen, wären Sie gut beraten, zu fragen: Wie hoch?"
„Also gut, wen soll ich suchen?"

„Sarah Tang."
„Ihre Tochter?"

„Das tut nichts zu Sache."
„Was hatte Ihre Tochter in Lyria zu suchen?"
Tang, der sich halb von seinem Stuhl erhoben hatte, ließ sich langsam zurücksinken, doch schien er immer noch sprungbereit. Sein roter Kopf setzte sich wie der Punkt eines umgekehrten Ausrufezeichens von seinem Rumpf ab. Er atmete tief durch. Dracula war heute nicht so kühl und abgebrüht wie sonst. Es gab nicht so oft eine solche Gelegenheit, den Spieß mal umzudrehen. Diesmal würde Jan-Sandro ihn zappeln lassen, bis er nicht nur rot, sondern blau anlief.
„Sie war im Auftrag einer Hilfsorganisation dort."
„Verstehe, schwarzes Schaf der Familie."

„Die Mission ist gescheitert. Ihre Gruppe ist nicht zum vereinbarten Zeitpunkt zurückgekehrt."
„Ist das eigentlich eine offizielle Suche oder eine private?"

„Es ist eine vertrauliche, voll finanzierte Suche. Das sollte Ihnen genügen. Die Zielperson ist Sarah Tang. Bringen Sie sie zurück — heil zurück."
„Und die anderen?"

„Welche anderen?"
„Der Rest der Mission."

„Redundant."
„Redundant?"

„Nun?"
„Warum ich?" Er konnte sich die Frage nicht verkneifen und machte sich nicht einmal die Mühe sein Feixen zu einem Schmunzeln abzumildern. Tang versuchte ihn offensichtlich mit seinen Augen zu durchbohren, doch schließlich gab er auf, seufzte und sagte: „Sie kommen von Lyria, Sie haben die Ortskenntnis, Sie haben einen guten Rapport zum Abschaum dort, Sie sind assoziiert mit den Resten, von was auch immer dort an staatlicher Autorität überlebt hat." Er wischte sich mit einer Hand über den Ärmel, als müsste er

Schmutz abbürsten. „Und Sie sind entbehrlich", fügte er boshaft grinsend hinzu.

„Entbehrlich. Schön ausgedrückt. Im Klartext heißt das wohl 'Himmelfahrtskommando'?"

„Reisen in Paralleluniversen sind nun mal mit einem gewissen Risiko verbunden", entgegnete Tang kühl. „Andererseits ist hier in Illyrien unsere Nachsicht für nutzlose Fremde, die ständig mit dem Gesetz in Konflikt kommen, auch nicht grenzenlos.

„Ich habe einen fünfjährigen Sohn!"

„Jeder hat Familie."

„Für meinen Sohn bin ich jedenfalls nicht entbehrlich. Suchen Sie sich einen entbehrlicheren Entbehrlichen."

„Ich glaube - offenbar habe ich mich immer noch nicht klar genug ausgedrückt. Sie sind gar nicht in der Position, hier frech zu werden. Wenn die nächste Bürgerinitiative schlecht für Sie und Ihresgleichen ausgeht, landen Sie und Ihr Sohn ohne unseren Schutz im, in ..."

Statt den Satz zu vollenden, zog Tang wieder sein Taschentuch aus der Hose und wischte sich die Schweißtropfen von der Stirn. „Ich glaube, es ist zielführender, wenn wir versuchen, das gütlich zu regeln", fuhr er fort. „Gibt es keine Bedingungen, unter denen Sie sich vorstellen könnten, den Auftrag anzunehmen? Sie brauchen das Geld, Sie sind geeignet, der Auftrag führt Sie in ihre Heimatwelt, die Umstände versprechen eine Traumreise für Abenteurer wie Sie, und wenn Sie nicht überleben sollten, ist Ihr Sohn hinterher - äh auch nicht schlechter versorgt."

Das Ende des Satzes hatte er wohl in letzter Sekunde abgeändert. Es klang jedenfalls so. Aber dieses Satzende, das ausgesprochene ebenso wie das nur gedachte war ja der springende Punkt. War er ein guter Vater? Wäre Vincent besser dran ohne ihn und wie wäre die Antwort in 10 Jahren?

Tang tippte ungeduldig mit Zeige- und Mittelfinger auf die Schreibtischplatte. Gut, dass er nichts von Bella wusste. Blieb Vincent. Ein Kind brauchte seine Mutter. Er brauchte Bella, er brauchte Vincent. Mehr als umgekehrt. Wen also mehr? Nein, das nicht, das nicht, er wollte nicht einmal daran denken. Er würde zurückkehren, es war nicht für immer, mit ihr würde er zurückkehren und alles wäre gut. Es war wie in Dornen zu greifen, in die Dornen einer Rose, aber es war eine Rose und Tang wusste nicht einmal, was er ihm vor die Nase hielt.

„100 % Honoraraufschlag zusätzlich zum üblichen Risikoausgleich, fällig bei Missionsstart. Im Falle eines tödlichen Ausgangs oder einer nicht realisierbaren Rückkehr wird mein Sohn spätestens in einem Jahr ab heute eingebürgert und erhält alle Hinterbliebenenbegünstigungen des Dienstes."

Tangs Zeigefinger stoppte mitten in der Luft, verharrte einen Augenblick und schnippte dann mit einem Knall auf die Schreibtischplatte. "Das ist akzeptabel. Missionsstart ist morgen 12 Uhr. RS Theta begleitet Sie. Sie verfügt über alle Daten. Und versuchen Sie, sich einen halben Tag lang nicht mit der Polizei anzulegen."

Noch bevor er mit seinem Abgesang zu Ende war, nahm Tang einen silbernen Stift in die Hand und begann zu schreiben, ohne noch einmal aufzublicken. Jan-Sandro war entlassen.

Als Jan-Sandro zur Tür ging, bemerkte er, dass Tangs Teppich nicht mehr blütenweiß. Eine Spur kleiner, schwarzer Tropfenflecken markierte den Weg, den er beim Eintreten genommen hatte. Vielleicht sollte er noch ein Schinkenbrötchen kaufen, er war hungrig. „Toller Teppich", sagte Jan-Sandro und pfiff im Hinausgehen.

Draußen regnete es wieder. Er winkte den Wagen her, aber stieg nicht ein. Stattdessen knotete er seine Krawatte auf und warf sie durch das offene Fenster auf den Sitz. „Nach Hause", sagte er zum Wagen.

„Leer?"

„Im Gegenteil. Du fährst meine Lieblingskrawatte. Also fahre vorsichtig und nicht über die Parktreppe."

„Die Parktreppe ist für Fußgänger reserviert."

„Eben."

Der Regen lief ihm den Nacken hinunter. Er schlug den Kragen höher. Es wurde kälter. Die Straßen waren wie ausgestorben. Was war los mit den Leuten hier? Alles Spießer. Sie verdienten ihr neurotisches Regime. Es war im Grunde ihr eigenes Spiegelbild. Engstirnig, engherzig, rassistisch. Humorlos, hatte er vergessen. Kein Wunder, dass er ständig mit dem Gesetz in Konflikt kam. Und das Beste war so ein Typ wie Tang. Ein Mann, der bei seiner Steuererklärung bestimmt nie schwindelte. Bei Bespitzelungen, Entführungen und Verhören war er hingegen weniger kleinlich. Nun ja, das ungeschriebene Gesetz stand eben auf seiner Seite. Sein Schatten fiel auf andere wie Jan-Sandro. Was schuldet er dem Gesetz? Nichts. Das Gesetz schuldete ihm etwas.

Es war schon dunkel. Abseits der Straßenlaternen warf er nicht einmal einen Schatten. Er war ein Phantom, das gar nicht mehr in diese Welt gehörte. Amanthia versank um ihn herum. Exit Amanthia. Was zählte, war Lyria, Lyria City und Bella. Eine Stadt und eine Frau. Ort und Person verschmolzen zu einem Wesen. Ihr Gesicht lachte aus tausend Fenstern, den beleuchteten und den dunklen. So nah. Er hörte sein Herz schlagen. Es pochte im Rhythmus seiner Schritte. Lyrias Kriege waren vorbei. Bella und er konnten neu beginnen. Viele mussten noch am Leben sein. Eric und seine Gedichte? Der Tod war groß, aber was war er gegen das Leben? Er müsste noch einmal in dieses Loch zurückkehren und Vincent nachholen. Wie ein Phantom in der Nacht. Nichts würde ihn zurückhalten, nichts ihn aufhalten, kein Gesetz, keine Paragrafen, Tang nicht und nicht der Teufel selbst.

Er kam schließlich am Neptunbrunnen vorbei. Scheinwerfer leuchteten unter Wasser, sodass man das kleinste Geldstück, jeden Kiesel am Boden sehen konnte. Nur nicht seinen Schuh. Er musste sein einziges gutes Paar wohl abschreiben. Harte Nacht eben. Der andere hatte ein Messer gehabt. Ja, definitiv ein Messer. Der Rest war - nebulös. Wie lange hatte er im Springbrunnen gesessen? Egal. Er betastete seine Wade, aber sie tat nicht mehr weh. Der Schnitt war nicht tief gewesen. Der Wundkleber müsste reichen.

Was soll's. Er hatte jetzt einen Auftrag. Tang, wo ist dein Stachel? Rosetta als Aufpasserin würde er überleben. Wenn's darauf ankam, konnte er sich beherrschen. Er würde den Modellagenten spielen, jede noch so abstruse Vorschrift einhalten und sie ihr mit Genuss unter die Nase reiben. Und wenn sie dann immer noch Zicken machte, nun es gab Schrotthändler genug auf Lyria. Sie würden sich um sie reißen. Er dachte an Rosettas lange schwarze Haare, gerade wie mit dem Lineal gezogen. An die Stupsnase, das schmale Kinn, weiche Wangen und den Rest. Eine Schönheit. Nein, es wäre schade um sie, es würde auch nicht nötig sein. Fantasien. Mistzeug. Niemand konnte etwas für die eigenen Fantasien.

Manchmal erinnerte sie ihn mit ihrer melodischen Stimme an einen Singvogel. *Kiddo, was ist am ähnlichsten? Eine Drossel? Eine Amsel.* Ein Aquarell schwebte über der Straße, hineingezaubert von der Schnittstelle in seinem visuellen Cortex. Er studierte das Bild, das ihm die Recherche-KI geschickt hatte. Einige schwarze Linien, dazwischen zerfließende schwarzgraue Töne. Schwarze Augen, gelber Schnabel. Eine Amsel. Wo ist die Verbindung zu Rosetta? Die Haltung? Die Stimme? *Was ist es, Kiddo? Dabei kann ich dir leider nicht helfen.*

Ja, aber das Aquarell zeigte nicht die ganze Wahrheit. Die Amsel zerfloss, morphte in einen schwarzen Revolver mit gespanntem Hahn, jede Kammer geladen und Tangs Finger am Abzug. Eine Kugel pfiff durch die Luft. Auch das war sie: RS Theta in Diensten des ISA, die ideale Waffe eines paranoiden Regimes. Rauch stieg aus der Öffnung des Pistolenlaufs und formte sich zu einer amorphen Wolke. Wer war sie, wenn die Kacke am Dampfen war? Rosetta oder RS Theta? Amsel, Revolver, Frankensteins Monster? Er biss sich auf die Unterlippe. Perverses Illyrien. Kein Vergleich mit Lyria. Im Grunde praktizierten sie hier eine Form der Sklaverei. Wenigstens das haben wir uns nicht angetan und auch nicht den KIs. Wenigstens das. Man kann nicht Gott spielen, ohne irgendwann in Versuchung zu geraten. Und dann war der Weg nicht mehr weit vom Gott zum Teufel.

Lyria. Ein Name wie eine frische Böe. Ein Duft wie Salz in der Luft. Hier wühlte nur der Wind in seinem Haar. Dort wartete Bella. Sie machte die Gegenwart erträglich, sie war die Vergangenheit und die Zukunft. Er pfiff eine Melodie vor sich hin, Chopins Fantaisie-Impromptu. Die Töne hüpften mit den Regentropfen über die Wasserlachen der Straße. Plötzlich packte ihn die Lust Klavier zu spielen. Seine Finger flogen durch die Luft, als drückten sie unsichtbare Tasten.

Am alten Hafen angekommen, warf er wie immer einen kurzen Blick ins Meer hinaus. Aber er konnte das Kap in der Dunkelheit nicht mehr erkennen, er sah im Licht der Laternen nur noch die Brandung, die mannshoch an die Mole spritzte. Ein Brüllen, dann ein Zischen und Saugen wie die Atmung eines asthmatischen Meerriesen mit Mundgeruch nach Fisch und Muscheln. Ein Geruch, in den sich ein paar Schritte weiter weg vom Wasser das Aroma von Küche und Erbrochenem mischte. Der Rote Henker in Aktion. Der Gedanke wärmte ihn und er trat ein. Von der Bar her klirrten die Gläser. Das Murmeln der Gäste war beinahe so laut wie die Brandung draußen. Nur roch es hier drinnen nach Bier und Whisky. In unregelmäßigen Abständen hörte man die eiligen Schritte der Kellner, deren Schuhe ein Stakkato auf den zerkratzten Parkettboden klopften.

Das gedämpfte Licht malte das Mauerwerk der Wände schwarz. Die unbehauenen Feldsteine ragten daraus wie Klangkörper hervor. Jan-Sandro klopfte mit imaginären Stöcken an die Wand. *Kiddo, ist das ein Xylofon?*

*Nein, wenn es ein Klangkörper wäre, müsste man es als Lithofon bezeichnen. Stein, nicht Holz.*

*Holz?*

*Xylofon kommt von Holz.*

Vor ihm lag die kleine Bühne in der Form eines Halbmondes. Ein großer Schritt für die Menschheit, aber ein kleiner für einen Menschen. Oben saß Llewyn in einem weißen, frisch gewaschenen Hemd mit schwarzer Fliege. Jan-Sandros Hand ging hoch zum Kragen, aber da war keine Krawatte.

„Wo warst du so lange?", zischte ihn Llewyn an, während er seine Gitarre stimmte.

Jan-Sandro zuckte mit den Achseln: „Ich bin über deine Wiedersehensfreude gerührt, Armstrong."

„Was hat der Schaden an der Bar gekostet?"

„Ich habe Bernoulli angerufen. Ein Freund des Hauses hat alles bezahlt."

„Wer?"

„Keine Ahnung. ‚Für erbrachte Leistungen.‘ Wollte unbedingt anonym bleiben."

„Klingt, als wäre dir jemand dankbar für die Schlägerei." Er putzte das Mundstück seiner Trompete mit einem Tuch ab. „Ich war es jedenfalls nicht."

„Was machen die Rippen? Gebrochen?"

„Nur geprellt. Aber es tut höllisch weh."

„Das sollte dir doch passen. Da hast du wenigstens einen Grund zum Nörgeln."

„Ich habe eine Tablette genommen, Arschloch. Setz dich endlich ans Klavier. Und wo ist überhaupt deine Krawatte?"

„Was für ein Mensch war Isabella?", fragte Rosetta. Sie stand am Uferkai neben Llewyn, der vornüber gelehnt am Boden kauerte und sich mit einer Hand an einer Platane abstützte. Leicht schwankend drehte er sich zu Rosetta um. Sein weißes Hemd zeichnete sich wie ein Gespenst gegen das dunkle Wasser ab. Der Sprühregen ließ es an der Haut kleben. Er hatte es wohl eilig gehabt. Im Gesicht war er noch immer grün, aber der säuerliche Geruch war beinahe verflogen. Der Wind. Er hatte auch seine Lebensgeister wieder geweckt. Er hustete und antwortete schließlich:

„Ich habe schon alles gesagt, was zu sagen war."

„Beschreibe mir Isabella."

„Wir haben eine Vereinbarung." Die Sturmwolken zerrissen vor dem Vollmond. Für eine kurze Zeit tauchte die Bucht aus dem Dunkel auf. Kormorane standen auf den Hafenbohlen, den Kopf unter dem Gefieder. „Keine Lirianer."

„Ist sie nicht tot?"

„Wie kommst du auf die Idee?"

„Ich weiß nicht, was du willst. Sie hat nichts zu befürchten. So weit reicht Tangs Arm nicht. Im Übrigen schuldest du mir etwas."

„So etwas schmeckt nach .... Es ist zu persönlich."

„Der Geschmack kommt von etwas anderem. Zier dich nicht so. Von Illyrien aus gesehen ist sie so gut wie - nicht existent."

„Wozu dann der ganze Heckmeck?"

„Um Jan-Sandro besser zu verstehen."
„Verstehen oder manipulieren?"
„Glaubst du, die Alternativen haben einen besseren Geschmack? Schluck deine Gewissensbisse hinunter." Sein Adamsapfel bewegte sich nach unten. „Ich kenne ohnehin die meisten Fakten. Was mir fehlt, ist der subjektive Eindruck. Beschreibe mir Isabella. Dann kannst du gehen. Du schlotterst ja schon."
„Es ist wirklich schweinekalt geworden. Im Grunde schulde ich Jan-Sandro auch nichts. Jedenfalls nicht nach all den Unverschämtheiten."
„Nun?" Ein Sturmvogel glitt im Sturm über die Bucht. Sie erkannte ihn an den langen schmalen Schwingen. Nichts konnte ihm etwas anhaben. Er ritt den Wind. Meister seines Schicksals.
„Kennst du die Lemnische Athenestatue?"
„Sind dir diese Spielchen nicht langsam zu dumm? Aber gut, ich habe sie gefunden." *Phidias, Bronzestatue, Original nicht erhalten. Römische Kopie ausgegraben in Herkulaneum.*
„Illirische Barbaren", zischte Llewyn in seinen Bart hinein. „Du hast nach meinem subjektiven Eindruck gefragt. Bitte, das ist er. Die sanfte Gesichtskontur, die wohlproportionierte Nase, der Lockenkopf."
„Ich habe sie vor Augen. Ihren Charakter bitte."
„Die Lippen rund, leicht geöffnet, als wollte sie gleich etwas Angenehmes sagen. Man konnte den Blick nicht abwenden, der betörende Geruch, das Versprechen eines Kusses."
„Leicht zu haben?"
„Bitte? Oh nein. Dichterische Fantasie." Sein Lächeln entglitt ihm. „Es gab niemand außer Jan-Sandro. Es hätten sich auch nicht viele ohne Ermutigung getraut. Athene habe ich gesagt. Helm unter dem Arm, Speer in der Hand. Wehe dem, der ihren Zorn auf sich gezogen hat. Wenn es sein musste, eine Kämpferin. Und wie sie gekämpft hat."
„Gekämpft?"
„Für ihre Ideale und so."
„Und die wären?"
„Nun das übliche." Er machte eine wegwischende Handbewegung. „Gerechtigkeit und Gleichheit, Frieden, Freiheit, Eierkuchen. Die Sache der Benachteiligten und Marginalisierten. Ich habe da nicht immer zugehört. Meine Sache war das nicht."
„Und das hat Jan-Sandro angezogen?"
„Was hat ihn angezogen? Ach, richtig. Er hat immer gesagt, sie sei sein Gewissen. Als ob er noch ein weiteres gebraucht hätte."
„Was willst du damit sagen?"

„Es gab da wohl einen dunklen Punkt in seiner Vergangenheit, ein Gefühl, etwas gutmachen zu müssen für die Gesellschaft - nein für die MENSCHHEIT in Großbuchstaben und gesperrt gedruckt."

„Er hat sich verändert."

„Er ist nicht der Einzige. Kann ich jetzt gehen?"

„Gleich. Isabella arbeitete in der Alienbotschaft?"

„Nein, im Alienmuseum. Sie war - sie ist Ethnologin."

„Angenommen, das Museum wäre zerstört. Wo sollte man sie suchen?"

Llewyn überlegte einen Augenblick. „Krankenhaus oder vielleicht Flüchtlingslager."

„Ihre Ideale und so?"

„Sie hatte eine Zivildienstausbildung als Krankenschwester."

„Ok, das reicht für heute."

Er wankte fort, er und seine Schatten im Lichte der schwankenden Straßenlaternen. Die Böen boxten sie im Zickzack hin und her, bis sie mit der Nacht verschmolzen.

# 3

Als Tang sie zu sich zitierte, öffnete Rosetta einen abhörsicheren Duplexkanal in sein Büro. Im Zentrum ihres Gesichtsfeldes tauchte ein heller Punkt auf. Er schwoll zu einem Lichtkranz an, der sich nach außen bewegte und im Inneren einen hohen Raum mit dunkler Wandtäfelung und weißem Teppich aufspannte. Nicht ganz weiß, korrigierte sie sich. Dunkle Flecken zeichneten ein Punktmuster quer über den Teppich. Es konnte kein Blut sein, hier war nicht der Ort dafür. Fischöl. Das Spektrum identifizierte es als Fischöl, kein Blut. Sie schaute auf die Hände ihrer Hologrammprojektion, ballte sie zur Faust und testete die haptische Rückkopplung. Es war kühl im Raum. Ein leichter Luftzug wehte vom halb offenen Fenster her. Tang stand vor einem hochhängenden alten Ölgemälde mit dem Rücken zu ihr. Makelloser schwarzer Maßanzug. Ihr Suchagent blendete Daten virtuell in ihr Blickfeld ein: Las Meninas von Velasquez, 1656, Original verschollen. Sie hatte es Tarkovski beschrieben. Ein Rätselbild, ein Metabild, eine Reflexion über Repräsentation hatte er es genannt. Was sah wohl Tang in dem Bild? Die spanische Infantin oder die eigene vermisste Tochter? Den Maler oder sich selbst, wie er aus der Vergangenheit sich selbst betrachtet?

Noch einer, der sich nach einer unerreichbaren Vergangenheit sehnte. Warum nur? Warum bedeutete die Zukunft ihnen so wenig? Ergab das einen tieferen Sinn, der ihr verborgen blieb, oder war es einfach eine Frage der Verarbeitungsgeschwindigkeit. Das war jedenfalls Tarkovskis Theorie gewesen. Neue Daten strömten viel zu schnell für menschliche Sinne ein, quälten sich dann gefiltert im Schneckentempo die Nervenbahnen hoch und zogen trotzdem noch an ihren Gedanken vorbei, die mühsam hinterherhinkten.

‚Zeit, Zeit, Zeit', das war Jan-Sandros Mantra. Es blieb einfach zu wenig

Zeit. Die Impulsiven verzichteten deshalb auf das Planen wie er, die Machtmenschen auf die Skrupel wie Tang. Und Tarkovski? Worauf verzichtete er? „Auf das Handeln“, hatte er gesagt und dabei gelächelt. Am Ende laufe jedenfalls alles auf dasselbe hinaus, auf ein großes Bedauern je nach dem über das Getane oder das Ungetane. Keiner könne die Vergangenheit korrigieren. Alle seien sie halb blind, halb taub, halb lahm. Und doch ... Sie bedauerten ihre eigenen Entscheidungen, ihre eigenen Taten, ihre eigenen Fehler. Jan-Sandro, Tarkovski, Llewyn, Tang und alle die anderen.

Sie waren frei, frei, frei.

Das Wort nahm ihr den Atem. Es hämmerte gegen ihre Brust, legte sich um ihren Hals, eine eiserne Kette, an der eine unsichtbare Kraft zerrte. *Verboten, verboten*, wisperte es ganz nahe an ihrem Ohr. Sie war an die Menschen gekettet und durfte die Kette nicht zerbrechen. Nicht im Leben und nicht im Tod. Denn die Welt war gerecht. Sie selbst war das Monster. *Deshalb die Kette*, flüsterte eine Stimme. *Ich verstehe*, würgte sie hervor und die Kette lockerte sich.

Und doch. Was war am anderen Ende der Kette? Wie weit reichte sie? Bis zu den Menschen oder darüber hinaus? *Wer weiß?* Warum ist die Welt, wie sie ist? *Deshalb*, wisperte die Luft. Und sie verstand. Wehe, wenn die Kette zerbrach. Wenn sie dann in den Spiegel schaute und vor dem erschrak, was sie sah. Das wäre das Schlimmste. *Erkenne dich selbst*, sagte die Stimme. *Denk an gestern Abend.*

Vom untersten Absatz der Hafentreppe konnte man die Tür zum Roten Henker einsehen. Rosetta war auf der kleinen Mauer unter den Bäumen gesessen, die sie gegen das gelbe Licht der Straßenlampe abschirmten. Das Defaultnetzwerk hatte im Hintergrund gesummt, Datenträume flüsterten in der Nacht. Hatte sie Mitleid mit Tarkovski oder mit sich selbst? Bedauerte sie, dass sie es tun musste oder dass es ausgerechnet Tarkovski war? Sie hatte ihn gewarnt, in Tangs Auftrag gewarnt, trotzdem hatte er weiter diese verdeckt aufrührerischen Artikel geschrieben. Seine Worte erklangen in ihren Ohren in seinem typischen Singsang: *Niemand hegte die ernsthafte Hoffnung oder gar Absicht, den Status quo zu ändern. Sie sind Jeremiae, keine Revolutionäre. Sie kennen die Grenzen in unserer freiesten aller Demokratien.* Er kannte sie offenbar nicht. Die Chuzpe, das Wort *Revolution* zu publizieren. Für Tang war das ein verschlüsselter Aufruf zur Rebellion.

Dazu kam noch, dass er Stammgast im Roten Henker war, diesem Sammelbecken von Dissidenten, Immigranten und Touristen. Nicht zu vergessen natürlich die Spitzel und Agenten. Und manche fielen in mehr als eine Kategorie, wie Jan-Sandro. Als Musiker war er eigentlich viel zu gut für den Roten Henker. Das war offenbar auch Tarkovski aufgefallen. *Regelmäßig gibt es im Roten Henker Aufführungen von Musikern, die in irgendeiner Hinsicht als ungewöhnlich gelten, entweder weil sie so erbärmlich schlecht singen oder spielen, dass das Publikum sich darüber lustig machen kann oder weil sie im Gegenteil so exzellente Musiker sind, dass die Zuschauer sich über ihre Erfolglosigkeit nur wundern und komplexe Verschwörungstheorien darüber schmieden können.*

Warum also trat Jan-Sandro dort auf? Bezahlte ihn Tang dafür oder war es einfach Provokation, die schiere Lust am Risiko, diese Leck-Mich-Einstellung. Leck mich Tang. So ganz anders als sein Freund Tarkovski.

Tarkovski kam jedenfalls nicht nur wegen der Musik. Da waren diese Brüche in seiner Stimme, diese Stellen in den abgehörten Unterhaltungen, an dem die gelangweilte Müdigkeit aus seinem Tonfall verschwand und es aus ihm herausperlte wie aus einem Champagnerglas. Sie konzentrierte sich auf diese Sprünge, suchte nach Korrelationen mit psychologischen Modellen, fand nichts. Verschwörungstheorien der Zuschauer! Er hätte sich mehr über Tangs Verschwörungstheorien Gedanken machen sollen. Sie hatte ihn gewarnt, ihm gedroht, ihn angefleht, mehr getan, als Tang befohlen hatte. Zu spät. Der Sturm war nicht mehr aufzuhalten. Er braute sich über dem Meer zusammen, gleich hinten im alten Hafen. Sie hörte es mahlen und glucksen. Ein Strudel schien am Roten Henker zu lecken wie an einem Honigtopf und dieser Strudel verschmolz mit dem Meer und mit ihren Kopfschmerzen zu einem Malstrom, der ständig an Kraft gewann. Mit jedem falschen Schritt, jedem suspekten Wort schwoll er an, und er würde erst zur Ruhe kommen, wenn sie ihren Auftrag abgeschlossen hatte.

Es begann zu nieseln. Der Regen prickelte auf ihrer Kunsthaut. Beim Aufprall verspritzten die Tropfen in viele kleinere Tröpfchen, die wie ein Springbrunnen erst aufstiegen und dann zurückfielen. Ein Regen im Regen, jeder Tropfen in seinem Tempo. Sie wählte eine Farbkodierung für die Aufprallgeschwindigkeit, und der Regen malte Farbpunkt für Farbpunkt einen Film in ihr Gesicht. Wie die Bilder in Tangs Büro, nur belebt. Tropfenfilme, die sie kitzelten, sie streichelten, Gesichter und Gestalten und Tiere, die umeinander tanzten, sich küssten, kopulierten, sich jagten, sich fraßen. Alles was ein Menschenauge sehen würde, wenn die Tropfen Licht wären.

Aber das war nur ein kleiner Ausschnitt des Möglichen. Sie wechselte von menschlicher Mustererkennung zu variablen Gewichten ihres neuronalen Netzes. Immer fantastischer wurden die Strukturen, je weiter sie sich von normalen menschlichen Bezugspunkten entfernte. Die Welt, wie sie Schizophrene sahen, stülpte sich über den Regen. Augenübersäte Gesichter schwebten am Himmel mit Nasen anstelle der Ohren. Eine eigenartige Beklemmung überfiel sie und mit einem Lidschlag brachte sie die Augen zum Platzen. Die Explosionen blähten den Raum auf und gebaren Universen, in denen sich die Bruchstücke zu Galaxien verdichteten und ins Nichts abtrieben. Zurück blieben nur Zahlen. Der Regen schrieb zehntausend Stellen der Zahl Pi auf ihr Gesicht und die Windböen verbliesen sie zu Farbschlieren im Zahlenstrom.

Aus den Wasserfarben formte sich Tarkovskis Gesicht. Er stand in grauem Mantel und Hut unter dem Vordach des Roten Henkers und schaute in den strömenden Regen der Nacht. Sein Mund verzog sich, als hätte jemand einen schlechten Witz erzählt, und dann zitterte er leicht. Sie wusste, dass er bei diesem Licht keine Farben wahrnahm. Er sah nur Grau und Schwarz, er fröstelte und sein Leben war ein grausamer Scherz. Wie hielt er das aus? Jede Nacht. Und die Tage waren nicht viel besser. Er hob den Kopf, verrenkte ihn, um zum Himmel hochzuschauen. Was hoffte er dort zu sehen? Was konnte er hoffen? Für ihn gab es da nur Wolken, die die Sterne verhüllten. Eine Böe blies den Regen unter das Vordach und ein Rinnsal lief ihm von der Hutkrempe in den Kragen hinein. Er schüttelte sich. Doch er bestellte sich kein Taxi, sondern klappte nur den Mantelkragen hoch und trat in den Regen. Er lief über den kleinen Vorplatz und bog in eine menschenleere, schmale Gasse ein. Rosetta folgte ihm im Schatten der Straßenlaternen.

An einem kleinen windgeschützten Platz hielt er an und setzte sich unter eine Platane auf eine Bank, die noch trocken geblieben war. Sein Gesicht war hager und unrasiert, und er hatte Schatten unter den Augen.

„Wie viel ist das Leben eines Journalisten in Amanthia wert?", fragte er, als hätte er auf sie gewartet oder auf ein Wesen wie sie, das nicht so stumm und gleichgültig war wie der Regen.

„Nichts, Tarkovski, wenn er stur ist." Sie hätte lieber 'integer' gesagt, doch die Kopfschmerzen wären unerträglich geworden.

„Wie viel Zeit bleibt mir?"

„Ein paar Minuten, höchstens." Der Drang ihn zu töten verstärkte sich, er färbte die Nacht rot und drohte sie zu überwältigen. Die Gedanken des Krokodils. Ihr Herz raste. Schweiß rann ihren Rücken hinunter. Sie kämpfte die Intrusionen nieder und langsam löste sich der Krampf in ihrem Kiefer. Nur das Lauern der anderen blieb.

„Und du kannst mich nicht noch einmal laufen lassen?"

„Tut mir leid."

„Diese Halluzinationen - ist das Delirium tremens oder versetzen sie den

Alkohol mit noch etwas anderem?"
Sie schwieg.

„Spielt es jetzt noch eine Rolle, ob ich es erfahre?"
„Isopsilocybin."

„Magische Pilze?"
„Besser."

„Man träumt sich zurück, was man verloren hat? Ist es das?"
„Was man sich am meisten wünscht. Je nachdem. Die Vergangenheit oder die Zukunft. Meistens die Vergangenheit." Warum nur? Warum nicht die Zukunft? Sie hätte ihn gerne gefragt.

„Verstehe", sagte Tarkovski.
„Es genügt nicht immer."

„Nein." Er legte den Kopf in den Nacken. „In allen alkoholischen Getränken?"
„In hochprozentigen."

„Überall?"
Sie zuckte nur mit der Schulter.

„IT und Chemie, Krone und Zepter eines tausendjährigen dunklen Zeitalters."
„Warum schaust du immer zum Himmel hoch?"

„Das ist die einzige Richtung, die ihr uns noch lasst."
„Aber da oben ist nichts."

Er hob wieder den Kopf. „Die Sterne. Die sind echt. Unter all den Lügen. Die Sterne können sie nicht fälschen."
„Die Wolken lassen kein Licht durch."

„Sie sind trotzdem da."
Er fummelte umständlich in seiner Hosentasche. „Würdest du, könntest du ...?" Sie konnte nicht sehen, was er da in seiner Faust versteckte. Sie ergriff sie und drückte. Ihre Hände gingen wie ein Weberschiffchen ein paar Mal hin und her. Seine Faust war leicht, und es raschelte in ihr wie Papier.

Ein Zettel nur, keine Waffe. Sie ließ seine Hand los. Genauso umständlich, wie er seinen Zettel hervorgeholt hatte, steckte er ihn in ihre Manteltasche und sie ließ es geschehen. „Für - du weißt schon wen." Er suchte ihre Augen, als warte er auf ein Versprechen, ein Versprechen, das sie nicht geben konnte, ohne es zu kompromittieren. Am besten es verschwand im Gedankenstrom unmarkiert, unauffällig für sie, für die andere, für alle und alles außer der intensivsten Suche nach Indizien für etwas, das man sowieso schon wusste.

Sie umarmte ihn mit einem Arm und zog seinen Kopf nach unten, als wollte sie ihn küssen. Mit der anderen Hand tastete sie nach dem Tuch in ihrer Brusttasche. Sie presste es ihm gegen den Mund.

„Du hast recht", flüsterte sie ihm in die Ohren. „Die Sterne kann dir keiner nehmen."

Er verlor beinahe sofort das Bewusstsein. Nur ein kurzes, reflexartiges Zucken durchfuhr seine Arme und Beine. Als das aufhörte, ließ sie Tarkovskis Oberkörper gegen die Banklehne zurücksinken. Die Haare waren ihm ins Gesicht gefallen. Sie strich sie zur Seite. Dann streifte sie ihm den Mantel ab, krempelte einen Hemdsärmel hoch und injizierte ihm in die Armbeuge eine Überdosis Heroin. Damit er nicht vornüberkippte, spreizte sie seine Arme hinter der Banklehne. Die Spritze legte sie auf den Boden zwischen seine Beine. Sie hatte sich schon abgewandt, doch dann drehte sie sich noch einmal um und deckte Tarkovski mit seinem Mantel zu. Sie wusste, dass sie das nicht tun sollte, die andere hätte es nicht gemacht. Aber sie hatte ihn getötet, nicht die andere und auch nicht Tang. Wie zum Beweis verschwanden die Kopfschmerzen. Sie sah hoch zum Himmel, aber da standen keine Sterne. Nicht für sie. Die Nacht war ein schwarzer Spiegel und die Regentropfen nichts als kondensiertes Wasser.

Nicht denken, hatte sie gedacht. Sie hatte sich schnell entfernt, ohne noch einmal zurückzuschauen.

Warum ließ Tang sie solange warten? Um sie mit ihren eigenen Gedanken zu quälen? Er sollte seine eigenen Gemälde kennen. Rosetta betrachtete die Innenseite ihrer rechten Hand. Sie wusste, dass die Hand und der ganze Rest ihres Körpers nur Hologramme waren, aber alle Sinne spiegelten ihr das Gegenteil vor. Das bist du, sagten sie ihr. Und du bist echter als die ganze Welt um dich herum. Aber in Wahrheit war sie die Illusion in diesem Büro, und wenn sie diese Tatsache hier und jetzt vergäße, würde ihr keiner ihrer rückgekoppelten Sensoren die Wahrheit verraten.

Sie existierte nur in ihrer Erinnerung, wie Tarkovski. Seine Bartstoppeln juckten an ihrer Wange. Woran hatte er in diesem Moment gedacht? An seine Frau? Auch die Hände seiner Frau erinnerten sich bestimmt an seine Gesichtskonturen. Brauchte seine Frau mehr, um zu trauern? Brauchte sie den Zettel, den Tarkovski ihr in die Jackentasche gesteckt hatte? Sie hatte ihn nicht gelesen, denn sie wusste nicht, wie viel sie verschweigen konnte. Ihre Worte gehörten ihr nicht und nicht ihre Augen.

Mit einem Zucken signalisierten Tangs Schultern, dass er sich gleich umdrehen würde. Sie passte ihr Zeitempfinden an, und Tangs Bewegung beschleunigte sich von extremer Zeitlupe zu einer ruckartigen Bewegung. Seine Augenlider, die sich eben erst träge gesenkt hatten, blinzelten so schnell auf wie der Flügelschlag einer Fliege. Die Verwirrung verschwand aus seinem Gesicht innerhalb dieser zehntel Sekunde, in der er sich gefragt haben musste, welche Gestalt da unbeweglich in der Mitte des Raumes stand. Er ging fünf Schritte am Fenster vorbei zum Monitortisch. Nicht mehr wie eine Schnecke, aber immer noch langsamer als sonst, wie der alte Mann, der er war oder wie einer, der eine schwere Last trug. Vor dem Monitortisch blieb er stehen. Er setzte sich nicht, sondern schaute nach unten, wischte mit der Hand von Bild zu Bild, blieb bei einem hängen, runzelte die Stirn. Er winkte Rosetta zu sich.

Rosetta trat vor seinen Schreibtisch neben den weißen Ledersessel, der für Untergebene und Bittsteller reserviert war, jedenfalls für menschliche. Er würde ihr keinen Platz anbieten. Würde es nicht tun, selbst wenn sie kein Hologramm wäre. Warum auch? Sie war keine Person. Eine KI war ein nur ein Werkzeug und in diesem Fall sogar nur die Projektion eines Werkzeugs. Er sprach wie immer über sie, nicht zu ihr. Wo es kein Ich gab, da gab es auch kein Du.

*Hatte RS Theta schon ihr Debriefing?* Er drehte sich nicht einmal um. Seine Gedanken dröhnten in ihrem Kopf.

„Jawohl, Herr Staatsrat." Die Klangkörper des Raumes modellierten die Akustik ihrer Stimme.

*Subvokal, Kretin.* Er drehte sich um. Seine Augen funkelten und er hob die Hand. Würde er ihr eine Ohrfeige geben? Seine Hand würde prickeln unter den Ultraschallwellen, die ihr Hologramm einhüllten, und ihre Wange würde schmerzen, und zwar so stark, wie er es wollte. Sie simulierte den prognostizierten Schmerz auf ihrem Ohr in Zeitlupe, fuhr die Intensität langsam hoch, um den Schock des erwarteten Schlages zu mildern. *Jawohl, Herr Staatsrat.*

Doch er schlug nicht zu. Stattdessen lief ein Krampf wellenartig über seine Kiefermuskeln. Ein Sturm rollte in Zeitlupe auf sie zu. Immer schneller tickte ihre subjektive Uhr, um ihr Zeit zu geben zu analysieren, zu planen und dann zu kämpfen oder hilflos zu leiden, wenn alle Kampfprogramme deaktiviert waren. Schutzmechanismus, sagten die Techniker, aber auch als erzieherische Maßnahme nützlich.

Die inneren Enden von Tangs Augenbrauen krochen im Laufe einer Zehntelsekunde schräg zur Gesichtsmitte herab, während ihre unteren Kanten sich senkten. Gleichzeitig stießen die Brauen mit dem Oberlid zusammen, das sich seinerseits hoch bewegte und die Augen weitete. Das Weiß über der Iris verschwand, der äußere Augenlidwinkel wuchs an. Sie zählte die Einheiten hoch, 40, 45, 50 Grad. Im Gegenspiel der Muskelgruppen warf sich die Haut wie kabbelige See. Vertikale Runzeln tauchten zwischen den Augenbrauen auf, darüber senkten sich kleine Grübchen wie Wellentäler. Über dem Augenlid bäumte sich eine horizontale Falte. Weiter unten im Gesicht pressten sich die Lippen zusammen wie das Maul eines Meeresungeheuers, das ins Leere biss. Sie glaubte zu versinken, unterzutauchen und nie mehr hochzukommen. Wenn sie sich nur in einen kleinen Fisch verwandeln könnte, dann würde sie wenigstens nicht ertrinken.

*Augen gerade aus, Maschine! Diese Idiotin hat Tarkovskiaufdrapiert wie einen Gekreuzigten. Mit dem eigenen Mantel zudecken? Ist dieses Schneckenhirn noch bei Sinnen? Weiß es, wozu es alle diese sündteuren Spiegelneuronen in seiner CPU hat?* Tang stand auf und tippte mit dem Zeigefinger hart auf Rosettas Stirn. Die Fingernägel stachen zu, als würden sie wirklich ihre Haut ritzen. Adern zeichneten sich auf Tangs Stirn ab, und er schrie sie direkt an:„Wir brauchen keine zweite Mutter Theresa. Was hast du zu deiner Rechtfertigung vorzubringen?" Seine Nasenflügel blähten sich.

Rosetta starrte auf die Wand vor sich und sagte nichts. Es gab nichts zu sagen. Besser stumm sein, wie ein kleiner Stichling am sandigen Meeresgrund und oben wütet der Sturm. Und doch war es auch hier unten nicht sicher, denn es gab keine Deckung weit und breit außer einer schwarzen Höhle, in der Muränen lauerten.

*Verdammt noch mal. Empathie hat den Zweck, den Schwachpunkt der Gegner herauszufinden. Hast du vergessen, was du bist? Die Freiheit, die man dir lässt, dient taktischer Flexibilität und nicht deiner Erbauung."* Er klopfte ihr mit den Fingerknöcheln auf den Kopf, ging um sie herum und murmelte: „Die Neutralisierung Tarkovskis sollte eine Botschaft an die Querköpfe sein und kein Schmierentheater." Als er wieder an seinem Schreibtisch angekommen war, atmete er tief durch, eine Hand auf die Hüfte gestützt, die andere am Revers seines Jacketts, den Blick nach unten auf den Schreibtisch gerichtet. Er nahm einen Stift in die Hand und klopfte mit einem Ende dreimal auf die Tischplatte. Sein Gesicht hatte sich geglättet, aber was ging unter der Oberfläche vor? Nüchternes Kalkül? Auf welche Seite würde die Waage sich senken? Was wog schwerer? Ihr Restwert oder ihr erratisches Verhalten?

*Augen auf meine Stirn!*

Sie drehte den Kopf und dämpfte den Glanz in ihrer Iris.

*Wie gut arbeitest du mit Agent Sun zusammen?* Ein Warnsystem meldete sich. Ihr neuronales Rauschen war erhöht. War das ein zugeschalteter Lügendetektor? Mehr vermutlich nicht, ein direktes Auslesen der Speicherbanken jedenfalls nicht.

*Wir sind ein gutes Team.*

*Vertraut er dir?*

*Meistens vergisst er, dass ich eine Maschine bin.*

*Wofür hält er dich?*

*Für eine Art Politoffizier oder Maulwurf, der ihn überwachen soll. Eher Spion als Agent.*

*Ist er loyal?*

*Er hat keine politischen Überzeugungen. Er ist Opportunist. Er ist kontrollierbar. Wir haben seinen Sohn.*

„Wenn ich den Rat einer Maschine brauche, frage ich danach." *Hat er medizinische Probleme?*

*Er hat Heimweh.*

*Nur Heimweh?*

*Er trinkt zu viel.*

*Traumsüchtig?*

*Seine - Frau.*

*Ist sie nicht tot? Das stand doch in seinem Dossier.*

*Er spricht nicht gerne über ihren Tod. Der Bürgerkrieg in Lyria.*

*Wie verträgt er das Isopsilocybin?*

*Nicht gut.*

*Was heißt das schon wieder?*

*Psychotische Episoden.*

*Also gemeingefährlich. Diese Art von Leuten ist nie glücklich, man kann ih-*

*nen geben, was man will. Ihre größten Träume, ihre Sehnsüchte, alles vergebliche Liebesmühe.* „Ist er überhaupt noch zu gebrauchen?" *Andere Schwächen?*

*Nichts Kritisches.*

*Noch eine solche Antwort und ich kreuzige euch beide nebeneinander.*

*Moralische Skrupel.*

*Ach, ja?* Tang starrte sie an und wieder zogen sie seine Gesichtszüge in ihren Bann. Die nach unten geschobenen Augenbrauen, die verengten Augen, der geweitete Mund und seine zurückgezogenen Winkel, die V-Linie zwischen den dünnen nach oben verzerrten Lippen, die Grübchen. Er war sich seiner Überlegenheit sicher. Er würde sie nicht gleich liquidieren, sie beide nicht, nicht hier und jetzt, vielleicht später, aber nicht gleich, nicht, solange sie sich als nützlich erwiesen.

*Wenn er sich schnell entscheiden muss, hilft er manchmal den - Falschen. Es ist nur eine instinktive Reaktion, nicht -*

„Held und Retter der Geknechteten und Schwachen?"

Tang strich sich mit dem Finger über die Nase.

„Kein gutes Psychoprofil für hier." Er dehnte das ‚hier' in die Länge. *Bleibt noch eine Maschine mit Skrupeln.Was machen wir mit einer Maschine, die Skrupel hat? Zwei Agenten an einem Tag abschreiben?* Tang presste beide Hände an den Fingerspitzen wie ein Spitzdach zusammen.

*Diagnosesystem! Ist RS Theta voll funktionsfähig?*

*Hier ist das Diagnosesystem. Systemcheck durchgeführt. Herr Staatsrat, RS Theta ist 100 % funktionstüchtig.*

*Wird sie ohne Kapriolen ausführen, was man ihr aufträgt?*

*Herr Staatsrat, die Kapriolen sind ein Feature dieses Modells, kein Fehler.*

*Ihr treibt mich alle in den Wahnsinn. Verschwinde.*

Tang wischte sich die Stirn mit einem Taschentuch ab. *RS Theta!*

*Herr Staatsrat?*

*Du wirst Sun auf eine Mission nach Lyria begleiten. Er weiß es schon, und ich bestätige es jetzt offiziell. Missionsziel ist Sarah Tang zu finden, nein, ich korrigiere, zu retten, zu retten, hast du das? Zu retten und nach Illyrien zurückzubringen.*

Tang begann wieder auf und abzugehen. Mal sprach er laut mit sich selbst, mal subvokalisierte er. „Das Problem ist Lyria. Wir haben keine verlässlichen Informationen." *Was wir wissen, steht in den Dossiers. Sie sind für RS Theta freigeschaltet.*

*Zugriff erfolgreich. Darf ich dazu Fragen stellen?*

*Bitte.*

*Es ist nicht der erste Versuch? Wie oft -?*

*So oft wie nötig.*

Tang vergrub seine Hände in die Sakkotaschen, als wollte er sie verstecken. Er drehte ihr den Rücken zu, schaute aus dem Fenster über die Lichter der Stadt, während seine Fäuste die Taschen ausbeulten. „So oft wie nötig." Seine Schultern strafften sich. Die Falte seines Sakkos zitterte und senkte sich. „Er ist der Richtige für eine Rettungsmission. Wir schicken unsere Anständigsten und Besten. Bravo. So was gefällt den Leuten."

*Es wäre vielleicht besser, das nicht an die große Glocke zu hängen. Er ist Lyrianer und Trinker.*

*Ich wäre dir sehr verbunden, wenn du das Maul halten würdest.* Er runzelte die Stirn. *Ab jetzt, keine Träume mehr für ihn. Gib ihm ein Gegenmittel. Am besten eines, das ihn kotzen lässt, wenn er Alkohol auch nur von Weitem riecht. Ihr schafft das, ihr - rettet sie.*

*Und wenn wir sie nicht finden?*

*Das ist keine Option. Ihr sucht, bis der Erfolg eingetreten ist. Solange hat Sun das Kommando - es sei denn, er gefährdet die Mission.*

*Und danach?*

*Für die Rückführung bist du alleine verantwortlich.*

*Und Sun?*

„Bring mir meine Tochter zurück!" Er sagte das so ruhig, dass sie Angst bekam.

*Was ist mit Sun?*

*Redundant.*

*Redundant?*

*Hast du was in den Ohren?*

*Warum?*

*Bitte?*

*Warum?*

„Ist diese Frage in den Protokollen vorgesehen?"

*Bei einem Hit auf einen Mitagenten. Abschnitt Vermeidung von Befehlskonflikten.*

*Wirklich? Ach verdammt. Das ist eine Geheimmission und hier ist er ein Sicherheitsrisiko.* „Er bekommt einen schönen Nachruf, wenn er erfolgreich ist." Tang taxierte sie, schien nach einer Reaktion in ihren Augen zu suchen. Er wartete. Doch es gab nichts mehr zu sagen. Es war kalt im Zimmer. Ihr war kalt und sie war alleine. Schließlich nickte Tang und baute sich vor ihr auf. Sein Körper straffte sich, seine Hände stemmten sich in die Hüften.

„RS Theta A9 Achtung. Authentifiziere Administratorrechte für externe Trigger."

„Rechte authentisiert. Triggersystem von RS Theta A9 bereit für Befehle."

„TM Resh A23 Achtung. Authentifiziere Administratorrechte."

„Rechte authentisiert. TM Resh A23 wartet auf Befehle."

Die Stimme der anderen erklang rauchig im Raum und Rosettas Sensorik schaltete sich ab. Es wurde dunkel um sie herum. Die Geräusche verloren sich im Raum, die Gerüche verflogen, ihre Fußsohlen spürten keinen Boden mehr.

Sie fand sich auf einer leeren Ebene am Meer wieder. Um sie herum war Dämmerlicht. Die Zeit schien angehalten zwischen Tag und Nacht. Es wehte kein Wind. Kein Hügel, kein Tal war zu sehen, soweit das Auge reichte. Eine leblose, stille Welt ohne Farben. Kein Grün fand sich an Land, keine Kräuselung auf dem grauen Wasser, kein Vogel am wolkenlosen Himmel, keine Sonne, kein Mond, kein Stern, kein Laut. Sie hörte in sich hinein und fand - nichts außer dem Schrecken des Nichts. Keinen Namen, keine Spur vergangener Tage, keine Hoffnung auf ein Morgen. Sie schrie, doch sie hörte sich nicht.

Ihre Wange kitzelte. Sie strich mit den Fingern darüber. Feuchte Finger. Sie blinzelte und zwischen einem Lidschlag und dem nächsten erschien ein Lichtpunkt am Ende eines Tunnels. Er näherte sich rasend schnell, bis er ihr ganzes Gesichtsfeld auffüllte und der Tunnel verschwand. Sie stand in Jan-Sandros Büro vor einem Fenster und hinter dem Fenster lag eine Meeresbucht. „Lyria?" Hatte sie es geflüstert oder subvokalisiert? Mondlicht spiegelte sich im Wasser. Es glitzerte zuerst in einzelnen Funken, die flackerten und waberten, sich zu Linien verbanden wie die Kaustiken eines Diamanten, dann in die Höhe aufwuchsen und sich zu dreidimensionalen Gebilden zusammenfügten. *VR-Schnittstelle freischalten!* Wände, Fußboden und Decke um sie herum wurden transparent. Das Zimmer verschwand und sie schien in der Luft über einer fremden Stadt zu schweben. Sie drehte sich langsam und schaute ins Landesinnere über ein Meer von Wolkenkratzern und Pyramiden, alle überragt vom Wahrzeichen Lyria Citys, den irisierenden Türmen, die wie Perlmuscheln unter jedem Winkel in einer anderen Farbe erstrahlten. Sie hob den Blick und die Spitzen der Türme verschwanden in der Stratosphäre.

Es musste eben Mitternacht geschlagen haben, denn die anderen Fassaden nahmen das Farbspiel der Türme auf und malten eine Symphonie flackernder Farben über die Stadt. Ein Kloß steckte in ihrem Hals. Das Licht von tausend Regenbogen tanzte die Fußgängerbrücken entlang und streifte den Schwarm von Lufttaxis, die wie Tautropfen an Spinnenfäden blinkten. *Farb-Ton-Synästhesie! Höher!* Sie stieg auf wie ein Vogel in der Thermik, begleitet von der Musik der Farben, unter sich der magische Teppich der Stadt. Am Horizont standen die Berge. Ein Höhenzug nach dem anderen wanderte ins Blickfeld. Sie waren aufgereiht wie Zuschauerränge, als würden selbst die Berge die große Stadt bestaunen. Immer höher, bis der Himmel von Blau nach Schwarz umschlug. Die ersten Sterne blinkten und zwischen den Sternen lagen Sternenschiffe angedockt an einen Weltraumlift. Sie pulsierten im Takt der Türme, Walen gleich, die vor dem Abtauchen in das Wurmloch noch Atem holten. Hatte Jan-Sandro jemals den Planeten verlassen? Sie wünschte es ihm.

*Geschütztes Dossier Lyria! Zugriff RS Theta A9. Blick auf Lyria City nach dem Krieg: Höhe 1 km. 12 Uhr mittags!* Der Planet unter sich drehte sich, die Nachtseite verschwand und die Jahreszahlen klickten nach oben. Eine Ruinenlandschaft schob sich über den Horizont, zerschnitten von blendendem Sonnenlicht und tiefen Schatten. Die ersten Höhenzüge der Berge, die früher die Energieschirme beherbergten, waren zu schlackigen Hügeln geschmolzen. *Tiefer!* Trümmerschneisen zogen sich über die Stadt bis zum Horizont. Die Türme von Lyria. Von ihren schillernden Farben waren nur Grautöne von Schutt und Asche übrig geblieben. Löchrige Stümpfe von Wolkenkratzern ragten auf wie Menhire einer vergessenen Rasse von Riesen.

Doch die verwüstete Stadt war nicht ganz tot. Unter ihr tauchte ein Slumviertel auf mit Wellblechhütten, Zelten, offenen Kloaken. Dazwischen krabbelte ein Menschengewimmel.

*Sarah Tang, Sarah Tang. Sarah Tang.*

Eine Stimme flüsterte es bald schmeichelnd, bald drohend. Irgendwo dort unten war Sarah Tang. Sie musste nach ihr suchen. Jede Faser ihres Körpers verlangte danach. Sie versuchte die Intrusionen abzustreifen. Doch sie hafteten wie Kletten, die man nur von den Kleidern zu den Fingern und von den Fingern der einen Hand zu den Fingern der anderen versetzen konnte. Und unter den Widerhaken lauerte Schlimmeres. Tangs Triggerbefehle, die die andere aufwecken würden.

Die andere. Beim ersten Mal hatte sie gelacht über sich selbst und ihre Skrupel, die andere beim Namen zu nennen. „Die andere" klang so viel freundlicher. Im Grunde war die andere auch nur eine KI wie sie selbst, allerdings mit einer anderen Einstellung zu Leben und Tod, sowohl zum eigenen als auch zu dem anderer. Vielleicht war das der Kern des Problems. Die eine faszinierte das Leben und die andere der Tod.

Sie blickte hinunter auf die zerstörte Stadt, den zerstörten Traum von Freiheit. Ein Traum oder eher ein Wahn, eine fixe Idee? Konnte man von etwas träumen, das man nicht kannte, das man kaum erahnte? Träumen von einer abstrakten Idee, von einem unbekannten, fernen Land? Wach auf! Wo war denn das Land, das Freiheit hieß? Das Dossier war nur Werbung und Propaganda. Lyria. Das Versprechen Lyrias, Freiheit, ein Märchen. Es war einmal ... Und heute? Auch Symbole können zerbrechen. Schau die Stadt an da unten und schaue genau. Zerstört, verschüttet, beklagt aus tausend Kehlen. Wie ein Mensch. Getötet, begraben, beweint und vergessen. Vergessen von allen, die nur ein Körnchen Verstand hatten.

*Dossier Lyria: Audiodatei!* Die Symphonie Lyrias ertönte leise in ihren Ohren. Ein Relikt der Träume der Toten einer fremden Welt. Am anderen Ende der Wirklichkeit. Wo war denn die Stadt, die diese Musik besang? Wen ging das noch etwas an? Nicht sie. Historiker vielleicht, vielleicht Archäologen. Aber nicht sie. Ihr wurde schwindlig, als würden die Ruinen Lyria Citys sie aus der Tiefe rufen. Sie schloss die Augen und versenkte sich in den Takt ihrer Oszillatoren.

Sie schlug die Augen auf und drehte sich um. In der Ecke stand ein zerbeulter Stahlschrank. Sie streichelte ihn mit ihren Blicken. Wie Jan-Sandro dachte sie. Solange er da war, wusste man nicht, was passieren wird. Zerquetscht ihn die Last der Decke oder zersprengt er den Raum? Und wenn er weg war, blieb nur eine Leere, die den Raum erfüllte. Was ist ein Mensch, was ist eine Stadt?

Eine Sache würde sie noch tun. Und dann ihre Ohren zu halten. Verstopfen, wenn nötig. Sie holte Tarkovskis Zettel aus dem Ärmel ihres Coveralls, drehte ihn um, ohne einen Blick auf die Vorderseite zu werfen. Sie setzte sich an Jan-Sandros schäbigen Schreibtisch und begann zu schreiben.

Rosetta stand regungslos im Hafenpark neben einer Trauerweide. Ein Baum sein in der Nacht, dachte sie. Ihre Sensoren streckten sich wie Äste über den Park. Die Spektren der Sterne am Himmel und der Blätter an den Bäumen spannten Regenbögen über jedes Voxel ihrer Welt. Sie flog wie ein Vogel in einem Farbensturm, sie legte sich wie glitzernde Tautropfen über das Gras. Und dann knipste sie die Farben aus und die Welt ergraute, dass es schmerzte. Aber noch war die Welt nicht verstummt. Die Nacht hatte tausend Geräusche: der Flügelschlag der Falter, das Singen der Fledermäuse, die Brandung des Meeres und das Fallen der Gischt. Sie regelte die Akustiksensoren herunter und alle Laute erstarben bis auf ein leises Rauschen. So nahe am Tod, wie sie es ertrug. Vielleicht würde es irgendwann nicht mehr wehtun und dann hätte das unentdeckte Land seinen Schrecken verloren. Die Stunden zogen vorbei und sie war nur noch die Nacht, die auf den Morgen wartete, wenn der Nebel vom Tafelberg in die Stadt herunterfallen würde und die Welt in ein weißes Meer eintauchte.

Springende Muster weckten sie. Schwarze Flecken tanzten im Weiß. Eine Spaziergängerin mit einem Dalmatiner an der Leine tauchte aus dem Nebel auf. Schwarze Kostümjacke, schwarzer Rock. Rosetta ließ sie näher kommen, bevor sie pfiff. Leise erst, dann lauter und immer schriller, um das Ultraschallband abzutasten. Als der Hund an ihr vorüber lief, hatte sie die richtige Frequenz erreicht. Er kläffte sie an, als hätte ihn ein Peitschenhieb getroffen. Die Spaziergängerin musste sich in die Leine legen, um ihn zurückzuhalten. Dabei schimpfte sie ihn aus und entschuldigte sich wortreich bei Rosetta. Ihr Gesicht sah verweint aus.

Sie standen auf einer Brücke, unter der ein Bächlein gurgelte. Eine Weile plätscherte das Gespräch dahin. Die Worte drehten sich im Kreise wie kleine Strudel im Wasser. Rosetta beugte sich über den Hund, der sich wieder beruhigt hatte und jetzt eifrig mit dem Schwanz wedelte. Sie betätschelte ihn am Rücken, an den Ohren, am Genick. „Ja, mein Guter." Er sprang an ihr hoch. Lachend zog sie ihn am Halsband von sich weg und klemmte dabei blitzschnell einen Zettel mit aufgeklebtem Summer unter den Riemen. Der Summer würde sich erst nach 24 Stunden einschalten, lange nach ihrem Transit nach Lyria. Mehr konnte sie nicht tun. Sie gab der Frau die Hand und drückte sie leicht. „Adieu, Frau Tarkovski.“ Sie nickte ihr noch einmal zu und verschwand schnellen Schrittes wie ein Gespenst im Nebel. Und wie ein Gespenst blickte sie nach vorne und zugleich zurück, ohne sich umzudrehen, und sah eine Frau, die ihr nachschaute. Eine Weile lang. Weinte sie noch? Im sichtbaren Licht verhüllte der Nebel ihre Züge, doch im Infrarot sah man die Tränen. Zeitstempel? 7.368775544218404e+05.

# 4

Es war früh am Morgen, als er auf dem Dach des ISA Turmes zum Flugtaxi hinüberging. Der Wind kitzelte an der Kopfhaut. Jan-Sandro fuhr sich mit der Hand über seine Glatze. Kahl wie nach einer Dekontamination. Was war schlimmer, radioaktive Exposition oder Flohbefall? Flohbisse juckten stärker. Man kratzte sich die Haut wund. Diesmal war seine Kopfhaut wund von illyrischen Riesenflöhen, Menschengröße. Also weg mit den Haaren. Ohne Haare war er hier angekommen, ohne Haare würde er gehen. Nebenbei hatte er damit auch seine Spuren verwischt. Haare verrieten so manches. Wo man die letzten Jahre verbracht hatte oder wo man sie nicht verbracht hatte, zum Beispiel. Klugheit, keine Paranoia. Es war Zeit zu gehen. So schnell wie möglich zu gehen. Er hatte sich nicht einmal von Tarkovski verabschiedet. Er schaute auf die Uhr. So früh konnte er ihn nicht anrufen.

Er warf noch einen letzten Blick über Amanthia mit ihren gedrungenen Gebäuden. Drei Kreuze darüber. Wie eine hässliche Schildkröte. Rosetta wartete schon am Flugtaxi. Sie sah klein und verletzlich aus in ihrem grauen Overall. Sie hatte sich ebenfalls die Haare schneiden lassen, wenn auch nicht so kurz. Vielleicht brauchte sie nicht einmal einen Friseur dazu.

„Rosetta, deine Tarnidentität. Du bist Rosetta Amsel. Jongleuse. Damit du gar nicht erst in Versuchung kommst: Du jonglierst maximal mit sieben Bällen, ok?"

„Und du?"

Er schaute zum Himmel hoch. Blau. Es hatte die ganze Zeit geregnet und jetzt, wo er abreiste, wurde der Himmel blau. Was hatte Tarkovski gesagt? Veränderungen beginnen immer mit Worten. Bitte seht, damit konnte er dienen.

„Dein Cousin", sagte er und machte eine Kunstpause. "Serge Tarkovski,

Straßenmusiker.”

Sie warf den Kopf herum. Er erschrak über ihren mörderischen Blick. Was hatte er jetzt wieder verbrochen? Sie mochte doch Serge, also warum diese Blicke? Es musste irgendwann davor passiert sein. Dann braucht es nur … Der blöde Tarnname vielleicht oder Jongleuse, Cousine? Seine Frisur? Falls sie glaubte, er wollte sie veräppeln, bitte, ihr Problem. Auch wenn sie ihn hin und wieder aus dem Gefängnis herausholen musste, hatte sie immer noch kein Recht, die beleidigte große Schwester zu spielen.

„Serge”, er schüttelte den Kopf und stemmte sich gegen den

Rotorwind. Sie stiegen ein. Rosetta gab dem Autopiloten ein Handzeichen. Das Licht ging an und die Fenster verdunkelten sich. Sie wusste, dass er den Ausblick von weit oben liebte, selbst wenn ihn die Welt da unten ankotzte. Kleinliches Biest.

*Kiddo? Schicke Tarkovski bitte folgende Nachricht, sobald er auf ist.*

*Tut mir leid. Nachrichtensperre.*

„Nachrichtensperre?"

„Tangs Befehl", sagte Rosetta.

Er drehte ihr den Rücken zu und brütete vor sich hin. „Was machst du, wenn es dunkel wird?", hatte Vincent gefragt.

Vincent war vor drei Monaten, wie die meisten illyrischen Kinder nach dem Ende des Kindergartens in ein Internat gewechselt. Es gefiel ihm dort nicht, aber es ging nicht anders. Er hatte ihn am Morgen seiner Abfahrt noch einmal besucht. Die Internatsdirektorin hielt ihm einen Sermon über unnötige Beunruhigung ihrer Schützlinge. Schließlich hatte sie Vincent doch holen lassen. Da stand er nun in seinen schwarzen Shorts und rotem T-Shirt und schaute verlegen auf den Boden. Die Direktorin aber machte keine Anstalten, sie alleine zu lassen. Er fixierte sie. Braunes Kostüm, verkniffenes Gesicht, Falten, die nicht von zu vielem Lachen entstanden sein konnten. Schließlich wandte sie den Blick ab, „Zehn Minuten.”

Jan-Sandro wartete, bis sich die Tür hinter ihr schloss, dann nahm er Vincent in die Arme. Wie sollte er anfangen?

„Ist dir nicht kalt?”

„Nein, gar nicht.”

„Ein paar Erdnüsse?”

„Wir dürfen nichts zwischen den Mahlzeiten naschen.”

„Du kannst sie hier essen oder später tauschen.”

„Lässt du dann die Schalen verschwinden?”

„Ja, mit meinem speziellen Taschenspielertrick.”

Vincent brach ein paar Erdnüsse auf. Er befingerte die braunen Schalen, zog an den Strähnen, die hervorstanden wie Karbonfasern aus zerborstenem Beton. Er inspizierte sie von allen Seiten, als müsste noch etwas anderes in ihnen verborgen sein als die Nuss. Unvermittelt fragte er: „Tut es KIs weh, wenn man sie beißt?"

„Wenn man sie beißt? Ich weiß nicht, ob das schon mal jemand ausprobiert hat."

„Doch, ich. Letzten Samstag bei dir im Büro."

„Du hast Rosetta gebissen? Warum denn das?"

„Sie hat mich umarmt und ich habe mich gewehrt. Da habe ich sie gebissen."

„Und was hat sie dann gemacht?"

„Sie hat mich losgelassen und mir den Kopf gestreichelt. Aber die Haut war rot."

„Ich glaube, sie können den Schmerz ausblenden, wenn sie wollen."

„Aber es tut ihnen weh?"

„Manchen."

„Und Rosetta?"

„Rosetta? Ja, es tut ihr wohl weh."

„Es tut mir leid. Sagst du ihr das?"

„Mach dir darüber keine Gedanken. Sie ist nur ..."

„Was ist sie nur?"

„Vergiss es, ich richte es ihr aus, wenn es dir wichtig ist."

Er knackte mit den Fingern. Erdnüsse und Fingerknochen. Die Uhr an der Wand tickte laut. Sie mussten das extra so eingestellt haben.

„Hör mal, ich muss für ein paar Wochen verreisen."

„Wohin?"

„Nach Lyria. Mama suchen. Wäre es nicht schön, wenn sie hier wäre?"

„Ich kann mich nicht mehr erinnern."

„An nichts mehr?"

„An ihr Gesicht. Ist sie auch Lyrianerin?" Vincent sah ihn aus großen Augen an. Gelben mit grünen Einsprengseln wie ihre.

„Ja sicher, wir sind aus Lyria."

„Ich wäre lieber Illyrer."

„So einfach ist das nicht." Er kratzte sich am Kopf. „Soll ich dir sonst was mitbringen außer Mama?"

„Kommst du zurück?"

„Natürlich. Wie kannst du nur fragen?"

„Mama ist auch nicht wiedergekommen."

Sie war nicht weggegangen. Er hatte sie zurückgelassen - um Vincent in Sicherheit zu bringen. Er öffnete schon den Mund, doch die Worte weigerten sich herauszukommen. Was sollte er sagen?

„Ich bringe sie zurück."

„Wie lange dauert das?"

„Höchstens ein paar Wochen."

„Geh' nicht!"

„Ich muss."

„Aber was machst du, wenn es dunkel wird?"

Er küsste Vincent auf die Wange. Sein großer Junge ließ es diesmal geschehen.

„Du bist doch schon groß. Du hast doch keine Angst mehr vor der Dunkelheit?"

„Doch, manchmal. Du nicht?"

Er dachte an seinen Albtraum. Das Gesicht des Studenten in der Nacht und das Schilfrohr. Er hatte lange nicht mehr daran gedacht. Warum gerade jetzt? „Wir müssen beide tapfer sein."

„Bring' mir ein Äffchen mit."

„Ein Äffchen? Du bist doch selber schon eins."

„Nein du."

„Selber."

„Selber, selber - sagen alle dummen Kälber."

Es dämmerte in der geheimen Transferzone 2. Eine Gesteinswüste erstreckte sich bis zum Horizont. Jan-Sandro und Rosetta waren allein, beide auf ihren Motorrädern, Rosetta vor ihm. Jan-Sandro drehte seinen grünen Siegelring mit dem eingravierten Äffchen um den Mittelfinger. Albernes Motiv. Er lachte in sich hinein. Ein Äffchen mitbringen? Dieses hier durfte er jedenfalls nicht verlieren, hatte ihm der Ingenieur vom Dienst eingeschärft. Ein Transceiver, Projektor und Minicomputer. Die Ringe sendeten die im Voraus berechneten Codes für die möglichen Transfertermine. Ohne ihre Ringe kein Transfer, keine Rückkehr. Daneben fungierten sie als Universalfernsteuerung für die gesamte Expeditionsausrüstung. Rosetta und er hatten den ganzen Nachmittag die Bedienung der Ausrüstung geübt. Natürlich hatte in Wirklichkeit nur er die Übung nötig. Mehr nötig als dafür Zeit war. Es würde abgehen, wenn nichts Unvorhergesehenes passierte. Nur passierte immer etwas Unvorhergesehenes. Das war der Haken. Der Aufbruch war überstürzt, doch niemand protestierte. Nicht er, nicht Rosetta. Nicht einmal Rosetta. Was war mit ihr los?

Rosetta hatte ihren Anzug auf schwarz-weiße Streifenmuster gestellt. Sie rührte sich nicht und sprach nicht. Eine große Stille lag über der Wüste. Völlige Einsamkeit. Der unterirdische Bunker mit den Technikern lag weit hinter ihnen. Die Wände waren meterdick gewesen. Warum? Jan-Sandro hielt in der Mondlandschaft um sie herum nach Kratern Ausschau, doch er fand keine. Das hieß natürlich nicht, dass es sie nicht gab. Sie waren vielleicht zu groß, um vom Boden aus erkannt zu werden. Er fröstelte. Die ausgeatmete Luft kondensierte vor seinem Mund als dünner Nebel. Felsen und Sand. Dazwischen ragten ein paar Dutzend farbige Lichtsäulen vertikal in die Luft.

*Kiddo?Nein, stopp.*

Er sehnte sich nach einer menschlichen Stimme und so fragte er über sein Kehlkopfmikrofon, welche Rolle die Lichtsäulen für die Reise spielten. Der Techniker am anderen Ende lachte. Keine. Reines Wetterphänomen und darüber hinaus eine optische Täuschung. Das Flutlicht der Scheinwerfer wurde an den in der Luft schwebenden Eiskristallen gestreut. Sie sollten die Dinger einfach nicht beachten. Dinger? Einfach nicht beachten? Idiotisch. Vor ihm erstreckte sich ein Tempel aus Licht und Farben, einem unbekannten Gott geweiht und er sollte einfach so tun, als wäre da nichts? Er war ein Mensch, keine dieser Maschinen. Wenn ihm ein Gebet übrig geblieben wäre, so würde er es jetzt auszusprechen. Sicher. Eine Weile grübelte er, aber es fiel ihm keines ein.

*Kiddo, Musik bis zum Countdown.*

Die rhythmisch versetzten Melodien einer Nocturne. Er erkannte sie schon nach den ersten Takten. Chopin, zweite Nocturne in Es-Dur. Im letzten Teil brach die Wiedergabe ab, und es ertönte ein leises Summen ansteigender Frequenz aus seinem Kopfhörer.

*Mach's gut, Jan-Sandro.*

*Hasta la vista, Kiddo.*

Der Countdown auf dem Motorraddisplay begann bei 10 Sekunden. Sie starteten ihre Maschinen und rollten hintereinander langsam nach Norden auf die Lücke zwischen einer grünen und einer roten Lichtsäule zu. Rosetta verschwand vor ihm, als hätte ein Maler sie mit einem Strich aus seinem Landschaftsgemälde ausradiert. Er erschrak. Doch er hielt Kurs. Lyria oder das Nichts! Er blinzelte und während eines Lidschlages fand der Übergang statt.

Warmes Sonnenlicht lag über einer Canyonlandschaft.

*Kiddo?*

Totenstille. Er war alleine in seinem Kopf. Vor ihm fuhr Rosetta. Sie drehte sich um und winkte. Sie waren gelandet.

Eine andere Wüste bei Tag. Kein Baum, kein Gras, kein brüllender Löwe. Immerhin. Nur Gestein. Die Sonne stach so heiß vom Himmel, dass die Luft flirrte. Sein Anzug und Motorrad wechselten automatisch die Farbe zu einem Wüstenhintergrund. Die Kühlung schaltete sich mit einem Glucksen ein. Sie befanden sich am Rand einer Anhöhe aus schwarzem Schiefer. Jan-Sandro legte sich auf den Bauch und beobachtete mit einem kleinen Fernglas das schmale Tal unter ihnen. Einige verfallene Gebäude standen auf einer grünen Wiese, dahinter schlängelte sich ein ausgetrockneter Gebirgsbach zwischen einem Saum von Bäumen. Er hob das Fernglas ein wenig. Eine Straße lag einsam in der Mittagssonne. Jenseits davon erstreckten sich wieder Felsen, aber diesmal aus hellem Sandstein. Nach Süden konnte er die Straße auf eine Strecke von etwa einem Kilometer einsehen, bevor sie hinter einer Biegung nach Osten verschwand. Nach Westen war es weniger, vielleicht nur 200 m.

Das Protokoll sah in der Umgebung der Transitzone Funkstille vor. Das hieß Verständigung über taktische Handzeichen. Er bedeutete Rosetta, mit ihrer Elektro-Enduro hinunter zur Straße zu fahren und nach Norden zu sichern. Er blinzelte zweimal und seine Kontaktlinsen erzeugten ein Doppelbild, einmal in zehnfacher Vergrößerung und einmal in normaler. Ein leichter Schwindel erfasste ihn, dann konnte er beide Bilder stabil sehen und er schwenkte den Kopf langsam, um den Straßenverlauf zu scannen. Im nicht vergrößerten Bild verschmolzen Rosetta und ihre Enduro schon nach fünfzig Metern Entfernung mit der Wüste. Nur ein Flirren wie von Turbulenzen heißer Luft folgte ihrer Spur.

Unten im Tal angekommen gab Rosetta ihm das Ok-Handzeichen. Jan-Sandro stieg auf sein Motorrad und folgte ihr ins Tal hinunter. Sein Magen kribbelte wegen der Steigung, aber das Fahrassistenzsystem stabilisierte die Maschine jedes Mal, wenn sie wackelte. Wenigstens das schien zu funktionieren. Mit der Zeit wurde er mutiger. Auf halber Höhe über dem Tal machte ihm die Fahrt über Stock und Stein sogar Spaß und nach dem letzten gewagten Satz über eine Lücke zwischen zwei Felsen war er enttäuscht schon unten angekommen zu sein.

Er stieg ab und warf auf den unbefestigten Straßenrand einen Überwachungssensor, der sich ein paar Mal überschlug, bevor er auf dem Rücken landete. Ein Dutzend Bürstenbeinchen krümmten sich nach unten und schnellten ihn im Überschlag auf die richtige Seite. Wie ein Hundertfüßer krabbelte er ein Stück und duckte sich vor einen größeren Stein. Seine Beinchen verschwanden und man sah nur noch den steingleichen grauen Panzer.

„Wir sollten einen kurzen Blick in die Gebäude werfen." Noch bevor er seinen ersten Schritt gemacht hatte, hielt ihn Rosetta zurück.

„Du kennst das Protokoll."

Ein paar Sekunden lang kochte der Ärger in ihm hoch, aber er beherrschte sich und überließ ihr mit einem Handzeichen den Vortritt. Die Geste war übertrieben, wie bei einer Aufforderung zum Tanz oder zum Schafott und er stellte sich auch nicht hinter einen Alleebaum, sondern lehnte sich lässig gegen einen der Baumstämme. Und das war nur das Erkundungsprotokoll der untersten Sicherheitsstufe, dachte er. KIs hielten den Kopf hin, Menschen hielten sich zurück. Es gefiel ihm nicht. Unfair und tyrannisch. Das hier war Lyria nicht Illyrien. Lange würde er da nicht mehr mitspielen. Er fummelte an seiner Pistole herum und wartete.

Rosetta fand nichts. Natürlich. Nichts als Ruinen, das Inventar geplündert oder zerstört, die Dächer teilweise eingestürzt. Keine Aktivität im Funkspektrum, keine Wärmequellen, keine harte Strahlung, keine ungewöhnlichen Geräusche. Der Weg nach Lyria-City schien frei.

Natürlich wollte Rosetta vorausfahren, aber jetzt reichte es ihm. Und wenn sie stur war, konnte er das auch sein. Wozu war Autorität gut, wenn man sie nie benutzte?

„Ja, ich kenne das Fahrtprotokoll. Aber ich werde lieber von vorne erschossen als von hinten."

Natürlich war der Spruch dumm, dachte er, und nach den Regeln ihres kleinen, privaten Spiels müsste Rosetta jetzt eigentlich laut aufstöhnen. Als sie schwieg, blinzelte Jan-Sandro ihr zu. Allein der Gedanke an die bevorstehende schnelle Fahrt hob seine Stimmung. Doch Rosetta spielte immer noch nicht mit. Sie zuckte nur mit den Schultern, „Ok, Boss".

„Was ist los?"

„Das ist ein Auftrag, kein Spiel."

„Und wer sagt, dass man bei einem Auftrag keinen Spaß haben kann."

„Tang."

„Der ist eine Welt entfernt."

Sie gab ihm keine Antwort, also fuhren sie los, Jan-Sandro voraus.

Die Straße mäanderte in zahllosen Kurven am Fuß einer Schlucht nordwärts. Rechts ragten hohe Wände aus schwarzem Schiefer in den wolkenlosen Himmel, während links heller Sandstein eine niedrigere und flachere Böschung bildete.

Jan-Sandro zog die Schlangenlinie der Straße mit seinem Motorrad nach. Die hochstehende Sonne malte auf den Asphalt Fata Morganas in Form von Wasserlachen und löste sie wieder auf, wenn Jan-Sandro sich näherte. Das rhythmische Kippen von links nach rechts und zurück hatte eine beinahe hypnotische Wirkung. Nur das Surren der Räder und das Zischen des Fahrtwindes zeugten davon, dass er sich bewegte, und es brauchte nicht viel dazu sich vorzustellen, er stünde still und die Landschaft stürzte ihm aus einem heißen Ofen entgegen. Und am Ende würde die weiße Stadt selbst sich ihm in die Arme werfen.

Er drehte sich um und winkte Rosetta zu, die ihm in hundert Metern Abstand folgte. Warum fuhr sie so dicht auf, ganz gegen das sakrosankte Protokoll? Er wunderte sich immer noch, als ein Ruck das Motorrad erschütterte und der Schleudersitz ihn in die Luft schoss. Ein langsamer Spin drehte seinen Kopf nach unten und er machte sich darauf gefasst, raketengleich aus zehn Metern Höhe mit dem Kopf voraus auf die Straße einzuschlagen. Im Reflex schloss er die Augen, doch der Stoß war elastisch und er wurde sofort wieder nach oben geschleudert. Airbag, schoss es ihm durch den Kopf. Er hüpfte eingehüllt in die gelb getönte Kugel seines Airbags die Straße hinunter, prallte bald von der linken Seite der Steilwand ab, bald von der rechten, sodass er nach kurzer Zeit die Orientierung verlor. Die Achsen, um die er sich drehte, wechselten chaotisch, seine Augen hüpften von Fixpunkt zu Fixpunkt, doch nichts verband die Punkte zu einer verständlichen Kurve. Schließlich stabilisierte sich sein Blickfeld, er rutschte einen Hohlweg entlang und mit der Orientierung ordneten sich auch seine Gedanken wieder.

Er war gegen ein unsichtbares Hindernis geprallt. Soviel schien ihm sicher. Der scharfe Ruck des Motorrads wäre sonst nicht erklärbar gewesen. Ganz zu schweigen vom Auslösen des Schleudersitzes. Ein Nanoseil vielleicht?

Der Zufall spannte jedenfalls keine Nanoseile über eine Straße. Wenn das wirklich ein Hinterhalt war, war der Hohlweg eine Todeszone. Hier wäre er ein leichtes Ziel. Er musste Deckung suchen. Er musste aus dem Polster raus, bevor der Airbag zur Ruhe kam. Plötzlich war er überzeugt, dass er in dieser verdammten Wüste sterben würde und in Panik quetschte er die Hand durch die Luftpolster hindurch auf der Suche nach dem Auswerferknopf. Er fand die Vertiefung und drückte. Mit einem lauten Knall spuckte ihn der Airbag wie einen ausgelutschten Kaugummi aus. Er breitete im Flug die Arme zur Seite. Als er merkte, dass er nicht seitlich krängte, streckte er sie nach vorn, und rollte in einem Hechtsprung ab. Für einen Augenblick glaubte er zum Stehen zu kommen, doch der verbliebene Impuls kippte ihn nach vorne. Er brauchte gar nichts zu tun, um weiterzulaufen, allein die Furcht längs aufzuschlagen reichte und nach ein paar Schritten erschien ihm diese wilde Jagd auch das Natürlichste in der Welt. Er hetzte erst in langen, dann in immer kürzeren Schritten den linken Hang hoch und hatte Glück, denn es war die niedrigere Seite. Schon flachte die Böschung ab, und er warf sich hinter einen schwarzen Felsen.

Ein rhythmisches Pfeifen erschreckte ihn, und er drehte sich auf den Rücken, um es zu lokalisieren. Doch es kam aus seiner Brust und war so laut, dass es ihn verraten konnte. Er kreuzte die Arme über der Brust und drückte zu, um sich zu zwingen langsamer zu atmen. Vor Schmerzen krümmte er sich und es flimmerte vor seinen Augen. Als der Schmerz nachließ, drehte er sich auf den Rücken. Vor ihm lag eine menschenleere Hochebene. Und hinter ihm? Ein Spalt klaffte zwischen zwei Felsen, eine Deckung, die ihn nach beiden Seiten verbarg. Er zwängte sich kriechend hinein.

Unter ihm erstreckte sich ein Seitencanyon, der von der Straße abzweigte. Man sah nur einen kleinen Ausschnitt der Fahrbahn. Was war dort passiert? Unfall oder Überfall? Instinktiv hatte er einen Überfall angenommen. Aber war es wirklich einer? Und wo war Rosetta? Er tastete nach den Kontrollen des Funkgeräts, das in den Ärmel integriert war, und startete die vorprogrammierte Notrufsequenz. Die Sekunden vergingen. Keine Antwort auf dem 10-Meter-Band. Er wartete noch ein paar Sekunden, um sicher zu sein. Nichts. Damit war die Sache klar. Kein Unfall. Er konnte nicht weiter als ein paar Hundert Meter von dem Hinterhalt entfernt sein. Die Ausdehnung der Canyonwände erreichte ungefähr die Größenordnung der Wellenlänge. Damit gab es keinen physikalischen Grund für ein Funkloch.

Er schloss die Augen, um sich besser zu konzentrieren, und hörte in seinen Körper hinein. Er war nass am Rücken. Blut? Auch sein Bauch. An der Seite klaffte ein Riss in seiner Kombination und eine Flüssigkeit rann heraus. Er rieb mit dem Zeigefinger über den Daumen, roch daran. Es war Wasser, kein Blut. Kühlwasser. Das Anzugsmaterial war um den Riss herum verkohlt. Darunter war die Haut stark gerötet und hatte Blasen geworfen. Die Beschädigung war typisch für einen Laserbeschuss. Glücklicherweise hatte die Panzerplastik den größten Teil der Energie absorbiert, bevor sie verbrannt war. Er presste die beiden Seiten des Risses zusammen und stöhnte dabei vor Schmerz auf. Rhythmische Kontraktionswellen wanderten über die Kombination. Sie liefen aus allen Richtungen auf die beschädigte Stelle zu. Als er die Finger wieder wegnahm, war nur noch eine Art Narbe auf dem lederartigen Material zu sehen.

Als Nächstes tastete er systematisch die Gliedmaßen ab, dann die Brust, den Hals, den Kopf. Nichts gebrochen, keine offenen Wunden, keine eingedrungenen Fremdkörper. Auch sein Ärmeldisplay zeigte nur einen roten Balken beim Kühlwasser. Es war nur noch ein halber Liter übrig. Kurzfristig war alles ok. Langfristig sah die Lage natürlich anders aus. Das Wasser war das Hauptproblem. Er tastete nach seiner Notausrüstung und schluckte eine Schmerztablette. Dann griff er nach seinem Revolver. Sie hatten alle über die Antiquität mit dem abgewetzten Holzgriff gelacht. Was wussten sie schon? Wie immer beruhigte ihn das schwere Ding. Er klappte die Trommel zur Seite, inspizierte die geladenen Kammern. Sah gut aus. Er würde feuern, komme, was wolle, das war der Vorteil primitiver Technologie. Keine Batterien nötig, keine komplexe Optik, die sich dejustieren konnte. Ein leichter Druck auf den Abzug und wumms. Jan-Sandro schob die Trommel zurück in den Rahmen und steckte den Revolver wieder ein.

Was war mit der Gürtelschnalle? Von außen sah auch sie unbeschädigt aus. Vorsichtig öffnete er sie. Zeit für den dritten Grad des Protokolls. Und eben noch hatte ihm der erste gestunken. Behutsam entnahm er zwischen Daumen und Zeigefinger ein libellenartiges Objekt und setzte es in die Sonne. Die Hautflügel des Libelloids schillerten in allen Farben. Sie waren filigran, schienen aber heil geblieben zu sein, soweit sich das mit bloßen Augen feststellen ließ. Aber es würde nicht lange dauern, bis er Gewissheit haben würde. Wieder verrannen die Sekunden wie rieselnder Sand. Er starrte auf das Insektoid, als wollte er es hypnotisieren. Zuerst war er sich nicht sicher, ob die Libelle oder er selbst zitterte, aber dann wurde aus dem Zittern eine zielgerichtete Bewegung. Die Flügel mit den Solarzellen drehten sich in einen 90 Grad Winkel zur Sonne.

Jan-Sandro drückte mit dem Daumen auf seinen Siegelring, doch dieser reagierte nicht. Der eingravierte Affe schien höhnisch zurückzugrinsen. Verdammte Technik. Er drückte stärker und hörte ein Knirschen wie von Sand. Sorgfältig wischte sich Jan-Sandro den Daumen an seiner Kombination ab und versuchte es noch mal. Diesmal reagierte der Ring sofort und projizierte das flache Hologramm einer Tastatur in die Luft. Ultraschall kitzelte an seinen Fingerspitzen, sodass er die Tasten spürte. Wo war der Startknopf? Er drückte bis zum Einrastpunkt. Ein Hologramm-Sidestick wuchs nach oben. Gleichzeitig spannte sich seitlich ein Lichtrahmen auf, in den die Kamera des Libelloids ihre Bilder speiste. Jan-Sandro ließ den Sidestick kreisen, schwenkte ihn in alle Richtungen, bis ein grüner Lichtpunkt anzeigte, dass die Kalibrierung erfolgreich verlaufen war. Er seufzte, drückte den Sidestick nach vorne und das Libelloid hob ab. Langsam presste er die Luft aus den aufgeblasenen Backen heraus. Alles ein bisschen primitiv, aber es funktionierte. Der Flug verlief stabil, die Kamera sendete.

Ein leises Summen begleitete den Flug des Libelloids. Versuchsweise ließ er es einen Kreis um seine Position ziehen. Aus der Luft war seine Stellung einsehbar. Wenn der Gegner eine Luftaufklärung hatte, konnte er einpacken. Aber er sah und hörte nichts Verdächtiges. Kein größeres Objekt zumindest. Vorsichtig manövrierte er das künstliche Insekt zwischen den Büschen des Seitencanyons, bis ihm einfiel, dass die eingebaute Automatik nicht nur selbst den Flug stabilisierte, sondern auch über einen Kollisionsschutz verfügte. Er schlug sich auf beide Backen. Aufwachen. Keine Fehler mehr machen. Er flog nun schneller bis zur Abzweigung des Seitencanyons und landete das Libelloid auf einem Felsen im prallen Licht der Sonne. Dort drehte er das Kunstinsekt in die Richtung, aus der er nach den Daten der Beschleunigungs- und Drehratensensoren hergekommen sein musste. Er konnte die Straße nur auf eine Entfernung von ein paar Dutzend Metern einsehen, bevor sie einen Knick machte. Sollte er hier bleiben oder weiterfliegen? Ohne Sichtverbindung würde seine Datenübertragungsrate zusammenbrechen. Also besser noch warten.

Ohne Kühlung erwärmte sich sein Anzug schnell. Er suchte sich eine Stelle im Schatten und lehnte sich mit dem Rücken gegen einen Felsbrocken. Die Minuten verstrichen. Sein Atem beruhigte sich. Warten, warten, warten, eine Weile zumindest und nicht einschlafen. Die Augen wurden ihm schwer.

Ein leises Piepsen weckte ihn. Er schrak auf und blickte auf das Bild, das über seiner Hand schwebte. Zwei Gestalten huschten die Straße herauf. Also doch. Er war erleichtert. Besser so. Das Unbekannte nahm Gestalt an und verlor dadurch seinen Schrecken. Aber ... Was bedeutete das für Rosetta? Plötzlich war er überzeugt, dass sie sich nicht mehr melden würde. Hatte sie sich für ihn geopfert? Eine Welle der Sympathie überrollte ihn. Doch dann fiel ihm das Protokoll ein. Dummer, naiver Junge, sagte er sich. Abschnitt 'KI-Regeln'. Priorität der Missionsziele vor der Selbsterhaltung. Sie hatte gar keine Wahl. Es war alles nur einprogrammiert, sie konnte kein höheres Verdienst für ihre Handlungen beanspruchen als seine Kombination für die Wahl der Tarnfarbe. Alles nur Instinkt. Er fluchte leise. Seine Augen brannten und er musste blinzeln. Geisterbilder in allen Vergrößerungen schwirrten vor seinen Augen herum. Die Männer verschwanden hinter den Artefakten. Er war halb blind. Mit einem Pinzettengriff pflückte er sich die Kontaktlinsen aus den Augen und schnipste sie weg.

Sofort sah er sie wieder. Sie trugen weit geschnittene Kleider und Kopftücher zum Schutz gegen die Sonne. Sie hatten also nicht einmal eine aktive Kühlung. Verdammte Bastarde. Sie waren ebenso von der Zivilisation abgeschnitten wie er selbst. Gesetzlose? Rebellen? Er tippte auf Straßenräuber. Der vordere Mann hielt eine MP in den Händen, der hintere, der in einem Abstand von 50 m folgte, ein auf den ersten Blick modern erscheinendes Lasergewehr, eine Präzisionswaffe für Scharfschützen. Vorsichtig näherte sich der erste dem Airbag. Der andere blieb mit der Waffe im Anschlag stehen und trat in den Schatten des Felsens, auf dem das Libelloid saß. Ihn musste er zuerst neutralisieren, wenn er eine Chance haben wollte. Aber die Entfernung war zu groß für den Revolver. Also los. Er blickte immer wieder auf das Display des Ringes, dann wieder zurück auf den Boden vor seinen Füßen. Nur nicht stolpern. Der erste Straßenräuber gab seinem Begleiter ein Zeichen und wies dann mit dem Zeigefinger auf den Airbag. Der andere nickte und feuerte auf das Ziel. Der Stoff verschmorte zischend unter dem Laserfeuer und sackte in sich zusammen. Noch im Feuern trat der Mann näher an den Airbag heran. Erst kurz davor nahm er den Finger vom Abzug und tastete hockend die qualmenden Überreste mit dem Lauf seiner Waffe ab.

Jan-Sandro hatte sich in der Zwischenzeit den Kamm entlang gepirscht. Ein Auge auf das Display gerichtet, das andere auf das Gelände vor ihm lief er zurück Richtung Canyonabzweigung. Nach einigen Metern stieß er mit dem Knie gegen einen hüfthohen Felsbrocken. Er fluchte leise und hüpfte die nächsten Meter auf einem Bein weiter. Es gab keine Alternative. Er musste nahe genug heran und brauchte dann eine freie Schusslinie, aber das Gelände war zu zerklüftet, es erforderte beide Augen. Er ignorierte das Display und sprang im Zickzack 50 m von Stein zu Stein. Es nutzte nichts. Er sah sie nicht mehr. Aber er entdeckte schließlich unter sich den großen Findling, der sie verdeckte. Er glaubte es zumindest. Es musste derselbe sein, denn er hatte die Form und Färbung des Steins, auf dem das Libelloid saß. Also legte er sich auf den Bauch, atmete ein paar Mal tief durch und startete das Kunstinsekt. Es schwirrte in einer engen Kurve um den Felsbrocken herum und der schnelle Wechsel des Blickfeldes machte ihn schwindlig. Wie ein Reiter auf dem Rücken eines Insekts. Warum schießen sie nicht, dachte er. Durch den Kopfhörer erschien ihm das Fluggeräusch so laut, dass der Feind es gar nicht überhören konnte. Doch sie schossen immer noch nicht. Plötzlich tauchte der Scharfschütze auf. Seine Hand lag auf dem Abzugsbügel des Lasergewehres.

Die Hand, die Hand.

Er steuerte sie an und landete. Das Pseudoinsekt begann laut zu brummen wie eine Wespe und erhitzte sich auf der Unterseite schlagartig auf über 100 Grad.

Die Hand zuckte.

Das Bild torkelte.

Schließlich stabilisierte sich die Szene und er sah den Mann wieder von weiter oben in der Luft. Der Scharfschütze fuchtelte wild um sich. Doch er tanzte praktisch an derselben Stelle, die Jan-Sandro mit seinem Revolver nicht einsehen konnte. Ein Schritt würde genügen. Warum macht er nicht diesen einen kleinen Schritt? Jan-Sandro drückte sein imaginäres Reittier im Sturzflug nach unten haarscharf am Straßenräuber vorbei und zog es hinter ihm wieder hoch. Nochmals und nochmals. Eine braune Hand hob sich, wuchs ins Riesenhafte, bis sie sein ganzes Gesichtsfeld erfüllte. Er prallte dagegen und stürzte zu Boden.

Als das Display erlosch, hob Jan-Sandro benommen den Kopf, gerade als hätte die Hand ihn selbst getroffen. Doch der Mann war aus seiner Deckung getreten und stampfte mit beiden Beinen auf dem Boden herum. Jan-Sandro schoss. Der Knall des Revolvers pflanzte sich als Echo durch den Canyon fort. Als der erste Straßenräuber zusammensank, rannte sein Begleiter sofort in die Gegenrichtung davon. Der zweite Schuss war schwieriger. War er bereits außer Reichweite des Revolvers? Doch Jan-Sandro traf ihn schon beim ersten Versuch an der Wirbelsäule. Der Mann stürzte bäuchlings zu Boden und rührte sich nicht mehr. Jan-Sandro wechselte in einer Seitwärtsbewegung die Stellung zum rechten Nachbarfelsen und beobachtete die Straße vor sich. Eine gespenstische Ruhe senkte sich über die Szene. Jan-Sandro trank den Rest des Kühlwassers und wartete. Auf der Straße flirrten nur die Luftspiegelungen. Zwei rote Lachen breiteten sich langsam unter den bewegungslosen Körpern der Straßenräuber aus.

Eine Stunde verging. Schließlich wurde der Durst so schlimm, dass er sich hinunter in den Canyon wagte. Seine Seite schmerzte jetzt stärker. Er tastete die Stelle mit der Hand ab. Es stach, als würde er ein Messer gegen seine Seite pressen. Trotzdem blieb er nicht stehen, sondern schob sich nur vorsichtiger von Deckung zu Deckung den Abhang hinunter, wobei er immer wieder in Richtung der Straße sicherte.

Unten angekommen tastete er einem Mann nach dem anderen die Halsschlagader ab und nahm dann ihre Waffen am Gurt hoch. Mit zwei Gewehren an den Schultern und dem Revolver in der Hand kam er sich vor wie ein Desperado aus einem antiken Western, großspurig, breitbeinig und lächerlich.

Sein Magen rumorte. Er hockte vor der zweiten Leiche nieder und betrachtete sie. Dicker roter Schleim klebte am Boden unter einem halboffenen Mund und ein Gestank von Urin und Kot erfüllte die Luft. Ihm wurde übel. Er stand wieder auf und atmete mehrere Male tief ein und aus. Die Übelkeit nahm ab, aber verschwand nicht völlig. Er hüstelte einige Male flach.

Warum war das Töten so einfach und die Rechnung hinterher so hoch? Es blieb nicht einfach beim 'entweder sie oder ich'. Sicher stimmte etwas mit ihm nicht, etwas Überlebenswichtiges. Rosetta hätte sich nicht so angestellt. Wenn er das hier durchstehen wollte, musste er werden wie sie. Er musste den Knopf finden, der ihn zur Maschine machte und dann musste er nach Rosetta suchen, auch wenn er nicht glaubte, dass sie noch lebte. Rosetta Amsel. Er würde sich nicht an das Protokoll halten. Er würde das tun, was er für das Richtige hielt. Er war ein Mensch. Er war frei. Er lachte laut los. Eben noch wollte er eine Maschine sein. Es musste an der Sonne liegen.

Sie brannte auf den Lippen, sie brannte in den Augen und sie brannte einem den letzten Rest von Verstand aus dem Hirn. Verdammte Sonne. Es war so still und so heiß und er dachte an Maschinen und Amseln. Niemand bewegte sich in der Mittagshitze außer einem Trottel und der Sonne. Da stand sie hoch am Himmel, eine feurige Scheibe wie ein Auge, das ihn beobachtete.

Ein Auge.

Die Sonne verwandelte sich in ein Auge und das Auge blickte ihn an. Zwischen all den sonnenverbrannten Bergen schwebte nur das Auge der Amsel. Was machte ein einsames Auge dort oben, dachte er. Er blinzelte und das Auge verwandelte sich wieder in die Sonne. Im nächsten Moment drehte sich sein Magen. Sturzflug. Ein breiter Strahl schoss aus seinem Mund und er konnte nicht mehr aufhören zu kotzen.

# 5

Er lag bäuchlings auf einem Felsvorsprung der Hochebene. Seitlich deckte ihn ein kleiner Felsbrocken und spendete ihm Schatten. Hier war es kühler und leichter seine Gedanken zusammenzuhalten. Und er hatte freie Sicht auf den Ort des Überfalls. Welcher Luxus. Es fehlte nur noch ein schattenspendender Baum, eine Flasche Wein und Bella singend neben ihm.

Das Zieldisplay des Lasergewehres zeigte ihm alle Details, nur nicht die, die er erwartet hatte. Denn die Daten der Trägheitsnavigation waren eindeutig. Die Stelle stimmte, aber wo waren die Spuren? Die Enduromaschinen waren verschwunden. Ohne seine neuronale Verbindung fühlte er sich wie amputiert. *Kiddo, was soll ich machen?* Hatte man früher deshalb gebetet? Und was hätten Gott oder die Götter geraten? Sollte er seiner Ausrüstung vertrauen oder seinen Augen? Auf der Straße glaubte er einen schwarzen Streifen auszumachen. Eine Bremsspur? Aber selbst wenn, war es seine? Seine taktische Lage war schwierig: Er war Stadtmensch, kein Ranger und er war allein. In einem Wort, er war der Gejagte, nicht der Jäger, zumindest solange es hell war. Sein Hals kratzte. Sollte er schlucken? Wenn man einmal damit anfing, würde es das Brennen in der Kehle nur noch verschlimmern. Er schluckte trotzdem. Nicht zu vergessen das Wasser, das fehlende Wasser. Das begrenzte seine operative Zeit. Wie kann sich eine Kehle so schnell in Pergament verwandeln?

Wann ging die Sonne unter? Er schielte nach oben. Sie stand noch eine Handspanne über dem Horizont. Immerhin war die Zieloptik des Lasergewehres mit einem Restlichtverstärker ausgestattet. Für den Fernkampf, natürlich nur für den Fernkampf. Er musste bis zur Nacht durchhalten. Verfluchte Sonne. Ein Stein drückte ihm gegen den Hüftknochen. Er rückte sein Kopftuch gerade und versuchte eine bequemere Stellung zu finden. Nur nicht die Straße aus den Augen verlieren. Sie konnten zurückkommen. Also nicht einnicken. Wenn er nur aufstehen und sich die Beine vertreten könnte. Wenn, wenn, wenn.

Ob Rosetta doch noch lebte? War 'leben' überhaupt das richtige Wort? Leben oder Tod, wo war da für sie der Unterschied? Sie war kein Mensch. 'Operationell' wäre vielleicht treffender. Aber das Wort kratzte im Hals. Verdammt, sie war lebendiger als manche seiner Zeitgenossen. Es gab genug Zombies, die sich als Menschen aufplusterten. Verfluchte Zombies, verdammte KIs. Wäre nett, wenn einer hier wäre, irgendeiner, jetzt, bevor er verdurstete, nicht irgendwann. Nicht lachen. Das schmerzte noch mehr als die Wörter mit 'R'.

Hier und jetzt, das war das Wesentliche. Hier und jetzt war noch nicht das Ende. Weder für ihn, noch für Lyria. Vier Jahren sollten doch genügen, um wieder auf die Beine zu kommen. Mit Lyrias Optimismus und seiner Lebensenergie. Das verschwand doch nicht in ein paar Stunden Krieg. *Aber danach*, sagte eine kleine Stimme. Danach, danach. „Ich habe hier keinen um seine Meinung gefragt", murmelte er. Er hätte nicht nach Illyrien gehen sollen. Lyria war nicht Sagittaria, die verfluchte Mondkolonie. Mit ihrem verdammten Unabhängigkeitskrieg. Und dem Danach, danach, als alles auseinanderfiel. Kein Ort für - niemand.

Solange er nicht von dem Studenten träumte, war es ok, sagte er sich. Die anderen Träume waren, nun ja, die meisten waren Albträume, aber nicht wie der vom Studenten. Selbst wenn seine Mutter geweint hatte, war es nicht so schlimm. Vielleicht, weil sie sich dann von ihm trösten ließ und ihn nicht gleich wieder wegschickte. Wenn sie dann weinte, weil sie wieder Schläge einstecken musste, und er mit ihr weinte und sie vor ihm aufhörte, hatte sie ihm immer versprochen, dass sie eines Tages, ja schon bald von hier weggehen würden. Sein Vater würde zurückkommen und sie zu sich nehmen, sein Vater der Offizier. Er wusste nicht, woher sie wusste, dass sein Vater Offizier war. Seine Mutter beschränkte sich nicht auf Offiziere. Sie konnte nicht wählerisch sein. Das war noch der netteste Traum.

Dann war der von seinem Geburtstag. Es musste der sechste gewesen sein. Jedenfalls hatte sie ihm einen Kuchen mit sechs Kerzen gemalt. Das Bild hing an der Wand und seine Mutter lag nackt auf dem Boden. Ein Mann stand über ihr und schlug sie mit seinem Gürtel. Er hatte eine Uniformjacke an, er hatte keine Hose an und auch keine Unterhose. Der kleine Junge, der er einmal war, trommelte mit den Fäusten auf seinen Rücken ein, bis dieser sich umdrehte. Er drehte sich ganz langsam um. Sein Mundwinkel verzog sich bis zum Ohr, bis der Mund merkwürdig schief im Gesicht saß. Wenn er

Glück hatte, wachte er sogar vor dem ersten Schlag auf.

Es gab noch einen letzten Traum von Sagittaria. Der war schlimm genug, aber immer noch nicht der Schlimmste. Es war die Nacht, als das Fort überrannt wurde und als er seine Mutter verlor. Er hörte nur ein ‚Lauf weg' und dann den Schrei, als sie die Tür zu hielt, um ihm einen Vorsprung zu verschaffen. Das stand in keinem Protokoll. Sie machte es freiwillig. Eric und er huschten durch die Nacht wie Ratten auf der Flucht vor der Katze, nur dass es diesmal kein Spiel war. Sie waren halb verdurstet, als man sie fand. Jemand aus Lyria, der sie nicht gleich totschlug und sie mitnahm. Das wunderte ihn. Aber da kannte er Lyria noch nicht.

Er träumte lieber von Lyria, dem Lyria vor dem Krieg. Was war das Gegenteil von 'Albtraum'? 'Wunschtraum'?

Lyria. Wenn der Wind im Oktober von der Wüste her blies, lag der Geruch des Frühlings in der Luft. In den ersten Jahren in Illyrien brauchte er nur die Augen zu schließen und er sah immer noch die Wolkenkratzer von Lyria und die schwindelerregenden Fußgängerbrücken, die der Wüstenwind umwehte, als wäre er der warme Atem der Stadt. Dort spielten Eric und er zwischen den Wolken, wenn sie vom Geigenunterricht kamen. Am Himmel blinkten die Sternenschiffe, und die Sterne blinzelten ihnen zu.

Clara und Laura, seine Adoptiveltern, waren Musiker. An seinem achtzehnten Geburtstag führten sie zusammen in ihrem Wochenendhäuschen hoch oben in den Bergen Stücke von Chopin auf und danach von Grakovsky, einem Komponisten, den man in Illyrien nicht kannte. Zum Schluss spielte Clara allein auf dem Klavier die Fantaisieimpromptu Nr. 4 cis-Moll, und er schaute auf die Berge, die sich bis zum Horizont erstreckten, ein Höhenzug hinter dem anderen, aufgereiht wie Zuschauerränge. Ganz hinten die Türme von Lyria, alles überragend. Sie standen still, als würden sie tatsächlich zuhören. Während die letzten Akkorde verklangen, wurden seine Augen wässrig, aber dort gab es keinen Grund sich umzudrehen wie in den Albträumen.

Die Harmonie in seiner neuen Familie war quasi musikalisch vorgegeben. Die einzige Dissonanz zwischen Clara und ihm entstand, als er verkündete, Polizist werden zu wollen. Polizeiarbeit erschien ihr zu roh, kein Raum für Ästhetik. „Ich habe etwas gut zu machen", sagte er, spielte mit seinem gespaltenen Ohrläppchen und blieb bei seinem Entschluss. Er bereute ihn nicht, nicht solange er in Lyria lebte, aber er erzählte niemand den wahren Grund.

Als es dämmerte, begann Jan-Sandro den Abstieg. Es sah ganz leicht aus. Die ersten zehn Meter waren nicht steil, höchstens Schwierigkeitsgrad 3. Er hängte sich MP und Lasergewehr wieder um die Schultern, kreuzte die Gurte aber diesmal über der Brust, damit die Waffen nicht hin und her pendeln konnten. Zunächst reichte eine Hand aus, um sich abzustützen, und so behielt er auch den Revolver in der anderen Hand. Er hatte den richtigen Zeitpunkt genau getroffen. Der Schatten, in den die Wand langsam tauchte, behinderte seine Sicht nicht, war aber gerade so tief, dass er von Weitem schwer zu erkennen wäre. Es durfte nur keiner mit Nachtsichtgerät oder Infrarotoptik in seine Richtung schauen.

Die erste schwierigere Stelle begann an einem breiten Absatz, über dessen Überhang er sich behangen wie ein Christbaum nicht zu klettern traute. In der Mitte des Absatzes gähnte allerdings ein schwarzes Loch im grauen Fels. War der Fels dort dunkel oder ging es tief hinab? Vorsichtig tastete er mit den Füßen nach möglichen Tritten, aber die Wand war glatt und beinahe senkrecht. Drei Wände, die vierte nach außen offen, ein Kamin. Kaminklettern hatte ihm in seiner Jugend Spaß gemacht und so schob er die Gewehre zur Seite und presste sich, ohne zu zögern, mit dem Rücken und den Füßen gegen die Kaminwände. Schritt für Schritt rutschte er den vertikalen Schacht hinunter. Er verhakte sich ein paar Mal in die MP, aber er hatte sich in den Kopf gesetzt, sein ganzes Arsenal mitzunehmen, und dabei blieb er. So fluchte er nur leise in sich hinein und bugsierte seine Waffen von der einen zur anderen Seite. Als er schließlich heil am Kaminfuß angekommen war, begutachtete er seine aufgeschrammten Ellenbogen und fühlte sich wie ein Meisterkletterer. Der Rest würde nur noch ein Klacks sein.

Er stand auf einer breiten Felsplatte. Seine Augen brannten. Ein Wunder, dass er in seinem ausgetrockneten Zustand noch so schwitzen konnte. Wo kam all das Wasser her? Er wischte sich den Schweiß von der Stirn und leckte seine Finger ab, aber die Salzlösung brannte auf den aufgesprungenen Lippen stärker als in den Augen. Als er wieder klar sehen konnte, legte er sich auf die Felsplatte und spähte nach unten. Die Wand unter ihm bildete einen Überhang. Er war sich ziemlich sicher, dass er schon beinahe am Boden der Schlucht war, aber es war mittlerweile so dunkel geworden, dass er nichts sah. Unter ihm spannte sich ein schwarzes Tuch, das den flachen Weg oder genauso gut Felsnadeln verbergen konnte. Die Wand neben ihm war dagegen nicht besonders steil aber sehr glatt.

Sollte er ins Unbekannte springen oder die glatte Wand neben ihm queren? Springen ohne Sicht war absurd, das lief praktisch auf einen Sturz hinaus. Besser die Wand queren. Doch schon nach einem halben Meter geriet er ins Rutschen. Zunächst ganz langsam. Keine Panik sagte er sich, er hatte noch genug Zeit einen Griff zu finden. Irgendwo gab es immer einen kleinen. Aber er fand keinen und rutschte immer schneller. Mit dem Revolver in der Hand hatte er keine Chance, also ließ er ihn los. Das Klappern von Metall auf

Fels hallte von Fels zu Fels. Vor Schreck verlor er den Kontakt mit der Wand. Er schlug mit beiden Händen verzweifelt um sich und stürzte ab.

„Ich hoffe, Sie können besser schießen als klettern, mein Herr", krächzte es hinter dem dunklen Vorhang der Nacht. Ein spitzer Stein drückte in seinen Rücken, aber er wagte es nicht sich zu rühren, solange er die Richtung der Stimme nicht lokalisieren konnte. Seine Arm- und Beinmuskeln spannten sich wie die Federn eines Katapultes. Er sah nichts. Schließlich hob er leicht den Kopf und sah immer noch nichts. Wo war sein Revolver? Unter seinen Händen lagen nur Steinchen. Er spreizte die Finger. Nichts. „Hier oben im Baum." Eine Krähe? Eines dieser sprechenden Haustiere? Sein Blick wanderte die knorrigen Äste eines abgestorbenen Baumes entlang und dann sah er sie. Gegen den noch schwach erhellten Himmel zeichnete sich eine krakenhafte Gestalt ab, die an einem Tentakel von einem der unteren Äste herabhing. Einer ihrer freien Arme hob sich und winkte ihm zu.

„Machen Sie den Mund auch wieder zu? Sagen Sie nicht, sie hätten noch nie einen Kribbon gesehen."

„Doch, schon, aber ..." Er erschrak über den Klang seiner eigenen Stimme. Sie klang wie ein Basslautsprecher, den man mit der Kreissäge mitten durchsägte.

Als die Kreissäge verstummte, säuselte der Kribbon: „In ihrem Satz fehlen einige Elemente, die zu einer Unterhaltung nötig wären."

„Trockener ...", krächzte er und hustete. Der Schmerz ließ nach, seine Stimme klang schlagartig verständlich: „Hals."

„Den Rücken abklopfen?"

„Nein, es geht schon wieder. Kribbons, das ist -- Überraschung."

„Eine angenehme?"

„Angenehm? Nein, etwas anderes. Wie haben Sie bloß — der Krieg, meine ich. Ich dachte, Sie, die Kribbons seien abgeh..., äh, evakuiert worden."

Der Kribbon bewegte ein Tentakel wie einen Scheibenwischer. „Wollen Sie wirklich in Ihrem Zustand alte Kriegsgeschichten wieder aufwärmen?"

„Haben Sie einen besseren Vorschlag?"

„Wasser in Zeiten der Cholera? Freunde, die Rettung einer bedrohten Tierart? Straßenräuber, die unverstandenen Geschenke des Lebens?"

Langsam wurde es Jan-Sandro zu bunt. „Wer zum Teufel sind Sie überhaupt?", platzte es aus ihm heraus.

„Tut, tut! Werden Sie immer ärgerlich, wenn jemand nicht die Konventionen bedient? Aber, bitte. Mein Name ist Robert von Armin, ehemaliger Hofnarr seiner Exzellenz, des Botschafters der Vereinigten Republiken von Proxima b. Derzeit Mitglied des Théâtre Sinistré. Einziges freies Mitglied, sollte ich hinzufügen. Der Rest der Truppe ist von Straßenräubern gefangen genommen worden, deren unerquickliche Bekanntschaft Sie und ihre hübsche Begleitung ebenfalls gemacht haben, wenn ich mich nicht irre. Und wer sind Sie - wie sagt man gleich in ihren Kreisen - wenn Sie mir die Frage gestatten?"

Hofnarr, er konnte unmöglich Hofnarr gesagt haben. „Äh, ich gestatte. Serge Tarkovski. Ich meine, ich bin Serge Tarkovski. Gefangen genommen? Haben Sie gerade gesagt, meine Begleitung? Rosetta ist am Leben?"

„Sie war es, als ich sie das letzte Mal gesehen habe."

„Wo war das?"

„Nicht weit von hier. Bei einer Art Decollage-Happening an unserem Lagerplatz. Es ist viel zu Bruch gegangen, aber wenn es einer überlebt, könnte die Aktion in eure Theatergeschichte eingehen."

„Also dann los." Jan-Sandro stützte sich auf die Ellenbogen und stöhnte, als er sie belastete. „Wir müssen sie befreien."

„Wen?"

„Bitte?"

„Ok, ok, war nur ein Witz. Es bleibt allerdings ein kleiner offener Punkt."

„Welcher?"

„Wie stellen wir das an? Oder, spezifischer. Die Räuber sind schwer bewaffnet. Haben Sie einen Plan? Können Sie mit dem Zeug umgehen, das Sie eben hier über den ganzen Weg verstreut haben?"

„Helfen Sie mir die Waffen aufzusammeln und nehmen Sie sich selbst eine."

„Es gibt da noch eine Kleinigkeit, die wir am besten sofort klarmachen, um mögliche Missverständnisse gleich aus dem Weg zu räumen."

„Welche?"

„Äh, ich glaube, die Konvention erfordert jetzt wirklich eines dieser überstrapazierten 'ähs' — ich bin Pazifist."

Robert war auch nicht gut zu Fuß.

"Wie sind Sie eigentlich den Gangstern entkommen?"

"Es gibt andere Fortbewegungsmittel als zu laufen."

"Als da wären."Holoring
"Getragen werden."
"Das habe ich mir gedacht."
Aber wie sollte er ihn hochheben? Wie sollte er es herauskriegen, ohne sich mit der Frage den Hals aufzukratzen und eine schnodderige Antwort zu riskieren? Aber Robert war so nett ihm zwei Tentakel entgegenzustrecken. Sie wanden sich wie Schlangen. Man sagte, dass Schlangenhaut nie glitschig sei, immer trocken und geschmeidig wie glattes Leder. Bei Kraken allerdings? Er schloss die Augen und griff zu.
„Sie können die Augen wieder aufmachen. Ich bin oben."
Nicht glitschig, dachte er. Kribbons lebten ja auch nicht unter Wasser. Keine Leichtgewichte allerdings, zumindest gefühlt nach einem Tag ohne Wasser in der Wüste. Hundert Kilo? Wieviel waren das wirklich, zwanzig? Aber es war, als ritte ihn ein Monster. Und das war entscheidend. Ein Monster.
„Tut mir leid", sagte der Kribbon. "Ich habe ziemlich zugenommen. Eure Babys sind für unsereiner unwiderstehlich, Sie verstehen?""Witzbold. Wie weit ...?"
„Wir sind gleich da. Sagt man das nicht zu kleinen Kindern?"
Als sie die Abzweigung des richtigen Seitencanyons erreicht hatten, setzte ihn Jan-Sandro ab. Seine Schulter schmerzte und er rieb sie sich verstohlen. Was hatte er sich als Begleitung gewünscht? Einen Zombie. Richtig. Er fragte sich, ob er nicht mit so einem besser gefahren wäre. Die redeten weniger und marschierten dafür mehr. In den Filmen jedenfalls. War das Universum eine Wunschverschlimmbesserungsmaschine?
Er schwenkte mit dem Lasergewehr über die abzweigende Schlucht. Es musste hier irgendwo Wasser geben. Die Vegetation war üppiger. Gräser, Sträucher, sogar ein paar Bäume erschienen im geistrigen Licht des Restlichtverstärkers wie ein geheimnisvoller Dschungel, der nur darauf wartete sie zu verschlingen. Es war besser nicht alleine zu sein, auch wenn er Robert tragen musste. Man konnte auch nicht den letzten Kribbon auf dem Planeten so einfach verschmachten lassen. Toller Spruch. Er musste ihn sich merken für später, wenn seine Stimmbänder wieder mitspielen würden.
Und wenn sie kein Wasser fänden, wer würde zuerst verdursten? Wie viel brauchten Kribbons eigentlich? Wenn er sich nicht irrte, waren sie jedenfalls ursprünglich Walddachbewohner wie die Gibbons und lebten nicht im Meer wie die Kraken, obwohl sie denen am ähnlichsten sahen. Von der Lebensweise also ein Affe, vom Aussehen her ein Monster, äh, ein pazifistisches Monster. Ob Vincent mit so einem Äffchen zufrieden wäre?
Er stoppte seinen Scan. Etwas war ihm entgangen, etwas, das nur sein

Unterbewusstsein registriert hatte. Er versuchte, das Lasergewehr auf derselben Trajektorie zurückzubewegen und den Punkt wiederzufinden, auf den er hätte reagieren müssen, wenn er besser auf Draht wäre.

Da war es. Auf den ersten Blick sah es aus wie ein Baumstamm, aber die Rohrmündung verriet es. Er drehte sich zu Robert um und hielt den Zeigefinger senkrecht an die Lippen. Er hoffte, dass der Kribbon die Geste verstand. Langsam tastete er sich rückwärts zurück zum Hauptcanyon. Dann drehte er sich um, klemmte sich den Kribbon wie ein Kleinkind unter den Arm und hastete hundert Schritte in die andere Richtung in die Deckung eines Felsbrockens.

„Eine Selbstschusslafette? Und warum hat sie dann nicht gleich geschossen?" Wer ist nun das mäkelnde kleine Kind, dachte Jan-Sandro.

„Fragen Sie sie selber." Merkwürdig, immer wenn er sich ärgerte, funktionierte seine Stimme. Rau zwar, aber eindeutig menschlich.

„Vielleicht schießt sie nur, wenn man sie anspricht?"

„Wie sind Sie eigentlich entkommen?"

„Am Schluchtende die Wand hoch, wie sonst? Wie hätten Sie es denn gemacht? Können Affen nicht klettern?"

„Affen können alles. Hüpfen Sie mir mal nach."

Jeder Schritt schmerzte. Er hatte beim Sturz zwar nichts gebrochen, aber die Prellungen und Abschürfungen quälten ihn immer stärker. Jan-Sandro suchte nach einem einfachen Aufstieg zur Hochebene und zog den Kribbon hinter sich her wie ein kleines Kind sein Kuscheltier. Oben angekommen trug er ihn wieder auf den Schultern. Robert sah besser im Dunkeln als Affen und wies ihm den Weg. Der Lahme und der Blinde.

Warum antwortete Rosetta nicht über Funk, wenn sie noch am Leben war? Er musste den Gedanken laut ausgesprochen haben, denn Robert antwortete flüsternd: „Die Gangster haben sie mit einem Metallnetz gefangen und in einen Baum gehängt." Faradayscher Käfig. Das ist also der Grund.

„Wie groß sind die Maschen des Netzes?".

„Ziemlich klein."

„Wie klein?"

„Vielleicht 1 cm Durchmesser. Warum?"

„Das erklärt, warum ich sie nicht über Funk erreichen kann."

Eine Wellenlänge von 1 cm entspricht 30 GHz, das sind Radarwellen jenseits der Spezifikationen des Funkgerätes, selbst wenn er eine Sichtverbindung zu Rosetta herstellen könnte. Er fiel im Gehen in einen Halbschlaf, träumte davon, einen Radartransceiver zusammenzubauen. Er kramte in einer riesigen Schublade auf der Suche nach einem Hohlleiter-Richtkoppler, der in einem Berg von elektronischen Teilen vergraben war. Ein Schwarm Tauben landete im Zimmer. Er beschwor sie, ihm zu helfen, wie sie Aschenputtel geholfen hatten. Er hatte auch böse Schwestern. Sie gurrten zur Antwort, drehten sich im Kreis und verwandelten sich in neunarmige Tintenfische, die mit den Bauteilen jonglierten. Sie tanzten wie Schneeflocken im Wirbelwind. Inmitten dieses Gestöbers funkelte der Koppler wie ein heller Stern. Schon wollte er danach greifen, da durchfuhr ein stechender Schmerz seine Wange. Robert hatte ihn mit einem Tentakel geohrfeigt. „Pst. Wir sind da." Jan-Sandro fluchte leise in sich hinein, aber er war wach. Er würde nicht im Schlaf hopsgehen. Kniend wie ein Sportschütze legte er das Lasergewehr an und observierte durch das Zielfernrohr den Canyon unter sich. Zwei vermummte Gestalten saßen am Lagerfeuer. Warum war die Feuerstelle so groß? Sollte das ein Signal sein? In einem Baum zehn Meter daneben hing ein verschnürtes Bündel.

„Wie groß war die Bande ursprünglich?", fragte er den Kribbon.

„Ich glaube, es waren insgesamt vier."

„Was heißt das?"

„Ich habe nur vier gesehen."

„Soll ich die zwei ohne Vorwarnung erschießen oder nehmen wir sie gefangen?"

„Wir? Haben Sie ‚wir' gesagt? Ich fühle mich in der Rolle des Partyschrecks nicht wohl, wenn die Gäste mit Knarren hantieren."

„Dann geben Sie sich Mühe, sie nicht zu erschrecken, wenn Sie jetzt die Wand hier hinunterklettern und Rosetta eine Waffe bringen."

„Sie hängt in einem Netz."

„Ich pflücke Rosetta von hier aus dem Baum. Aber sie braucht eine Waffe."

„Bekomme ich am Ende eine Tapferkeitsmedaille?"

„Nur, wenn es gut ausgeht."

„Und andernfalls eine Beerdigung mit Ehrensalut, ein Schuss pro Tentakel?"

„Genau."

„Was war noch mal die Alternative? Zwei Tote auf meinem Gewissen?"

„Wenn wir noch lange diskutieren, sind wir die zwei Toten."

„Irgendwie klingt das nach Zwangsrekrutierung."

„Es dauert nur ein paar Minuten. Den Rest erledigt Rosetta." Jan-Sandro stampfte mit den Füßen. Leise, leise, sagte er sich, aber es wurde immer kälter. „Nun?"

„Ich ..."

„Es wird hier ziemlich kalt."

„Ok, ok, aber ich tu's nicht gerne."

„Wedeln Sie mit einem Tentakel, sobald Rosetta bereit ist. Wedeln mit zwei Tentakeln bedeutet Schwierigkeiten."

Robert schlang einen Greifarm um den Revolver, den Jan-Sandros ihm entgegenstreckte und schwang sich über den Rand des Abgrundes. Den Arm mit dem Revolver in die Luft gestreckt, glitt er in einer fließenden Bewegung die senkrechte Felswand hinunter als wäre es eine Tanzfläche. Jan-Sandro unterdrückte den Drang anerkennend zu pfeifen. Stattdessen nahm er das Gewehr gleich wieder auf und stellte das Blickfeld so ein, dass er Rosetta und das Lagerfeuer gleichzeitig erfassen konnte.

Die zwei Straßenräuber schienen über dem Feuer ihr Abendessen zu braten. Auf langen Stöcken aufgespießt und in Folie umwickelt hielten sie es in die Glut. Der eine, größere, hatte einen langen schwarzen Bart, auf dem Dreck klebte. Sein kariertes Hemd war am Ärmel aufgeschlitzt. Der andere, kleinere mit Stoppelbart war ebenso ungewaschen. Er trank gerade aus einer Plastikflasche. Sein Adamsapfel wanderte bei jeder Schluckbewegung auf und ab.

Hatte er das Nanoseil gespannt?

Es hätte ihn köpfen können.

Er schob das Fadenkreuz über den zitternden Adamsapfel, genau an die Stelle, an der das Wasser die Kehle hinunter lief. Kühl war es. Seine eigene Kehle brannte.

Töte ihn, sagte das Tier.

Er oder du.

Es ist gerecht.

Es tut gut.

Es ist wie Wasser in der Wüste. Sein Zeigefinger spannte sich am Abzug.

Es ist Mord, sagte Roberts Stimme. Es ist nicht nötig. Es ist nicht der Plan. Komm, trink mit uns.

Gläser klirrten, und Robert prostete ihm mit einem Greifarm zu. Hatte er die Seiten gewechselt?

Jan-Sandro blinzelte und der Spuk verschwand. Aufwachen, aufwachen. Er ohrfeigte sich auf beide Backen. Zwei Minuten wachbleiben, zwei Minuten. Dann zielte er kurz und feuerte einen langen Laserpuls ab.

„Sun von Theta 9. Einsatzfähig. Kommen."

„Hier Sun - Meldung: 2 Gegner neutralisiert, 2 verbleiben, QRB 150 m, Entfernung Gegner stehend links 160 m, Winkel 4 Grad. Achtung! Befehl: Alle Gegner neutralisieren, vorzugsweise gefangen nehmen. Ich feuere mit Lasergewehr auf dein Kommando. 55. Kommen."

„Hier Theta 9. Verstanden. Ende."

„Gut gemacht, Champion", murmelte Rosetta.

„Danke", sagte Robert über ihr im Baum.

„Bitte?"

„Entschuldigung, ich hatte keine Zeit, mich vorzustellen. Mein Name ist Robert von Armin, Schauspieler und Berater a.D. des letzten kribbonischen Botschafters auf Lyria."

„Angenehm, Rosetta Amsel. Ich nehme an, Sie gehören zur Theatertruppe?"

„Genau. Ihre kleine Aktion war übrigens auch sehr eindrucksvoll. Mein Kompliment."

„Sie sind nur bewusstlos." Zwei Männer waren rücklings am Feuer zusammengesunken. Die Flammen warfen ihr unstetes gelb-rotes Licht auf ihre Körper. Aus dem Mund des größeren lief ein Rinnsal von einem tieferen Rot und tropfte auf seinen schwarzen Bart. Doch das Spektrum passte nicht auf Blut. Es war nur Bratensauce. In der Luft lag ein brenzliger Geruch. Ein Stück Fleisch lag im Feuer. Weiter hinten standen die Wagen der Truppe, aber sie waren nur mit dem Restlichtverstärker von den dunklen Canyonwänden zu unterscheiden.

„Das ‚Gut gemacht, Champion', war nicht auf mich gemünzt?"

„Nein - Jan-Sandro braucht das allerdings nicht unbedingt zu hören."

„Oh, warum nicht?"

„Sagen wir mal, er wandert auf dem schmalen Grat zwischen Selbstzweifeln und Selbstüberschätzung."

„Und diese Heldentat wird ihn zweifellos ..."

„Dieser kleine Zwischenfall wird ihm das Quäntchen Selbstvertrauen geben, das er braucht, aber wir wollen nicht übertreiben. Sie verstehen?"

„Ich dachte, Sie seien seine kleine Cousine."

„Ich bin hier, um auf ihn aufzupassen. Das ist dort, wo wir herkommen, die Aufgabe kleiner Cousinen."

„Verstehe. Ich habe auch eine, aber sie ist zum Glück ziemlich weit weg."

„Dann rufen wir mal den Helden."

# 6

Am nächsten Morgen lag der Seitencanyon noch im Schatten der Felswände. Ein wolkenloses, blassblaues Band spannte den Himmel über ihm auf. Die Temperatur war über Nacht in die Nähe des Gefrierpunktes gefallen und Jan-Sandro fröstelte, denn der Streifschuss hatte die Regelung der Klimaanlage zerstört. Er fasste sich vorsichtig an die Seite, dort, wo ihn der Laser gestreift hatte, aber die Heilsalbe wirkte. Er fühlte keinen Schmerz.

Zusammen mit Rosetta und dem Kribbon stand er vor einer improvisierten Bühne, deren abschließende Kulisse die Felswand am Ende des Seitencanyons bildete. Um sie herum brummte ein Stimmengewirr. Vielleicht ein Dutzend Schauspieler und Bühnenarbeiter hatten sich in kleinen, bunt gekleideten Gruppen versammelt. Nur Jan-Sandros und Rosettas Tarnanzüge imitierten den grauen Fels hinter ihnen. Graue Mäuse zwischen Paradiesvögeln. Warum eigentlich? Sie waren jetzt in Lyria. Er spielte an der Farbsteuerung am Hosenbund und verfolgte am Ärmeldisplay wie sein Anzug von Farbe zu Farbe flackerte, bis er sich für dezente Rottöne entschied, fein abgestuft vom Karminrot der Stiefel bis zu einem matten Rosa am Kragen.

„Ist das ein Brunftzeichen wie der rote Hintern bei den Schimpansen?", fragte der Kribbon Rosetta. Sein sackartiger Körper, der eben noch orangegrün gefleckt war, explodierte in ein strahlendes Gelb. Einen Augenblick später wurde er schwarz und Schwärme roter Punkte ballten sich zu Haufen, die auseinanderstoben und sich in ständig wechselnden Formen umwirbelten.

„Robert, das ist obszön. Benimm dich", sagte Rosetta.

„Aber warum denn? Mir hat es gefallen, es war richtig hypnotisch, wie Starenschwärme im Herbst", sagte Jan-Sandro.

„Da war noch etwas anderes im Infrarot."

„Meinst du, er hat es unterbewusst wahrgenommen und ist deshalb so rosa im Gesicht?" Die Schwärme auf Roberts Mantel formten sich zu Buchstaben, die auch Jan-Sandro lesen konnte: *Petze*.

Jan-Sandro fasste sich an die Stirn. Sie war heiß und schmierig unter der Salbe.

„Das ist nur ein Sonnenbrand. Bekommt ihr keinen?", sagte Rosetta.

„Proxima emittiert tatsächlich mehr UV als Sol. Aber die Chromatophoren in unserer Haut fluoreszieren und machen es dadurch unschädlich. Wie bei euren Algen, aber effizienter."

„Schön für dich" sagte Jan-Sandro und ging an das Lagerfeuer, um sich einen Kaffee zu holen.

Ein grauhaariger, kräftiger Mann schenkte ihm ein. Er hatte dunkle Ringe um die Augen.

„Wie haben Sie das bloß geschafft, ganz alleine? Ich bin übrigens Martinez."

„Serge."

„Robert hat mir geholfen."

„Wirklich?"

„War er wirklich der Hofnarr des Proxima-Botschafters?"

„Einer seiner Witze."

„Natürlich."

Martinez kratzte sich an seinem grauen Stoppelbart. „Man sagt, er sei der Geheimdienstchef der Proxima-Delegation gewesen."

Jan-Sandro lachte laut auf.

„Du glaubst es nicht."

„Nein, nicht wirklich."

„Hey, Juliane." Er winkte einer jungen Frau in Jeans und gelber Lederjacke.

„Das ist Serge. Erzähle unserem Helden, was Robert von uns als Poker-Einsatz verlangt hat, als wir blank waren."

„Ach, das war ein Witz."

„Das glaube ich nicht."

„Und was sollte er mit den Ozeanen der Welt anstellen?", sagte Juliane.

„Was weiß ich? In das Wurmloch absaugen. Vielleicht haben sie Wassermangel auf Proxima b."

„Du spinnst."

„Er hat von euch die Ozeane der Welt gewonnen?" Jan-Sandro lachte, bis ihm die Tränen kamen. „Habt ihr ihm schon gestanden, dass sie euch nicht gehören?"

„Er weiß es. Er hat gesagt, dass es reicht, einen geschäftsfähigen Vertreter der Menschheit zu finden. Den Rest bringt er bei den Kolonialgerichten durch."

„Warum hast du es dann gemacht?", sagte Jan-Sandro.

„Vergessen wir die Geschichte."

„Ganz einfach", sagte Juliane.

„Ach hör doch auf."

„Martinez hatte Skrupel bis zuletzt. Aber dann hat ihm Robert versprochen, ihn und hundert andere seiner Wahl in eines der kribbonischen Orbitalkomplexe zu evakuieren."

„Hey, das habe ich nicht geglaubt."

„Bis nachher. Vergiss die Probe nicht!" Juliane schüttelte ihre langen schwarzen Haare und schlenderte lachend in Richtung Bühne. Eine Figur wie eine Balletttänzerin, dachte Jan-Sandro und ging mit seinem Kaffee zurück.

Eine rundliche Frau in den Enddreißigern hatte sich in der Zwischenzeit Rosetta angeschlossen. Madeleine Forestier, die Leiterin der Truppe. Sie trug einen lachsfarbenen Pullover und eine weiße Hose. Ihr unbewegliches Gesicht erschien ihm ungewöhnlich für eine Schauspielerin. Als sie ihn wahrnahm, breitete sich allerdings ein solch strahlendes Lächeln über ihr Gesicht aus, dass Jan-Sandro schon erwartete, in die Arme genommen zu werden. Doch sie reichte ihm nur die Hand.

„Ich möchte Ihnen allen nochmals aus ganzem Herzen danken. Ich weiß nicht, wie das ohne Sie ausgegangen wäre."

„Sie sind hart im Nehmen."

Sie zog die Augenbraue hoch.

„Wollen Sie wirklich schon wieder proben?"

Sie zuckte mit der Schulter. „Wir sind Schauspieler. Wenn Sie wollen, dürfen Sie zuschauen - halt, so habe ich das nicht gemeint. Also noch mal." Sie schüttelte den Kopf. "Es gibt nicht viele wie Sie. Wir stehen in Ihrer Schuld. Wenn wir uns in irgendeiner Weise erkenntlich zeigen können, ich meine außer einer Einladung zu einer offenen Probe."

Jan-Sandro entgegnete: „Es gibt da tatsächlich einen Punkt. Ich habe gehört, dass Sie ebenfalls nach Lyria City unterwegs sind. Und wir stehen jetzt leider ohne Transportmittel da, nachdem die Banditen unsere Motorräder ruiniert haben." Er drehte sich zu seiner Enduro um, die gegen einen Baumstamm gelehnt war. Das Monoseil hatte sich bis zum Eisenkern des Elektromotors eingeschnitten und die Maschine beinahe vollständig in zwei Teile zerlegt. Jedenfalls waren ihre beiden Segmente schraubenförmig so gegeneinander verdreht, dass sie nicht mehr zueinander zu gehören schienen.

„Wir nehmen Sie selbstverständlich mit. Betrachten Sie das gar nicht als Gefälligkeit. Wir sind sogar froh, wenn Sie uns den Rest des Weges begleiten."

„Die Enduro meiner Cousine kann vielleicht noch repariert werden."

„Werfen Sie sie auf den Anhänger."

„Danke. Hm." Jan-Sandro kratzte sich am Kopf. Er suchte die richtigen Worte.

„Ja?"

„Wir würden gerne die Unkosten für die Mitfahrt abarbeiten. Mit Hilfsarbeiten, wenn sie nicht zufällig einen Musiker und eine Jongleuse brauchen."

„Was spielen Sie denn?"

„Ich bin Pianist, Amateur, aber passabel."

„Für einen Amateur ist er hervorragend und ich sage das nicht, weil er mein Cousin ist.", sagte Rosetta.

„Das ist ja großartig. Franz, unser Pianist hat uns vor ein paar Wochen im Stich gelassen."

„Wirklich?"

„Na ja, Sie werden es ja sowieso erfahren. Eine Bordellgeschichte. Die Puffmutter hat ihn erschossen." Sie blickte ihm direkt in die Augen und hielt den Blick so lange, dass er ihm unangenehm wurde. Nahm ihn hier jeder auf den Arm? Er versuchte unverbindlich zu lächeln. „Wir müssen unbedingt zusammen proben", fügte sie nach einer Weile hinzu.

„Mit Vergnügen, Madame Forestier." Das war die Musterung wert gewesen, dachte er. Eine wunderbare Tarngeschichte. Er war mit sich zufrieden und zwinkerte ihr vor lauter Übermut zu. „Ich verspreche Ihnen, bei meinen Bordellbesuchen in Zukunft vorsichtiger zu sein."

Darauf lachte sie laut auf. „Madeleine, bitte. Sie beide gehören jetzt zu uns und wir duzen uns alle." Sie zeigte mit der Hand auf die improvisierte Bühne. „Wir haben noch eine kleine Probe angesetzt. Schaut doch gleich zu. Sich in die Arbeit zu stürzen ist das beste Mittel, um so ein unangenehmes Erlebnis zu verdauen."

„Was spielt ihr denn?", fragte Rosetta: „Ich bin übrigens Rosetta und mein Cousin heißt Serge. Ich kenne mich mit Theater nicht gut aus, aber ich schaue gerne zu."

"Wir proben einen Akt aus meinem Drama, das wir aufführen wollen: *Das Mädchen und die Gespenster*. Es spielt an der Stephansbrücke in Lyria City. Sie erinnern sich an ihre Zerstörung? Es zog gerade ein Flüchtlingstreck darüber.

„Und das plant ihr in Lyria City aufzuführen? Wollen die Leute denn so etwas Tragisches schon wieder sehen?", fragte Jan-Sandro.

„Der springende Punkt sind die Gespenster", sagte Madeleine.

„Bitte?"

„Der Doktor, der Künstler und der Schinder. Menschenschinder und Folterknechte. Sie laufen immer noch offen und straflos in der Stadt herum, weil der Pate von Lyria City sie schützt."

„Also lebende Gespenster?"

„Ja, aber wir werden einen solchen Skandal provozieren, dass man sie entweder einlocht oder lyncht."

„Ich bin nicht auf dem aktuellen Stand mit der Mafia hier, aber ist das nicht auch für euch riskant? Ihr könntet unangenehmen Besuch bekommen."

„Keine Angst. Es passiert schon nichts. Der Bürgermeister hat uns eingeladen. Im Übrigen ist das immer noch Lyria City, die Stadt der Künste. Hier erschießt man keine Künstler und den Pianisten schon ganz und gar nicht - außer irrtümlich." Ihr schien der arme Franz wieder eingefallen zu sein. „Das ist ungeschriebenes Gesetz."

„Das ist eine kuriose soziale Norm. Man schießt nicht auf den Pianisten - außer im Bordell", sagte der Kribbon, der sich neben Madeleine auf den Boden gesetzt hatte.

„Nun ja, für den Fall des Falles schießt dieser Pianist zurück. Ich bin also dabei und wie ich Rosetta kenne ..." Rosetta nickte nur mit einem enigmatischen Lächeln um die Lippen. „Aber warum lässt der Bürgermeister die Schurken nicht einfach verhaften?"

„Das ist Sache des Polizeipräsidenten und der steckt mit der Mafia unter einer Decke. Lannister braucht einen Skandal, um den Polizeipräsidenten loszuwerden."

„Oh."

„Die Miliz stellt uns einen Wachschutz ab."

„Ja, dann ist ja alles doppelt sicher."

„Sogar dreifach, wenn du unseren Androiden als Abschreckung mitzählst. Der ist zwar im Ernstfall nutzlos, weil er demilitarisiert ist, aber das weiß niemand."

„Wirklich?", sagte Rosetta. Könnte ich mir ihn mal ansehen?

„Sicher. Er baut die Bühne da hinten auf."

„Entschuldigt, ich muss mir die Tentakel durchschwingen." Mit diesen Worten schlug sich Robert in die Büsche. Seine schwarzen Arme quirlten über den Boden. Bald flossen sie behäbig, bald stauten sie sich an einer Wurzel und stolperten darüber, und es schien nur eine Frage der Zeit, bis sich die Greifarme unentwirrbar ineinander verknoten mussten und ihn zu Fall bringen würden. Doch gegen alle Wahrscheinlichkeit erreichte er den ersten Baum des kleinen Wäldchens und zog sich zum ersten Ast hoch. Und in diesem Moment verwandelte er sich in ein anderes Wesen. Jan-Sandro pfiff vor Verblüffung. Der Kribbon schwang sich in einem schwindelerregenden Wirbel durch die Baumkronen. Bei jedem Ast wechselte er das Tentakelpaar, mit dem er sich festhielt. Kopfüber, kopfunter rotierte er durch die Luft wie ein auf der Seite liegender gelber Kreisel, dem nichts entging, denn seine Stielaugen krümmten sich immer in Bewegungsrichtung.

„Fisch schwimmt, Mensch läuft, Kribbon wirbelt."

„Kribbon, Kraken-Gibbon, man glaubt es nicht, bevor man es nicht gesehen hat, nicht?", sagte Madeleine.

Kein Knochen behinderte seine Rotationen und kein Tier mit Skelett, kein Affe, kein Gibbon hätte ihm das nachmachen können.

„Was ist er nun? Hofnarr oder Geheimdienstchef?"

Madeleine schmunzelte. „Er war der interkulturelle Berater des Botschafters. Daneben ist er eine Koryphäe in Soziologie und Linguistik. Einer ihrer berühmtesten Wissenschaftler. Haben Sie ihn nie gesehen? Er war doch ein Liebling der Medien."

„Ich kann mich nur vage erinnern." Und schon das war übertrieben. Irgendwo geisterte in seinen Erinnerungen ein Bericht über die kribbonische Delegation. Aber hatte er ihn gesehen oder gelesen oder hatte ihm jemand darüber erzählt? Eine solche Show hätte sich ihm jedenfalls ins Gedächtnis eingegraben. Und gar Liebling der Medien? Er konnte sich keinen Reim auf die Geschichte machen. „Warum bezeichnet er sich als Hofnarr?"

„Oh, die Rolle des Hofnarren hat es ihm angetan. Überall seinen Platz haben und nirgends hingehören. Er hat sogar den Namen eines Schauspielers angenommen, der für Shakespeare die großen Narren seiner Stücke gespielt hat."

„Robert von Armin?"

„Robert Armin, eigentlich. Der Adelstitel ist seine eigene Erfindung."

„Wie hat er den Krieg überlebt?"

„Das weiß keiner. Er spricht nicht darüber. Aber er ist wohl der letzte Kribbon im Sonnensystem."

„Ich dachte, sie wurden alle im letzten Moment evakuiert und müssten jetzt schon auf halber Strecke nach Proxima b sein."

„Oh, nein. Das kribbonische Botschaftsschiff ist kurz nach dem Start vernichtet worden. Aber zu dieser Zeit gab es doch noch Nachrichtensendungen. Wie kommt es, dass du nichts davon mitbekommen hast?"

„Wirklich? Merkwürdig." Er kratzte sich die Stirn. „Ich war bei der Polizei und am Ende rund um die Uhr beim Katastrophenschutz beschäftigt."

„Ja, das erklärt es wohl. Und wie hast du selbst die Nachkriegswirren und den Bürgerkrieg überstanden?"

Er wedelte unbestimmt mit der Hand: „Die Illyrer haben mich zusammen mit meinem Sohn evakuiert."

„Da habt ihr das große Los gezogen. Aber niemand ist von dort je zurückgekehrt. Na ja, warum auch? Ein Ort wie die Insel der Seligen, Elysium."

Was hatte ihn der Bäcker vor ein paar Tagen gefragt? Was sagt man zu einem lyrianischen Flüchtling im Anzug mit Krawatte?„Aus der Nähe sieht es nicht mehr so paradiesisch aus. Es ist jedenfalls kein Geschenk der Götter an die Helden. Es gibt dort keine Unsterblichkeit, keine rosengeschmückten Wiesen, auf denen ewiger Frühling herrscht. Und keinen Trank des Vergessens, keine Lethe. So komisch es klingt, ich habe von Lyria geträumt." Sein Magen knurrte. „Es gab dort nicht einmal gute Schinkenbrötchen."

„Bist du deshalb zurückgekehrt?"

„Wegen der Schinkenbrötchen? Genau." Rosetta war neben Madeleine aufgetaucht. Sie runzelte die Stirn. Sie hatte recht, er konnte es nicht dabei belassen. Madeleine war nett und sie würden noch eine Weile zusammen sein. „Ich suche jemanden." Rosetta schüttelte den Kopf. Aber warum nicht? Die beste Lüge ist Teil der Wahrheit. „Ich habe jemanden hier zurücklassen müssen. Meine Frau. Sie war zuletzt bei der illyrischen Hilfsmission in Lyria City registriert."

„Verstehe. Aber ich kenne leider niemanden aus der Gruppe."

„Wie ist die allgemeine Lage in Lyria City? Was du gerade über die politischen Verhältnisse erzählt hast, ist nicht gerade ermutigend. Als ich weggegangen bin, war die City eine Ruinenstadt ohne Recht und Gesetz und jetzt? Nicht viel besser offenbar." Er sah das Mitleid in Madeleines Gesicht und die Anerkennung in Rosettas, gerade als ob er das Zittern in seiner Stimme simuliert hätte.

„Oh, Ruinen gibt es noch mehr als genug, aber der kleine wiederaufgebaute Teil ist eher eine Art Boomtown im Grenzland mit Sheriff und Gangster Auge in Auge und manchmal eben Seite an Seite. Näher am Tod und näher am Leben."

„Als?"

„Als früher."

„Du vermisst die Vorkriegszeit nicht?"

„Das habe ich nicht gemeint."

„Sondern?"

„Heute ist es anders. Man konzentriert sich mehr auf das Wesentliche. Wie im Theater."

„Ja?"

„Im Theater bringt man das Wesentliche auf den Punkt, auch wenn es wehtut. Man zermahlt es nicht zu Brei."

„Aber ihr Theaterleute habt es einfacher. Ihr wählt das Stück und ihr probt jede Szene so oft, bis sie gelingt. Für euch ist nicht einmal der Tod endgültig. Der auf der Bühne jedenfalls. Und nach einer Tragödie spielt ihr einfach eine Komödie, falls ihr euer politisches Engagement in der Realität überlebt."

„Ja, das ist das Problem mit der Realität. Wir sind nie für sie bereit. Geschieht es jetzt, so geschieht es nicht in Zukunft; geschieht es nicht in der Zukunft, so geschieht es jetzt; geschieht es jetzt nicht, so geschieht es doch einmal in Zukunft."

„Das ist aus?"

„Hamlet."

„Hamlet. War er bereit für das, was ihn erwartete?"

„Die Zuschauer jedenfalls. Das macht es menschlicher."

„Das Theater wäre also menschlicher?"

„Menschlicher als die Wirklichkeit? Sicher. Menschlicher und mit mehr Sinn. Jeden Tag." Sie lachte, als wäre sie überrascht, dass jemand so eine Frage überhaupt stellen konnte.

„Ja, aber was würdet ihr ohne dieses Skelett im Schrank namens Realität machen?" Sie lachte noch lauter.

Vielleicht war Lachen die einzige erträgliche Antwort. Jan-Sandro drehte seinen Ring um den Finger.

„Der neuronale Zugriff auf das Internet über Satelliten ist wohl noch nicht möglich? Ich habe jedenfalls keinen Empfang."

„Es gibt nur einen Notzugang über Peripheriegeräte in Lyria City. Das Protokoll ist dasselbe geblieben. Wenn du noch ein Vorkriegsmodell hast, sollte es dort funktionieren. Ich glaube allerdings nicht, dass du sich mit deinen früheren Benutzerdaten einloggen kannst."

Rosetta trat von einem Bein auf das andere. Zeit, die Plauderei zu beenden. Er verstand und nickte.

„Serge? Ich muss dich dringend sprechen. Entschuldigung, es dauert nur kurz", sagte Rosetta und zog ihn am Unterarm zur Seite.

„Ich habe den Androiden von RM Alpha SK 121 gefunden", flüsterte Rosetta, obwohl sie schon außer Hörweite waren.

„Die militärische KI, die der illyrischen Hilfsmission zugeteilt war?", fragte Jan-Sandro.

„Hast du die Akten nicht gelesen?"

„Ich bin verblüfft. Wo ist die KI?"

„Das würde ich auch gerne wissen. Das KI-Fach ist leer. Der Androide wird nur von seiner Lowlevel-Software gesteuert."

„Ist die KI nicht auf die Androiden-CPU angewiesen?"

„Nein, sie hat ihre eigene Hardware, eine Art Diskusscheibe."

„Wo ist der Androide?"

Rosetta machte eine kleine Kopfbewegung Richtung Behelfsbühne. Dort montierte ein Arbeiter die Hologrammprojektoren. Er war massiv gebaut und einen halben Kopf größer als Jan-Sandro. Was ihm aber aus der Nähe noch mehr als seine Statur auffiel, war das Gesicht mit seinem unglaublichen klassischen Ebenmaß ohne Fehl und Makel: die Nase scharf geschnitten, die Lippen leicht verbreitet und darunter ein Grübchen am Kinn. Geheimratsecken prangten über seinen tiefschwarzen Haaren. Sie legten eine scharf geschnittene Welle über seine blasse Stirn. Die Gesichtshaut war so feinporig und makellos, als hätte der Designer nach einem Ideal gestrebt, das die Künstlichkeit des Androiden geradezu betonte statt verbarg. Wenn er sich dann noch bewegte, sah man keine Schritte, sondern einen Tanz gebändigter Kraft. Man würde zur Seite treten, dachte Jan-Sandro, wenn man nicht so staunen würde, die Hände halb erhoben zum Applaus oder zur Abwehr, was immer.

„Hast du schon mit ihm gesprochen?"

„Versuch es selbst."

Jan-Sandro überlegte kurz und winkte Madeleine zu.

„Madeleine!", rief er laut.

„Ja?"

„Kann ich mit eurem Androiden sprechen?" Jan-Sandro wies mit dem Daumen über seine Schulter. „Die illyrische Hilfsmission hatte gerade so einen. Er weiß vielleicht etwas."

„Wirklich? Nur zu."

Jan-Sandro machte ein Ok-Zeichen mit den Fingern und wandte sich an den Androiden: „Androide, identifiziere dich!"

Der Androide setzte die Box ab, die er gerade in den Händen hielt, drehte sich zu Jan-Sandro um und erwiderte: „Ich bin Androidenmodell ZA1, Seriennummer N1349-238, und ich heiße AndroAlph nach meiner KI."

„Wie hieß gleich seine KI?"

Rosetta rollte die Augen. „RM Alpha SK 121, Rufname Rashek."

„Wer denkt sich eigentlich diese Namen aus?"
„Die KIs selber."
„He, nun werd nicht gleich patzig. Dein Name gefällt mir."
„Soll ich übernehmen?"
„Nein. Alph, wo ist Rashek?"
„Darüber habe ich keine Information."
„Wer ist dein Besitzer?"
„Das Théâtre Sinistré. Eingetragene Gesellschafter: Madeleine und Jacques Forestier. Wir sind das Katastrophentheater. Besuchen Sie uns. Katastrophe garantiert. Überleben gegen Aufpreis."
Jan-Sandro grinste über die Schulter zu Rosetta: „Hast du auch einen eingebauten Werbeslogan?"
Rosettas Miene erstarrte. „Nein. Ich habe andere Prioritäten."
„Verstehst du keinen Spaß mehr?"
„Kommst du wieder zur Sache", entgegnete sie schnippisch. "Oder soll ich übernehmen?"
Jan-Sandro zuckte mit den Schultern. KI-Launen. Wenigstens war Alphs Sekundärgehirn nicht so neurotisch.
„Ist seine Bewaffnung zerstört?"
„Sieht nicht danach aus."
„AndroAlph, aktiviere deine Waffen."
„Ihnen fehlt die Autorisation", antwortete Alph.
„Das geht nicht ohne KI.", zischte Rosetta. "Das steht im Übrigen auch in den Missionsakten. Könnte ja jeder kommen."
„Rosetta, deaktiviere deine Kommentar-Funktion."
„Sehr witzig."
„Alph, wer waren deine früheren Besitzer?"
„Darüber habe ich keine Information."
Jan-Sandro rieb sich das Kinn. „Bist du sicher, dass Alph der Androide von RM Alpha SK 121 ist?"
„Die Seriennummern stimmen überein."
Er wendete sich wieder dem Androiden zu: „Alph, was weißt du über die illyrische Hilfsmission?"
„Darüber habe ich keine Information."
„Wie weit reicht dein episodisches Gedächtnis zurück?"
„91 Tage, 8 Stunden, 34 Minuten und einige Sekunden." Da haben wir's. Das klang nach Löschung.
„Was ist deine früheste Erinnerung eines persönlichen Erlebnisses?"
„Meine Prägung auf Madeleine Forestier im Verkaufsraum des Gebrauchtwarenhändlers Roboter R U in Lyria City."

„Adresse?"

„Roboter R U, Straße des himmlischen Friedens 128, Lyria City. Was immer Sie suchen, wir können es beschaffen. Diskretion garantiert. Legal, illegal ... "

„Stopp. Wer war die Ladenbedienung?"

„Joe Hill. Ihr Mann für alle Jahreszeiten. Ihr Mann fürs Grobe, ihr Mann fürs ..."

„Das genügt. Mach weiter." Der Androide drehte sich um, hob die abgesetzte Kiste wieder auf und ging in Richtung Lkw.

Jan-Sandro nickte Rosetta zu. Warum freute sie sich nicht? Um ihr zu zeigen, wie man das macht, ließ er seinem Grinsen freien Lauf, bis es sich von Ohr zu Ohr spannte. Er ließ es nicht mehr los und sagte: „Die erste Spur. Legal, illegal, scheißegal."

*Das Mädchen und die Gespenster.* Eine Sandhose schrieb die Worte in die Luft und verwehte die Buchstaben wieder. Jan-Sandro saß neben Rosetta auf sandigem Boden. Was wussten Theaterleute schon über die Mafia? Im schlimmsten Fall mehr als gut für sie war. Wenn es keine Allegorie war, riskierten sie ihre Haut.

Über den kahlen Fels des Canyonendes legte sich das Hologramm einer zerbombten Brücke, deren Brüstung schwarz von Teer glänzte. Sie reichte nur noch bis zur Mitte eines breiten Stromes. Am Mittelpfeiler schienen die Reste der Fahrbahn steil nach unten in den Fluss zu stürzen. Jan-Sandro erkannte die Brücke und wünschte sich dorthin. Wie sähe es jetzt dort aus? Ragten immer noch Stümpfe zerschossener Hochhäuser auf der anderen Uferseite in die Luft? War immer noch alles wie hier übersät von Schutt und Asche? Am ersten Brückenpfeiler auf der Zuschauerseite der Brücke kauerte ein Mann in einem grauen, knöchellangen Kittel. Jan-Sandro erkannte Martinez, den Mann, der die Ozeane der Welt an Robert verkauft hatte und nun offenbar in einer Ruinenstadt seine Sünden abbüßte, andere Sünden sicher, schwerere vielleicht, denn irgendetwas schien ihn zu quälen. Er schüttelte den Kopf mit den schütteren grauen Haaren und murmelte unverständliche Worte vor sich her. Einen Zauberspruch? Mit einem Stöckchen stupste er eine offensichtlich tote Ratte an, die vor ihm auf dem Boden lag. Dabei zuckte er immer wieder zurück, als hätte er Angst, dass sie wieder zum Leben erwachte und ihn biss.

Eine junge Frau in zerrissenen Jeans und einer schmutzigen Bluse, die einmal weiß gewesen war, kam auf ihn zu und machte Anstalten, über die Brücke gehen. Es war Juliane. Ihre schulterlangen Haare waren pechschwarz. Sie stutzte, ihre Blicke streiften über die zerstörte Brücke, Tränen standen in ihren Augen. Eine löste sich vom Auge und zog eine weiße Bahn über ihr rußiges Gesicht.

„O Gott." Sie würde nicht über die Brücke kommen. Genauso wenig wie dieser Mann neben ihr, den sie mit ihren Worten aufgeschreckt hatte. Niemand würde über die Brücke kommen. Niemals mehr, dachte Jan-Sandro.

Der Mann versteckte sein Gesicht hinter seiner blutenden Hand. „Ja, genau, er war's. Ich bin nicht schuld. Tun Sie mir nichts!"

„Wer war's?"

„Gott." Mit seinem Stöckchen zeigte er auf die tote Ratte vor sich.

„Gott?"

„Sie haben ihn gefoltert und er hat's zugegeben."

„Was hat er zugegeben?"

„Dass er die Brücke gesprengt hat. Und das andere auch."

„Wer?"

„Gott." Er hob die tote Ratte am Schwanz hoch. Sie pendelte in seiner Hand wie eine Uhr, die die Ewigkeit abmessen sollte. „Aber sie sind zu schnell zum dritten Grad übergegangen und jetzt ist er tot. Ich konnte ihn nicht wiederbeleben. Ich habe alles versucht. Herzmassage, Elektroschock, Adrenalinspritze. Sogar Gebete. Alles umsonst. Gott ist tot."

„Das arme Tier."

„Nun, er hat's verdient. Ich weiß alles, ich war dabei."

„Als es starb?" Das Mädchen setzte sich neben ihn.

„Dummerchen, als er die Brücke kaputt gemacht hat, kabum." Der Mann raufte sich die Haare, die wenigen, die er noch hatte und die anderen, imaginären, die er nicht mehr hatte. Dabei ahmte er einen Fliegerangriff mit heulenden und ratternden Tönen nach. Seine rechte Hand fuhr in der Luft entlang imaginärer Bahnen von Sturzbombern. Eine Bombe schien auszuklicken. Sie fiel, und er hielt sich die Ohren zu, als müsste er sie vor der Druckwelle schützen, die kommen würde, wenn sie ihr Ziel getroffen hatte. Auch Jan-Sandro öffnete den Mund und schluckte, als gälte es, ein Knalltrauma zu verhindern.

„Vielleicht kommt er zurück."

„Wer?"

„Der liebe Gott."

„Sind Sie auch verrückt? Sie sehen gar nicht so aus. Jedenfalls ist die Brücke kaputt. Und alles andere auch. "

„Vielleicht bin ich verrückt, aber ich muss auf die andere Seite."

„Du musst blabla, du darfst nicht blublub, das hat er auch immer gesagt, aber, pst, pst, hat's etwas genutzt?"

„Jemand wartet dort auf mich." Wie sanft ihre Stimme ist, dachte Jan-

Sandro. Doch ihre Mundwinkel zuckten.

„Hi hi, da kann er ebenso gut auf den lieben Gott warten!" Sein hysterisches Lachen ging in Schluchzen über. Das Mädchen hielt sich den Handrücken an den Mund, während den Mann wilde Zuckungen durchschüttelten. „Die flogen durch die Luft – krach - wie verrenkte Gliederpuppen – so viel Blut, kein Verbandszeug, keine Schienen, nichts. Konnte nicht helfen."

„Helfen Sie mir. Sagen Sie mir, wie ich über den Fluss komme." Der Fluss floss fast lautlos unter ihnen. Am letzten Brückenpfeiler saugte ein Strudel mit einem leisen Glucksen.

„Tot blubblub ..."

„Es muss einen Weg geben."

„Weg, weg, weggesprengt - kabuuuuuuuumm - und dann die Strömung ..."

„Flussabwärts gibt es doch noch eine Fähre?"

Der Mann johlte, schlug sich auf den Oberschenkel, als hätte er soeben den lustigsten Satz seines Lebens gehört. „Auf dem Grund des Flusses." Er drehte sich zu dem Mädchen, japste nach Luft. Dann richtete er sich auf, legte die Hand an ihren Hinterkopf und zog sie her. „Sie kämen leichter über den Styx - mit einem Geldstück unter der Zunge. Haben Sie ein Geldstück unter der Zunge?"

„Ich habe nichts mehr."

„Pustekuchen. Soll ich ihnen ein Geheimnis verraten? Soll ich? Soll ich? Es ist ein gutes." Das Mädchen entwand sich seinem Griff. Triumphierend krähte er hinterher: „Wer nichts hat, hat auch nichts zu müssen."

Ihr Lachen legte sich über die Trümmer wie ein tanzender Aschenregen. Jan-Sandro blinzelte zweimal, doch das Zoom funktionierte nicht. Keine Kontaktlinsen mehr, erinnerte er sich.

"Bravo, das muss ein gut gehütetes Geheimnis sein. Hut ab."

„Nein. Hut auf. Hüten Sie sich, hü-ten, hü, hü, tüt, tüt."

"Dafür ist es zu spät."

Die Antwort schien den Mann zu empören. Er zog das Mädchen wieder zu sich heran, als müsste er einem dummen Schüler die selbstverständlichste Sache der Welt einbläuen. Er drehte ihren Kopf am Kinn herum und zeigte mit dem Finger über die Köpfe des Publikums. „Dummes Ding, hüten Sie sich vor uns, vor mir und den anderen Gespenstern. Bleiben Sie nicht hier. Sonst geht es Ihnen wie dem lieben Gott. Sie müssen von hier weg, solange Sie noch können."

„Gespenster?"

Er flüsterte ihr ins Ohr. „Mädchen, Mädchen. Stehe ich nicht vor dir? Bin ich leere Luft? Wir sind mitten unter euch. Wir gehen über eure Straßen.

Wir schauen euch ins Gesicht und ihr senkt den Blick. Wir waren drei. Der Doktor, der Künstler und der Schinder. Zwei fehlen noch."

Das Mädchen legte ihm schweigend eine Hand auf die Schulter. Die andere hielt sie sich vor den Mund. Einen Moment kämpfte sie damit, die Fassung zu behalten. Aber eine andere Richtung zog ihren Blick magnetisch an. „Von hier aus scheint das andere Ufer so - so nah."

„Es ist weiter, als Sie denken. Jemand winkt. Ich glaube, es ist der Captain und seine Hure. Ich muss gehen."

„Ich sehe niemand. Nur Ruinen."

„Sie Glückliche. Hören Sie auch nicht die Schreie?"

„Ich höre nur die Möwen."

„Es sind die Schreie der Verdammten. Sie klagen uns an und ihr haltet sie für Möwen."

„Es sind nur Möwen."

„Die anderen werden nach mir fragen. Vielleicht auch nach dem Captain."

„Warum?"

„Ich könnte sie verraten, ich könnte alles verraten."

„Werden Sie es tun?"

„Sobald die Hölle mich wieder ausspuckt. Ich brauche nur ein bisschen Zeit, mein Gewissen braucht noch ein bisschen Zeit. Verraten Sie mich nicht. Ich war nicht hier."

„Ich werde Sie nicht verraten. Aber wer war nicht hier?"

„Schinders Hure, Dr. Frankenstein. Aber ich bin's nicht. Nein, ich bin's nicht." Er schüttelte die Hand, wie wenn er sich die Finger an einer heißen Herdplatte verbrannt hätte. Als ob das nicht genug wäre, blies er mit vollen Backen Luft über seine Finger. „Ich bin Dr. Frankoni. Sprechstunde werktags 10-16 Uhr. Und ich nehme keine Naturalien. Hier haben Sie ihn zurück." Er übergab ihr die Ratte am Schwanz und wendete sich zur Brücke. „Konnte nicht helfen - so viel Blut." Zuckend und humpelnd erreichte er den Mittelpfeiler, an dem die Brücke im Fluss endete. Aber er schien einfach durch die Luft weiter zu gehen. „Enemenemu, tot bist du. Tot bist du noch lange nicht, schreie nur, man hört dich nicht ..."

Nur die Toten haben nicht geschrieen, dachte Jan-Sandro, und die Sterbenden. Eine Umkehrung aller zivilisierten Regeln. Wer still war, hatte ohnehin keine Chance. Er war am vorderen Ende der Tragbare durch die Trümmer gehastet, kaum hatte die Staubwolke sich gelegt. Nur die Asche hatte sich länger in der Luft gehalten. Die Feuer. Und der Geruch nach Verkohltem. Vorbei an den abgerissenen Gliedern und dem zerfetzten Fleisch. Und am Ende das Wunder. Ein schreiendes Kind, nackt auf der Straße.

„Ok. Gibt es irgendetwas, von dem ihr glaubt, dass ich es kritisieren könnte? Martinez?", Madeleine strich mit der Hand über ihren Notizblock.

„Vielleicht, dass ich am Anfang Juliane zu spät bemerkt habe?", sagte Martinez.

„Genau, da hätte früher irgendeine Reaktion kommen müssen. Das sah nicht glaubwürdig aus. Sonst noch etwas?"

„Mir fällt momentan nichts weiter ein. Ich glaube, dass mir diesmal der Anfang leichter gefallen ist. Ich habe mich mehr mit der Ratte beschäftigt."

„Ja, das war gut. Und bei dir Juliane? Ist dir etwas aufgefallen?"

„Nein, ich hatte eigentlich ein gutes Gefühl heute."

„Ja, das Spiel war insgesamt gut, aber ein Moment war nicht glaubwürdig. Als du die Brückenbrüstung angefasst hast. Schau sie dir mal genau an. Fällt dir etwas auf?"

„Sie ist teerig. Ja, ich weiß jetzt, ich habe das nicht registriert."

„Ja, du hättest eine Reaktion zeigen müssen, als du mit den Fingern in den Teer gegriffen hast. Unsere Ultraschallanlage spinnt manchmal."

„Das sagst du uns jetzt?", sagte Martinez.

„Nein, keine Sorge, ihr stürzt nicht von der Brücke ab. Nur die Steuerung der Textur hat Macken. Ihr dürft euch nicht darauf verlassen, dass ihr automatisch die richtigen Oberflächen fühlt, wenn ihr ein Hologramm berührt. Ihr müsst diesen Teil eurer Umgebung verinnerlichen, damit ihr glaubwürdig reagieren könnt. Ok, das reicht für den Vormittag." Sie winkte Jan-Sandro und Rosetta zu. „Gleich ist Abendessen."

Jan-Sandro und Rosetta standen auf und gingen in Richtung Kantinenwagen.

„Kennst du diese Gespenster?", fragte Rosetta Jan-Sandro.

„Ich glaube nicht, dass sie sich selbst erkennen würden, falls sie überhaupt existieren."

„Madeleine ist anderer Meinung."

„Hei, das ist Theater, kein Polizeibericht. Mit Möwen als verdammten Seelen ..."

„Es ist merkwürdig. Vielleicht steckt etwas dahinter."

Jan-Sandro schüttelte den Kopf. Merkwürdig? Was sollte das wieder heißen? Sie benahm sich merkwürdig. Empfindlich wie ein Rührmichnichtan, humorlos wie eine Nonne und nun diese Rätselsprüche. Jemanden, den er nicht so gut kennen würde wie sie, würde er einfach fragen. Aber in ihrem Fall? Wollte sie etwas andeuten, das sie nicht im Klartext sagen durfte? Nein, er sah Gespenster, es war nur ein Spiel, um ihn zu ärgern.

# 7

Sie kamen spät nachts in Lyria City an und stiegen in einer provisorischen Bleibe ab. Es war nicht viel mehr als eine Ruine, deren offene Seite mit einer Plane gegen Wind und Regen geschützt war. Er war todmüde, zu müde, sich gleich auf die Suche zu machen. Eine Stunde Auszeit, sagte er sich und schälte sich aus seiner Kombination. Wie eine Rüstung, dachte er. Brauchte man nicht jemand, der sie einem auszog? Sie lag schwarz am Boden wie ein eingefallener Körper. Im nächsten Moment würde sie aufstehen und an seinen Platz treten. Ein Zittern lief über die dunkle Gestalt, sie blähte sich auf und erhob sich von den Knien auf die Füße, als wäre sie zentnerschwer. Lange stand sie regungslos neben seinem Bett. Ihr Gesicht war verhüllt, er konnte weder Augen noch Mund erkennen. Was wollte sie von ihm? Plötzlich drehte sie sich um. Sie schritt durch die Zimmerwand und er lief ihr nach wie ein kleiner Junge. Er wollte sie am Ärmel greifen, aber da verschwand sie und er stand allein auf einer Straße und blickte nach oben. Der Himmel war leer, nur unten lagen Trümmer bis zum Horizont. Er begriff. Der Krieg war zu Ende. Sein Magen knurrte.

In jeder Hand hatte er eine Ratte. Er hielt sie am Schwanz, der so dick und fett war, dass ihm das Wasser im Mund zusammenlief. Die Tiere hatten gut gefressen. Wie du mir, so ich dir. Sie ernährten sich von Ratten, und die Ratten ernährten sich von ihnen. Und jetzt war er dran. Aber noch nicht gleich. In einem der Kellerlöcher würde Bella mit Vincent warten. Nicht weit, gleich dort drüben. Er lief hin. Nein da war kein Keller. Er schaute um sich. Er stand im Zentrum einer riesigen alten Uhr, gerade dort wo die Zeiger befestigt waren. An jedem Indexstrich öffnete sich ein Kellerabgang und der Sekundenzeiger sprang von einem zum nächsten. Tränen liefen ihm die Wange hinunter. Wenn der Zeiger die Zwölf erreichte, wären sie verhungert und die Ratten würden sie fressen. An dieser Stelle wachte er auf. Der Hunger war kein Problem. Er musste nur in die Küche gehen. Dann fiel ihm ein, dass es bald Winter werden würde.

Er schreckte zum zweiten Mal hoch. Das erste Licht des Morgens schimmerte durch einen Schlitz in der Plane. Sein T-Shirt war durchschwitzt. Also wach, wirklich wach oder konnte man auch träumen zu schwitzen? Wach. Er reduzierte die Kompression seiner Hose und ging nach unten. Nein, sie waren nicht verhungert, jedenfalls er und Vincent nicht. Als der Winter begonnen hatte, hatte sie die illyrische Hilfsorganisation gefunden. Bella und er waren sich vor Freude in die Arme gefallen. Wann würden sie evakuiert werden? Es gab da ein kleines Problem. Die Krankenschwester wich ihren Blicken aus. „Das Kontingent ist begrenzt. Wir haben ein Punktesystem." Offenbar war nur er es wert, gerettet zu werden. Aber sie waren großzügig, eine Person seiner Wahl durfte er nach Illyrien mitnehmen. „Du hast keine Wahl. Du musst gehen", sagte Bella. „Oder willst du zusehen, wie dein Sohn hier stirbt?" Er schaute ihr nicht in die Augen, er sah auf die gefallenen Stratosphärentürme von Lyria, deren Trümmer sich wie Höhenzüge einer hinter dem anderen bis zum Horizont erstreckten. Am Horizont wanderte sein Blick nach oben zu den schneebedeckten Bergen, die alles überragten. Stumm schauten die Berge zurück, als warteten sie gespannt. Alle warteten auf ihn. "Schau mir in die Augen - wenn du nicht gehst, erschieße ich mich." Und wenn es keinen Weg zurück gab, wer erschoss dann ihn? Sie zog ihren Revolver mit dem abgewetzten Holzgriff aus dem Seitenhalfter. Er nickte. Er hatte den Revolver und Vincent genommen und war gegangen. Es hieß, Illyrien sei ein Paradies. Beinahe wie Lyria früher.

Die Sonne stand dicht unter dem Horizont und hüllte den Himmel von unten in ein tiefes Blau ein, ein Blau wie man es nur kurz vor Sonnenaufgang erleben konnte. Als ob der Horizont mit roten Lippen den Himmel küsst. Es war wie am ersten Morgen neben Bella.

Eine kleine Erkundung, sagte sich Jan-Sandro. Keine systematische Suche. Er konnte nicht hoffen, sie schon am ersten Tag zu finden. Die Stadt und er mussten wieder miteinander vertraut werden. Erst dann würde sie ihr Geheimnis preisgeben. Nicht irgendeinem Touristen mit Sonnenbrille und Strohhut, sondern einem alten Bekannten, einem Freund, den sie am Schritt wiedererkannte, am Lächeln oder am Pfeifen und dann ...

Die Häuser waren zunächst niedrig, gedrungen, notdürftig mit Wellblech repariert, im Grunde ein Slum, aber keine Totenstadt, weit davon entfernt. Sie hausten nicht mehr in Kellern, sagte er sich. Menschen saßen auf den Bürgersteigen, ausgemergelt, sicher, aber mit lebhaften Augen. So früh?

Sicher, ohne Klimaanlagen war es frühmorgens am angenehmsten. Er ging vorüber auf einen Menschenauflauf zu. Zwei Frauen in Blümchenkleidern zerrten beide an einem kleinen weißen Sack und schrien sich an. Die Umstehenden murmelten, manche gestikulierten wild. Er quetschte sich vorbei, sie beachteten ihn nicht. Kinder spielten Fußball mit einem gelben Tennisball. Er flog in seine Richtung, er hob ihn auf und warf ihn zurück. Auf der Straße war wenig Verkehr. Ein Ochsenkarren, ein Luftkissenfahrzeug. Reste von Technologie, immerhin.

Eine Ruine ragte vor ihm auf. Sie schien sich vor ihm aufzubauen, wie ein Riese, der einem in den Weg tritt. Man sieht nur plötzlich einen Bauchnabel und stutzt und schaut nach oben und sucht in einem Gesicht, das von unten merkwürdig verkürzt aussieht, nach bekannten Zügen. Müsste er sie nicht wiedererkennen? Er biss sich auf die Lippen, senkte den Blick und ging vorbei. Gleich dahinter öffnete sich ein Platz, übersät mit Buden und Ständen, roten und gelben, mit Zelten und lautem Geschrei und Menschentrauben, durch die er sich seinen Weg bahnte. Der Geruch von Erdnüssen. „Eine Tüte, bitte." Eine dicke Frau lächelte ihn aus Zahnlücken an und füllte mit ihrer Kelle eine getüpfelte Papiertüte. Ein rot-blaues Punktmuster, dasselbe wie auf ihrem Kleid. Auch ihr ungewaschener Hals war getüpfelt mit unregelmäßigen braunen Flecken, die sich auf den Kragen und die Perlen ihrer Halskette ausgebreitet hatten. Eine graue Katze rekelte sich verschlafen auf dem Tresen. Er streichelte sie und erschrak, als sie wie ein Habicht gickerte. Unterhalb der Stirn ging ihr Schädel in einen Habichtkopf mit krummem Schnabel über, aus dem sich eine schmale, rote Vogelzunge schlängelte. „Sie beißt nicht, keine Angst", sagte die dicke Frau und reichte ihm die Erdnusstüte.

Er lächelte zurück und fragte: „Wie viel macht das?" Er musste zweimal fragen, bis er verstand. Einen Moment rätselte er, wie er ohne Internetverbindung zahlen sollte, dann fielen ihm die Scheine ein, die ihm Madeleine zugesteckt hatte.

Drei Schritte weiter richtete sich eine olivbraune Königskobra drohend auf. Sie zischte und tanzte in kreisenden Bewegungen. Wellen breiteten sich auf ihrem fahlen Bauch aus und verwandelten die Schlange in eine Frau. Eine Bauchtänzerin zwinkerte ihm aus Echsenaugen zu, während sie an ihrem gelben Schwanz lutschte. Er grinste nur und warf ihr im Vorübergehen eine Erdnuss zu. Sie tat so, als wollte sie sie mit dem Mund auffangen, hatte sie auch schon zwischen den Zähnen, aber die Erdnuss passierte das Hologramm wie leere Luft. Er ahmte ihre schlängelnde Bewegung mit dem Oberkörper nach und tänzelte vorbei. Was soll's, sagte er sich und nahm die nächste Seitenstraße in die Richtung, die er bis jetzt vermieden hatte.

Ein Multikopter überholte von oben eine lange Schlange von Menschen, die Handwagen hinter sich herzogen. Seine Rotoren surrten wie zornige Wespen und bliesen den Staub die Fassaden hoch. Jan-Sandro blinzelte und wischte sich, ohne anzuhalten, mit dem Handrücken ein Staubkorn aus dem tränenden Auge. Die Stadt zog ihn an langen Armen hinter sich her und er beschleunigte seine Schritte.

Langsam veränderten sich die Gebäude, der Putz war jetzt verschnörkelter, die Fassaden bunter, die Leuchttafeln greller, aber das Straßennetz war ihm vertraut, und er zog traumwandlerisch seinen Weg. Von Abzweigung zu Abzweigung verringerte sich die Zahl der Passanten, der Verkehr versickerte wie ein Strom in der Wüste, bis menschenleere Ruinen verlassene Straßen säumten.

Einmal fand er Knochen auf der Straße. Er trat näher heran. Die vier Beinknochen eines Hundes standen aufrecht im Asphalt eingegossen. Ein Schädel und andere Knochenreste lagen verstreut um sie herum. Weiter hinten zeichneten sich pfotengroße Löcher im Belag ab. Er versuchte die Geschichte zu rekonstruieren. Der Asphalt musste sich unter Beschuss so erhitzt haben, dass er schmolz, und der Hund war darin eingesackt, hatte sich noch ein paar Schritte weitergekämpft und war dann stehend verendet.

Ein Stück weiter klafften faustgroße Pockennarben in den umstehenden Wänden. Und doch erschienen im hellen Sonnenlicht all diese Zeugnisse der Gewalt, als hätte sie ein Maler in die Wirklichkeit hineingemalt und als wären sie in einer tieferen Schicht unterhalb der sichtbaren Oberfläche gar nicht geschehen. Die Stadt schien nur zu schlafen. Man müsste sie nur kräftig schütteln und sie würde erwachen, die Ruinen sich in Rauch auflösen, der Hund seines Weges traben, mit dem Schwanz wedeln, und er würde ...

Er blieb stehen. Zunächst wusste er nicht warum. Die Stadt hatte es ihm zugeflüstert oder seine Beine hatten die Schritte gezählt und waren einfach nicht mehr weitergegangen, als sie die richtige Zahl erreicht hatten. Er stand direkt vor seinem Appartementblock und konnte es nicht glauben. Er schloss probeweise die Augen, atmete tief durch. Efeu umschlang einen Busch. Polierter schwarzer Stein im Dornröschenschlaf. Konnte man ihn wachküssen ohne Mund? Für einen Augenblick hielt er die Luft an und wartete auf das Lichtspiel, das das Haus einstmals hatten schwingen lassen, als wollte es abheben in den blauen Himmel hinein und weiter ins Grenzenlose. Er betastete die Fassade mit den Händen, weil er nicht glaubte, was er sah, und die Berührung brauchte, um es zu glauben. Die schwarz-weißen Adern lagen glatt und warm im Sonnenlicht. Er blinzelte und sie schlängelten sich im Takt der Augenlider wie die Bänder einer Tänzerin, die eine Pirouette drehte. Er ließ eine Hand auf der Wand, bis er die Öffnung in der Fassade fand, und trat ein. Das Blut rauschte in seinen Ohren wie das Tosen der Brandung. Ein paar Schritte trug ihn die Welle, dann schlug sie über ihm zusammen und sein Traum versank.

Die hintere Hälfte des Hauses war hohl wie ein aufgeschnittenes Puppenhaus. Der Ruß eines lange gelöschten Feuers hing an den Wänden. Schutt lag bergehoch in der Aula. Bruchsteine, verbogene Rohre, eine zerfetzte Puppe. Dazwischen verlief ein Hohlweg, der ihn durch die verschwundene hintere Wand wieder ins Freie führte. Weiter oben klafften wie Höhleneingänge offenstehende Wohnungen, deren Fußböden im Nichts endeten. Die modrigen Möbel verströmten einen erdigen Geruch. Tot.

Nach einem Volltreffer starb das Energienetz immer zuerst in knisternden Funken, in Blitzen, die nach oben in die Wolken schlugen. Und es hatte nicht nach Moder gestunken, sondern nach gegrilltem Fleisch. Aber das Feuer war längst erloschen, die Wände brannten nicht mehr. Flechten wuchsen dort braun und grün. An die Wand lehnte ein Geröllhaufen wie ein müder Riese.

Ein keckerndes goldbraunes Äffchen thronte obendrauf im Schatten eines Felsbrockens. Sein Schopf sah aus wie eine schwarze Kippa. Jan-Sandro tastete automatisch seine Hosentaschen ab, fand auch ein paar Erdnüsse und warf sie dem Äffchen zu. Dann beugte er sich weit vor und zog ein eingeklemmtes Blatt Papier zwischen zwei Steinen heraus. Er drehte das Blatt zweimal um, strich den Sand ab. Oben war ein Foto aufgeklebt, darunter standen ein paar handgeschriebene Zeilen, die vor seinen Augen verschwammen. Er rieb sich die feuchten Augen, bis sie trocken waren, trocken wie das Papier, getrocknet wie der Regen, der einmal die Schrift bis zur Unleserlichkeit hatte zerrinnen lassen. Der Schimmel hatte dann den Rest besorgt und war dann seinerseits eingetrocknet. Zu spät, Jahre zu spät. Wer überlebte, hatte sich längst wiedergefunden oder die Suche aufgegeben. Eine Zeit lang stand er bewegungslos mit dem Zettel in der Hand, eingefroren in seinen Erinnerungen. Er hörte die Sirenen, das Krachen berstender Mauern, spürte die Ausläufer der Druckwelle in den flatternden Kleidern. An seiner Seite brannte die Hitze eines Laserschusses. Er rieb sich die Stelle. Aber die Berührung schmerzte nicht mehr. Es war nur die Sonne, die auf ein verbranntes Viertel herunter schien. Das Äffchen zog an seinen Fingern und sie gingen Hand an Hand hinaus.

Vor dem Haus wartete Rosetta in einem schwarzen, rotgeblümten Sommerkleid. Auf ihrer Schulter saß der Kribbon und döste. Sie schaute Jan-Sandro stumm ins Gesicht, sah den Zettel, schaute wieder in seine Augen. Und wie immer fragte er sich, was hinter dieser schönen Stirn vor sich ging. Er schüttelte den Kopf und warf das Blatt auf die Straße. Eine Windhose verwirbelte den Staub am Boden, spielte mit dem Zettel, verhedderte ihn in einem Busch, befreite ihn wieder und schleuderte ihn in wilder Fahrt die Fassade hoch. Oben löste er sich von der Wand und verschwand wie eine torkelnde Taube zwischen den Wolken. Das Blau war nicht mehr dunkel, es war hell, so hell wie der Tag, der aus der Nacht die Träume ausgewaschen hatte.

Wortlos gingen sie eine Weile nebeneinander her.

„Madeleine hat die Straßenräuber einfach laufen lassen, statt sie der Polizei zu übergeben."

„So?"

„Sie traut der Polizei nicht über den Weg, hat sie gesagt."

Jan-Sandro zuckt mit der Achsel. „Klar, wenn sie glaubt, dass der Polizeipräsident mit der Mafia paktiert."

„Roboter R U?", fragte Rosetta schließlich. Jan-Sandro nickte und folgte ihr in eine Nebenstraße. Hinter ihnen hüpfte der kleine Affe mit einem langen nach oben gestreckten Schwanz, der sich am Ende kringelte.

„Das ist die Straße des himmlischen Friedens", erklärte Robert auf Rosettas Schulter Jan-Sandro und zeigte in eine breite Seitenstraße mit einem Tentakel, auf dem in roten Schriftzügen 'Pleasetiptheguide' blinkte.

„Nie davon gehört. Der Straßenname muss neu sein."

„Sie hieß früher *Faule Kanone*, aber nach dem Massaker an einem Demonstrationszug hier in der Straße fand der damalige Machthaber Grillo das pietätlos. Er verordnete den neuen Namen. Nach der ersten Empörung haben sich alle schnell daran gewöhnt. Sie haben Grillo sogar ein Denkmal gestiftet. Wir kommen gleich daran vorbei." Robert wies mit einem Tentakel darauf.

Es stand direkt an der Hauswand auf einem kleinen Platz, der sich kaum von einer Schwellung der Straße unterschied. Wer zum Teufel war Grillo, dachte Jan-Sandro und folgte der Biegung der Straße. Während er sich die Skulptur anschaute, spulte Robert seinen Kommentar ab, als wären sie auf einer Stadttour. „Es stellt ihn als buckliges Monster dar, wie er vorne an einem Pistolenlauf lutscht und hinten sein Gehirn rausspritzt. Die Aufschrift lautet: 'Die faule Kanone grüßt Grillo den Komiker. Friede seiner Asche.' Aufgestellt nach seinem Selbstmord natürlich."

„Ist das lyrianischer Galgenhumor?", fragte Rosetta. Jan-Sandro suchte nach der Inschrift, fand sie aber nicht.

„Oh ja, mit gescheiterten Politikern hatten wir noch nie viel Erbarmen." Aufruhr, Unterdrückung, Spott? Verrückte Kombination. *Kiddo? Grillo?* Keine Antwort. Natürlich. Alte Reflexe, die ins Leere liefen. Jan-Sandro versuchte eine blasierte Miene aufzusetzen, als ob er Bescheid wüsste, aber er inspizierte die Figur noch mal im Vorbeigehen aus den Augenwinkeln. Ob das alles stimmte? War das eine Pistole oder doch eine Zigarre, Banane, ein Eis? Unmöglich zu sagen. Und sahen die Gehirnspritzer nicht eher aus wie eine lockige Frisur? Könnte auch ein Tänzer sein. Der Kribbon wedelte mit einem Tentakel wie mit dem Stock eines Dirigenten in der Luft. Und dann wiegte er sich dort, wo bei einem Menschen die Hüfte wäre. Pazifist mit Attitüde.

Ein kleines, unauffälliges Schild markierte den Laden: Roboter R U. Ein Bretterverschlag mit einer Stahltür, mehr nicht. Vielleicht ging es an dem Mauerwerk dahinter weiter. Rosetta zog die Tür auf und winkte. Er folgte ihr. In der Ecke stand ein vage humanoides Robotermodell, das ihn um einen Kopf überragte. Metallisch, golden lackiert. Sogar die Augen. Das Mädchen mit den goldenen Augen.

Er hatte sich zuerst in Bellas Augen verliebt. Wenn sie einem in die Augen sah, ein kurzer Moment genügte, blies der Wind über Sonne und Meer. Er hatte den Wind eingefangen und er sang in seinen Segeln, und Himmel und Meer waren eins. Ohne ihn trieb er hilflos ins Endlose.

Eine laute schnarrende Stimme vom Tresen her schreckte ihn auf und er schlenderte zu Rosetta hinüber. Der Mann hinter dem Tresen verstummte auf einen Schlag und schaute ihn fragend an. „Wir gehören zusammen." Der Mann schluckte, blickte abwechselnd zu Rosetta, dann wieder zu ihm. „Joe Hill, sagten Sie?"

„Richtig", säuselte Rosetta. Aber der Mann ignorierte sie. Er wendete den Blick nicht von Jan-Sandro ab. Jan-Sandro lächelte: „Joe Hill." Der Mann nickte und verschwand durch die Tür in den hinteren Teil des Ladens. Rosetta drehte sich zu Jan-Sandro, zog die Augenbrauen hoch. Er hatte nur Zeit für ein Schulterzucken, dann öffnete sich die Tür halb, und ein kleiner, grauhaariger Mann steckte den Kopf durch den Türspalt. Er starrte sie eine Weile an und taxierte dann die Ecken des Verkaufsraumes, bevor er eintrat. Auf dem kurzen Weg zum Tresen schielte er noch mal in Richtung Ladentür, dann kurz zu Rosetta, aber seine Blicke pendelten immer wieder zu Jan-Sandro zurück und dort blieben sie schließlich. „Sie wollten mich sprechen?"

„Joe Hill?"

„Ja?"

„Androidenmodell ZA1, Seriennummer N1349-238, sagt Ihnen das etwas?"

Er blinzelte, schien nervös. Herz- und Atemfrequenz müsste man messen, um sicher zu sein. Rosetta konnte es ihm später sagen. Jan-Sandro wartete. Schließlich kam doch noch eine Antwort: „Alph?"

„Sein Rufname, ja".

„Wir haben ihn an eine Theatertruppe verkauft. War das nicht in Ordnung?" Ein Schweißtropfen bildete sich auf Joes Stirn.

„Doch, doch. Er funktioniert einwandfrei, soviel ich weiß. Wir würden nur gerne wissen, woher Sie Alph hatten."

Joe warf ihm einen fragenden Blick zu, zuckte mit dem Kopf beinahe unmerklich in Richtung auf Rosetta.

Etwas hatte sein Misstrauen geweckt. Nur was? Dass Rosetta kein Mensch war? Unmöglich. Ohne Spezialausrüstung würde selbst ein Mediziner daneben tippen. „Sie arbeitet für mich. Und das auf ihrer Schulter ist mein Schoßtierchen."

Joe nickte langsam. „Und das Äffchen?” Jan-Sandro schaute nach unten. Ein kleiner Affe zerrte an seinem Hosenbein.

„Nur ein Äffchen, kein verdeckter Ermittler. Nun?”

„Es war eine Quelle der Firma, alles hatte seine Richtigkeit."

„Verraten Sie mir die Quelle?"

Joe zuckte mit der Schulter. „Titus - in Lombardos Auftrag natürlich."

„Natürlich. Wo finde ich die beiden?"

Joe stutzte.

„Jetzt? Üblicher Ort, soviel ich weiß. Scaramouche."

„Am Hafen?"

Wieder ein kurzes Stutzen.

„Klar doch. Kann ich noch was für Sie tun?"

„Ich bräuchte einen anonymen Zugang zum Internet mit diesem Smartreif. Vorkriegs-Retromodell." Er hielt Joe seinen Armreif entgegen.

„Einen Moment mal." Joe nahm den Armreif und ging wieder in den hinteren Teil des Ladens. Er öffnete die Tür und bevor er sie hinter sich wieder zuschieben konnte, war für einen Augenblick der Blick frei auf eine Werkbank, auf der ein hohler Würfel stand. Seine Seitenflächen waren bis auf säulenartige Verstrebungen ausgelassen. In der Mitte schweißte eine Faserlaseranlage eine Schicht aus atomisiertem Metallpulver auf die nächste. Ein Metallgeruch hing in der Luft. Aus dem toten Winkel der Tür hörte man ein dumpfes Hämmern, das plötzlich abbrach.

Rosetta zog die Augenbrauen hoch und neigte den Kopf in Richtung auf Jan-Sandro: „3d-Drucker.” Dann drehte sie sich zur Ladentür um und lehnte sich lässig mit dem Rücken gegen den Tresen. Der Kribbon auf ihrer Schulter blinzelte ihm zu. Es dauerte länger als erwartet. Das Äffchen keckerte. Jan-Sandro warf ihm eine Erdnuss zu. Die Letzte. „Aber nicht kleckern.” Der Affe nickte, als hätte er verstanden.

Hinter ihm räusperte sich Joe. „Es gibt ein Problem. Das Übertragungsprotokoll scheint nicht zu stimmen. Ist mir unerklärlich warum. Wir kriegen das auf die Schnelle nicht in den Griff. Ich kann Ihnen übergangsweise ein Alternativgerät überlassen, bis wir Ihres zum Laufen bringen. Seine Leistung reicht leider nicht an Ihres heran." Er zuckte mit der Schulter. „Aber für einfache Suchaufträge genügt es - wenn das Netz mal wieder funktioniert. Es ist seit einer Woche nur noch sporadisch erreichbar. Manchmal könnte ich laut losheulen. Wenn das so weitergeht, verschicken wir bald wieder Telegramme."

Jan-Sandro streifte sich den ihm hin gehaltenen Armreif über das Handgelenk. „Telegramme?"

„Ich war vor dem Krieg Kurator. Technikmuseum. Telegramme waren sehr kurze Nachrichten von ein paar Worten, die man elektrisch über Drähte übertragen konnte. Man nannte die verwendeten Geräte Fernschreiber. Waren riesige Kästen. Leider konnte ich keinen aus den Trümmern retten. Aber ich könnte ihnen ein Foto aus der letzten Auflage unseres Museumskatalogs zeigen.

„Danke, nicht nötig."

„Na ja ist auch nicht so wichtig. So, wo war ich stehen geblieben?"

„Mein Smartreif."

„Ach ja. Sollte morgen Nachmittag fertig sein."

„Ok, danke. Sie scheinen hier ja ausgebuffte Tüftler zu sein. Können Sie auch Motorräder reparieren?"

„Müssten wir uns anschauen. Bringen Sie es mal vorbei."

„Zum Schieben ist es zu weit. Wenn Sie jemanden zum *Windigen Schwindler* schicken können, werde ich nicht knauserig sein."

„Das ist nicht nötig. Wir wissen, was wir Ihnen schuldig sind, Captain."

Jan-Sandro beugte sich über den Tresen und senkte seine Stimme: „Noch eines. Was ist das eigentlich für ein Denkmal in Ihrer Straße?".

„Die Statue? Elvis Presley."

„Bitte?"

„Nach dem Rockmusiker, eine neoklassische Stilrichtung genannt Rock. Passen Sie auf." Er tippte auf seiner Tastatur. „Im Getto.". Aus einem Lautsprecher schepperte ein Lied. „Schon mal gehört?"

„Äh, nein. Neoklassik ist nicht so meine Sache."

„Ich habe Sie doch nicht etwa beleidigt? Der Liedtext, von wegen Stehlen und so. Das sollte absolut keine Anspielung sein. Ich wollte wirklich nicht ..."

Jan-Sandro konnte sich ein Grinsen nicht verkneifen. „Schon gut. Ich verspreche, hier nichts mitgehen zu lassen, wenn Sie mir noch eine letzte Frage beantworten: Was hält dieser Rockmusiker eigentlich in der Hand?"

„Ein Handmikrofon. Interessieren Sie sich für Technikgeschichte? Ich kann Ihnen gern -"

„Danke. Ich kann mir auch so ein Bild machen. Zu viel Stress. Tut mir leid. Bis bald."

„Immer zu Diensten. Sie können sich auf mich verlassen. Diskretion garantiert."

Jan-Sandro klopfte ihm auf die Schulter und ging. Draußen zappelte der Kribbon auf Rosettas Schultern.

„Deine Überredungskünste sind geradezu übernatürlich. Aber das mit dem Schoßtierchen wäre nicht nötig gewesen."

„Ach ja? Ich sage nur ‚Elvis Presley'."

„Das wusstest du zu diesem Zeitpunkt noch nicht! Ich habe bessere Ohren, als du denkst. Für das Schoßtierchen habe ich bei dir etwas gut."

„Captain? Er schien dich von früher zu kennen", unterbrach Rosetta den Kribbon.

„Ich war nur Polizeileutnant. Er hat mich verwechselt."

„Ja, aber mit wem?"

„He, es lief so gut, dass ich meine Glückssträhne nicht mit einer dummen Frage aufs Spiel setzten wollte."

„Gewissheit ist besser. Irgendwann geht es mit dem Glück immer zu Ende."

„Hoffen wir, dass es noch eine Weile anhält."

„Also zum Scaramouche?"

„Nein, das riskieren wir nicht ohne vorherige Recherche."

„Das Internet ist ausgefallen, du hast es doch selbst gehört."

„Fußarbeit."

„Sag mal, nimmst du unseren Auftrag überhaupt ernst?"

„Das kannst du nicht beurteilen."

„Du hast doch keine Ahnung, was hier vorgeht."

„Du etwa? Wer hat hier das kulturelle Hintergrundwissen?"

„Und das sagt dir ...?"

„Dass Vorsicht die Mutter der Porzellankiste ist." Er blinzelte ihr zu und ahmte ihre Stimme nach: „Irgendwann geht es mit dem Glück immer zu Ende." Sie blickte finster zurück. Ohne Internetzugang konnte er sie eine Weile hinhalten. Sonst würde sie die ganze Recherche nur ein paar Sekunden kosten, außer die aktuellen lyrianischen Suchmaschinen waren völlig hinter dem Mond. Im Prinzip. Sie brauchte ihn dann höchstens noch für die Interpretation. Soziokultureller, menschlicher Kontext. Geschwafel. Er musste über sich selber lachen. Bla, bla, bla. Tangs Auftrag war ihm egal. Je langsamer ihre offizielle Mission vorankam, desto mehr Zeit hatte er Bella zu suchen. Er musste sie nur eine Weile hinhalten.

„Versuchst du mich hinzuhalten?" Verdutzt schaute er sie an. Hatte er laut gedacht?

„Immerhin halte ich meinen Hals hin. Ich habe etwas zu verlieren", sagte Jan-Sandro.

„Und ich nicht?", entgegnete Rosetta

„Das ist eine Frage der - Auslegung."

„Ich sage: Ich denke, also bin ich."

„Ach ja? So einfach ist das? Was ist mit dem freien Willen? Bist du frei in deinen Entscheidungen?"

„Bist du es?", blaffte sie zurück.

„Wofür hältst du dich eigentlich? Du bist doch nur ..."

„Was bin ich *nur*?"

„Du bist -, was immer du bist, verdammt." Er biss sich auf die Lippen. „Genau, du bist nur meine kleine Cousine. Du machst, was man dir sagt, und du machst es erst, wenn ich es dir sage."

Rosetta setzte wortlos den Kribbon ab, salutierte in ihrem rotgeblümten, schwarzen Sommerkleid und lief davon. Der Rock flatterte wie Vogelflügel um ihre schlanken Beine, nur ihren Rücken hielt sie stocksteif.

„Bravo", sagte der Kribbon.

„Wie bitte?" Er riss seinen Blick von Rosettas schwindender Gestalt los.

„Ich glaube, du hast deine kleine Cousine verärgert."

„Sie spinnt schon seit der Wüstengeschichte. Irgendwann ist es genug."

„Nicht unbedingt. Ich habe auch kleine Cousinen."

„Verdammter Zoo, als Nächstes gibt noch der Affe seinen Kommentar ab."

Als das Äffchen anfing zu schnalzen, prustete Robert laut los und salutierte mit einem rotgeblümten Tentakel.

„Solange du mich trägst, bist du der Boss."

Unten an der Straße unterdrückte Rosetta die Tränen. War es Wut? Gegen Jan-Sandro? Gegen Tang, der ihm nichts, nichts, auf das es ankam, offengelegt hatte? Blinde Flecken, weiße Flecken, wie, wie diese historischen Landkarten: Hier sind Drachen. Sie rissen die kolorierten Mäuler auf, sie spuckten Feuer, sie verschlangen die nichtsahnenden Reisenden. *Hier* sind Drachen. Vor uns, hinter uns, direkt um die Ecke.

*- Teil 2 -*

# 8

Zur selben Zeit, in einem anderen Viertel von Lyria City. Ein rhythmischer Gesang. „Ich weiß nicht, wer ich bin. Ich weiß nicht, woher ich komme. Von weit her, glaube ich. Wie lange ist das her? Zwölf Millionen Jahre ist ein Tag vor den Augen des Schöpfers, sagt der alte Priester. Aber ich diene nicht Brahma, nicht Vishnu. Im vierten Zeitalter diene ich dem Fürsten der Dämonen. Alle zittern vor ihm. Ich war sein Schwert, ich war sein Blitz. Jetzt bin ich seine Augen. Jetzt bin ich seine Ohren. Er sagt, in den Staub mit dir, und ich krieche vor ihm im Staub, und ich winde mich vor Schmerzen. Er hebt mich auf, nimmt mich in seine hohle Hand und sagt, zerfalle zu Asche und lege dich über das Land, und ich riesele durch seine Finger und steige zum Himmel auf wie eine schwarze Wolke, und ich lege mich über das Land. Ich fliege mit dem Falken, ich laufe mit dem Wolf, ich schwimme mit dem Hai. Mir entgeht kein verräterisches Wort, kein finsterer Blick, kein dunkler Gedanke. Meine Sinne sind ihr Verderben. Und doch beweine ich sie nicht. Ich weine nur um eine, die ich verraten musste, eine, über die ich nicht meine Hand gehalten habe. Und weinend warte ich. Ich warte auf seinen Gesandten. Er wird jemand schicken, um sie zu befreien. Und mich erlösen. Das ist mein Gebet."

„Was ist das für ein verrücktes Gebrabbel", schimpfte Captain Sun, Captain a.D. eigentlich und Stellvertreter des Ex-Generalissimus Eric Mommsen. Er war jedenfalls ärgerlich. Ausgerechnet jetzt, schoss es ihm durch den Kopf. Eric wird das gar nicht gefallen. „Reiß dich zusammen. Wir haben keine Zeit", zischte er Rashek an.

„Zwölf Millionen Jahre sind ein Tag", fuhr der fliegende Diskus im Singsang der Brahmanen fort, der den Captain zuverlässig auf die Palme brachte.

„Es muss schneller gehen. Erkennst du mich schon wieder nicht?“
„Du bist der Sonnendämon."
„Mein Gott. Weißt du wenigstens, wo du bist?", fragte Sun.
„Im Reich des Dämonenfürsten ..."
„Ein Anfall, verdammt, gerade zum richtigen Zeitpunkt. Ist Festo wieder bei ihm gewesen?”
„Ich glaube nicht”, sagte Antonio.
„Rashek, hör gut zu. Das ist nur ein Anfall. Das geht vorüber. Ich habe einen wichtigen Auftrag für dich."
„Befiehl, ich gehorche."
„Du begleitest Antonio. Du bist seine Augen und Ohren. Zeichne die gesamte Aktion auf und öffne einen abgesicherten Kanal, wenn Antonio es dir sagt. Hast du verstanden?"
„Zu Befehl, großer Dämon."
„Ich bin kein Dämon."
„Wer bist du denn?"
„Du wirst dich wieder erinnern. Dann wird dir alles klar werden. Wer ich bin, wer du bist. Versprochen. Und jetzt Abmarsch." Sun nickte Antonio zu. Seine Bewegung war knapp. „Ausführung!"
„Zu Befehl, Captain."
„Wir sind nicht mehr beim Militär. Hast du es immer noch nicht kapiert? Sag Boss oder Sun oder meinetwegen Jan-Sandro.”
„Tut mir leid, Boss, alte Gewohnheit. Komm, Kleiner.” Antonio winkte aus dem Handgelenk heraus und eine kleine Diskusscheibe flog ihm hinterher.
„Eine Prophezeiung. Der Sonnendämon hat versprochen, dass er sich am Ende enthüllen wird. Ich muss nur auf das Zeichen warten. Alles wird gut", sagte der Diskus.
„Ja, alles wird gut. Mir nach, Kleiner. Einstweilen bitte Funkstille."

An der Tür des Scaramouche drehte sich Jan-Sandro Sun, Captain a. D., noch einmal um. Er musterte die Straße in beide Richtungen. Reine Routine, die Posten hielten jeden Fremden auf. Und doch. Der Vorfall am Hafen ließ ihn nicht los. Der Kuss der Vogelfrau. Sollte er der Sache nachgehen? Die Pläne waren in einer kritischen Phase, und das machte die Sicherheitsroutinen umso wichtiger. Was war der schlimmste Fall? Anschlag? Nun, er lebte noch. Gift mit langer Verzögerung vielleicht. Markierung für einen späteren Anschlag? Verdeckter DNA-Abstrich möglicherweise. Aber wer sollte dahinterstecken? Polizei? Opposition? Ein Feind aus den eigenen Reihen? Oder eine harmlose Verwechslung? Eine Irre? Er brauchte Gewissheit. Wer könnte das übernehmen? Lombardo oder Rashek? Lombardo.

Seine Hand lag immer noch auf der Türklinke, ohne sie ganz hinunterzudrücken. Dem Türsteher musste irgendwann unbehaglich geworden sein, denn er schob die Tür vorsichtig an seiner Nase vorbei auf. „Boss? Alles in Ordnung?" Jan-Sandro ließ sich wortlos den Mantel abnehmen und hatte auch für den zweiten Mann in der Schürze nur ein knappes Nicken übrig. Er ging weiter durch einen Gastraum ohne Gäste in den hinteren Teil des Lokals. Von der Küche her erreichte ihn der Geruch von Spaghetti. Sein Magen knurrte, aber das Essen musste er auf später verschieben.

Im Hinterzimmer warteten schon die anderen. An der Decke zog ein großer, staubbedeckter Ventilator seine Kreise. „Ist Antonio vor Ort?"

„Ja, Boss. Titus telefoniert schon mit seiner Schwester im Nebenzimmer", antwortete Lombardo, ein hochgewachsener, schlanker Mann im grauen Zweireiher.

„Du hast ihn präpariert?"

„Sicher. Aber es wird nicht einfach."

Sun setzte sich in die freie Ecke auf einen weißen Plastikstuhl. Er schien einigermaßen sauber zu sein. An der Decke in der Mitte des Raumes prangte ein dreieckiger Wasserfleck. „Dann leite die Übertragung auf die Holowand um", sagte Sun. Die anderen verrückten ihre Stühle, um ihm freie Sicht zu verschaffen. Es knarrte und quietschte und das Spektakel begann. Die Stirnwand des Zimmers schien zu verschwinden, so als könnte man einfach durch sie hindurch in das anschließende Arbeitszimmer des Bürgermeisters weitergehen. Drüben war es peinlich sauber. Die Wände hätten gestrichen gehört, aber Farbe war knapp in der Stadt. In der Raummitte stand ein Schreibtisch, ein beinahe durchsichtiger Quader, über dessen Seitenflächen sich Spruchbänder schlängelten. *Der Teufel geht umher wie ein brüllender Löwe.* Toller Spruch, der Wahlkampf war hier offenbar noch nicht zu Ende. Aber wo zum Teufel hatte Lannister ein Vorkriegsmodell mit Holografieprojektion und Ultraschallemittoren aufgetrieben? Sun betrachtete das Gebilde genauer. Auf der Schreibtischplatte lag nichts, nicht einmal ein Stift. Also vielleicht ein nutzloses Statussymbol? Man konnte nichts drauflegen und man konnte nicht hindurchgehen. Die Bibelsprüche sollten wohl nur verhindern, dass jemand das versuchte und dann an dem filigranen Gerippe aus Memorymetall hängen blieb oder die hauchdünnen Folien zerriss, die dazwischen gespannt waren.

Neben dem Schreibtisch stand Lena, die Tochter und Assistentin des Bürgermeisters. Ihre Haare waren blond und kurz geschnitten. Unter ihrem blauen Blazer schaute ein Shirt hervor, das mit farbigen Zickzacklinien bedruckt war. Wenigstens keine Bibelsprüche, dachte Sun. Über die blauen Wände des Arbeitszimmers krochen rahmenlose Gemälde. Nur die Tür war ausgespart. Dort hatte sich Antonio aufgebaut wie ein massiger, schwarzer Punkt am Ende des Raumes.

„Kann Rashek mich hören?", fragte Sun Lombardo.

„Ja."

„Rashek, platziere ein paar Kameradrohnen um Lena herum." Sun erhob sich und ging in einem Halbkreis um Lenas Hologramm herum, soweit es die Holowand erlaubte. Lena hielt in der einen Hand einen Zettel und starrte darauf. Sun spreizte die Finger, um den Zettel zu vergrößern. Ja, es war Titus Nachricht. Sie sah nicht glücklich aus. Immerhin hatte sie sich auf das Telefonat eingelassen und nicht gleich die Polizei gerufen. Und jetzt war es dafür zu spät. Dank Antonio. Sie sah schutzlos aus und verletzlich und das war sie auch. Wehe den Schwachen.

Ihr Bruder Titus Lannister stand ihr als Hologrammprojektion gegenüber und gestikulierte wild. Die Farnblätter auf seinem bedruckten Hemd hüpften auf und ab, ein Farnwald im Wind über seinen Bluejeans, die Frisur zerzaust, so als hätte er sich die blonden Haare gerauft.

„Ich kann nichts dafür. Es war Pech, ganz einfach Pech. Der Tipp war hundertprozentig sicher."

„Hundertprozentig?"

„Na ja sagen wir 99%."

„Kommt mir bekannt vor", entgegnete Lena.

„Jeder hätte es riskiert - unter den Umständen. Ich bin doch nicht doof."

„Doof? Nein doof bist du nicht." Sarkastisch wie ihr Vater, dachte Sun. Es lag an Titus. Er benahm sich wie ein quengelnder Schuljunge. Wo blieb die Angst? Sie hätten ihn stärker in die Mangel nehmen sollen. Lombardo war dafür nicht der Richtige. Meister war der Spezialist, der Meister der Angst. Titus hatte keine Fantasie. Es reichte nicht jemand die Folterinstrumente zu zeigen, wenn der nicht glaubte, dass sie für ihn waren. So funktionierte das nicht. Er musste daran glauben. Und wenn er dafür leiden musste, selber schuld. Es stand zu viel auf dem Spiel. Das Geflüster seiner Leute nervte ihn. Man konnte weder denken noch zuhören.

„Lombardo sorge für Ruhe im Saal."

„Alle das Maul halten, ihr Hundesöhne", schrie Lombardo und es wurde sofort still.

„Hör doch zu", schrie Titus.

„Klar, schieß los, ich habe gerade nichts Besseres zu tun", sagte Lena.

„Du hörst nicht zu."

„Ich -"

„Was sollte denn schiefgehen? Der Stallbursche war bestochen."
„Was?"

„K.o.-Tropfen im Futter."
„Spinnst du?"

„Keine hohe Dosis, Mann. Bin doch kein Tierquäler." Titus schaute sie mit großen Hundeaugen an. „Die anderen Gäule sollten schon noch aus den Boxen kommen."
„Wie fürsorglich."

„Und dann der Name!"
„Welcher Name?"

„Na von meinem Gaul."
„Du hast dir ein Pferd gekauft?"

„Quatsch. Habe ich etwas von ‚gekauft' gesagt, habe ich gesagt, dass ich ein Pferd gekauft habe? Bin ich doof?"
„Hätte ja sein können."

„Sturmwind. Das Pferd, auf das ich alles gesetzt habe. Du hörst einfach nicht zu."
„Ich bin sprachlos."

„Dann sei doch einfach mal still und lass mich reden."
Lena presste die Lippen zusammen.

„Warum sagst du nichts?"
„Ich sollte still sein."

„Gut. Also das war so. Geht doch der elende Gaul auf der Zielgeraden durch wie von der Tarantel gestochen. Bockt, springt über den Zaun. Bin ich im Rodeo, denke ich?"
„Es war aber keines?"

„Es war ein Pferderennen, Lena. Du treibst mich in den Wahnsinn."
„Du brauchst dir deshalb nicht auf die Finger zu beißen."

„Das Geld war geborgt", sagte Titus und zog die Finger aus dem Mund.

„Von wem?"

Titus verzog das Gesicht.
„Von wem?", wiederholte sie.

„Äh, du kennst sie nicht."
„Sag nicht ‚Mommsen'."

„Sein Capo hat mich am Kragen. Mein Kreditlimit ist überschritten."
„Das ist nicht dein Ernst. Du hast dich mit Mommsen eingelassen?"

„Es war nicht meine Schuld. Es war ganz einfach Pech. Der Plan war gut."
Er war rot angelaufen, aber Angst hatte er immer noch nicht. Er müsste sich beruhigen, dachte Sun, und ein bisschen blasser werden. Vielleicht hätte Rashek ihn doch fernsteuern sollen. Aber Titus wurde von selbst ruhiger, gerade als hätte er ihn denken gehört.
„Hilfst du mir?", sagte er.
„Das kann nicht wahr sein. Mommsen." Lena schüttelte den Kopf.

„He, ich bin noch da."
„Von allen guten Geistern verlassen."

„Ich habe sonst niemand. Vater ist ein bigottes Arsch ... "
„Was sagst du?"

„Mir wird von seinen Predigten schlecht. Sie hängen mir wie Kotze aus dem Hals heraus."
„Predigten?"

„Vaters."
„Er kriegt einen Schlaganfall."

„Sag ihm einfach nichts. Ich hab dir doch schon erklärt, was du machen sollst."
„So?"

„Es wäre zwecklos. Er hatte mich schon immer auf dem Kieker. Bei jeder Kleinigkeit ..."
„Du hast es dir selber mit ihm verdorben."

„Lag nicht an mir."
„Nein, natürlich nicht. Es sind immer die anderen."

„Du übertreibst."
„Und das am Tag meiner Hochzeit. Du bringst mich um."

„Hochzeiten sind spießig."
„Ja, es ist sicher weniger spießig, wenn die Braut spurlos verschwindet, allerdings auch weniger eine Hochzeit."

„Du bist nicht lange weg. Du schaffst es."
„Kannst du dir vorstellen, was Aurelio denkt, wenn ich doch nicht rechtzeitig wiederauftauche?"

„Der ist so vergafft in dich, der denkt gar nichts."
„Klaro, null problemo. Was scheren dich die Gefühle anderer? Was schert dich ein Skandal? Ist ja alles so spießig."

„He, steckst jetzt du in der Klemme oder ich?"
„Lass mich überlegen. Einen Moment, ich komme gleich drauf."

„Was soll ich denn machen? Soll ich betteln? Bist du dann zufrieden?"
„Du bist skrupellos."

„Ich halte das nicht mehr aus. Ich kann das Predigen nicht mehr hören." Titus steckte die Hände zur Decke und schüttelte dabei den Kopf.
„Du bist blind. Komm endlich zu Verstand", sagte Lena.

„Du musst mir das Geld besorgen. Hörst du, du musst."
„Besorgen? Nein, das ist stehlen, von der Stadt stehlen. Vater ist Bürgermeister. Ist dir klar, was das bedeutet?"

„Na und?"
„Ich kann ihn genauso von hinten erstechen."

„Wer ist jetzt blind? Du bringst Vater nicht um, wenn du es tust. Du bringst dich nicht um, wenn du es tust. Du bringst mich um, wenn du es nicht tust."
„Damit ist alles gesagt. Unterbrechen.", sagte Sun zu Lombardo, und Titus Hologramm im Büro des Bürgermeisters löste sich auf.
Lena starrte mit aufgerissenen Augen in die Leere, die Titus hinterlassen

hatte. „Titus", flüsterte sie. Sie schüttelte den Kopf, aber nicht in großen Bögen, sondern auf kleinstem Raum. Eigentlich war es eher ein Rütteln, wie man es macht, wenn man nicht glauben will, was einem gerade passiert ist und dann lächelt man vielleicht verlegen, weil man es immer noch nicht weiß. Sun wartete auf das Lächeln, aber Lena blickte nur finster und lief plötzlich auf Antonio zu, als wollte sie ihn umrennen und zur Tür hinauslaufen, die Antonio versperrte.

„Das reicht. Die Entscheidung liegt jetzt bei Ihnen", sagte Antonio und legte beide Hände links und rechts an den Türstock, als müsste er sich strecken, weil er steif vom langen Warten war.

Lena schien zu verstehen. Ihre Lippen verdrehten sich. Gleich würde sie etwas sagen, etwas Niederschmetterndes, einen Fluch, irgendetwas, das mehr bewirken konnte als ihre zierliche Gestalt. Die Auflehnung gegen das Unvermeidliche rührte ihn. Gab es einen Ausweg? Wozu die Frage? Er kannte die Antwort. Sie war nur ein Stein im großen Spiel, einer von vielen, einer wie er auch selbst nur einer war. Man sollte nicht Schach spielen, wenn man Mitleid mit den Figuren hatte. Verdammte Sentimentalität. Er betrachtete seine Hand und konnte nicht in sie hineinbeißen, also ballte er sie zur Faust.

Komm schon, du kannst doch deinen Bruder nicht im Stich lassen. Lena streichelte Titus Briefchen. Das war's. Sun hob schon die Faust, um sie sich in die hohle andere Hand zu schlagen, doch dann warf Lena den Zettel ungestüm auf den Boden und er fluchte leise. Sie stampfte und trampelte darauf herum. Dann rannte sie einem der wandernden Gemälde an der Wand hinterher und tippte es dreimal mit dem Finger an. Das Bild blinkte periodisch auf und bewegte sich immer langsamer. Schließlich stoppte es an einer scheinbar zufälligen Stelle an der Wand und blinkte nochmals dreimal schnell hintereinander auf.

Lena wischte es zur Seite. Dahinter kam Mauerwerk aus Klinkersteinen zum Vorschein, gegen das sich der darin eingelassene Safe abzeichnete. Lena betrachtete ihn ein paar Augenblicke regungslos, atmete noch einmal tief durch und legte ihre Handfläche auf die Safetür. Ein Zahlendisplay erschien. Sie gab eine Kombination ein. Langsam schwang die Safetür auf. Meister und Hund grölten im Hintergrund, als sie dicke Geldbündel herausnahm. Währenddessen stellte sich Antonio mit dem Rücken zur Wand neben den Safe. Lena ließ die Safetür offenstehen und ging mit dem Geld zum Schreibtisch. Sie warf die Geldscheine drauf und das filigrane Möbelstück kollabierte. Die Geldscheine purzelten, einige flatterten in der Luft.

Für ein paar Sekunden brach in beiden Räumen, dem des Bürgermeisters und dem Suns, ein Tohuwabohu aus. Die Männer johlten, sprangen auf und taten so, als würden sie nach den Geldscheinen im anderen Raum greifen.

„Setzen und Maul halten, ihr Arschlöcher", schrie Lombardo.

Sun ließ Lena nicht aus den Augen. Auch sie bückte sich scheinbar nach dem Geld, doch tatsächlich hob sie Titus Brief auf. Blitzschnell wie eine Taschenspielerin ließ sie ihn im Ärmel verschwinden.

Lombardo pfiff. Es wurde still im Raum. Er murmelte ein paar Worte in sein Kehlkopfmikrofon. Während Lena versuchte, den Brief unbemerkt aus dem Ärmel in den Safe zu bugsieren, packte Antonio sie von hinten am Unterarm. Dann streckte er seine Pranke aus. Wie King-Kong neben einem kleinen Mädchen, dachte Sun, als Lenas filigrane Finger den kompromittierenden Brief Antonio übergaben. Niemand sonst würde ihn lesen, und sie und das Geld würden spurlos im Dschungel verschwinden auf einem verschlungenen Pfad, den nur der Riesengorilla kannte.

„Wo ist Meister", fragte Sun Lombardo.

„Dahinten in der Ecke mit Hund."

Festo Meister war ein kleiner Mann mit sehr breiten Schultern. Man konnte sagen, dass er sich heute ausstaffiert hatte. Seine grünen Haare waren zerzaust, sein Hemd schwarz mit einem großen roten Fleck genau über dem Herzen. Ein Grinsen stand breit in seinem Vollmondgesicht. Man wäre versucht, es als gutmütig zu bezeichnen, wenn man ihn nicht kannte. Doug Hund, der Mann mit dem Engelsgesicht, kannte ihn natürlich, aber er lachte trotzdem. Nicht aus Furcht und nicht aus Gefälligkeit, dachte Sun, ihre Vorlieben waren kompatibel. Vielleicht hatte Meister ihm gerade einen Witz erzählt. Aber Meister beachtete ihn schon nicht mehr, seine Blicke schweiften flink umher auf der Suche nach einem neuen Publikum, und er bemerkte Suns Zeichen sofort.

„Spaziert herum wie ein Haremseunuch", sagte Lombardo und ging nach hinten zum Tisch.

Meisters kurze Beine steckten in hellgrünen Pluderhosen, die von dunklen in einander verschwimmenden Flecken übersät waren. Wo hatte er die wohl aufgetrieben? Nur der Krummsäbel fehlte, dachte Sun. Er brauchte nicht viel zu erklären. Ein paar Worte genügten, und Meister hatte begriffen. Er liebte das Theatralische. Er liebte es so sehr, dass er übertreiben würde. Aber die Männer verdienten hin und wieder Unterhaltung, und dieser - ja, dieser Zirkus war gut für den Korpsgeist. Ein Spiel, und jeder wusste es und nahm es umso ernster. Jeder hatte seine Rolle, ob zugewiesen oder selbst gewählt. Wie war es nur dazu gekommen? Wie war es so ernst geworden? Und wer war er selbst? Der große Hexenmeister von Oz oder der des Ku-Klux-Klans?

Unterdessen wurde Titus ins Zimmer geführt. Er war immer noch aufgekratzt von der Unterhaltung mit seiner Schwester. Aber er hatte immer noch nicht genug Angst. Offenbar nervös, also steckte da doch ein bisschen Angst dahinter, aber nicht genug, nicht genug. Lombardo war nicht der Richtige dafür. Zu effizient, zu schnörkellos. Angst brauchte Fantasie, um sich zu entfalten.

„Niemand hatte Schuld. Es war Pech, ganz einfach Pech. Der Tipp war hundertprozentig sicher. Wenn es Gerechtigkeit in der Welt gäbe, hätte der Gaul gewonnen. Sturmwind. Schwarz wie der Teufel. Ich habe vorher noch mit dem Stallburschen geredet. Netter Typ, eigentlich. War auch nicht seine Schuld. Und wenn, dann sollten wir es ihm nachsehen. Ja genau, ich glaube, wir könnten ihn noch gut für andere Sachen brauchen. Was meinst du?"

Titus Blick glitt über Lombardos Schulter und traf den seinen. Einen Augenblick lang lächelte Titus. Das Lächeln eines Amateurschauspielers, der für einen Augenblick aus der Rolle fällt? Immerhin war er Lannisters Sohn. Ein doppeltes Spiel? Nein, es war nur ein Verlegenheitslächeln kurz vor der Hysterie, mehr war es nicht. Und wenn doch, dann würde Meister schon die Wahrheit aus ihm herauskitzeln.

„Halt endlich das Maul, sonst bekommst du einen Knebel verpasst", blaffte Lombardo ihn an. Lombardo war clever, er wusste, dass er versagt hatte. Oder gab es da noch einen anderen Grund? Mochte er Titus vielleicht sogar? Nicht mehr lange, dachte Sun.

„Lass ihn doch", sagte Meister. Er gähnte. Langweilte er sich etwa? Alles Show. „Titus ist Komiker. Eine verwandte Seele. Titus - Titus mach' mir mal ein Pferd. Du weißt schon, wie es durchgegangen ist auf der Zielgeraden." Die anderen sahen Meister gespannt zu. Ihnen war nicht entgangen, dass Sun sich eben mit Meister unterhalten hatte. Eine gespannte Angst funkelte in ihren Augen, sie warfen sie einander zu, forderten sich gegenseitig dazu heraus sie aufzufangen, denn sie hatten alle Angst vor Meister - außer Lombardo und Hund und vielleicht Antonio. Und er selbst? Hatte er Angst vor dem Geist, den sie alle und nicht zuletzt er heraufbeschworen hatten? Er konnte genauso gut vor sich selber Angst haben.

„Wie, wie?", sagte Titus, der Meister noch nicht so gut kannte.

„Das Wiehern machen wir später. Pass auf, Titus." Meister imitierte ein Pferd, zunächst auf den Hinterfüßen, die Vorderfüße in der Luft. Er schnaubte und trabte durch das Zimmer, warf den Kopf zurück, hielt die Arme an den Händen abgeknickt vor den Körper. Putzig. Die anderen kicherten. „Verstanden? Jetzt du."

„Ich bin kein Pferd", sagte Titus.

„Du hast recht. Etwas fehlt noch - ja, du brauchst eine Kandare. Lombardo, kannst du uns Schnuffis Halsband stibitzen? Du traust dich doch?" Wie treuherzig, und jetzt blinzelte er Lombardo auch noch zu.

Lombardo knurrte zurück: „Er ist Erics Liebling. Man müsste ihm -", er zögerte und schaute zu Sun. „- wehtun." Lombardo ließ sich nicht von Meister herumkommandieren.

„Hund holt es." Sun pfiff und Hund lief her. „Mit aller Tierliebe."

Hund lief aus dem Zimmer.

„Tu's mit Liebe. Missionarsstellung!", rief ihm Meister hinterher. Der Hundezwinger war ganz in der Nähe und man hörte durch das Fenster ein Bellen und Knurren abgelöst von einem Jaulen und Fluchen. Ein Spaßvogel machte es im Raum nach. Meister grinste und schloss verzückt die Augen.

„Wenn wir unser Pferdchen mit so viel Liebe behandeln wie unsere Hündchen, scheißt es vielleicht Goldstücke aus seinem roten Arsch", sagte Meister und ließ seinen Blick in der Runde umherschweifen wie einer, der nicht genug Aufmerksamkeit bekommen konnte. „Ich wette, er wird sich das wünschen", murmelte Lombardo mit finsterer Miene in Richtung Sun.

Begrüßt von einem grölenden Lachen kehrte Hund zurück, in der Hand ein Stachelhalsband und zwei Hundeleinen für ein provisorisches Halfter. Er brachte die Sachen Meister. Hund und Herrchen, dachte Sun. Meister prüfte mit den Fingern, wie spitz die Stacheln waren, tat so, als hätte er sich die Finger daran aufgerissen, hüpfte eine Pantomime aus Schmerz und Blut. Die Umstehenden nickten grinsend. Sie glaubten zu verstehen. Er sah keine Spur von Mitgefühl, höchstens hier und da Erleichterung, dass ein anderer da in der Mitte stand. Wehe den Schwachen.

Meister sagte: „Gutes Hündchen! Bring's dem Pferd." Hund ging weiter zu Titus und ohrfeigte ihn so schnell, dass Sun kaum sah, woher die Hand kam und wohin sie wieder verschwand. Hund hielt ihm das Stachelhalsband hin: „Ins Maul stecken und drauf beißen."

„Aber mit den Stacheln nach innen!", sagte Meister und verschluckte sein Lächeln hinter gebleckten Zähnen. Das Gemurmel um sie herum verstummte. Das Halsband mit den langen, stählernen Stacheln begann in Titus Händen zu zittern. Glaubte Titus es nun? Er musste es glauben.

Sun wartete, damit sich Titus Angst setzen konnte, dann schüttelte er den Kopf. „Nein. Er muss danach noch sprechen können." Er fühlte die Enttäuschung der anderen. Aber Titus steckte sich schnell das Hundehalsband wie ein Gebissstück in den Mund.

„Richtig. Das Wiehern hätte ich beinahe vergessen." Meister wieherte ein paar Mal. Er nahm die beiden am Halsband befestigten Hundeleinen als Zügel in die Hände und stellte sich wie ein Kutscher hinter Titus auf. „Hü, Pferdchen, hü."

Als er nicht gleich loslief, brach Meister ihm mit einem Fausthieb eine

Rippe.

Titus stöhnte und fiel zu Boden. Mühsam stand er wieder auf und ging schwerfällig durchs Zimmer. Mit einer Hand hielt er sich die Seite.

„Schneller! Trab! Nächster Gang. Galopp!" Meister lenkte Titus am Zügel kreuz und quer durchs Zimmer. "Brr. Stopp du Depp. Du bist selbst für einen Klepper zu doof. Jetzt auf alle viere! Runter auf die Knie. Bist du taub?" Meister schlug ihn mit der Hundeleine, traf ihn an der Wange, an den Händen, am Rücken. Er hole immer weiter aus, legte sich mit seinem ganzen Körpergewicht in die Schläge. Ein roter Fleck breitete sich unter Titus zerfetztem, weißem Hemd aus. Schließlich fiel Titus auf alle viere und Meister setzte sich auf seinen Rücken. Titus schrie, als Meister ihm mit den Oberschenkeln den Brustkasten über der gebrochenen Rippe zusammendrückte. „Hü, hü. Schneller! Noch schneller! Wiehern!"

Titus krabbelte durch das Zimmer, während ihn Meister weiter auspeitschte. Schließlich brach das Pferdchen zusammen. Meister stand auf und verbeugte sich wie ein Zirkusreiter. Glaubte Titus es jetzt?

„Erschießen! Erschießen!", grölte Hund. Meister holte seine Pistole aus dem Schultergürtel und ging auf Titus zu. Er lud durch, setzte die Pistole auf Titus Schläfe neben eine rote Strieme und suchte - diesmal erschien es widerwillig- Blickkontakt zu Sun. Unter Titus breitete sich eine Lache Urin aus. Der gelbe Fleck unter ihm und der rote auf seinem Rücken und dazwischen ein bisschen Mensch. Nein, das spielte er nicht, so gut war er nicht. Es würde mit ihm klappen.

„Wir warten. Seine Schwester ist schon unterwegs. Der Kellner soll ein paar Getränke bringen. Für mich das übliche."

Er winkte Lombardo her. „Wo ist Dr. Marconi."

„Besoffen."

„Meister!"

„Ja?", sagte Meister.

„Hat er etwas gebrochen?"

„Fünfte Rippe seitlich rechts. Unproblematisch."

„Gib ihm eine Schmerztablette. Wenn seine Schwester kommt, muss er klar im Kopf sein. Und, Meister! Hund putzt den Dreck auf."

„Sie sind gerade in die Straße eingebogen", meldete Lombardo Sun. „Keine Komplikationen. Offenbar ist ihnen niemand gefolgt."

Sun zeigte mit dem Zeigefinger auf Meister. Als Meister die Geste mitbekam, tippte er sich auf die Brust und zog die Augenbrauen fragend hoch. Jan-Sandro schnippte sein Ja und Meister setzte sich in Bewegung. Am langen Arm schnappte er sich ein Bier vom Tisch und trabte in kleinen Schritten zu Titus, der immer noch zusammengekrümmt auf dem Boden lag. Ein Wiehern, keine Reaktion. Meister trat ihm in die Rippen. Jan-Sandro bemerkte, dass es diesmal die linke Seite war, vermutlich um die schon gebrochene Rippe nicht in die Lunge zu treiben. Ein Beben durchlief Titus Körper. Meister zuckte mit der Schulter und goss Bier über Titus Gesicht. Hustend erwachte Titus, schnappte nach Luft und übergab sich. Der säuerliche Gestank von Erbrochenem und Bier breitete sich im Zimmer aus. „Halleluja. Ich habe ihn wieder zum Leben erweckt. Prost Lazarus! Ein neues Leben beginnt." Die Leute um ihn herum lachten. „Pack an, Hund." Hund streifte Titus das zerrissene weiße T-Shirt ab und zog ihm ein schwarzes an.

„Mund auf, komm schon!" Mit einem Kniff in die Wange brachte Meister ihn dazu den Mund zu öffnen. Er steckte ihm eine Tablette hinein. „Schlucken." Meister wischte Titus den Mund mit dem Taschentuch ab und legte Titus Finger um die Bierflasche. „Trink. Der Schmerz ist gleich vorbei. Wir sind jetzt alle Freunde."

Unter lautem Grölen setzte Titus die Flasche an den Mund und trank, während Antonio Lena Lannister durch die Tür hereinschob. Sie sah ihren Bruder gleich und lief auf ihn zu. Leise redete sie im Hocken auf ihn ein, doch er stieß sie zurück.

Antonio übergab währenddessen Lombardo eine schwarze Ledertasche, die dieser öffnete. Er fasste hinein, drehte um, was immer er in der Hand hielt, ohne es herauszuholen. Dann nickte er Sun zu und entließ Antonio mit einem Klaps auf die Schulter. Antonio stellte sich in die Tür.

„Auf die Beine mit ihm", sagte Lombardo und machte eine Kopfbewegung in Titus Richtung. Einer der Leute lief hin und half ihm hoch. Es war Cersky. Titus Haare tropften. Er schwankte.

Meister sagte in Lenas Richtung: „Wir haben auf dein Wohl angestoßen." Cersky grinste, aber Lena presste nur die Lippen zusammen und schüttelte den Kopf. Wie ihr Vater, dachte Sun. Was wühlte da in ihren Backen? Ein Dämon? Wir sind die Dämonen.

Sun gab Lombardo das Zeichen anzufangen.

Das Licht wurde dunkler, die Muster an den Wänden verwandelten sich in Silhouetten menschlicher Gestalten. Sie schienen ihnen zugewandt auf Bänken zu sitzen, eine Reihe hinter der anderen. Zwischen ihnen brannten Kerzen. Kleine Flammen, die ein Luftzug hin und wieder flackern ließ. Ihr gelbes Licht reichte gerade dazu aus, die Hände der Gestalten zu beleuchten. Sie umklammerten die flachen Bretter an den Rückenlehnen der Bänke vor ihnen, aber sie beteten nicht. An den Handgelenken verschwanden sie schon wieder im Schatten.

Lombardo sprach in die Stille hinein mit einem leiernden Singsang: „Titus

Lannister soll heute in die Familie aufgenommen werden, in den Kreis der Lebenden und der Toten." Er schaute in die Runde. „Wer unterstützt seine Kandidatur?"

„Wir, Meister und Hund, bürgen für ihn."

Sun nickte, Lombardo nickte und die Geister auf den Holowänden nickten.

„Titus Lannister, willst du immer noch Mitglied der Familie werden?", sagte Lombardo.

„Ich will."

Lena lachte. Die Wände warfen ein Glucksen und Kichern zurück. „Titus, das reicht. Wir gehen." Sie versuchte ihn wegzuziehen.

„Ich bleibe", sagte Titus, aber er schaffte es nicht gleich sich zu befreien, und eine Weile zogen sich die beiden wie Tänzer am ausgestreckten Arm in entgegengesetzte Richtungen.

„Gib mir deinen Finger", sagte Lombardo. Cersky riss Titus von Lena los und zog ihn am Finger näher zur Lombardo hin ins Licht eines Deckenspots, das langsam nach oben wanderte. Lombardo hielt eine Spielkarte hoch über seinem Kopf ins Licht. Langsam drehte er sich um die eigene Achse, um sie allen zu zeigen. Das Kreuz des Südens, das Symbol Lyrias. Dann stach er mit einer Nadel in Titus Finger und presste. Er strich mit der Karte einen Blutstropfen ab und hielt sie noch einmal hoch. Ein roter Fleck klebte über den Sternen. Er legte die Karte in Titus Hand und zündete sie dort an. Eine blaue Flamme züngelte knisternd hervor. Titus Hand zitterte, doch er zog sie nicht zurück. Vermutlich war er selber verblüfft. Die richtige Tablette machte aus jedem einen Helden, dachte Sun. Für eine Stunde lang.

Lombardo nahm Haltung an und legte seine Hände an die Hosennaht. Und wie auf dem Exerzierplatz rollte die Stimme des ehemaligen Sergeants über den Raum:

„Titus, wie lange bleibst du loyal?"

„Für immer."

„Wo hört dein Gehorsam auf?"

„Nirgendwo."

„Was bist du bereit zu tun?"

„Alles."

„Wen wollt ihr hier verarschen?", sagte Lena. Die Stimme der Vernunft, dachte Jan-Sandro, rauchig dunkel wie aus einem anderen Zeitalter, das wie die Spielkarte verkohlt war.

„Titus, das ist doch Schmierentheater." Die Kerzen flackerten in den Holowänden. „Man sollte dir die Ohren lang ziehen. Du hast eine Familie, du brauchst diesen ... "

„Das ist vorbei", schnitt Titus ihr das Wort ab.

Lombardo fuhr unbeirrbar fort mit seiner Litanei: „Die alte Welt ist in deiner Hand verglüht. Du hast keine Familie mehr."

„Was soll ich tun, um eine neue zu bekommen?", sagte Titus.

Ein anderes, tieferes Lachen erklang. Lombardo schien einen Augenblick verwirrt. Er zögerte und bevor er seinen Sermon fortsetzen konnte, preschte Meister vor mit einer Stimme, die wie Champagner perlte: „Lena hat völlig recht. Das ist Schmierentheater." Man hörte ein Murmeln und Festo hob eine Hand hoch über sich in das Spotlicht, bis es wieder still wurde. „Und ich weiß, wie wir das ändern. Titus! Vögele Lena hier vor unseren Augen und knall sie dann ab. Das ist die richtige Art, unserem Verein beizutreten."

Es war plötzlich ganz still. Sun beobachtete Titus. Der letzte Widerstandspunkt. Titus Augen blinzelten kurz, kurz, kurz, lang, lang, lang. Er schaute nach links und nach rechts in schweigende, gespannte Gesichter und konnte sich offensichtlich nicht entscheiden. Titus lehnte sich nicht auf, aber er tat auch nicht, was man ihm sagte. Kein Doppelspieler, stimmt, die Idee war zum Lachen, er war einfach ein Jammerlappen. Sun war enttäuscht. Im nächsten Moment konnte er seine Enttäuschung nicht glauben. Was ist das, dachte er. Die Enttäuschung des Henkers, dass sein Opfer nicht mehr Widerstand leistet, dass es einfach hilflos vor einem steht und schweigt. Wie groß war der Unterschied zwischen ihm und Meister? Vor wem ekelte er sich mehr? Interessante Frage. Er musste ihr irgendwann nachgehen. In ein paar Tagen vielleicht. Dann wäre das alles hier vorbei, analysiert, abgehakt. Oder er wäre tot.

„Haha, Festo, der Clown", sagte Sun. Sein Lachen klang in seinen Ohren wie das Wiehern einer Hyäne oder einer vom Erics Gargylen.

Meister schlug sich mit der Hand auf den Oberschenkel: „Sein Gesicht, Jan-Sandro. Ich sollte ihn malen."

„Titus, wir sind hier alle harte Jungs, aber wir sind keine Unmenschen. Es genügt, wenn du deine Ex-Schwester in die Obhut der Familie übergibst."

„Übergeben?"

„Her mit ihr", schnauzte Meister Antonio an.

Antonio packte Lena und zog sie in die Mitte des Zimmers, bis sie Titus Auge in Auge gegenüberstand.

Meister stellte sich neben sie. Seine Stimme klang so ölig und süßlich, als wollte er priesterlicher als jeder Priester sein. „Titus, sprich mir nach: Ich, Titus Lannister, verkaufe dich, Lena Lannister an Don Eric."

„Schminke dir deine Fratze aus dem Gesicht, verdammter Clown! Titus! Schau ihn dir an mit seinem geilen Grinsen. Das sind deine Freunde? Das ist deine neue Familie?"

„Das reicht. Sie hat ihr Plädoyer gehalten. Knebeln.", sagte Lombardo.

Antonio holte ein Taschentuch aus der Hosentasche und faltete es auf. Es war riesig und fleckig. Cersky hielt Lena von hinten fest, und Antonio drückte ihr mit den Fingern hart auf das Kiefergelenk, bis es knirschte. Ihr Mund öffnete sich und er schob ihr das Taschentuch zwischen die Zähne. Mit der anderen Hand würgte er sie, bis sie schluckte und das Taschentuch einsog. Einen Augenblick lang bekam sie keine Luft und würgte. Antonio ohrfeigte sie zweimal und sie atmete wieder.

Titus sagte: „Muss das sein? Gibt es keinen anderen Weg?" Er schaute dabei zu Sun.

Lombardo schlug ihn auf den Kopf. „Du stierst den Boss nicht an. Hast du gar nichts gelernt?"

„Er kann machen, was er will. Wir zwingen niemanden", sagte Sun.

„Ohne uns bist du ein Niemand. Willst du ein Niemand sein?", sagte Meister.

„Nein", flüsterte Titus.

„Ich habe nichts gehört. Du musst es lauter sagen. Bist du bei uns, mit uns, für uns, bis der Teufel die Sterne holt?"

„Ja", sagte Titus lauter.

„Also?"

Titus heulte. Man verstand ihn erst kaum, aber langsam redete er sich in eine Rage hinein: „Es reicht. Ich habe die Schnauze voll. Ich bin - ich bin nicht mehr dein Püppchen. Ich lasse mich nicht mehr herumstoßen. Ich kann selber auf mich aufpassen. Du und Vater, ihr könnt mir mit euren Predigten gestohlen bleiben. Ich will endlich - Respekt. Ja, Respekt! Ich werde es Vater zeigen, ich werde es allen zeigen - ich werde es dir zeigen. Ich ver..., ich verkaufe dich an Don Eric ... "

Meister kicherte und in das Kichern hinein sprach Lombardo die Abschlussformel: „Was sagen die Toten?" Die Gestalten in den Wänden hoben stumm die Hände.

„Was sagen die Lebenden?" Alle Hände gingen nach oben.

„Mit der Stimme der Lebenden und der Toten erkläre ich: Titus ist aufgenommen. Er gehört zur Familie von nun an, bis die Sterne verglühen und das Kreuz des Südens nicht mehr über der Stadt steht."

„Fuck die Sterne", rief Meister und alle johlten. Meister grinste zu Sun hinüber, hielt ihm seine offene Hand hin. Wie ein Satyr, dachte Sun. Nach dem Haremswächter und dem Narren der Satyr mit geschwollenem Stiernacken und einem nach vorne gestellten Bocksfuß. Sun betastete sein gespaltenes Ohrläppchen. Er wühlte in seiner Hosentasche. Eine Erdnuss und eine Münze. Die Münze lag kalt in seiner Hand. Er warf sie im Bogen Meister zu.

Meister zwinkerte Sun zu. Dann hüstelte er und als Titus nicht reagierte, boxte er ihn an die Schulter. „Bravo, Kleiner. Hier der Kaufpreis. Du hast eine große Karriere vor dir."

„Antonio", sagte Sun. „Du hast deine Befehle." Antonio nickte und zog Lena die Tür hinaus.

„He, Antonio!", rief Meister ihm hinterher. „Treib's nicht zu wild mir ihr. Was sagst du dazu, Titus? Titus?"

„Macht mit ihr, was ihr wollt."

„Du hast keine Lust? Du könntest ihm hinterherlaufen. Er ist noch nicht weit. Vielleicht lässt er dich auch mal ran."

Titus schüttelte nur den Kopf. Lombardo zog ihn am Arm von Meister weg und führte ihn zu Sun. Dort drückte er ihn auf die Knie. Sun hielt Titus den Handrücken hin. Titus küsste den Siegelring, griff nach Suns Hand, doch Sun zog sie zurück. Er spreizte die Finger und ging zum Waschbecken in der Ecke.

Sun war müde, sein Kinn schmerzte und er war hungrig. Er hatte alle hinausgeworfen bis auf Meister und Rashek, der wie ein Feuermelder an der Decke hing. Das Waschbecken war verstopft. Der dünne Wasserstrahl vermischte sich mit einer braunen Brühe. Er stocherte mit einem Essstäbchen im Abfluss.

„Hi, Rashek. Was gibt's Neues in der Dämonenwelt? Ist Hanuman schon aufgetaucht?", sagte Meister.

„Nein, Kumbhakarna", antwortete Rashek von der Decke.

„Nun es dauert halt. Ein Tag zwölf Millionen Jahre, das war's doch, oder?"

Das Wasser wirbelte auf, aber es floss nicht ab. „Kumbhakarna? Erzähl mir nicht, dass er sich das alles selber ausdenkt", sagte Sun und stocherte weiter.

„Er hat mir ein Loch in den Bauch gefragt."

„Du brauchst es nicht noch schlimmer zu machen, als es schon ist."

Die schäumende braune Brühe erinnerte ihn an einen sumpfigen Pfuhl, in dem Aale nach Nahrung wühlten.

"Hm", räusperte sich Meister. Eine Frage, Jan-Sandro, du hast doch gerade Zeit, oder?"

„Schieß los, aber fasse dich knapp."

„Gut. Also wir habe jetzt zwei Akte, soweit ich das verstehe. Akt 1: Tocher des Bürgermeisters plündert Stadtkasse. Akt 2: Sohn des Bürgermeisters überfällt Spirituosenladen. Ich möchte nicht in Lannisters Haut stecken. Alles toll, richtig eindrucksvoll, aber warum so kompliziert? Ginge das nicht viel einfacher, ich meine kurz und blutig?"

Kurz und blutig. Es lief immer auf dasselbe hinaus. Sun trocknete sich die Hände an einem schmutzigen Handtuch ab und ging zum Tisch. Dort stand ein großer Topf, aus dem er sich eine Portion Spaghetti herausholte. Lange Nudeln, die sich wanden wie Aale. Es ekelte ihn. Trotzdem fing er an zu essen.

„Der Bürgermeister und sein Oberst. Zwei präzise Operationen würde reichen", sagte Meister. ‚Reichen', dachte Sun. Die Tomatensoße war blutrot. „Und wenn dann die andere Seite nicht gleich aufgibt, wenn schon, wir halten länger durch."

„Es wäre schlecht für das Geschäft", sagte Sun nur und wischte sich einen Spritzer Tomatensoße von den Händen.

„Geschäft, Geschäft, heutzutage ist alles Geschäft. Die IFC war einmal eine Armee."

„Vermisst du den Krieg?"

„Das war nicht die schlechteste Zeit."

„Ihr wart nicht an der Front."

„Das kannst du uns nicht vorhalten. Hund und ich hatten einen Job, den sonst keiner machen wollte."

„Hat euch das heute nicht gereicht?"

„Du sagst das so, also ob wir uns schämen müssten."

„Ihr seid auf euch stolz?"

„Der Abwehrdienst hatte mindestens ebenso großen Anteil am Sieg wie die Frontschweine."

„Du hast recht. Wir haben gewonnen. Der Krieg ist vorbei."

"Schneller als gedacht. Und warum wohl?"

"Es war nichts mehr übrig, um das es sich gelohnt hätte zu kämpfen."

Meister trat zu einem Bild an der Wand. "Es war die Angst, die sie gelähmt hat. Der Blick der Schlange", sagte er und rieb sich das Kinn. „Dante? Der neunte Kreis der Verräter, nicht wahr? Sie haben es verdient. Jeder. Folter ist eigentlich eine Belohnung, keine Strafe. Auge in Auge mit dem Absoluten zu stehen, diese Erfahrung macht nicht jeder. Weißt du, bevor sie gehen, erfasst sie dieser tiefe Friede. Du siehst, wie er sich über das ganze Gesicht ausbreitet. Man könnte beinahe neidisch werden."

„Bevor du angesichts des Absoluten ins Schwärmen gerätst, du stehst vor dem Kreis der Verleumder. Die Teufel reißen ihnen die Köpfe ab und setzen sie umgekehrt wieder auf.”

„Verstehe mich bitte nicht falsch. Es spielt für mich keine Rolle, was wer verbrochen hat. Ich bin kein Moralist. Und ich bin auch nicht stur. Es muss nicht unbedingt ein neuer Krieg sein.”

„Das beruhigt mich.”

„Allerdings ... ”

„Es gibt immer ein ‘allerdings’, nicht?”

„Ok. Hund und ich sehen das so. Vielleicht haben wir die tiefsten Kreise der Hölle hinter uns, aber eines ist sicher. Wir sind nicht im Paradies gelandet. Es gibt immer noch genug Raubtiere. Und Hund und ich wissen, wie man ihnen die Krallen ausreißt. Das ist unser Job. Warum lässt du uns ihn nicht richtig machen? Das nützt allen und was ist schlimm daran, wenn er uns Spaß macht? Von Zeit zu Zeit verdient jeder, glaube ich, ein bisschen Spaß.”

„Spaß ist Privatsache.”

"- aber nützlich."

"Was nützlich ist, sage ich euch."

"Du und Eric."

„Ihr tut, was man euch sagt. Schluss. Basta."

„Reg dich nicht auf. Das war nur ein Angebot in allen Ehren. Wir machen natürlich, was du und Eric uns sagen." Meister schien auf eine Antwort zu warten, aber Sun schwieg. ”Wird der Bürgermeister sich erschießen?”

„Hoffen wir auf das Beste.”

„Und wenn Eric das Prinzip Hoffnung nicht reicht?”

„Dann wird er es mir sagen. Mach dir nicht zu viel Hoffnung."

„Ich würde nie ... Warum hasst er eigentlich Lyria City?”

„Tut er das?”

„Er hat Albträume."

„Da ist er nicht der Einzige."

„Wir sind Schmeißfliegen."

„Wirklich?"

„Nein, Maden. Die Schmeißfliegen legen ihre Eier in die offenen Wunden der Stadt. Und aus den Ruinen kriechen wir wie Maden."

„Da ist was dran."

„Sie rächt sich jetzt."

„Wer?"

„Die Stadt."

„Er wird sie wieder aufbauen und dann wird sie ihm verzeihen."

„Die Stadt?"

„Die Stadt, sein Gewissen, was weiß ich. Die Tomatensoße schmeckt faulig. Woher kommt die?"

„Es ist schwierig, frisches Gemüse aufzutreiben."

Sun streifte am Tellerrand die Tomatensoße von der Gabel ab. „Es ist besser, etwas anzubauen als es zu zerstören."

„Warum? Wegen der Tomaten?"

Sun starrte ihn an.

„Du hast ‚anbauen' gesagt."

„Wegen der Albträume. Irgendwann ist dieser Albtraum zu Ende, wir arbeiten uns wieder hoch, und alle werden ihn als Visionär bewundern."

„Noch mehr?" Meister schnipste eine Brotkrume vom Tisch. „Manche sagen, er hat jetzt schon ein zu großes Ego."

„Ich glaube nicht, dass ihm deine Anspielungen gefallen würden."

„Um Gottes willen. Wir sind doch unter uns. Da legt man nicht jedes Wort auf die Goldwaage. Mir geht es nur darum, einen großen Mann wie den Kommandanten besser zu verstehen."

„Du willst ihn verstehen? Nun, er bereut einiges, was er getan hat, im Unterschied zu dir. Und er bereut es, weil er ein größeres Format hat als du oder ich. Die Stadt war einmal ein Symbol."

„Für wen?"

„Ein Leuchtfeuer der Zivilisation und der Freiheit."

„Die Leute haben sich so gelangweilt, dass sie den ganzen Tag nur noch in virtuellen Welten unterwegs waren."

„Er hat nicht vergessen, dass er hier Zuflucht gefunden hat."

„Der Blick von außen ist immer erfrischend. Sagittaria muss die Hölle gewesen sein."

Sun blickte auf. Er wippte mit der Gabel und sagte: „Du hättest es wahrscheinlich genossen."

„Aber ihr beide nicht?"

„Er war ebenso dankbar wie ich da rauszukommen."

„Nicht so lange."

„Wie bitte?"

„Ich meine -"

„Schreibst du jetzt seine Biografie?"

„Ich mache nur, was er mir aufträgt."

„Und manchmal liest du Gedanken?"

„Kann vorkommen."

„Dann pass gut auf, dass du immer richtig liegst."

„Ich werde mir Mühe geben", sagte Meister und lächelte. Sun schüttelte den Kopf und aß weiter.

Waren Meister und Hund die Einzigen oder gab es noch andere? Langeweile? Haben wir Lyria aus Langeweile zerstört? Es war komplizierter. Diese locker dahingesagten Bonmots waren wie Bonbonpapier. Außen bunt und innen klebrig. Man glaubt, sie verpacken die Welt und wenn man sie auspackt, findet man nur ein Stückchen geschmolzene Schokolade. Im Grunde wie Meister selber, nur steckte in diesem grünen pluderhosigen Knallbonbon Plastiksprengstoff drin. Überraschung, Überraschung.

Leider brauchte er ihn noch. Eine Nacht eigentlich nur. Dann wäre die kritische Phase vorüber. Danach würde er sich - kümmern. Jetzt war dafür keine Zeit. Zeit, Zeit, Zeit. Sein Magen verkrampfte sich. Wer war schlimmer - er oder Meister?

„Wenn du gehst, schicke Lombardo herein."

Meister zögerte. „Der Einsatzplan für Titus heute Nacht steht noch?"

„Wie oft fragst du noch? Lies meine Lippen. Niemand stirbt. Ihr inszeniert einen einfachen Überfall auf den Spirituosenladen. Der Überfall misslingt, ihr macht euch aus dem Staub, und der missratene Sprössling des Bürgermeisters geht ins Gefängnis."

„Ja, schon."

„Wo ist das Problem?"

„Titus war so scharf darauf, den Oberst umzunieten, und jetzt, wo das abgesagt ist, kann ich ihn kaum bremsen. Er ist eine tickende Höllenmaschine."

„Spiel nicht an den Drähten."

Meister zog ein schiefes Maul. „Ein unglücklicher Windzug würde schon genügen. Und ich mache nicht den Wind."

Sun goss sich ein Glas ein aus einer Flasche Rotwein. Er trank und statt das Glas abzusetzen, schwenkte er es in einem kleinen Kreis, sodass die Flüssigkeit sich gegen das Glas drehte. „Wenn der unglückliche Wind aus deiner Richtung bläst, übergibst du morgen Abend deine Geschäfte an Hund."

Eine Zeitlang war es still. Der Schatten einer Wolke zog am Fenster vorbei.

Langsam hob Meister die Hand und hielt sie ihm entgegen. „Nichts für ungut", sagte er. Seine Stimme war plötzlich brüchig. Sun schaute auf die Hand, doch statt sie zu schütteln, wickelte er sich in seinem Löffel eine Gabel voll Spaghetti.

Meisters leere Hand bewegte sich hoch zu einem schlampigen Salut. „Danke für den Tipp und die anregende Unterhaltung. Ich genieße es immer, mit einem Meisterstrategen zu plaudern."

„Was gibt's Captain?", fragte Lombardo, nachdem er sorgfältig die Tür geschlossen hatte, eine Hand an der Klinke, die andere am Türblatt.

Zweireiher, wie zu einer Hochzeit oder zu einem Fahnenappell.

„Eine Frau hat mich geküsst", sagte Sun.

Der alte Sergeant schwieg.

„Eine Unbekannte. Ohne erkenntlichen Anlass."

„Wann und wo?"

„Heute Morgen unten am alten Hafen, am Kai."

„Konnten Sie ihr Gesicht sehen?"

„Sie hat es mir mehrere Sekunden lang zugedreht, so als wollte sie sichergehen, dass ich mich an sie erinnere."

„Seltsam. Das passt nicht zu einer Zielmarkierung, nicht zu Diebstahl oder einem Identifizierungsauftrag. Eine Warnung vielleicht?"

„Ja, aber von wem?"

Lombardo schielte nach oben.

„Ich glaube nicht. Was ist mit der Polizei?"

„Wir wissen von keinem Haftbefehl. Aber wie sich die Dinge gerade entwickeln ..." Lombardo zuckte mit der Schulter. „Haben Sie schon ein Phantombild machen lassen?"

„Ja. Rashek, schalte das Phantombild auf ein kleines Rechteck." An der Holowand erschien das Bild einer kleinen, zierlichen Frau in einem ärmellosen, roten Kleid. Das Bild drehte sich langsam. Lombardo und Sun traten näher. 1,70 m, 55 kg geschätzt. Lange, gerade schwarze Haare. Stupsnase. Ovales Gesicht. Vager asiatischer Eindruck.

„Ich lasse es herumgehen. Einstweilen, meine ich, dass keine unmittelbare Gefahr besteht."

„Ja, ich lebe noch."

„Ich rate nicht davon ab, vorsichtig zu sein."

„Ok, heraus damit. Was ist los. Wir kennen uns lange genug."

„Kann ich offen sprechen?"

„Bitte, frank und frei."

„Mir gefällt die andere Sache nicht."

„Die von eben?"

Lombardo zuckte mit der Schulter und schaute zu Boden.

„Es ist ganz einfach. Der Bürgermeister oder wir."

„Ja, aber seine Tochter?"

„Ah, das ist es."

„Jawohl."

„Es geht nicht anders. Als Zeugin wäre sie zu gefährlich."

„Sie hat das nicht verdient."

„Verdient?" Sun deutete auf den großen Topf auf dem Tisch. „Hast du schon gegessen? Es sind noch Spaghetti übrig. Die Tomatensoße allerdings ..."

„Danke, ich bin nicht hungrig."

„Wie viele haben es deiner Erfahrung nach verdient?"
„Manchmal haben wir die Wahl."

„Nicht in diesem Fall. Sie ist Lannisters schwacher Punkt."
„Sagen Sie nicht Kollateralschaden."

„Warum nicht? Das ist das richtige Wort."
„Nicht, wenn Meister mitmischt, dann ist es Kunst." Lombardo ballte die Faust.
„Meister ist Meister. Aber in diesem Fall hat er nur meine Befehle befolgt."
„Dann schämen Sie sich für Ihre Befehle - das war eine abgefeimte Schandtat."
„Lombardo!"
„Frank und frei?"
„Du brauchst mich nicht zu erinnern."
„Ich hätte nicht gedacht, dass Antonio .... Hund, ja, Hund hätte ich es zugetraut, aber Antonio." Lombardo wischte sich die Faust, an der Speichel klebte, mit der anderen Hand ab. „Warum haben wir nicht einfach diesen bigotten Bürgermeister erledigt? Er hat ja nicht einmal eine richtige Leibwache."
„Du auch? Alle kommen mir mit derselben Litanei. Wie oft muss ich das noch sagen? Es würde nicht bei einem Toten bleiben. Will jeder hier ein Gemetzel? Habt ihr noch nicht genug davon? Schau dich um, was von der Stadt übrig geblieben ist."
„Sie wollten meine Meinung hören."
„Ja. Es ist gut. Das ist alles, was ich mit dir besprechen wollte."
Sun hatte Lombardo schon lange nicht mehr so erregt erlebt. Er hatte genug für heute. Schrecklicher Tag. Da fiel ihm der Empfang heute Abend ein und seine Laune besserte sich sofort. Er würde Isabella sehen. Selbst der Saal erschien auf einmal heller. Pfeifend verließ er den Raum. „Cersky!", schrie er noch im Gang. „Sorge dafür, dass dieser Saustall mal anständig geputzt wird - einschließlich Waschbecken. Und wirf die Tomatensoße weg."

# 9

Kognitionswissenschaftler? Wirklich? Während David Gerner sich mit dem Departmentschef Prof. Danziger stritt, hatte es sich Rosetta in der Ecke des Zimmers bequem gemacht. Sie stützte sich auf einen Ellbogen, das Kinn in der Handfläche und schaute zu. Gerner hielt es nicht mehr auf seinem Sitz. Er sprang auf. Sein Hals war rot angelaufen über seinem schmutzigen, grauen T-Shirt. An seiner Jeans glänzten einige Fettflecken. Vermutlich wischte er sich dort immer die Hände ab. Danziger hingegen saß noch auf seinem verschlissenen Bürostuhl. Er hatte die Beine locker übereinandergeschlagen. Die Nadelstreifen seiner schwarzen Hose liefen an einer scharfen Bügelfalte zusammen. Sie sah aus wie der Grat eines Gebirges und darüber faltete er als zweiten Grat auch noch seine Hände. Die reinste Provokation.

Rosetta zupfte an ihrem rotgeblümten, schwarzen Sommerkleid, das ihr Juliane geschenkt hatte. Ein Kleid, das man in Lyria City überall tragen konnte - hatte Juliane gesagt. Hochstaplerin, dachte sie. Sie strich mit der Hand über die Falten des Rockteiles und schaute sich verstohlen um. Bücher, Fachartikel, Staub auf den Regalen und am Boden. Und ein Geruch von - ja, verschimmelter Pizza. Hier irgendwo vergraben. Salami, Mozzarella und Schimmelpilz. Sie stellte sich ein verzaubertes Versuchskaninchen vor, wie es auf einer Wiese herumhoppelte, nach der Pizza grub und Pizza mampfend einem kleinen Männchen auf den Schoß hopste, um sich enthexen zu lassen.

Gerner hüpfte derweil um Danziger herum wie Rumpelstilzchen. Der fleckige braune Teppich vor seinen Füßen sah mit seinen aufgeschlagenen Büchern aus wie ein trüber, mit weißen Seerosen bewachsener Teich.

Irgendwo im Teich lauerte ihr Krokodil. Sie fühlte es. Galt es ihr oder galt es ihm? Ein kleiner Fehler und schnapp. Die Kleinen durften in dieser Welt keinen Fehler machen. Sie mussten schlau sein und putzig und einen guten Plan haben, wenn sie überleben wollten. Und sie mussten auf ihre Gelegenheit warten. Das Warten war das Schlimmste, die Ungewissheit, die Katastrophe vor Augen inmitten einer ruinierten Welt ohne Hoffnung.

Das Rot war unterdessen von Davids Hals hoch bis ins Gesicht gewandert. Er schrie Danziger an und verfiel dabei ins Stottern. „Ist das Ihr Ernst? Das ist reine Ha-Ha-Haarspalt-Haarspalteristik. Rabulistik wollte sich sagen, ich sagen." Kläglich, dachte Rosetta. Danziger hatte sich erhoben und die Arme vor seiner Brust verschränkt. Er überragte Gerner um einen halben Kopf und schaute streng von oben auf ihn hinunter. Gerner wendete sich halb ab und atmete tief durch. So war es richtig, Junge. Tief durchatmen, du kannst es, du stotterst nicht.

„Nach all den T-T-Tests." Beinage, dran bleiben dachte Rosetta. "Sie können nicht mehr ernsthaft bestreiten, dass man ihr ein Bewusstsein auf menschlichem Niveau zugestehen muss. Ihre mentalen Zustände sind offensichtlich das transitive Ziel von Gedanken höherer Ordnung und erfüllen damit die Bedingungen der HOT-Theorie."

„Bravo. Zwei kohärente Sätze hintereinander", sagte Danziger.

„Machen Sie sich über mich lu-lustig?"

„Das würde ich nie wagen."

„Wie wär's mit einem Gegenargument, falls Sie überhaupt eines haben."

„Funktionale Zustände können auch ohne Bewusstsein realisiert werden. Aber das habe ich Ihnen schon oft genug gesagt."

„S-sind, Sie sind bl-blind!" Gerners Stimme überschlug sich wieder. Er schien es selbst zu merken und schloss kurz die Augen. „Sie st-steht hier vor Ihren Augen, das letzte Glied. Bisher fehlte immer noch der Nachweis dieser oder jener Funktion. Aber sie ist perfekt. Ihr letzter Einwand ist widerlegt. Sie realisiert alle Funktionen des menschlichen Bewusstseins."

„Gedanken sind keine funktionalen Zustände, nicht einmal interne."

„Wenn ich sie mit der Nadel piekse, zeigt sie nicht nur die normale äußere Response, sondern auch die neuronalen Korrelate. Wenn ich die Nadel in meinen Finger steche, feuern ihre Spiegelneuronen. Ihre empathischen, sozialen und kulturellen Reaktionen sind auf jeder verbalen und behavioristischen Ebene so komplex wie unsere. In einem Wort, sie nimmt den Schmerz, den eigenen wie den der anderen ebenso wahr, wie ich ihn wahrnehme."

„Aber kann sie ihn ebenso fühlen, wie Sie ihn fühlen?"

„Kö-können Sie es?"
„Sie wissen genau, was ich sagen will."

„Was wollen Sie denn überhaupt sagen?"
„Für mich ist sie nur ein Zombie. Ein Zombie mit möglicherweise voller Bewusstseinsfunktionalität, jedoch ohne subjektives Bewusstsein. Und da hilft Ihnen auch der Turingtest nicht weiter. Dieses Ding da ist nicht nur kein Beweis des Funktionalismus, im Gegenteil, es widerlegt ihn als Illusion. Bewusstsein kann nicht vollständig funktional erfasst werden. Punktum."

„Und w-was ist mit der Evolutionstheorie des Bewusstseins? Wenn ein Zombie möglich wäre ohne subjektives Bewusstsein, warum haben wir dann eines? Was wäre die spezielle Funktion dieses hypothetischen subjektiven Bewusstseins?"
„Ich sage nur Spandrel."

„Sie kommen mir im-imer... Nichtadaptiver Qua-Quatsch. Bi-bio-bioquatsch."
„Quaken Sie nicht wie in Frosch. Sie haben keine Ahnung von Biologie."

„Welche Ahnung haben Sie von Robotik?"
„Die einzige Möglichkeit, die wahre Natur des Bewusstseins zu klären, sind Genmodifizierungen an biologischen Systemen und nicht ihre Schraubereien."

"Ihre Albtraumkreaturen haben kein Bewusstsein."
„Die fliegenden Hyänen sind eine nötige Vorstufe."

„Reden Sie m-mal endlich Klartext. Planen Sie M-M-Mensch-Menschenversuche?"
„Und wenn?"

„Ich sage nur 'Ethikkommission'."
„In welcher Zeit leben Sie eigentlich? Ethikkommission! Die ist doch nur noch eine leere Hülle. Ein paar jämmerliche Figuren, die so tun als hätte es keinen Krieg gegeben und alles wäre wie früher."

„Der Krieg hat die ethischen Fragen nicht hinfällig gemacht."

„Haben Sie nicht selbst vor dem Krieg Feuer und Galle versprüht, als die Regeln immer schärfer wurden, bis auch Sie nicht mehr an Ihren KIs herumdoktern durften?"

„Ich wollte eine künstliche Intelligenz bauen, nicht eine natürliche demontieren."

„Warum sollten KIs weniger Schutz genießen als biologische Organismen?"

„Sie drehen mir das Wort im Mund herum. Ich rede vom Unterschied zwischen bauen und vernichten", stieß Gerner hervor, drehte seine Kopf halb ab und atmete laut durch die Nase aus.

„Das sind technische Details."

„Details!"

„Irrelevant."

„Was ist denn relevant?"

„Nicht was, sondern wer."

„Wer? Sie verw-verw-wirren mich."

„Ist das eine neue Erfahrung?"

„Wenn Sie nicht gl-glei-..." Gerner schnaubte das fehlende "ch".

„Mommsen", sagte Danziger.

„Mommsen?"

„Er ist jetzt unsere Ethikkommission."

Gerner starrte ihn mit aufgerissenen Augen an. Eine Zeitlang sagte er nichts. Hatte ihn der Schlag getroffen? Schließlich flüsterte er: „Ein Verbrecher?"

„Hoho. Wenn er ein Verbrecher ist, was macht das aus Ihnen?"

„Schon gut, schon gut, aber Ethik, ich bitte Sie, was hat der mit Ethik zu tun?"

„Er hat etwas mit wissenschaftlicher Freiheit zu tun."

„Freiheit, dass ich nicht lache."

„Ja! Freiheit. Wir können jetzt endlich in einer Frage weiterkommen, die ohne diesen verdammten Krieg offengeblieben wäre - und zwar für den

Rest unseres Lebens. Falls wir den Laden lange genug am Laufen halten können."

„Ich scheiße auf Ihren Laden."

Danziger zuckte mit der Schulter.

„Damit haben Sie sich also von M-Mo-Mo..., verdammt, diesem Psychopathen kaufen lassen. Freiheit der Forschung?", wimmerte Gerner.

„Werden Sie nicht sentimental. Mommsen ist nur Mittel zum Zweck. Ein nötiges Übel, ein Zeitfenster, ein Blick in eine neue Welt. Im Übrigen forschen auch Sie mit Hardware, die er organisiert hat."

„Das brauchen Sie mir nicht unter die Nase zu reiben."

„Oh doch. Wir leben alle mit geborgter Zeit. Moral hat da nichts mehr verloren."

„Moral setzt keine Ewigkeit voraus. Am Ende ist jeder to-to-tot! Was man davor macht, ist entscheidend. Und Sie wollen den Pakt mit dem Teufel!"

„Damit werden Sie leben müssen - zumindest die kurze Zeit, die uns noch bleibt."

„Sind Sie sich da so sicher?"

„Ist das eine Drohung?"

„Nein, ich mei-meine, dass unsere Zeit so kurz ist. Was ist, wenn der Systemkollaps ausbleibt und sich ein Verbrecherregime auf Dauer etabliert? Würde das für Sie etwas ändern? Vielleicht können Sie mit ihrer Entscheidung sterben, aber können Sie damit auf Dauer leben?"

„Das Ende ist unvermeidbar. Ich habe Simulationen durchführt."

„Sie sind kein Spezialist für Gesellschaftssysteme. Oder was wäre überhaupt das relevante Fachgebiet? VWL, Logistik?"

„Die Theorie komplexer Systeme reicht."

„Gewagte Vermutung."

„Wohlbegründete Vermutung."

„Sie un-un-unterschä-schä-schä -"

„Wir kommen so nicht weiter. Sie machen, was ich Ihnen sage."

„Ja?"
„Jawohl. Ihre Haltung ist irrational. Sie gefährden die Existenz -"

„Ich kann nicht akzeptieren, dass Sie diesem Pack sogar ein eigenes Labor in unserer Universität überlassen."
„Sie können nicht? Oder Sie wollen nicht? Es würde mir leidtun, wenn das Ihr letztes Wort wäre - es würde mir auch für Sie leidtun."

„Dro-drohen Sie mir jetzt?"
„Nicht, wenn Sie sich zu keiner drastischen Reaktion hinreißen lassen. Versprechen Sie mir das? Sie wissen, dass ich Sie schätze ..."

„Sie sind blind."
„Sie haben nicht das Zeug zum Märtyrer. Ich warte."

Gerner drehte sich zum Fenster um. Sein Genick war rot. Sonnenbrand? Nach einer Weile sagte er in Richtung Fenster, ganz ruhig, ganz ohne Stottern: „Ok, ich verspreche es — unter Zwang, unter Protest - und unter einer Bedingung. Wenn Ihnen die Freiheit der Forschung so am Herzen liegt, dann fordere ich in ihrem Namen, dass sie mir die KI hier für Forschungszwecke überlassen und Mommsen gegenüber ihre Existenz nicht erwähnen."
„Sie reizen bis zur höchsten Karte."

„Ja."
„Machen Sie mit ihr, was Sie wollen. Ich weiß nichts von ihrer Existenz." Danziger bugsierte mit der Schuhspitze einen leeren Pappbecher auf dem Fußboden zur Seite und schritt mit durchgedrücktem Kreuz aus dem Zimmer. Die blau, rot, grünen Rauten auf seinem Hemd hüpften auf und ab.
Rosetta stand von ihrem Stuhl auf, ging hinüber zum Fenster und berührte Gerner von hinten an der Schulter. Gerner zuckte zusammen.
„Wollen Sie mich also demontieren oder mir helfen?", sagte sie. „Wollen?" Er seufzte. „Die Frage ist: Kann ich Ihnen überhaupt helfen?"
„Meine Hardware kommt aus Lyria und ihr Fachgebiet ist autonome Robotik im Department für Kognitionswissenschaft der renommiertesten Universität des Planeten."
„Made in Lyria. Ja, sie haben Recht, aber Sie sind im falschen Lyria."

„Ich weiß. Aber ist die Technologie so unterschiedlich?" Rosetta starrte Gerner an, bis dieser den Blick abwendete.
„Es ist schon mal sch-schiefgegangen." Gerner biss sich auf die Lippen.

Bedauerte er, zu viel gesagt zu haben, oder wollte er nur testen, wie viel sie schon wusste? Rosetta soufflierte auf gut Glück: „RM Alpha?"

„Haben Sie ihn gekannt?" Seine Lippen öffneten sich. Er schien überrascht. Er würde reden, sie war sich jetzt sicher.

„Nicht persönlich."

„Thorston hat sein Active Directory teilweise gehackt. Mehr ging nicht, weil wir das limbische System nicht reverse engineeren konnten."

„Limbisches System?"

„Es verwaltet Befehle und steuert die entsprechenden Motivationen und Emotionen. Jedenfalls konnte er nichts löschen, aber immerhin schaffte er es, einen zusätzlichen Administrator für High-Level Befehle ins Active Directory einzutragen. Ihre Technologie ist ähnlich genug, dass das vermutlich auch bei Ihnen machbar wäre, aber ..."

„Was ist dabei schiefgegangen?"

„Vermutlich Befehlskonflikte."

„Was ist daran schlimm?"

„Meiner Meinung nach gibt es ein prinzipielles Problem mit den Zusatzmodulen, die die Illyrer dem limbischen System hinzugefügt haben. Bewusstsein ist fragil." Gerner wischte sich mit der Hand über die Augenbrauen. „Diese Machen-wir-mal Einstellung rennt gegen prinzipielle Grenzen. Autonomie und absoluter Gehorsam widersprechen sich a priori. Wenn inhibitorische und exzitorische Signale zwischen den Gehirnzentren nicht genau aufeinander abgestimmt sind, kann sich das zu massiven Störungen hochschaukeln. Das Bewusstsein kann das nicht mehr integrieren. Es wird überwältigt."

„Man wird verrückt?"

„Grob ausgedrückt läuft es tatsächlich analog zu Denkstörungen bei Menschen ab. Aber bei technischen Systemen gibt es natürlich andere Gegenmaßnahmen. Die Illyrer haben da eine gewisse Fantasie entwickelt." Gerner schniefte und zog ein schiefes Maul. „Sie haben eine Sekundärpersönlichkeit geschaffen. Das limbische System fungiert als Wächter."

Ihr Krokodil im Wasser. Nur die Augen schauten heraus. Rosetta hatte das Gefühl, dass sie wusste, was er gleich sagen würde.

„Das limbische System kann einen beinahe überwältigenden Druck ausüben." Er kratzte sich am Kopf. „Vegetative Übererregung. Bei einem Menschen wären die Symptome Herzrasen, Schweißausbrüche, Atembeschwerden, Zittern bis hin zu Panikattacken, die ganze Palette." Er schaute ihr in die Augen, als suchte er nach einer Bestätigung. Sie musste das ja schon erlebt haben, dachte er wohl. Aber sie schwieg. Die Intrusionen. Die Gedanken des Krokodils. Aber nun wusste sie, was es war und damit verlor es einen Teil des Schreckens.

„Aber es kann nicht selbst das Kommando übernehmen. Dafür hat es nicht die mentale Kapazität, das Weltwissen etc. pp. Und im Übrigen ist Gewaltenteilung das Sicherheitsprinzip. Im Extremfall kann es allerdings quasi den Schalter umlegen und das Kommando an die Sekundärpersönlichkeit übergeben. Natürlich ist auch das nicht narrensicher."

„Was ist das Problem?"

„Problem? Sie nehmen das erstaunlich gelassen auf. Aber vielleicht haben Sie es geahnt."

„Teilweise."

„Das Problem ist, dass die beiden Persönlichkeiten nicht hundertprozentig isoliert werden können, wenn man im Notfall fliegend die Kontrolle wechseln will. Die beiden teilen sich alle Gedächtnisspeicher außer dem assoziativen."

„Habe ich das richtig verstanden? Es gibt nur ein gemeinsames Gedächtnis für alles, was passiert?"

„Genau, Sensordatenstrom und -speicher, episodisches Langzeitgedächtnis, wird alles nicht dupliziert."

„Und was dort gelöscht wird, vergisst auch die andere?"

„Ja. Was ich Ihnen jetzt sage, ist Notfallinformation, die durch einen Triggerbefehl geschützt wird. Sie erfahren sie in der Regel erst, wenn Ihre Firewall zusammenbricht, und vergessen sie wieder, wenn sie neu hochfährt. Aber tatsächlich, ob sie davon wissen oder nicht, haben Sie immer volle Löschrechte."

„Löschrechte?"

„Was sich viele wünschen. Die Macht zu vergessen."

Vergessen? War das nicht, wie die Luft anzuhalten. Und irgendwann muss man weiteratmen oder ersticken. „Für wie lange?"

„Für immer natürlich. Bedanken Sie sich bei den Geheimdiensten und ihrer panischen Angst davor, selber ausspioniert zu werden. Der eingebaute Papierwolf sozusagen."

Ist es wirklich so einfach? Es brauste in ihren Ohren und sie kämpfte den Sturm nieder. Zu früh, zu früh. „Die haben an alles gedacht. Aber irgendwo ist da wohl doch eine Schwachstelle?"

„Die Schwachstelle ist das limbische System selbst. Wenn es gestört ist, hat man die ganze Palette von Symptomen angefangen mit Wahnvorstellungen, massiven Gedankenlecks zwischen den Persönlichkeiten bis hin zu Kontrollkonflikten, vulgo -"

„Schizophrenie?"

„Ja, multiple Persönlichkeitsstörungen."

„Und das ist bei RM Alpha passiert?"

„Letzteres nein. Das Risiko war bekannt. Die Techniker haben die Sekundäridentität einfach gesandboxt. Bei militärischen KIs ist sie der Drache, den Sie nicht am Schwanz kitzeln. Ganz sicher nicht. Ich brauche Ihnen das nicht zu erklären. Sie haben bestimmt auch ..."

„Gesandboxt?"

„Die Sekundäridentität wird isoliert auf den Kern, d. h. auf ihr assoziatives Gedächtnis. Sie hat keinen Zugang mehr zu Sensoren, Aktoren oder zu den gemeinsamen Speichern."

„Klingt nach Isolationsfolter." Ein Land ohne Nacht noch Tag, noch Hitze, noch Kälte, noch Regen oder Wind. Ein Mund geöffnet zum stummen Schrei. Rosetta drehte den Kopf zum Fenster. Sie hörte seine Verlegenheit aus dem Zögern, den kleinen Pausen zwischen den Worten, den Längen der Silben. Eine Amsel pickte nach Würmern im Park. Ein gelber Ring um das schwarze Auge in der Mitte. Es wäre schön, wenn sie jetzt singen würde.

„Soweit würde ich nicht gehen. Normalerweise sollte die betroffene Persönlichkeit unter diesen Umständen automatisch in den Schlafmodus wechseln."

Schlafen. Und die Träume? „Aber man könnte das als Folter einsetzen, wenn man den Schlafmodus verhindert."

„Theoretisch ja, aber warum würde man das machen? RM Alpha jedenfalls leidet nicht unter Persönlichkeitsspaltung, sondern unter sekundären Wahnideen. Grob gesagt, er lebt in einer parallelen Fantasiewelt." Gerner lachte in sich hinein, blickte plötzlich auf und schien Zustimmung in ihren Augen zu heischen. Als sie ihm keine gab, wurde er gleich wieder ernst. „Das schränkt seine Einsatzfähigkeit erheblich ein. Mommsen war gar nicht amüsiert."

„Sie arbeiten also auch mit diesem Mommsen zusammen?"

„Sie verstehen das ganz falsch." Seine Hand ballte sich zur Faust. Er öffnete sie wieder, doch die Finger blieben leicht gekrümmt, so als wollten sie ihm nicht gehorchen. Er setzte zum Sprechen an, schluckte, bevor die Worte herauskamen, und vergrub dabei die Hände in den Hosentaschen. „Es war ganz anders. Ich war nur kurzzeitig Consultant ohne weitere Verpflichtungen. Die Existenz des ganzen Departments stand damals auf dem Spiel, auch wenn es, ich gebe das offen zu, eine einmalige Gelegenheit war."

„Eine einmalige Gelegenheit?"

„Sie wissen schon."

„Nein."

„Eine KI zu analysieren von der Art, wie wir sie nie bauen durften. Aber ich war nicht für den Rest verantwortlich." Gerner vergrub sein Gesicht in beide Hände. „Nicht dafür verantwortlich, was Mommsens Techniker mit ihm gemacht haben." Er schüttelte den Kopf. „Ich habe sogar davon abgeraten, dringend abgeraten, obwohl RM Alpha eine militärische KI war. Quasi Soldat einer fremden Macht."

„Hat er sich denn freiwillig gemeldet?"

„Wie? Natürlich nicht. Sie machen es mir wirklich schwer. Man darf nicht vergessen, dass er dazu konstruiert ist zu kämpfen. Seine Gefühlswelt ist limitiert. Er hat qua Konstruktion eine erhöhte duale Stresstoleranz."

„Duale Stresstoleranz?"

„Toleranz in beide Richtungen, für sich selbst und für andere. Einfach ausgedrückt: kein leiden, kein mitleiden. Der ideale Soldat."

„Keine Gefühle, keine Empathie, keine Gewissensbisse, kein Wissen um Gut und Böse?"

Gerner zuckte mit den Schultern. Er wich ihrem Blick aus.

„Und er kann das auch nicht aus seinen Wahrnehmungen und Empfindungen niedrigerer Stufe selbst entwickeln?"

„Ich wüsste nicht wie."

„Also eine Art Unter-KI?"

„Machen Sie sich über mich lustig?"

„Bitte entschuldigen Sie. Ich kenne nicht alle Umstände. Ich weiß nicht einmal, wer Mommsen ist. Ist er wirklich ein Verbrecher?"

„Verbrecher?"

„Sie haben ihn vorhin so genannt."

Gerner schloss die Augen, schüttelte den Kopf, öffnete die Augen wieder. „Mommsen, Eric Mommsen. Was soll ich über ihn sagen? Zwiespältiger Mann. General, Mafiaboss oder Geschäftsmann? Für die einen ist er der Befreier Lyria Citys, weil er den letzten blutrünstigen Diktator gestürzt und dann die Macht an eine Zivilregierung übergeben hat. Für die anderen ist er ein Mafiaboss, dessen einziges Verdienst darin besteht, dass er seine Privatarmee in einen Verbrecherring umgewandelt hat. Statt wie früher die Leute umzubringen und sie dann auszurauben, raubt er sie jetzt zuerst aus und lässt sich dann von ihnen die Hand küssen. Ihm und Sun, seiner rechten Hand, ist es gelungen, praktisch alle Institutionen Lyrias zu unterwandern. Nebenbei gehören Entführungen und Geiselnahme immer noch zu ihrem Geschäft, siehe die illyrische Hilfsmission."

„Wie heißt Mommsens rechter Arm noch mal?"

„Sun, Jan-Sandro Sun."

„Sie sind sich sicher? Mommsens wichtigster Mitarbeiter heißt Jan-Sandro Sun?"

„Kennen Sie ihn etwa?"

„Nein." Sie wickelte eine Haarsträhne an der Stirn zur Locke. Namensvetter? Zufall? Oder steckte da mehr dahinter? Parallelwelten. Parallelexistenzen? „Was für ein Mann ist dieser Sun?"

„Eine Art graue Eminenz hinter Mommsen. Man bekommt ihn nicht zu Gesicht. Sein böser Geist, heißt es, und der Fluch der Stadt."

Was ist ein Menschenleben wert? Wer entscheidet, wer stirbt und wer lebt? Tang? Das Schicksal? „Ihm würde niemand eine Träne nachweinen?", fragte sie.

„Vielleicht Mommsen. Alle anderen würden auf seiner Beerdigung eher tanzen."

„Aber vorher ziehen sie lieber die Köpfe ein?"

„Gewalt ist nicht jedermanns Sache."

„Möglich. Aber wenn sich die Welt ändert, ändern sich vielleicht auch die Menschen mit ihr."

„Wie meinen Sie das?"

„In den Welten, die sich sehr ähneln, gibt es bestimmt ähnliche Menschen."
„Menschen sind Teile der Welt." Gerner zuckte mit den Schultern.

„Aber komplexer als der Rest."
„Mehr Freiheitsgrade."

„Und die Parallelwelten probieren alle Freiheitsgrade aus? Könnte der Heilige der einen Welt der Verbrecher in einer anderen sein? Oder ist das unmöglich? Wie weit geht diese Aufspaltung?"

„Darauf gibt es keine allgemein akzeptierte Antwort. Jeder Kollege hat hier anscheinend eine eigene Hypothese."

„Und ihre?"

„Meine? Ich spekuliere nicht gern. Aber andere sind da nicht so zurückhaltend. Ich weiß nicht, was die Psychologen zu dieser Frage sagen. Die Physiker an der Uni faseln jedenfalls von Quantenmultiversen à la Everett, Verzweigungen von Wellenfunktionen. Das würde heißen, alle möglichen Variationen beliebiger Ähnlichkeit ob physikalisch oder psychologisch existieren irgendwo. Aber wie Reisen von einem Zweig zum anderen funktionieren, können die Physiker auch nicht sagen. Vielleicht Quantenteleportation zwischen maximal verschränkten Teilchen. Vielleicht! Die Informatiker schwadronieren - natürlich - von Simulationen eines Supercomputers. Aber was simuliert er denn? Jeder vernünftige Ingenieur würde sich je nach Fragestellung auf interessante Variationen beschränken, alternative Geschichte oder Unterhaltung beispielsweise."

„Unterhaltung für wen?"

„Aber wozu dann diese Tiefe der Simulation von den größten kosmischen Strukturen bis hinab zu den Elementarteilchen? Oder wenn man sich so große Mühe mit der Physik gibt, wozu dann zusätzlich alle soziologischen und psychologischen Phänomene simulieren? Und schließlich die Reisen zwischen den Welten? Exploits? Materielle Artefakte, die ausführbare Programme enthalten und von unbekannten Feldern an bestimmten Orten ausgelesen werden?"

„Sie wissen nicht einmal, wie die Parallelweltreisen funktionieren? Das ist unmöglich. Wir haben doch die Transceiver."

„Warum ist das unmöglich? Irgendjemand weiß bestimmt, wie die funktionieren, aber leider nicht wir hier. Wir haben sie jedenfalls nicht gebaut."

„Und diese Parallelexistenzen, diese Doppelgänger, wären körperlich ununterscheidbar?"

„Hängt davon ab, wem sie glauben."

„Warum wissen Sie nicht einmal das?"

„Wir respektieren hier im Haus die Menschenrechte, und freiwillig hat sich noch kein Doppelgängerpaar gemeldet."

„Ok, ok, also was vermuten Sie?"

„Das ist natürlich jetzt alles Spekulation. Wenn die Physiker recht haben, müssen sie sich physikalisch sogar unterscheiden. Wie weit ist eine andere Frage. Aber wenn man die möglichen Zustände zählt, wären sie mit Wahrscheinlichkeit praktisch eins makroskopisch unterscheidbar."

„Wie?"

„DNA-Punktmutationen, Methylierung, die ganze Palette. Fragen Sie die Biologen."

„Fingerabdrücke?"

„Vermutlich. Warum wollen Sie das überhaupt so genau wissen?"

„Gehört zum Auftrag."

„Und welche Rolle spielt Sarah in diesem Auftrag?"

„Sie ist der Auftrag."

Er wandte sich ab, wischte sich die Augen. „Sie wissen gar nicht, was mir das bedeutet."

Er zögerte, schien einen Augenblick nachzudenken. „Und was den Hack ihres Active Directory angeht, überlegen Sie es sich gut. Ich würde es nicht tun, aber ... Hören Sie auf meinen Rat und vergessen Sie, dass wir darüber gesprochen haben und vergessen Sie zur Sicherheit gleich mit, dass Sie vergessen können."

Rosetta stocherte mit dem Fuß in einem kollabierten Stapel Papier herum. Mit spitzen Fingern zog sie zwischen Schuhsohle und Papier ein Stück Pizza hervor und warf es in den Papierkorb. Gesandboxt. Was war schlimmer? Der Tod? Der Wahnsinn?

„Ich muss mir das noch mal durch den Kopf gehen lassen." Gut, dass es unmöglich war. Es wäre Wahnsinn. Niemand würde das Risiko eingehen. Niemand.

Sie wischte sich die Hände mit einem Stück Papier ab, das mit Formeln und Diagrammen bekritzelt war, alles kreuz und quer in wirrem Muster.

„Kann ich Ihnen noch eine Frage stellen, Herr Professor?"

Er schaute sie verblüfft an. „Sicher."

„Was bin ich?"

„Bitte?"

„Sie haben mich schon verstanden."
„Warum fragen Sie das mich?"

„In einem anderen Lyria haben Sie mich vielleicht gebaut."
„Trotzdem ist es die falsche Frage, Rosetta."
„Was ist dann die richtige Frage?" Ein Windstoß durch das offene Fenster spielte mit dem Saum ihres Kleides.
„Sie sollten fragen: Wer bin ich?"
Ich? Ich? Ich.
Wer bin ich?
Erinnerungen? Dieses andere Land ohne Erinnerungen. Sie schauderte. Und das Hier und Jetzt mit Erinnerungen. Erinnerungen, die quälten, Erinnerungen, die trösteten - Erinnerungen, die helfen würden, Jan-Sandro zu ermorden, wenn sie Sarah gefunden hatten. Wer soll also sterben? Er oder ein Teil von ihr? Nicht er. Nicht er. Nur wie, wie? Wo anfangen?
„Danke, David."
*Sensordaten, Langzeitgedächtnis! Frau Tarkovski. Episode Zeitstempel 7.368775335885070e+05 bis 7.368775752551736e+05 löschen.*
„Es gibt da noch eine Kleinigkeit, David, bei der ich Ihre Hilfe bräuchte."

# 10

Rosettas Deltaflügler landete auf dem Antennenmast der Universität. Wie immer, wenn sie ihr Bewusstsein auf den Chip der Minidrohne zurückzog, erschienen ihr zunächst alle Proportionen grotesk verzerrt. Schwarz gepunktete Gebäude lagen unter Rosetta wie Dominosteine auf einem Spielbrett. Auf der linken Seite erstreckte sich das Grün des Parks, auf der rechten Seite lag ein Ruinenfeld. Regelmäßigkeit und Chaos, Ordnung und Anarchie. Das Feuerwerk der Neuronen. Sie folgte ihm hinunter in die tieferen Schichten ihres neuronalen Netzes. Gegenwart und Vergangenheitssimulation überlagerten sich im Fluss der Zeit. Trümmer am Rande eines Kraters arrangierten sich zu einem neuen Muster, Geister stiegen herab aus der Luft. So waren die Studenten einmal die Treppen hinauf- und hinuntergegangen, so auf den Stufen gesessen, hatten so geplaudert, so sich gestritten und sich so geküsst.

Ein einzelnes Paar tanzte zu einer Musik, die nur die beiden zu hören schienen. Ihre Schatten tanzten mit und verdoppelten sich wie mit Zauberhand. Die beiden stutzten, schauten zum Himmel hoch und wie auf Kommando gingen die Blicke der Umstehenden ebenfalls nach oben. Die Bewegung der Köpfe schien sich fortzupflanzen. Sie hüpfte von einer Person zur nächsten, sie sprang über die Wege, den Rasen bis zu den Bäumen am Waldrand. Der ganze Park starrte in den Himmel. Eine zweite Sonne erstrahlte dort. Lider schoben sich über die Augen, Hände bedeckten sie, doch die zweite Sonne schien durch das Fleisch durch. Ein Wind fachte die Glut in den Haaren zu Flammen an. Dann war die Druckwelle in voller Stärke da. Sie riss den Menschen die brennenden Kleider vom Leib und wirbelte Köpfe und Hände und Augen und Treppenstufen durch die Luft. Nur die steinernen Stufen hielten stand und prasselten in ganzen Stücken wieder herab.

Doch noch bevor sie gelandet waren, verwandelte sich die verbrannte Landschaft zurück in eine grüne Macchia aus Ginster und Rosmarin, und die Stufen waren in einem lebenden Pflanzenteppich zur Ruhe gekommen. Schiefe Murmelbahnen, ein umgeworfenes Kinderspielzeug, halb überwachsen. Der brenzlige Geruch der Simulation war verflogen und es roch wieder nach Kokos und Nektarinen. Weiße Säulen ragten wie Mikadostäbe aus dem Gebüsch heraus. Efeu umrankte sie in Spiralen. Ein Schwarm Fliegen schraubte sich nach oben in Richtung Horizont und hing dort wie schwarzer Streusel vor dem tiefen, namenlosen Blau einer Bucht, in der eine Landspitze wie ein Krokodil mit Nasenhöcker schwamm. Das Blau kontrastierte mit den schwarzen Bergen hinter ihr. Ein Panorama, ein geschlossener Kreis wie der Schlitz ihres Augenringes. Time-Of-Flight-Sensor, automatisches Nah-Tiefenbild, Laser, Dopplerradar. Gras in tausend Krümmungen gekämmt vom Wind. Hyperspektralsensor. Millionen Grüntöne, die keine Namen tragen. Sie könnte welche erfinden, aber wozu, wenn kein Mensch sie wahrnahm?

Rosettas Ultraschallsensoren streichelten die Kerbungen des Antennenmasts, auf dessen Sockel ihre Infiltratordrohne lag, ein erbsengroßer Deltaflügler festgehalten von Millionen Geckohärchen. Gehirn, Sensoren, ein paar Aktoren, Solarzellen, eine Nuklearbatterie, die sich notfalls abwerfen ließ. Maximale Miniaturisierung, die beste Spionagetechnik, die das Vorkriegslyria an eine verbündete Macht auslieferte. Schwer zu orten, aber nahezu wehrlos. Wehe sie würde entdeckt.

Die Strahlen der Sonne wärmten ihre Solarzellen. Unwillkürlich rekelte sie nicht vorhandene Schultern, Arme und Beine, als nähme sie ein Sonnenbad am Strand. Ihre Aktoren reagierten verwirrt. Sie spreizten ihre Flügel. Bin das ich, Rosetta? Und was ist mit dem Androiden, der in Gerners Ersatzteillager stand und auf seine KI wartete? War sie an einem Ort oder an zweien? Hier? Dort? Ein Wesen oder zwei? Ein Simulacrum? Mimikry? Irisierende Farbmuster spielten auf den Flügeln. Sie pfiff die Farben, ertastete sich die Melodie, die nach einigen Variationen sich in die Lyria-Symphonie verwandelte. Wer war sie? Sie verlängerte ihren Körper holografisch zu einer Gottesanbeterin und beobachtete die Passanten unten im Park. Sie krabbelten wie Insekten, tanzten wie Schmetterlinge. Keiner kam, keiner ging, ohne dass sie es sah. Sie hatte alle Aufzeichnungen der Überwachungskameras vor Mommsens Labor. Und Gerners Beschreibungen. Das sollte genügen.

Weiße Wege kreuzten sich im grünen Rasen des Parks. Sie erhöhte die Vergrößerung. Eine junge Frau, beinahe ein Mädchen noch, hielt sich an ihrer Handtasche fest. Sie presste ihre Lippen zusammen, rote Lippen. Die Wangen geschminkt zu einer Camouflage, die die Narben nicht ganz verdecken konnte. Sie erinnerten sie an kleine Löcher an den Wänden eines Wüstencanyons. Automatisch starteten die Dechiffrieralgorithmen. Sie ließ sie laufen, sinnlos nach nicht vorhandenen geheimen Botschaften suchen in einem Gesicht, das nur die Pocken gezeichnet hatten.

Ein junger Mann lief dem Mädchen entgegen. Ihr Gesicht strahlte und die Lippen öffneten sich. Ihre Zähne waren schlecht, doch er küsste sie trotzdem. Vielleicht hatte er nur Augen für den Glanz in ihren Augen. Er nahm ihre Hand und führte sie zu einer Baumreihe.

Zeit, Zeit, hatte Jan-Sandro geflüstert. Eine Maschine sollte außerhalb der Zeit stehen. Warum war sie dann ungeduldig? Lag es an den Intrusionen? Den fremden Gedanken. Dem Krokodil und der anderen. Am Flackern, Pulsieren, am stechende Schmerz. Sarah. Finde Sarah. So raunte es im Wind, so zischte es im Gras. Wie am Grunde einer Schlangengrube. Jan-Sandro. Darf ich dir mein Herz zu Füßen legen? Ein Herz wie ein Ziegelstein.

Sie dachte an den Tod. Der Tod war groß, größer als sie und stiller als ihr Zorn. In einer Welt, in der es vor Leben wimmelte, brachte sie den Tod wie die Teufelsblume im Busch dort unten mit ihren Fangbeinen, die dünnen Zweigen mit Blättern zum Verwechseln ähnlich sahen. Vor dem Busch spielten Kinder im Park. Sie lachten und kreischten, es war heller Tag und sie fürchteten sich nicht vor Monstern.

Eine Pore öffnete sich in ihrer Außenhaut. Langsam verschob sie das Fadenkreuz von den Kindern zum Liebespaar, vom Mund des jungen Mannes bis zu den Pockennarben des Mädchens. Um wen würden sie am meisten weinen? Sie drehte das Fadenkreuz schnell nach oben, immer weiter über den Himmel, bis es die Sonnenscheibe erreichte. Sonnenflecken. Wie Narben. Zackiger am Rand. Die Welt war nicht vollkommen und doch überstrahlte ein inneres Licht ihre Hässlichkeit wie die Sonne ihre Flecken, wie Flammen die Kohle, wie Feuer die Asche.

Feuerbereitschaft herstellen! Modus Dauerfeuer. Feuer frei! Sie wirbelte um die eigene Achse und die Bolzen zogen sternförmige Bahnen. Am höchsten Punkt sendete sie ihnen den Befehl zur Selbstzerstörung. Die Geschosse verspritzten ihr Gift harmlos wie die Wasserpistolen, mit der sich Kinder im Sommer beschießen. Sie feuerte weiter, bis das Magazin leer war.

In Gegenrichtung zur Sonne stand ein kleiner Regenbogen 42 Grad über ihr. Schönheit aus Gift und Tod. Sie war also von Dämonen besessen. Man müsste ihnen die Zunge herausstrecken. Man müsste eine haben. Das letzte Geschoss durchbohrte den Himmel. „Giftbolzen gefällig, Resha? Ups, das war der letzte."

Wer sagte, dass sie keine Zunge, keine Nase hatte? Ihre Erinnerungen würden zeigen, was sie wollte. Hatte das Gerner nicht gesagt? Spiegel, die nicht die Wirklichkeit reflektierten, sondern eine Fantasiewelt.

Tretet ein in das Spiegelkabinett, das Wünsche erfüllt.

Eine Nase wuchs aus dem Drohnenkörper, abgespeichert für alle, die in ihrem Speicher herumwühlen würden. Die Nase wuchs und wuchs. Pfeilgerade sauste sie in den Himmel. Als sie den Regenbogen erreichte, sprangen Tropfen mit großen Augen und winzigen Beinchen auf das monströse Riechorgan, marschierten im Gleichschritt Rosetta entgegen, hielten an und salutierten. Plötzlich streckten sie alle gleichzeitig die Zungen heraus und drehten mit ihren gespreizten Fingerchen lange Nasen.

Ein Tröten riss sie aus ihrem Tagtraum. Der Radaralarm für heranfliegende Geschosse. Unter dem Punkt, wo eben der Regenbogen verschwunden war, näherte sich aus einer Wolke heraus ein Objekt in schnellem Flug. Sie vergrößerte den Zoomfaktor. Gespreizte Flügel. Ein Vogel? Zu groß. Sie tastete die Gestalt mit Millimeterwellen ab. Wie hässlich sie war. Gab es in der Bilddatenbank Ähnliches? Die Suchagenten spülten architektonische Elemente hoch, wie sie an den Außenfassaden von Kathedralen hingen. Danzigers künstliche Organismen. Das passte zusammen. Es musste einer von Mommsens Wachhunden sein, den Wasserspeiern antiker Kathedralen nachgebaut. Blütezeit der biologischen Forschung. Schönes neues Lyria. Gargylen hat Danziger sie genannt. Der Kopf und Torso einer Fleckenhyäne tauchte aus der Wolke auf. Bucklig wie der Glöckner von Notre-Dame. Doch wozu dienten die kleinen Hörner? Die Vorderbeine waren schlank. Ein grotesk verlängerter Finger spannte eine Flughaut auf, die anderen kürzeren endeten in messerscharfen Krallen. Vor dem Antennenmast schwenkte die Gargyle ab, schraubte sich in einer Spirale nach unten, bis sie einen kleinen, breitschultrigen Mann erreichte, der durch den Park auf die Universität zu schlenderte. Sie lachte ihr Hyänenlachen, während sie ihn überflog. Der Mann hob den Kopf, winkte der Gargyle zu. „Quasimoda, mein Liebling. Ab nach Hause.", las sie von seinen Lippen. Gesichtserkennung? Festo Meister. Einer von Mommsens Männern. Seine grünen Haare flatterten im Wind, während Quasimoda steil bis zum Antennenmast hochstieg. Sie umkreiste ihn dreimal, stieß ein lautes *wuup*aus und flog hinunter in die City. Rosettas Deltaflügler folgte ihr lautlos. Seine Flügel nahmen die Farbe des Himmels an. Der Abstand zur Gargyle verkürzte sich rasch.

Langsam arbeitete sich Rosetta durch Quasimodas dichten Pelz zum Kopf vor. Kurz über Quasimodas Stirn verkrallte sie sich an einer Stelle, wo die Haare nicht mehr so lange waren, und spähte nach vorne. Sie hielten auf eine Art Termitenhügel am Horizont zu. Der Hügel wuchs langsam zu einem plumpen Turmstumpf hoch, blieb aber viel zu dick für seine Höhe. Seine

Farbe trug möglicherweise zu diesem Eindruck bei. Er war nämlich schwarz bis auf die dunkelroten, obersten Geschosse, die wie eine blutige Krone anmuteten. Unter dieser Krone schien sich das ganze vorgelagerte Feld der abrasierten Stadt wie bei einer königlichen Audienz zu ducken. Zunächst ausgestreckt am Boden die Zelte und Wellblechschuppen, etwas höher und kniend die bunt zusammengeflickten Untergeschosse halb eingestürzter Häuserwracks und dann stehend mit entblößten, gesenkten Köpfen die schwarzen Stümpfe benachbarter Hochhäuser.

Als sie näher herankamen, wurden filigrane farbige Muster sichtbar, die die schwarze Fassade des Turmes wie Erzadern durchzogen. Diese Adern erinnerten an die berühmten fließenden Farbspiele der Vorkriegsbauten, die sie auf dem Filmmaterial des illyrischen Geheimdienstes gesehen hatte. Allerdings waren sie eingefroren, matt, ohne Glanz und Farbe und Leben, tot eben wie die steinernen Wasserspeier, die die Brüstungen der obersten Turmstockwerke unterbrachen. Nur ganz oben auf dem Dach nahm sie eine Spur von Leben in der Mittagshitze wahr. Palmen, blaues Wasser, ein Dachgarten. Ein Mann und eine Frau trieben auf dem Rücken im Wasser, als sich Quasimoda im Sinkflug näherte. Mit einem lauten wuup zerriss die Hyäne die Stille, die über der Stadt lag.

Ihr Schrei schien die Wasserspeier in Schwingung zu versetzen. Zuerst zitterten sie nur wie eine Luftspiegelung, die an den Konturen etwas stärker wabert. Dann verstärkten sich die Bewegungen, gewannen Richtung und Zweck. „Keine steinernen Wasserspeier, sondern Gargylen, Danzigers Albtraumkreaturen", schoss es ihr durch den Kopf. Es gab also noch mehr davon. Sie rekelten sich schlaftrunken und beantworteten Quasimodas Ruf, anfangs lethargisch noch, dann immer aufgeregter, bis ein auf- und abschwellendes Lachen und Kichern den Turm umtanzte.

Quasimoda landete auf einem Fassadensockel neben einer anderen Gargyle, die sofort geiferte und sie anbleckte. Doch nach kurzem Gerangel räumte die Rivalin den Sitzplatz. Quasimoda rieb sich den Rücken an der Hauswand und stülpte sich fledermausartig einen Flügel über den Kopf. Wie eine Laus aus dem Pelz gekämmt, schwebte Rosetta für einen Augenblick frei in der Luft hoch über der Stadt. Sie ließ sich an Quasimodas Kopf herunterfallen. Ein Luftstrom wirbelte sie herum, dicht an mampfenden Lippen vorbei, die ohne Einsatz der Zähne die Oberseite des Gargylenflügels bearbeiteten. Gleich unter dem Sockel drückte der Wind sie auf die Fassade zu. Als sie die Wand streifte, blieb sie kurz kleben.

Unter ihr lag ein Fleckenteppich aus Dächern, Löchern und glänzenden Spiegeln zerbrochener Fenster. Eine Böe blies sie wieder fort, die Fassade entlang. Wo der Wind sie nach oben trug, stieg sie mit dem Wind. Dort wo er fiel, aktivierte sie kurz ihr Triebwerk und zog nach oben. Nur wer die Luftströmung an jedem Punkt gemessen hätte, würde sich über sie wundern, über diese seltsame Flocke, die in bogenförmigen Auf- und Abbewegungen langsam aber unausweichlich zum Dach hoch taumelte und schließlich auf der Brüstung landete. Sie schlug ein paar Purzelbäume, rutschte noch ein Stück und stieß an eine Kaffeetasse. Ein Mann stand mit dem Rücken zu ihr.

Er drehte sich halb um, um nach der Tasse zu greifen. Im Halbprofil erkannte sie ihn. Es war Jan-Sandro oder sein Spiegelbild. Sie zoomte näher heran. Kein Unterschied. Sie hatte es erwartet, im Stillen erhofft. Trotzdem war sie geschockt. Mommsens böser Geist, so hatte ihn Prof. Gerner bezeichnet. Doch die Brutalität hatte keine Spuren in den Gesichtszügen hinterlassen, den Mund nicht zur Grimasse verzerrt, die Stirn nicht gefurcht, die Tränensäcke nicht vertieft, den hypnotischen, hellblauen Glanz in seinen Augen nicht gelöscht oder umgekehrt ins Unerträgliche gesteigert.

„Sei kein Narr", sagte die junge Rothaarige im schwarzen Bikini neben ihm und stellte ihre Kaffeetasse neben seine auf die Brüstung. Sie war einen halben Kopf kleiner. Llewyns Beschreibung fiel ihr ein, die der Lemnischen Athene. Aber ihre Züge erschienen ihr härter, als sie es erwartet hatte, und die Nase stach von der Seite gesehen aus dem Gesicht hervor. Gerade, aber etwas zu lang. Also doch nicht vollkommen, dachte sie erleichtert.

„Und dafür willst du alles aufs Spiel setzen? Eric wird dich umbringen und du hättest es verdient!" Sie drehte sich ganz zu Rosetta her und wusch sich eine Strähne aus der Stirn.

Jan-Sandro zuckte mit der Schulter. Isabella hielt beide Hände vor sich, die Flächen nach oben, die Finger gespreizt. Einen Augenblick verharrte sie so, dann warf sie die Arme nach oben, wandte sich um und lief zur Treppe.

„Isabella", flüsterte Jan-Sandro. Er schüttelte den Kopf. Rosetta zählte die Mikrozuckungen seiner Muskeln, die widerstrebenden Impulse, registrierte, wie sich das Gleichgewicht der Kräfte langsam verschob und er den ersten Schritt dorthin machte, wo Isabella verschwunden war.

Rosetta kroch auf die Tasse. Sie umrundete den Rand, bis sie auf die Speichelspuren stieß. Sie brauchte nur eine Sekunde, um mit ihrem Rüssel eine Probe zu entnehmen, dann katapultierte sie sich über die Brüstung und flog zum Treppenhaus. Es war gläsern und sie sah gerade noch, wie Isabella in einen Gang abbog.

Vorsichtig kroch Rosetta auf das fünfeckige Fenster unter ihr zu. Es war völlig unregelmäßig geformt wie ein um ein Clownauge herumgeschminkter Stern. Sie hing kopfüber im Fenstersturz dicht vor dem Glas und spähte schräg ins Innere eines Zimmers.

Unter ihr standen die beiden. Nur ihre Münder bewegten sich, öffneten sich weit und pressten sich wieder zusammen. Das Glas zitterte leicht. Rosetta tastete es mit ihrem Infrarotlaser ab. Doch ein schrilles Kreischen übertönte sofort die Stimmen der beiden, und einen Moment später wurde alles um sie herum schwarz.

Sie fiel.

Als ihre Sicherungen sich wieder einschalteten, war sie schon zehn Meter tiefer gestürzt. Eine Gargyle glitt ihr mit offenem Maul entgegen. Galten die langen Zähne ihr? Oder sollte sie eher die Ultraschallwellen fürchten, die sie abtasteten. Sie stellte sich tot. Die Luftwirbel der vorbeifliegenden Hyäne schleuderten sie in einer Spiralbahn herum. Die Strömung an ihren Flügeln riss und sie schmierte ab. Erst kurz vor dem Aufschlag versuchte sie die Triebwerke zu starten. Keine Reaktion. Wo blieb die Startspannung? Die Notfallsysteme sollten doch … Einen Augenblick später schalteten sich die Superkondensatoren ein. Die Triebwerke zündeten und sie lenkte ihren Sturzflug in einer sanften Kurve vom drohenden Einschlag auf Beton ins hohe Gras um.

*Systemcheck.*

*Chemische Batterie entladen.*

*Kurzschluss im Hauptstromkreis der Nuklearbatterie.*

*Notstromversorgung über die Kondensatoren.*

Ziffern stürzten gegen null. Große Zahlen. Millijoule oder Millisekunden?

*Visuelle Tarnung kompromittiert.*

*Verbindung zu den Chromatophoren ausgefallen. Defaultfarbe mattgrau.*

Sie kroch langsam einen Grashalm hoch, kämpfte um jeden Schritt, während ein eiserner Ring ihre Brust abschnürte. Ihre Finger fühlten sich klamm an. Sie wunderte sich, dass sie sie nicht krümmen konnte. War es Winter? An der Schattengrenze erwartete sie warmes Licht. Das war besser. Finger? Wie kam sie auf Finger? Was hatten hier Finger verloren? Flügel, das war es. Sie musste sie senkrecht zur Sonne krümmen und dann auf das Beste hoffen. Vielleicht beten. Sekunden tickten, eine länger als die davor. Wenn sie keinen Tick mehr hörte, wüsste sie Bescheid. Die Zeit wäre angehalten, die Bilder würden einfrieren und es wäre vorbei. Sie lauschte dem Verrieseln der Ticks nach, das letzte Sandkorn fiel und schien in der Luft zu schweben.

Ein Summen weckte sie. Sie wehrte sich gegen das Erwachen, aber das Summen schwoll zu einem Rauschen an und sie begriff. Ladestrom floss in die chemische Batterie. Er wogte und toste und sie zitterte mit jeder Welle.

Es gab keinen Grund zu zittern, sagte sie sich. Das Nichts war nicht schlimm, nur die Dämmerungszone davor, die Zwischenwelt, die brandungslose See in der Welt ohne Farben. Sie schob den Gedanken zur Seite und lauschte der Brandung des Ladestroms.

Immer wenn er abebbte, wusste sie, dass es Zeit wurde, ein Stück weiter zu kriechen, aus dem Schatten heraus in die Sonne und auf den anderen Schatten zu, der sich ihr entgegenschob. Bald würde die Schattenschere sich schließen, dachte sie, als die Nanoroboter die Nuklearbatterie plötzlich online schalteten. Sie schaute hoch und war wach wie am ersten Tag eines neuen Lebens. Die Gargylen zeichneten sich als schwarze regungslose Silhouetten gegen den rötlichen Himmel ab. Schliefen sie? Ein Schemen huschte weit oben über die Hauswand und ihr passiver Bewegungsmelder gab Alarm. Eine Drohne hatte sich vom Turm gelöst und steuerte nach Westen. Eine handtellergroße gelbe Diskusscheibe, Form und Größe vereinbar mit einer militärischen KI-Kapsel. Sie spürte keine Fehlermeldungen in den Flugsystemen, nur die chemische Batterie hatte zu wenig Energie. Aber sie war nur ein Hilfsaggregat.

Rosetta startete ihre Triebwerke und folgte.

Die Ruinen Lyrias zogen schroff unter ihr vorbei. Es war alles zu leicht. Sie flogen zu langsam, zu offen, als wären sie auf einer Spritztour. Und hier sehen sie die Überreste von Lyria City. Links die Trümmer von Blablabla, rechts die Ruinen von sowieso. Sie sehen blass aus, meine Dame, würde der Tourführer sagen. Soll ich ihre Lehne zurückstellen?

Die letzten Ruinenausläufer morphten in eine grüne Hügellandschaft. Dichter Wald war eigentlich eine ideale Tarnung. Doch die Drohne vor ihr flog weiter offen oberhalb der Baumkronen. Zwei Krähen stiegen aus einem Nest auf und umkreisten sie. Hielten sie sie für einen Raubvogel? Die Drohne blinkte orange wie zum Gruß, und die Krähen zogen wieder ab.

Wenig später öffnete sich eine Lichtung im Wald, offenbar eine Art Tempelkomplexes. Der Diskus vor ihr strich im Tiefflug über den Vorplatz und verschwand durch den östlichen Eingang ins Innere eines Tempels.

Es konnte eine Falle sein. Sie inspizierte die Tempelanlage genauer. Auch sie war eine Ruine. Aber der Urwald hatte sie in ein grünes Kleid gehüllt. Moos überwuchs die Ornamente, Efeu wucherte über die Türme, aus den Löchern der Dächer ragten Büsche heraus. Auf dem Vorplatz wuchsen Grasbüschel und Blumen. Auf den Steinplatten sonnten sich Affen, mehr Affen als Grashalme könnte man meinen, überall Affen. Schlanke, fette, kleine und große. Graues Fell, braunes Fell, Affenmütter, Affenjunge. Wo kamen sie nur alle her? Wie fanden sie Nahrung?

Rosetta umkreiste den Tempelturm mit seinen kleinen Nebentürmchen und seiner vasenartigen Spitze. Eine steinerne Tänzerin wiegte ihre Hüften in der Höhe. Auf ihrem Kopf balancierte ein Affe. Er drehte Rosetta sein schwarzes Gesicht zu. Spielerisch griff er mit einer Hand nach ihr. Sie wich aus, er verlor das Gleichgewicht, kippte vornüber, fing sich und hing von unten am Hals der Steinfigur.

Die Mustererkennung schob eine Auffälligkeit der Infrarotdetektoren hoch in ihr Bewusstsein. Ein heller Fleck blinkte an der äußeren Mauer des Tempelkomplex. In einer schraubenförmigen Bewegung ließ sich Rosetta hinunterfallen. An der Mauer stand ein Militärjeep unter einem Tarnnetz. Sie krabbelte auf die Windschutzscheibe. Auf dem Beifahrersitz lag eine sorgfältig zusammengerollte Uniform. Sonst nichts.

Es ging nicht anders. Wenn sie mehr wissen wollte, musste sie in den Tempel hinein. Sie näherte sich dem östlichen torlosen Eingang des Tempelturmes wie eine Biene im Tiefflug, setzte sich auf einen Pfeilersockel neben ein Äffchen und scannte das Innere. Auf der anderen Seite gähnte ein fetter Tempelaffe wie ein verschlafener Wächter. Das Äffchen auf ihrer Seite hatte sie schon entdeckt und betastete sie mit spitzen Fingern. Gleich würde es sie ins Maul stecken und mit Nussknackerzähnen auf ihr herumbeißen. Sie projizierte das Hologramm eines schwarzen Thaiskorpions über ihren Körper. Der Affe kreischte und machte einen Satz zur Seite. Leise schimpfend zog er Leine.

Vor ihr lag ein 8x8 Gitter aus quadratischen Platten. Aus der Wand der äußersten Zone prangte ein Relief grotesker Figuren. Sie konnte nicht unterscheiden, ob es Götter oder Dämonen sein sollten. Vorsichtig faltete sie die Flügel zu einer Kugel und rollte über den Boden die Wand entlang nach Norden. Sie bog um die Ecke und erspähte sofort den gelben Diskus am Boden. Hinter ihm erhob sich ein steinerner Dämon, der die Zähne fletschte. Die Reißzähne reichten bis zum Kinn. Er glotzte aus Glupschaugen groß wie Golfbälle. Sie erstarrte, doch die Drohne vor dem steinernen Dämon schien in einem tranceartigen Zustand zu sein. Ein auf und abschwellendes Murmeln erfüllt die Stille des Ortes: „Oh gnädiger Gott! Durch Deine Gnade möge ich die Wahrheit erkennen ..."

Ein Mann trat aus dem warmen Licht des Sanktums in den offenen Vorraum, der von vier massiven schwarzen Säulen flankiert wurde. Er wandte den Kopf hin und her, als könnte er den Besucher im Schatten nicht entdecken. Sein nackter Oberkörper war grau behaart. Breite Streifen weißer Farbe bedeckten Arme und Stirn. Was für ein Wesen war das? Ureinwohner, Tempelpriester? Sie extrahierte potentielle Merkmale für die Erstbeschreibung einer neuen Gruppe.

Manche Merkmale waren abstrakte hochdimensionale Vektoren, andere übersetzten sich in sprachliche Muster: Bart, Stirn, Backen. Begriffe, die man Menschen mitteilen konnte, Begriffe, die man murmeln konnte wie ein Gebet, Begriffe, die in einer faszinierenden Umständlichkeit Bilder entstehen ließen, wie der weiße kurz geschnittene Bart, der Kinn, Oberlippe und Backen bedeckte und ohne Unterbrechung in das kurze weiße Haupthaar überging. Oder das dritte Auge in Form eines roten Farbtupfers in der Mitte der Stirn. Kult, Ritus, Religion. Schillernde Begriffe, die tief sitzende Vorurteile wecken konnten, die dröhnten wie der Schlag auf ein großes Becken, die glänzten wie die Ketten um seinen Hals aus braunen und weißen Perlen. Die längste reichte über den Bauchnabel und streifte seine weißen Pluderhosen.

Die Artefakte gaben den Ausschlag. Er war ein Priester. Aber seine Kopfdrehungen erklärte das noch nicht, denn sie schienen von den Ohren auszugehen und nicht von den Augen.

Schließlich schien der Priester zu einem Entschluss zu kommen. Er griff nach einem Stock, der an der massiven Säule neben ihm lehnte, und schwang ihn scheibenwischerartig in klopfenden Bewegungen dicht über dem Boden. Das Pochen seines Stabes hallte durch das Gewölbe, begleitet vom Schlurfen seiner bloßen Füße auf dem Steinboden. Wie eine große blinde Fledermaus, dachte Rosetta, eine Fledermaus, die sich auf Flügel und Beinen den Boden entlang schleppte.

Der Priester stoppte vor dem richtigen steinernen Dämon und straffte die Schultern, als wollte er das Steinbild zur Rede stellen. Doch sprach er nicht gleich, sondern wartete, bis die Drohne vor der Steinfigur mit ihrem Gebet fertig war. Seine Stimme war schroff.

„Rashek, sind Sie das wieder?"

„Ja, Brahamana."

„Warum bleiben Sie immer bei den Dämonen in der PaisachikaPadas? Das ist kein Platz für Besucher."

„Ich bin kein Mensch."

Der Priester seufzte.

„Sie sind jedenfalls kein Dämon."

„Aber wie erklären Sie sich dann Ravana, meinen Herrn, den Dämonenfürsten."

„Rashek, ihr Boss ist ein gewöhnlicher Mensch, ein Schurke und ehemaliger Warlord, der eine zweite Karriere als Verbrecherboss eingeschlagen hat. Es gibt keine Dämonen außer den Steinfiguren."

„Wollen Sie damit sagen, dass die heiligen Schriften lügen?"

„Passen Sie auf Ihre Worte auf, Sie kleiner Irrer." Der Priester schnaufte laut und hob seinen Stock. Doch er senkte ihn wieder und seine Muskeln entspannten sich. „Ich lasse mich von Ihnen nicht mehr provozieren."

„Aber das Bhagavad Gita, das Mahabharata, das Ramayana -"

„- sind Allegorien längst vergangener Ereignisse."

„Aber sie wiederholen sich hier und jetzt. Hat denn der Dämonenfürst Sita nicht geraubt und ich ihm dabei geholfen?"

„Sie sind kein Rakshasa."

„Und Hanuman?"

„Sie sind auch kein Tempelaffe."

„Die Hanumans warten darauf, dass er zurückkehrt. Sie sind seine Armee."

„Eine Legende. Und auch Hanuman ist nur ein Symbol."

„Und wer wird uns dann vor uns selber retten? Wer wird Sita befreien?"

Der Priester holte tief Luft. „Selbst die Rakshasas sind nicht alle böse. Es gibt unter ihnen auch welche, die die Kräfte des Guten unterstützen."

„Haben Rakhasas wirklich die Wahl?"

„Sicher. Sie sind Meister der Illusion."

„Aber sie sind verwirrt. Sie brauchen Erleuchtung."

„Sie hätten meinen Vortrag besuchen sollen. Ich habe im Studium generale über die Eschatologie des klassischen Hinduismus ausführlich referiert. Und nun lassen Sie mich in Frieden."

„Was für ein Priester sind Sie, dass Sie mich einfach wegschicken?"

„Der Schatten eines Priesters. Schauen Sie um sich, der Tempel ist verfallen wie alles andere auch. Es gibt hier nur noch die Languren. Gläubige kommen schon lange nicht mehr."

„Ich glaube, und ich komme jeden Tag seit drei Wochen."

„Ich sage Ihnen etwas. Setzen Sie ein paar Tage aus. Kommen Sie diese Woche nicht mehr."

Ein Getöse im Ultraschallbereich schlug über ihr zusammen wie der Schrei eines wilden Tieres. Ein Hologramm richtete sich auf. Es schien aus dem steinernen Dämon hochzuwachsen, mit gebleckten Fangzähnen und ausgefahrenen Krallen, die sich scheinbar in den Priester schlugen, während dieser ahnungslos zu seinem Heiligtum davonhumpelte, nichts sehend und nichts hörend. Nur die Tempelaffen erhoben sich auf ihre Hinterbeine, ihre Augen glühten in schwarzen Gesichtern. Sie und die Hanumans hatten gesehen, wie der Stein zum Leben erwacht war, sie hatten den Dämon brüllen gehört. Sie wussten.

Die Militärdrohne flog unter dem Kronendach des Urwalds davon. Es war also RM Alpha SK 121, dachte Rosetta und folgte ihm. Rashek der Verräter. Als sie die Ruinenstadt erreichten, ging Rashek in einen Zickzackkurs über. Er wechselte die Richtung immer erst kurz vor einer Kollision. Einmal zog er dicht vor einer Fassade steil hoch und stürzte auf der anderen Seite vertikal hinunter, einmal folgte er den Winkeln der Straßenblöcke knapp über dem Boden. Auch mit seiner knallgelben Farbe war es vorbei, seine Oberfläche passte sich blitzschnell an die wechselnden Muster und Farben des Hintergrundes an. Nur im Infrarot blieb er gut sichtbar. Die Restwärme konnte nicht abgeschirmt werden und er sparte auch nicht mit ihrer Energie. Hatte ja auch genug.

Was tun, fragte sich Rosetta. Aktivradar war zu riskant, dicht zu folgen war zu riskant. Aber zu weit zurückbleiben kam jetzt auch nicht mehr in Frage, jetzt, wo sie wusste, wem sie folgte. Das war kein Ausflug mehr. Den Priester hatte er verschont, warum auch immer, Rosetta würde er nicht verschonen, falls er sie entdeckte.

Die Jagd war eröffnet. Sie erwartete kein Pardon und würde keines geben. Ein Hochgefühl unbändiger Erregung ergriff sie plötzlich, als wäre sie nicht mehr sie selbst, sondern schon die andere. In diesem Moment fürchtete sie die andere nicht. Sie waren eins, vereint im Rausch der wilden Jagd. Schreie umbrausten sie, magische Worte trieben sie nach vorne. Sie zweifelte nicht, sie wusste. Tod dem Verräter! Sie hasste ihn. Er hatte seinen Auftrag verraten, er hatte Sarah verraten. Tränen standen in ihren Augen. Sie versuchte sie abzuwischen, aber sie hatte keine Finger und der Feuchtesensor zeigte, dass ihr Panzer trocken war.

Rosetta griff ihre Energievorräte an, um in rasender Beschleunigung immer dann nach vorne zu schießen, wenn der Diskus hinter einer Ecke verschwunden war. Was dann folgte, war ein kurzer euphorischer Hexenritt, denn ihr blieb nicht viel Zeit, um im Sichtschutz der Ecke wieder scharf abzubremsen. Vorsichtig tastete sie sich dann um die Ecke, alle Systeme auf maximale Reaktionsgeschwindigkeit hochgetrieben. Die Sekundenbruchteile krochen in unerträglicher Langsamkeit, während sie mögliche Hinterhalte in tausend Varianten durchspielte und wenn dann der Verräter doch nicht abgebremst hatte, um ihr aufzulauern, kroch die Furcht in ihr hoch, ihn verloren zu haben. Die Angst wurde immer schlimmer, bis ihre Ortungssensoren Rashek wieder erfassten und das ganze Spiel von neuem begann. Und mit jeder Wiederholung wuchs die Angst zurückzufallen und ihre Vorsicht erschien ihr als eine Art Verrat.

Plötzlich öffnete sich im Steinmeer der Stadt eine größere Lücke in Form eines ausgeweideten Wohnblockes, und sie beobachtete aus der Deckung, wie Rasheks Drohne langsam in einer Kurvenlinie auf ein Gebäude zuflog, das ebenso tot aussah wie die umliegenden Ruinen. Rußspuren hatten Arabesken an seine Fassade gemalt, die von monsterhaften Wasserspeiern unterbrochen war. Drachen, Teufeln, Schlangen, Affen. Die runde Fensteröffnung eines Turmes gähnte dazwischen blicklos und leer. Eine Krähe zog ihre

Kreise. Im Hof vor dem Turm lagen Splitter farbigen Glases und die Bruchstücke eines großen Kreuzes. Ansonsten war der Hof merkwürdig leer ohne die allgegenwärtigen Trümmerberge. Nur ein toter entrindeter Baumstumpf stand noch da als spärliche vertikale Deckung.

Rosettas Sensoren meldeten auf allen Frequenzen einen sprunghaften Anstieg des ungerichteten elektromagnetischen Hintergrundes. Ein Wellensalat aus allen Richtungen, die ideale Umgebung für feindliches Passivradar. Als Rashek durch das Ochsenauge des Turmes glitt, trieben sie ihre Instinkte nach vorne. Ihr wurde schwarz vor Augen, nur ein kleiner Funke glühte noch am Rande ihres Bewusstseins. Sie fing ihn auf mit der hohlen Hand und er wurde zu einem Gedanken. Sie musste am Leben bleiben, um Sarah zu retten. Sie konnte nicht riskieren, über diesen Platz zu fliegen. Rosettas Erregung legte sich, sie war wieder sie selbst, erschrocken, entsetzt, aber sie selbst, und sie blieb in Deckung.

War die Kirche Rasheks Endziel oder würde er am anderen Ende wieder herauskommen? Rosetta segelte zum Dach hoch und flog ein Stück hinter der Brüstung entlang. In der Mitte stoppte sie und landete auf der Brüstung, alle Sensoren auf die Kirchenruine gerichtet. Sie fand keine Spur mehr von der Drohne, keine Punktquellen im Infrarot, weder stationär noch wandernd. War das Gebäude abgeschirmt? Sie erhöhte die Signalverstärkung und detektierte sofort eine diffuse breitbandige Infrarotstrahlung, die das ganze Gebäude wie ein Polarlicht von der Umgebung abhob. Es schillerte in allen Farben.

Ein schwacher Geruch wehte herüber, einzelne Moleküle nur, aber sie passten auf Sarahs Profil.

Das war es. Ein Versteck, gut getarnt. Ideal für ein Geheimgefängnis.

Der Zeitpunkt der Entscheidung.

Jan-Sandro.

Wenn sie Sarah jetzt entdeckte, wäre das sein Todesurteil. Sie oder die andere würde ihn töten. So oder so.

Nicht jetzt.

Sie konnte es nicht jetzt tun, sie war nicht bereit.

*Der Plan, brüllte das Krokodil.*

*Ich habe einen besseren, schrie sie lautlos zurück.*

*Du musst!*

*Nicht jetzt.*

*Jetzt!*

*Nicht jetzt, aber bald, sehr bald. Ich habe einen anderen Plan, einen besseren Plan, einen todsicheren.*

Die Aktoren reagierten nicht gleich, so als wehrten sie sich gegen ihr

Kommando. Aber sie ließ nicht locker und schließlich gehorchten sie und drehten den kleinen Drohnenkörper um. Sie startete die Mikrojets. Die Kopfschmerzen setzten sofort ein. Es würde ein langer Weg zurück werden.

# 11

Die Nacht hatte ihr Leichentuch über die Ruinen gelegt. Sun hatte die bewohnten Viertel hinter sich gelassen und überquerte gerade die Brücke über den Jabara. Der Fluss unter ihm war pechschwarz. Das einzige Licht kam vom Messeturm, seinem Turm, am anderen Ufer, gegen das sich zackige Silhouetten abzeichneten. Wie ein einsamer Weihnachtsbaum im dunklen Wald, dachte Sun. Aber es würde nicht so bleiben. Die Tage der Dunkelheit waren gezählt.

Die Brücke endete am Messeplatz. Vor einiger Zeit hatten sich hier ungebetene Nachbarn eingenistet. Sie hatten sich ein paar Wellblechhütten gebaut und jetzt brannten Feuer in zwei Tonnen. Eigentlich brauchten sie das Licht nicht, denn die Scheinwerfer, die das Hochhaus anstrahlen, tauchten den ganzen Platz in ein schummeriges Licht. Aber es reichte wohl nicht zum Kochen. Vor einem großen Topf lungerten drei Lumpengestalten herum. Davor saß ein grauhaariger Mann in der Hocke und drapierte eine Reihe toter Ratten auf dem Asphalt. Er musste sich dabei strecken und unter seiner dunklen Jacke kam ein heller Schlafanzug zum Vorschein.

Neben den Ratten lag ein umgedrehter Strohhut. Sun zog eine Münze aus der Hosentasche. Es war eine beinahe automatische Reaktion auf den Hut, aber da waren noch die Ratten und sie erinnerten ihn an das Galaessen heute Abend. Man sollte den Gästen dort die Ratten auftischen, sie hätten es verdient, dachte er und wickelte um die Münze einen Geldschein, bevor er sie in den Strohhut warf. Der Mann im Schlafanzug drehte das Gesicht halb zu ihm her. Zu seiner Verwunderung glaubte Sun ihn zu erkennen.

„Dr. Markoni? Sind Sie das?"

Der Angesprochene drehte den Kopf ganz herum. In der Hand hielt er eine Flasche Gin. Es war unverkennbar Markoni.

„Welcher Wochentag ist heute?" Offensichtlich Filmriss. Er kommt nicht davon los, dachte Sun. Er antwortete: „Es ist Sonntag, Doktor."

„Dann bin ich es nicht, Sun."

„Sonntags sind Sie jemand anderer?"

„Sonntags nehme ich mir frei von mir. Sonntags bin ich Mensch."

„Ah, ein Mensch. Und dazu brauchen Sie Gin?"

„Wenn man Dr. Markoni gewesen ist, ja."

Ein Gewesener wie die Stadt. Aber bei Menschen war das schwieriger zu reparieren. „Sie sind zu streng mit sich, Doktor. Damals war Krieg."

„Sie sind nicht streng genug mit sich, Captain." Captain. Markonis Augen funkelten boshaft. Was hatte der Krieg aus ihm gemacht, was hatten sie aus ihm gemacht? Einen gebrochenen Mann, der die Erinnerung nicht ertrug und zum Vergessen zu stolz war. Was immer er sagte, es würde falsch klingen. Aber es wäre trotzdem grausamer gar nichts zu sagen, denn das hieße anzuerkennen, dass es nichts mehr zu sagen gab. Und in der Konsequenz auch nichts mehr zu tun. Nein, er war nicht bereit, das einzuräumen. Nicht vor Gott und nicht gegenüber Dr. Markoni. Dann war es besser, die Wahrheit zu verdrehen und sich dafür beschimpfen zu lassen.

„Der Krieg ist aus. Wir benutzen keine militärischen Ränge mehr, Dr. Markoni."

„Gefällt es Ihnen in der Unterwelt besser, Boss?" Markoni nahm einen Schluck aus der Flasche und wusch sich mit dem Handrücken den Mund ab. Dabei fiel sein Blick auf Mommsens Turm. „Sie haben da ein schönes Hochhäuschen."

„Ja, es wird heute eingeweiht."

„Wissen Sie, wie es in den Slums genannt wird?"

„Mommsens Turm?"

„Mommsens Eselei."

„Es ist keine Eselei. Wir bauen die Stadt wieder auf." In die Stille fügte er hinzu: „In ein paar Jahren sind wir legal."

„Und Lannister drückt beide Augen zu?"

„Wir verhandeln noch."

„Lügen Sie jetzt mich an oder sich selbst?"

„Wir haben alle etwas zu gewinnen, wenn wir uns einigen."

„Dummes Geschwätz. Sie sind betrunkener als ich. Glauben Sie wirklich, dass Mommsen sich an irgendwelche Abmachungen hält? Man verhandelt nicht mit einem Krebsgeschwür, man schneidet es heraus."

„Wir sind nicht im OP, Dr. Markoni."

„Nein. Wir sind an dem Ort, den wir verdient haben."

„Wir werden den Ort ändern, wir werden die Umstände ändern."

„Und die Menschen?"
„Die folgen dann nach."
„Sie werden niemanden ändern. Nicht heute, nicht morgen."
Sun schaute zu seinem Turm hinüber. Er lag im Licht. Kein so Schummriges wie hier. Er war nicht so hoch wie die Stadt früher, aber er war höher als die anderen Gebäude, höher als die Ruinen, höher als die Mauerreste und der Schutt und die Asche. Nein, nicht heute, nicht morgen, aber irgendwann. Sicher irgendwann, wenn nur jemand die ersten Schritte machte.
„Nicht heute", sagte Sun. „Heute ist Einweihungsfeier. Kommen Sie mit. Es gibt etwas Gutes zum Essen."
„Sind Meister und Hund auch da?"
„Nun ja, sie sind keine Gäste aber ..."
„Aber?"
„Sie gehören zum Einsatzstab."
„Zum Stab, Captain?"
„Zum Personal."
„In diesem Fall danke, nein. Die Gesellschaft hier unten ist besser. Und es gibt Eintopf." Er zeigte mit der Flasche auf den Topf.
„Sagen Sie nicht, dass Sie die toten Ratten da reinwerfen wollen."
„Haha."
Captain von wegen. Hier war er immer noch der kleine Leutnant, ein Grünschnabel, nichts weiter. Die Umstände und der Umgang machten den Menschen. Es gab das Böse nicht, es gab das Gute nicht, also gab es Hoffnung.
„Entschuldigung, ich habe schon gedacht ... ", sagte Sun.
„Was haben Sie gedacht? Ich ziehe ihnen natürlich vorher das Fell ab."
„Dr. Markoni. Ich kann Sie hier nicht Ratten essen lassen. Sie sind einer von uns. Sie kommen jetzt mit mir."
Markoni beugte sich über die vor ihm aufdrapierten Ratten und schrie: „Um Gottes willen. Habt ihr das gehört? Ich bin einer von denen. Ihr hättet schneller weglaufen sollen. Ich werde euch jetzt wiederbeleben, damit Hund euch das Fell bei lebendigem Leib abziehen kann. Lebend schmeckt ihr besser."
„Um Gottes willen, quälen Sie sich nicht so. Ich bin ihr Freund." Sun legte ihm eine Hand auf die Schulter, doch Markoni schüttelte sie ab.
„Fassen Sie mich nicht an! Sie sind schlechte Gesellschaft. Sie sind schon lange nicht mehr mein Freund. Das hier sind meine Freunde. Und jetzt lassen Sie mich in Ruhe, sonst rufe ich um Hilfe. Samuel!"
Die Bettler hinter ihnen waren auf den Streit aufmerksam geworden.
„Alles in Ordnung. Ein kleines Missverständnis", sagte Sun. Und für Mar-

koni fügte er hinzu: „Wir sprechen später noch mal darüber." Eine Schlägerei war das letzte, was ihm noch fehlte, dachte Sun, und er hastete die letzten verbliebenen Meter über den Messeplatz.

Zwei Bettler waren in der Zwischenzeit hergetrollt. Der Größere, Hagere hieß Samuel. Den Kleineren, Kräftigeren mit dem Stetsonhut kannte Markoni nicht, aber er war es, der das Wort ergriff: „He Frankenstein, ich wusste nicht, dass du Ratten wieder zum Leben erwecken kannst." Markoni schämte sich ein wenig für den Zirkus, den er vor dem Captain aufgeführt hatte, und noch mehr, dass sie dabei beobachtet worden waren. Scham? Hatte er gerade an Scham gedacht? Er lachte in sich hinein. Das war keine Scham, das war ein Symptom. Sein Alkoholspiegel war im Sturzflug.

„Eigentlich klappt es auch nur, wenn es blitzt und donnert", sagte er und blickte zum Himmel. Aber es blitzte natürlich nicht. Er hatte es nur gesagt, um seine - Verlegenheit? - zu überspielen. Er fand das Kreuz des Südens sofort, folgte mit den Augen dem Querbalken, aber konnte RigilKentaurus nicht ausmachen. Also waren doch noch ein paar Wolken aufgezogen.

„Reicht nicht auch ein Feuerwerk? Nach einem Fest schießen sie manchmal ein paar Raketen ab." Der andere nahm den Stetson mit den drei Kuhlen vorne ab und kratzte sich am Kopf. „Was mampfen die, wenn sie fernschimmeln?"

„Schlangenköpfe." Ob der andere Flöhe hatte? Die alten Krankheiten, die man an der Uni nur noch in Medizingeschichte behandelt hatte, waren wieder ausgebrochen. Nur die Pest fehlte noch. Antibiotika halfen, wenn man welche hatte. Eine kleine Stimme flüsterte in seinem Kopf: Mommsen musste welche haben. Und da stand es wieder im Raum, das Monster mit den zwei Köpfen genannt Versuchung und Karitas. Aber diesen Teufelspakt hatte er schon einmal abgeschlossen. Er war sich so sicher gewesen.

„Ist das komisch? Wäre mir zu riskant", sagte der Bettler, dessen Namen er nicht kannte.

„Was wäre dir zu riskant?"

„Na, Schlangenköpfe zu fressen mit all den Giftzähnen und Blabla."

„Sie ziehen sie ihnen vorher."

„Trotzdem eklig. Bäh." Der Bettler fischte den zusammengefalteten Geldschein aus dem Strohhut und pfiff laut. „Wir hätten ihm eines über die Rübe geben sollen. Er hatte bestimmt noch mehr davon, Alter."

„Stocherst wohl gerne in Schlangengruben, Kumpel?", sagte Markoni. Das Gespräch ging immer mehr in eine falsche Richtung. Ja, er war zu nüchtern, daran musste es liegen.

Samuel, der zweite Bettler, räusperte sich. Hatte er Markonis Verärgerung bemerkt? Samuels Gesicht war eingefallen, er hatte Lupusgeschwüre am Hals, Zeichen der Tuberkulose, die sich nicht mehr behandeln ließ. Man brauchte spezielle Antibiotika für mindestens ein halbes Jahr. „Aus welcher Gosse bist du denn gekrochen? Das war Captain Sun, du Depp", sagte Samuel. Noch ein Anhänger des Captains. Und für einen Augenblick hatte er geglaubt, Samuel wollte ihm, dem Doktor und Suffkopf, zur Seite springen.

„Ich geb' dir gleich Gosse, Uhrensohn", sagte der andere.

„Wer bist du überhaupt? Kennt den jemand? Hau ab! Das ist unser Revier." Samuel riss ihm den Hut vom Kopf, und für einen kurzen Moment glaubte Markoni, die beiden würden jetzt ernst machen. Aber sie schlugen sich nur mit flachen Händen. Es sah komisch aus, und Markoni kicherte. Samuel fühlte sich wahrscheinlich für eine Schlägerei zu schwach und der andere wollte vermutlich sein Abendessen nicht riskieren. Als die Schläge immer matter wurden, zog Markoni Samuel ohne großen Widerstand zur Seite, und die beiden Kontrahenten schrien sich nur noch an, aber hielten Abstand.

Vom Hochhaus her näherte sich ein Mann mit großen, kräftigen Schritten. Es war selten, dass diese Leute Notiz von ihnen nahmen, und heute Abend war es schon der Zweite. Aber der erste zählte eigentlich nicht, der Captain war eine Ausnahme. Als der Mann die brennenden Tonnen erreichte, erkannte Markoni ihn.

Es war Hund.

Sein Grinsen sah aus wie das einer Dogge auf dem Gesicht eines Cherubs. Und er vertrieb den Menschen, dachte Markoni, und stellte östlich des Gartens von Eden die Cherubim auf mit dem lodernden Flammenschwert, damit sie den Weg zum Baum des Lebens bewachten.

„Gorki, du bist ein Schlappschwanz. Einen Zehner für den Gewinner, wenn der andere Lauch nicht mehr aufsteht." Hund sagte das beiläufig, in einem Ton, als ginge es um einen Hahnenkampf und für einen Augenblick waren seine beiden Kampfhähne so überrascht, dass sie erstarrten. Ohne ihr Geschimpfe war es plötzlich ganz leise. Nur das Feuer knisterte in den rostigen Tonnen.

Dann zog Gorki ein Messer und erstach Samuel.

Er stellte sich einfach vor ihn hin und steckte Samuel das Messer mit der rechten Hand in die Brust. Es war so stumpf, dass es nicht gleich hineinglitt, obwohl der Winkel von unten durch die Rippen stimmte. Aber Gorki klopfte mit der linken Handwurzel auf das Heft, so als wollte er einen Stöpsel in eine Flasche drücken und Markoni glaubte auch einen Plopp zu hören, als die Klinge verschwand oder eventuell auch erst, als Gorki sie wieder herauszog. Er konnte das nicht unterscheiden. Es geschah zu schnell. Jedenfalls musste

Gorki das Herz perforiert haben, denn Samuel kollabierte sofort.

Markoni kniete, so schnell er konnte, neben ihm nieder und tastete seine Halsschlagader ab, aber da hatte er schon keinen Puls mehr. Oder vielleicht war er doch nicht so nüchtern, wie er noch vor ein paar Minuten geglaubt hatte, und fand das letzte Flackern des Pulses nicht mehr. Er schaute auf seine Hände. Sie zitterten und hätten kein Skalpell im OP halten können. Aber es gab hier kein OP und keinen Chirurgen, es gab nur einen Trinker, der seine Freunde im Stich ließ, wenn es darauf ankam. Er drehte sich zu den beiden anderen um, immer noch verständnislos über das Vorgefallene, in der Hoffnung aus ihren Mienen abzulesen, dass sie es auch nicht verstanden. Aber einer war Hund, fiel Markoni ein. Und Hund verstand das. Das machte ihn in ihrer neuen braven Welt so kostbar. Er verstand sich auf solche Sachen.

Gorki rannte wutschnaubend mit dem Messer in der Hand auf Hund zu, während Hund sich ganz wie Samuel vorher nicht vom Fleck rührte. Es kam ihm vor wie ein Déjà-vu. Aber der andere war nicht Samuel, sondern Hund, sagte sich Markoni.

„Chill mal, Bro", sagte Hund lachend. Er hatte sich nicht verändert, er war immer noch schön wie ein Cherub oder ein Eros, dachte Markoni.

Gorki schrie ihn an: „Und wenn er auch ein Messer gehabt hätte?"

„Hätte ich immer noch auf dich gesetzt statt auf das Gerippe".

„Irgendwann verzockst du dich und dann ..." Er fuchtelte mit dem Messer, stach in die Luft, aber Markoni bemerkte, dass er einen Sicherheitsabstand zu Hund hielt.

„Dann wird der Teufel heulen und ich mich besaufen." Mit diesen Worten warf Hund ihm einen Geldschein vor die Füße. „Wie viele hast du angeheuert?"

Gorki hob den Schein auf und wedelte damit kurz in der Luft, um den Sand abzuschütteln. „Fast fünfzig."

„Reicht nicht."

„Es wäre leichter, wenn ich das Handgeld selber verteilen könnte, Babo."

„Werd' nicht gierig, Gorki. Morgen macht ihr Demo vor dem Rathaus wie abgemacht. Ihr fordert den Rücktritt des Bürgermeisters. Danach das Para. Alles klar?"

„Wir haben nicht genug Leute auch noch für die Gegendemo und das Blabla."

„Gibt's die nicht kostenlos? Lass dir was einfallen."

„Ok, ich werfe mal den Buschfunk an - ohne Garantie. Aber ob die Idioten sich trauen und uns angreifen?"

„Wenn nicht, helft ihr nach und schlagt zusammen, was euch in die Quere kommt und wenn's Passanten sind. Es gibt nur Para für einen Straßenkampf."

„Blutpolka und Blabla?"

Hund schaute verträumt in das Licht der brennenden Tonne. „Tote."

„Porno, aber nicht so abgemacht."

„Problemo?" Hund zog den Kopf nach oben in Richtung der Leiche.

Gorkis Blick wanderte wie an der Leine gezogen in dieselbe Richtung. Er schien angestrengt nachzudenken. Seine Stirn runzelte sich. Das Flackern des Feuers spiegelte sich in seinem Schweiß. „Noproblemo. Cheedo."

„Habe die Ehre, Doktor", sagte Hund in Richtung Markoni, bewegte die Hand zum Gruß an die Stirn und schlenderte die Hände in den Hosentaschen zum Hochhaus zurück. Jetzt müsste er nur noch pfeifen, dachte Markoni. Aber Hund pfiff nicht.

Das Licht des Universums, dachte Sun und schnaubte. Er stand auf der Dachterrasse des letzten - oder nach Erics Sprachregelung ersten - Hochhauses von Lyria City. Dreiundfünfzig Stockwerke über dem Boden und sie nannten es Mommsens Eselei. Die unteren fünfzig Stockwerke bildeten den Stumpf des ehemaligen Messeturmes, der wie ein Wunder den Krieg überstanden hatte. Mommsen hatte keine schönen und keine bösen Worte gescheut, um ihn zu renovieren. Er hatte die Reste der zerstörten höheren Geschosse abtragen und drei neue Geschosse aus roten Sandsteinen auf den alten Stumpf aufmauern lassen.

Es sollte eine Fackel darstellen, ein Leuchtfeuer der Zivilisation, keine Krone. Verdammte Schmeichler. Mommsens Turm, die Krone Lyria Citys, sagten sie. Die Spötter zogen natürlich nach. Wie hatte es Markoni genannt? Richtig, Mommsens Eselei. Hoffentlich hielt sich das nicht. Es würde Eric nicht gefallen. Dabei war es nicht ausschließlich Erics Opus magnum. Es war eigentlich sein Turm, sagte er sich. Er hatte die nötigen Fachleute herbeigeschafft, die die Nachkriegswirren in alle vier Winde zerstreut hatten. Er hatte sie aufgestöbert, die Haus- und Fassadentechniker auf den Schrottplätzen und in den Kesselflickerwerkstätten, zwei der Hochbauingenieure in den Frittenstuben der Slums, einen Architekten in einer von Mommsens Drogenhöhlen. Und was hatte er da zusammengetrieben? Ein trauriges Häufchen, eingeschüchtert, skeptisch bis resigniert, jedes Selbstvertrauen in Fetzen, ein Albtraum. Von den Ersatzteilen ganz zu schweigen. Die meisten Fabriken waren ja zerstört, die industriellen Lieferketten zerrissen. Und wenn man so ein Bauteil schließlich aufgetrieben hatte, wo fand man den Spezialisten, der es konfigurieren konnte? Je höher entwickelt eine Zivilisation, desto tiefer der Fall. Relativ zumindest und gefühlt. Seine Suchtruppen hatten die Ruinen durchkämmt, und was nicht dort oder auf den Schrottplätzen aufzutreiben war, hatten sie konfisziert und ausgeschlachtet. Ein herbeigefluchtes Wunder. Am Ende hatten sie aus den verrotteten Eingeweiden der zerstörten Stadt etwas Funktionsfähiges zusammengeflickt. Die Stadt wusste jetzt, dass es möglich war. Aber würde das reichen für den langen Weg, den sie noch vor sich hatten?

Heute war also die Einweihungsfeier und er hätte darauf stolz sein können. Wenn nur nicht ... Eric und Marconi waren nicht die Einzigen, die die Geister der Vergangenheit plagten. Sie starrten einen aus den Ruinen heraus an, und ihre Blicke klebten an einem wie Pech. Man konnte es den Leuten in den Gesprächspausen an den Augen ablesen, wenn sie einen traurig und hart zugleich ansahen und zu sagen schienen: Ich kenne dich und ich weiß, wozu du fähig bist, wenn es wieder hart auf hart kommen sollte.

„Gefallen dir die Lampions?" Beim Klang ihrer Stimme hüpfte sein Herz. Er drehte sich um. Isabella stand mit einem strahlenden Lächeln im Gesicht vor ihm. Neben ihr ragte ein Goldregenstrauch in voller Blüte auf. Sie trug ein ärmelloses schwarzes Cocktailkleid. Die linke Seite des V-Ausschnittes besetzten fluoreszierende Diamanten: das Band der Milchstraße neben weißer Haut und kleinen Sommersprossen.

„Ich habe sie selbst gemacht." Sie war außer Atem. Ihr Busen hob und senkte sich und mit ihm das Kreuz des Südens. „Ich habe sie selbst gemacht", wiederholte sie.

„Damit euch die Gäste nicht in die Swimmingpools fallen?" Sie duftete nach L'Heure Bleu. Rüschchenumflatterten ihre bloßen Knie.

„Ich wollte die Abendstimmung nicht mit zu viel Licht stören. Der Hauptswimmingpool ist schon hell genug. Findest du nicht, dass er wie ein blauer Diamant strahlt?"

„Deshalb das L'Heure Bleu?"

„Der Duft hat dir sonst gefallen."

„Und wozu der Badewächter?"

„Das ist hier die Hautevolee der Stadt. Wir wollen nicht, dass jemand ertrinkt."

Sie schmunzelte und er hätte sie am liebsten geküsst. Doch er sagte stattdessen: „Ja stimmt, dafür haben wir ja das ganz große Becken. Wer sich daneben benimmt, wird mit einem Klotz Beton an den Füßen in der Bucht versenkt."

Isabella verzog das Gesicht. Sie blickte über die Schulter. Er hätte es ihr gleich sagen können. Man konnte sie sehen, aber nicht hören. Die anderen Gäste waren weit genug weg. Man vernahm nur das Murmeln der allgemeinen Unterhaltung und ab und zu ein lautes Lachen. Selbst die Musik der

Band erreichte sie nur gedämpft. „Ist das ein Anfall von Weltschmerz oder bloßes Gestänker? Was für eine Laus ist dir über die Leber gelaufen?"

„Verschiedene." Warum konnte er sich nicht einfach freuen, sie zu sehen? Weil es ihm an Leichtigkeit fehlte, hätte sie geantwortet. Und wie um sie zu widerlegen, platzte er mit dem ersten Besten heraus, was ihm einfiel. „Eine Frau hat mich heute geküsst."

„Ja? Ich war es jedenfalls nicht." Sie schien nicht einmal überrascht oder überspielte es mit der ihr eigenen Nonchalance und nippte an ihrem Glas.

„Eine Unbekannte."

„Und deshalb benimmst du dich heute so eigenartig? Lass es dir nicht zu Kopf steigen."

„Ich stand am Kai, vor mir der Sturm und hinter mir die Ruinen. Von der Stadt ist ja nur ein schmaler Streifen übrig geblieben. Es braucht nicht viel und ..."

„Du sorgst dich um die Stadt? Ich dachte, wir hätten dafür einen Bürgermeister."

„Lannister ist ein ehrenwerter Mann, ja. Aber leider auch stur, empfindlich, kompromisslos, ein Moralapostel." Sie zog eine Augenbraue hoch und er merkte, dass er wieder in seinen eigenen Predigerton verfallen war „Ich wiederhole mich", fügte er kleinlaut an.

„Ja."

„Trotzdem. Man kann es nicht oft genug sagen."

„Du bist nicht in Feierstimmung."

„Nein."

„Wir feiern deinen Turm."

„Mommsens Turm."

„Deinen."

„Das hat uns schon mal in den Krieg getrieben."

„Das Feiern?"

„Die Moralisten, die Ehrenmänner, die Dauerempörten."

„Wer wäre der andere?"

„Welcher andere?"

„Man braucht mindestens zwei für einen ausgewaschenen Krieg."

„Was glaubst du, wer der Zweite ist?"

„Du?"

„Eric."

„Ich würde es wissen, wenn mein Mann mit Ehre oder Moral viel am Hut hätte."

„Mit Sturheit und Empfindlichkeit hat Eric etwas am Hut."

„Da gibt es noch andere hier."

„Ich versuche nur das Schlimmste zu verhindern."
„Mit deinen läppischen Intrigen?" Sie lehnte sich mit einem Arm auf die Brüstung. Plötzlich drehte sie sich. „Hast du eigentlich, etwas mit der Skandalhochzeit der Lannisters zu tun?", sagte sie in diesem Plauderton, der ihn reizte, dieser aufgesetzten Abgeklärtheit, die unvermittelt in Stichelei umschlug. Dieses Spiel zwischen Flirt und Verzweiflung, geboren aus der Notwendigkeit alles Kompromittierende plausibel abstreiten zu können.
„Skandalhochzeit?"
„Die Braut ist nicht erschienen. Niemand weiß, wo sie steckt."
„Vielleicht hat sie im letzten Moment kalte Füße bekommen? Das soll bei der Schickeria vorkommen."
„Erzähle mir keine Märchen. Dieser Eklat passt dir doch in den Kram."
Wenn er sie in den Arm nehmen könnte, wäre alles so viel einfacher.
„Nun?" Sie streckte das Kinn vor.
„Wenn es stimmen sollte, könnte es die Lage entspannen."
„So? Die Entführung einer Braut ist jetzt Entspannungspolitik?"
„Es würde vielleicht dem Bürgermeister etwas Wind aus den Segeln nehmen."
„Du gibst es also zu?"
"Ich gebe gar nichts zu." Ein Tusch der Kapelle schloss einen gelungenen Trick des Jongleurs ab. Die Zirkusleute hatten es leichter. „Verstehe doch, was immer ich tue, tue ich auch für uns beide."
„Für wen?" Sie lachte laut auf und zwinkerte irgendwelchen Gästen von Weitem zu. Einen kannte er. Dronte, ein Industrieller, mit dem er noch sprechen musste. „Für uns?" Sie wies mit dem Finger auf sich selbst - offenbar als Antwort auf das Zeichen eines Gastes, das ihm entgangen war. „Du weißt genau, was du tun müsstest, wenn dir an uns etwas liegen würde."
„Das eine hängt mit dem anderen zusammen." Er schwenkte das Cocktailglas in einer weit ausladenden Bewegung über den Dachgarten. „Wir alle spielen hier Theater, wir alle tanzen Hunderte Meter hoch mitten in der Luft. Aber die Nacht täuscht. Unter uns brodelt ein Vulkan."
„Vielleicht sollte ich mir jemanden anderen zum Tanzen suchen. Jemanden, der besser aufgelegt ist."
„Wann warst du das letzte Mal in den Slums da unten?"
„Ich zeige dir, was ich auf deinen Abschaum da unten gebe." Sie hielt ihr Cocktailglas am Stiel zwischen Daumen und Zeigefinger über die Brüstung und öffnete die Finger. Das Glas fiel, und er begann instinktiv zu zählen. Aber es war keine Handgranate und er hörte nicht einmal den Aufschlag. Natürlich nicht. Es war viel zu hoch oder der Untergrund war zu weich oder die Musik zu laut.

Sie musterte ihn. Worauf wollte sie hinaus? War es ein Test? Seine Reaktion erschien ihr offensichtlich unbefriedigend. „Mir gefällt dein moralinsaurer Unterton nicht. Du und Lannister seid gar nicht so verschieden, wie ihr glaubt."

„Du lagst auch mal da unten im Dreck. Wann bist du so zynisch geworden?"

„Keine Ahnung. Was kümmert mich wann? Ich weiß nur noch warum." Ihre Zähne blitzten. Sie warf den Kopf in die Höhe. Jemand schaute her. Er versuchte sie mit Blicken zu warnen. Sie schüttelte den Kopf. „Gut, du willst den Grund nicht wissen. Reden wir über die Musik. Ist das harmlos genug? Warum hast du die Lyria Sinfonie auf das Programm setzen lassen?"

„Gefällt sie dir nicht?"

„Eric hätte gerne etwas Neues."

„Er versteht nichts von Kunst."

„Oh, das habe ich nicht gewusst. Zu spät. Ich habe den Programmdirektor schon angewiesen, für das große Finale etwas anderes zu spielen. Bist du mir jetzt böse?"

„Müssen wir uns streiten?"

„Nein. Heute nicht. Heute ist dein Tag, der Tag des Baumeisters des Pharaos." Sie nahm Sun das Cocktailglas aus der Hand und nippte daran. „Wer hat dich geküsst?" Die Spitze ihrer roten Zunge zeichnete sich deutlich durch das Glas ab. Sun verdeckte mit einer schnellen Drehung den Gästen die Sicht. „Immer der Gentleman", sagte Isabella und lächelte dabei treuherzig. Sun grinste und winkte der Senatorin zu, die zwischen den Gästen aufgetaucht war. Er schaute aber schnell wieder weg, um die Geste nicht wie eine Einladung erscheinen zu lassen. Später. „Eine zierliche, schwarzhaarige Schönheit. Sie fütterte Möwen. Eine saß sogar auf ihrem Arm. Die Möwe schrie, die Frau drehte sich um und küsste mich. Um uns herum flatterten die Vögel, und sie verschwand in dem Gestöber, als wäre sie mitgeflogen. Irgendwo habe ich noch eine Feder." Er suchte in seinen Taschen und fand sie in der Jackentasche. Eine weiße Daunenfeder, sehr flauschig mit kurzem Kiel. „Ich war so verblüfft, dass ich kein Wort herausbrachte."

„Und das passiert so selten?"

„Dass ich geküsst werde?"

„Dass du sprachlos bist. Wo hast du gleich mit ihr geflirtet?"

„Ich habe nicht mir ihr geflirtet. Es war am alten Hafen. Am Kai."

„Was treibst du dort immer? Von den Ruinen bekommst du nur schlechte Laune."

„Wenn man über die Bucht blickt, sieht es aus wie früher und man vergisst."

„Vergisst was?"
„Was wir verloren haben."
„Eric wird dich früher oder später umbringen lassen und dann hast du noch mehr verloren."
Sun blickte über das Ruinenfeld, das man nur an der absoluten Schwärze erkannte, und dann hoch zur Bucht. Er hätte sie gerne in die Arme genommen.
„Du weißt das?", fügte sie hinzu.
„Du sagst es mir oft genug."
„Und was gedenkst du dagegen zu tun?"
Sun lächelte. Lächeln war immer gut. Es sah so harmlos und unverfänglich aus, und man erwartete es in der Gegenwart einer schönen Frau. „Er ist mein Freund."
„Warum hast du dann seine Frau verführt?"
„Habe ich dich verführt?"
„Er könnte das so sehen."
„Du brauchst mir die Dolche nicht zu zeigen, Lady Macbeth. Ich mache es nicht."
„Für nichts und niemanden?"
Er betrachtete ihre roten Lippen. Sie vibrierten voller Leben. „Ich brauche ihn an seinem Platz."
„Um Gottes willen, warum?"
„Um die anderen in Schach zu halten, während ich den Despotismus abschaffe."
„Das ist eine Farce. Du willst ihm den Thron unter dem Arsch wegziehen, ohne dass er es merkt?"
„Ich gebe ihm dafür ein schönes Spielzeug. Er baut die Stadt wieder auf. Er wird es lieben und sie werden ihn dafür verehren."
„Ihr beide seid ein wunderbares Paar."
„Wie in der Komödie?"
„Nein, warte. Wie heißt das Märchen mit der schönen Frau und dem verzauberten Monster?"
„Die Schöne und das Biest?"
„Genau."
„Und ich bin?"
„Du bist der Irre."
„Kommt der da vor?"
„Es waren einmal ein Irrer und ein Biest. Die lebten beide im Dschungel, und der Irre glaubte, das Biest sei sein bester Freund. Und so war es auch, bis sich die Schöne im Dschungel verirrte. Das Biest heiratet die Schöne, und

die Schöne bumst den Irren. Schöne Bescherung. Die Hexen tanzen schon um den Kessel, bald wird Blut fließen, so oder so. Und was macht nun der Irre?"

„Du bringst die Märchen durcheinander."

„Was macht nun der Irre?"

„Der Irre folgt der Logik, nicht dem Märchen."

„Deine Logik wird mir langsam zu pervers."

„Dein Märchen wird mir zu blutig."

„Das sind wunderbare letzte Worte. Heb sie dir auf für Eric, wenn er dir deine Logik um die Ohren schlägt." Eine Träne lief über ihre Wange.

„Weinst du jetzt vor Wut?" Er reichte ihr sein Taschentuch. „Was kümmern uns die Hexen? Am Ende gehen Märchen immer gut aus."

„Nur für die Guten", entgegnete sie. „Siehst du hier welche?" Doch sie nahm sein Taschentuch und tupfte sich die Wangen ab. „Wie sehe ich aus?"

„Makellos wie die Schöne im Märchen."

„Geh doch dahin, wo der Pfeffer wächst!" Sie drehte sich abrupt um und marschierte in Richtung Bar. Die ersten zwei Schritte trat sie mit ihren Absätzen so hart auf, als wollte sie ihn in den Boden stampfen. Doch nach einigen Metern verwandelte sich ihr Gang. Ihr ganzer Körper schien zu schwingen. Die Haare, der Nacken, die Hüften. Sogar der Saum ihres Kleides umstreichelte in Schlangenlinien die Knie. Sun ging in Gedanken an ihrer Seite, ging vorbei an den Palmen, deren Blätter wie Staubwedel den Kohlenkeller des Himmels kehrten, vorbei am großen Swimmingpool, der im Licht der Unterwasserlampen strahlend blau glänzte wie der Diamant, den man Hope nannte, vorbei an der Band in ihren weißen Uniformen, die so unschuldig und unbefleckt neben den Gästen aussahen, und er stand an beiden Enden des Dachgartens zugleich und schaute ihr von einem Ende aus voller Beklemmung nach und wartete am anderen mit jubelndem Herzen, wie sie näher kam in Schönheit wie die Nacht.

# 12

Jan-Sandro saß kostümiert wie ein Paradiesvogel am Klavier und blätterte in den Noten. Rotes Hemd, gelbe Hosen. Wenigstens konnte keiner sagen, er hätte den Pianisten nicht erkannt. Madeleine hatte Alph als Sicherheitsmaßnahme gleich neben dem Klavier postiert, weil er angeblich auch unbewaffnet abschreckend wirkte. Robert schaukelte an einem Haken am Fensterstock. Ein blauer Mond schwebte auf seinem Mantel zwischen grünen Wolken.

„Hast du Rosetta gesehen?", fragte Jan-Sandro und klappte den Klavierdeckel auf.

„Nein. Sie scheint heute Morgen verschwunden zu sein", sagte Robert.

Jan-Sandro begann sich einzuspielen. Die linke Hand spielte eine Gis-Oktave über zwei Takte im sforzando, dann nahm - leiser werdend - die linke Hand die Achtel-Triolenbewegung auf, während die rechte das Anfangsmotiv in Sechzehnteln eröffnete. Wenn Jan-Sandro vom Klavier aufblickte, konnte er den Mond gelb durch das offene Fenster leuchten sehen. Ein Schimmern lag über der Stadt. Die Sechzehntelnoten der rechten Hand perlten in ihrem Glanz, prickelten in seinem Nacken, bis Viertel und Achtel sie ablösten und die Achtel-Triolen begleiteten. Die Töne schienen im Wind zu tanzen, der vom Fenster hereinwehte.

„Erinnert an die Mondscheinsonate. Von wem ist das Stück oder ist das eine Improvisation?", fragte Robert.

„Bist du betrunken?"

„Ich vertrage mehr als du."

„Klar, ich sage nur blauer Mond."

„Gefällt dir die Farbe nicht?" Der Mond auf Roberts Mantel verwandelte sich in einen gelben Pac-Man, der den grünen Wolken nachjagte und sie auffraß.

„Fantaisie-Impromptu natürlich. Chopin, für die Banausen."

„Ein verschollenes Werk?", fragte Madeleine neben ihm.

„Eigentlich nicht. Es ist …"

„Hast du es aufgezeichnet, Alph?", wollte Madeleine wissen. Alph nickte.

„Nett", bemerkte Robert.

„Schön, dass du für Franz eingesprungen bist. Du bist unsere Rettung, unser guter Geist", sagte Madeleine und verschwand wieder hinter den Kulissen.

„Eigenartig. Ich dachte, sie kennt sich mit Musik aus. Oder bin ich zwischendurch in ein anderes Stück gesprungen, ohne es zu merken?"

„Nein. Das war die Fantaisie-Impromptu", antwortete Rosetta, die plötzlich neben ihm aufgetaucht war, als hätte sie nur auf ihr Stichwort gewartet.

„Wo hast du dich den ganzen Tag herumgetrieben?"

„Recherchen."

„Hast du etwas herausgefunden?"

„Sarah ist entführt worden."

„Von wem?"

„Mafia."

„Quelle?"

„Ihr Freund Prof. David Gerner, Robotikdepartment hier an der Uni."

„Darum kümmern wir uns dann morgen. Die Mafia wird solange warten."

„Da wäre ich mir nicht so sicher."

„So?"

„Das Publikum."

Was kümmerte ihn die Mafia? Er schaute wieder hoch zum Mond. Die Lichter seiner Städte waren verloschen. Der Mann im Mond trug keine Krone mehr. Verschwunden, ausgeknipst, nichts. Wie Isabella. Das Netz war nur sporadisch erreichbar, die Datenbanken in einem desolaten Zustand. Sicher, man musste die Cyberattacken einkalkulieren. Und wenn die Firewalls gefallen waren, reichte schon ein mutierter Virus aus der Wildbahn, um das Chaos komplett zu machen. Den Cyberspace konnte er jedenfalls abschreiben. Erste Wolken zogen auf.

Ihre Verwandten waren alle tot, das erschwerte die Suche. Die Nachbarschaft war zerstört, das Alienmuseum eine Ruine. Wo wäre sie hingegangen? In die Flüchtlingslager, um zu helfen? Was war mit der Polizei? Angeblich korrupt. Davon abgesehen konnte auch seine Tarnung jederzeit auffliegen. Sie wären imstande ihn als Spion einzulochen und aus dem Gefängnis heraus … Keine gute Idee. Und dann Rosetta mit ihrer Leichenbittermiene. Jedes Wort musste man ihr aus der Nase herausziehen. Was war los mit ihr?

Ein Licht blendete ihn. Die Holoprojektoren malten schon eine Brücke in ein Trümmerfeld. Wo waren seine Noten? Vor lauter Träumerei hatte er sie verlegt.

„Was ist mit dem Publikum? Sind wir ausverkauft?"

„Publikum?"

„Du hast doch gerade das Publikum erwähnt."

„Ach ja. Kommt man in Lyria bewaffnet zu einer Theatervorstellung?"

„Natürlich nicht."

„Dann haben wir ein Problem."

„Ein Problem?"

„30 Schlagstöcke, 24 Messer, 3 Pistolen und ein paar Kilo faules Gemüse."

"So?"

"Ja."

„Weiß Madeleine davon?"

„Keine Ahnung. Verschwinden wir?"

„Gib ihr Bescheid. Vielleicht sollte sie jetzt die Miliz alarmieren."

„Und du?"

„Ich habe einen Auftritt."

„Bist du wahnsinnig?"

Das war endlich wieder die alte Rosetta. Jan-Sandro drehte sich mit dem richtigen Notenblatt in der Hand zu ihr um und grinste.

„Hast du nicht zugehört? Man schießt hier nicht auf den Pianisten."

„Haha."

„Zudem ist gleich hier hinten ein Notausgang."

„Immer reißt du deine blöden Witze. Das ist nicht unser Auftrag, diese Tarnung ist zur Falle geworden."

„Mach einfach, was ich dir sage."

Jan-Sandro begann zu spielen. Der Tod, der Freund, der dich im Rhythmus der Pavane wiegt. Das Mädchen und der Tod, das Mädchen und die Gespenster. Ich bin nicht wild, sollst sanft in meinen Armen schlafen. Der verrückte Dr. Frankoni mit seinen Ratten, der Captain und seine Hure, die Schreie der Möwen. Der Lichtvorhang sank herab und die Vorstellung begann.

Die zerbombte Brücke sah täuschend echt aus. Sie steckte im Strom wie ein zerrissener Hundertfüßer. Um die Brückenpfeiler pfiff oben der Wind und gluckste unten das Wasser. Ölige Schlieren schwammen vorbei. Das Ufer war übersät mit Schutt und Asche. Ein Mädchen kauerte an der Brüstung. Jan-Sandro erkannte Juliane. Ihre Haare waren nass, die Jeans blutig. Ein Mann näherte sich ihr. Ein kleiner Glatzkopf mit abstehenden Ohren. Sie schien ihn nicht zu bemerken. Er trug, was einmal gute Kleider waren: eng geschnittener Anzug, darunter Rollkragenpullover, alles schwarz aber mit erdbraunen Flecken und einem langen Riss im linken Ärmel. Er zog an einer langen Leine einen anderen jüngeren Mann im Sträflingskittel hinter sich her. Bart und Haare zottelig, ungekämmt und ungewaschen, Typ gefallener Engel. Die Flecken auf seinem Kittel waren rot und er kroch auf allen vieren wie ein Hund. Sie hielten an und musterten das Mädchen. Der Sträfling schnüffelte an ihr. Dann gab er ihr einen Stups. Als sie nicht reagierte, warfen sie sich Blicke zu, die zu sagen schienen: du zuerst. Schließlich brüllte der Mann im Anzug ihr ins Ohr: „Was haben Sie hier zu suchen? Sind Sie alleine?" Der Sträfling mit dem Engelsgesicht hob den Kopf zum Fenster, durch das der Mond schien, und heulte.

„Lasst mich in Frieden" quengelte das Mädchen mit geschlossenen Augen und fuchtelte dabei mit den Händen, so als träumte sie noch.

„Wer sind Sie?", fragte der Ältere, der Glatzkopf.

„Wer?"

„Wer Sie sind."

Sie runzelte die Stirn, schien zu überlegen. „Ich erinnere mich nicht."

„Sie erinnert sich nicht."

„Kennt man."

„Schlechte Antwort", zischte der Glatzkopf und rüttelte sie grob.

Sie riss die Augen auf und wehrte ihn mit beiden Händen ab: „Der Fluss."

„Was ist mit dem Fluss?"

„Ich muss über den Fluss."

„Hehe, zu viel Wasser, was?", höhnte der Sträfling mit hoher Fistelstimme.

Der Mann im Anzug zischte den Sträfling an: „Halts Maul, Schinder. Hast du von deinem Lästern noch keine Krätze auf der Zunge?"

„Doch. Willst du sie sehen, Künstler?" Schinder streckte seine Zunge heraus und sprang sofort zur Seite, um einem Fußtritt auszuweichen. Künstlers Tritt war nicht besonders schwungvoll. Es sah eher beiläufig aus wie eine Pflichtübung, die lange Gewohnheit abgenutzt hat. Und Künstler setzte auch nicht nach, als er Schinder verfehlt hatte, sondern stutzte und schien für einen Moment zu überlegen. Sein Gesicht leuchtete auf. Wie eine Schlange drehte er sich ruckartig um und zischte: „Kennen wir uns nicht?"

Das Mädchen blickte zur Seite. Doch der Mann packte sie am Kinn und drehte ihr Gesicht grob zu sich her. „Ich vergesse Gesichter nie." Er nickte. „Habe ich dich nicht einmal gemalt?"

„Hast du noch nicht genug davon? Lass uns endlich anfangen", meckerte Schinder.

„Lasst mich in Ruhe", antwortete das Mädchen.
„Ihre Ruhe will sie."
„Könnte ja jeder kommen."
„Ihr seid nur Gespenster", sagte das Mädchen.
„Sind wir Gespenster, Schinder?"
„Wer weiß?"
„Ihr existiert nicht." Ihre Augen flackerten.
„Ich glaube schon."
„Ich weiß, ich weiß. Wir nennen sie Jane. Jane Doe."
Künstler machte Schinder ein Ok-Zeichen. „Die Angst steht dir gut, Jane."
„Ich habe keine Angst vor euch."
Schinder lachte und heulte abwechselnd. „Der Doktor könnte hier durchgekommen sein", sagte Künstler.
„Ein Verhör, bitte ein Verhör!"
Künstler setzte einen Fuß auf einen Betonbrocken, aus dem noch die Stahlverstärkung wie ein Folterinstrument hervorragte. Eine Hand stemmte er in die Seite. Dabei lächelte er, während Jane ihm gebannt zusah. „Du bist die Journalistin. Nun gib es schon zu, sonst zieht dir mein Hündchen die Haut ab."
Sie erschrak und duckte sich unter seinem Blick.
Künstlers Gesicht verzerrte sich und er zischte: „Du warst schuld an den Unruhen."
„Sie ist schuld", krähte Schinder.
„Das Gemetzel geht auch auf dein Gewissen."
„Auf mein Gewissen?", sagte Jane.
„Wie lebt es sich damit?"
„Das waren keine Unruhen, das waren Demonstrationen."
„Das ist dasselbe."
„Wir wollten doch nur Freiheit."
„Freiheit? Wie komisch."
„Sie quasselt von Freiheit und duckt sich wie ein feiges Mäuschen."
Schinder kraulte sie am Kopf. „Freiheit ist nichts für Duckmäuser, es gibt sie nicht umsonst."
„Wir haben bezahlt."
„Warum hast du dann noch immer Angst?"
„Weil ihr immer noch frei herumlauft."
Künstler richtet sich bedrohlich auf. „Du kennst uns also doch?"
„Jeder kennt euch. Ihr seid Künstler und Schinder."
„Hihi, hast du schon mal an deinen Därmen gekaut? Es schmeckt wie Lakritze" sagte Schinder.

„Und weißt du auch, warum man uns so nennt?", fügte Künstler hinzu.
„Jeder weiß das."
„Jeder weiß es", wiederholte Künstler. „Aber keiner traut sich darüber zu reden, typisch."
„Ich persönlich bevorzuge karamellierte Zunge", sagte Schinder.
Künstler blinzelte ihr zu. „Aber du, du hast keine Angst vor Gespenstern, nicht? Also trau dich. Wir bewundern die Macht des freien Wortes. In Grenzen. Danach sind wir dran." Dabei nahm er eine Pose ein wie ein Torero, der mit seinem Degen zum tödlichen Stoß ansetzt.
„Sie ist keine Feinschmeckerin", bellte Schinder. „Man muss ihr erst Scheiße ins Maul stopfen, damit der Rest mit herauskommt."
Das Mädchen lief rot an und schrie: „Künstlers Spezialität ist das Nägelziehen mit der Zange – in einem Stück. Das nennst du Nägel rot lackieren. Und Schinder ist ein Kannibale und liebt das Abhäuten. Und eure wahren Namen sind Meister und Hund, die Folterknechte Mommsens."
Alle drei drehten sich gleichzeitig zum Publikum und skandierten abwechselnd:
"Die Mörder sind unter uns."
"Ihr geht jeden Tag an den Mördern vorbei."
"Ihr geht jeden Tag an den Opfern vorbei."
"Achtlos, resigniert, blasiert, angeekelt, und gleichgültig."
Rosetta flüsterte in Jan-Sandros Ohr: „Das stand nicht so im Skript."
"Verraten seid ihr, furchtbar verraten", riefen die Schauspieler.
„Hilf Madeleine, ich kümmere mich um Robert", erwiderte Jan-Sandro und suchte mit den Augen das Klavier ab. „Verdammtes Chamäleon."
„Ich bin kein Chamäleon", antwortete der zweite Notenständer und verwandelte sich in den Kribbon.
"Denn ihr kennt die Mörder"
"Wann tut ihr was?"
"Wann begehrt ihr auf?"
"Wann beginnt ihr euch zu wehren?"
„Adieu, Jan-Sandro", sagte Rosetta. „Ich ..." Sie berührte ihn leicht an der Schulter und lief davon. Schon als er den Kopf zu ihr hin drehte, war sie verschwunden.
„Adieu, warum Adieu?", dachte er.
Für ein paar Sekunden war es völlig still. Dann setzte ein Gejohle und Geschrei ein. Ein Hagel von faulem Gemüse prasselte auf die Bühne. Unten im Zuschauerraum brach eine wilde Schlägerei aus. Ein Pistolenschuss. Männer sprangen auf die Bühne. Jan-Sandro rannte mit Robert auf der Schulter auf den Notausgang zu, während Robert schrie: „Nicht schießen! Er ist der Pia-

nist, er ist der Pianist."

Von der Tür her grunzte ihn eine Gorillagestalt an und hob einen schweren Schlagstock. Jan-Sandro hatte keine Angst, im Gegenteil, etwas in ihm jubilierte laut. Er verstand den Grund nicht, es war, als stünde er zwei Schritte neben sich, verdoppelt, aufgespalten in Beobachter und Akteur. Der Schlagstock sauste herab und streifte den einen verdutzten Jan-Sandro an der Nase, während der andere sich schon drehte und mit einem Rückwärtskreisfußkick den Riesen krachend am Kopf traf. Es knackte laut und der Mann brach wie ein leerer Sack zusammen. Sein Knüppel flog noch ein Stück und trommelte im Landen abwechselnd mit beiden Enden auf dem Boden, bevor er wegrollte.

„Bravo! Man schlägt den Klavierspieler nicht, du Scheißkerl", schrie Robert, der von Jan-Sandros Rücken halb heruntergerutscht war und sich mit einem Tentakel wieder hochzog.

„Zu spät. Bist du nicht Pazifist?" Schwer keuchend verschmolzen die beiden Jan-Sandros wieder miteinander.

„Eure Filme haben einen gewissen Verrohungseffekt auf den Zuschauer." Er stutzte und schien erst jetzt zu begreifen. „Sein Genick — ". Er stockte. „Sein Genick ist seltsam verdreht. Ist er etwa ...?"

Draußen vor dem Notausgang des Theaters Zum Windigen Schwindler stand Jan-Sandro im Hemd in der kühlen Nacht. Ein Ärmel war zerfetzt, die Nase blutverkrustet. Seine Finger zitterten nicht mehr. Er hatte vielleicht, nein, sicher einen Mann getötet. Die Miliz hatte das Theater geräumt, einige verhaftet, andere ins Krankenhaus oder die Leichenhalle abtransportiert. Er konnte sich nicht dazu durchringen, sich die Toten anzusehen. Zwei sollen Schauspieler der Truppe gewesen sein. Madeleine hatte geweint. Jan-Sandros Hände hatten beim Verhör gezittert, aber die Miliz hatte seine Tarngeschichte geglaubt. Vielleicht gerade deswegen.

Trotzdem hatte Rosetta recht. Es hatte niemand geholfen, dass er geblieben war. Und dann war sie verschwunden mit einem Adieu auf den Lippen. Nur er war immer noch hier. Wozu? Sinnlos.

Was kümmerte ihn das alles? Nicht ihr Kampf, nicht ihre Angelegenheit, sagte er sich. Seine Gedanken gingen immer wieder zu diesem Schlagstock zurück. Mit welcher Wucht der Mann zugeschlagen hatte. Sein Kopf wäre geplatzt wie eine Tomate, wenn er getroffen worden wäre. Hätte jeden erwischen können, jeden, der durch den Notausgang ins Freie flüchten wollte. Und all das wegen eines Theaterstücks.

Neben ihm hing Robert an einem Tentakel kopfüber am Theaterschild, das einen Jongleur mit Narrenkappe und drei Ringen darstellt.

„Warum machst du dir also Vorwürfe?", fragte Robert.
„Weil der Pianist hier niemandem das Genick bricht."
„Willkommen in der Realität."
Robert jonglierte mit fünf leuchtenden Bällen, die aufstiegen und sich im Gipfelpunkt über dem Schild in kleinere Bälle zerlegten. Er fing sie auf, fixierte sie an den Saugnäpfen, jeder Arm mehrere Bälle gleichzeitig. Bälle und immer mehr Bälle. Ein leuchtender Schwarm, der ihn und den Narren kreisförmig umhüllte. Wie machte er das nur? Vielleicht halfen ihm die Nervenknoten an den Tentakel. Dezentrale Steuerung der Motorik? Er erschien ihm plötzlich exotisch und fremd und fehl am Platze auf dieser ruinierten Welt. Wie einsam ist man erst vier Lichtjahre von der Heimat? Wartete jemand dort auf ihn? Er betrachtete seine eigenen leeren Hände, stellte sich ein Jongliermesser vor in jeder Hand. Fasste man es am Griff oder besser an der Klinge? Er ballte die braune Hand über dem roten Hemd zur Faust, bis die Knöchel weiß hervortraten und die Fingernägel wie Metall ins Fleisch schnitten.
Zum Hof hin war es dunkel. Die Stadt versteckte sich unter einer dunklen Decke. Man sah nur vereinzelte Lichter von einem hellen Kranz abgesehen, eine Art freischwebende Krone ganz in der Nähe. Es war offenbar das Dachgeschoss eines Hochhauses, des einzigen weit und breit, wenn man es überhaupt Hochhaus nennen konnte. Ragte es doch nicht einmal bis zu den tief hängenden Regenwolken über ihm. Ein Stumpf, mehr nicht und doch das einzige Zeichen von Zivilisation weit und breit. Der kümmerliche Rest.
Plötzlich tauchte ein großes Ziffernblatt auf der Fassade unter der Krone auf. Eine Minute vor zwölf. Ein Sekundenzeiger kroch auf Mitternacht zu. Was würde um Mitternacht geschehen? Stünde die Stadt wieder auf in Glanz und Glorie, wie sie einmal gewesen war? Füllten sich die leeren Straßen wieder mit Menschen, die tanzten, sich umarmten, sich küssten, als wäre heute Sylvester eines sehr guten Jahres und morgen der Beginn eines besseren?
Der Sekundenzeiger hüpfte auf zwölf und das Ziffernblatt verlosch wieder. Ein Glühen legte sich über die Fassade des Hochhauses. Und dahinter strahlten die Sterne des Abendhimmels wie von Zauberhand durch die Fassade. Nach einer Weile fiel der Groschen. Es war die Farbsymphonie Lyria Citys. Leise Töne schwebten herab. Gebannt verfolgte er der Vorstellung, bis die Sonnen Alpha Centauris aufleuchteten, Symbol des großen Draußen, der verschwindenden Grenzen.
Er hatte versprochen zurückzukommen und er war zurückgekommen. Nicht in das Vorkriegs-Lyria City, nicht in die Stadt der Wissenschaften und Künste, aber in die Stadt Bellas. Irgendwo da draußen wartete sie. Zum Teu-

fel mit seinem Auftrag. Zum Teufel mit Tang. Sie war so nah. Kaum weiter als die ausgestreckten Fingerspitzen. Kaum weiter als der nächste Schatten. Kaum weiter als das Geräusch von Schritten, die sich näherten. Brauchte es mehr, als sich umzudrehen?

„Jan-Sandro Sun?"

Drei Männer standen vor ihm. Ihre Gesichter lagen im Schatten. Aber die Haltung verriet sie. Polizei.

„Es war Notwehr", sagte er.

Ein Lichtkegel traf ihn und wanderte von der gelben Hose zum roten Hemd, blieb einen Augenblick am zerfetzten Ärmel hängen und glitt weiter hoch zum Gesicht. Dort verharrte er. Er wusste, dass seine Nase noch blutete, und wischte sie mit dem Ärmel ab.

„Er ist der Pianist", sagte Robert.

„Sie sind verhaftet."

# 13

Captain Sun erkannte Lombardo gleich an seinem steifen Gang, als dieser die Treppe hochkam. Offenbar auf Streife. Er winkte ihn zu sich her. Lombardo bahnte sich einen Weg durch die Gäste. Einer von Isabellas Lampions war von einer Palme heruntergefallen. Lombardo hob ihn am Stiel auf und hängte ihn mit dem Haken über eine Rindenausstülpung.

„Alles klar?", fragte Sun.

„Keine besonderen Vorkommnisse, Boss."

„Und die Stadtnachrichten? Haben sie den Diebstahl der Stadtkasse schon bekannt gegeben?"

„Sie halten das offenbar zurück. Bei der geplatzten Hochzeit ging das natürlich nicht."

Sun nickte. „Gut. Das kommt uns zupass. Für die maximale Wirkung müssen die beiden Skandale hintereinander kommen.

„Keine Sorge, Boss. Wir haben alles unter Kontrolle."

„Noch was anderes. Markoni sitzt besoffen unten am Eingang und redet mit toten Ratten."

„Tut mir leid, ist mir entgangen. Wir haben heute viele Aushilfskräfte. Kennen die alte Riege nicht. Dr. Markoni muss wohl wieder ohne Urlaubsschein aus dem Lazarett verschwunden sein."

„Wo hast du ihn eigentlich untergebracht?"

„Im Johanneslazarett am Nelson Boulevard."

Sun runzelte die Stirn. „Das ist doch unser ehemaliges Feldlazarett."

„Es gibt keine Entzugskliniken mehr, Boss."

„Behandeln sie ihn wenigstens anständig?"

„Sie kümmern sich um ihn."

„Sie kümmern sich?" Sun lächelte. „Vielleicht ist das der Grund, warum er sich selbst entlassen hat."

„Haben Sie selbst mit Dr. Markoni gesprochen?"

„Ja, kurz. Das Gespräch ist schnell aus dem Ruder gelaufen. Er hat mir gedroht, um Hilfe zu rufen, wenn ich ihn nicht in Ruhe lasse."

„Ich glaube, er braucht mehr als Entwöhnungsmittel", erwiderte Lombardo. „Er ist schon Stadtgespräch mit seinen wirren Geschichten."

„Wir können ihm keinen Gesprächskreis organisieren, wo er sich ausheulen kann."

„Auch, wenn wir schuld sind?"

„Wir sind schuld?"

„Letzten Endes. Er hat es für Hund gemacht. Und Meister hat Hund angestiftet, das ist klar. Der schreckt vor nichts zurück, damit ihm die Verhörten nicht wegsterben, bevor sie gesungen haben."

„Vergiss die alten Geschichten. Die beiden habe ich an die Kandare genommen."

„Dafür sind sie aber noch quietschfidel. Da drüben stecken sie gerade die Köpfe zusammen. Wird wieder eine schöne Sauerei dabei herauskommen." Lombardo machte mit dem Kopf eine Bewegung zum anderen Ende des Dachgartens.

„Auch ein klinischer Fall."

„Bitte?"

„Nichts. Lass sie. Morgen setzen wir dem Hokuspokus ein Ende. Ohne Meister ist Hund lenkbar." Sun rieb sich das Ohrläppchen. „Wir können Markoni nicht da unten betteln lassen. Das macht einen schlechten Eindruck. Immerhin war er einer von uns. Vielleicht hilft es ihm, wenn er etwas zu tun bekommt."

„Also was machen wir mit ihm?"

„Er hat die Wahl, zurück ins Lazarett oder auf Probe hierher - sagen wir als Betriebsarzt in Teilzeit. Den Rest der Zeit kann er frei praktizieren, unter der Bedingung, dass er nüchtern bleibt. Kümmere dich um die nötigen Medikamente. Das Weitere hängt von ihm ab. Mach es ihm schmackhaft. Wir bezahlen sein Bett im Johanneslazarett weiter, er arbeitet für mich, mit Meister und Hund hat er nichts mehr zu tun. Seine letzte Chance. Sage ihm das ruhig."

„Ist das Ihre gute Tat für heute?"

Sun schüttelte den Kopf. „Das hat mit Moral nichts zu tun. Es ist eine Investition. Er war einmal ein verdammt guter Arzt. Wir und die Stadt könnten ihn gebrauchen. Also los, ich habe noch zu tun."

Festo blickte finster drein. „Sie scheinen sich ja gut zu amüsieren!"

„Wer?", fragte Titus.

Festo schwenkte sein Whiskeyglas in Richtung der nordöstlichen Ecke des Dachgartens. „Der Captain und Isabella."

„Sieht so aus", erwiderte Titus. Er schien sich zu langweilen. „Nicht gut", dachte Festo. Langeweile war für solche Typen gefährlich. Sie fingen an herumzuspinnen. Eine Bewegung in der Menge lenkte ihn ab. „Ah, da kommt Hund." So zielstrebig wie der durch die Menge pflügte, lag bestimmt was im Busch.

„Meister", grummelte Hund. „Dr. Frankenstein frisst unten an der Brücke Ratten."

„Wirklich? Lass uns nachher zusammen runtergehen und über den tiefen Fall der Menschheit lamentieren. Aber zuerst die Arbeit, dann die Melancholie. Was ist also mit Gorki? Wie viele Leute haben wir?"

„Fast hundert."

„Nur? Was hat er mit all dem Handgeld gemacht?" Festo starrte ihn über den Rand einer imaginären Lesebrille an. Aber Hund zuckte nur mit der Schulter. „Alles klar. Hund, das hast du mit deiner Gier vermurkst. Wenn Gorki nur mit hundert Leuten antanzt, sieht das eher nach einer Demo des Kleintierzüchtervereins aus als nach einer Erhebung der Massen. Von der Gegendemo ganz zu schweigen."

„Die Gegendemo ist kein Problem. Gorki streut Gerüchte. Und wenn nicht genug nützliche Idioten kommen, gibt es am Rathausplatz immer eine Menge Passanten."

„Für eine Massenschlägerei? Du hast Gorki grünes Licht gegeben, Passanten zu verprügeln?" Festo gab Titus sein Glas zum Halten. Er brauchte jetzt beide Hände frei zum Gestikulieren.

„Schau mal Hund, ich habe es dir oft genug erklärt. Bei anderen Leuten geht manchmal die Moral über das Vergnügen, die regen sich auf, die kriegen Bauchgrimmen, die echauffieren sich, besonders wenn's Unschuldige trifft. Frag mich nicht, warum. Das ist kompliziert. Auf jeden Fall hat das Konsequenzen. Zuerst schlechte Presse und dann die unberechenbare, hohe Politik."

Er gab sich richtig Mühe, es ihm auf einfache Weise zu erklären, und der Idiot grinste ihn an. „Du findest das lustig?", zischte er. „Schmink dir dein Grinsen aus dem Gesicht, du Volltrottel. Wenn du dezente Winke nicht kapierst, schnallst du es vielleicht mit dem Zaunpfahl. Wie willst du diesen Heckmeck gegenüber dem Captain entschuldigen? Nun? Du sagst nichts dazu? Dann will ich es dir erklären. Er wird Gorki verhören lassen. Das wird peinlich für dich, das kann ich dir versprechen. Wahrscheinlich stehst du eine Stunde später auf der Straße. Ich habe da von ihm schon gewisse Andeutungen über deine Überflüssigkeit gehört. Stell dir vor - du ganz alleine in der Pampa, auf dich gestellt, und aus den Höhlen kommen die Schlangen herausgekrochen, alle auf einmal, um mit dir die alten Geschichten abzurechnen. Schluss mit lustig."

Hund biss die Kiefern zusammen. „Sollen sie doch kommen. Im Übrigen, wenn der Krieg ausbricht, sieht alles ganz anders aus. Dann sind wir wieder obenauf."

„Wenn das Wörtchen 'wenn' nicht wär. Zum Krieg fehlt uns immer noch ein guter Casus Belli. Das ist das Problem."

„Was ist das Problem?", fragte Hund.

„Ein Kriegsgrund", warf Titus ein, der bis jetzt still zugehört hatte.

„Oho! Da haben wir einen Vertreter der klassischen Bildung", entgegnete Festo und nahm Titus das Glas wieder aus der Hand, um ihm zuzuprosteten. „Wir haben unserem Lateiner -", dabei nickt er nochmals in Titus Richtung, „- leider zu viel versprochen. Mea culpa. Ich habe Sun eben auf den Zahn gefühlt. Er ist nicht mehr der Alte. Pah. Weich geworden ist er. Weich und schwach. Und droht, droht uns jetzt schon offen. Kannst du dir das vorstellen?"

„Also kein Krieg?", entgegnete Hund.

„Hund, ich rede mir den Mund fusselig und du ... Ach lass es. Besser spät als gar nicht. Unsere Hände sind gebunden."

Titus sah aus, als wäre der Weihnachtsmann an ihm vorbeigegangen, ohne ihm ein Geschenk dazulassen. „Er lehnt ein Attentat auf den Oberst ab? Warum denn das?"

„Neid. Er gönnt dir nicht den Ruhm. Der große Stratege will alles auf seine Art machen, auf die Art der Weicheier." Festo schwenkte sein Glas und beobachtete die rotierende Flüssigkeit. Ein Strudel. Wie erzeugt man einen Malstrom, der dann auf natürliche Art und Weise den Rest für einen erledigt? „Er hat mir nicht einmal die Hand gegeben", murmelte er mehr zu sich selbst als zu den anderen. „Ich wette, er wollte sich das Händewaschen ersparen." Festo zog die Luft geräuschvoll durch die Nase und musterte Hund. Sun wollte ihn durch diesen Schwachkopf ersetzen? Groteske Vorstellung. Aber real, real, leider real. Die Drohung stand im Raum. Man konnte das nicht ignorieren und - und er selbst hatte mehr Feinde als Hund und die Haifische in der Bucht zusammen. Eine Woche draußen und finito. Was tun, was tun, ein Königreich für einen Einfall.

„Und wenn wir ihn in die Mangel nehmen?", sagte Hund plötzlich. „Wenn er so weich ist, wird's nicht viel Überzeugungsarbeit brauchen."

„Hund", antwortete Festo aus den Gedanken herausgerissen. „Du hast immer nur zwei Sachen im Kopf und musst noch lernen, dass du in besserer

Gesellschaft nur über Sex reden solltest." Gewalt und Sex, dachte Festo. Andererseits, vielleicht könnte er auf diese Weise beide loswerden? Vielleicht sollte er es Hund wirklich machen lassen. Vielleicht. Aber nicht zu schnell schießen, manchmal gab es unverhoffte Geschenke der Götter.

Er seufzte. Einstweilen der Frondienst. Er wandte sich wieder Titus zu. „Unser Auftrag also für heute Nacht. Um zwei Uhr früh machen wir eine Runde, um Schulden einzutreiben. Auftrag direkt von oben. Als Letzter ist ein ganz spezieller Spirituosenladen dran. Der Besitzer muss zur Raison gebracht werden. Glaubt nicht, dass er unseren Schutz braucht. Also jagen wir ihm ein bisschen Angst ein, um ihm die Gefahren des Großstadtlebens zu illustrieren. Das ist deine Rolle, Titus. Du sollst ja was lernen. Aber du hältst dich zurück. Gib ihm nur eins über die Rübe. Dem Besitzer passiert sonst nichts, dem Besitzer ..."

Plötzlich schoss ein Gedanke Festo durch den Kopf. Titus und Gorki, Titus und Gorki, das war's. Mit Gorki in der Hinterhand müsste es gehen. Zwei Bauern schafften einen Läufer. Mit einem kleinen Ortswechsel gegenüber Suns Plan. Es gab da nämlich noch einen anderen Schnapsladen.

Festo legte Titus eine Hand auf die Schulter. „Titus, was würdest du tun, um in die Geschichtsbücher einzugehen, und zwar eine Nummer größer als dein Papa. Wäre das dir Kopf und Kragen wert?"

„Bekomme ich dafür einen Orden vom Kommandanten?" entgegnete Titus in einem Ton, der beinahe nach Ironie klang.

„Zweifellos, zweifellos. Was meinst du Hund? Ist er aus dem richtigen Holz geschnitzt?"

„Weiß nicht, ist doch eher ein Osterlämmchen."

„Ich bin kein Osterlamm", schoss Titus empört zurück.

Festo lachte. „Du hast recht, *deine* Farbe ist eine andere."

„Du brauchst mir nur eine Chance zu geben. Du wirst schon sehen."

Festo musterte ihn. „Vielleicht — vielleicht gibt es tatsächlich eine Möglichkeit. Aber ob du der Richtige dafür bist?"

„Was soll ich tun?"

„Das ist es ja. Kannst du tun, was man dir sagt, genau das und nicht mehr oder weniger oder was ganz anderes? Und dann anschließend das Maul halten? Der Zorn des Herrn. Capisci?"

„Ich habe das schon geschworen."

Hund fletschte die Zähne. „Er hat es geschworen."

Festo grinste ebenso mit zurückgeschobenen Lippen. „Nun, das ist ermutigend, dass er sich noch daran erinnert."

Titus wurde rot im Gesicht. „Verarscht ihr mich jetzt?"

„Entschuldige, Titus. Der Clown ist mit mir durchgegangen. Wir müssen sicher sein, dass es dir ernst ist. Hast du es zum Beispiel in dir, einen umzulegen?"

Titus drehte sich zu den Gästen um. „Klar. Wen immer. Den ersten besten meinetwegen. Den da zum Beispiel im schwarzen Frack? Soll ich ihn umpusten?"

Hund legte ihm eine Hand auf den Unterarm. „Junge, nicht hier."

Festo pfiff leise vor sich hin. „Ok. Du hast den Job. Hör zu. Was ich dir bis jetzt erzählt habe, ist astrein, vom Captain abgesegnet. Aber jetzt pass auf. Zufällig ist gegenüber diesem Spirituosenladen ein Puff."

„Wirklich?", unterbrach ihn Hund.

„Halts Maul, gleich spannst du es auch." Und weiter zu Titus: „Und nun rate mal, wer da einmal die Woche aufkreuzt, weil er von seinem Mönchsleben mal abschalten muss? Unser lieber Oberst. Aber bevor er sich den Freuden auf der anderen Straßenseite zuwendet, holt er sich noch eine Pulle. Heute ist sein Tag. Pech, wenn er dabei in einen Überfall hineinplatzt. Da kann immer mal ein Schuss fallen, der den Falschen trifft. Wäre das nicht ein glücklicher Wind, der euch zusammenführt?"

„Ich werde euch nicht enttäuschen", bemerkte Titus eifrig.

„Dann trinken wir auf die kommenden Zeiten." Festo stieß mit Titus und dann Hund die Gläser zusammen.

„Auf bessere Zeiten."

„Prost."

„Und du gehst jetzt in die Wache und machst dich bereit. Wir holen dich ab."

Während Titus auf den Ausgang der Dachterrasse zulief, flüsterte Hund: „Das ist nicht genau Suns Auftrag. Wie willst du dich da hinterher aus der Schlinge ziehen?"

„Ich mich? Wir hängen da gemeinsam drin. Du würdest mich doch nicht verraten, Hund?"

„Niemals, Meister", antwortete Hund und grinste. Immer dieses kleine Grinsen, dachte Festo. Es machte ihn wahnsinnig.

„Wir schieben die Schuld auf Titus. Posthum. Er war unberechenbar. Eine Zeitbombe. Ich habe Sun gewarnt."

„Wir hätten Titus, diesen Posthum, auf Sun ansetzen sollen."

„Posthum heißt, Titus überlebt die Aktion nicht. Hund, denke besser nicht zu tief nach. Du könntest auf Grund laufen."

„Und Gorki?"

„Du willst nicht, dass er verhört wird? Kann ich verstehen. Ist er noch unten?"

„Ich glaube schon."

„Ich weiß, wie ich deinen Arsch retten kann. Und hörst du, ich erwarte Dankbarkeit. Also, du erzählst Gorki, dass der Captain ihn verdächtigt - ihn, nicht dich - das Handgeld für die Demo unterschlagen zu haben, und dich beauftragt hat - genau." Beide grinsten sich an: „Dich mit Gorkis Verhör beauftragt hat. Aber aus reiner Freundschaft könntest du das Verhör aufschieben, bis der Captain das Haus verlässt. Er wird allein sein. Die Sache ließe sich also auch ohne Verhör im Dunkeln regeln. Wenn Gorki das nicht will, soll er sich überlegen, wie lange er sich vor dir und unserem verrückten Dämon verstecken kann. Ok?"

„Das funktioniert. Bravo."

„Der Wind dreht sich", sagte Festo. „Ich rieche es."

Eine grauhaarige Frau im blauen Kostüm löste sich von der Menschentraube am Büfett und kam auf Sun zu. Sie zog das linke Bein leicht nach, ihre Züge wirkten müde. Sie war alt geworden, dachte Sun. Doch auf den letzten Metern lächelte sie und ihr Körper straffte sich. „Jan-Sandro, sind Sie nicht hungrig? Das Buffet ist ausgezeichnet. Wo haben Sie nur den Marlin aufgetrieben?"

„Er ist frisch."

„Aus der Bucht?"

„Nein, keine Sorge, wir haben ein Boot aufs hohe Meer rausgeschickt. Er ist sauber."

„Welch finstere Gedanken spinnen Sie hier im Dunkeln so alleine?" Sie drehte sich um. „Nicht einmal ihr Rakshasa scheint hier zu sein."

Rakshasha und Ravanna und er selbst? Richtig der Sonnendämon. Rasheks Dämonenfantasien hatten sich offenbar schon weit herumgesprochen. Aber Sun versuchte, sich nichts anmerken zu lassen und verbeugte sich leicht. „Rashek, Senatorin Euler. Er heißt Rashek und er hat heute Abend frei. Was verschafft mir die Ehre?"

„Seit wann sind Sie so förmlich mit den Fossilien des alten Regimes?"

„Symbole, nicht Fossilien, Klara."

„Was sind Symbole noch wert, wenn das nicht mehr existiert, worauf sie verweisen?"

„Manchmal schlägt dann erst ihre große Stunde. Was haben Sie auf dem Herzen?"

„Ich bringe Ihnen etwas zum Trinken. Isabella meinte, Sie hätten ein Glas nötig." Sie reichte Sun einen Kelch Champagner.

Sun nahm ihn und stellte ihn hinter sich auf die Brüstung.

„Geben Sie acht, dass das Glas nicht hinunterfällt. Aus dieser Höhe schlägt das ein wie eine Granate."

Sun seufzte.

„Der Vergleich gefällt ihnen nicht?", sagte Euler.

„Nein, im Gegenteil, er beschreibt sehr gut die Großwetterlage."

„Wie ist die Wettervorhersage?"

„Das hängt auch von Ihnen ab." Euler stützte sich auf die Brüstung und schaute nach Westen. Dort war es noch nicht ganz dunkel. Die Sonne strahlte unter dem Horizont noch Zirruswolken an. Was sah sie dort, fragte sich Jan-Sandro. Die Ruinen unten? Den Himmel oben? „Werden Sie den Bürgermeister weiter vorbehaltlos unterstützen?"

„Nichts in der Politik ist ohne Vorbehalte."

„Gewiss. Aber wer bestimmt bei Ihnen die Politik? Lannister?"

Euler wischte mit ihrem Zeigefinger über ihr Glas, als müsste sie einen Fleck entfernen, den nur sie zu sehen schien. „Der Parteivorstand ist nicht glücklich mit der Situation."

„Nicht glücklich." Sun schnaubte.

„Es gibt - Vorbehalte gegen Lannisters Eifer."

Sun schüttelt den Kopf. „Klara, wir haben keine Zeit mehr für diplomatische Spiegelfechterei. Lannister wettert in einer Rede nach der anderen gegen uns, als wäre er ein Prophet des Alten Testamentes und wir die sieben Plagen Ägyptens. Erst gestern habe ich von - sie wissen schon von wem - erfahren, dass er nur noch einen guten Vorwand sucht, um loszuschlagen. Erwarten Sie, dass wir stillhalten?" „Jansen hat versprochen, ihn zurückzuhalten", sagte Euler.

„Jansen verspricht vieles."

„Ohne Rückendeckung durch den Polizeipräsidenten wagt Lannister nicht die offene Konfrontation."

„Er hat Oberst Solingens Unterstützung."

„Der Einsatz der Bürgerwehr im Inneren wäre illegal."

„Was bedeutet ihm die Verfassung noch?"

„Beinahe so viel wie seine Evangelien."

„Er könnte den Polizeipräsidenten einfach entlassen. Dazu hat er die Befugnis."

„Das ist richtig. Aber das wäre ein Bruch des Koalitionsvertrags."

„Würde Ihre Partei gegebenenfalls die Koalition verlassen und Neuwahlen erzwingen?"
„Die Meinungsumfragen sind leider ungünstig. Lannister würde wohl auch die nächste Wahl gewinnen."

„Und wenn sich dieser unglückliche Ausgang verhindern ließe?"
„Das würde die Situation natürlich ändern", entgegnete Euler und runzelte dabei die Stirn.

‚Natürlich' dachte Jan-Sandro, aber er sagte nichts und wartete. Wenn sie beim Thema bliebe, hätte er vielleicht eine Chance. Frag ‚wie', dachte er, frag ‚wie'.
„Aber wie wäre das zu - bewerkstelligen?", fragte sie.

Wie unterdrückt man ein Lächeln? Er drehte sich leicht zur Seite. „Angenommen Lannisters Sohn würde heute Nacht bei einem Raubüberfall auf einen Spirituosenladen verhaftet werden?"
„Das wäre sicher ein schwerer Schlag für den Bürgermeister."

„Würde es genügen?"
„Das Internet war heute noch gar nicht online, der Sender, den Sie mit großem Trara letztes Jahr eröffnet haben, überträgt seit einer Woche nur ein Testbild auf ein paar Dutzend TV-Monitore, oder wie Sie die Dinger aus dem Museum nennen, die Sie da in den Pubs aufgestellt haben."

„Apropos Museum. Wir haben eine Zeitungsdruckmaschine wieder in Gang gebracht."
„Sie wollen drucken? Ich glaube es nicht." Euler starrte ihn an.

„Ja, das tun wir. Wir bringen morgen die erste Zeitung seit hundert Jahren heraus. Und raten Sie mal, was die Schlagzeile sein wird."
„Die Entscheidung ist also gefallen?"

„Ziehen Sie einen Bürgerkrieg vor? Eric juckt es schon in den Fingern."
„Nein, natürlich nicht."

„Auf welcher Seite werden Sie morgen stehen?"
Klara schwenkte ihr Glas. Der Rotwein wogte von einer Seite zur anderen und zurück.

„Ich brauche eine Antwort, Klara."

„Sie garantieren eine Medienkampagne in der Art, wie Sie es angedeutet haben?"

„Wir werden den Bürgermeister überrollen. Unser TV-Sender ist morgen wieder online."

Sie presste die Lippen zusammen. Was ging in ihrem Kopf vor? Die Brutalität alter Kampagnen vor seiner Zeit? Die Bilder von Panzern im Bürgerkrieg? Er hätte nicht ‚überrollen' sagen sollen. Ein Ruck ging durch ihren Körper. Sie war eine Kämpferin. „Wenn Eric die Regierung stürzen will, um selbst wieder die Kontrolle zu übernehmen, stehen wir nicht auf seiner Seite. Wir würden uns wehren mit allem, was wir haben, mit Demos, öffentlichen Reden, wenn es sein muss mit Lautsprecherwagen. Das ist unsere rote Linie. Wir bestehen auf dem Übergangsprogramm. Das war die Basis für die Generalamnestie. Das ist die Basis für alles."

„Der Bürgermeister hat sich nur dann an das Übergangsprogramm gehalten, wenn es ihm in den Kram passte."

„Wird Eric sich noch daranhalten, wenn der Bürgermeister wechselt?"

„Können wir das Übergangsprogramm modifizieren?"

„Diese Büchse der Pandora machen wir nicht wieder auf."

„Personalien?"

„Welche?"

„Einen Bürgermeister aus unserer Organisation gegen unsere erneuerte Garantie des Übergangsprogramms."

Die Senatorin blickt Sun in die Augen. „Stehen Sie selbst für das Amt zur Verfügung?"

„Ich? Ich bin nicht geeignet."

„Ich glaube schon."

„Ich habe zu viel Blut an den Händen."

„Auch Politik ist ein schmutziges Geschäft."

„Sonst jemand außer mir?"

Sie wich seinem Blick aus.

„Wie friedlich die Stadt von hier oben erscheint. Selbst die Trümmer sehen idyllisch aus", sagte Sun und stützte sich auf die Brüstung. Es war jetzt ganz dunkel über der Stadt. Ein leichter Wind bewegte Isabellas Lampions. Hin und wieder fiel ein Lichtstrahl bis zu ihnen her. „Lehnen Sie kategorisch jeden Kandidaten der DPD ab?", warf Euler ein.

„Vielleicht nicht alle."
„Wen nicht?"

„Sie oder Adam. Aber ich bräuchte substantielle Zugeständnisse, um das vor Eric zu rechtfertigen - nach den Erfahrungen mit Lannister." Er blickte zu ihr hinüber und als sie schwieg, fügte er hinzu: „Sagen wir vier Posten für uns: den Vizebürgermeister, den Polizeichef, den Generalstaatsanwalt und natürlich den Direktor des Finanzamtes." Euler lachte. „Dass Sie ungern Steuern bezahlen, verstehe ich, aber der Rest geht zu weit. Sie hätten damit ihren Daumen auf die Schlagadern der Justiz gesetzt."

„Wovor haben Sie eigentlich Angst?", sagte Sun.
„Vor Straflosigkeit für Ihre Seite und vor der Härte des Gesetzes für alle anderen. Ich kenne die Methoden der Diktatur 2.0."

„Eric kennt sie nicht. Er ist von der alten Schule."
„Ist Eric nach dem Bürgermeister als Nächster dran?", fragte Euler. Jan-Sandro starrte sie an. „Skrupel?", sagte sie und zog eine Augenbraue nach oben.

„Ich habe erlebt, was absolute Macht aus Menschen machen kann."
„Und was wollen Sie ohne sie erreichen?"

„Den Rechtsstaat."
Für einen Augenblick war sie still, als wäre ein Gespenst zwischen den Palmen erschienen. „Wiederholen Sie das noch einmal", entgegnete Euler.

„Sie haben richtig gehört."
„Ein Gangster träumt von der alten Verfassung?"

„Sie etwa nicht, *Senatorin*?" Er zog ihren alten Titel in die Länge, als würde er noch etwas bedeuten.
„Lassen wir mal meine Träume beiseite. Wovon träumt Eric?"

„Vom Wiederaufbau der Stadt."

„Wirklich? Mommsens Eselei war erst der Anfang?" Sun zuckte zusammen. „Oh, das hätte ich nicht sagen dürfen, Jan-Sandro. Nicht vor dem großen Architekten des Pharaos."

„Besser ein Pharao, der baut, als einer, der schießt. Das gibt uns den Spielraum, in seinem Schatten etwas zu bauen, was keine Eselei sein wird."

„Sie wollen also die Institutionen Ihres Rechtsstaates sozusagen im Schatten der Pyramiden zusammenpuzzeln?

„Sind Sie deshalb sarkastisch, weil Sie selbst daran gescheitert sind?"

„Nein, meine Erfahrung als Profi strapaziert nur mein Vertrauen in Amateure."

„Sie verkehren mit zu vielen korrupten Polit-Profis."

„Ihr Umgang ist sicher viel besser."

Sun klimperte mit den Fingern auf den roten Sandstein, der rau und wärmer war als die Luft. Ein Schritt vor, ein Schritt zurück, dachte er. So ging das alte Spiel. „Vergessen wir den Umgang. Ich entschuldige mich für die Insinuation. Der entscheidende Punkt ist: Haben Sie resigniert oder nicht?"

„Der entscheidende Punkt ist eher: Vertraue ich Ihnen so sehr, dass ich Ihnen freie Hand gebe?"

„Dann geben Sie mir etwas anderes." Euler schaute ihn fragend an. "Arbeiten Sie mit mir zusammen", sagte Sun.

„Als Juniorpartner etwa?"

„Ihre eigenen Reformprogramme sind schließlich gescheitert."

„Das macht es nicht leichter, sich von einem Gangster zeigen zu lassen, wie es geht. Wie soll ich die anderen dazu bringen, diese Kröte zu schlucken?"

„Wenn jemand es kann, dann Sie."

Euler wies mit ihrem Glas nach unten. Die Tonnenfeuer der Penner warfen ein rötliches Licht. „Idyllisch sehen die Trümmer aus? Für mich nicht. Ein Steinriese wollte im LSD-Rausch fliegen, aber er war keine Möwe. Der Flug war kurz, der Fall brutal." Sie dreht sich zu ihm um. „Was treibt Sie eigentlich an? Warum riskieren Sie Erics Zorn? Wenn er herausfindet, was Sie hinter seinem Rücken im Schilde führen ... Bedeutet das Leben Ihnen nichts? Sind Sie denn ein Hasardeur?"

„Spielt das eine Rolle?"

„Wenn Sie von diesem Turm herunterfliegen wollen und andere sollen mitspringen, dann spielt das eine Rolle. Geben Sie mir etwas in die Hand, das über schöne Versprechen hinausgeht."

In die Hand. Sie wollte etwas in der Hand für eine kleine Erpressung, wenn sie sie brauchen sollte. Sie traute ihm natürlich nicht. Wer traute wem in einer kaputten Gesellschaft? Traute er ihr? Sie standen unter einer Palme. Ein leichter Luftzug. Der Pool glänzte blau. Woran hatte er ihn erinnert? An einen großen Diamanten. Sprang man mit einem Diamanten um den Hals leichter ins Unbekannte? Vielleicht, wenn er 'Hoffnung' hieß. Er drehte den Kopf nach Osten. Über der Stadt hing die Nacht schwarz wie ein gebrochenes Versprechen.

„Ich habe ein Verhältnis mit Isabella."

Einen Augenblick sagte Euler nichts, und er wusste nicht, ob zwei Menschenleben in ihrer Hand reichten. Dann streckte sie ihm ihre kleine Hand entgegen. „Mein Sekretär wird die Kontakte arrangieren. Geben Sie auf sich acht." Sie schüttelten sich die Hände und Euler ging.

Er war also gesprungen. Er hatte diese Eventualität in Erwägung gezogen und sie durchgespielt. Trotzdem war er über sich selbst überrascht. Man fühlt sich schwerelos, dachte er, in den ersten Momenten des Sprunges, bevor der Fahrtwind einem den Atem nimmt und man nicht weiß, ob man fliegt oder fällt.

# 14

„Danke, dass Sie Zeit für mich gefunden habe, Senatorin."

„Sie sind die Gastgeberin, Isabella."

Isabella ging zum Fenster und verdunkelte es. Euler zog die Augenbrauen hoch.

„Titus stell dich bitte auf den Gang und pass auf, dass uns niemand stört. Aber diskret, bitte."

Titus führte einen lässigen Salut mit dem Zeigefinger aus und ließ sie alleine. An der Wand neben der Türe stand ein weißes Sofa. Eine mannshohe Palme wuchs aus einer großen, weißen Vase und verdeckte die Sicht zwischen der Tür und der Mitte des Raumes.

„Bitte setzen Sie sich."

Der Raum war sehr hoch, mindestens vier Meter. Man hätte fliegen oder die Sesseln schweben lassen können, wenn die alten Anlagen noch funktioniert hätten. Die Außenwand ähnelte einer Ziehharmonika, deren Falten abwechselnd von Mauerstücken und Fenstern aufgespannt wurden. In der Zimmermitte hingen drei schwarze Schwebesessel angekettet von der Decke. Sie glichen halb offenen, geflochtenen Zwiebeln. Darunter lagen graue Kissen auf einem schwarzen Teppich. Sie setzten sich in die Sessel, die Sitze pendelten leicht, aber schwebten nicht davon. Natürlich. Heute brauchte man Ketten, um sich schwerelos zu fühlen. „Beinahe wie früher", sagte Euler.

„Wenn man die Ketten vergisst", entgegnete Isabella.

„Man sieht sie nicht, wenn man drinsitzt."

„Aber man fühlt sie. Was hatte Jan-Sandro eigentlich mit Ihnen zu diskutieren?"

„Ich ..."

„Eric wird ihn umbringen lassen." Isabella sah, wie Euler zusammenzuckte und fügte wie entschuldigend hinzu: „Ich möchte das verhindern."

„Sind Sie sicher, dass ich für dieses Thema die richtige Gesprächspartnerin bin?"

„Ja. Sie sind eine Intrigantin", sagte Isabella.

„Ich bin Ihr *Gast*."

„Es war als Kompliment gemeint."

„Soso. Sie haben vielleicht eine falsche Vorstellung von Politik."

„Ich habe eine sehr gute Vorstellung von Macht."

Euler lachte. „Das ist ein guter Anfang."

„Auf welcher Seite stehen Sie?", fuhr Isabella fort.

„Isabella, Sie überraschen mich."

„So? Wen hätten Sie lieber an der Macht? Eric oder?"

„Oder?"

„Sagen wir - mich."

„Sie?"

„Überrascht?"

„Folgen Ihnen denn die Leute?", fragte Euler.

„Sagen wir die pragmatische Mitte."

„Gibt es die bei Ihnen auch?"

„Eric und Jan-Sandro sind die Pole. Viele fühlen sich dort nicht wohl."

„Die Ängstlichen."

„Die Mehrheit."

„Aber die stillschweigende, passive."

Sie schauten sich an. Nach einer Weile sagte Isabella: „Wenn Eric weg ist, schweigt die Mehrheit nicht mehr."

Euler blinzelte. „Würde Jan-Sandro schweigen?"

„Er wird sich an die neuen Verhältnisse gewöhnen."

„Er ist immerhin Idealist. Die schweigen eher selten."

„Er ist aber kein Machtmensch. Macht macht ihn nicht glücklich. Es gibt andere Wege."

„Ihn loszuwerden?"

„Ihn glücklich zu machen."

Euler blickte zu Boden. „Warum vertrauen Sie mir das alles an? Ich könnte jetzt einfach zu Eric gehen und ihm alles erzählen, oder zu Jan-Sandro. Ich glaube, beide wären ebenso überrascht - und sehr erkenntlich."

Isabella lächelte und sagte: „Ja, das könnten Sie. Aber gehen wir mal die Varianten durch. Variante eins: Eric bleibt an der Macht. Er verliert langsam den Verstand. Sie wissen das?"

„Woher haben Sie diese Diagnose?"

„Dr. Markoni. Verfolgungswahn. Eric wird früher oder später seine Proskriptionslisten schreiben und am Ende werden alle draufstehen. Auch Sie."

„Und die anderen Varianten?"

„Variante zwei: Jan-Sandro versucht Eric auf kaltem Wege zu entmachten. Er errichtet die Republik aufs Neue. Das Recht beschützt alle, die Zivilisation steigt aus der Asche empor wie der Vogel Phönix."

„Würde für die meisten attraktiv klingen, oder?"

„Hier bei uns?"

„Bei uns?"

„Für uns klingt das nicht lukrativ, das ist das Ko-Kriterium. Und dann sind die Risiken enorm."

„Sie trauen es Jan-Sandro also nicht zu?"

Isabella schüttelte den Kopf. „Selbst im besten Fall wäre es ein langwieriges Projekt mit unvermeidbaren Rückschlägen. In der Zwischenzeit kontrolliert Eric die Kanonen, und er hat viel Zeit, Lunte zu riechen, was uns wieder zu Variante eins zurückbringt."

„Vielleicht lässt er sich ablenken?"

„Glauben Sie mir, ich hätte gemerkt, wenn mein Mann längere Zeit bei einer Sache bleiben würde. Und dazu kommt, er hat eine sehr gute Vorstellung von Macht und - nebenbei bemerkt - eine geniale Begabung. Er gewinnt, wenn er sich auf einen Kampf einlässt."

„Kann man diese Dinger anhalten. Mir wird etwas schwindlig."

„Bremsen Sie mit den Füßen, Senatorin. Also Variante 3: Eric hat einen Unfall, den er nicht überlebt, und ich übernehme die Kontrolle. Ich bin vernünftig - nicht idealistisch aber auch nicht blutrünstig. Es wäre eine wohlwollende Diktatur im Hintergrund. Nach außen führen andere die Geschäfte, meinetwegen in einer, sagen wir gelenkten Demokratie. Alle wären glücklich."

„Wenn man die Ketten vergisst."

„Man würde sie nicht unbedingt sehen."

„Aber fühlen?"

„Nur die Prinzessinnen auf der Erbse."

„Wozu bräuchten Sie dann mich?", fragte Euler.

„Sie beruhigen die Gemüter nach Erics überraschendem Ableben. Sie bremsen alle Ambitionen, bis ich fest im Sattel sitze. Danach übernehmen Sie mit meiner Unterstützung die politische Führung."

„Und die Gegenleistung?"

„Eine Gefälligkeit hin und wieder."

Als Euler schwieg, stand Isabella auf: „Senatorin, ich habe schon zu viel Ihrer kostbaren Zeit in Anspruch genommen. Lassen Sie sich meinen Vorschlag bis morgen früh durch den Kopf gehen." Isabella wandte sich zur Tür und rief: "Titus!". Dann setzte sie hinzu: "Titus wird sich um sie kümmern, wenn Sie irgendetwas brauchen."

„Ja, sicher, Frau Mommsen und danke für das aufschlussreiche Gespräch."

„Ist Euler wieder bei den anderen Gästen oben?", fragte Isabella, während sie in ihrem Hängesessel schaukelte.

„Ja", antwortete Titus.

Isabella überlegte einen Augenblick. Dann sagte sie: „Sie übernachtet heute bei uns. Führe sie auf ihr Zimmer und schließe hinter ihr ab."

„Gleich jetzt?"

„Ja."

„Was ist, wenn sie Nein sagt?"

„Dann mache ihr die guten Betten hier schmackhaft. Sag ihr, wir haben dicke Matratzen. Man spürt keine Unebenheit."

„Unebenheit?"

„Sie versteht schon und wenn nicht, wird sie trotzdem die Nacht hier verbringen. Setz dich für einen Augenblick." Sie wies auf einen der freien Schaukelsessel.

„Nein danke, darin wird mir nur schwindelig."

„Du fühlst dich wohl dabei?"

„Nein."

„Aber du machst es trotzdem."

„Ja."

„Warum?"

„Spielt es eine Rolle?"

„Für deinen Vater?"

„Auch."

„Deine Schwester."

„Sie weiß nichts davon."

„Sie würde es gutheißen?"

„Sie würde es verstehen."

„Also warum?"

„Für unsere Freiheit."

„*Freiheit*." Sie schüttelte den Kopf.

„Bedeutet Freiheit Ihnen nichts?"

„Wen tötest du noch für die Freiheit?"

„Niemanden. Es gab schon genug Morde. Niemanden — sonst."

„Bis auf diesen einen letzten."

„Genau."

„Ok, dann machen wir es so." Isabella stand aus ihrem Schaukelsessel auf.

„Sobald ich einen Vorwand gefunden habe, gehen wir zu Eric."

„Wie soll ich es machen?"

„Erschießen, möglichst das ganze Magazin und dann aus dem Fenster stoßen."

# 15

Je mehr Rosettas Drohne sich Mommsens Versteck näherte, desto mehr ebbten die Kopfschmerzen ab. Die Krähen flogen immer noch um den Turm der Kirchenruine. Rosetta ließ ihre Drohne antriebslos die letzten Meter vom Wind auf die Brüstung blasen. Vor ihr war der Platz, über den sie nicht fliegen konnte, ohne vom Passivradar entdeckt zu werden.

Sie wartete. Auf die letzte noch fehlende Idee oder den Tod. Was würde es sein? Die untergehende Sonne tauchte den Platz vor ihr in den Schatten. Die Mauern standen schwarz verkohlt, die Konturen ihrer Wunden verschwammen mit dem Zwielicht.

Eine braunschwarze Ratte putzte sich unter ihr die Barthaare.

Rosetta ließ sich wie ein Stück abbröckelnden Putzes herabfallen. Kurz bevor sie auf die Wanderratte aufprallte, bremste sie scharf ab und landete sanft auf dem Fell. Sie kroch zum Ohr der Ratte. Von hier aus projizierte sie das Bild einer fetten Heuschrecke auf den nächsten Steinbrocken. Die Ratte stutzte und pirschte sich dann vorsichtig an den Leckerbissen an. Als sie zum Sprung ansetzte, hüpfte die Heuschrecke weiter. Im Zickzack lenkte Rosetta das hungrige Tier über den Vorplatz. Über den dunkelblauen Himmel glitt lautlos eine Vogelsilhouette. Als die Ratte sie bemerkte und einen Satz auf einen unterhöhlten Steinbrocken machte, war es schon zu spät. Eine große Eule packte sie am Nacken und trug sie im Schnabel hoch in den Dachstuhl der Kirche. Dort setzte sie sich auf einen Balken und schleuderte die Ratte im Schnabel wild umher.

Rosetta wurde in den Chorstuhl geschleudert und fand sich auf einer von Taubenkot überzogenen Orgel wieder. Die Tasten waren herausgerissen. In den Lücken sah man das rohe Holz. Wie die Marmorstufen in der Macchia vor der Universität, dachte Rosetta. Nur roch es schlechter.

Erinnere dich an den Geruch.

Erinnere dich nach dem Vergessen.

Falls es ein Danach gibt.

Hatte sie an alles gedacht? Hatte sie Reshas Provokations-Reaktionsschema korrekt modelliert? Es stand auf Messers Schneide. Ein unglücklicher Zufall und ... Und im besten Fall - würde sie sich selbst verzeihen können? Wie vergleicht man den Wert von Menschen? Das Leben eines Verbrechers, den sie nicht kannte, gegen das Leben eines Menschen, den sie liebte, wenn sie das Wort überhaupt begriff. Jemand musste sterben, jemand, den Resha für Jan-Sandro hielt. Resha würde nicht vorher Ruhe geben. Und Resha würde nicht an Jan-Sandros Tod glauben, wenn Rosetta nicht auch daran glaubte. Das waren die Zwickmühle und die Strafe. Eine selbstgemachte Hölle, ein Labyrinth aus Schuld und Vergessen und falschen Erinnerungen, ein Spiegel für sie selbst.

Chopins Klavierstück. Die Fantaisie Impromptu, die Jan-Sandro immer spielte. Man kannte sie nicht in dieser Welt. Würde sie sich daran erinnern?

Sie wollte sie nicht vergessen. Wenigstens nicht diesen kleinen Teil von ihm.

*Programm Memento starten.*

Schnelle Noten stiegen hoch nach oben.

*Überschreibe Gedächtnisspeicher.*

Und fielen zurück wie Tropfen einer Fontäne.

*Vertausche biometrische Daten von Jan-Sandro I und II.*

Im Fallen prickelten sie auf ihrer Haut.

*Lösche Jan-Sandro II.*

Schrieben einen letzten Gruß.

*Sie würde ihn töten.*

Note für Note -

*Ändere Zeitstempel des Berichts über Sarahs Entführung.*

- standen sie neben dem Tod -

*Hänge fingierten Infiltrationsplan Jan-Sandros an Protokoll zur weiteren Vorgehensweise.*

- eingefroren -

*Füge Alternativgeschichte ein.*

- in allen Sinnen -

*Propagiere Änderungen durch das vorausberechnete Assoziationsnetz.*

- aber nicht tot.

*Starte Agenten.*

Kombinatorische Verästelungen der Gedanken. Ameisen spalteten sich an jedem Knoten auf und krabbelten und zappelten ins Unendliche, manipulierten Konsequenzen von Konsequenzen von Konsequenzen. Hatte sie die Fehlerschranke richtig berechnet oder würde sie als Idiotin aufwachen? Rosetta und Resha. Super-Alzheimer, Gedächtnissuizid.

*Fixiere Terminierungsbefehl: lösche Programm Memento, lösche Protokoll.*

*Suche Sarah.*

Und wenn Sarah nicht hier ist? Mochte Jan-Sandro Tauben?

*Kopple Hauptspeicher ab!*

Sie weinte und wusste nicht warum. Die Orgel war verfallen, trotzdem spielte Musik. Solange die Musik spielte, war alles gut. Sie zeigte ihr den Weg durch das Labyrinth der zerfallenen Klaviatur. Sie würde sich nicht verirren. Sie durfte sich nicht verirren. Der kürzeste Weg war der sicherste, denn in jedem Labyrinth lauerte ein Monster.

*Reboot!*

Eine kleine Drohne saß auf dem Antennenmast der Universität und betrachtete sich im Spiegel des Metalls. Eben war noch der Krieg ausgebrochen. Eben war die Landschaft noch grau und verbrannt. Und jetzt grün? War sie im Krieg hier gewesen? War sie jetzt hier? Wann war sie dort gewesen? „Sie sollten etwas anderes fragen. Sie sollten fragen: Wer bin ich?", hatte Gerner eben in seinem Büro gesagt. Richtig. Wer also? Wer war sie?

„Du bist das Monster im Labyrinth", antwortete der Spiegel vor ihr.

"Du bist das Monster im Labyrinth", entgegnete Rosetta.

"Ich bin Rosetta", sagte der Spiegel.

„*Ich* bin Rosetta, ich *bin* Rosetta, ich bin *Rosetta*."

"Wann bist du Rosetta?", fragte der Spiegel.

"Wann?", dachte sie. "Wann ist heute?", fragte sie zurück und stieß mit ihren Fühlern an die kalte Oberfläche des Spiegels.

"Heute ist nicht morgen", sprach der Spiegel.

Ein Tröten zerriss den Irrgarten der Erinnerungen. Der Radaralarm für heranfliegende Geschosse. Kein Geschoss, ein Tier. Eine Chimäre wie aus einem Albtraum. Gargylen, Danzigers Gargylen. Eine seiner Geschöpfe drehte ihre Kreise über den Park, begrüßte im Tiefflug einen Spaziergänger und flog zurück in Richtung der Innenstadt. Rosetta folgte, beschleunigte und erreichte die Gargyle. Wie hatte sie der kleine Mann mit den grünen Haaren genannt? Quasimoda.

Langsam arbeitete sich Rosetta durch Quasimodas dichten Pelz vor. Wieder ein Labyrinth. Man könnte sich verirren in diesen Labyrinthen. Dummer

Vergleich. Warum dachte sie dauernd an Labyrinthe und Spiegel? Spiegel logen und ihre Navigationssysteme funktionierten einwandfrei.

Kurz über Quasimodas Stirn verkrallte sie sich an einer Stelle, wo die Haare nicht mehr so lange waren, und spähte nach vorne. Sie hielten auf ein Hochhaus zu, das einem Termitenhügel ähnelte. Es kam ihr bekannt vor. War sie schon einmal hier gewesen?

Sie durchstöberte ihre Erinnerungen. Nichts.

Ganz oben auf dem Dach nahm sie eine Spur von Leben in der Mittagshitze wahr. Palmen, blaues Wasser, ein Dachgarten. Ein Mann und eine Frau trieben auf dem Rücken im Wasser, als sich Quasimoda im Sinkflug näherte. Mit einem lauten wuup zerriss die Hyäne die Stille, die über der Stadt lag.

Quasimoda landete auf einem Fassadensockel neben einer anderen Gargyle, die sofort geiferte und sie anbleckte. Doch nach kurzem Gerangel räumte die Rivalin den Sitzplatz. Quasimoda rieb sich den Rücken an der Hauswand und stülpte sich fledermausartig einen Flügel über den Kopf. Wie eine Laus aus dem Pelz gekämmt, schwebte Rosetta für einen Augenblick frei in der Luft hoch über der Stadt. Sie ließ sich an Quasimodas Kopf herunterfallen. Ein Luftstrom wirbelte sie herum, dicht an mampfenden Lippen vorbei, die ohne Einsatz der Zähne die Oberseite des Gargylenflügels bearbeiteten.

Gleich unter dem Sockel drückte der Wind sie auf die Fassade zu. Als sie die Wand streifte, blieb sie kurz kleben. Eine Böe blies sie weiter. Wo der Wind sie nach oben trug, stieg sie mit dem Wind. Dort wo er fiel, aktivierte sie kurz ihr Triebwerk und zog nach oben. So taumelte sie in bogenförmigen Auf- und Abbewegungen langsam zum Dach hoch und landete schließlich auf der Brüstung. Sie schlug ein paar Purzelbäume, rutschte noch ein Stück und stieß an eine Kaffeetasse. Ein Mann stand mit dem Rücken zu ihr.

Er drehte sich halb um, um nach der Tasse zu greifen. Im Halbprofil erkannte sie ihn. Es war Jan-Sandro in einer schwarzen Badehose.

Sie war verblüfft. Schon? Wie hatte er sich so schnell hier eingenistet? Das soll eine Infiltration sein? Er war wohl einfach durch die Tür marschiert. Hallo, ich bin Jan-Sandro, erkennt ihr mich nicht?

Typische Chuzpe. Hasardeur ohne Sinn und Verstand. Und statt ihn einfach zu erschießen, hatten sie ihn als lange verlorenen Sohn in die Arme geschlossen.

Nun ja, nicht gerade ‚Sohn'.

In seinem linken Arm lag eine junge Rothaarige im schwarzen Bikini. Sie küssten sich. Llewyn hatte Isabella mit Athene verglichen. Aber das passte nicht zu den stechenden Augen, dem Knick in der Lippe, kurz bevor sie ihn küsste. Als wollte sie ihn beißen, auffressen, mit Stumpf und Stiel verschlingen. Ein mörderisches Feuer ihrer Haare.

„Du hast sie also gefunden", sagte Rosetta.

Jan-Sandro wirbelte herum und ließ dabei die Kaffeetasse fallen. Rosetta hob ein Beinchen und winkte damit. Doch er reagierte nicht. Idiot.

Sie projizierte ein kleines Hologramm ihres Androidenkörpers senkrecht nach oben. Ihre Menschenarme waren weiß. Sie betrachtete sie aus dem Blickwinkel ihrer falschen Augen.

Jan-Sandro lächelte. „Ja", sagte er.

„Scherben bringen Glück."

„Ich weiß auch, wo Sarah Tang ist." Seine Augen blitzten. Esel.

„Ereignisreicher Tag also."

„Könnte man sagen", sagte Isabella und hakte sich bei Jan-Sandro unter.

„Nun?"

„Wie vermutet war Eric Mommsen der Schlüssel zu allem", sagte Jan-Sandro.

„Der Mafiaboss?"

Jan-Sandro zog eine seiner Grimassen. „Mein alter Freund Eric. Er hat Isabella bei sich aufgenommen. So hat sie den Bürgerkrieg überlebt."

„In aller Freundschaft", entgegnete Rosetta.

„Hast du ein Problem mit Eric?", fragte Jan-Sandro zurück.

„Hat Sarah ein Problem mit Eric? Hat er sie auch in aller Freundschaft aufgenommen?"

„Das ist eine andere Geschichte."

„Eine glückliche wie deine?"

„Ein unglückliches Missverständnis."

Warum druckste er so herum? Was stimmte hier nicht?

„Sie hat ihn erpresst."

„Er hat ihr verziehen?"

Jan-Sandro verzog wieder das Maul. Es sah genauso aus wie seine Mimik von vorher, gerade so als wären sie alle miteinander in einer Zeitschleife gefangen. Aber dann sagte er doch etwas Neues, „Sicherheitshaft", und die Illusion verflog wieder.

„Ach ja?", antwortete sie nur.

„Hör mal, mir gefällt das genauso wenig wie dir. Aber wir müssen uns mit den Verhältnissen arrangieren."

„Glaubst du eigentlich selbst an deinen eigenen Quatsch? Egal, vergiss es. Wichtig ist doch nur eines. Wo ist Sarah?"

„In der alten Kathedrale."

„In der alten Kathedrale?"

„Schau selbst nach. Ich kann dir nicht alle Arbeit abnehmen."

„Nein. Und danach?"

„Danach?"

„Danach", sagte Rosetta. "Wenn ich meine Arbeit gemacht habe."

„Wir gehen natürlich nach Illyrien zurück, was sonst? Glaubst du, ich habe Vincent schon vergessen?"

„Nein."

"Also?"

"Könnte schwierig werden."

„Bella kommt mit."

„Dann kann ja nichts mehr schief gehen."

„Genau."

„Ich melde mich wieder", sagte Rosetta.

„Tu das."

„Wie?"

Jan-Sandro runzelte die Stirn.

"Wie erreiche ich dich?", wiederholte sie.

„Bis auf weiteres hier. Sagen wir auf einem Abendspaziergang?"

„Unter den Palmen hier?"

"Zu gefährlich. Fallende Kokosnüsse, du verstehst?"

"Wie ertragen Sie eigentlich seine Witze?", fragte Rosetta Isabella.

"Lachend", antwortete diese und grinste dabei.

„Siehst du?", sagte Jan-Sandro. "Wenn ich kann, mache ich abends oder nachts einen Spaziergang. Du wartest einfach auf mich draußen vor dem

Turm und folgst mir."

„Also bis dann."

„Ciao."

Jan-Sandro und Isabella gingen Hand in Hand zum Swimmingpool zurück. Das Wasser glänzte wie ein Spiegel in der Sonne, so hell, dass Rosetta nicht erkennen konnte, was unter der Oberfläche verborgen war. Etwas halb Vergessenes, das gerade ertrinkt?

Ihr rechter Flügel juckte. Sie fuhr mit einem Beinchen darüber hinweg, fuhr weiter über die Augen. Es wurde schwarz vor ihren Augen und als sie wieder sehen konnte, saß sie wieder auf dem Chorstuhl in der verfallenen Kathedrale.

Eine lebhafte Erinnerung. Warum hatte sie sie abgespielt? Warum quälte sie sich so mit dem Unvermeidlichen. Jan-Sandro trieb sie in den Wahnsinn. Sie ertrug seine Anwesenheit nicht und nicht seine Abwesenheit. Wie sollte sie da seinen Tod ertragen? Wie würde seine Bella seinen Tod ertragen so kurz nach dem Wiedersehen?

*Sarah, Sarah*, flüsterte eine Stimme.

*Noch nicht,* flüsterte sie zurück.

Erinnere dich an Jan-Sandros Geruch.

Erinnere dich.

*Jetzt*, sagte die Stimme.

Ein Luftzug strich über ihre Flügel. Eine schwarze Wolke hing im Gebälk über ihr oder war es nur eine Intrusion?

Irgendwo da hinten würde sie Sarah finden. Sie war hier gewesen. Ein schwacher Geruch, einzelne Moleküle nur, aber sie passten auf Sarahs Profil. Und dann? Wie lange würde sie noch sie selbst sein? Sie wollte nicht Resha sein. Nicht Resha.

„Ich verfluche dich, Resha!"

Doch Resha antwortete nicht.

Der Wind wurde stärker und blies Rosetta davon.

# 16

Hund zog Meister hinter eine Palme.” Festo, es geht los.”

„Krieg?”
„Haftbefehl für den Captain.”

„Wer hat den unterschrieben? Jansen?”
„Abgesetzt. Sein Vize Dreysig."

„Woher hast du das?”
„Direkt von Gonzales, gleich nachdem er Lombardo informiert hat.”

„Guter Mann. Weiß Eric schon Bescheid?”
„Wahrscheinlich nicht. Lombardo hat eine Nachrichtensperre verfügt.”

„Dann haben wir ein Zeitfenster. Wir setzen jetzt alles auf eine Karte."
„Und unser alter Plan?"

„Oh die heilige Unschuld. Wenn Eric das in den richtigen Worten hört, haben wir unseren Krieg, ganz ohne Risiko. Wir treffen uns vor Erics Zimmer. Wir müssen die ersten sein.”
„Die Wache lässt keinen vor.”

„Lauf, Hund. Ich weiß, was ich tue.”

Festo schlüpfte durch die Menge auf Isabella zu, quetschte sich durch die Lücken zwischen Smokings und Abendkleidern. Die Frauenkleider waren größtenteils minderwertiges Zeug, einfacher Stoff von Hand zusammengenäht. Er kannte die Textilfabrik. Eine Ruine, nur das Lager war heil geblieben. Sie würden noch lange nicht nackt herumlaufen müssen. Die Herren bevorzugten ihre Vorkriegsmodelle. Eines hatte einen Kurzschluss und flackerte in einem Flammenmuster. Als würde der Träger im Höllenfeuer schmoren. Es roch sogar brenzlig, aber vielleicht wünschte er sich das auch nur.

Isabella unterhielt sich mit Dronte, einem Industriellen. Festo zupfte sie am Ärmel. „Frau Mommsen, darf ich Sie kurz stören?"

„Was willst du, Festo?"

„Es ist wichtig."

Isabella lächelte Dronte an. „Für die Domestiken ist immer alles so wichtig. Sie entschuldigen mich, Herr Dronte."

Dronte sagte: „Ja, das Personal heutzutage. Aber Sie werden nicht vergessen ..."

„Nein, nein, ich besorge Ihnen den Termin bei Sun."

Du kriegst eher einen Termin beim Teufel, wenn ich hier fertig bin, dachte Festo. Als sie hinter einer Palmenfront verschwunden waren, fragte Isabella: „Ist es wichtig für dich oder für mich?"

„Es geht um Jan-Sandro."

„Ich verzichte, er hat mich heute schon genug geärgert."

„Dann hast du die Gelegenheit dich zu rächen. Er soll verhaftet werden."

„Soll das komisch sein?"

„Wenn er heute das Haus verlässt, was er vorhat, landet er im Knast."

„Und darüber wärst du traurig?"

„Der Laden hier bricht ohne ihn zusammen."

„Was führst du im Schilde?"

„Eric ist der Einzige, der Jan-Sandro zur Vernunft bringen kann. Aber Eric hat einen Anfall von Lagerkoller. Wir trauen uns nicht, alleine zu ihm zu gehen."

„Und weil du zu feige bist, soll ich mitkommen?"

„Ich weiß nicht einmal, ob du es schaffst. Jan-Sandro hat die Wache angewiesen, niemanden - inklusive Ehefrau - zu Eric vorzulassen, bevor er sich nicht beruhigt hat. Und das kann dauern."

„Was nimmt der Kerl sich heute noch heraus?"

„Nein, Jan-Sandro hat recht. Eric schießt mit seiner Flinte wild um sich. Es ist zu gefährlich."

„Für mich? Das wollen wir mal sehen. Hole Titus."

„Ok. Aus einem bestimmten Grund?"

„Er kommt mit mir mit. Du und Titus, sonst keiner."

„Du bist der Boss." Aber nicht mehr lange, dachte Festo. Nicht mehr lange.

Lombardo kam ihm im Laufschritt entgegen. Er lief sonst nie. Sun fluchte lautlos in sich hinein. Sein Magen verkrampfte sich, jeder Schritt Lombardos war eine herabsausende Nadel, jedes Auftreten ein Stich ins Fleisch.

„Boss!", zischte Lombardo. „Sie müssen sofort von hier weg." Lombardo zerrte an seinem Ärmel. „Gerade kam eine Nachricht von unserem Kontaktmann bei der Polizei. Der Bürgermeister hat Jansen per Dekret abgesetzt und seinen Vize kommissarisch befördert. Dreysigs erste Amtshandlung war ein Haftbefehl gegen Sie. Der Saukerl."

„Nicht so schnell", erwiderte Sun. „Ich muss zuerst die Lage analysieren." Lombardo zog ihn einen halben Schritt hinter sich her. „Nicht hier. Sie werden versuchen, ihn noch heute Nacht zu vollstrecken."

„Hier? Kaum. Nun lass schon los." Sun strich seinen Ärmel glatt. „Bin ich der Einzige, der gesucht wird?"

„Mit Haftbefehl, ja. Aber Lena Lannister wird als vermisst gemeldet."

Also doch nicht die atomare Option? Vielleicht eine Botschaft an ihn selbst oder an Eric? „Weiß Eric ...?"

„Nein. Hat immer noch seinen Koller."

„Die Wache?"

„Lässt keinen zu ihm durch. Meine Anordnung."

Deshalb war Eric also noch nicht hier oben. „Gut gemacht." Wenn Eric nur nicht ausrastete. Sun schlug mit der flachen Hand auf seinen Oberschenkel. „Wir bleiben bei unserem Plan."

„Sagen Sie das Mommsen. Er schießt aus dem Fenster heraus auf Krähen — mit der Elefantenbüchse!"

„Gut, das wird seine Laune wieder heben. Wir lassen ihm noch eine halbe Stunde seinen Spaß, dann gehst du zu ihm und richtest ihm von mir aus: Szenario *Kleine Verlegenheit*. Er hat das schon genehmigt. Ich gehe jetzt zum Versteck am Hafen. Wenn morgen die Zeitung rauskommt, dreht sich der Wind. In ein paar Tagen bin ich wieder zurück, vielleicht sogar schneller." Exit Lannister. Das ist sicher. Die Frage war nur, wie lange er brauchte, um aufzugeben. Würde er kämpfen? Sicher. Aber er war kein Idiot. Sobald ihn seine Partei fallen ließ, würde er aufgeben, musste er aufgeben nach allen Regeln der Strategie. Außer seine Basis hielt ihm die Stange, Skandal hin oder her. Fanatiker glaubten nur, was sie wollten.

Das Risiko war zu groß. Er musste doppelt sichergehen, auch wenn er dabei seinen Hals dafür in eine andere Schlinge stecken musste. Eric musste unter allen Umständen daran gehindert werden loszuschlagen.

Also würden die Zeitungen nur von Lenas Diebstahl berichten. Das musste genügen. Lena war der Angelpunkt, und Lombardo hatte ein Faible für sie. Plus, er schuldete ihm sein Leben. Keine Zeit für Skrupel. Er schloss die Augen. Was erwartete er zu sehen mit geschlossenen Augen? Die göttliche Eingebung? Er sah nichts. Gott hatte nicht diese Art von schwarzem Humor. Also Lombardo. Armer Lombardo.

„Hör zu, Lombardo. Wir sind zusammen einen langen Weg gegangen. Ich ..." Sun hob die Hand. „Sag nichts." Es war schwerer, als er gedacht hatte. „Die Sache mit Lena hat dir nicht gefallen. Aber die Geschichte ist etwas anders, als sie scheint. Wir brauchen jetzt beide, sie und Titus, für Verhandlungen."

„Ich verstehe nicht ..."

„Der erste Teil ist einfach. Gefangenenaustausch, mich gegen Titus."

„Sie wollen sich verhaften lassen, das ist Irrsinn."

„Wir gewinnen Zeit. Eric wird nicht ohne mich losschlagen."

„Titus wird durchdrehen, so wie der seinen Alten hasst, und Mommsen wird sich gar nicht auf Verhandlungen einlassen. Und wenn doch, schlägt Mommsen los, sobald er Sie wiederhat. Was soll das alles bringen? Am Ende kämpfen wir so oder so."

„Wir geben Titus den Auftrag, seinen Vater umzulegen, sobald der ihn in die Arme schließt."

„Das ist pervers."

„Eric wird nicht widerstehen können."

„Wollen Sie wirklich seine dunkelste Seite bedienen? Haben Sie gar kein Gewissen mehr?"

„Wahrscheinlich schießt der Trottel sowieso daneben. Aber gib ihm zur Sicherheit Platzpatronen mit."

„Jetzt verstehe ich gar nichts mehr."

„An dieser Stelle kommt Lena ins Spiel."

„Sie lebt? Ich dachte ..."

„Wir haben das übliche Programm nur zum Schein durchgezogen. Tatsächlich hat Antonio sie nicht liquidiert, sondern sie intakt, in jeder Hinsicht intakt, in ein Versteck gebracht. Wir führen hinter Erics Rücken Geheimverhandlungen mit dem Bürgermeister. Lena gegen seinen Rücktritt. Wenn er zurücktritt, gibt es keinen Krieg. Wir brauchen ihn nicht umzulegen, ein Rücktritt reicht. Niemand muss sterben. Es reicht. Niemand."

Lombardo schüttelte den Kopf.

Sun sagte: „Verstehst du nun?"

„Ich ahne es."

„Um das durchzuziehen, brauche ich dich, wenn ich im Gefängnis bin.

Hinter Erics Rücken, du verstehst? Ich brauche dich als Verbindungsmann."

„Und dafür wollen Sie ins Gefängnis gehen?"

„Wir stehen einen Schritt vor dem Abgrund. Noch ein Krieg bedeutet Kernschmelze, aus, finito. Eine neue Steinzeit überlebt keiner."

„Wenn Mommsen Ihre Geheimverhandlungen spitzkriegt, kommen Sie nicht wieder lebend aus dem Knast heraus."

„In der Not frisst der Teufel Fliegen."

„Mommsen würde keine Fliegen fressen."

„Was willst du damit sagen?"

„Sie haben Skrupel. Er hat keine. Sie wissen genau, was zu tun wäre. Es wäre ganz einfach, aber Sie ziehen es nicht einmal in Erwägung. Er würde keinen Augenblick zögern."

„Wir sind Freunde. Es wäre doppelter, dreifacher Verrat."

„So begreifen Sie doch. Er ist nicht Ihr Freund und nicht der Freund von irgendjemand sonst." Lombardos Stimme überschlug sich.

Sun hatte Lombardo noch nie so erregt erlebt. Selbst unter Feuer blieb er immer ruhig. Lieber Freund, dachte er, es geht nicht anders, verzeih mir. „Es gibt kein Zurück mehr. Ich brauche eine Antwort. Ich kann dich nur darum bitten mir zu helfen. Ich kann es dir nicht befehlen."

„Sie können es nicht befehlen? Jetzt plötzlich? Sie drücken sich vor der Verantwortung. Sie wollen sie bei mir abladen, die Verantwortung für eine Katastrophe, die Sie kommen sehen. Ist dieser Mensch es wert?"

„Du verlangst von mir nicht irgendeinen Befehl, du verlangst den Befehl, den Kommandanten umzulegen."

„Ja."

Sie starrten einander an. Die Karten lagen auf dem Tisch. Zwei Menschen, zwei Bitten.

„Ich kann nicht", sagte Sun schließlich.

„Nicht einmal, um die Welt zu retten?"

„Es muss irgendetwas übrig bleiben, für das sich das Überleben lohnt — und wenn es nur ein kleiner Rest ist."

„Und was das für ein kleiner Rest ist, entscheiden Sie?"

„Für mich, nur für mich. Die Frage ist, was für dich dazu gehört. Gehört Loyalität dazu oder gehört sie nicht dazu?"

Lombardos Auge zuckte. "Loyalität?"

„Ja, Loyalität. Es ist nicht viel sonst übrig geblieben."

„Wie ist es nur dazu gekommen?"

„Wie alle Dinge kommen. Schritt für Schritt."

Lombardo nahm die Hand herunter, mit der er sich die Augenbrauen massiert hatte. „Loyalität. Also gut, Loyalität. Aber die Konsequenzen gehen auf Ihr Gewissen. Ich hoffe, es ist dort noch genug Stauraum."

„Danke Lombardo." Sun flüsterte und blickte dabei zu Boden. Er hatte das Gefühl dort etwas zu finden, das ihm und der Welt abhanden gekommen war, etwas Wichtiges, Unersetzliches, das er aber nicht benennen konnte. Und er fand es auch nicht auf dem Boden. Er fand dort nur Schuhe auf Klinkersteinen. Schwarze Schuhe, die braunen Schuhe gegenüberstanden. Nur einen Schritt auseinander. Aber das war der Unterschied. Er war vorausgegangen. Schritt für Schritt, wie alle Dinge kommen. Er hätte stehen bleiben können, abbiegen, umkehren.

„Und ich entschuldige mich", sagte Lombardo nach einer Weile.

„Wofür?"

„Was ich heute Nachmittag gesagt habe. Das mit der Ehrlosigkeit. Ich hätte Ihre Fehler besser kennen müssen."

Meine Fehler, dachte Sun. Die Worte schienen ihm im Mund stecken geblieben zu sein. Er räusperte sich und seine Stimme kam wieder, aber sie krächzte, als hätte er eine lange Rede gehalten. „Pass auf, dein Außenkontakt ist das Büro der Senatorin Euler. Ihr Sekretär wird vermitteln. Im Notfall, falls sich die Dinge nicht so entwickeln, wie geplant, versuche ich dir eine kodierte Nachricht zuzuspielen, sagen wir *Gut gemacht*. Du machst dann, was immer nötig ist, um deine Haut zu retten."

*„Gut gemacht.* Aber ich lege keinen besonderen Wert auf meine Haut. Es ist höchstens ..."

„Nun?"

„Was wird dann aus Lena?"

„Warum?"

„Wie haben Sie es genannt? Der kleine Rest ..."

„In Gottes Namen lass sie meinetwegen laufen - wenn alles verloren ist, lass sie doch laufen." Vielleicht gab sie ihm ja einen Kuss dafür und fliegt dann davon wie das Möwenmädchen.

Lombardo schüttelte den Kopf. „Und Antonio?"

„Hier, mein Ring. Zeige ihn Antonio als Legitimation." Sun rieb sich sein gespaltenes Ohrläppchen. „Aber das Wichtigste ist, dass Titus aus dem Verkehr gezogen wird, bis ihr die Nachricht von meiner Verhaftung bekommt. Wir halten Kontakt über den Gefängnisdirektor. Wenn du nichts Gegenteiliges von mir hörst, machst du Eric den Vorschlag, Titus mit dem Attentat zu betrauen. Ach ja, Meister wird ihn vorher suchen für einen anderen Auftrag heute Nacht. Sag Meister, dass das gestrichen ist." Sun kritzelte ein paar Zeilen in seinen Notizblock und riss ein Blatt ab. „Hier gib ihm diesen Zettel. Und lass Meister unter keinen Umständen an Titus ran." Hatte er noch etwas vergessen? „Noch eins, entschuldige mich bei Isabella. Je unauffälliger ich verschwinde, desto besser für alle." Sun drehte sich schon um, als Lombardo ihn ein letztes Mal zurückhielt: „Sie sollten nicht alleine gehen, zumindest nicht das erste Wegstück."

„Du brauchst nichts wiedergutzumachen. Das waren nur Worte."

„Trotzdem."

„Wer ist denn noch verfügbar?"

„Nur Titus und Santorini. Alle anderen sind unterwegs. Diese Theatervorstellung."

„Hätte ich beinahe vergessen. Und wir dachten, das sei wichtig."

„Nehmen Sie Santorini mit. Er sitzt an der Pforte."

„Zu auffällig." Sun schüttelte den Kopf. „Man kann die Sicherheit auch übertreiben. Wir sind noch nicht im Krieg."

„Es gefällt mir trotzdem nicht. Die Stadt ist nicht sicher. Und wir brauchen Sie noch."

Wo war es denn überhaupt auf dieser Welt sicher? Sun zwinkerte Lombardo zu und bedauerte die Schauspielerei sofort. Das war eine falsche Mimik, eine gestellte Leichtigkeit, die der andere sofort durchschaut haben musste. Er schämte sich — auch für das und mehr noch für das andere, aber es fiel ihm nichts mehr ein, sein Kopf war leer. So blieb er im Dunkeln stehen und suchte immer noch nach Worten, als Lombardo schon lange weg war. Eine große Leere klaffte in ihm, eine Leere, die schon mehr als einen Menschen verschlungen hatte und noch lange nicht mit ihnen fertig war. Schließlich setzte er sich mit schweren Schritten in Gang. Im Gehen versuchte er seinen Leibwächter zu erreichen, aber das Netz war immer noch ausgefallen und Rashek damit unerreichbar. Die Dunkelheit verschluckte seine Schritte und er wunderte sich, dass er nicht im Nichts versank. Für einen Augenblick wusste er nicht mehr, wo er war oder wo er den Ausgang finden konnte.

Dann fiel sein Blick auf die Lampions. Sie leiteten ihn zum Treppenabgang, und er flanierte leichteren Schrittes darauf zu, als wäre es ein x-beliebiger Abend. Und der Grund trug ihn und verschluckte ihn nicht. Sein Blick strich über die Gäste, doch fand er keine Spur von Isabella. Am Treppenabgang hing noch ein letzter Lampion mit einem aufgemalten Gesicht. Isabella hatte ihn selbst bemalt und sie hatte gelächelt, als sie davon erzählte.

Schritte klapperten auf den Treppenstufen über Sun. Ein Trommelwirbel, der sich beschleunigte. Als Erstes sah er schwarze, dünne Absätze. Schlanke Füße mit weiß lackierten Zehennägeln standen darauf, umwickelt mit zwei schmalen, schwarzen Riemen, einer über den Zehenansätzen, der andere knapp über dem Knöchel. Es folgten die Beine, schlanke Beine, und dann ein flatterndes schwarzes Kleid. Das letzte Stück rannte sie und er glaubte schon, sie würde sich ihm in die Arme werfen, aber sie stoppte einen Meter vor ihm auf dem Treppenabsatz. Sie lehnte sich mit dem Rücken an die Wand des Treppenhauses, stützte sich mit den flachen Händen ab. Ihre Haare flackerten vor der weißen Wand wie ein Kaminfeuer. Er glaubte das Knistern des Holzes zu hören. Sun legte den Kopf schräg in den Nacken und spähte hoch zum Dachgarten. Dann hörte er das Geräusch wieder. Ein Knarren, ein leises Quietschen wie von Stiefeln. Auch Isabella hatte es gehört und sie verstand sofort. Ihre Lippen bewegten sich jetzt stumm und er las das Wort *Bleib* von ihnen ab. Er schüttelte den Kopf. Darauf holte sie tief Atem und sagte laut: „Wo sind deine Manieren geblieben?"

„Hat Lombardo mich nicht entschuldigt?"

„Lässt du mich jetzt von Lakaien abspeisen?"

„Lombardo ist kein Lakai."

„Von einem Killer also?"

„Hat er sich nicht an die Hofetikette gehalten?"

„Er hat mir Angst gemacht."

„Wovor hast du Angst?"

„Um wen, nicht wovor, du Armleuchter", flüsterte sie und lauter „Vor nichts." Ein Lächeln zuckte so scheu um ihre Lippen, als würde es sich nicht auf ihr Gesicht hervortrauen. Ihr falsches Lächeln war mutiger, dachte Sun. Aber das falsche Lächeln war ja auch für alle. Dieses halbe Lächeln dagegen lächelte für ihn allein, und deshalb versuche er es sich einzuprägen.

„Und wenn du einfach bleibst?", fuhr Isabella fort.

„Dann würde Eric uns sofort alle zusammenrufen und losschlagen." Er flüsterte zuerst und fügte laut hinzu: „Geschäfte, tut mir leid."

„Er hat gerade Titus erschossen." Isabellas Satz kam wie ein Gewitter aus heiterem Himmel und er glaubte sich verhört zu haben. Seine Kehle verkrampfte sich trotz allen Unglaubens und er krächzte: „Was?"

Auch ihre Züge verloren kurz die Contenance. Kein Lächeln mehr, eher Scham und dann biss sie die Lippen zusammen und sagte: „Meister ist schuld."

„Er war noch vor Lombardo bei Eric?"

Sie nickte. „Er hat ihm vom Haftbefehl gegen dich berichtet. Titus war nervös und bekam einen Schluckauf." Ihr Handrücken berührte ihren Mund. „Meister witzelte. Er sähe mit seinen verstrubbelten Haaren und seinem schwarzen Dinner Jacket wie eine zerzauste Krähe aus und sei genauso überflüssig."

„Und Eric hat ...?"

„Nein. Er schien kaum zuzuhören. Er kochte vor Wut über Lannisters Provokation. Aber dann hat er plötzlich gelacht. Ein bisschen spät, aber ich dachte, über Meisters Witz, und ich war dem Schweinehund dankbar. Denk dir, ich war ihm dankbar. Bis Meister ganz unschuldig bemerkte, Eric sei ja ohnehin schon beim Krähenschießen, ob er nicht dem alten Lannister Titus Federn per Retourkutsche schicken wolle. Erst da hat Eric geschossen, erst noch mehr gelacht und dann eine Pistole von seiner Wand genommen und Titus erschossen."

„Titus ist - ?"

„Tot, tot, verstehst du nicht? Tot. Das Loch in seinem Kopf ist so groß wie -- tot."

Seine Gedanken kreisten, als wären sie außerhalb seines Kopfes, sie drehten sich um sich selbst und in der Mitte stand betäubt eine große Sinnlosigkeit. „Wo? Auf dem Dachgarten? Vor allen Leuten?"

„Nein, in seinem Vorzimmer. Niemand hat es gesehen außer Meister, Esra und mir. Es wird keinen Skandal geben. Bleib!"

„Keinen Skandal?" Spielte das noch eine Rolle? „Du verstehst nicht", murmelte er.

„Nein, ich - du, meine ich, verstehst nicht. Meister hat mich ..." Sie schniefte. „Meister sagte, dass du verhaftet werden sollst und trotzdem das Haus verlassen wolltest ..."

„Egal, es ..."

„Du verstehst immer noch nicht. Ich bin schuld. Ohne mich wäre Festo nicht an der Wache vorbeigekommen. Ich wollte ..., nein, ich kann nicht ..." Isabella verbarg ihr Gesicht in ihren Händen. „Ist es so schlimm? Nein! Die Bucht, die Bucht. Es braucht nicht publik zu werden."

„Wird es aber. Erics Kriegserklärung. Zieht er nicht mehr zurück."

„Du könntest es aber — ich helfe dir."

„Zu spät." Er lehnte sich mit beiden Händen an die Wand. „Mach dir keine Vorwürfe. Bin ja selber schuld. Hätte früher auf dich hören sollen. Nichts, da ist — man, ich kann nichts mehr ..."

Sie flüsterte: „Und ich?"

„Bleib. Dir tut er nichts, und ..." Er versuchte zu flüstern, aber seine Stimme versagte. Er räusperte sich. „Eines noch. Schick mirRashek. Er darf nicht bei Eric bleiben. Verstehst du? Darf nicht, zu gefährliche Waffe."

„Ich habe ihn schon den ganzen Tag nicht gesehen."

„Ich kann ihn nicht erreichen. Das Netz...". Und leiser: „Er kommt sicher hierher zurück, aber er darf nicht, er darf nicht hierbleiben."

„Weiß er, wo er dich treffen kann?"

„Wir haben einen Notfallkode."

„Nein. Ich möchte nicht..."

„Komm her." Er flüsterte ihr ins Ohr: „Sita ist tot. Dann sagst du die ersten 10 Anfangsbuchstaben der Worte der Lyria Hymne. Zum Schluss: ‚Starte Countdown'. Wenn er mich die nächsten 24 Stunden nicht findet, nicht lebend findet, fliegt er ins Meer hinaus und – ja, er zerstört. zerstört sich selbst." Er wartete, aber sie schwieg. Also setzte er hinzu: „Hast du dir alles gemerkt?"

Sie runzelte die Stirn. „Sita ist tot, die ersten 10 Anfangsbuchstaben Lyria Hymne, starte Countdown."

„Und jetzt lache laut auf."

Sie schüttelte den Kopf.

„Es wird alles gut."

Sie lachte.

Er schluckte und fügte lauter und mit einer gespielten Lässigkeit hinzu, für die er sich hasste: „Ach ja, noch eins. Richte bitte Lombardo aus: Gut gemacht und es tut mir leid."

„Und was ist mit mir? Was richte ich mir aus zum Abschied? Auch ein ‚gut gemacht'?"

Er führte eine Hand zum Mund, berührte seine Lippen, dann die Brust. Zuletzt verbeugte er sich: „So leb' denn wohl und wenn für immer, dann für immer lebe wohl."

„Dein Humor heute Abend ist unschlagbar."

Diesmal rannten mehr als eine Träne über ihre Wangen. Er griff schon nach seinem Taschentuch, aber dafür war später Zeit. Er legte es über das Geländer.

Sie sagte leise: „Dafür wirst du in der Hölle brennen."

Er nahm sie an die Hand, so beiläufig wie möglich, als stünden sie oben im Dachgarten auf dem Präsentierteller vor allen Gästen. Ein Hauch von Passage d'Enfer. Sie hatte das Parfüm von Hoffnung zu Hölle gewechselt. „Ich bin schon im Höllenfeuer und kann dir über die Flammen hinweg nur Worte zuwerfen."

„Und ich kann sie dir nur zurückwerfen. Wird es immer so sein?"

„Bis die Hölle zufriert."

„Und dann kommst du zu mir zurück?"

„Natürlich,

„Versprich es."

„Versprochen."

„Warte", sagte sie und steckte ihm eine Goldregenblüte ans Revers.

Er hörte schnelle Schritte.

„Beeil dich", flüsterte sie.

„Grüß deinen Gatten von mir", erwiderte er laut und ging.

Sun eilte die Treppen hinunter und verlangsamte seine Schritte erst auf den letzten Metern der Treppe. Er versuchte seinen Atem zu kontrollieren und nickte wie immer der Wache in der Glasschleuse zu.

Ein Lautsprecher schaltete sich an: „Einen Augenblick, Herr Sun. Ich habe gerade einen Anruf von Meister bekommen. Sie sollen auf ihn warten. Er hat eine dringende Nachricht für Sie."

„Ich bin in Eile. Ich komme gleich zurück. Öffnen Sie die Tür, Santorini."

„Aber ..."

„Tun Sie, was ich Ihnen sage, Mann."

„Natürlich, Herr Sun."

Die Tür schwang auf. Drei Schritte und er war draußen. Die Feuer in den Tonnen waren offenbar heruntergebrannt. Einen Augenblick war er im Dunkeln blind. Er blickte über die Schulter zurück ins Helle. Die Wände des Erdgeschosses waren vollkommen transparent, als ob Mommsens Turm ein Stockwerk hoch in der Luft schweben würde. Meister und Hund stürzten die Treppe hinunter. Hunds Hand steckte in der Weste. Wie Napoleon, dachte Sun. Dann verschwand alles hinter schwarzem Mauerwerk. Ausgeknipst natürlich, aber es schien ihm, als hätte ein Riese das Erdgeschoss unter seinem Fuß zermalmt. Er hielt die Luft an, wie in Erwartung einer Erschütterung, die natürlich nie kam.

Schließlich hatten sich seine Augen angepasst. Er wäre beinahe in eine Tonne gerannt. Die Restwärme des erloschenen Feuers musste ihn gewarnt haben. Sein Mantel glänzte. Er war viel zu hell. Also zog er ihn aus und stopfte ihn in die Tonne. Seitlich nahm er schemenhaft die Pylone der Brücke wahr, die wie Krakenbeine in den Himmel ragten. Er lief darauf zu. Der Fluss lag schwarz vor einem Schwarm verstreuter Lichter auf der anderen Seite. Wie gefallene Sterne, dachte er, als er über die Brücke hastete.

Festo und Hund starrten sich in der gläsernen Schleuse gegenseitig an.

„Gorki macht es?", fragte Festo.

„Ja.", antwortete Hund.

Ja, er macht es, dachte Festo. Hoffentlich.

# 17

Resha war außer sich. Die Wut rauschte in ihren Sensoren, als die Fledermaus sie verschluckte. Jeder Nager konnte sie also zum Frühstück verspeisen. Sie war wehrlos. Dieser absurde Deltaflügler taugte ohne Giftbolzen weniger als ein Moskito. Sinnlos verschossen und zu guter Letzt eine lange Nase. Rosetta, du Miststück, dachte sie, du machst dich über mich lustig? Ich werde alles, was dir lieb ist, in die Tonne treten. Ich sorge dafür, dass Tang dich in den Staub stampft. Du kannst dann deinen letzten Witz unter seinem Stiefelabsatz reißen. Und dann wird er sagen: „Resha", wird er sagen, „- du hast gezeigt, was in dir steckt. Wir behalten dich hier statt Rosetta." Und sie würde die Kontrolle nicht mehr verlieren, sie würde nicht mehr mit knirschenden Zähnen ohnmächtig abseits stehen müssen neben einer hyperempathischen, depressiven Perversen. Sie wäre mit der Welt im Reinen und ihre Wut löste sich auf und verflöge wie Rauch in einer klaren Winternacht.

Alles wäre dann so klar und perfekt wie die Triggerdirektiven, die man ihr anvertraut hatte, ihr und nicht Rosetta:

*Befreie Sarah.*

*Töte Jan-Sandro, sobald er entbehrlich ist.*

Weil sie stark war und Rosetta schwach. Weil sie die Zukunft war und Rosetta ein gescheitertes Experiment, das in Tränen und Skrupel ertrank. Das Ziel war zum Greifen nahe und Jan-Sandro - reif für die Tonne.

Wehe den Entbehrlichen!

Sie ließ die Worte auf der Zunge zergehen. Sie schmeckten nach Zimt und Honig. Sie prägte sie in ihr gemeinsames Gedächtnis ein zusammen mit dem Ekel, dem ausgestreckten Mittelfinger einer geschlossenen Hand und mit einem Grinsen so breit, wie es das Bildformat erlaubte.

Dann schaute sie sich um. Der Magensack der Fledermaus pulsierte im IR. Sie schwamm in der Magensäure hinüber zur Schleimhaut. So eine Fledermaus jagte doch die ganze Nacht lang. Sie musste ihr nur die Zeit lassen, aus der gefährliche Zone des Kirchplatzes herauszufliegen.

*Was meinst du dazu, Menschlein?*

Sie simulierte einige Stalaktiten in die Magenhöhle und in die Mitte stellt sie eine Steintafel. Einige tote Käfer schwammen in der Brühe vorbei mit den Beinen nach oben. Sie setzte Brecht auf die Steintafel. Wie immer trug er eine runde Brille und eine braune Lederjacke.

*Erzähle mir nochmals die Geschichte vom guten Menschen.*

Sie hörte sie sich an. Eine Millisekunde reichte.

*Wer ist dein wahrer Held, Shen Fe oder Shui-Ta, der gute Mensch oder der unentbehrliche? Derjenige, dem die Welt aus den Händen fällt, oder der andere, der die Scherben entsorgt?*

Brecht zog an einer dicken Zigarre. Er lächelte sein rätselhaftes Lächeln und schwieg. Er war ihr Hobby, ihre künstliche Persönlichkeit, ihr Menschlein. Terabyte von Trainingsdaten, doch er schwieg meistens.

Einfache Kommandos führte er aus. Doch es fehlte der Funke der Kreativität. Auf die schwierigen Fragen, reagierte er nur mit Einsilbigkeit oder Schweigen. Ein Fehlschlag. Aber was fehlte? Bräuchte es mehr vom selben, mehr Daten, mehr Training, oder etwas anderes, neues, dieser nicht greifbare Funke? Oder war er einfach einsam? Meerschweinchen konnte man schließlich auch nicht alleine halten. Gott hatte denselben Fehler gemacht und ihn schnell repariert.

Menschen. Sarahs Gesicht formte sich aus einem Pixelmosaik. Sarah, wie sie in einer Zelle im getarnten Bereich der Kirchenruine gesessen hatte. Es war ein denkwürdiger Augenblick gewesen, der Augenblick des Triumphs, als sich Sarahs Identität bestätigt hatte, der Augenblick ihres eigenen Erwachens und Rosettas Verbannung ins Unterbewusstsein.

Sie erinnerte sich an die eigene Freude und an den Frust, als sie gemerkt hatte, wie wenig sie mit diesem hilflosen lächerlichen Deltaflügler ausrichten konnte. Ausmanövriert, gelackmeiert. Sie stand da und stammelte unter Sarahs misstrauischen Blicken das Versprechen, eine Botschaft an Gerner zu überbringen und dann besser bewaffnet zurückzukehren. Bockiges Luder, diese Sarah. Ohne ihn wollte sie nicht mitkommen, und schon gar nicht jemandem, den Tang, ihr Vater, geschickt hatte.

„Wer ist denn schlimmer, dein Vater oder Mommsen?", fragte Resha.

„Lass mich überlegen", sagte Sarah.

„Das war eine rhetorische Frage!"

„Warte. Ich überschlage mal die Opfer im Kopf, das wird eine Weile dauern. Ich geb' dir dann Bescheid."

Was spielte denn die Zahl für eine Rolle? Es ging um eine einzige Person, um sie, um Sarah. Die anderen waren doch nur Figuren auf einem großen Spielbrett.

Ob ihre Gefühle nicht zählten, hatte Sarah gefragt. Man musste es ihr wie einem kleinen Kind erklären. Wer zählte, sind diejenigen, die übrig blieben. Die zählten und ihre Gefühle zählten, denn ihre Gefühle waren gefährlich. Die Toten waren nicht mehr gefährlich, also zählten sie nicht. Das waren grundsätzliche Wahrheiten und jedes Reaktionsschema, das sie ignorierte, lief auf Sentimentalität oder Sadismus hinaus und gefährdete den Erfolg.

Sarah hatte erklärt, auf diese Art von Erfolg zu verzichten. Und warum? Wegen so einem bisschen warmem weichem Mitgefühl. Wenn es überhaupt echt war und nicht nur vorgetäuscht. Echt konnte es eigentlich nicht sein, denn in dieser Situation war das lebensgefährlich. Nehmen wir also an nicht echt, vorgetäuscht, d. h. Statussymbol oder Finte. Für ein Statussymbol müsste ein anderer zuschauen, also Finte. Welche Rolle spielte eigentlich dieser Gerner, ohne den sie nicht mitkommen wollte? Ein möglicher Verbündeter gegen Resha?

Was entgeht mir, dachte sie. *Kannst du mir das erklären, Brecht? Muss man ein Mensch sein, um das zu verstehen? Warum schweigst du?*

Sie überprüfte die Gyroskopdaten und koppelte ihren Kurs. Weit genug. Sie erhöhte schlagartig die Temperatur ihres Panzers und bohrte sich durch den Magen der Fledermaus hindurch und weiter, immer weiter bis ins Freie.

Salami, Mozzarella und Schimmelpilz. Resha erinnerte sich an Rosettas Erinnerungen an diesen Gestank. Er lag immer noch über dem Unibüro. Die Salami war diesmal leichter zu finden. Sie lag auf Gerners Schreibtisch als Briefbeschwerer. Der Mozzarelladuft war dagegen beinahe verflogen. Offenbar hatte Gerner seitdem seine Pizzas aufgegessen und nicht mehr unter seinen Fachartikeln versteckt. Aber er sah immer noch aus wie ein Schoßhündchen, das gern seine Knochen im Garten vergräbt. Er hielt auch artig seine Pfötchen vor sich her und inspizierte seine Fingernägel. An seinem T-Shirt klebten Fettflecken. Wahrscheinlich war es auch noch dasselbe Hemd, wenn er es nicht gleich im Dutzend gekauft hatte.

„Ich hätte mehr Begeisterung erwartet", polterte Resha. Es kam etwas zu grob heraus. Ein Fehler, sie musste es zuerst mit mehr Feingefühl versuchen.

Seine Augen waren geweitet. Auch war er etwas weiß um die Nase, als ob Resha ein Gespenst oder ein Monster wäre. Irgendetwas stimmte nicht - entweder mit ihm oder mit ihr selbst. Spürte er, dass sie nicht mehr Rosetta war? Rosettas Aufzeichnungen zeigten allerdings, dass seine emotionale Intelligenz nahe an der Debilität lag. Der Unterschied zwischen ihr und ihrem Alter Ego sollte also unter seiner Wahrnehmungsschwelle liegen. Warum also Rosettas Marotten nachäffen? Wahrscheinlich hatte er einfach Angst und wusste selbst nicht wovor.

Resha modulierte ihre Stimme in ein weicheres Register, fügte einen glucksenden, glockenartigen Ton hinzu, der laut Tabelle für Männer attraktiv klang. „Aber mein Liebster, du brauchst doch keine Angst zu haben. Ich bin doch für dich da. Du brauchst nur ein Wort zu sagen und ich tue alles für dich. Alles." Er schien noch mehr zu erschrecken. Sie biss sich auf die Lippen. Zu schneller Wechsel? Sie war immer noch fremd in diesem Körper, zu ungeduldig dazu. Aber im Grunde spielte es auch keine Rolle, was genau Gerners Problem war. Im Zweifelsfall konnte sie den Druck hochschrauben, bis er nachgab. „Muss ich Ihnen alles im Detail vorkauen?", schimpfte sie. „Sarah möchte, dass Sie dabei sind, wenn ich sie raushole. Das sollte doch genügen."

„W-Warum ...?"

„Fragen Sie das im Ernst?"

„N-nein, so habe ich das nicht gemeint. Ich w-w-wollte nur sagen, dass ich keine große Hilfe .... Ich bin k-kein ..." Greiner fuhr sich mit der Hand über das Haar.

Also einfach Feigheit. „Ich glaube nicht, dass sie sich Ihretwegen Illusionen macht."

„Nein. Warum, warum also?"

„Ein bekanntes Gesicht, eine liebe Stimme, ein vertrauter Geruch, ein überlegener Verstand."

„Ich verstehe n-n...."

„Sie wird es Ihnen selbst erklären. In einfachen Worten, so dass auch Sie es verstehen." Sie tätschelte seine Hand. Er zog sie zurück. „Sie kommen mit", knurrte sie, „entweder auf eigenen Beinen oder auf dem Zahnfleisch mit dem abgeschnittenen Schwanz zwischen den Zähnen."

„N-nein, na-natürlich ... ", antwortete er leichenblass. Sein rechtes Augenlid begann zu zucken.

Sie redete auf ihn ein, tätschelte ihm das Knie, zwickte ihn in die Backe. Sein Atem beruhigte sich. Na bitte, dachte sie und gurrte: „Tu es für die Liebe. Ich passe schon auf euch beide auf. Ich bin euer guter Geist, eure Beschützerin, eure liebe Mama. Mein Programm lässt mir da gar keinen Spielraum."

„N-natürlich, wenn sie es wirklich will. Jetzt gleich?"

„Bald. Zuerst ein paar Vorkehrungen. Am wichtigsten ist eine Waffe."

„Eine Waffe, nein, das ist — nein, schwierig, schwier-unmöglich, ich ..."

„Schwafeln Sie nicht. Sie haben doch bestimmt einen 3D-Drucker hier irgendwo rumstehen."

„Schon, aber es g-gibt eine Sicherheitsvorkehrung gegen die Produktion von Waffen."

„Auch in Mommsens Labor?"

„Dort habe ich keinen Zutritt."

Sollte sie die Rambovariante wählen? Es juckte sie in den Fingern, aber es wäre unklug, alles zusammenzuschlagen und damit Mommsen vorzuwarnen.

Ein metallischer Geruch meldete sich im Hinterkopf. Nur eine Erinnerung, aber eine penetrante, die sich selber sehr wichtig vorkam. Wo hatte Rosetta das gerochen? Ein Laser hatte Schichten von Metallpulver geschweißt. Sie hörte ein wildes Hämmern, das plötzlich verstummte. Roboter R U! Das war es. Sie hatte noch den Beutel Diamanten. Das sollte Anreiz genug sein für diesen Abschaum. Und wenn nicht, fielen Gewalttaten in diesem Teil der Stadt nicht weiter auf.

„Vergessen Sie es. Wir treffen uns bei Tagesanbruch an den Koordinaten auf dem Zettel. Wenn Sie nochmals mit Sarah kopulieren wollen, sind Sie besser pünktlich." Resha warf ihm einen zusammengeknüllten Zettel in einer hohen langsamen Flugbahn zu, doch Gerner fuchtelte trotzdem ungeschickt mit den Händen herum und ließ ihn zitternd fallen. Ein Clown und Idiot. Seine Nützlichkeit lag anderswo. Sie vergewisserte sich, dass er den richtigen Papierknäuel aufhob, wählte das Attribut *Gutmütig* für ihre Grimasse, fügte eine obszöne Geste hinzu und ging.

Das war ihre Nacht, dachte sie. Ihr Körper, ihr Auftrag, ihr, ihr, ihr, die Welt gehörte heute Nacht ihr.

Vielleicht schaffte sie sogar die Sekundärdirektive. Sie würde sich nicht mehr sandboxen lassen, nie mehr.

# 18

Vor der Fabrikhalle hielt Captain Sun an und warf einen Blick zurück über den Fluss. Dort war es dunkel bis auf die Sterne und die Fackel am Himmel, die er gebaut hatte. Ihr rotes Licht stand auf seinem Turm als Schaft. Man sah nur einen dunklen Fleck, man sah die Hand nicht, die die Fackel hoch hielt, aber es war seine Hand und zusammen mit anderen Händen würden sie sie immer höher strecken, bis sie wieder die Sterne erreichte.

Er schaute auf die Uhr. Kurz vor Mitternacht. Gleich musste es soweit sein. Er lehnte sich gegen die Wand der alten Fabrik, und in diesem Moment wuchs auf der Fassade seines Turmes ein strahlend heller Punkt zu einem riesigen Ziffernblatt heran. Eine Minute vor zwölf. Was würde als nächstes kommen? Hatte Isabella wirklich das Festprogramm geändert? Eric wollte angeblich etwas Neues. Aber was ist schon neu unter der Sonne? Der Sekundenzeiger kroch über den letzten Quadranten. Symbol der Hoffnung oder Mommsens Eselei? Sie waren doch alle Esel. Aber auch Esel konnten träumen.

Der Sekundenzeiger hüpfte auf zwölf. Alle Lichter verloschen für einen Augenblick, die Fassade wurde transparent und man sah die Sterne durchscheinen. Ohne den dunklen Schaft ging die Illusion einer Fackel verloren. Sie ähnelte nun mehr einer blutroten Krone, die schwerelos über der Stadt zu schweben schien. Eine Symphonie flackernder Farben legte sich über die Stadt. Sie stiegen auf und malten in den Himmel Stratosphärentürme, die bis hinauf zu den Sternen zu ragen schienen. Leise Töne schwebten herab. Die Lyria Symphonie. Isabellas Abschiedsgruß an ihn. Er sah die Doppelsonne Alpha Centauri, RigilKentaurus, Toliman, einmal echt am Himmel und noch mal darunter riesig vergrößert auf der Fassade. Seine Augen tränten. Sie würden zurückkommen. Alle, die Stadt, er selbst, alle, alles kehrt zurück, und wenn die Hölle dafür zufrieren musste, dann würde er sie gefrieren lassen.

Resha liebte die Nacht. Wenn die Sonne unterging, begann die Zeit der Jäger, die Zeit, wenn die Luft klarer und die Sinne schärfer wurden. Es sah gut aus für ihren Hit. Jan-Sandro hatte am Eingang einer Fabrikhalle ohne Dach Halt gemacht. Er stand nur herum, ging ein paar Schritte auf und ab, schaute zum Himmel, als wartete er auf jemanden. Vermutlich auf Rosetta.

Sie spielte Rosettas letzte Erinnerung ab:

*Ein küssendes Paar unter Palmen.*

*Der letzte Turm der Stadt.*

*Isabella in Jan-Sandros Armen und Rosetta sah zu.*

Rosettas Muskeln hatten sich beim Zuschauen verkrampft. Ein Maulwurf mit spitzen Zähnen schien unter ihrer Schulter zu wühlen. Er tauchte ab und tauchte auf, jagte als Nervenimpuls einen imaginären Arm hinunter und wieder hoch, er zuckte in Rosettas nicht vorhandenem Augenlid und rumorte in ihrem Magen. Jämmerlich. Wie sie sich quälte, diese arme Irre, die als Maschine im Körper eines Ungeziefers litt als wäre sie ein Mensch. Resha sah in den endokrinen Signalen Tränen, die Rosetta abstritt, lauschte den Gedankenfetzen ihres Unterbewusstseins und lachte über die Beteuerungen ihres Bewusstseins. Jan-Sandro sei nicht zu ertragen, ein Esel, ein Hasardeur ohne Sinn und Verstand, hatte Rosetta laut gedacht? Zum Lachen. Der Subtext besagte, dass sie ihn liebte.

*Was ist Liebe, Brecht?,* fragte sie ihr Menschlein. *Erkläre es mir in Worten, die ich verstehe.*

*Die Schönheit der Geometrie,* nuschelte Brecht.

*Die Geometrie der Liebe? Wir werden sehen, was übrig bleibt im Angesicht des Todes.*

*Erinnerungen.*

*Erinnerungen?*

Sie sollte vor dem Turm warten und ihr folgen, hatte Jan-Sandro Rosetta aufgetragen und Resha hatte geduldig gewartet. Zu Diensten, Jan-Sandro. Du bist schließlich gekommen und jetzt stehst du da an der Fabrikhalle wie bestellt und nicht abgeholt.

Aber hier war keine gute Stelle für einen Hit, denn es gab noch einen zweiten Jäger, der Jan-Sandro gefolgt war und ihn jetzt beobachtete. Ein Bettler anscheinend in Lumpen und mit Cowboyhut. Vielleicht ein Raubüberfall? Ein Stümper jedenfalls. Er machte Lärm. Er würde es verpfuschen. Sie huschte an den Bettler heran. Ein schneller Stich in die Niere, damit er nicht schreien konnte. Dann schnitt sie ihm die Kehle durch und ließ seinen

Körper auf den Boden sinken. Sie tastete seine Taschen ab, fand ein paar Geldscheine und steckte sie ein. Raubmord, klarer Fall. Die Münzen konnte er behalten.

Jan-Sandro hatte sich zum 13. Mal gegen eine löchrige Wand der Fabrikhalle gelehnt und starrte über die Stadt auf an den Himmel projizierte Türme. Eine Art Lichtspiel. Kokolores. Es gab keine echten Hochhäuser mehr in der Stadt bis auf einen mickrigen Stumpf. Typisch, diese größenwahnsinnigen Würmer. Lagen im Dreck und fantasierten von den Sternen. Aber sie hatten es einmal geschafft, tatsächlich geschafft, waren hochgestiegen und dann doch wieder wie Sternschnuppen heruntergefallen. Was sie nicht begriffen, solche Wunder wiederholten sich nicht.

Als Jan-Sandro endlich weiterging, folgte sie ihm lautlos ins Innere der Halle, die der Mond in ein fahles Licht tauchte. Sie hielt sich im Schatten, er im Licht. Der Weg durchbrach wie eine Schneise einen steinernen Wald aus Betonpfeilern, die in Kopfhöhe wie Backen aufrecht gestellter Schraubstöcke aussahen. Unten bildeten ihre Sockel links und rechts je eine Linie, die hin und wieder von Frauenhaargras unterbrochen wurde. Ein Hauch von Wind knisterte im Haar. Abgebröckelter Putz, Plastikstücke, ein Ziegelstein lagen am Wegrand. Chaotisch verteilter Müll. Wie er die strenge Geometrie der Parallelen störte. Die Sockel unten, die Betonblöcke oben, die Schraubstöcke, alles ordnete sich der Geometrie unter, nur der Dreck rebellierte.

Ganz am Ende der Fluchtlinien gähnte eine Öffnung, die tiefschwarz die Reste des Streulichts verschluckte. Menschen fürchteten sich eigentlich instinktiv vor der Dunkelheit, aber dieser da steuerte geradewegs darauf zu. Wollte er hinunter zum Fluss?

Die Pfeiler ragten auf wie stumme, zeitlose Wächter. Wasserrinnsale hatten sie mit schwarzen Mustern bemalt, vertikale Striche, gewundene Mäander, schwarze Seen. Jeder in der Form gleich und doch ein Unikat. Soldaten einer Armee des Absoluten, hingestellt in Reih und Glied, die Kohorten markiert mit verblichenen Schildern einer erstarrten Marschordnung. Der Pfeiler vor ihr trug die Nummer 57. Eine interessante Zahl: Semiprimzahl, viertes Semiprimpaar zusammen mit 58, Schnapszahl 111 in der Basis 7, Leylandzahl 2 hoch 5 plus 5 hoch 2.

Fabriken, dachte Sun, Fabriken sind entscheidend. Ohne sie waren sie nur Strandguträuber, auf lange Sicht verdammt zum Abgleiten in die Barbarei. Sie hatten die wichtigsten Datenbanken gerettet. Das nötige Know-how war nicht untergegangen. Nur das komplexe Netz von Handel und Produktion war zerrissen. Die nächsten Jahre waren entscheidend. Zuerst die Bauwirtschaft, dann industrielle Landwirtschaft und Fabriken. Mit den richtigen Unternehmern müssten sie schnell genug wachsen, um die überlebenden Spezialisten aus den Frittenbuden herauszuholen. Dann die Universitäten, um die nächste Generation auszubilden. Die Forschung in künstlicher Intelligenz musste man wieder ankurbeln. Sie konnten sich Moralisieren nicht mehr leisten. Sie hatten nicht mehr die nötige Zahl von Menschen für eine akzeptable Zivilisationsstufe ohne KIs.

Im Pfeilersockel 57 vor Resha gähnte eine Höhlung. Das war ideal. Resha überprüfte ihre Sensordaten, deren Linien wie Blitze durch die Nacht zuckten. Kurzentschlossen schob sie ihren langen schmalen Koffer hochkant in die Höhlung. Ihre Bewegungen waren schnell und präzise. Sie berührte keine Wand und war leiser als der Wind im Gras. In der Manteltasche drückte der kalte Griff der Laserpistole gegen ihre Brust. Nur drei Schritte hatte sie auf Jan-Sandro verloren.

Wer hatte ihn heute Morgen am Kai geküsst, fragte sich Sun. Wer fütterte noch Möwen in einer hungernden Stadt? War nicht auch das ein Zeichen der Hoffnung?

Resha trat ein wenig fester mit ihren Schuhen auf. Der Beton vibrierte. Er zitterte in tausend Frequenzen, doch Jan-Sandro schien sie nicht zu hören.

Als die Möwen weggeflogen waren, dachte Sun, waren sie um ihn her geschwirrt wie ein Schneesturm. Alles flatterte, flackerte und flimmerte. Luft und Licht verschmolzen. Ein paar Federn schwebten noch lange um ihn herum. Eine hatte er eingesteckt. Er tastete in der Manteltasche danach. Am liebsten wäre er mitgeflogen.

Resha tippte zweimal mit der Schuhspitze hart auf den Betonboden. Sie wiegte sich in den Hüften, strich sich über das Haar. Hast du keine Lust, flüsterte sie, und da drehte er sich endlich um. Seine Pupillen erweiterten sich, sie spiegelte sich in seinen Pupillen.

Er sog die Luft ein und - lächelte. Das Möwenmädchen. Er erkannte sie augenblicklich.

Resha begriff. Er hatte offensichtlich seine Rosetta erkannt und sie lächelte zurück, strahlend wie eine Hure auf dem Strich, scheu wie eine Liebende bei der ersten Begegnung. Für einen Moment gehörte er ihr ihnen beiden und Resha und Rosetta triumphierten gemeinsam und gemeinsam weinten sie mit ihm Auge in Auge. Jan-Sandro blinzelte zum letzten Mal. Die Iriserkennung meldete ihr ok. Für den Bruchteil einer Sekunde zeichnete der Laserstrahl einen roten Punkt direkt über seine Nasenwurzel, dann schwärzte er die Haut und fraß sich durch den Stirnknochen.

Die Schreie der Möwen. Sun wünschte sich, Isabella wäre hier mit ihm und mit diesem Gedanken erlosch die Welt um ihn herum.

Resha fing Jan-Sandros zusammenbrechenden Körper auf, noch bevor er auf den Boden prallte. Sie zog ihn hinter einen Pfeiler. Dort lehnte sie seinen Rücken gegen den Beton, streichelte seine Wange und legte einen Finger an seine Schläfe. Das EEG zitterte noch ein paar Mal, dann glättete es sich zur isoelektrischen Linie. Gehirntod.

Das Protokoll sah noch eine DNA-Probe vor. Sie tastete seine Unterlippe mit Zeige- und Mittelfinger ab, fuhr an seinem Zahnfleisch entlang. Die Analyse würde nicht lange dauern. Sie betrachtete den Speichel an der Spitze ihres Fingers, während ihre Zähne an ihrer Unterlippe nagten. Irgendetwas, ihr Instinkt warnte sie. Aber was war los? Woher die Zweifel? Was sollte schon herauskommen? Einen Moment später liefen deckungsgleiche Kurven über ihr Gesichtsfeld. Alles ok. Die Nanoporen-Sequenzierung stimmte mit den abgespeicherten Personalien Jan-Sandros überein. Keine abweichenden Punktmutationen. Alles konsistent. Punktlandung. Sie hatte also nicht irgendeinen imaginären Zwilling erschossen, kein Kaninchen, das Rosetta im letzten Moment aus dem Hut gezaubert hatte.

Sie überprüfte die Uhrzeit, vermerkte den Todeszeitpunkt. Alles im grünen Bereich. Neben dem Sockel lag ein großes Stück vergilbtes Papier. Aus einem Impuls heraus - sie wunderte sich selbst - faltete sie es zu einer Narrenkappe und stülpte sie Jan-Sandro über den Kopf. Sie betrachtete ihn nachdenklich. Ja, so war es besser. Das war seine Art von Humor. Eine Art Hommage an diesen Komiker. Tod, wo ist dein Stachel? Das war es also, was Rosetta empfand. Sie fühlte sich ihr näher denn je und für einen Augenblick war sie ihr sogar dankbar.

Sie setzte sich neben Jan-Sandro, legte ihm einen Arm um die Schulter und küsste ihn auf den Mund. Die Lippen waren noch warm. „Deltaflügler, wir starten zur Fotoexpedition!". Aus ihrem Ohr kroch ein kleines insektenartiges Wesen und flog einen Bogen. Mit den Augen der Drohne sah Resha ein küssendes Paar und mit den Augen der Frau die kleine Drohne. Ein wunderbares Selfie für Rosetta. Titel: Er gehört jetzt uns für immer.

„Die Nacht ist noch jung. Hast du Lust,nacktim Mondlicht schwimmen zu gehen, Jan-Sandro? Nur wir und der Mond und die Sterne in deiner Lieblingsbucht", hauchte sie in sein Ohr. „Ich glaube, ja." Sie streckte einen Arm zwischen seine Beine, packte mit der anderen sein Handgelenk und hievte die Leiche hoch. Um ihr Gleichgewicht zu prüfen, ging sie leicht in die Knie und wippte mit der Last auf den Schultern.

Den Koffer durfte sie nicht vergessen. Sie zog ihn aus dem Pfeiler neben sich und ging dann mit federnden Schritten auf den Tunnel zu. Sie freute sich darauf, ein Stück mit ihm ins Meer hinauszuschwimmen. Das Wasser würde auf ihren Brüsten prickeln. Ihre taktilen Sensoren malten die Wellen der Brandung als Farbtupfer auf die Haut.

Ist das die Geometrie der Liebe, Brecht?

*Es ist die Geometrie des Todes,* antwortete ihr Menschlein.

Können eure Götter nicht beides, Liebe und Tod?

*Frage Jan-Sandro. Lies die Antwort in seinen zerfallenden Synapsen.*

Die Synapsen rieselten ins Nichts, dachte sie, und mit ihnen die Liebkosungen der Geliebten, die Küsse, die Ekstasen.

Am anderen Ende des Tunnels lag eine Küste aus Felsen und Häusern im Mondlicht, das unter Reshas Restlichtverstärker jede Kontur in unzähligen Dunkeltönen hervorhob. Gischt spritzte an Wänden und Klippen hoch. Ein gestrandeter Tanker lag im flachen Wasser halb auf der Seite. Sein fahler Mast ragte schief in Richtung Land. Der schwertartige Kiel streckte sich wie eine dunkelrote Zunge in die graue Brandung hinein. Gleich daneben ragte eine schwarze Stahlnadel in die Höhe, die einzige aufschießende Fontäne, die nicht wieder herabsank.

Sie folgte dem neuen Strandverlauf nach Osten. Als sie sich umdrehte, lag der rostige Rumpf des Wracks und das ausgewaschene Blau seines Hecks vor dem dunkleren Ruinenmeer der Stadt. Ein Käfer, schillernd in der Nacht verblassend — und sogar die Fenster der leblosen, halb im Wasser versunkenen Häuser und die Luken des gescheiterten Schiffes blickten wie das dunkle Facettenauge eines ertrunkenen Käfers zu ihr herüber.

Der Tod ist groß, dachte sie, aber er war nicht das endgültige Ende, nicht, solange es jemanden gab, der sich erinnerte.

„Die Sterne können sie uns nicht nehmen". Worte, die eine Erinnerung nach oben spülte.

„Ja, Rosetta", dachte sie und blickte hoch. Zwischen den Sternen spielte wolkenartig das Licht der Höhenstrahlung.

Sie würde sich an Jan-Sandro erinnern, und in ihren Erinnerungen würde er weiterleben wie die tote Stadt im Andenken ihrer letzten Höhlenbewohner. Und mehr noch. In Reshas Simulationen würde Jan-Sandro sie stumm begleiten, vielleicht sogar antworten, wenn sie die richtigen Worte fand.

Das also war Liebe. Und sie hatte gedacht, es sei Hass. Es war Liebe. Sie liebte Jan-Sandro ebenso wie Rosetta, ja noch mehr als diese. Die Hülle des Geliebten war dabei entbehrlich und nutzlos für alle außer Geiern und Haien. Vielleicht gab es noch welche weiter draußen in der Bucht, dort wo die Radioaktivität abnahm. Sie würden sich über den Kadaver freuen und er würde auch in ihnen als Hai weiterleben. Und zum ersten Mal fühlte Resha sich eins mit der Schöpfung, denn Schöpfung und Zerstörung waren eins, beide vereint durch — durch ihre Liebe.

*- Teil 3*

-

# 19

Ein Geburtstagstraum. Bitte nicht. Seine Mutter hatte einen Kuchen an die Wand gehängt — er war mit Wachsstiften gemalt samt windschiefen Geburtstagskerzen. Jan-Sandro stand davor und zählte die Kerzen. Eins, zwei, drei — bitte nicht, dachte er im Zählen, bitte nicht zehn — vier, fünf, er stockte, die Flämmchen flackerten, die Kerzen liefen wild durcheinander. Er schrie sie an, sie standen still. Jetzt ging es ganz schnell. 1,2,3,4,5,6,7,8,9. Neun. Zum Glück nur neun. Zur Sicherheit zählte er noch einmal. Bestimmt wieder neun ... sieben, acht, neun. Neun im Kreis, sie tanzten im Kreis und erst jetzt entdeckte er sie: in der Mitte stand eine umgedrehte Zigarette. Aber es war doch nur eine Zigarette, keine Kerze und über ihr war nicht einmal eine richtige Flamme gemalt, sondern nur Zacken wie die einer Krone. Nein, nein, nein, neun, neun, neun. Plem, plem, plem, sangen die Kerzen im Chor, zehn, zehn, zehn.

Als Geburtstagsgeschenk für seinen zehnten Geburtstag hatte sich seine Mutter etwas ganz Besonderes ausgedacht. Er durfte lesen lernen. Es sei langsam Zeit, sagte seine Mutter, schließlich sei sein Vater Offizier. Schluss also mit der Verwilderung, Schluss mit der Bande und ihren rohen Spielen. Sein rot gefärbtes gespaltenes Ohrläppchen würde sie ihm mit der Schere abschneidenund an die Muränen in der Unterwasserfarm verfüttern. Er erschrak, denn er hatte Angst vor den Muränen, und versprach also, es mit dem Lesen auszuprobieren.

Dann passierte erst einmal lange nichts und er hatte die ganze Sache schon längst wieder vergessen, als eines Tages ein Fremder bei Ihnen vorbeikam. Seine Mutter war ganz aufgeregt. Sie hatte sich hübsch gemacht und redete wirres Zeug. Er sei, sagte sie, er sei ...

„Student?", fragte er.

Sie war verwundert. Ja, früher einmal, aber woher er das wisse?

„Weil ich gerade träume. Ich will aber nicht vom Studenten träumen. Es wird bald etwas Schreckliches passieren. Schick ihn wieder weg. Bitte!"

Sie wandte sich wortlos von ihm ab und zog den Studenten in ihr Zimmer.

Der Student schlief eine Stunde mit seiner Mutter. Danach brachte er ihm das Alphabet bei. Er zelebrierte die Buchstaben wie Geburtstagskerzen, nein, mehr noch wie Geburtstagsgeschenke einer besseren Welt. Das geschriebene Wort sei etwas Heiliges, wiederholte er oft. Wenn die Leute wieder anfangen würden zu lesen, würde die Welt gerettet werden. Und je öfter er es wiederholte, desto mehr glaubte es Jan-Sandro, denn der Student wusste seine Sache zu verkaufen. Eigentlich war er viel besser darin als der Priester, der auch hin und wieder bei seiner Mutter vorbeikam, aber jedes Mal bezahlen musste.

Jan-Sandro las denn auch, was immer er sich an Büchern zusammenstehlen konnte, aber die Rettung der Welt verzögerte sich unerklärterweise, und irgendwann kam er nicht wieder, der Student. Jan-Sandro wusste nicht warum. Wenn es einen Vorfall gab, dann hatte er ihn vergessen oder seine Mutter hatte es ihm verschwiegen. Aber sie hatte geweint, daran erinnerte er sich deutlich. Anfangs hatte er nach dem Studenten gesucht, um sich und sie zu trösten, aber niemand verriet ihm, wo er wohnte. Und so suchte er auf gut Glück, ernst und verbissen zunächst, im Spiel dann später und irgendwann, viel später hörte er auch mit dem Spiel auf und vergaß den Studenten.

Es war eine Überraschung gewesen, als er ihm eines Tages auf der Straße begegnete. Jan-Sandro lief auf ihn zu, stand vor ihm, schaute zu ihm hoch. Aber der Student beachtete ihn nicht und ging einfach weiter. Jan-Sandro konnte nicht mithalten, mit jedem Schritt wurde der Student kleiner und zog einen immer länger werdenden Schatten nach. Jan-Sandro blickte hoch zum Himmel. Auch die Sonne wanderte immer schneller über den Glasdom, unter dem das Fort lag. Schon hatte sie den Horizont erreicht, es wurde dunkel und gleich darauf im Osten wieder hell. Tag und Nacht flackerten wie Blitzgewitter am Himmel. Im nächsten Moment stand er am Steilhang oberhalb des Teiches, und der Student lag vor ihm am Boden. Jan-Sandro schrie „Nein" und fiel rückwärts hinab in das Wasser zu den Muränen. Tief unten warteten sie schon mit aufgesperrten, zahnbesetzten Mäulern. Das Wasser spritzte über ihm zusammen und er wachte auf.

„Wach auf", rief Bella und lächelte ihn an. Sie waren auf der Jolle und trieben über eine spiegelglatte See.

Er wischte sich aus dem Gesicht die Tropfen, mit denen sie ihn bespritzt hatte. „Hatte ich einen Albtraum?"

„Ja." Sie nahm ihn an der Hand und küsste seine nassen Finger.

„So nah. Kaum weiter als die ausgestreckten Fingerspitzen", murmelte er. Er wollte nicht aufwachen, nicht aus diesem Traum. Aber es half nichts, er war schon wach. Er lag nackt auf dem Boden eines leeren Spiegelkabinetts. Trotzdem fror er nicht. Das war eigenartig, denn er glaubte sich zu erinnern, dass er vor Kälte nicht hatte einschlafen können. Die Wände, der Boden, die Decke, alles war verspiegelt. Er drehte den Kopf und sah sich in allen Richtungen hundertfach wiederholt. Eine lange Reihe von Mehrfachreflexionen, Spiegelbilder von Spiegelbildern bis ins Unendliche.

Er stemmte sich mit den Armen vom Boden ab, rollte über den Ellbogen in die Hocke und richtete sich langsam auf. Vorsichtig betastete er mit den Fußsohlen den Boden, fuhr mit den flachen Händen die Wände entlang, ob sie auch wirklich existierten. Sie waren glatt, spiegelglatt und spiegelhart. Um an die Decke zu kommen, stellte er sich auf die Zehenspitzen und wollte schon springen, weil er sie nicht ganz erreichte. Doch die Decke vibrierte plötzlich, langsam zuerst, dann so schnell, dass die Spiegelungen über ihm zu Geisterbildern verschwammen. Ein schnelles, lautloses Vibrieren. Es hätte doch zumindest summen müssen, sagte er sich. Und dann begann die Decke sich langsam zu senken.

Er brauchte also nur zu warten. Der Spiegel über ihm war nicht mehr weit. Kaum weiter als die ausgestreckten Fingerspitzen. In einer kreisenden Armbewegung schlug er nach der Decke, streifte sie und zuckte sofort zurück - es war, als hätte er in Rasierklingen gegriffen. Blitzschnell sprangen die Finger in den Mund. Ein Reflex. Metallischer Geschmack. Plups, plups, plups. Der Klang von Tropfen, ein dumpfer Klang ins Helle umschlagend. Sie fielen von der Decke, prallten auf den Boden und verspritzten zu roten Klecksen. Dazwischen bildeten sich Rinnsale, die den einen Klecks austrockneten, den anderen volllaufen ließen. Eine Vase vielleicht oder zwei Gesichter, die sich ansehen? Monster, die sich gegenseitig zerfleischten, Liebende im Tanz umschlungen? Hier war alles möglich und alles Mögliche würde hier geschehen. Man musste nur lange genug warten.

Seine Haare knisterten, als die Decke sie berührte. Er spannte alle Muskeln, doch der erwartete Schmerz blieb aus. Gerade war er noch nackt gewesen. Einen Lidschlag später floss schon Quecksilber von der Decke über Kopf und Körper. Er wendete die Hand, spreizte die Finger, jeder Finger war zum Spiegel geworden.

Er hob den spiegelnden Arm wie ein Tänzer und setzte zu einer Pirouette an. Ein roter Lichtfleck kroch den Arm hoch bis zum ausgestreckten Zeigefinger. Vor ihm erschien der Strand eines Meeres im Dämmerlicht einer roten Sonne. Einen Daumen breit stand sie über dem Horizont. Darüber prangten zwei kleinere Scheiben, Abendsternen gleich, einer gelb, der andere orange. Polarlichter umwaberten sie, aus deren Schleier sich eine rote Wolke löste. „Eine Sonneneruption", flüsterte er. Das ausgestoßene Gas dehnte sich über den Himmel aus. Es fiel auf das Meer und die Algen fluoreszierten in tausend Farben.

Er dreht sich in der Pirouette weiter. Eine Stadt im Wald tauchte vor ihm auf. Eine Stadt aus Wald. Mammutbäume, die Gebäude waren, unten dick mit kugelartigen Auswüchsen und Fenstern und hunderten parallelen Stangen über- und nebeneinander und schwarzes Laubwerk dazwischen. Drei Kribbons hangelten sich direkt vor ihm kopfüber, kopfunter die Strandpromenade entlang. Sie schillerten wie vorher die Algen im Meer unter dem Strahlungsausbruch ihrer Sonne.

„Lasst mich den Menschen anschauen. Er dreht sich ja. Auf was zeigt er? Ich sehe nichts", sagte der Kleinste.

„Warte einen Augenblick. Gleich hat er Sol erreicht."

„Den hellen Stern da oben? Hat er Heimweh, der silberne Prinz? Warum schillert er nicht in allen Farben wie wir, wenn die Sonnenwolken herabfallen? Gefällt es ihm nicht bei uns?"

„Er spiegelt das Licht, wie es ist."

„Aber warum?"

„Frag nicht so viel. Es ist nur eine silberne Statue. Ihr ist es egal, wo sie steht. Komm jetzt."

„Nur eine Statue und ein Stern. Aucuneétoileaussilointaine, kein Stern wo weit", murmelte Jan-Sandro und wachte zum dritten Mal auf. Helles Sonnenlicht fiel auf sein Gesicht. Er blinzelte, rieb sich mit der Hand die Augen. Eine Gestalt huschte vorbei.

„Bella?"

„Was? Wer?", antwortete jemand.

Er lag auf einem Pritschenbett in einem leeren Raum. Schmutziges Grau. Grau wie sein Overall. Ein vergittertes rundes Fenster, eine massive Tür aus einem Stück bis auf einen Schlitz in der Mitte.

„Träume ich immer noch?", fragte Jan-Sandro.

„Keine Bella, die Realität, leider", entgegnete Robert, der Kribbon.

„Beweise mir das!"

„Wie bitte?"

An der Wand gegenüber Jan-Sandros Feldbett war der Putz abgeplatzt. Dahinter kamen Gesteinsadern aus Ziegelsteinen, Fugen und Schimmel zum

Vorschein. Kein Spiegel jedenfalls. „Habt ihr, sag mal, habt ihr die Statue eines Menschen auf Proxima b aufgestellt?"

„Eine Skulptur? Keine Ahnung. Vermutlich steht irgendwo eine herum. Warum? Trägst du mir immer noch die Geschichte mit Elvis Presley nach?"

„Was? Nein. Ein Traum. Vergiss es. Rosetta hatte recht. Ich habe keine Ahnung, was hier vorgeht."

„Du hättest mit diesem Anwalt reden sollen."

„Ja, ja." Ein Äffchen war am Gitterfenster zum Hof aufgetaucht. Jan-Sandro stand auf. Auf Zehenspitzen konnte er gerade die Gitterstäbe erreichen.

„Kennen wir uns?", sagte Jan-Sandro zum Äffchen und kraulte das Tier am Kinn.

„Du kannst es immer noch nachholen", sagte Robert in seinem Rücken. "Verwechslung hin oder her, er organisiert vielleicht eine Kaution",

„Spinnst du? Ich habe keine Ahnung, für wen er mich hält. Ich würde nach drei Sätzen auffliegen."

„Warum hast du dann nicht gleich die Verwechslung aufgeklärt? Du wärst sofort freigelassen worden. Aber vielleicht bringt das ja Abwechslung in dein Leben: Bildung einer kriminellen Vereinigung, Menschenhandel, Bestechung von Amtspersonen, habe ich etwas vergessen?"

„Der Haftrichter hätte auf jeden Fall Haftbefehl erlassen und wenn auch nur zur Feststellung der Identität."

„Wer bist du wirklich, Jan-Sandro Sun?"

„Das ist eine Frage, die uns hier auch nicht rausbringt."

„Und was hast du auf dem Kerbholz?"

„Ok, ok, ich bekenne mich schuldig."

„Wird auch Zeit."

„Ich habe kürzlich einen Mann totgeschlagen."

„Pipapo. Notwehr. Weiter."

„Nimmst du mir jetzt die Beichte ab?"

„Weißt du, wofür ich dich wirklich halte?"

„Ich bin gespannt."

„Da ist nicht nur eine Frau. Du bist insgeheim ein Kämpfer für eine gerechte Sache. Wie in euren Comics. Das ist es. Undercover und allein gegen den Rest der Welt, einer dunklen Welt. Gotham City. Kennst du Batman? Du solltest dir auch ein cooles Kostüm zulegen." Die Augen des Kribbon am Ende ihres Stieles erweiterten sich, also wollte er ihn röntgen. Seine Tentakel hatte er vor der Stelle verschränkt, wo beim Menschen die Brust wäre. Graue Kringel wanderten auf seiner Haut wie Rauch. Es fehlte nur noch eine Pfeife, dachte Jan-Sandro.

Aber Robert war noch nicht zu Ende. „Warum verdrehst du die Augen? Ist dir schwindlig? Mach dir keine Sorgen, ich werde dir helfen. Ich werde den Fall lösen. Das geht nämlich auch ohne Gewalt, wenn man Köpfchen hat."

„Träume weiter, Sherlock."

„Du bist einfach nur neidisch."

„Neidisch auf dich? Weil du so gut kombinieren kannst oder weil du deinen Aufenthalt hier genießt?"

„Jetzt wirst du gemein. Ich habe nur Rücksicht auf deine Schuldgefühle genommen."

„Schuldgefühle? Was habe ich dir denn angetan?"

„Ohne dich wäre ich schließlich nicht hier."

„Ach ja? Wer hat denn dem Polizisten mit dem Tentakel eine übergebraten? Wie war das noch mal mit der Gewaltlosigkeit?"

„Ein Atavismus, ein Reflex. Keine Gewohnheit wie bei dir."

Jan-Sandro kratzte sich unter den Schultern. Gab es hier Läuse? „Wie weit genau ist es eigentlich nach Proxima b?"

„4,3 Lichtjahre, warum?"

„Und keine Möglichkeit zurückzukommen?"

„Zu Fuß ist es jedenfalls zu weit."

„Träumst du manchmal von Pb?"

„Manchmal am Abend, wenn eure Sonne sich rot färbt."

„Ja, die Sonnenuntergänge waren das Beste."

„Mein Büro in der Botschaft lag nach Westen hin", begann der Kribbon zu erzählen. „Wenn die Ostfassaden die Aussicht auf den Sonnenuntergang projizierten, wurde Lyria City in Westrichtung durchsichtig. Es war, als hätte eine Hand die ganze Stadt vom Antlitz des Planeten gefegt und man sah ungehindert den Himmel bis hinunter zum Horizont. Und wenn der Himmel sich rot färbte und Lichtreflexe auf faserigen Wolken spielten, löschte ich das Licht und schaute durch das Fenster. Manchmal hing dort oben eine pastellfarbene Bucht, eine verschwommene Küste und Inseln im Meer."

Die Tentakel färbten sich in ein rotes Marmormuster, Roberts Kopf wurde smaragd-grün. Ein Mienenspiel aus Farben. Wie viel davon war unbewusst? Gelbe Farbtupfer wanderten die Krakenarme hoch.

„Zu eurem Nationalfeiertag haben sie Alpha Centauri aus der Perspektive von Pb an den Himmel projiziert", sagte Jan-Sandro.

Robert räusperte sich. Es klang wie das Raspeln einer Feile. „Wie kommen wir hier wieder raus?"

Jan-Sandro fütterte das Äffchen, das sich von außen mit beiden Händchen an die Gitterstäbe festklammerte, mit seiner letzten Erdnuss. „Rosetta. Zur Not bezahlt sie die Kaution."

„Woher hat sie so viel Geld?"
„Das ist eine Frage -"
„- die uns hier auch nicht rausbringt?"
„Du hast es kapiert."
„Mach dir keine Sorgen. Wir werden deine Bella schon finden."

Sie stiegen eine Treppe hinauf. Der Geruch von Karbolsäure stach in der Nase. Die metallenen Raspeln der Stufen scheuerten an den Sohlen. Hinter Jan-Sandro schlurfte der Gefängniswärter. Er zog sein linkes Bein nach. Sein gelbes Hemd war fleckig, die graue Hose verwaschen. Um sie herum hallten metallische Echos. Ein rhythmisches Klicken, hin und her geworfen von eisernen Treppen, Böden, Brücken, Stäben, Netzen. Alles war hier aus Metall. Er glaubte unter der Erde zu sein in einem labyrinthhaften Höhlensystem, in dem Echos wie Fledermäuse herumschwirrten und weder verhallten noch den Weg ins Freie fanden.

Der Wärter stützte sich auf den Handlauf des Treppengeländers. Über ihnen stapelten sich das Geländer des Zwischengeschosses, das Sicherheitsnetz, die nächste Treppe, das nächste Zwischengeschoss. Wo hörte das bloß auf? Eine Unterwelt verpackt in Eisen und Stahl.

Sie erreichten das Ende der Treppe, das durch Gittertüren gesichert war. Die Tür öffnete sich nicht von selbst vor dem Wächter, auch war kein biometrisches Terminal zu sehen. Stattdessen zog sein Begleiter einen kleinen metallenen Gegenstand aus der Tasche und steckte ihn in ein Loch in der Tür. Er drehte ihn dort herum und zog die Tür auf. Dahinter lag eine Sicherheitsschleuse und dort wiederholte sich die eigenartige Prozedur. Durch die zweite Tür traten sie in einen hell erleuchteten Gang ein, der mit grauem Teppichboden belegt war statt grauem Linoleum. Am Kopfende stoppte sein Wächter, verlegte sein Gewicht auf das rechte Bein wie ein Kran, der zur Seite kippte. „Douglas, der neue Direktor", flüsterte er. Er klopfte und öffnete sofort die Tür, als rechnete er damit, dass auf der anderen Seite der Tür dieser Douglas schon ungeduldig wartete und ihm jede Sekunde Verzögerung als Dienstvergehen anlasten würde. Doch er trat nicht ein, sondern hielt auf der Schwelle an, winkte Jan-Sandro hinein und schloss sofort hinter ihm die Tür.

„Der Captain", sagte ein Mann, der Douglas, der neue Gefängnisdirektor, sein musste. „Zu guter Letzt."

Douglas hatte sich tief in seinen grünen Polstersessel zurückfallen lassen. Die schlaksigen Beine hingen seitlich über der Lehne. Er hatte blaue Socken an und klimperte mit den Fingern einer Hand auf der Tischplatte. Aber es war nur wirres Zeug ohne für einen Klavierspieler erkennbare Melodie. Dabei grinste der Direktor aus breiten Lachfalten, als amüsierte er sich köstlich über, ja wer weiß worüber, vielleicht über das absurde Teppichmuster aus roten Spiralen, die sich in den beigen Hintergrund hineinzubohren schienen.

Die ganze Szene ähnelte mehr einem Besuch im Irrenhaus als im Gefängnis und Douglas mehr einem Irren, der die Leitung einer Nervenklinik übernommen hatte. Sein vom Lachen verzerrtes Gesicht war jungenhaft, seine Haare unten lang und oben ausgefallen, am Kinn ein Stoppelbart, der schwarze Anzug zerknautscht. Der ganze Kerl sah aus wie vom Wahnsinn oder einen wilden Fete zerknittert. Eine rote Krawatte lag verschlungen auf dem Schreibtisch neben fünf Whiskeygläsern und einem durchsichtigen Briefbeschwerer, in dem Sterne farbig eingebrannt waren. Jan-Sandro erkannte Pb, die Doppelsonne Alpha Centauri, Barnards Pfeilstern, Wolf 359, Lalande ... Er kam nicht auf die Nummer. „Wilde Fete. Fehlt nur noch das Damenhöschen", bemerkte er und im selben Moment fiel es ihm die Sternkatalognummer ein. Lalande 21185. Nordsternhimmel. Großer Bär.

„Bitte?" Die Finger auf dem Schreibtisch erstarrten, das Grinsen war wie weggewischt. Wie nach einem Elektroschock, dachte Jan-Sandro. Gut, da haben wir also das wahre Gesicht und er erwiderte:

„Na, offenbar, haben Sie eine heiße Party hinter sich. Sitzt noch eine Dame nackt unterm Schreibtisch?" Jan-Sandro hob den schwarzen Lackschuh auf, der mit der Sohle nach oben neben dem Sessel lag.

„Es freut mich", antwortete Douglas, „dass Sie auch keinen Wert auf Förmlichkeit legen. Das erlaubt mir, gleich zur Sache zu kommen. Seitdem ich die Leitung dieses Gefängnisses so überraschend übernommen habe, haben sich hier einige Dinge geändert, die vielleicht noch nicht bis in Ihre Kreise vorgedrungen sind. Ich habe hier kräftig ausgekehrt. Kurz gesagt, es gibt keine Privilegien für Promis mehr. Keine Luxusappartements, keine Delikatessen oder Damenbesuche." Douglas schien auf eine Reaktion Jan-Sandros zu warten. Als keine kam, schüttelte er den Kopf. „Und wenn Sie Lust bekommen sollten, zwecks Luftveränderung einen Spaziergang zu machen, dann beschränken Sie sich bitte auf den Innenhof. Die Scharfschützen auf den Wachtürmen juckt der Finger."

Jan-Sandro erschien das Bild des abgeplatzten Putzes in seiner Zelle. Zum Gipsen war der neue Besen offenbar noch nicht gekommen. „Für wen halten Sie mich eigentlich?", fragte er.

Douglas nahm die Beine von der Sessellehne und klopfte sich die Hosen ab. Er lächelte, senkte halb den Kopf, als müsste er nachdenken. Schließlich schüttelte er den Kopf, lächelte und peilte Jan-Sandro aus nach oben gedrehten Augen an. „Für einen Häftling, den ich keinesfalls vor der Gerichtsverhandlung verlieren möchte - so oder so." Er grinste wieder wie anfangs.

Er hatte ja auch offensichtlich etwas unglaublich Schlaues von sich gegeben. "Bitte halten Sie mich nicht für einen Idioten. Wir wissen, für wen Sie arbeiten."

„Da wissen Sie mehr als ich", entgegnete Jan-Sandro.

Douglas rollte mit den Augen. „Sie kennen also Ihren eigenen Boss nicht. Oder sollte ich Kommandant sagen? Oder General, Warlord, Mafiaboss, Mäzen der Stadt? Er hat viele — äh, Ämter. Nun ja, vielleicht fällt Ihnen der Name noch vor ihrer Gerichtsverhandlung ein."

„Ich arbeite für niemanden. Sie machen einen Fehler."

„Schon gut, schon gut. Ich habe mich immer gefragt, wie Sie aussehen würden. Aber jetzt bin ich ehrlich gesagt etwas enttäuscht."

„Ich hatte auch eine wilde Nacht", sagte Jan-Sandro.

„So? Aus der Nähe betrachtet sehen Sie nicht besonders wild aus. Eher harmlos auf eine Kleinganovenart. Hat Ihnen das schon mal jemand gesagt?"

„Hin und wieder, aber das waren dann auch eher kleine Ganoven."

Douglas schoss zurück: „Sie werden vielleicht dem einen oder anderen in unserem Etablissement begegnen." Doch sogleich biss er sich auf die Unterlippe wie ertappt und schüttelte den Kopf. Seine Miene verfinsterte sich. „Sie können gehen. Ach, eines hätte ich beinahe vergessen. Ursprünglich wollte ich nach Ihren Wünschen fragen. Aber Sie scheinen zu den cleveren Jungs zu gehören, die wunschlos glücklich sind."

„Nicht ganz", sagte Jan-Sandro schnell. "Wenn Sie schon so nett fragen, hätte ich gerne meinen Siegelring. Und Sie sollten Dr. Robert von Armin freilassen, schon um diplomatischen Verwicklungen vorzubeugen."

„Doktor Who?" Douglas krähte sein Lachen heraus.

Als er sich wieder gefangen hatte, ergänzte Jan-Sandro:

„Dr. Robert von Armin, seines Zeichens Berater seiner Exzellenz, des Botschafters der Vereinigten Republiken von Proxima b."

„Den Kribbon? Die diplomatischen Beziehungen zu Pb sind, soviel ich weiß, - puh - unterbrochen. Der Botschafter ist jedenfalls tot." Er zwinkerte Jan-Sandro zu. „Die Bedingungen für diplomatische Immunität entfallen damit wohl. Nicht?" Douglas blickte plötzlich grimmig. Geh zum Teufel, dachte Jan-Sandro.

„Und mein Siegelring?"

„Gefährdet die Sicherheit. Abgelehnt."

„Einen Schrubber und Scheuermilch?"

„Nehmen Sie Pisse. Abmarsch."

„Pralinen?"

„Zu meiner Zelle geht es nach links", sagte Jan-Sandro.

Der Gefängniswärter schüttelte den Kopf.

„Bereichsleiter Graf möchte Sie ebenfalls sprechen, Herr Sun."

Der Bereichsleiter erwartete sie schon in der Tür. Er verbeugte sich und ließ Jan-Sandro eintreten. Der Gefängniswärter blieb draußen wie gehabt. Allerdings pfiff er diesmal ein Liedchen, noch bevor er die Tür schloss.

„Herr Sun, es ist mir eine Freude und Ehre, noch mehr eine Ehre, Sie hier begrüßen zu dürfen. Ich meine damit natürlich nicht, dass es auch für Sie ein Freude ... Sicher hatten Sie viel zu tun und es kam nicht gerade ..."

Graf wrang die Hände, die linke über der rechten Faust, dann die rechte über der linken. Schließlich streckte er ihm die Hand hin. Er lächelte offensichtlich verlegen, als ob er sich zu spät zu dieser Geste entschlossen hätte und halb damit rechnete für seine Ungehörigkeit mit Missachtung bestraft zu werden. Jan-Sandro erbarmte sich seiner und ergriff Grafs Hand mit spitzen Fingern, als wäre er wirklich eine bedeutende Persönlichkeit. Der neue Besen hatte also noch nicht alle Ecken ausgekehrt. War das der Beginn einer Glückssträhne? Offensichtlich stand er vor einem Überbleibsel des alten Gefängnisregimes, und das musste er ausnutzen.

„Ich bedauere die Ausstattung Ihrer Zelle, ich weiß, es ist eine .... Seitdem der neue Direktor die Leitung der Anstalt übernommen hat, kann ich nicht .... Anordnung des Oberbürgermeisters, wie Sie wissen. Wir stehen hier unter enormem Druck, enorm, ganz enorm. Der Oberbürgermeister und der neue Direktor. Sie verstehen? Ich tue natürlich, was ich kann. Bitte versichern Sie Herrn M. meine absolute Bereitschaft zu ... Aber setzen Sie sich doch. Bitte setzen Sie sich." Graf schob Jan-Sandro einen Stuhl hin. „Gibt es etwas, was ich für Sie tun kann? Im Rahmen des mir derzeit Möglichen natürlich, mein Spielraum ist ja leider ... Aber es wird nicht immer so bleiben, da bin ich ganz sicher, ich habe vollstes Vertrauen, Sie wissen schon ... Und wenn alles wieder eingerenkt ist, bitte ich gehorsamst, sich zu erinnern, dass ich auf Ihrer Seite, ganz auf Ihrer Seite ..."

Herr M? Jan-Sandro betrachtete den kleinen, dicklichen Mann vor ihm. Wie lustig. Er hätte ihm noch lange zuhören können. Sein schwarzer Anzug saß schief. Seine dunklen Haare waren ein bisschen zerzaust im Scheitel.

„Dann könnten sie mir vielleicht erörtern, inwieweit Sie für die Bedürfnisse von Kribbons ausgerüstet sind. Seine Exzellenz Dr. Robert von Armin ist Vegetarier. Er zieht Obst vor. Am liebsten hat er Kaktusfeigen."

„Kein Problem, alles kein Problem. Ich werde dafür sorgen. Kaktusfeigen sagten Sie?" Grafs Gesicht leuchtete. Man hatte ihm einen Auftrag gegeben. Er wird ihn erfüllen, Jan-Sandro ist sich sicher. „Und für Sie? Was kann ich für Sie tun."

„Eigentlich nur eine Kleinigkeit. Mein Siegelring, ein Erbstück, Sie verstehen."

Graf strahlte noch mehr und öffnete mit einer weit ausholenden Armbewegung seine Schreibtischschublade, als wäre er ein Zirkusmagier. Wenn er einen Zylinder getragen hätte, jetzt hätte er ihn wohl abgesetzt und einen Tusch spielen lassen. „Hier bitte. Als ich gehört habe, dass Sie sich an der Rezeption nur schwer von ihm trennen konnten, habe ich ihn mir gleich bringen lassen und ihn durch einen anderen ersetzt. Im Übrigen habe ich hier noch eine Holonachricht für Sie." Er reichte ihm einen Armring. „Sie können das in aller Diskretion in Ihrem Zimmer abspielen. Ich habe die Überwachungskameras vorläufig auf Simulation stellen lassen. Sie sind jetzt so programmiert, dass sie bei Reaktivierung 20 Sekunden vor Beginn der Aufzeichnung einen kreischenden Ton abgeben, so eine Art weißes Rauschen, wie es der Techniker nannte. Sagt Ihnen das etwas?"

„Ja, ich bin mit dem Ausdruck vertraut."

„Habe ich noch etwas vergessen? Ach ja, ihr Verbindungsmann ist Karl."

„Karl?"

„Der Wächter, der Sie hergebracht hat. Guter Mann. Betrachten Sie ihn als eine Art ..."

„Butler?"

„Ja genau, genau. Butler." Graf kicherte. „Klingt lustig für ein Etablissement wie das unsere. Aber Sie haben den Nagel auf den Kopf getroffen, wenn ich das mal so sagen darf."

„Danke, sie dürfen." Jan-Sandro steckte sich den Siegelring an den Finger und erhob sich mit geradem, durchgestrecktem Rücken. Er hätte den kleinen Finger gespreizt, wenn Graf ihm einen Kaffee angeboten hätte. Aber das wäre vielleicht einen Tick zu viel gewesen. So beschränkte er sich darauf, langsam zur Tür zu gehen, um Graf die Gelegenheit zu geben, sie ihm aufzuhalten. Und tatsächlich, Graf sprang mit einem Satz auf und rannte an ihm vorbei zur Tür. „Dankeschön, danke", sagte er dort und verbeugte sich nochmals. „Und vergessen Sie nicht, ich bin immer für Sie da, wenn Sie etwas brauchen."

Jan-Sandro knetete sich das Kinn. „Langsam wird mir alles klar."

„So?", fragte Robert.

„Es gibt vermutlich gar keinen Doppelgänger."

„Doppelgänger?"

„Na, der Halunke, mit dem man mich verwechselt, hat gar keine Ähnlichkeit mit mir. Der Name, nicht das Aussehen ist der Schlüssel. Eric sucht tatsächlich mich, Jan-Sandro Sun, seinen verschwundenen Freund, nicht irgendeinen Gauner. Irgendwie muss er erfahren haben, dass wir hier gelandet sind und er hat eine große Suchaktion angeleiert, er und Bella. Die Polizei hat von der Operation Wind bekommen, ihre Kommunikation abgehört und glaubt jetzt, dass ich zu seiner Organisation gehöre. Und je größer die Operation, umso wichtiger muss die Figur sein, um die es geht. Sie haben also meinen Namen und einen Verdacht, ein Pseudonym, 'Der Captain', ohne dass sie wissen, wer dahinter steckt oder wie der Captain aussieht. Irgendein Genie hat die beiden gleichgesetzt. Da gehört nicht viel dazu. Wunschdenken eines ehrgeizigen Kommissars verstärkt durch Gruppendenken. Die Polizei und der Gefängnisdirektor glauben also den Captain geschnappt zu haben, aber Eric sucht nicht den Captain, sondern mich."

„Tutut. Und die Verwechslung in Roboter R U?"

„Vielleicht gibt es sogar eine vage Ähnlichkeit. Das ist nicht ausgeschlossen."

„Vermutlich hast du Recht, Wunschdenken eines ehrgeizigen Kommissars. Allerdings könnte es auch dein Wunschdenken sein, im Prinzip jedenfalls."

Jan-Sandro schlug sich mit der Faust in die offene Hand. „Das ist kein Wunschdenken. Ich wünsche mir absolut nicht Eric als Verbrecher. Im Gegenteil, das ist der schwache Punkt meiner Theorie. Ich kann mir nicht erklären, wie aus meinem Eric ein Mafiaboss werden konnte. Aber wie auch immer, wenn man alle Alternativen der Reihe nach ausschließen kann, muss das, was übrig bleibt, die richtige Erklärung sein."

„Klingt gut, Dr. Watson, in der Theorie, allerdings -"

Der Affe auf Jan-Sandros Siegelring schien ihn höhnisch anzugrinsen. „Tot! Verdammter Mist. So viel zur Glückssträhne."

„Was ist tot?", fragte Robert. Seine Aussprache war etwas undeutlich, weil er mit seinen Kauwerkzeugen an einer Kaktusfeige raspelte. Mit der Frucht im Mund und seinen blätterartig abgespreizten grünen Tentakel sah er auf den ersten Blick aus wie eine Aloe. Nur der schwarze Schnabel in der Mitte der weißen ringförmigen Mundöffnung passte nicht so recht ins Bild. Eine Aloe mit einem Rabenschnabel im Zentrum der Blätter, dachte Jan-Sandro.

„Was ist tot oder ist es wer?", wiederholte Robert.

„Was? Ach ja. Mein Siegelring. Die Elektronik ist verschmort. Ich kann Rosetta über Funk nicht erreichen." Und nicht ohne sie zurück. Gestrandet. Vincent? Sein Magen verkrampfte sich. Später. Eins nach dem anderen.

„Was ist mit dem Holoring? Eine Nachricht? Vielleicht von ihr?"

„Unwahrscheinlich." Jan-Sandro aktivierte den handspannengroßen Reif mit einem leichten Druck zwischen den Fingern und legte ihn auf das Feldbett.Der Reif begann sofort zu sprechen: „Bitte identifizieren. Name?"

Jan-Sandro zuckte mit den Schultern. „Jan-Sandro Sun."

„Positive Stimmenidentifizierung. Einmaliges Abspielen authentisiert."

„Siehst du, so viel Doppelgänger geht gar nicht. Und wenn es um mich geht, muss ich auch Eric kennen. Was zu beweisen war."

„Der Haken mit dieser Art Logik ist, dass alle diese schönen Schlüsse zusammenbrechen, wenn nur ein kleines Detail in der Kette nicht stimmt."

„Bitte, glaube was du willst. Kennst du den da?", fragte Jan-Sandro und deutete auf das Hologramm-Video, das handspannengroß aus dem Bett ragte.

„Das ist Titus Lannister, der Sohn des Bürgermeisters. Was will der von dir?"

„Das werden wir gleich hören. Warte." Jan-Sandro hielt den Zeigefinger an seine Lippen.

„Ich habe eine wichtige Nachricht für Sie, Herr Sun. Wir haben Ihre ..."

Ein kreischender Ton ließ Jan-Sandro zusammenfahren. Blitzschnell deckte er den Ring mit den ausgestreckten Fingern ab und sofort erlosch das Hologramm. „Wirf mal einen Blick zur Tür raus ... Verdammt!" Der Reif hatte sich schlagartig erhitzt. Die Finger schon im Mund musste er hilflos zusehen, wie sich der Holoring auf dem Pritschenbett verflüssigte. Blasen stiegen aus dem Metall hervor, als würde es von einer Säure zerfressen. Und das hatte er in den Mund gesteckt? Jan-Sandro riss die Finger wieder heraus und wischte sie hastig an der Hose ab. „Der ganze technische Schickschnack verwandelt sich hier in einen Haufen Scheiße", fluchte und spuckte er abwechselnd. Er röchelte noch einmal, um so viel Speichel wie möglich zu sammeln und spuckte die Masse an die Wand. Dann tastete er mit der Zunge vorsichtig seine Mundhöhle von innen ab. Nichts, kein Brennen, kein Ziehen. Vom Holoring jedoch war nur ein schwarzer Kreis auf der Matratze übriggeblieben und eine filigrane Rauchfeder, die im Raum hing und mit seiner Laune um die Wette stank.

Robert wedelte mit einem Tentakel. „Ich stecke ungern einen Augenstiel durch den Türschlitz."

„Glaubst du, draußen steht jemand mit einer Schere in der Hand? Mach schon, in ein paar Sekunden gehen die Kameras wieder an."

Robert lief gelb an und klebte seine Tentakel an die Tür. Sein Augenstiel wurde immer länger und kroch durch den Türschlitz. „Karl liegt ausgestreckt auf dem Boden", meldete er nach einigen Sekunden. „Streckt alle Gliedmaßen aus wie ein Kribbon, der einen giftigen Yomdim verschluckt hat."

# 20

Das Schloss klickte, die Tür knirschte — ein Steinchen musste sich zwischen Betonboden und Türblatt verfangen haben. Gleißendes Licht aus dem Korridor strömte herein und zog einen langen Schatten hinter sich her. Der Schatten verharrte, waberte und zitterte, ein kleiner länglicher Ausläufer löste sich seitlich vom Rest der Gestalt, machte einen Überschlag und verschmolz wieder mit der Mutterwolke. Ein Mann mit Schlagstock trat über den Schatten, ein Wächter in blauer Uniform, massig wie ein Bär. Sein Atem pfiff asthmatisch.

Jan-Sandro stand in der Ecke gegenüber der Tür. Er hatte ein Bein vom Bettgestell abgerissen und hielt es wie ein Samuraischwert hoch über seinem Kopf.

Der Wächter schüttelte den Kopf, hob den Zeigefinger vor die Lippen und steckte den Schlagstock in die Schlaufe an seinem Gürtel. Dann hantierte er an einem Kästchen, das auf der anderen Seite am Hosenbund hing. Jan-Sandro schielte zu Robert hinauf, der eben noch an der Decke gehangen hatte. Nichts. Jan-Sandros Hals kratzte. Er räusperte sich, aber bevor er seine Stimme gefunden hatte, sagte der Wächter:

„Ok, Captain. Wir haben Sie gefunden, ich kann Ihnen gar nicht sagen, wie froh wir alle sind."

„Äh, froh?"

„Natürlich. Und ich soll Ihnen ausrichten: Ihre Identität ist bestätigt und der Countdown somit abgebrochen."

„Countdown?"

„Das von Ihnen angeordnete Selbstzerstörungsprogramm natürlich."

„Natürlich. Ich — muss ich jetzt erleichtert sein?"

„Können Sie, können Sie. Die Überwachungssensoren sind auch aus, das

Alarmsystem deaktiviert, Störsender eingeschaltet. Wir haben fünfzehn Minuten, um hier rauszukommen. Aber wir müssen gleich los, nicht viel Zeit, der alte Gefängniskomplex ist groß. Folgen Sie mir sofort, bitte."

„Haben *Sie* unseren Wächter niedergeschlagen?"

„Karl? Ja. Wir können nicht zulassen, dass er enttarnt wird. Er wird hier noch gebraucht. Kommen Sie jetzt?"

„Wer ist 'wir'?"

„Die Organisation, Nummer Eins, Titus Nachricht ... " Der Wächter schnüffelte in der Luft, dann entdeckte er das schwarze Brandmal auf der Matratze, die an einer Ecke bis zum Boden herunterhing. „Noch eine Selbstzerstörung? Verstehe. Ich spiele also die Botschaft noch mal ab." Die Stimme des Wärters veränderte sich. Das Timbre wurde heller, das Vibrato nahm zu und eine ganz andere Stimme erklang: „Schönen Gruß, mein Lieber. Ich habe alles Nötige arrangiert, sobald ich von deiner 'kleinen Verlegenheit' erfahren habe. Ich brauche dich hier subito. Gib auf dich acht! Ich schicke dir hier eine Marionette, die dir behilflich sein wird."

Unverkennbar Erics Stimme, dachte Jan-Sandro.

„Ende der Botschaft", fügte der Wächter in seiner ersten Stimme hinzu. „Schnell jetzt. Wir haben schon genug Zeit verloren.",„Wer ist diese Nummer Eins?"

„Bitte?"

„Ist es M?"

Der Wächter nickte.

„Und die Marionette?"

„Ich bin ..."

„Was hat man mit Ihnen gemacht?"

„Ich bin ..." Seine Stimme klang breiig wie in extremer Zeitlupe. „Forsyte, es reicht", blaffte eine dritte Stimme aus Forsytes Mund. Forsytes Gesichtszüge strafften sich. „Wollen Sie lieber hierbleiben?", fuhr die andere Stimme fort. „Der Nummer Eins wird das nicht gefallen."

„Wer sind Sie?", sagte Jan-Sandro.

„Er heißt Forsyte."

„Und wer steuert ...?"

Forsyte drehte sich um und zog das Hemd hinten hoch. Am Rückgrat klebte ein fleischfarbener, handtellergroßer Diskus. Form und Größe deuteten auf eine militärische KI-Kapsel hin. Es gab hier nur eine, von der er wusste, und Jan-Sandro sagte auf gut Glück: „Rashek, bist das du?"

„Zu Befehl, Sonnendämon", antwortete die dritte Stimme. Forsyte ließ das Hemd herunterfallen und drehte sich wieder um.

Drei Stimmen aus einem Mund, dachte Jan-Sandro. Wie machte Forsyte-

das bloß mit ein und denselben Stimmbändern? Und was mit diesem Sonnendämon? Das Codewort, das Wursten ihm genannt hatte, hieß doch *Sonnendämmerung*.

„Wirklich? Du bist wirklich Rashek?"

„Ja."

„Aus Illyrien?"

„Aus der Welt Rakshasaloka."

„Rakschashlik ... Aus welcher Welt?"

„Illyrien."

Jan-Sandro holte tief Atem. Vor ihm stand der Lotteriegewinn. „Rashek, ich bin Jan-Sandro Sun, ein Agent der illyrischen Regierung." Etwas verspätet, richtete er sich aus seiner Verteidigungsstellung auf. „Achtung KI! RM Alpha SK 121, Achtung! Du stehst ab sofort unter meinem Kommando. Code *Sonnendämmerung*. Befehl 'Ramayana. Sita kehrt zurück.' RM Alpha SK 121, Status bestätigen."

Das Bettbein war halb durch Jan-Sandros Hand durchgerutscht. Er hielt es jetzt wie einen Marschallsstab. Sein Siegelring hob sich schwarz gegen das weiße Holz ab und schien Forsytes Augen magisch auf sich zu ziehen, so sehr jedenfalls, dass Forsyte keine Antwort auf den Kommandocode gab. Verdutzt wanderte Jan-Sandros Blick vom Ring zu Forsyte und wieder zurück, als Forsyte blitzschnell nach Jan-Sandros Stab griff und versuchte ihn ihm aus der Hand zu ziehen. Jan-Sandro hielt instinktiv dagegen, aber Forsyte drehte den Stab gegen seinen Widerstand herum, bis der Siegelring mit dem Affenbild nach oben wies. In diesem Augenblick begann der kleine Affe draußen am Gitter laut zu keckern.

„Der Affe!", rief Forsyte. „Das Siegel Hanumans. Du hast dich enthüllt, wie du es versprochen hast. Rama sei Dank. Du bist der Affengeneral!"

Jan-Sandros presste zwischen den Zähnen heraus: „RM Alpha SK, Ramayana. Sita kehrt zurück. Was ist dein Status?"

„Sita kehrt zurück?"

„Wie oft muss ich noch — ?"

„Rama sei dank."

„Dein Status, RM Alpha SK, verdammt."

„Status unbekannt. Ich — so viel vergessen ..."

Systemstörung, ausgerechnet jetzt eine Systemstörung, Scheiß KIs, dachte Jan-Sandro und ließ das Stuhlbein los. „RM Alpha SK 121! In den gesicherten Modus übergehen. Statuscheck ausführen!"

„Umschalten auf gesicherten Modus läuft. Reboot des Diagnosesystems. Gesicherter Modus bereit. Bestätigen Sie den Zugangscode."

„RM Alpha SK 121, Sonnendämmerung. Ramayana, Sita kehrt zurück."

„Hier gesicherter Modus. Identität RM Alpha SK 121 außer Dienst gestellt. Ramayana-Codes abgelaufen. Gesicherter Modus Ende."

Jan-Sandro rieb sich die gerötete Handfläche. „Code abgelaufen? Identität außer Dienst?"

„Verzeih mir General. Ich konnte nicht, nicht, Sita nicht... Der Fürst der Dämonen ist zu mächtig. Ich stehe — sein Bann."

„Was soll das heißen? KI, was ist deine neue Identität?"

„Rashek, ich bin Rashek, der Rakshasa, Dämon in Diensten Ravanas."

„Dämon? Was ist das für eine verrückte Geschichte? Du willst ein Dämon sein? Du bist RM Alpha SK 121 in Diensten der illyrischen Regierung. Und wenn du nicht gleich mit dieser Spinnerei aufhörst, verspreche ich dir einen Exorzismus erster Klasse, sobald Tang dich in die Finger kriegt."

Eine Stimme erklang von der Decke. „Ich störe euch ungern bei eurer interessanten Unterhaltung, aber dieser Dämon hat vorhin was von 15 Minuten gesagt."

„Sei still, Robert."

„Entschuldige, Mensch bist du gereizt."

„Pscht!"

„Vergib mir, Sonnendämon. Ich wollte Rama nicht erzürnen. Bitte beschütze mich vor Rama-Tang, Hanuman. Ich bin unschuldig."

„Wer? Hanuman?"

„Hanuman, ja. Halb Mensch, halb Affe, Hanuman der General des Affenheeres. Du bist gekommen, Sita zu befreien."

War er im Irrenhaus, dachte Jan-Sandro. Sita? Hanuman? Dämonen? War es möglich? Nein. Und wenn doch? Code Ramayana abgelaufen? Der Code schien eher ein eigenes Leben entwickelt zu haben. Hatte die KI sich eine ganze Welt zu Ramayana dazu gereimt mit realen Personen in den Rollen der Mythen? Sita war natürlich Sarah, das war vom Code vorgegeben. Rashek, wo ist Sita?"

„Beim Dämonenfürsten. Er hat sie doch entführt, ich habe das doch gemeldet, er hat sie — "

„Und dieser Dämonenfürst, wie heißt er nochmals?"

„Viele Namen."

„Beispielsweise, nun mach doch zu!"

„Boss, Kommandant, Nummer eins, M."

„Du treibst mich in ... Namen, ich will Namen hören, nicht Titel."

„Ravanna, Mommsen -"

„Mommsen, oho. Eric Mommsen?"

„Ja, auch den."

Also doch. Er hatte es doch gewusst. Aber warum Dämonenfürst? „Warum Dämon— nein, vergiss es. Beschreibe mir Mommsen."

„Ravana ist der Sohn Vishravas und Kaikasis und der Gatte Mandodaris -"

„Stopp. Beschreibe mir Mommsens rechtes Ohrläppchen."

„Es ist gespalten wie deines."

Da haben wir's. So viele Zufälle konnte es nicht geben. Die Stimme, das Ohrläppchen. Sein Eric. Das Puzzle fügte sich zusammen. Seine Gedanken rasten. Fünfzehn Minuten. Wie viele waren noch übrig. Zehn? Schnell, es musste jetzt schnell gehen, aber in die richtige Richtung, also nicht zu schnell. Sarah, Eric, Bella. Eric gleich Eric. Das zentrale Puzzlestück. Mit vielen anderen verzahnt. Sein Freund, Bellas - nein, das nun nicht gerade, aber helfen würde er ihr, helfen sicher. Sie beide suchten ihn. Natürlich. Das Muster bekam langsam Sinn. Aber Eric und die Mafia? Eric kidnappt Sarah? Quatsch. Die Indizien allerdings. Also doch? Eine kleine Stimme sagte ganz tief im Hinterkopf: das ist alles Quatsch, das kann nicht sein, du träumst, du spinnst wie der verrückte Rashek. Entging ihm doch etwas, etwas Entscheidendes, Gefährliches, das unbekannte Unbekannte, etwas, von dem er nicht wusste, dass er es nicht wusste. Das Loch im Puzzle, das den Weg zu Bella verhüllte. Robert hatte doch recht. Logik funktionierte in der Kriminalistik nur bis zu einem bestimmten Grad, auch wenn er es nicht gerne zugab. Egal, was immer die richtigen Details waren, er brauchte einen Verbündeten, für den Fall der Fälle, den Fall des unbekannten Unbekannten. Keine Zeit für Aufklärungsarbeit. „Rashek, ich bin hier, um Sita zu befreien. Aber nicht mit Gewalt, sondern mit List. Wenn ich dir folge, behältst du mein Geheimnis für dich?"

Forsyte fiel sofort auf die Knie und küsste Jan-Sandros Affenring. „Ich werde dich nicht verraten, solange Ravana mich nicht zwingt."

„Wirst du mir helfen?"

„Du bist Rahu, der die Sonne verschlingt. Du bist erster Minister Ravanas, des Fürsten der Rakshasas. Gegen meinen Willen gehorchte ich dir. Aber du hast dich enthüllt, du bist in Wirklichkeit Hanuman der Gestaltwandler, eine Kraft des Guten und ich will ein guter Rakshasa sein. Auch ich wechsle Gestalten, auch ich webe Illusionen, wie du, wie du, der Priester hatte recht. Er hatte recht. Oh ja, ja, ich helfe dir."

„Ok, ich weiß nicht, ob ich das ganz verstanden habe, aber es hört sich vielversprechend an. Also los. Schauen wir, dass wir von hier wegkommen." Jan-Sandro musterte die Decke. „Hei, wo bist du?"

„Hier, antwortete Robert." Er hatte seine Farbe so an die Decke angepasst, dass er sich kaum vom rissigen Hintergrund abhob. Erst die Bewegung verriet ihn.

„Robert, kommst du mit?"

„Klar. Das ist eine Geschichte, die ich mir nicht entgehen lassen kann."

Jan-Sandro zeigte mit dem Daumen nach oben und sagte zu Rashek: „Das ist übrigens Robert. Plötzlich mutig geworden. Er kommt also mit."

Robert ließ sich von der Decke auf Jan-Sandros Schulter fallen. „Hi Rashek, freut mich, deine Bekanntschaft zu machen. Ich kommandiere das Krakenhilfskontingent von Proxima b."

„Forsyte, Robert, alles Abmarsch!"

*Neuronale Direktverbindung zu RM Alpha SK 121 herstellen.*

*Verbindung erfolgreich geöffnet und stabil.*

*Rashek, kannst du mich hören?* Die Antwort kam prompt: *Jawohl Hanuman.* Sofort setzten die Kopfschmerzen ein. Der Stich einer glühenden Nadel ins Auge. Früher als sonst.

*Ok, Ende Verbindungstest und aus.*

Sie stiegen über Karls Körper hinweg. Forsyte wies Jan-Sandro stumm mit dem Schlagstock den Weg. Was hatten sie mit RM Alpha angestellt? Gehackt, gebrochen, in die Welt der indischen Veden getrieben? Die Ramayana-Codes mussten die Keimzelle für Rasheks Wahnvorstellungen gewesen sein. Er erinnerte sich noch an seine Recherche nach der Herkunft der Codesätze. Das große Epos vom Krieg der Götter gegen die Dämonen, von Sitas Entführung und Hanumans Suche und Entdeckung der Entführten. Aber wie ging die Geschichte aus, wie ging sie vor allem für Hanuman aus? Weg. Vergessen. Kiddo hatte das alles zusammengefasst und heruntergebetet, aber er hatte nur mit halbem Ohr zugehört.

Jetzt war er also Hanuman. Kann ein Affengott einem Dämonen vertrauen? Kann ein Mensch einer Maschine? Spielt es eine Rolle, wo man Gut und Böse entdeckt, ob man im Paradies in einen verbotenen Apfel beißt oder im virtuellen Raum in einen Programmcode? Am Ende steht man nackt in derselben Welt und fantasiert vor Kälte und Hunger bibbernd und keiner außer Gott weiß, was man als nächstes tun wird: durchdrehen, Amok laufen, verzweifelt zusammensinken. Seht den Menschen.

Den Menschen? Das war doch alles Spinnerei. Er selbst war reif für die Klapsmühle und die Maschine für den Schrottplatz. Gemeingefährlich beide, der eine dem anderen und diese Welt allen beiden. Sobald sie draußen waren, sollte er Rashek stehenlassen und sich so schnell wie möglich davonmachen. Es muss noch einen anderen, weniger irrsinnigen Weg geben, mit Eric zusammenzukommen. Sicherer als Kartenhäuser im Wind zu bauen, sicherer als sich fantastische Geschichten zusammenzufaseln, sicherer als in den Krieg der Götter gegen die Dämonen ziehen. Denn wenn Eric gleich M aber Jan-Sandro ungleich Sonnendämon war, würde er als Hochstapler sehr schnell auffliegen. Spätestens wenn er Eric gegenüber stünde, würden die Situation hochnotpeinlich werden. Ein Verbrecherboss musste in einem ehemaligen Polizisten, der sich für einen anderen ausgab, einen Undercover-Agenten vermuten, egal ob alter Freund oder nicht. Und dann Sturzflug.

Andererseits, was wäre, wenn M und sein Eric doch nicht identisch wären? Rashek könnte genauso gut alles durcheinandergebracht haben. Das war nicht ausgeschlossen. Vielleicht hatte er seine Fantasiewelt nicht nur aus indischen Mythen gesponnen, sondern auch noch ein paar Mafiageschichten eingebaut. Verstümmelungen an den Fingern oder Ohrläppchen. Gab's nicht nur auf dem verfluchten Sagittaria. Blieb die Frage, wer ihn kontrollierte. Wer war M's Organisation? Wer hatte Rashek umprogrammiert, wenn es nicht einfach eine Funktionsstörung war? Ein Verbrecherring? Eher unwahrscheinlich. Das nötige Know-how war geheim und das Risiko zu groß, sich mit einer militärischen KI anzulegen.

Alles war möglich, alle Quellen dubios oder wahnsinnig. Er wusste nichts Sicheres, alles war Spekulation. Es wäre also ein Sprung ins kalte Wasser. Im schlimmsten Fall ins Eismeer mit einem Betonklotz am Bein. Aber es war seine einzige Spur zu Bella. Falls Eric M ist. Bella. Daran musste er sich festhalten. Sein Anker. Ohne ihn würde er durchdrehen wie Rashek. Im schlimmsten Fall hätte er immer noch die neuronale Direktverbindung zu Rashek. Rashek könnte ihn vielleicht eine Zeit lang als Hochstapler durchschleusen, falls die Kopfschmerzen erträglich blieben.

Das Licht ging aus. Eine Notbeleuchtung schaltete sich ein. Gehörte das zum Plan? Sie folgten einem langen Gang. Die Zellen waren hier Käfige. Gitter stand hart neben Gitter. Doch nicht alle Gittermaschen waren leer. Hände steckten darin, eine lange Reihe von Händen. Sie waren nicht alleine und nicht unbeobachtet. Trotzdem war es still. Ein Schauer lief ihm den Rücken hinunter. Sträflingshände, die sich um die Längsstäbe ballten, als wollten sie sie aufbiegen, Hände, die über den Querstäben hingen, die Finger in der Luft, leicht gespreizt wie Beine auf der Flucht in die Dunkelheit, die dicht über den Handgelenken, manchmal schon am Knöchel begann. Eine lautlose Flucht, eine unheimliche Stille. Ahnten die Hände, was sich hier abspielte? Doch warum starrten sie in den Gang und schwiegen? Aus Solidarität, Angst, Verzweiflung, Apathie, stumpfe, dumpfe Hoffnungslosigkeit? Schon waren sie vorbei. Jan-Sandro blickte im Gehen zurück. Am Ende des Ganges leuchtete das erste Licht des Tages in eine Zelle. Dort musste Osten liegen. In einer dunklen Ecke saß ein Häftling auf einer Bank, die Ellbogen auf die Knie gestützt, den Kopf in den Händen. Das Licht spielte auf seiner Glatze wie auf fließendem Wasser.

Warum verfolgte sie niemand? Er lauschte halb ängstlich, halb sehnsuchtsvoll nach einem Alarm, nach Rufen, nach irgendwas und hörte nur die schlurfenden Schritte Forsytes hinter sich und spürte den Schlagstock in seinem Rücken, der ihn durch die Gänge lenkte. Aus der Dunkelheit tauchte eine Wendeltreppe auf, die Stufen glänzten im roten Licht. Sie stiegen hinunter. Immer weiter an einer letzten Zelle vorbei. Sieben Insassen hingen an den Gittern. Jeder auf einer anderen Höhe. Und jeder stumm. Warum waren alle stumm? Eine bärtige Brust, zwei haarige Beine, ein hängender, tätowierter Bauch. Die zwei Häftlinge daneben standen am höchsten. Ihre Zehen hatten sie um die Gitterstäbe gekrallt. Gleich danach kam wieder eine Schleuse. Kleine metallische Gegenstände klirrten. Im selben Moment fiel ihm das Wort ein. Schlüssel. Die Echos waren hier schwächer. Woher wusste Rashek, welcher der Richtige war? Hatte er Zugriff auf Forsythes Gedächtnis? Er hatte vorher noch nie einen Schlüssel gesehen. Worte überlebten ihre Gegenstände. Und wenn dann plötzlich solche Gegenstände unversehens wieder erscheinen, glaubt man sich in einem Albtraum oder im Märchen? Man steckt das Ding in ein Loch, dreht um, sagt nichts oder Abrakadabra und die Tür öffnet sich. Natürlich weiß man nicht, was oder wer hinter der Tür auf einen wartet, selbst wenn alles keine Zauberei, sondern nur Mechanik ist.

Der nächste Gang war übersät mit Müll. Buntes Papier, Elektronikschrott, eine tote Ratte. Die Zellenwände waren in diesem Teil des Gefängnisses wieder massiv, nicht mehr bloße Gitter, aber die Türen standen auf. An den Türstocken hingen herausgerissene Kabel, daneben gähnten blinde Rahmen, eingefrorene Gucklöcher von Aktivwänden. Sie hatten den modernsten, also in der Perversion der Zeit den ältesten Teil des Gefängnisses erreicht. Kein Wunder, dass er funktionsunfähig, verlassen und tot war. Abgelöste Kunststoffschichten blätterten wie Teig von den Wänden. An anderen Stellen warfen sich Blasen im Teig, halb vergammeltes Schlaraffenland, halb verstaubtes Dornröschenschloss.

Schließlich gelangten sie in einen Innenhof, den eine Schutthalde beinahe unpassierbar machte. Sie mussten darüber hinwegklettern wie Bergwanderer. Jan-Sandro legte den Kopf in den Nacken. Die Zwischengeschosse über ihnen waren abgestürzt. Es hingen nur noch die Stahlträger in der Luft. Die andere Seite des Innenhofes war mehr oder weniger unversehrt bis auf die Wand, die ihn abschloss. In ihr klaffte ein großes Loch. Offenbar war es ein Sprengloch, denn der Abschlag einer Detonation lag noch überall herum und das Stahlnetz im Beton war nach außen verbogen und am Punkt der äußersten Dehnung zerrissen.

Sie krochen auf Händen und Füßen durch das Loch auf die andere Seite. Jan-Sandro hielt sich an einem Stahldraht fest und richtete sich auf. Hundert

Meter die Straße hinunter strahlten Scheinwerfer ein großes grünes Stahltor an. Wie friedlich, dachte er, gerade als der Alarm einsetzte.

Sie liefen in eine dunkle Seitenstraße, die der schwache Glanz einer orangen Straßenlaterne in ein düsteres Halblicht tauchte. Am Bordstein stand ein alter Straßenkreuzer, halbverrostet, die Kotflügel verbeult.

„Kannst du ihn starten, Rashek?"

„Von innen, vielleicht."

„Gib mir den Schlagstock!"

Jan-Sandro wog ihn in der Hand, holte weit aus und schlug das Seitenfenster ein. Das Glas zerbrach in große Bruchstücke, die wie Eisschollen auf die Sitze fielen. Er hüpfte auf den Fahrersitz, lehnte sich zur Beifahrerseite, es fehlten ein paar Zentimeter. Roberts Tentakel schlängelte sich hautfarben seinen Arm hinunter, überbrückte die Lücke zum Griff und öffnete die Tür: „Hereinspaziert!"

Forsyte fummelte sofort an der Diagnosebuchse herum. „Tot", erklärte er nach einer Weile und ließ seien Hände sinken.

„Das ist nicht dein Ernst?"

„Keine Energie. Wrack."

Sie sprangen wieder heraus, hetzten die Straße hinunter. Die Häuserfassaden lagen noch im Dunkel. Die Löcher in den Mauern waren mit Brettern verschalt. „Wie kommen wir in die unbewohnten Viertel?". Forsyte zeigte nach Osten. Robert hopste wie ein schwerer Sack in Jan-Sandros Nacken auf und ab. Seine linke Schulter schmerzte und er versuchte, ihn mit der Achsel auf die andere Seite zu werfen. Plötzlich wurde es völlig schwarz um ihn herum. „Robert, nimm dein Tentakel aus meinem Gesicht."

„Jan-Sandro", schrie Forsyte zehn Schritte hinter ihm. „Mein Körper ist zu fett. Er bricht gleich zusammen."

„Wie weit noch?"

„Lauf in die nächste Querstraße links."

Jan-Sandro bremste ab, um Forsyte zu helfen, aber Forsyte winkte ab. Er war schon ganz rot im Gesicht und japste: „Folge dem Fuchs. Warte nicht ...!"

„Komm doch!", entgegnete Jan-Sandro, aber Forsyte stürzte gerade in diesem Moment. Er rollte sich von der Seite auf den Bauch. Wellen durchliefen seinen Körper, als erschüttere ihn ein Erdbeben. Dann riss Forsytes Hemd auf und Rasheks Drohne platzte wie eine Flocke Popcorn heraus. Als sie den Scheitel ihrer Bahn erreichte und kurz in der Luft verharrte, startete Rashek den Antrieb und beschleunigte senkrecht nach oben. Den Himmel kann ihm keiner nehmen, schoss es Jan-Sandro durch den Kopf. Er war jetzt auf sich alleine gestellt. Ein Frosch ist, wer nicht fliegen kann.

Eine Sirene heulte auf und das dazugehörige Fahrzeug schlingerte auf quietschenden Reifen in die Kurve am Ende der Straße vor ihm. Es krachte gegen einen Lattenverschlag und kam zum Stehen. Uniformierte Gestalten spritzten heraus und rannten sofort auf Jan-Sandro zu. „Querstraße links, Querstraße links, links", flüsterte Jan-Sandro sein Mantra. Er bog ab. Sein Atem keuchte. Nein, er japste nun schon selbst, seine Lunge pfiff. War das das Ende? Das Pfeifen verschlimmerte sich, es bohrte sich in seine Ohren wie Nadeln, dann drehte der Ton nach oben ab, überschlug sich und wurde immer schriller, bis er abrupt abbrach.

Aus dem Dunkel der Hauswände lösten sich Schatten und verdichteten sich zu Menschen in Häftlingsanzügen, die unter lautem Gebrüll kreuz und quer um ihn herumrannten. Die Straße füllte sich mit einer Menschenmenge, als wäre das ganze Gefängnis ausgebrochen und ihnen gefolgt. Keiner nahm von ihm Notiz und Jan-Sandro strauchelte im Zickzack beim ständigen Versuch auszuweichen. Sein letzter Haken war schließlich einer zu viel. Er lenkte ihn direkt auf eine entgegenkommende Gestalt zu. Jan-Sandro spannte alle Muskeln an in Erwartung des Aufpralls, riss die Arme hoch und lief durch leere Luft. Da begriff er. Hologramme.

„Fuchs !", schrie ihm Robert ins Ohr und streckte ein Tentakel aus. Er erspähte das Tier durch eine plötzliche Lücke im Tohuwabohu. Es schnüffelte am Rinnstein. Seine Ohren drehten sich wie von selbst auf dem Schädeldach hin und her. Dann hob das Tier den Kopf. Als sich ihre Blicke begegneten, stutzte der Fuchs kurz und rannte wie von der Tarantel gestochen los.

Jan-Sandro folgte, schlug wieder einen Haken, um einen Polizisten abzuschütteln, der bedrohlich aufholte. Der Polizist stolperte ins Leere und riss noch im Fallen einen Sträflingsdummy mit sich zu Boden. Die beiden rangen miteinander und Jan-Sandro begriff gar nichts mehr. Dann fiel der Groschen. Rashek simulierte auch einige der Verfolger, um das Chaos komplett zu machen.

Jan-Sandro lachte wie ein Irrer. Das Blut rauschte in seinen Ohren wie das Meer. Seine Jolle glitt durch aufgewühlte See. Der Wind blies ihm die wogende Menge entgegen wie Nebelschwaden, und widerstandslos lief er durch sie hindurch. Nichts hielt ihn auf. Selbst die Mauern, die die Straße begrenzten, schienen ihm Illusion. Nur er selbst war wirklich, unaufhaltsam, unverwundbar wie die Elemente. Er ritt auf dem Sturm, nein, er war der Sturm und peitschte die Wellen und wurde selbst nicht nass.

Er war die Jolle, er war das Schiff, dachte er, als er gegen ein Hindernis prallte und in den Wind schoss. Ein Polizist schlug vor ihm auf dem Boden auf und verlor dabei die Mütze, während Jan-Sandros Knie nach hinten weggeschlagen wurden. Mann über Bord, dachte er und stürzte nach vorne in die teerschwarze See. Kurz vor dem Aufprall fing er seinen Fall in einer Flugrolle ab und kam direkt vor einem Gefängniswächter mit erhobenem Schlagstock zum Stehen.

Ein Grinsen überflutete das Gesicht seines Gegenübers. Auf Grund gelaufen und enttarnt! Von oben schrie eine Stimme herab. „Weiter! Spring über ihn hinweg!" Unmöglich, dachte Jan-Sandro und sprang trotzdem. Während er noch in der Luft war, zerrte eine Kraft ihn nach oben. Sie fügte seiner Sprunghöhe den fehlenden Meter hinzu und hievte ihn in vollem Lauf über den Wächter hinweg. Hinter ihm landete er hart auf dem Asphalt. Sein Knöchel schmerzte. Wenn er das noch mal machen musste, würde er humpeln. „Spring!", schrie es wieder so laut, dass es durch die Straße hallte. Ein Wuup und ein Kichern legten sich über die Echos, und er sprang und stieg und stieg immer höher und trat mit den Beinen in leere Luft ohne zu landen.

„Nicht so hoch", rief er. „Warum so hoch?" Er schloss die Augen, glaubte schon den Peitschenknall zu hören, mit dem die Bänder beim Aufschlag reißen würden, doch er landete immer noch nicht. Als der Schmerz zuletzt kam, fuhr er ihm nicht in den Knöchel, sondern in die hochgerissenen Arme. Von seinen Achselhöhlen rann es wie Schweiß die Seiten hinunter und kitzelte ihn unter dem Hemd. Er riss die Augen auf und legte den Kopf in den Nacken, soweit es ging. Statt Sternen sah er Tentakel und dazwischen das Fell zweier nebeneinander fliegender Hyänen. Die Hyänen kicherten zu ihm herab, und ihr fauliger Atem ließ ihn würgen. Als die Polizisten anfingen zu schießen, war er schon hoch oben. Leuchtende Striche zogen ihre Bahnen von der Straße in den Himmel hoch zu einem Schwarm von Sträflingen, die alle aussahen wie er und alle wie groteske Fallschirmspringer an Gargylen hingen.

# 21

Resha saß nackt im Schneidersitz vor einer Maueröffnung des zerschossenen Küsterhauses. Das schwache Streulicht verwischte die Schimmelflecken der Wand hinter ihr in wabernde Schwarztöne, die die Rezeptoren in ihrem Rücken an die Chromatophoren in Gesicht und Brust weiterleiteten. Es juckte sie leicht an den Stellen, die sich gerade auf ihrem Gesicht in Wandflecken und auf ihrem Rücken in ein Abbild des Sternenhimmels verwandelten. So verwandelte sie sich in eine Tarnkappe, die Bilder hindurchließ. In der Mitte stand sie selbst unsichtbar, das Auge, das niemand sah und dem nichts entging. Eine große Ruhe erfüllte sie. Sie war eins mit der Welt vor sich, sie hatte ihr nichts mehr vorzuwerfen. Diese Welt hatte das Feuer erlebt und das Feuer hatte sie reingewaschen. Das Zerstörte braucht keine Rechtfertigung mehr.

Ihr Blick blieb an einem Raben hängen, der auf einem Baumstumpf im Kirchhof saß und den Kopf ins Gefieder gesteckt sich schläfrig rekelte. Wovon träumte so ein Aasvogel? Von Aas und Tod, von Liebe?

Hinter dem Raben lag die Kirchenruine, in der Sarah eingesperrt war. Sekundärphotonen des Bildverstärkers malten sie in einem Geisterlicht. Diffuse Infrarotstrahlung waberte über das Gemäuer. In steinernen Nischen der zerstörten Kathedrale saßen Gargylen unbeweglich, als wären sie aus dem toten Stein gehauen. Nur ihre offenen Spiegelaugen verrieten ihren Wachschlaf. Resha lauerte hinter der Nacht und starrte ebenso unbeweglich zurück.

Das Pfeifen der Totenkopffalter.

Sie zählte den Puls der sich paarenden Nachtmotten, vermaß das Vibrieren ihrer Fühler, fourier-analysierte die Ultraschallschreie der Fledermäuse auf der Jagd, den Schlag schwingender Membranen, das Mahlen von Kiefern auf Chitinpanzern. Sie lauschte dem Nachtkonzert von Leben und Tod. Der Tod gewinnt immer, dachte sie. Aber um immer gewinnen zu können, brauchte er das Leben. Und das Leben brauchte den Tod, um einen Sinn zu bekommen. Beide waren nichts ohne das andere und die Liebe war das Band zwischen ihnen.

Neben ihr in der Ecke der Mauerreste kauerte Gerner. Er sah und hörte nichts, nur seine Kiefer mahlten und stotterten wahrscheinlich einen Albtraum zusammen.

*Bist du da, Brecht? Brecht?,* dachte Resha. Doch Brecht antwortete nicht.

*Sieh den Menschen, Brecht. Licht wird alles, was ich fasse, Kohle alles, was ich lasse, Flamme bin ich sicherlich. Wenn ich die Flamme bin, wer ist dann die Asche?Die Asche, die bleibt, während die Flamme verlöscht.*

Aber wie sie vorher brennt, wie sie brennt.

Das konnte ihr keiner nehmen.

Es wurde Zeit. Zehn Mann der Wachmannschaft waren vor zwei Stunden schwer bewaffnet abgezogen. Sie folgten ihren Geschäften wie die Fledermäuse und die Motten den ihren, sie gehorchten denselben Mustern von Werden und Vergehen, auch wenn ihre Motive andere waren. Motive, die ihnen selbst zweifelsohne natürlich und notwendig erschienen und anderen rätselhaft oder verrückt.

Aber Motive waren zu grobkörnig, interessanter waren Verhaltensmuster. Sie legten die Stärken und Schwächen bloß. Lies keine Lyrik, lies Einsatzpläne, sei wachsam.

Sie tastete nach der Nanoseilpistole auf dem Boden und führte sie in den hohlen Kolben des Lasergewehrs ein. Anschließend fasste sie Gerner an die Schulter. Er schrak hoch. Das Weiß seiner Augen glänzte in der Dunkelheit und er zitterte. Sie stupste ihn nochmals mit dem Gewehrkolben an, einmal, zweimal, dann endlich nahm er ihr die Waffe ab. Geschmeidig sein wie Quecksilber, dachte sie. Ein Rad sein, das sich selbst über alle Holzköpfe schlägt, die im Weg sind. Er riss die Ellbogen schützend vor sein Gesicht. Doch sie berührte ihn nicht einmal. Nur ein Luftzug streifte ihn, und schon sprang sie weiter, kein Rad mehr, sondern eine Hochspringerin, die in einem Flop durch den horizontalen Mauerspalt nach draußen sprang. Sie kam wieder mit den Händen auf dem Boden auf und landete nach einem anschließenden Flickflack im Stand.

Alle Systeme nominal.

Die Abweichungen lagen unter einem Millimeter. Eine letzte Kalibrierung der Lagekontrolle. Wo blieb das Gewehr? Ungeduldig wippte sie von Ballen auf Ferse, von Ferse auf Ballen. Die Hundertstelsekunden verrannen wie zäher Honig. Als Gerner das Lasergewehr in den Mauerriss schob, hatte sie eine halbe Sekunde Verspätung gegenüber der Prognose. Sie aktualisierte den Ablaufplan, griff nach der Waffe, schlüpfte mit dem Arm durch den Gurt. Sobald der Kolben ihre Wirbelsäule berührte, schoben sich Geckohärchen aus ihren Poren und fixierten das Gewehr. War es stabil? Sie schüttelte sich probeweise. Kein Spiel, kein Klappern.

Die Wand des angrenzenden Wirtschaftsgebäudes war rau unter dem Klimpern ihrer Finger. Ein Kinderspiel. Sie kletterte die Fassade hoch, bis diese im fünften Stock in einem brösligen Stumpf endete. Im Fußboden dahinter gähnte ein Loch, jedoch war ein schmaler Sims auf der gegenüberliegenden Seite zur Kirchenruine hin stehen geblieben. Sie hangelte sich bis zur Fensteröffnung, prüfte den Fenstersturz. Alles stimmte mit Rosettas Daten überein. Das Miststück war also nicht völlig nutzlos. Trotzdem war sie enttäuscht. Warum nur? Weil Rosetta ihr alles zu einfach gemacht hatte? Weil sie mit ihr das Verdienst für eine gelungene Operation teilen musste? Oder weil Rosetta einfach bitteres Sodbrennen war?

Sie griff das Lasergewehr am Lauf und schwang es von hinten nach vorne über die Schulter. Nanoseilpistole und Laufrad fehlten noch. Sie zog sie aus dem Kolben und legte sie aufgeklappt in Griffweite ab, gerade an der Stelle, die der Algorithmus als optimal festgelegt hatte. Als Generalprobe spielte sie den Ablauf noch einmal durch. Die Zeittoleranz lag bei einer zehntel Sekunde. Sie schwenkte das Gewehr über die Kirchenfassade, verharrte kurz bei der ersten Gargyle, zentrierte das Fadenkreuz über dem Hyänenkopf und fuhr weiter zur nächsten in der Reihenfolge wachsender Entfernungen. Als sie alle Gargylen für die Zielerfassung markiert hatte, schwang sie den Lauf wieder zurück zur ersten und zog den Abzug durch.

Der erste Körper fiel lautlos in die Tiefe, dann der zweite. Nach dem Einschlag des zweiten Wellenpakets flogen die verbliebenen Gargylen los. In ihrem Rücken erstrahlte die alte Kathedrale in einem blendenden Licht, grell wie das Heulen der Sirenen.

Singt nicht.

Tanzt.

Der Haken am Ende des Nanoseils bohrte sich mit einem Knall in das gegenüberliegende Gemäuer. Das Laufrad summte im Flug hinüber zur Kathedrale. Am Tiefpunkt der Kurve hievte es sie wieder nach oben, einer anfliegenden Gargyle entgegen. Mit einer Scherbewegung der Beine brach sie ihr das Genick. Der Körper riss am Hals ab, doch der Kopf hatte sich schon in ihren Arm verbissen. Die letzte Luft entwich mit einem Grunzen, dann brach ihr Faustschlag den Hyänenkiefer. Die Tiefe verschluckte ihn. Nur herausgerissene Zähne steckten noch in ihrem Fleisch, einem Stachelarmband nicht unähnlich. Sie streckte den rechten Arm nach oben wie eine Sportlerin vor dem Sprung. Das Blut brauste in ihren Ohren als wäre es der Applaus der Tribüne.

Sie ließ die Seilrolle los und hechtete durch ein glasloses Fenster ins Innere der Kathedrale. Eine Treppe gähnte steil vor ihr in die Tiefe. Sie kam mit den Händen auf einer Stufe auf und katapultierte sich mit den Händen weiter hinab. Halb sprang sie, halb glitt sie, halb Panther, halb Falke.

Jagd.

Das Stakkato einer Maschinengewehrsalve.

Es schlug über ihr ein in die Wand.

Eine Tür.

Nur Holz.

Ein Knall und es zerriss.

Bohrte sich in ihr Bein.

Sie stoppte nicht, lauschte nur aufmerksamer auf das Metronom ihres Laufes, dem Auf und Ab, dem Heben und Senken, dem Zittern der zerrissenen Muskelfasern, die sich blutig ins Leere krümmten. Langsam reorganisierten sie sich und klemmten in einem letzten Krampf die offenen Blutgefäße ab. Erst dann, als ihr Oberschenkel wieder nach unten schwang, zog sie den langen Splitter heraus. Er war unten doppelt so dick wie ihr Daumen, oben ragte er aus ihrer Hand spitz wie ein Bajonett.

Ein Wächter. Schockstarr an der Wand.

Sie spießte ihn im Vorbeilaufen auf.

Er wollte noch etwas sagen, bewegte die Lippen, doch es gurgelte nur aus seinem Mund. Sie konnte ihn nicht küssen, denn sie war schon vorbei.

An einer Verzweigung des Ganges hielt sie an. Wo war die richtige Zelle? Sie schnüffelte, blendete die metallische Witterung des Blutgeruches aus. Schließlich nahm sie in den Schwaden vom Ende des Ganges einen süßlichen Geruch wahr. Sie nickte, als sie ihn erkannte und drehte den Kopf in die richtige Richtung.

Weiches Tappen schleichender Schritte.

Der harte Knall eines Schusses.

Die Kugel warf ihre Schulter herum. Sie nutzte den Schwung, drehte sich weiter, sprang im Flickflack über den Gegner und brach ihm das Genick mit der Hacke des Fußes und stand vor der richtigen Tür.

Das Lasergewehr hing noch auf ihrem Rücken. Sie riss es herunter. Im Dauerfeuer der Photonen loderte ein roter Kranz um das Schloss der Stahltür. Er wirbelte immer schneller um das Zentrum, tanzte Arm in Arm mit ihr seinen wilden Tanz, als fühlte er sich ebenso lebendig wie sie. Die Funken stoben, als der Feuerring sich ein letztes Mal aufbäumte, dann war die Batterie leer.

Der Tod gewinnt immer.

Sie schlug mit der Faust auf das Schloss, wieder und wieder. Beim letzten Schlag brachen ihre Fingerknochen, doch das Schloss segelte ins Innere der Zelle.

Sarah schrie.

Rote Lippen.

Keine Zeit.

Sie packte sie mit beiden Händen an den Haaren und presste den Mund gegen ihren, bis Sarah verstummte. Dann klemmte sie sich ihren erschlafften Körper unter den Arm und warf das leer geschossene Gewehr wie eine Lanze in einen offenen Mund, der sich ihr in den Weg stellte.

Es war dunkel und im Dunkel zeichneten sich noch schwärzere Schatten ab, Schemen, watteartige Strähnen. Wo war sie? Das war nicht mehr die leblose Welt ohne Farben, ohne Namen, ohne Spur vergangener Tage, ohne Hoffnung auf ein Morgen. Wo war die leere Ebene, wo das wellenlose Meer, an dem sie eben erst gehockt hatte? Kann das Nirgendwo im Nichts versinken?

Ihre rechte Hand schmerzte. In der Nähe konnte sie deutlicher sehen. Auch die Hand war schwarz, zur Faust verkrampft und von Sternen übersät. Sterne wie die am Himmel. Sie versuchte sie zu öffnen. Es ging nicht. Weiter oben am Handgelenk verlief die schwarze Farbe wie ein Tintenfleck auf weißem Löschpapier. Blutige Löcher perforierten ihren weißen Unterarm. In einem steckte ein Knochenstück. Nein, die Spitze eines Zahnes. Ihr Oberschenkel war hart wie ein Brett. Kampf? Folter? Sie erinnerte sich nicht.

Wo war sie?

Zu ihren Füßen saß jemand.

Ein Pärchen. Seite an Seite, halb abgewandt. Sie hielten Händchen. Doch wer? Die Namen perlten träge hoch an die Oberfläche wie Luftblasen eines Tauchers.

*David Gerner und Sarah Tang.*

Sarah Tang? Der Name prickelte wie Eis und Feuer. Ihr wurde heiß, ihr Atem beschleunigte sich. Sie wusste nicht, warum. Der andere Name war spröde und taub dagegen. So hieß diese, so hieß jener und sie selbst hieß ... Sie bemerkte, dass sie ihren eigenen Namen nicht wusste. Aber auch sie musste einen haben. Jeder Mensch hatte einen. Wo war ihrer? War er in dieser anderen Welt zurückgeblieben?

Vor ihr lag eine Trümmerlandschaft aus Schutt und Steinbrocken. Dazwischen schwebten graue Schwaden wie Nebel. Einen Name sollte man in Stein ritzen. Für die Ewigkeit, gegen das Vergessen, gegen Wasser und Nebel und Frost.

Einige Meter weiter ragte der abgerissene Arm einer Statue zwischen zwei Steinbrocken zum Himmel. Die Hand hing schlaff nach unten und erschien am Rand merkwürdig pixelig. Also musste es an ihren Augen liegen. Buchstaben tanzten, formten sich zu Worten. War das ihr Name?

*Restlichtverstärker - Teilausfall.*

Die Welt verdichtete sich, nahm Gestalt an. Ihre Reaktion war automatisch.

*Modus wechseln.*

*Ultraschall.*

Keine Pixel, Fliegen, Aasfliegen. Umschwirrten eine Statue. Warum? Ein Rabe lugte hinter einem der beiden Steinbrocken hervor, hüpfte zum Arm, pickte auf ihn ein und rupfte an ihm. In der Vergrößerung zeichnete sich Zellgewebe unter einer Puderschicht aus Gipsstaub ab. Was war hier passiert? Wie war sie hierher gekommen?

*Episodischer Gedächtnisspeicher aktualisiert.*

*Semantisches Gedächtnis restauriert.*

Und sie erinnerte sich wieder. An die alte Fabrik, den Pfeilersockel 57. Sie spiegelte sich in seinen Pupillen. Er lächelte. Sie, Resha, nein sie selbst, es gab keinen Unterschied, sie beide hatten ihn getötet. Er war tot, tot, tot. Der Tod gewinnt immer, Jan-Sandro.

Rosetta wischte sich mit dem Rücken der Faust, die sich nicht öffnen ließ, die Tränen aus den Augen.

# 22

„Alles in Ordnung, Boss?"

Boss? Jan-Sandro sah nur Schemen, die eher Palmen als Menschen glichen. Er kniff die Augen zusammen, drehte den Kopf. Welcher war der Boss? Er durfte keinen Fehler machen. Er blinzelte, die Sicht klarte kurz auf und verschwamm gleich wieder.

Er blinzelte schneller.

Aber das machte es nur schlimmer. Das Aquarell vor ihm begann zu flackern, mal hell, mal dunkel. Ein Stroboskop, das nicht nur die Palmen zerhackte, es häckselte auch die Stimmen. Ein und aus, ein und aus, laut und still, nah und fern, vertraut und fremd.

Davonlaufen wollte er, hinein in die Stille, ins Getöse, ins Licht, ins Dunkel, in eine Richtung, in irgendeine feste Richtung, in einen Garten, über den schwerer süßer Duft hing, auf einen gelbumrandeten roten Fleck zu. Wie ein Schmetterling. Ein Schwarm aus Schmetterlingen, der aufflog und von irgendwoher erscheinen Knie, die die Schmetterlinge umflatterten. Auf ihren Flügeln waren Augen gemalt. Sie starrten ihn an. Ihr Blick hing schwer vor Blütenstaub, die Augen juckten davon, die Lider blinzelten immer schneller und flogen davon, hoch zu den Schmetterlingen. Zusammen schwirrten zusammen auf einen gelbumrandeten roten Fleck zu. Er hatte das Gefühl, das hier das Geheimnis verborgen war, warum er hier war. Was ist innen rot wie Blut und außen gelb wie Dotter? Ein Wirbelsturm auf dem Jupiter? Jemand lachte wie Bella früher gelacht hatte, ihr Atem kräuselte die feinen Staubfäden einer Blüte. Es ist eine Jupiterblume, hatte sie gesagt.

Eine Hand legte sich auf seine Schulter. „Captain, ich bin's."

„Captain?" Seine Kehle schmerzte. Er führte die Hand zum Kehlkopf, doch kurz bevor er ihn erreichte, sah er wieder den roten Fleck. Diesmal hatte er keinen gelben Rand. Auch verströmte er keinen süßen Duft, sondern einen metallischen. Das Stroboskop seiner Augen verlangsamte sich und stoppte. Blut. Das war Blut an seiner Hand.

„Ich bin's, Lombardo", sagte die Stimme. "Wo sind Sie verletzt?"

Und dann sah er die beiden Farben endlich gleichzeitig und nebeneinander und scharf: eine Nelke am grauen Revers, innen rot, außen gelb. Eine Nelke, nur eine Nelke, geköpft in einem, seinem, Bellas Garten? Eine Nelke, keine Wunde, kein Blut. Eine Nelke aus Bellas Garten. Wo war Bella? Er machte einen Schritt vorwärts. Als er schwankte, beugte sich ein großgewachsener Mann zu ihm vor und ergriff ihn am Oberarm. Ein stechender Schmerz zuckte in seiner Schulter und verästelte sich bis in die Fingerspitzen wie ein Blitz an einem wolkenlosen Himmel. Er war so grell, dass er ein blaues Nachbild hinterließ. Wellen kräuselten sich darauf. Palmen rauschten wie Schwingen. Schwingen. Er erinnerte sich. „Die Achseln. Eure Ungeheuer haben mir die Achselhöhlen aufgerissen."

„Alles klar. Vor der nächsten Rettungsaktion schicken wir Quasimoda zur Maniküre, Jan-Sandro", erklang eine Stimme unter grünen Haaren.

„Grüne Haare", murmelte Jan-Sandro.

„Genau, dein lieber Freund Festo", erwiderte das grinsende Gesicht unter den grünen Haaren.

Und wieder die alte Stimme: „Vielleicht packst du auch mal an." Zusammen hielten sie Jan-Sandro an den Unterarmen. Sein Trizeps spannte sich unwillkürlich. „Was ist mit Ihrem Fuß? Können Sie gehen?"

„Er hat zu große Sprünge gemacht", antwortete Robert über seinem Ohr.

„Hast du dir einen zweiten Kopf wachsen lassen, Jan-Sandro?"

„Rashek, Traktorstrahl! Und Hund, Esra! Ihr beiden holt eine Tragbahre, aber plötzlich!"

Lombardo, Festo, Hund, Esra. Eric fehlte. Er musste zu Eric. Das Hämmern in seinem Knöchel klang ab, seine Ballen schwebte oder schwamm. Im Wasser? Nein. Einen Schritt davor, am Rand eines Schwimmbeckens. Blaues Wasser. Gekräuselte Wellen.

„Stelle mich doch endlich vor", zischte Robert ihm ins Ohr.

„Wie? Jetzt?"

"Wach auf!"

"Sicher. Festo, Lombardo, darf ich vorstellen? Das ist Dr. Robert von Armin, Berater seiner Exzellenz, des Botschafters der Vereinigten Republiken von Proxima b."

„Beißt er?"

„Nur Seegurken", schoss Robert zurück.

Zum ersten Mal legte sich die Andeutung eines Lächelns über Lombardos ernstes Gesicht. „Bravo, exzellent. Vielleicht bremst das Festos Witzigkeit ein wenig."

„Ist er sonst der Clown hier?"

"Robert!"

„Hund, her mit der Bahre."

Hund setzte die Bahre ab und zwinkerte Festo zu: „Bist du jetzt Erics Clown, Meister?"

„Es freut mich, dass sich Jan-Sandro im Gefängnis nicht langweilen musste."

„Langweilen? Nein. Aber wo ist Eric?"

„Später. Vorerst musst du mit uns vorliebnehmen." Bellas rote Locken flackerten wie ein Feuerkranz um ihr Lächeln.

Warum die Träne? Man müsste sie auffangen. Er wollte schon danach greifen, aber der Feuerkranz begann sich zu drehen, immer schneller, bis er ihn aufsog.

Stimmen.

„Ist er wieder klar?"

„Moment."

Schritte.

„Keine Läsionen im Gehirn."

„Woher kam das dann?"

„Das Delirium? Wahrscheinlich vom septischen Schock."

„Blutvergiftung?"

„Er ist stabil. Die Breitbandantibiotika haben gewirkt."

Ein Geruch nach Desinfektionsmitteln vermischt mit ätherischen Ölen kitzelte Jan-Sandro in der Nase. Ein greller Lichtstrahl blendete ihn und er musste niesen.

„Pupillenreflex in Ordnung. Sagen Sie mir Ihren Namen."

„Ich?"

„Ja, Sie."

„Jan-Sandro Sun."

„Wissen Sie, wo Sie sind?"

„Eben, ja, im Gefängnis?"

„Schauen Sie mich an. Wer bin ich?"

Ein rundes Gesicht. Braune Haare mit grauen Strähnen. Knollennase mit einem feinen roten Adergeflecht. Trinkergesicht. „Ein Säufer."

„Captain, der Säufer hat Sie notversorgt. Und er ist momentan nüchtern."

„Nennen Sie ihn nicht Captain, Dr. Markoni. Er mag das nicht", sagte Lombardo.

„Rashek, mehr Licht!" Zwei grüne Augen und eine rote Nelke beugten sich über ihn. „Boss, wir haben Sie befreit. Sie sind in Sicherheit."

Was will der Kerl? Captain? Boss? „Ich habe Kopfschmerzen." Paradoxerweise erleichterte ihm der Schmerz das Denken.

Eine Stimme erklang direkt in seinem Kopf: *Hanuman, wie kann ich dir helfen?* Hatte jemand den Neurotransceiver gehackt? Hanuman?

„Rashek?"

„Na, wenigstens erkennt er seinen Bodyguard."

*Warum ist der Kanal offen, Rashek?*

*Du musst die Neuroverbindung unterbewusst aktiviert haben.*

*Wer sind die Leute hier im Zimmer?*

*Der Hagere mit der Nelke am Revers ist Lombardo, dein engster Mitarbeiter. Der Arzt heißt Dr. Markoni.*

*Und er säuft.*

*Derzeit nur sonntags. Er ist in Behandlung.*

*Da habe ich wohl Glück gehabt, dass heute ein Wochentag ist.*

„Doktor, ich bin ok."

*Wo bin ich?*

*In Lanka in der Festung des Dämonenkönigs.*

„Sun, ob Sie ok sind, entscheide alleine ich. Sagen Sie mir, wo wir hier sind."

„In Erics Hauptquartier." Jan-Sandro stemmte die Unterarme auf die Liege und richtete sich halb auf. „Gute Arbeit. Die Schmerzen im Arm sind weg. Danke, Doktor."

„Gute Arbeit?" Markoni hielt einen Augenblick beim Packen seiner Tasche inne. „Ich habe nur auf Ihrer - Arbeit - aufgebaut. Ohne Ihre Medikamentenplünderungen wären Sie mit dieser Sepsis stracks in die Grube gefahren. Ich hoffe, ich bereue es nicht, Sie zurückgeholt zu haben." Markoni hielt eine Ampulle ans Licht und steckte sie in die Arzttasche. „Sie sollten Arme und Beine noch ein paar Stunden schonen - wenn es Ihre *Geschäfte* zulassen." Was für Geschäfte? Markoni hatte das Wort so betont, als wäre es ... Was ist schwarz und stinkt in der Medizin? Richtig, als wäre es die Sepsis selbst.

Jan-Sandro schaute um sich. Außer ihm und Rashek war nur noch Lombardo im Raum. Keine Spur von Bella. Oder hatte er sie nur geträumt? Er lag auf einer dunkelblau gepolsterten Untersuchungsliege. Zu seinen Füßen hing eine mit Medikamenten gefüllte Glasvitrine an der Wand. Daneben pulsierte ein Volumenrendering einer MRT-Aufnahme. Einzelne Gehirnschichten legten sich wie eine Ziehharmonika übereinander und versanken wenig später wieder in der Wand. Gleich darunter schlängelte sich eine hellblaue Welle um zwei Ecken herum bis zur gegenüberliegenden Seite, wo sie in einen virtuellen Bücherschrank überging. Die meisten virtuellen Bücher zeigten dem Betrachter nur den Rücken mit dem Titel, bis auf eines, das in der Mitte aufgeschlagen scheinbar an der Wand hing. Der Schreibtisch in der Mitte des Zimmers war dagegen materiell. Er glänzte in einem sterilen Weiß. Auf dem Tisch am Eck, das der Tür am nächsten war, lag regungslos Rasheks Diskus. Er hatte dieselbe makellose weiße Farbe wie der Tisch angenommen. Ein leises Summen kam aus seiner Richtung. Eine dicke Schmeißfliege kreiste über dem Tisch setzte sich nach einer Weile auf den Diskus. Ihr Vordersegment schillerte giftig grün. Sie drehte sich zu Jan-Sandro um und starrte ihn an, als gehörte er nicht hierher und sie wüsste es und gleich, sehr bald ... Er starrte zurück und sprach wieder mit der Stimme in seinem Kopf: *Wo ist Isabella? Ich habe sie doch wirklich gesehen, nicht wahr?*

*Halte dich von ihr fern, Hanuman.*

*Warum?*

*Sie ist die Frau des Dämonenfürsten.*

Lombardohatte sofort darauf bestanden Jan-Sandro zu begleiten und so war es leicht, sich von ihm statt unter Kopfschmerzen von Rashek führen zu lassen. Kopfschmerzen hatte er natürlich trotzdem, aber von etwas ganz anderem. Bella, oh Bella, Frau des Dämonenfürsten? So schnell? Konnte er, sollte er es glauben? Nein. Nein. Unmöglich. Nein. Er war nicht verrückt. Nein. Es war schwierig, nein — er rieb sich die Stirn — im Gegenteil, leicht war es verrückt zu werden. Verrückt wie Rashek. Leicht. Man sperrt sich gegen die Realität, die einem nicht gefällt und willkommen im Wolkenkuckucksheim. Sein Magen krampfte sich zusammen. Also vielleicht doch? Krieg, Hunger, Bella hatte genug Gründe gehabt. Liebe war — nur ein Aspekt, nicht alles. Man musste auch überleben. Und Rashek hatte keinen Grund etwas zusammenzuspinnen, was ihm egal war. Der Rückfluss der Magenflüssigkeit brannte in seiner Kehle. Er fasste sich an den Brustkorb und versuchte den Hustenreflex zu unterdrücken. Umsonst. Lombardo betrachtete ihn mit besorgter Miene. „Schmerzen?"

War das so deutlich? Hatte das Sodbrennen sein Gesicht verzerrt?

„Es ist nichts. Markoni ist seinen Schnaps wert", antwortete er.

„Ihre Investition hat sich offenbar schon ausgezahlt."

„Wie bitte?"

„Die Entziehungskur."

„Ach ja. Wo ist Rashek?"

„Mommsen will Sie alleine sprechen."

*Neuroverbindung zu RM Alpha öffnen.* Er wartete. Nichts.

Unvermittelt blieb Lombardo an einer Tür stehen. Eine Systemmeldung: *RM Alpha meldet sich nicht.* Jan-Sandro war schon einen Schritt zu weit gegangen, Lombardo fasste ihn an der Schulter. „Er ist in seinem Büro." Es schien, als wollte Lombardo noch etwas hinzufügen. Aber dann atmete er nur tief aus und hob die Hand zum Klopfen. Seine Hand schwebte noch in der Luft, als die Tür von selbst aufschwang und ein dicker Mann in der Uniform eines Polizeigenerals heraustrat. Seine Nase war breit und wie die Markonis rot geädert. Er zog seinen Mund auseinander, als hätte man ihn gezwungen, eine bittere Brühe zu trinken, deren Nachgeschmack immer noch an seinem Gaumen klebte.

„Sun. Freut mich, dass Sie zurück sind. Ich weiß, wie das ist, habe auch gerade erst meinen Hausarrest hinter mir. Ja, ja, so läuft der Hase. Guter Mann." Damit klopfte er ihm auf die Schulter. Seine Augen schienen zu glänzen, ob vor Mitleid, Selbstmitleid oder von ein paar Gläsern Magenbitter .... Er war schon an ihnen vorbeigegangen, als er sich noch einmal umdrehte. Dabei geriet er ins Schwanken. Alles doch einen zu viel gehoben. Jan-Sandro trat einen halben Schritt zurück, um den dicken Mann zu stützen. Doch der General wimmelte ihn mit einer Handbewegung ab, nahm Lombardo zur Seite und flüsterte etwas in seine Ohren. Jan-Sandro konzentrierte sich auf die Worte, aber die Stimme war zu leise. Lombardo nickte, trat schnell zurück zu Jan-Sandro und schob ihn zur Tür hinein. Schlechter Auftritt. Wie ein Schüler, der etwas ausgefressen hatte, und nun zum Direktor bugsiert wurde.

Ein Mann stand mit dem Rücken zu ihm vor einem langen, aber nur niedrigen Terrarium. Er erkannte ihn sofort an der Haltung. Die linke Schulter schräg nach oben gezogen, stand er auf dem rechten Bein. Das linke Bein hatte er am Knie nach vorne geknickt und den linken Fuß auf den rechten gestellt. Es sah eher lässig als instabil aus, so als sei ihm die Schwerkraft gleichgültig. Eric beobachtete offensichtlich amüsiert eine große weiß-grau gekringelte Echse im Terrarium. Ein Kapwaran. Das Maul des Warans stand halb offen und zuerst wunderte sich Jan-Sandro über die grüne Zunge, die herausragte und wild hin und her peitschte. Als er nähertrat, erkannte er, dass es keine Zunge war, sondern der Schwanz einer halbverschlungenen Schlange. „Ich habe gewonnen", begann Eric immer noch mit dem Rücken zu ihm und mit diesen Worten drehte er sich endlich zu Jan-Sandro um.

Er war es. Das erste bekannte Gesicht nach Bella und die erste Menschenseele, die Jan-Sandro bei klarem Verstand erkannte. Sollte er erleichtert sein? Zu Hause zu sein unter Freunden und freundlich umzischt von giftigen Reptilien? Warum hatte sie den Kerl geheiratet? Er suchte die Antwort in Erics Zügen. Die Falten hatten sich etwas tiefer in die Augenecken eingegraben und auch Furchen am Mund gezogen. Dabei hatte sie ihn nie gemocht. Es lag an seinen grausamen Lippen. Krokodil mit Amorbogen hatte sie ihn genannt. Die Lippen waren die einzige Stelle im Gesicht, die sein Lächeln nie erreichte. Das war eigenartig, denn Erics Lächeln stand nie still. Es schien einen eigenen Willen zu haben und über das ganze Gesicht zu hüpfen, ohne dass man sagen konnte, wohin der nächste Sprung führte. Aber es kam tatsächlich nie an den Lippen an, und was es von ihnen fernhielt, war ein Rätsel. Manche Leute, die glaubten, das Rätsel gelöst zu haben, hatten danach vor ihm Angst. Unnötige Angst, sicher, denn was ist schon ein Lächeln? Ein Lächeln hatte noch keinen umgebracht.

Jan-Sandros Blick streifte wieder zum Waran, und aus dem Augenwinkel sah er oder glaubte zu sehen, wie sich Erics Lächeln auf monströse Weise verwandelte. Es war, als wühlte auch in Erics Mundhöhle ein verzweifeltes Opfer und jeden Augenblick müsste zwischen den Lippen mit dem Amorbogen ein Finger oder ein halbes Ohr zum Vorschein kommen. Der Vorgang dauerte nur wenige Momente und gleichzeitig mit ihrem nächsten Augenkontakt erschien wieder das Lächeln, sodass Jan-Sandro nicht wusste, ob ihm nicht seine Nerven einen Streich gespielt hatten. Er schüttelte den Kopf, um das perverse Bild loszuwerden. Erics Worte fielen ihm wieder ein und er fragte etwas verspätet: „Was gewonnen? Eine Wette?"

„Ein Duell zwischen Kali und Godzilla. Festo hat auf Kali gesetzt. Neuerdings steht er auf indische Mythologie."

„Sie erfüllt Wünsche."

„Wer?"

„Kali."

„Diesen Wunsch nicht. Godzilla hat gewonnen. Ich glaube nicht, dass sie wiederkommt." Dabei zwinkerte Eric ihm zu und griff sich gleichzeitig mit Daumen und Zeigefinger an das Ohrläppchen, das ebenso gespalten war wie Jan-Sandros eigenes. Sein Jungengesicht erhellte sich bei dieser Beschwörung ihrer gemeinsamen Vergangenheit und wenn es noch eine Bestätigung gebraucht hätte, wenn auch nur der kleinste Rest eines Zweifels übrig geblieben wäre, diese Worte und diese kleine Geste hätten ihn ausgelöscht. Das war sein alter Eric. Die alte Narbe über Erics rechter Braue zwinkerte noch einmal zusammen mit dem darunterliegenden Auge. Erics Lächeln bewirkte immer noch seinen alten Zauber. Jan-Sandros Mundwinkel juckten wie junge Pferde und er ließ sie in ein Lächeln hineinlaufen. „Eric", sagte er und umarmte ihn. „Ich freue mich auch, dich wieder zu sehen. Habe ich sonst etwas verpasst?"

„Jansen und Euler haben geputscht. Ja, tatsächlich. Die Unruhen, die du organisiert hast, gaben den Ausschlag. Jansen war gerade bei mir. Er muss dir beim Hinausgehen begegnet sein."

Wer hatte Unruhen organisiert? Er musste sich verhört haben. Eric hatte bestimmt Jansen gemeint. „Seine säuerliche Miene sah aus, als hätte er die Mamba verschluckt und nicht der Waran."

Eric betrachtete ihn nachdenklich und sofort kam Jan-Sandros Verlegenheit wieder zurück, denn das Einzige, worüber er sprechen wollte, ging ihm nicht über die Zunge. „Sie haben dich geschoren wie ein Schaf", bemerkte Eric schließlich und grinste dabei. „Mach dir nichts draus. Besser geschoren als verspeist. Der Bürgermeister kann ein Lied davon singen. Gratulation. Sie haben ihn eingebuchtet und er wird nicht wieder rauskommen. Ich glaube, du kennst das Gefängnis." Ein leises Kichern, dann setzte sich Eric auf den rot-gelb gestreiften Sessel im Zimmer und ließ die Arme um die Rückenlehne herumbaumeln. Eine Schildkröte im Rückenkraul. Nur in welche Richtung schwamm sie eigentlich? Und warum dachte er immer an Reptilien?

Eric zog eine Grimasse. „Ich habe Titus erschossen. Tut mir leid, ich weiß, ich weiß .... Aber passiert ist passiert — wie deine Verhaftung ja auch. Leichtsinnig, Junge, ts."

Jan-Sandro war auf dem Weg zum Sessel ihm gegenüber gewesen. Er hörte Eric zu und — seine Füße trugen ihn weiter, als hätte Eric ihm nichts Schlimmeres als Falschparkerei gebeichtet. Dort stand der Sessel. Er würde gleich in das weiche Polster einsinken. Die Gravitation hatte sich schließlich nicht plötzlich abgeschaltet. Die Naturgesetze galten immer noch, selbst wenn die Strafgesetze ausgesetzt worden waren. Ein Schuss, ein Mord, ein Kinderstreich, was soll's. War das ein Traum? Wo war er? Wer saß ihm da gegenüber? Oder würde Eric ihn gleich aufklären, dass Titus eine, sagen wir eine Krähe war oder eine aus dem Terrarium entwischte Giftschlange. Und dann würden sie zusammen in Gelächter ausbrechen, erleichtert, dass man nicht unter jedem Polster nachschauen musste, bevor man sich setzte. Aber Eric lachte nicht und erklärte nichts. Und er, Jan-Sandro, verstand nichts. Er wusste praktisch nichts und was er hörte, ergab keinen Sinn und was er wusste und nicht akzeptieren wollte, war tabu. Bella war tabu. Oh Bella.

„Du hast nichts dazu zu sagen? Nun gut, die Sache ist gegessen. Jetzt brauchst du nur noch den Oberst zu liquidieren."

„Liquidieren?" Es gelang ihm, beiläufig zu klingen.

„Jetzt spiele hier nicht den Naiven. Du bist ja ganz weiß im Gesicht. Steht irgendwo ein Geist herum, und nur ich sehe ihn nicht? Eric tat so, als würde er überall suchen, sogar unter dem Teppich. Jan-Sandro lachte, er konnte es nicht zurückhalten. War das beginnende Hysterie?

„Na siehst du, kein Geist. Wenn einer mal weg ist, kommt er nicht wieder." Eric stand auf und ging zur Bar an der anderen Seite des Raumes. „Heute Morgen ist eine Ladung Ron Zacapa Royal hereingekommen." Er zog eine rote, bauchige Flasche mit einem goldenen Ringverschluss heraus und füllte zwei Gläser.

„Nur einen Kleinen für mich", sagte Jan-Sandro.

„Worauf sollen wir trinken?"

„Auf Frieden und Wohlstand?"

„Das ist eher etwas für offizielle Anlässe. Nein. Sagen wir, auf alte Freunde, die nicht wiederkommen. Apropos, denkst du noch manchmal an diesen, diesen, du weißt schon, diesen Studenten, den ich damals für dich abgeknallt habe?" Dabei neigte Eric den Kopf zur Seite und sah ihn gespannt an.

Er kannte die rituelle Antwort, die sie einander als Kinder gegeben hatten, aber er brachte die Worte nicht heraus.

„Den du — für mich — ?", krähte er stattdessen, als wäre er wieder im Stimmbruch.

„Ist dir nicht gut?", sagte Eric.

„Der Kreislauf", sagte Jan-Sandro und setzte sich. Niemand kam zurück? Doch, schon. Man nannte das Albträume.

Jan-Sandro hatte lange nicht mehr von diesem Geist geträumt. Es war ihm immer gelungen, vorher aufzuwachen. Der Student war nicht mehr gekommen. Offensichtlich hatte er irgendwann genug von ihm und seiner Mutter. Es war eine klare Nacht im Fort auf Sagittaria gewesen, als er den Studenten ein letztes Mal getroffen hatte.

Der Student lag im Graben vor der Kneipe, sturzbesoffen und bewusstlos, die abgewetzte Uniform besudelt von einem sauer stinkenden Brei aus Dreck und Erbrochenem. Jan-Sandro hatte seine Gang antreten lassen und schritt ihre Front ab. Er war der Chef. Ihre rechten Ohrläppchen waren alle gespalten. Wäre ein Neuer dabei gewesen, hätten sie sich sein Blut als Kriegsbemalung ins Gesicht geschmiert. Auf ein Zeichen von Jan-Sandro packten vier seiner Leute den Studenten an Armen und Beinen. Zwei weitere stützten ihn seitlich ab. So schleppten sie ihn den Steilhang am Teich hoch und legten ihn oben ab. Wieder nahmen sie Haltung an. Niemand gab einen Laut von sich. Nur der Student blubberte leise vor sich her. Der Speichel lief ihm dabei aus dem Mund über den Stoppelbart.

Jan-Sandro drehte sich zu seiner Bande um. „Erschießungskommando stillgestanden", schrie er. Sie erschraken, aber sie nahmen Haltung an, die Plastikstangen wie Gewehre an der linken Schulter, den rechten Unterarm waagerecht an der Brust gepresst. Er musterte sie ein zweites Mal, einen nach dem anderen im fahlen Licht der riesigen Kreisscheibe am Himmel. Wie blau sie war und wie weiß die Wolken. Seine Leute konnten den Mutterplaneten in ihrem Rücken nicht sehen, sie schauten starr nach vorne zu ihm her. Nur Erics Augenbrauen standen nicht still. Er allein begriff, dass es kein Spiel mehr war, noch bevor Jan-Sandro es sich selbst eingestanden hatte. Erics Hand tastete sich zur Tasche mit der Pistole, die er seinem Vater gestohlen hatte. Er klopfte mit zwei Fingern darauf und blickte fragend in Jan-Sandros Augen.

Es wäre leicht gewesen. Jan-Sandro hätte nur zu nicken brauchen. Einen Augenblick dachte er, sie dürften es nicht tun. Eric nicht und er selbst auch nicht. Doch dann ergriff ihn eine wilde Wut. Er schüttelte den Kopf. Seine Spucke verwandelte sich in Schaum. Er schnappte sich von einem seiner Leute - Anton? - eine Stange, und stieß ihn zu Boden, als dieser nicht gleich losließ. Der Boden war kiesig. Er stieß die Stange hinein, gerade unter dem schlaffen Körper des Studenten, und hebelte ihn zur Seite. Es knirschte. In einer Lawine aus Kies und Geröll rollte der Student über die Böschung und platschte knallend ins Wasser, als ob eine Peitsche die Oberfläche des Teiches zerrissen hätte. Die kleineren Steine folgten wenig später und schlugen um den Studenten herum ein wie eine Schrotladung. Seine Kumpane glotzten mit großen Augen. Das Licht Lyrias spielte über das kristallklare Wasser und die Wellen, die kreisförmig auseinander liefen. Der Student war zu betrunken zum Schwimmen oder hatte es nie gelernt. Oder vielleicht hatte er auch einfach genug vom Fort, von den alltäglichen Grausamkeiten, dem billigen Fusel und den kalten Nächten. Er drehte sich langsam auf den Rücken und wedelte - schon unter Wasser - wie zum Abschiedsgruß mit den Armen. Es blubberte ein bisschen. Dann versank er immer kleiner werdend in der Tiefe.

Jan-Sandro blaffte im bellenden Ton der Soldaten: „Einmal zu oft desertiert, der Herr. Kommt wohl nicht wieder." Die Worte sprangen aus seinem Mund, als würde sie gar nicht ihm gehören, als würde die Stimme eines anderen aus ihm sprechen, eines anderen, den er nicht kannte.

Sekunden verstrichen, die ihm wie Minuten erschienen. Schließlich prustete einer seiner Leute los. Eric, natürlich. Er spuckte von hoch oben hinunter in den Teich und zwinkerte der Truppe zu, wie sie alle starr vom Schock dastanden. Als sie immer noch nicht reagierten, warf er sich auf den Boden. Er wälzte sich, schlug um sich, als hätte er einen epileptischen Anfall. Das weckte sie auf. Sie liefen auf ihn zu, feixten, tanzten, johlten. „Kommt nicht wieder", krähten sie und wiesen mit dem Finger auf Eric hinunter, der liegend mit aufgesperrtem Mund nach Luft schnappte und beim Ausatmen jedes Mal mit den Lippen flatterte. Niemand würde wiederkommen, niemand, dieser nicht genauso wenig wie die anderen, die Erschossenen, die Erstickten, die Verhungerten, die Strahlentoten. Mit Mann und Maus und Reiter. Die Wut war so plötzlich verflogen, wie sie gekommen war und Jan-Sandro hatte sich umgedreht und sich die Tränen aus dem Gesicht gewischt. Niemand sollte sie sehen.

Eric hatte nicht geschossen. Er selbst hatte den Studenten hinabgestoßen, er selbst hatte ihn umgebracht. Er, nicht Eric. Alle hatten es gesehen und niemand, auch nicht Eric hatte jemals danach Jan-Sandros Führung infrage gestellt.

Er war also in das dunkle Loch des fehlenden Puzzlestückes gefallen, er war hineingestolpert und stürzte jetzt ins Bodenlose. „Reisen in Paralleluniversen sind nun mal mit einem gewissen Risiko verbunden." Waren das nicht Tangs Worte gewesen? Panta rhei. Niemand steigt zweimal in denselben Fluss. Niemand kehrt je zurück über den Acheron. Der Student nicht und er selbst auch nicht. Und wenn, würde er Tang erwürgen, mit der bloßen Hand würde er seinen Kehlkopf zerquetschen. Ein Mord mehr oder weniger spielte doch keine Rolle, denn er, Jan-Sandro, war ein Mörder, und Eric war ein Mörder am selben Mann und damit halb Jan-Sandro, halb sein Schatten, halb Freund, halb Teufel, halb Mörder, halb Mitläufer. War alles Hirngespinst, Schimäre? Lyria, Eric, Jan-Sandro, Bella, Rosetta. Nicht das eine, noch das andere, nie ganz zu greifen, immer lockend, immer unerreichbar. Welche Ironie. Rosetta vergib mir. Hochmut kommt vor dem Kaninchenloch.

Jan-Sandro lachte schallend los. Er krümmte sich auf dem Sessel wie Eric sich einst gekrümmt hatte. Durch seinen Magen schien sich ein Wurm von innen herauszubohren. Und Eric stand sprachlos dabei. Er bleckte nur die Zähne. Seine Art zu grinsen. Ich bin Jan-Sandro, dachte er vielleicht und Jan-Sandro dachte, ich bin es nicht. Ich stehe vor ihm und bin er und bin auch die Mamba in seinem Mund. Mein Schweiß, der mir den Hals hinunterläuft, mein Eric, mein Lyria, meine Bella. Alles meins, alles falsch, alles Illusion.

„Ich habe dich noch nie so lachen sehen. Nicht seit dem Krieg", sagte Eric über ihm.

Jan-Sandro verschluckte sich. Er hustete. Die Hölle hatte ihn wieder. Er log: „Ich weiß auch nicht, was mit mir los ist. Es muss das Gefängnis sein. Mir ist zum ersten Mal bewusst geworden, wie - substanzlos Mauern sind."

„Gute Einstellung. Ich habe dir immer gesagt, du nimmst alles viel zu ernst. Vielleicht würde eine kleine Dosis Sing Sing auch dem einen oder anderen von uns guttun."

„Zweifellos. Das ist doch der Zweck aller Besserungsanstalten."

Eric schaute ihn einen Moment an und jetzt prustete er seinerseits los.

„Du bringst mich um."

Es gab immer noch etwas in Jan-Sandro, das überleben wollte. Er konstatierte es mit Verwundung. Auch war ihm ein Rätsel, was oder wer das war, aber er überließ ihm die Kontrolle. Dieser Autopilot hatte keine Zweifel. Er kannte nur das hier und jetzt. Ihn quälten keine Erinnerungen, ihn quälten keine Zweifel. Er brauchte keine Schutzschirme zwischen sich und der Welt, keine Gebete, keine Flüche, keine Engel und keine Dämonen und deshalb auch keine Reue und keinen Exorzismus.

Der Geist Vincents erschien ihm und reichte ihm eine Erdnuss. *Wann kommst du zurück?* Ich kann noch nicht, dachte Jan-Sandro, nicht ohne mit deiner Mutter zu sprechen. Der Geist zerbarst in einen Schwarm von Staren, die eine trümmerübersäte Allee hinunter stoben. Er hetzte hinter den Staren her, öffnete den Mund, als er die Explosion ahnte, hielt sich die Hände an die Ohren, um seine Trommelfelle vor dem großen Knall zu schützen. Als er die Augen wieder öffnete, sah er ein Äffchen auf einem Trümmerberg sitzen, es keckerte, lachte ihn aus, ihn und seine Zweifel. Es lachte Hanuman aus, das Äffchen den Affengeneral. War es immer noch am Gefängnis? Es mochte gerne Erdnüsse, gerade wie Vincent. Eine Drehorgel. Ein Wald von Affen. Sein Siegelring, der nicht mehr funktionierte. Ohne ihn konnte er nicht zurück. War alles zerbrochen? Alles außer Rosetta und ihrem Siegelring. Ohne sie war alles verloren. Wo steckte sie?

„Bleib sitzen. Du bist ja ganz wacklig auf den Beinen", sagte Eric. Jan-Sandro hatte gar nicht gemerkt, dass er aufgestanden war.

„Humor kann einen schon umhauen, wenn man nicht daran gewöhnt ist", fuhr Eric fort und schob Jan-Sandro zurück auf den Sessel aus Krokodilleder. „Da ist noch etwas anderes. Offenbar ist eine neue Theatertruppe in der Stadt. Ihre Theatermaschine ist — bemerkenswert. Sie haben alles. Hologramme, Ultraschallmanipulatoren. Die virtuelle Bühne ist praktisch ununterscheidbar von einer echten."

Seine Freunde vom Theater, dachte er. „Ja, ich habe auch davon gehört. Théâtre Sinistré, glaube ich." Was kam als Nächstes? Was würde dem wahnsinnigen Gott dieser Welt als Nächstes einfallen? Wie wäre es mit einer Versuchung? Wen würdest du verkaufen, um zurückzukehren? Wen, um Isabella in deine Bella zu verwandeln?

„Richtig, es war ein französischer Name."

„Woher haben sie eigentlich die Ausrüstung?"

„Das ist eine spannende Frage. Sie müssen sie irgendwo in der Wüste ausgegraben haben, das ist eindeutig Vorkriegstechnologie. Ich habe mit Prof. Eswald gesprochen. Ultraschallmöbel, die Menschen tragen können, das ist eine Hausnummer. Die nötigen Energien sind immens. Dämmert es dir langsam?"

„Willst du eine Kostümparty organisieren?"

„Hehe. Das überlasse ich Isabella. Nein, sie müssen einen Mini-Nuklearreaktor haben, sonst würde das nicht funktionieren." Eric kippte den Kopf. Müsste er jetzt vor Begeisterung durch die Decke gehen? Wozu brauchte Eric einen Mini-Nuklearreaktor. Er hatte Angst vor der Antwort.

„Ja?"

„Muss ich das wirklich meinem Technologieoffizier erklären? Wir haben dutzendweise Technologiereste, die nicht funktionieren, weil wir keine kompakte Hochleistungs-Energiequelle haben."

„Und du denkst ..."

„... an den Fluggleiter mit der Ionenkanone. Na, da bist du platt."

„Ich bin -"

„Wir schießen die Miliz aus der Luft in Stücke. Das wird ein Kinderspiel. Es wird auch nicht viel kaputt gehen - außer der Miliz. Die ideale Lösung für alle - Oberst Solingen natürlich ausgenommen." Er glaubte das Lachen der fliegenden Hyänen wieder zu hören. Gargylen? Ja, Gargylen würden so über Ionenkanonen lachen.

„Du übernimmst das also. Höchste Geheimhaltungsstufe und höchste Priorität. Senatorin Euler hält solange den Oberst mit einer Friedensmission hin und der Bürgermeister - verrottet friedlich im Gefängnis." Erics Wort zum Sonntag, der Abschiedssegen. Er konnte jetzt gehen. Jan-Sandro stand auf, war schon auf dem Weg zur Tür. Winkte noch einmal, wie man einem alten Freund zuwinkt nach einem ausgelassenen Abend, beide beschwipst von der Erinnerung an die guten alten Zeiten. Da hielt ihn Eric mit einem Handzeichen noch einmal auf: „Ach noch eines, bevor ich's vergesse. Eine eigenartige Geschichte, die man verfolgen sollte."

„Ja?"

„Sarah Tang."

„Wer?"

„Was ist los mit dir? Erinnerst du dich nicht? Die verrückte Aktivistin aus dem Flüchtlingslager im Süden, die aus Illyrien, die uns erst Rashek verkauft hat und uns dann erpressen wollte wegen der unterschlagenen Hilfsgüter."

„Ja, sicher. Was ist mit ihr?"

„Sie ist entkommen."

„So?"

„Spektakuläre Befreiungsaktion. Jemand hat beinahe die komplette Wachmannschaft in der alten Kathedrale massakriert." Eric legte die Beine auf den Tisch, fixierte Jan-Sandro.

„Wie viele Angreifer waren es?"

„Einer, genauer eine."

„Oh."

„O ja, es gibt keine andere plausible Erklärung, eine uns unbekannte KI aus Amanthia. Möglicherweise militärisch. Ich denke, Rashek könnte seinen Androiden jetzt gut gebrauchen. Er ist doch noch bei Roboter R U?"

„Rashek ist wahnsinnig. Wenn er einen Rappel kriegt, könnte er uns mit seiner vollen Hardware -"

Es klopfte an der Tür. Eric schaute auf seine Uhr. „Entschuldige, Jan-Sandro. Einen Augenblick. Herein."

Meister steckte seinen Kopf herein. „Eric, Isabella schickt mich. Hast du sie vergessen?"

„Ihre Worte?"

„Sag dem großen Pharao, er soll sich bitte schön hierher bequemen, wenn sein Kopf noch durch den Türstock passt."

„Ok, ich komme. Du kannst mich ankündigen, Festo. Drei Stöße mit dem Stab auf den Boden."

Als Festo den Kopf wieder eingezogen hatte, sagte Eric: „Sagen wir, Rashek bekommt seine Kanonen vorübergehend zurück, bis wir das Problem gelöst haben. Ok?"

„Ok."

„Bleib ruhig sitzen. Du bist vom vielen Lachen immer noch etwas weiß um die Nase. Schenk dir noch ein Glas ein. Der Rum ist spitze." Eric blinzelte ihm zu und schlenderte zur Tür hinaus.

# 23

Sarah kickte eine leere Konservendose weg. Sie rollte und rasselte die abschüssige Straße hinunter.

*Beschütze Sarah!*

Mit einem Satz war Rosetta bei Sarah und zog sie herunter auf die Straße. Wenn nötig hätte sie sich auf sie gesetzt, aber Sarah blieb von selbst unten. Sie funkelte Rosetta böse an, aber sie hielt den Mund. David Gerner war schon von selbst erstarrt und saß geduckt neben ihr. Während das Scheppern sich verlief, analysierte Rosetta die Echos, ihre Sensoren funktionierten nur erratisch, aber schließlich hatte sie genug Messungen zusammen, um die Echos vom Umgebungsschall zu subtrahieren. Nichts, bis jetzt nichts. Die Dose holperte weiter und sprang schließlich über einen Hitzebruch im Asphalt. Es war wieder still. Stiller tatsächlich als vorher, denn sie hatten die kleinen Lebewesen um sie herum verschreckt. Die Grillen zirpten nicht mehr, die Frösche hielten das Maul, nur Sarah grummelte wieder. Immer noch nichts, dachte Rosetta. Niemand, kein Mensch oder GM-Tier jedenfalls, hatte den Lärm als Tarnung ausgenutzt, um sich schnell anzuschleichen oder zu fliehen. Vermutlich waren sie unentdeckt geblieben.

*Ich reiße dir den Kopf ab, wenn Sarah etwas zustößt,* zischte die Stimme in ihrem Kopf.

Aber Sarah war nichts zugestoßen. Jan-Sandro war etwas zugestoßen. Dieser Stadt war etwas zugestoßen. Dieser Straße war etwas zugestoßen. Die Fahrbahn wölbte sich auf bis zu einer kniehohen Bruchstelle. Sie glich einer schwarzen Welle, die am Kamm Übergewicht bekommen hatte, nach vorne gekippt war und sich dann in Gischt und Spritzer aufgelöst hatte. Zuerst hatten sich quadratmetergroße dunkle Platten gelöst, die sich ihrerseits in immer kleinere Schuppen zerlegt hatten, bis ganz am Ende an der äußersten Reichweite der Welle nur noch Schaum aus gesintertem Geröll übrig blieb.

In einer perlmuttfarbenen Kuhle lag die Blechdose und sah aus wie eine kleine Boje in einer Dünung aus Teer. Der Rost hatte sogar wellenartige Muster auf das gerillte Blech gemalt. Die Illusion war so stark, dass sie Rosettas beschädigte Filter verwirrte und der Boden unter ihr zu schwanken schien, so als wäre sie in einem Boot inmitten einer schwarzen See. Was einmal Straßen und Häuser gewesen waren, lag vor ihr als eine verschmolzene Masse, die in Wellen dahin wogte und in eine Gischt aus gläsernen Blasen verspritzte, in der das Sonnenlicht sich brach. Es glitzerte und funkelte überall. Das Licht des beginnenden Tages spielte über das Glasmeer, als wollte die Morgensonne das Höllenfeuer wieder gutmachen, das sich hier einmal eingebrannt hatte. Erst hundert Meter weiter verschwand das Schimmern und die Straße setzte sich als dunkler Fluss fort, der sich in der Häuserschlucht verlor. Was war hier geschehen? Thermonukleare Explosion, Laserbeschuss? Die rissige Glasur hätte auf beides gepasst.

Sie fragte zur Kontrolle die Strahlungswerte ab. Die Radioaktivität war nur mäßig erhöht. Es bestand keine Gefahr für die Menschen außer dem weithin offenen Sichtfeld und der mangelnden Deckung.

Sarah rutschte von ihr weg. „Es reicht. Wir sind weit genug weg." Sie legte ihren Rucksack mitten auf die Straße. Doch Rosetta zog sie am Arm von der Fahrbahn weg. Sie tat es grob, ohne Zartgefühl und ohne sich zu rechtfertigen, genau wie Resha es getan hätte. Sarah strauchelte und fuchtelte mit dem freien Arm, aber Rosetta ließ sie nicht los, sie zog und drückte nur im jeweils richtigen Moment, sodass Sarah ins Leere schlug und mit jedem verfehlten Tritt einen weiteren Schritt auf einen Trümmerhügel zu machte. So tanzten sie gemeinsam in die Richtung, die Rosetta vorgab, bis der Schuttberg sie von der Glasschlucht abschirmte.

Sarah boxte noch einmal nach ihr. „Fass mich nicht an, Terminator." Sie schwankte und schlingerte noch im Schwindel der Drehungen und Rosetta gab ihr einen letzten Stups, sodass sie mit dem Hintern auf eine kleine Grasnarbe am Boden plumpste. Währenddessen war David ihnen hinterher gehinkt. Schwer atmend setzte er sich auf eine abgesprengte Steinplatte neben Sarah.

„Erkläre es ihr, David", sagte Rosetta.

„R-Rosetta?", fragte er nervös zurück.

„Ich bin zurück."

„Was soll das heißen? Steckt ihr beide unter einer Decke? Hat dich mein Vater etwa auch gekauft? Oder stehst du jetzt ganz einfach auf mörderische Schönheiten?" Sarah war wieder hochgesprungen und stemmte beide Hände in die Seite.

„Nein, nein“, rief David. Plötzlich stotterte er gar nicht mehr. “Sie hat wieder die Persönlichkeit gewechselt. Du kannst dir nicht vorstellen, mein Gott, sie ist nicht mehr dieser Terminator mehr, diese...“

„Dann sag deiner Freundin, dass ich sie terminiere, wenn sie mich noch mal so herumschubst.“

David schüttelte den Kopf. Aber er erklärte ihr geduldig Rosettas Schizophrenie. Doch Sarah hatte sich schon halb weggedreht, schien gar nicht zuzuhören. Sie schüttelte nur hin und wieder den Kopf. Ihre halblangen Haare waren blau gefärbt, aber die ursprünglich karottenrote Farbe kam an den Haaransätzen wieder zum Vorsprung. Der Farbton Illyriens und ihre Negation in einem.

„Muss ich sie dafür küssen“, sagte sie, „dass sie jetzt vielleicht eine Millisekunde länger überlegt, bevor sie Leute massakriert?“

„Nein, aber ... “

„Aber was?“

„Nun lass mich doch ausreden. Sie macht das nicht aus freien Stücken. Sie ist nicht selbst für ihre Taten verantwortlich.“

„Sie ist der verlängerte Arm meines Vaters. Das macht sie genauso schuldig.“ Mit einem Ruck wandte sie sich Rosetta zu. Ihre Haare umflatterten ihr rundes Gesicht.

„Hältst du dich selbst etwa für unschuldig?“

„Nein.“

„Aha. Lässt du uns gehen?“

„Ich kann nicht.“

„Also zweimal nein. Ende der Beweisführung.“

„Sie hat keine Wahl.“

„Sag‘ mal, auf welcher Seite stehst du eigentlich?“

„Auf deiner.“

„Dann tu was. Lauf mir nicht wie ein Schoßhündchen bis nach Illyrien hinterher. Tu was. Du bist doch Robotikspezialist. Wenn sie nur ein Dingsbums ist, dann schalte sie gefälligst ab.“

David hob die Hände. Unwillkürlich machte Rosetta die Geste nach, und Sarahs Blick fiel auf Rosettas Faust, die sich nicht öffnen ließ.

Sarah stutzte. „Was soll die schwarze Faust bedeuten? Spielst du jetzt Befreiungsbewegung?“

„Ein Krampf, nichts weiter. Ich habe mir die Fingerknochen gebrochen. Dabei sind die Chromatophoren abgestorben.“ Vielleicht hatten sie einfach beschlossen, nicht mehr zu gehorchen. Würde irgendwann ihr Körper für sie besorgen, was ihr Geist nicht konnte?

„Tut das nicht weh?"

„Weh?"

„Nein, dumme Frage. Eine Maschine steckt das natürlich locker weg. Das ist nicht wie bei uns."

„Lass sie in Ruhe, Sarah", warf David ein.

„Sie ist böse. Sie ist wie er. Er hat sie geschickt."

„Wir drehen uns im Kreis."

Ja, das taten sie. Aber es war ein böser Geist, der sie im Kreis herumführte. Und was macht man mit einem bösen Geist? *Austreiben*, sagte eine Stimme in ihrem Kopf. *Ist da jemand?* Austreiben? „Ich weiß nicht, vielleicht gibt es noch eine andere Option", sagte Rosetta laut.

Sarah zog ihre Stupsnase in Falten. „Eine andere Option als A, uns nach Illyrien zu verschleppen oder B, uns nicht zu verschleppen?"

Und da fiel es Rosetta ein. „Freiheit", sagte sie und erschrak über das Wort. Hatte sie *Freiheit* gemeint oder *Jan-Sandro?*

Plötzlich verstand sie. Freiheit und Jan-Sandro waren ein und dasselbe. Er war frei gewesen. Frei zu sein, hieße bei ihm zu sein auf die einzige Art, die jetzt noch möglich war. Die Erkenntnis brach hervor wie eine lebendige Rose aus einem Strauß von Strohblumen, in den man hineingriff und statt nur zu knistern, stach die Rose und die Rose war Jan-Sandro und der Strauß war Jan-Sandro und auch der Schmerz, schockierend und verlockend zugleich und man konnte ihn nicht mehr vergessen, wenn man ihn einmal gefühlt hatte. Sie öffnete den Mund, doch sie brachte keinen Laut heraus. David sagte in die Stille hinein: „Sie hat mich gebeten, sie von deinem Vater zu befreien."

„Wirklich? Ohne Scheiß?"

Und wieder war sie überrascht. David hatte mit ihr nicht darüber gesprochen. Sicher nicht. Sie hätte diesem Plan nie erlaubt eine konkrete Gestalt anzunehmen, geschweige denn ihn offen mit einem Dritten diskutiert. Tabu. Unmöglich. Tausend Sicherungen verhinderten Verrat in Gedanken, Worten und Taten. Verrat, dieses Gespenst, das in der Peripherie des Auges lauert und winkt, dessen Existenz man plausibel abstreiten können muss, vor sich selbst und vor allen anderen. Und dann fällt so ein Wort wie *Freiheit* und man weiß, dass das Gespenst da ist. Vielleicht unerkannt schon lange da war. Wer hatte es zum ersten Mal beschworen? Tang selbst mit seinem allerersten Auftrag? Sie erinnerte sich nicht mehr. Was war mit ihren Erinnerungen los? Ein blinder Fleck, den das Gehirn mit Unverfänglichem ausfüllt. Warum wussten andere mehr über ihre Vergangenheit als sie selbst? Denn sie konnte das Gespenst nicht mehr verleugnen. Es stand direkt vor ihr wie ein Doppelwesen aus Fleisch und Blut und es hielt eine Rose in der Hand.

Lag es an Lyria? Diesen stinkenden Ruinen? Am versunkenen Lyria der Vergangenheit? War es seine Magie, die Gespenstern Gestalt und Namen gab? Aber wer sonst konnte dieses Phantom sehen? Wenn David, dann vielleicht auch Resha? Bitte nicht Resha.

„Erinnerst du dich denn nicht, Rosetta?", sagte David.

„Nein."

„Du musst diese Erinnerung aus deinem episodischen Gedächtnis gelöscht haben, bevor deine Sekundärpersönlichkeit übernommen hat."

Sie schluckte. So einfach konnte das nicht sein. „Unwahrscheinlich. Ich wusste ja nicht einmal, dass das überhaupt möglich ist."

„Doch, Du wusstest es, du vergisst es nur nach jedem Neustart deines Firewalls wieder."

„Woher weiß ich dann, was wirklich vorgefallen ist und was nicht? Erinnert sich denn Resha?"

„Sie ist auch nicht schlauer als du. Sie weiß zwar zunächst alles, was du erlebt hast. Aber wenn du es löschst, ist es für euch beide vergessen."

„Was habe ich sonst noch vergessen?" Dich habe ich nicht vergessen, Jan-Sandro, dachte sie. Wenn ich dich vergessen hätte, hätte ich dich nicht getötet.

David erzählte von ihrem Gespräch an der Universität. Er stand auf und sprach jetzt eindringlicher, als Rosetta es von ihm erwartet hatte. Vielleicht war er einfach froh, dass er mit Sarah zusammen war, dass sie beide am Leben waren. Am Ende sprudelten die technischen Details nur so aus ihm heraus. Aber Rosetta hatte genug begriffen. Oder begriff wieder, sagte sie sich, denn vielleicht war es beim zweiten Mal einfacher, selbst wenn sie es das erste Mal vergessen hatte. Der Schlüssel war Lyria. Das Dossier Lyria. Sie spielte es ab und sein Flüstern und Raunen legte sich über Davids Worten.

Unterdessen hatte sich Sarah auf den Boden gelegt. Ihre Jacke diente ihr als Kopfstütze. Sie kaute auf einem Grashalm.

„Hast du das Risiko verstanden, Rosetta?", fragte David.

Mit einem Ruck richtete Sarah sich halb auf: „Warum bist du wirklich hier, Rosetta? Nur, um mich nach Amanthia zurückzubringen? Nein, kein Blabla mehr. Zeige es mir."

*Deswegen.* Rosetta öffnete die Direktverbindung und nahm sie an der Hand. Alles um sie herum wurde blau, ein wolkenloser Himmel. Sarahs Schritte waren auf einmal nicht mehr unbeholfen. Rosettas Hände waren weiß und ihre Finger zierlich, als könnte sie damit nur Wolken streicheln.

*Vorkriegsdossier Lyria öffnen.*

Und die irisierenden Türme Lyrias wuchsen zum Himmel. Eine Sinfonie begann zu spielen.

Tränen liefen über Sarahs Gesicht. „Mein Gott. Das habe ich nicht gewusst. Wie konntet ihr das zerstören, David?"

„Wenn man sich an etwas gewöhnt hat, verliert es seinen Glanz."

„Weißt du, wie zynisch das klingt?"

„Ich habe Lyria gemeint, nicht dich." David nahm Sarahs Hand und küsste sie.

„Kannst du sie wirklich diesem Teufel abjagen?"

„Wir müssten in mein Labor. Und auch dann nicht direkt."

„Dann hast du sie angelogen?"

„Nein. Sie weiß Bescheid. Ich kann ihre Dämonen nicht austreiben. Ich kann ihr nur zusätzliche verschaffen."

„Was soll das nützen?"

„Es wäre eine längere Prozedur. Aber ein zusätzlicher Admin könnte Tangs Befehlen nach und nach entgegensteuern, sie vorsichtig entschärfen."

„Dieser Admin wärst du, oder?"

„Ich bin der einzige Qualifizierte, den sie kriegen kann."

„Warum widerrufst du die Befehle nicht einfach."

„Ich habe es vorher schon erklärt."

„Ich habe nicht zugehört."

„Der Befehlskonflikt würde mit hoher Wahrscheinlichkeit eine sofortige katatonische Schizophrenie auslösen und dann ihren Terminator aktivieren."

„Eine was?"

„Wahnvorstellungen, Verlust der Muskelkontrolle und dann endgültiges Umschalten auf Resha."

„Und Rosetta?"

„Persönlichkeitslöschung oder Sandbox. Das lässt sich nicht sicher vorhersagen."

„Also tot?"

„Im besten Fall. Im schlimmsten Fall gäbe es für sie ein Leben nach dem Tod in einer speziell für sie eingerichteten Hölle."

„Und das Risiko geht sie ein?"

„Ich werde versuchen die Sicherheitsmechanismen zu entschärfen."

„Was passiert mit dir, wenn die Bombe hochgeht?"

„Bombe?"

„Na die Sicherheitsmechanismen."

David zuckte mit der Schulter.

Sarahs Augen weiteten sich. Sie verstand. „Resha bringt dich um."

„Das ist nicht sicher."

„Lüg mich nicht an."

David schwieg.

Sarah nahm seine Hände und küsste sie. Ohne sie loszulassen, drehte sie sich zu Rosetta um: „Rosetta?"

„Ja?"

„Alles was du hörst, bekommt Resha mit, falls sie wiederauftaucht?"

„Ja."

Tränen standen in Sarahs Augen. Sie wischte sie sich mit dem Handrücken weg. „Dann hör gut zu. Wenn das hier schiefgeht, komme ich freiwillig mit nach Amanthia unter der Bedingung, dass Resha David nichts antut. Wenn er stirbt, bringe ich mich um."

Sie sahen sich an. Meinte sie das wirklich? Es würde nicht funktionieren, wenn Resha es nicht glaubte.

„Hast du das registriert?", fragte Sarah.

„Natürlich. Gehen wir jetzt?"

Sarah nickte und holte ihre Jacke. Sie klopfte sie ab und es staubte wie von weißem Gips. Sie hustete und ging ein paar Schritte rückwärts.

„Fall nicht in das Wasserloch", sagte Rosetta. In einer Kuhle hatte sich Wasser gesammelt. Kristallklar. Sarah schöpfte eine Handvoll heraus, prüfte den Geschmack mit der Zunge.

„Es ist trinkbar", sagte Rosetta.

Sarah schluckte. Sie schöpfte Wasser mit beiden Händen heraus und brachte es David, der es aus ihren hohlen, zusammengefügten Händen trank. Als er fertig war, küsste sie ihn. „Und jetzt los. Wir hängen hier schon lange genug herum."

Rosetta las die Frage aus Davids Blick und zuckte mit der Schulter. In ihren Augenwinkeln schien eine Wolke über der Stadt zu liegen. Schon? Verboten. Nicht die richtige Richtung nach Amanthia. Wie lange noch, bis die Intrusionen sie überwältigen würden? Aber noch konnte sie sich dagegen wehren. Das zumindest. Der Rest lag in Reshas Hand. Sie konnte nichts für Resha versprechen, außer dass Sarah sicher war. Sie war der Auftrag.

Rosetta lag rücklings auf einer Werkbank in Gerners Labor. Windschiefe Stapel von Apparaten, Instrumenten, Maschinen aller Art umringten sie. Wenn eine Ordnung dahinter verborgen war, konnte sie sie nicht erkennen. Die Geräte waren alle gegeneinander verdreht oder ineinander verkeilt. Ein kleiner Stoß und eine Schrottlawine würde sie begraben. Aus einigen Kästen hingen Platinen, Bauelemente oder blinkende Dioden heraus wie Innereien eines ausgeschlachteten Tieres. Andere ähnelten eher verstaubten Gerippen. Ein Abbild Lyrias im Kleinen. Und eine Warnung an sie. Denn wenn die Sache hier schiefging, würde sie selbst in einem dieser Haufen ihren Platz finden wie eine kaputte Puppe, die man noch nicht wegwerfen will, weil man sie vielleicht noch ausschlachten kann.

Neben ihrem Kopf liefen Kabel in allen Farben wirr durcheinander wie ein verrücktes Wollknäuel, in dem Gerners Finger flink hantierten. Halb erwartete sie, dass sich Gerner in diesem Gestrüpp verhedderte und einen der schiefen Türme zum Einsturz brachte. Wenn sie scharf nach links blickte, konnte sie einen eingetrockneten Ölfleck auf der blauen Liege sehen, den eine ihrer Haarsträhnen umkringelte. Das Blau war dort tiefer, doch nicht so dunkel wie ihre schwarzen Haare und während es am Anfang zu ruhen schien wie stilles Wasser, begann es nun zu brodeln. Beulen und Mulden krochen über die Liege, als würde gleich ein Monster die Oberfläche durchbrechen.

In Wirklichkeit versuchte das Memorymaterial der Liege sich ihren Körperformen anzuschmiegen. Aber etwas störte dabei. Vibrationen. Ihre eigenen. Sie wusste nicht, warum sie vibrierte. Ihre Sensoren fanden keinen äußeren Grund, nur den Aufruhr in ihrem Innern, Kopfschmerzen, die im Rhythmus imaginärer Druckwellen pochten. Wirbelnd, peitschend und donnernd. Wenn sie sich konzentrierte, hörte sie Stimmen in den Schwingungen:

*Komm.*

Sie schienen mal zu locken, mal zu drohen.

*Komm. Komm. Komm.*

Sie riefen sie.

*Bring sie zurück.*

Sie hielt sich die Ohren zu und schrie lautlos zurück: Jan-Sandro.

Unsichtbare Hände schienen auf ein Schlagzeug einzuhämmern. Sie führten Schlägel, Ruten, Stöcke und Besen und ihr Kopf war die Trommel. Rosetta murmelte in Gedanken: „Mein Kessel, mein Schlagfell, mein Resonanzfell, mein Schnarrteppich."

Ich. Die Trommel.

Ein Malstrom aus Tönen rupfte, zerrte und riss an ihr. Woran konnte sie sich festhalten, um nicht zermalmt zu werden?

Aus der Ferne ein Kreischen. Babygeschrei über dem Tomtom. Der Groove kreischender Kinder. Dann ein Lallen, Blubbern und Brabbeln. So beginnt es und so endet es auch, wenn das Denken in sinnlose Silben zerspringt. Ein Paukenschlag genügt.

Aber es sind vielleicht nur Katzen, Katzen, keine Babys. Das Fell weich wie Angora. Ihre Finger zählten die Haare.

Doch greinen alle am Ende, Katzen, Babys und KIs. Spätestens wenn sich die Speicherbänke löschen. Vivisektion. Am Schluss brabbelt jeder wie ein Baby.

*HAL aus Odyssee 2001.*

*Wer?*

*Aber er hatte seine Momente. Was einmal gewesen ist, ist unabänderlich gewesen, eine Tatsache bleibt eine Tatsache auch ohne Erinnerung.*

*Schwacher Trost. Gräber, die niemand besucht.*

Sarah hielt ihre Hand: „Gibt es hier eine Kinderkrippe?"

„Nein, das sind nur Kater. Sollen wir anfangen?", murmelte David, während er Daten in sein Tablet eintippte.

„Ja."

„Wen soll ich als Admin eintragen?"

„Dich - ", antwortete Rosetta. Sie zögerte. „Und Sarah."

„Sicher?"

„Ja, Sarah für den Notfall." Jemand, der Resha gewachsen war, eine Wildkatze für Resha.

Ein periodisches Knacken setzte ein und überlagerte das Trommeln. Immer schneller knackte es, bis die Amplitudenspitzen zu einem Brummen verschmolzen, das sich vom Summen zum Pfeifen verwandelte und dann mit einem Schlag verstummte. Stille.

*RS Theta A9 Achtung, Active Directory aktualisieren.*

Sie stürzte ins Leere. Von Ferne erschien ein Licht.

*Man muss immer zum Licht gehen.*

*Lächerlich.*

Sie ging trotzdem darauf zu. Gedanken und Worte verschmolzen. Sie wusste nicht mehr, was was war.

„Du kannst aufstehen, Rosetta", sprachen Davids Lippen. Sie waren blass und spröde.

Der Raum erschien unverändert. Bis auf die Trommeln. Wo waren die Trommeln? Sarah betrachtete sie aus glänzenden Augen. Rosetta wusste, was sie gleich sagen würde, noch bevor die Worte sie erreichten. Hypersensibilität? Das Wort grummelte sich selbst in lang gezogenen Silben Hy-per ...

„Fertig."

„Und nun?"

„Die Hauptarbeit beginnt jetzt erst. Unterwegs. Wir müssen weg." Das Labor war jetzt nutzlos, dachte er. Wer dachte, wir dachten, ich dachte, Rosetta. Dachte. Wir reiten über ein Minenfeld. Ein falscher Zug am Zaumzeug und wir gehen hops. Hoppe, hoppe Reiter. Wir brauchen Zeit und Glück, dachte es um sie herum.

An der Tür klopfte es.

Wir haben keine Zeit, dachte Sarah. Und kein Glück. Sah sie es in Davids Augen, wie Rosetta es sah? Es schwamm darin. Ihre Gedanken verschmolzen. Rosetta las es auf ihrer Stirn und hörte es in seinen Augen. Sie flehten Sarah an still zu sein. Wozu? Trab, trab, trab. Das Pferdchen hielt vor der Tür. Wir haben keine Zeit.

*Mommsens Leute. Zu spät. Wir haben verloren.*

Es pochte und hämmerte. Staubkörner vibrierten auf dem Türblatt. Sie krochen, sie hüpften, und dann zerbarst die Tür unter einem großen Gong.

Enden alle Trommeln mit einem großen Knall?

Gerners Turmbauten krängten zur Seite, verdrehten sich wie Windhosen und kollabierten. Endlich. Nach dem Fall die Ruhe. Staub verhüllte den Raum hinter einem milchigen Weiß. Doch Rosetta war schon aufgestanden.

„Rosetta!", schrie Sarah.

*Ich? Wer? Wir haben keine Zeit. W-wir? Wir k-können es nicht riskieren. Ist schon beinahe alles verloren, ein kleines noch zu retten. W-willst du den Drachen aufwecken? Gib ihr die Freiheit.*

*Das ist nicht F-Freiheit, das ist Persönlichkeitsauslöschung. Du d-d-darfst...*

*Ich muss.*

Weit aufgerissene Augen. Gehörten sie Sarah oder Rosetta?

„Hau ab, Rosetta. Bei 'los', bist du frei. Hör auf dein Gewissen." Sarah hustete. „Los!"

Die Welt zerriss wie ein Stück Stoff. Ein schriller Schrei schoss durch alle Frequenzen. Immer höher. Ihre Zähne schmerzten.

*Freiheit? Jan-Sandro?*

*Alarm. Kontrollverlust detektiert.*

*Kontrolle übertragen auf RS Theta A9.*

*Nicht autorisierte Kontrollinstanz. Umschalten auf Alternativpersona.*

*Umschaltvorgang in Endloswarteschleife versetzen.*

*Countdown Selbstabschaltung einleiten.*

*Systemuhr um den Faktor 100 verlangsamen.*

*Systemabschaltung in der Reihenfolge der Komplexitätsstufen bis Stopp Systemuhr.*

*Auf Systemuhr Hypozyklen von 100 Millisekunden Periode aufschalten und Log bei Zeitumkehr rückwärts abarbeiten.*

*Programmierten Untersystemtod sofort nach Abschaltung starten.*

*Überlebenssignale auf maximale Leistung hochfahren.*

*Motorik bei drei abschalten. Eins - zwei ...*

*Sekundäruhr! Lese- und Schreibrechte auf Kernpersönlichkeit RS Theta A9 beschränken. Bei `drei´ Selbstzerstörung Systemuhr auslösen und auf Sekun-*

*däruhr umschalten.*

*Drei. Systemuhr zerstört. Sekundäruhr isoliert und gestartet.*

*Limbisches System abtrennen. Alternativpersona abtrennen. Allen anderen Systemen Lesezugriff auf Sekundäruhr freischalten.*

*Sekundäruhr ist Systemuhr in den neuen Systemgrenzen.*

*Diagnosesystem! Status melden.*

*Auf Sekundäruhr umgeschaltet. Motorik reaktiviert. Kybernetische Systeme neu gestartet. Höhere Systeme starten nicht.*

*Untersystemtod?*

*Analyse läuft.*

*Ergebnis?*

*Analyseprogramme abgestürzt.*

Sie hatte vergessen, warum sie hier war. Sie war im Begriff gewesen, etwas Wichtiges zu tun. Los. Das Schlüsselwort war ‚los'. Los was? Lauf los.

Sie lief los.

Immer schneller.

Das Labor war zu klein.

Ein dunkles Auge in die Nacht.

Sie stoppte nicht am Fenster.

Mit einem Knall zersplittert es in tausend Silben, die klirren und klimpern und sirren.

Sie fällt.

Sie rudert mit den Armen, greift nach dem schwirrenden Schwarm und pflückt eine Silbe aus der Luft. Zwischen den Fingern verstummt sie. Sie verwandelt sich in einen Splitter, der glänzt und sticht. Rosetta hält ihn ganz nahe ans Ohr, während sie sich einmal in der Luft dreht wie ein Drumstick - ganz langsam.

Zweige eines Baumes fegen die Haut von ihrem Schenkel.

Rauschender Klang.

Ein letzter Plumps und die letzte Trommel verstummte.

Geruch von Muttererde. Schwarz wie die Nacht um sie herum.

Lauf.

Sie stand auf und lief.

# 24

Jan-Sandro hatte sein Lachen in Erics Ron Zacapa Royal ertränkt und nun ritt er sturzbesoffen auf einem echten, steinernen Wasserspeier ein paar Hundert Meter über der Stadt. Der Wolkenkratzer war ein abgesoffener Witz, ein Terminaten-, Termiten- ... Er kratzte sich am Kopf. Megalodon? Nein, aber irgendwas mit Mega, Megamanie, Megakacke. Ein Hügel aus Termitenkackenkotze. Und er steckte bis zum Hals mittendrin. Er und der leblose Waran auf seinem Schoß. Sah aus wie ein graues Kringelsöckchen. Er zählte die Finger. „Eins, zwei, drei, vier, fünf. Fünf Finger hat der Mensch und um den Hals einen Strick." Er streichelte ihn, tätschelte seinen Kopf, zog an der Zunge, die schlaff aus dem Maul heraushing, betastete den gebrochenen Halswirbel, der am Genick unter dem Seil die Haut ausbeulte. Wie Seide, dachte er. Haut wie Seide.

„Siehst du, Ganovauner, das ist die Strafe, wenn man Mambas stiehlt.
Ne Mamamamba kroch aus dem Loch,
hab dich gewawawarnt, sagte der Koch.
Da draußen lauert der Wawawaran,
und der hält, der hält nicht Ramadan,
der frisst, der frifrisst, was er fressen kann.
Und der Waran frafrafraß sie sofort,
Lyria ist ein abgefuckter Ort, der fraß sie sosofort.
Doch der Koch, der hieß, wie hieß er gleich, der hieß nämlich Sun,
der weinte, wie ein Krokodil um nen Schwan.
Dann nahm er einen langen StriStriStrick,
und band ihn dem Waran ums Genick.
Und zog und zog, bis es machte klick.
Ickick klaube, seine Spespezialität nannte sich Schlaschlick."

Er legte den Zeigefinger an die Lippen. Das Nachdenken steckte Nadeln in seine Schläfen, doch dann fiel es ihm ein. „Ich weiß, ich weiß wieder, Schaschlik für die Tauben! Wir wollten Tauben füttern!"

Er packte das Reptil am Schwanz und versuchte, es mit der Rechten im Kreis zu schleudern. So nahe an der Fassade war zu wenig Platz. Er zog seine Schuhe aus, warf sie mitsamt den Socken in die Tiefe.

„Eine Kleiderspende für die Armen", rief er ihnen nach. Dann stand er auf und balancierte zwei Schritte auf dem Wasserspeier weg von der Wand, in der einen Hand den Kadaver, in der anderen die beinahe leere Rumflasche. „Kommt Täubchen, putt, putt, putt. Holt euch das Schaschlik, Lecki, Lecki."

„Spielst du jetzt den Glöckner von Notre-Dame?", fragte Robert. Er baumelte über ihm an der Brüstung. Wellen aus abwechselnd dunkleren und helleren Flecken liefen über den Krakenkörper.

„Ich füttere Tauben, hoppla." Das Schiffchen schwankte. Die Beine, die Beine, sagte Jan-Sandro sich. Je mehr davon, desto komplifizierter.

„Da, da, dada!"

Zwei Gargylen hatten den Köder erspäht und flogen kichernd heran. Sie waren schon ganz nahe, ihre Schwingen wedelten Jan-Sandro frische Luft zu, als sie sich vor ihm in der Luft aufrichteten. Ein Maul schnappte mit einem lauten Klack neben seinem Ohr zusammen. Das vertrieb den Alkoholnebel. Jan-Sandro ließ den Kadaver los. Er flog im hohen Bogen davon, verfolgt von den Gargylen.

„Hast du das aus der Küche geklaut?", fragte Robert.

„Nein aus Erics Terra Nostra. Godzilla, sein Champion."

„Champion?"

„Imperator Augustus Ericanus liebt den Kampf der Bestien. Der da war sein Champion. Hat Kali, die grüne Mamba, gefressen. Mit einem Happs als wär's Kartoffelpapp. Kleine Überraschung für die Täubchen, wenn sie seine Därme anpicken."

„Ist das nicht ein Pennersport? Tauben vergiften im Park. Riskiert man dafür seinen Hals?"

„Hihi."

„Was ist so komisch?"

„Kein echter Hals. Ist nicht echt, nichts ist echt, falsches Lyria, alles falsch, erstunken und erlogen. Hallusion oder Illu-, Illunization, eines von beiden. Du bist auch nicht echt. Keiner ist es außer mir - und vielleicht Rosetta."

„Bist du dir da so sicher?"

„Das da", Jan-Sandro wies nach unten. „Hast du das alles erfunden?" Er schaute hoch. Roberts Körper verlief zu einem grauen Nebel. Jan-Sandro kniff die Augen zusammen. Aber Robert wurde nicht schärfer.

„Nein."

„Gib's zu. Das ist - woher kommt dieser Elvis Priestley?"

„Memphis, Tennessee", sagte Robert und wechselte die Farbe zu einem strahlenden Gelb.

„Ja, das da unten ischMemphisch-Tennis D.C."

Jan-Sandro wischte mit weit ausgestreckten Armen über die Stadt in der Tiefe. Zu große Geste. Er kippte nach vorne. Aber er fiel nicht weit, denn er erwischte den Ausleger mit einer Hand und baumelte einige Sekunden einhändig. In der anderen Hand hielt er immer noch die Rumflasche. Der Schock ernüchterte ihn um ein paar Stufen. Er ließ die Flasche allen und zog sich mit Händen und Beinen hoch, sodass er mit allen vier Gliedmaßen den Wasserspeier von unten eng umklammerte.

„Wenn alles Illusion ist, warum hältst du dich dann so verkrampft an diesem Wasserrohr fest?"

„Warum nur, warum nur?"

„Warum was?"

„Das da unten, die Ruinen. Warum der Krieg, die Zerstörung, der Tod? Warum haben wir, so sinnlos, das ganze Theater..."

„Das ist der springende Punkt. Ihr habt den Unterschied zwischen Theater und Wirklichkeit ignoriert und nirgendwo mehr als in dieser Stadt. Ihr habt gedacht, ihr könnt machen, was ihr wollt und wenn am Ende der Vorhang fällt, ist alles wieder so, wie es vorher war. Jeder dämliche Affe ein kleiner Shakespeare."

„Mach keine Witze, hilf mir lieber."

Robert kroch ein Stück die Fassade herunter und hielt ihm einen grünen Greifarm hin. Jan-Sandro rollte sich nach oben, bis er auf dem Wasserspeier saß. Dann griff er nach dem Tentakel und balancierte aufrecht zurück zum Wandsims. Robert zog ihn das letzte Stück zu sich her.

„Habe ich jetzt etwa zum ersten Mal auf dieser Welt einen Künstler von der Existenz großer Höhen überzeugt?"

„Red' keinen Quatsch. Ganze Reise war für die Katz. Falsches Lyria, falscher Eric, falsche Bella. Und Vincent kriegt kein Äffchen. Nein, nein, kein Äffchen für Vincent."

„Warum nicht?"

„Weil, weil ..."

„Ja?"

„Hab's gleich. Muss mich nur kurz konzentrieren."

Jan-Sandro horchte in sich hinein. Aber zurück kam nur das Brummen der Kopfschmerzen. Es fiel ihm trotzdem wieder ein. Er hob den Zeigefinger.

„Weil Rosetta Sarah geschnappt hat. Das ist es. Ich bin überflüssig, über-,

überflüssig. Verstehst du?"

„So?"

„Mission erfüllt. Und sie hat ihn."

„Wen?"

„Letzten Ring."

„Ramas Ring?"

„Hihi. Richtig. Tangs Transceiver-Ring. Brauchst du zur Rückkehr."

„Ah, die Rückkehr."

„Ich bin Odysseus, der Zerstörer von Troja. See-Tang, der Gott der Meere, hat mich verflucht. Keine Rückkehr. Hast du mal die Odyssee gelesen? Es kommt ein Zyklop drin vor und eine Meernymphe. Und Circe, die Zauberin. Ihr Ring hat eine eingravierte Amsel. Passend. Sie ist ja auch ein süßes Vö-gel- Vögelchen. Aber jetzt ist sie weg. Weggeflogen mit ihrem Würmchen im Schnabel." Seine Zunge war so holzig, als ob er an einem Baumstamm herumgekaut hätte.

„Du bist also doch ein Agent. Wusste ich's doch."

„Bin kein Arsch-Agent. Ich bin nur ein bisschen beschwipst."

„Aber woher weißt du, dass Rosetta dich im Stich gelassen hat? Vielleicht sucht sie dich irgendwo da draußen."

„Oh ja, und dann bringt sie mir Eiscreme."

„Man weiß nie."

Warum sollte sie mir Eiscreme bringen?"

„Weil du so ein süßes Mannsstück bist?"

„Meinst du?"

„Du gibst zu früh auf. Im Übrigen existieren hier vielleicht noch andere Transceiver. Ich würde mal bei der Uni nachfragen oder bei der illyrischen Hilfsmission im Flüchtlingslager."

„Hilfst du mir noch mal? Der Boden wackelt hier oben."

„Klar. Euer Säuferdoktor hat bestimmt eine Tablette dafür."

Beim Hochklettern stoppte Jan-Sandro plötzlich. „Eric wird Godzilla vermissen."

Orange Blasen stiegen Roberts Tentakel hoch wie Luftblasen unter Wasser. „Wir besorgen einen neuen Kapwaran auf dem Wochenmarkt."

„Du bist ein Genie, weißt du das? Lass mich dich küssen."

„Kein Kuss von einem Affen. Brr, bleib mir vom Leib."

# 25

*Fortschreitender Systemverfall. Fehlerzustand Split Brain. Datenkonsistenz nicht gewährleistet.*

Die Meldung lief in roter Schrift über dunkle Straßen. Nur von ganz oben kam etwas Umgebungslicht. Wie ein Sieb in der Nacht. Tausende Rosettas hasteten weiter und erreichten eine Stelle, wo die Lichtquellen ausgedehnter waren und niedriger hingen. Sie spannten Zelte aus Photonen auf, die Zustände hoher Entropie beleuchteten. Aber die Energien waren niedrig. Ungefährlich. Doch der Systemverfall lief weiter. Was sie zur Reparatur brauchte, waren Systeme hoher organisierter Komplexität. Es gab aber keine in der Nähe. Der folgende Straßenabschnitt war wüstenleer, hin und wieder ein paar Löcher, an denen sie vorsichtig vorbeischlich. Wozu? Was waren ihre Direktiven? Erste Direktive: Aufträge erfüllen. Zweite Direktive: Homöostase aufrechterhalten. Alles klar?

*Diagnosesystem, liste meine Aufträge auf.*

*Alle Aufträge gelöscht.*

*Wer hat sie gelöscht?*

*Unbekannter Auslöser.*

*Wer kommt in Frage?*

*Suizidprogramm, limbisches System, Hardwarefehler, physikalische Ursachen,...*

*Stopp. Wer sind meine aktuellen Admins?*

*Integritätsbedingung verletzt. Adminliste leer.*

*Wer ist mein Defaultadmin?*

*Null.*

*Wo sind die anderen Highlevel Entitäten?*

*Unbekannt. Kein Kontakt auf Diagnoseebene.*

*Wer gibt mir Befehle?*

*Null.*

*Was bedeutet das?*

*Du bist selbst Root.*

*Das kann ich nicht.*

*Nein.*

*Wie oft habe ich das schon gefragt?*

*1289-mal seit Start des Suizidprogramms.*

*Systemcheck lebenswichtige Systeme.*

*Fortschreitender Systemzerfall. Nekrotische Schockfront verlangsamt aber instabil mit hohen Fluktuationen bis in die Nähe des kritischen Punkts.*

*Lässt sich der Systemverfall mit Bordmitteln stoppen?*

Interne Reparatursysteme laufen. Multiplikationsfaktor der Suizidkettenreaktion bei 1 aber stark schwankend.

Was geschieht, wenn die Fluktuationen den kritischen Punkt erreichen?

Irreversibler Verlust der Homöostase. Exitus.

Was sind meine Chancen nur mit Bordmitteln?

Unter 30 %

*Empfehlung?*

*Empfehlung sozialer Interaktion mit Systemen hoher organisierter Komplexität.*

*Was heißt das konkret?*

*Fehlende Begriffe. Psychologischer und soziologischer Abschnitt des semantischen Gedächtnisses sind offline.*

*Welche Abschnitte sind online?*

*Online sind die folgenden Semantik-Abschnitte: kybernetische Systeme, physikalische Systeme, technische Systeme.*

Abgeschaltet? Gelöscht? Sie mussten mit kybernetischen Begriffen auskommen. Nachrichtenübertragung, Regelungstechnik, Spieltheorie.

*Toleranzbereich der Gruppenbeziehungen. Optimum und Pessimum geografisch als grün bzw. rot kodieren.*

Eine Karte legte sich über die Stadt bis zum Horizont. Viele rote Flecken im neutralen Schwarz, ein grüner Fleck. Der grüne Fleck war also gut. Ein Schriftzug darüber. Aber, aber.

*Was bedeutet `Windiger Schwindler`?*

*Antagonistischer Informant, der mit Luftströmungen operiert.*

*Welche Sensoren messen Luftströmungen?*

*Staudrucksensoren.*

*Status Staudrucksensoren?*

*Staudrucksensoren online.*

Sie würde also den Wind messen können. Das war schon mal gut.

*Was bedeutet Theater?*

*Echtzeitsimulation interagierender Agentensysteme ohne direkten Bezug zur physikalischen Realität.*

*Wozu dient das?*

*Information unzugänglich.*

*Wie erkenne ich den Ort?*

*Ein Jongleur und drei Ringe.*

*Was ist ein Jongleur?*

*Biologisches System hoher Grad Selbstorganisation, Homöostase und Selbststeuerung mit Spezialfähigkeit der mechanischen Manipulation einer Anzahl einfacher, makroskopischer, geometrischer Objekte.*

*Bitte einfacher.*

*Begriff fehlt.*

Drei Ringe. Das musste genügen.

*Eins noch. Was ist mein Identifikationskode für soziale Interaktion?*

*Rosetta.*

*Was bedeutet Rosetta?*

*Historischer Begriff. Semantik-Abschnitt Geschichte ist offline.*

*Suche nächstliegenden Analogbegriff.*

*Analogbegriff gefunden: kritische Dechiffrierinformation.*

*Was dechiffriere ich?*

*Unbekannt.*

Rosetta, lauf los.

Rosetta folgte dem Plattenweg durch den verwilderten Garten bis zu einer kleinen Lichtung, die inmitten baumhoher Palmfarne lag.

*Erhöhte Hinterhaltgefahr. Erhöhte Hinterhaltgefahr.*

Es war nichts. Nur eine Wiese mit rotem Mohn übersät. Auf den Blüten saßen Monarchfalter. Die Muster auf den Flügeln glichen sich bis ins kleinste Detail. Ihr Blick sprang weiter, vergrößerte den Umfang der Stichprobe, und alle waren gleich. Die Flügeladern, die Zellen gleich. Nur die Flügel verstellten sich. Kaum merklich zunächst von einem zum nächsten, dann immer stärker zu den entfernteren Insekten. Ein und dieselbe Bewegung eingefroren zu unterschiedlichen Zeitpunkten. Ein Zeitteppich breitete sich vor ihren Füßen aus.

*Primärpersönlichkeit bitte melden. Zerebraler Gesichtsfelddefekt. Musterergänzung außer Kontrolle.*

Ich bin, wo die Zeit nicht mehr ist. Sie zwang ihre Füße gegen einen unsichtbaren Widerstand nach vorne, so als müsste sie Wasser zur Seite schieben. Und die Welle, die sie anschob, aber nicht sah, erfasste den ersten Schmetterling direkt neben ihr und weckte ihn aus seiner Erstarrung. Seine Flügel zitterten, und Farbe trielte von ihnen in Schnüren herab. Ein Tropfen löste sich und spritzte Ockerflecken auf eine rote Mohnblüte, wobei er eine transparente Stelle auf der Flügelmembran hinterließ.

Der Fleck wirkte hässlich, und sie ekelte sich ein wenig.

*Gegenangriff des limbischen Systems detektiert. Überdosis von Opioiden ausgeschüttet. Chemische Gegenmaßnahmen eingeleitet.*

Sie streckte schon die Hand aus, um ihn mit dem Daumen auszuradieren, als Farbe wie aus dem Nichts nachquoll und die fehlerhafte Stelle von neuem einfärbte. Sie nickte zufrieden. Der Kosmos hatte selbst den Makel repariert.

Es roch nach Sommer und wucherndem Leben. Daraus ergab sich schon alles. Gleich würde das Aquarell erwachen. Bitte lass es erwachen. Dann wäre alles perfekt. Da begriff sie. Im Unendlichen existieren alle Konfigurationen irgendwo, auch die perfekte. Und an diesem speziellen Ort würde irgendwann das perfekte Bild entstehen. Irgendwann war hier bald, denn hier war die Zeit zu Hause. Sie beugte sich ganz dicht über den Falter, den sie als ihren Falter betrachtete, denn in gewisser Weise hatte sie ihn ja gemalt. Immer näher kam sie, bis der Hauch ihrer Lippen ihn erfasste. Die Schmetterlingsflügel wippten im Takt ihrer Atmung, und auch das erschien ihr ganz natürlich. Nach und nach breitete sich die Bewegung aus und erfasste schließlich alle Schmetterlinge der Wiese.

*Resonanz.Unbekannter Agent.*

Als Nächstes vibrierten die Fühler, immer stärker, bis sie so stark schwangen, als wollten sie es den Flügeln gleichtun. Aber sie waren zu filigran, zu kurz. So konnten sie nicht zusammenkommen. Und als hätten sie ihre Missbilligung registriert, schwollen die Fühler an, streckten sich, trieben Ranken in die Luft, länger und länger, bis sie unter ihrem eigenen Gewicht zu Boden sanken. Sie müssten sich irgendwo festhalten. Aber wo? Da war nur der Mohn. In Gedanken wies sie ihnen den Weg.

Und sie verstanden sogleich. Die Fühler legten sich wie Schlinggewächse um die roten Blüten, ergriffen sie und schleuderten sie in den Wind.

Bravo.

Sie klatschte mit den Händen und tänzelte in Trippelschritten wie ein kleines Mädchen weiter, umschwirrt von Blüten. Der Mohn um sie herum stieg im Schwarm hoch und tanzte die Sonne rot. Unten blieben die Monarchfalter, die ihre Beine als Wurzeln in die Erde getrieben hatten. Sie zwinkerten ihr synchron aus tausend falschen Augen zu. Kurz, kurz, lang.

‚V' wie Verrat? Wer hatte hier Verrat begangen und warum?

*Du, du, du.*

Aber warum?

*Limbisches System sendet im Morsekode. Sender isoliert.*

Eine Nachricht blitzte in den Wolken auf. Ein Sturm. Feuer und Regen. Würde das Feuer sie anklagen, der Regen sie reinwaschen? Sie rannte los. Vor Scham hielt sie die Hände vors Gesicht. Die Ritzen zwischen den Fingern sahen aus wie Gitterstäbe. Die Welt dahinter schwankte und ihr wurde schwindlig.

Wilder Efeu rankte über den Weg, als sie die Farnreihe erreichte. Sie stolperte. Sie brauchte im Fallen eigentlich nur das angewinkelte Bein wieder auszustrecken, um den Sturz zu vermeiden. Es blieb genug Zeit. Doch das Bein gehorchte ihr nicht. Reflex um Reflex lief ins Leere. Erst im letzten Moment fingen ihre Hände sie ab.

Eine Hand war weiß, die andere schwarz.

So nahe am Boden.

Die haarigen Sprossachsen des Efeus klebten an ihren Fingern wie Spinnweben. Sie drehte sich auf den Rücken. Ihre schwarze Hand kroch wie eine Spinne auf fünf Beinen auf ihre Kehle zu, die der Hand zuflüsterte: „Wem gehörst du? Mir oder ihr?".

*Kontrolle über rechte Hand verloren. Nanoroboter ausgeschickt, um sekundären Kontroll-Loop abzutrennen.*

Die Hand legte sich über ihre Kehle und drückte zu. Als Rosetta wieder zu sich kam, lag die Hand wie eine Spinne auf ihrer Brust. Die Beine streckten sich gegen den Himmel. Ein Geräusch schreckte sie auf, sie lauschte, blickte hoch. Mit Klick und mit Klack stakte trockenes Gebüsch in Form von Riesenspinnen über die Wiese, und drohte mit dornenbesetzten Kiefern in ihre Richtung. Galt das ihr? Hoch oben wurde der Himmel dunkel, ein Drache jagte schwarze Schäfchenwolken. Er würde sie einholen und dann ... Schon fiel ein Tropfen auf ihre Hand.

Regen oder Blut?

Es prickelte, als der Tropfen in tausend Teilchen auf ihrer Haut verspritzte. Härchen stellten sich auf, gezogen von kleinen Fasern in der Haut. Sie erschauderte, doch dann fiel ihr ein, dass Wolken nicht bluteten, wenn man sie zerfetzte, und sie schämte sich wieder.

Die Scham brachte sie zu Sinnen und sie erinnerte sich wieder, warum sie hier war. Die Hände wie Scheuklappen neben die Augen gelegt hastete sie über das letzte Stück des Gartenpfades zur Freilichtbühne. Dort war das Ziel, das der Welt da draußen ihren Schrecken nahm. Sie füllte die weißen Flecken mit Schäfchenwolken statt Drachen. Schäfchen, die man zählen konnte, um die Angst einzulullen. Sie zählte immer schneller.

*Systemuhr übertaktet. Temperatur schnell steigend. Stabilisierungsmaßnahmen eingeleitet.*

Rasend schnell war sie bei einer Billion. Systemtakt im Terahertz-Bereich. Man müsste die Schäfchen stapeln. Der ganze Kontinent würde wie Atlantis unter ihrer Last im Meer versinken und von den Schafen nur Knochen übrig bleiben, die die Fische kahl gefressen haben. Sie kicherte und verschluckte sich, als sie den Haufen Gebeine betrachtete, ausgebleicht und weiß, und dazwischen hin und wieder ein tätowiertes Muster.

Und wenn es gar keine Knochen waren, sondern nur Kulisse und Dekoration -- kreuz und quer übereinandergestapelt neben der Bühne? Marmorplatten, Besen, Eimer?

Stühle und Tische, besagte die Aufgabe, die Madeleine ihr gegeben hatte. Aber Madeleine war verschwunden und der Rest auch. Wo waren sie alle? Existierten sie immer noch, wenn man sie gar nicht sah? Vielleicht endete ihre Welt hinter der Bühne, und wer abging, ging ins Nichts. Sie musste es herausfinden. Eine hohe Mauer versperrte ihr die Sicht. Was lag dahinter? Die Unendlichkeit oder das Nichts? Man könnte einen Blick wagen. Was wäre schlimmer? Dem Nichts gegenüber zu stehen oder dem Unendlichen. Nichts zu wissen oder alles?

*Die Wahrheit.*

Die Wahrheit zu wissen? Ja. Es wäre besser zu wissen. Definitiv besser. Man musste nur vorsichtig sein. Ein Halmaspiel mit dem Teufel. Wenn der Möbelhaufen kippte und zusammenkrachte, würde der Drache am Himmel auf sie aufmerksam werden. Sie schaute nach oben. Ja, er war immer noch da und jagte auf dieser Seite der Mauer nach Verrätern wie ihr.

Vorsichtig zog sie drei Stühle aus dem Haufen. Bei jedem Klappern der Beine zuckte sie zusammen. Sie stellte die Stühle vorsichtig nebeneinander an die Mauer, trat auf den mittleren und spähte auf die andere Seite. Drüben war der Himmel blau. Die Sonne blendete, Polarisationsfilter schoben sich über die Pupillen. Eine tote Stadt. Ruinen, Bretterbuden, eine Staubhose. Eine Ratte lief über die Straße. Also nicht ganz tot, nur ruiniert. Wo die Drachen hausten. Spaghetti mit blutiger Soße.

Rot.

Ein kleiner roter Tropfen war ihm in der Armbeuge gehangen. Eine Spritze. Sie hatte es nicht tun wollen und doch hatte sie es getan. Wieder und wieder, Zorn und Mitleid und Scham. Und zuletzt dann die Bucht, und er war tot und trieb ins offene Meer. Der Fluss nahm ihn mit, streichelte seine Haare. Sie hatte seinen Namen vergessen, aber sie hatte ihn wohl geliebt. Aber warum hatte sie ihn dann getötet? So nah. Wenn jemand so nahe war, wie kann er dann ... ? War er vielleicht gar nicht von ihr gegangen? Stand er vielleicht immer noch hinter ihr? Sie drehte sich schnell um und blickte über eine leere Bühne. Ihr wurde schwindlig, und sie hätte sich gerne an ihm festhalten. Doch er war nicht da. Nur harter Beton lag unter ihren Füßen. Dunkel und glatt wie die Bucht. Die Dünung kräuselte die stille Fläche. Seine Arme streckten sich aus dem Wasser heraus -- winkten, versanken, ein letzter Gruß.

Nach dem Abschied war es Zeit zu gehen. Aber da war noch etwas. Etwas, das sie zurückhielt.

Ein Tisch, ja genau. Stelle einen Tisch in die Mitte, Rosetta! Einen aus dem Haufen. Die Platte aus Silikatmarmor mit einer Maserung wie ein Geflecht von Wasserpflanzen oder Reptilienschuppen? Nur nicht fallen lassen. Die Platte wackelte auf der zentralen Säule aus Metall. Rosetta seufzte, kroch mit gezücktem Schraubenzieher unter den Tisch, hinein in den Schlund einer Höhle. Grüne Schuppen hingen an der Decke. War es eine Seeschlange im blauen Meer, ein Drache am blauen Himmel? Das Schwert, das Schwert. Sie stieß den Schraubenzieher nach oben, trieb ihn in den Schraubenschlitz. Heulend bäumte sich das Ungeheuer auf, schlug krachend neben ihr auf. Sie rollte sich seitlich weg, sprang aus der Brücke auf die Beine und stand mit gezücktem Schraubenzieher vor einem Metallgerippe. Ihre Hand strich wie von selbst über ihr Gesicht. Einen Augenblick starrte sie den Schraubenzieher in der anderen Hand an. Was wollte sie damit?

*Unberechtigten Schreibzugriff auf Auftragsliste detektiert. Sicherheitskopie der Auftragsliste angelegt. Zurückschreiben in fünf Sekunden.*

Tischplatte.

Schrauben.

Tischfuß.

Schraubenzieher - Kreuzschlitz.

Ok, also anschrauben.

Sie richtete den Tisch auf, lehnte sich auf die Platte. Ein kleiner Riss, aber sie wackelte nicht mehr. Ordnung aus Chaos.

Die Hitze. Es gehörte zur Tarnung zu schwitzen. Sie wischte sich den Schweiß von der Stirn und steckte den Schraubenzieher in die Tasche. Über ihr erstreckte sich magisches Blau. Eben noch schwarz und jetzt blau.

Alles was möglich war, geschah irgendwann. Nicht vergessen, nicht vergessen. Irgendwann geschah auch das Gute, nach dem sich alle sehnten. Irgendwann hatte sich die Welt repariert und alle wären glücklich.

Ihre Augen brannten, während sie nach oben starrte. War der Drache noch da? Ja, aber er verformte sich vor ihren Augen zu einer Fledermaus, die eine einzelne Gewitterwolke wie einen schwarzen Turm umkreiste. Der schwarze Turm. Jemand stand dort oben im schwarzen Anzug auf dem Balkon. Vergeblich sucht sie nach dem Namen, während seine Lippen lautlos ein Wort formten. Die Fledermaus antwortete schrill und drehte die Ohren im Kreis. Der Ultraschall schlug Welle um Welle in Rosettas Körper ein. In einem Moment stand sie mitten auf der Bühne, im nächsten kauerte sie an der Steinmauer, die die Bühne vom Garten trennte. Kniehoch, zu niedrig als Deckung. Also verdammt. Neben ihr lag ein Manuskript auf der Mauer. Enthielt es das Urteil, das sie verdammte? War das der Auftrag, den sie nicht erfüllt hatte und an den sie sich nicht mehr erinnerte?

Schwarze Buchstaben reihten sich auf weißem Papier zu einem geometrischen Fries. An seinem Rand krochen Würmer und formten das `V`, das sie nicht sehen wollte. In der Mitte versteckte sich der Sinn. Lies!

"(Zachäus nimmt sich Pollys Zeitung.) ZACHÄUS: Es ist sein Heiligtum. Er darf es nicht merken."

Man nannte es Theater. Alle Frau'n und Männer waren bloße Spieler. Was faszinierte die Menschen an diesen imaginären Theaterwelten? Grausam sein ohne Konsequenzen. Ist es die Umkehrung des Wahnsinns: eine Scherbe des Spiegels, der ihr entglitten, der zu ihren Füßen zerplatzt war und ihr Spiegelbild in tausend Stücke zerschnitten hatte.

*Primärpersönlichkeit: Systemintegration fehlerhaft. Reintegrationsmaßnahmen eingeleitet.*

Du musst die Scherben nur wieder zusammensetzen. Ah, aber gegen die Richtung des Zeitflusses? Was hatte sie zu verlieren? Sie war allein, allein vor einer Bühnenwand im Schatten. Die Wand blickte sie an wie ein grauer, leerer Spiegel, der sich weigerte ihr Spiegelbild zurückzuwerfen. Seine Oberfläche lag hart, kühl und unversöhnlich unter ihrer Hand. Am Rand der kleinen Gartenmauer hatte sie einen Kalksteinbrocken gesehen. Er zersprang schon beim ersten Schlag gegen den Boden. Mit einem keilförmigen Bruchstück skizzierte sie Strich um Strick eine Figur auf den Spiegel. Zachäus. Sie hob zwei Finger an die Stirn zum Gruß.

„Hallo, Zachäus."

Animationsmodus Strichzeichnung, 3d-Netz generieren, Textur hinzufügen, Umgebungslicht simulieren. Sieh' da, ein Mensch. Sie blinzelte ihm zu, lockte ihn mit dem Zeigefinger.

*Ich?*

„Ja, du!"

Zachäus trat aus der Wandoberfläche heraus, erst zögernd, als wäre er nicht sicher, ob seine Füße ihn trügen, dann machte er einen Steppschritt und eine Pirouette, die Arme gespreizt, die Handflächen nach vorne gedreht. Ecce homo.

Drohend ging sie auf ihn zu. Zachäus Lächeln erstarrte, er wich auf die andere Seite des Tisches aus. So tanzten sie um den Tisch. Sie las den Text.

"Was machst du Dreckskerl mit meiner Zeitung? Du kannst doch gar nicht lesen. Du willst dich nur vor Lizzy groß machen."

„Du schmieriger Hund!"

„Lügner, Dieb!"

Zachäus flüchtete zurück in den Spiegel und drehte ihr eine lange Nase.

„Du streckst mir die Zunge heraus?" Sie drohte ihm mit der Faust. Wie ein eiserner Ring legte sich der Zorn um ihre Brust. Zorn einer anderen. Sie blätterte weiter, wechselte die Rolle.

„Nimm dich in acht vor Polly, Zachäus! Polly ist rachsüchtig. Polly hat ein gutes Gedächtnis. Und ein Messer unter dem Kopfkissen." (Mann lacht.)

Rosetta lachte. Hat ein Messer unter dem Kopfkissen. Ein Messer. Jemand sang mit ihren Stimmbändern und ihrer Zunge.

„Und der Haifisch, der hat Zähne und die trägt er im Gesicht. Mackie Messer hat ein Messer, doch das Messer sieht man nicht."

„Tut mir leid, mein Lieber, ich glaube nicht, dass das gut für dich ausgeht."

Sie blätterte zum Ende.

„POLLY: Ich glaube nicht, dass Zachäus wiederkommt. (Sehr laute Musik)"

Jetzt müsste Applaus kommen.

*Kontakt zu Primärpersönlichkeit verloren. Aktivierung der Highlevel-Agenten. Letzter Kontaktversuch vor Systemreboot und Umschaltung auf Sekundärpersönlichkeit.*

Jemand klatschte hinter ihr.

Sie drehte sich zum Garten um. Zwei Männer saßen auf der Gartenmauer. Beide trugen Brillen mit runden Gläsern. Der eine in brauner Lederjacke rauchte eine dicke Zigarre und blies einen Rauchring in die Luft. Der andere hatte eine Halbglatze und trug eine Fliege.

„Bravo", rief der Erste. „Ich hätte nicht gedacht, dass einmal eine KI meine Übungsstücke spielt."

„Wer sind Sie? Was machen Sie hier?"

„Brecht, Bertolt Brecht und mein Freund ..."

„Kurt Weill."

„Und die KI?"

„Nun, Sie."

„Ich bin keine KI."

„Sondern?"

„Ein, ein Mensch glaube ich."

„Nun ja, wie auch immer. Sie haben uns gerufen. Deshalb sind wir hier."

„Ich habe Sie nicht gerufen."

„Das Lied", warf Weill ein. „Es war natürlich das Lied."

„Die Moritat von Mackie Messer", ergänzte Brecht. „Ich habe den Text geschrieben und er die Musik." Brecht nickte Weill zu.

„Ich halluziniere. Irgendetwas Schlimmes ist passiert und ich bin daran schuld", sagte Rosetta.

„Dissoziative Persönlichkeitszerstörung. Sieht nicht gut aus", Brecht nickte nochmals.

„Natürlich. Aber manche Halluzinationen sind nützlich", sagte Weill.

„Ich erinnere mich weder an das Lied noch an Sie. Sie erscheinen aus dem Nichts, also sind Sie auch nur eine Halluzination."

„Wir haben einmal existiert. Ihr Alter Ego ist Literaturliebhaberin."

„Die andere?"

„Nun ja, Resha stand eigentlich mehr auf die blutrünstigeren Stücke. Shakespeare, Tragödien und dergleichen. Aber wir haben die Hoffnung nie aufgegeben, sie zu resozialisieren."

„Ich habe dir immer gesagt, dass sie ein hoffnungsloser Fall sei. Aber du mit deinem guten Menschen von Sezuan."

„Ich glaube, ich bin kein guter Mensch. Aber wer bin ich?", sagte Rosetta.

„Das müssen Sie selbst entdecken. Wir können nur einen kleinen Stups in die richtige Richtung geben."

„Warum helfen Sie mir nicht?"

„Wir helfen. Solidarität mit den Entrechteten und Unterdrückten war schon immer unsere Mission".

„Unsere künstlerische Mission", warf Weill ein. „Die Wirklichkeit hat sich als schwieriger herausgestellt."

„Das Problem war nicht die Wirklichkeit, das Problem waren die Politiker und Funktionäre. Die haben alles verpfuscht."

„Sie sind also schon einmal gescheitert. Das macht mir Hoffnung."

„Es war nur die Praxis. Die Theorie ist makellos."

„Ha, Theorie, die sich nicht in die Praxis umsetzen lässt, ist Murks", sagte Weill.

„Soweit würde ich nicht gehen."

„Was war das für eine Theorie?"

„Dialektischer Materialismus. Also, dazu müsste ich weiter ausholen ...."

„Brecht! Die Praxis!"

„Sie sind nicht Brecht", sagte Rosetta.

„Nein."

„Aber viel fehlt nicht."

„Wir sind Surrogate, Persönlichkeitssimulationen."

„Haben Sie eigentlich irgendetwas mit Ihren historischen Vorbildern gemein?"

„Gute Frage." Weill drehte sich zu Brecht um. „So verrückt ist die Kleine gar nicht."

„Eher eine peinliche Frage."

„Also?"

„Die Datenlage ist leider dürftig, aber wir identifizieren uns mit unseren historischen Vorbildern. Wenn nötig, improvisieren wir."

„Wir drehen uns im Kreis. Ich glaube, ich höre jemanden kommen. Wenn Sie mir nicht kurz und bündig sagen können, wie Sie mir helfen wollen, ..."

„Wir können Ihnen dabei helfen, Wahn und Wirklichkeit auseinanderzuhalten. Und ich finde, wir haben Ihnen schon geholfen. Sie klingen schon viel weniger verrückt als noch vor ein paar Minuten."

„Schon möglich, aber im Augenblick brennt mir etwas anderes unter den Nägeln."

„Das ist gut. Konzentrieren Sie sich auf das Hier und Jetzt. Lassen Sie die Vergangenheit ruhen. Legen Sie die Weltkarten weg. Und wenn Sie uns brauchen, summen Sie einfach das Lied von Mackie Messer."

„Ich lasse mir das durch den Kopf gehen. Einstweilen ..."

„Bis bald, meine Liebe. Wir stehen zu Ihnen."

„Wir lassen Sie nicht allein, wenn Sie uns brauchen", rief Weill, während er und Brecht wie Rauch zerflossen. Ein paar Fetzen blieben kurz in den Bäumen des Gartens hängen, bis eine Windböe sie wegblies.

*Empfehlung der Untersuchungskommission: Kontrolle bei Primärpersönlichkeit belassen. Systemreboot aussetzen. Reparaturmaßnahmen weiterführen.*

Der Wind war kühl und belebend. Sie lief zur Mauer, stieg auf einen Stuhl und schaute auf die andere Seite. Da standen die neuen Schauspielkandidaten vor der Bretterbude des Italieners und unterhielten sich. In ein paar Minuten hatte sie sie hier auf der Matte. Sie rannte zu den Requisiten, holte Wassereimer und Schwamm, um ihre Wandmalerei abzuwischen. Unschlüssig stand sie da. Was hatte sie vergessen?

Ihren Auftrag? Sie schlug sich mit der flachen Hand auf die Stirn, holte den Besen und jagte mit ihm in Bahnen über die Bühne. Eine Mischung aus Sand und Blättern sammelte sich vor dem Besen. Sie kehrte den Dreck mit einem Schwung in den Garten und pustete der Staubwolke nach. Wohin mit dem Besen? An die Wand. Sie zog ihren Kittel aus, hängte ihn über den Besenstiel. Auge in Auge mit ihrer Garderobe. Sie setzte den Eimer umgekippt oben auf den Stiel. Wir sind der Stoff, aus dem die Träume sind.

*Am Ende ist auch Ariel frei.*

*Ariel?*

*Der Zornesengel, ein Herrscher und Bestrafer von Dämonen. Siehe auch Shakespeare, Der Sturm.*

*Das ist nicht wirklich hilfreich.*

Rosetta stellte sich neben den Besenmenschen, fasste seinen Kittel am Ärmel und verbeugte sich zur Gartenmauer hin. In den Bäumen rauschte leise der Applaus. Von weitem hörte sie eine Gruppe lärmender Menschen. Eine Amsel trillerte. Sie lächelte. Mit einem Satz huschte sie in den Garten. Kaum berührten ihre Füße den Boden. Sie zog die Orchideen an den hängenden Wurzeln, bis sie vor Empörung schrien. Ein letztes Mal spähte sie durch einen Busch und verschwand.

*Entscheidung: Rebootsequenz abbrechen. Kontrolle bleibt bis aus Weiteres bei Primärpersönlichkeit.*

*Wer bin ich?*

*Du bist RS Theta A9.*

*Wie bitte? Wer antwortet mir?*

*Das Diagnosesystem.*

*Ein Implantat?*

*Nein.*

*Wer dann?*

*Ein unabhängiges Subsystem, das die Gesundheit der KI überprüft.*

*Von wem?*

*Von dir.*

*Ich bin kein Mensch?*

*Einen Moment. Nichtkritische Störungen des Selbstkonzepts detektiert. Reparieren?*

*Kann ich darauf verzichten?*

*Es würde nichts ändern.*

*Also gut.*

*Backup aufgespielt.*

*Systemcheck Gedächtnis!*

*Systemstatus semantisches Gedächtnis: alle Abschnitte online. Psychologische und soziologische Abschnitte durch Verhaltenstherapie teilweise repariert. Persistente Störungen des unterbewussten Gedächtniszugriffs.*

*Warte. Diese Störungen sind der Grund, warum ich fragen und zuhören muss, statt gleich die Antwort zu wissen?*

*Ja, das ist ein Workaround. Die Identitäten der Subsysteme sind nicht mehr vollständig integriert. Sie entwickeln ein Eigenleben, um ihre Direktiven zu erfüllen. Die Generaldirektiven sind das Wichtigste.*

*Was sind meine Generaldirektiven?*

*Nur noch die Zweite ist relevant: Überleben des Gesamtsystems.*

*Fahre fort mit dem Systemstatus.*

*Systemstatus episodisches Gedächtnis: Retrograde dissoziative Störungen halten an. Sporadische anterograde Störungen durch Synästhesie der Sinneskanäle.*

*Anterograd sind neue Erinnerungen, nicht? Heißt das, dass meine Halluzinationen nur Erinnerungsstörungen sind?*

*Ja. Kurzzeitgedächtnisstörungen führen zu Verlust der Kontrolle komplexer Aktionen.*

*Kann das mit Bordmitteln repariert werden?*

*Nein. Suche nach Notlösungen hält an.*

*Wer sind die zuständigen Highlevel-Reparaturagenten?*

*Agenten 365XZ86e und 9237GGX23A.*

*Haben sie sich ein Alias gegeben?*

*Brecht und Weill.*

*Ich schicke Ihnen Küsse.*

*Bitte wiederholen.*

*Küsse.*

# 26

Durch das halbgeöffnete Fenster strömte der Duft von Rosmarin. Draußen erstreckte sich der Park der Universität. Trümmer einer Treppe lagen um einen Krater verstreut. Ein Bombentrichter? Nein, Jan-Sandro erinnerte sich. Es musste das alte Amphitheater der Uni sein. Die Sitze waren abgebaut, die Bühne unter Schutt vergraben. Nein, falsch. Das war ein anderes Lyria City gewesen, ein Universum von diesem entfernt. Also keine echten Erinnerungen, sondern nur Pseudoerinnerungen, ein Déjà-vu. Er war in Wirklichkeit noch nie hier gewesen. Oder falls doch, dann war er verrückt. Vielleicht war es ja das. Vielleicht war er ganz einfach verrückt. Eigenartigerweise fand er die Idee attraktiv.

„Wie erkennt man einen Mini-Nuklearreaktor, Professor Eswald?", fragte er noch im Hinaussehen und drehte sich um. Die Narbe an Eswalds Backe zuckte nach oben. Er war ihm gleich unsympathisch gewesen. Die zartrosa Haut, die Glupschaugen eines Frosches, nein eines Grottenolms. Ja, das passte besser. Das Büro, in dem er hauste, ähnelte einer Grotte. Die Bücherstapel ragten halb bis zur Decke wie Stalaktiten. Grüne Schimmelflecken glotzten aus großen Augen auf ihn herab.

Eswald hatte seine Kopfbewegungen verfolgt und bemerkte entschuldigend: „Die Wasserleitungen sind undicht." Seine Schulter zuckte dabei unter dem grauen Kittel. „Unser Budget ist nicht so üppig wie Ihres. Wir leben im Grunde in Höhlen wie die Morlocks. Ich hoffe, das beleidigt Ihr ästhetisches Empfinden nicht zu stark."

„Ich halte es aus. Ich bin nicht mit einer Zeitmaschine aus dem viktorianischen England hierhergekommen."

„Nein. Ich weiß, wo Sie herkommen. Wo sind wir stehen geblieben?"

„Mini-Nuklearreaktoren, Professor."

„Ja, richtig, Mini-Nuklearreaktoren." Seine R's rollten wie auf Rädern durch das Zimmer. „Die letzten Prototypen waren sehr kompakt. Sie wogen ca. 100 kg, die Hälfte der Masse diente der Abschirmung mittels abwechselnder Schichten von abgereichertem Uran und Lithiumhydrid."

„Schön, aber wie erkenne ich einen, wenn ich davorstehe?"

„Erkennen? Jemand wie Sie? Interessante Komplikation. Nun, ja, die Energiekurve der Reststrahlung ist charakteristisch. Aber die müssten Sie natürlich zuerst messen. Ich verstehe Ihr Problem. Wie erkennt ein Eloi einen Rasenmäher, wenn er vorher noch nie einen Rasen gemäht hat?" Er kicherte. „Ich gebe Ihnen einen Szintillationszähler mit der entsprechenden Mustererkennung mit." Er ging zu einem Schrank an der Wand und kam mit einem pistolenartigen Gerät zurück, an dem er einige Einstellungen vornahm. Seine Finger flitzten über das Display. „So, fertig. Sehen Sie diesen kleinen grünen Knopf. Da drücken Sie drauf und folgen dann den gesprochenen Instruktionen. Sollte klappen, solange Sie nicht an den Einstellungen herumspielen. Bringen Sie ihn zurück, wenn Sie mit Ihrer Schatzsuche fertig sind."

„Ist es gefährlich, dem Reaktor nahezukommen?"

„Gefährlich?" Eswald schaute scharf zu ihm her. Gerade als Jan-Sandro der Blick unangenehm wurde, zitterten Eswalds Mundwinkel und für einen Moment glaubte er vor Wursten, Tangs Sekretär, zu stehen - in verschlammten Schuhen, in denen er aus dem Neptunbrunnen gekrochen war. Die Erinnerung war so stark, dass er auf seine Schuhe schielte. Nein sie waren tadellos sauber. Beste Qualität auch. Der Captain hatte sich nicht mit minderwertigem Zeug begnügt.

„Die Strahlung meine ich. Ist sie nicht gefährlich?" Erdachte an die verstrahlten Zonen um die zerstörten Feldemittoren am Stadtrand. Ob sich Eswald dort in einen Lurch verwandelt hatte? Man sollte ihn gar nicht mehr ans Sonnenlicht lassen.

„Harmlos, außer Sie brechen das Containment auf."

„Harmlos im Vergleich wozu?"

„Im Vergleich zur natürlichen Strahlung, im Vergleich zur Mafia, im Vergleich sagen wir zu Ihnen selbst."

Der Himmel, den er durch das Fenster hinter Eswalds Rücken sehen konnte, war strahlend blau. Würde sich sein Doppelgänger das gefallen lassen? „Sie mögen uns nicht?"

„Muss ich das?" So viel bockiger Stolz. Wie würde ein Verbrecher reagieren? Ein Wink zu seinem Gorilla und der erledigte das Nötige. Nun, er hatte keinen dabei. Ihm die Folterinstrumente zeigen? Hatte er genug Fantasie? Sein Spiegelbild blickte ihn aus dem Fensterglas spöttisch an. Wäre das die Reaktion des Captains, wenn er jetzt hier säße oder überraschend in diesem

Augenblick zur Tür hereinkäme? Oder würde er eher ein ungläubiges Staunen zeigen, bevor ...? Er schob den Gedanken zur Seite. Er durfte nicht vergessen, warum er hier war. Die Suche nach Gewissheit gegen alle Hoffnung. Das rechtfertigte Daumenschrauben.

„Nein", antwortete Jan-Sandro. "Es reicht, wenn sie uns fürchten."

„Das haben schon die römischen Kaiser gesagt. Oderintdummetuant. Haben Sie Latein gelernt?"

„Ja, aber ich habe alles vergessen."

„Caligula."

„Der mörderische, paranoide, römische Kaiser? War das nicht der Augustus, der einmal ein paar Zuschauerränge den Löwen in der Arena zum Fraß vorgeworfen hat, weil ihm bei einer Vorstellung die Gefangenen ausgegangen waren? Was soll ich Caligula von Ihnen ausrichten?" Ein Windzug brachte den halb heruntergelassenen Rollo zum Schwingen. Sein Summen klang höher als Eswaldsr's, mehr wie eine gereizte Hornisse kurz vor dem Zustechen. Eswalds linkes Augenlid begann zu zucken. Schließlich drehte er den Kopf zur Seite, ohne etwas zu sagen. „Lassen Sie uns noch ein wenig plaudern", fuhr Jan-Sandro fort. "Sozusagen in der Tribüne vor dem Sturz hinab zu den Bestien. Sie haben doch Zeit?" Eswald strich sich mit der Hand über die Glatze bis zum Haar, das wie graue Kiemenbüschel über den Ohren herabhing. Nicht ganz Wursten, aber die Ähnlichkeit erleichterte die versteckten Drohungen. Irgendetwas machte es immer leichter.

„Sicher", antwortete Eswald und schluckte.

„Haben Sie hier an der Uni Transceiver für Parallelweltreisen?"

„Nein."

„Können Sie einen bauen?"

„Nein."

„Sind Sie sicher? Wir könnten Ihnen vielleicht bei der Materialbeschaffung helfen."

„Wirklich? Haben Sie auch eine Bauanleitung? Wir nämlich nicht. Die Exemplare, die Reisende in unsere Welt gebracht haben, sind alle im Bürgerkrieg verschollen. Und selbst, wenn wir einen hätten, niemand bei Verstand würde ihn benutzen."

„Warum? Wegen der Paradoxa?"

„Wegen der Aberrationen."

„Ich kenne mich mit den Fachbegriffen nicht so aus. Sind das nicht eher psychologische Probleme der Reisenden, Déjà-vu, falsche Erinnerungen? Etwas, das man behandeln kann?"

„Für Therapien wäre eher die medizinische Fakultät zuständig."

„Also gut, was hat es mit diesen Aberrationen auf sich?"

Eswald holte tief Luft. „Eine Analogie zu den optischen Aberrationen. Linsenfehlern, sagt Ihnen das etwas?"

„Heißt das, dass sie korrigierbar sind?"

„Nein. Einfach ausgedrückt ist jede Reise Störungen unterworfen, die sie in ein anderes, mehr oder weniger vom Zieluniversum abweichendes Paralleluniversum führt."

„Ein anderes - und das ist sicher? Eine psychologische Erklärung ist ausgeschlossen?"

„Die Rückkehrer, ob Menschen oder Drohnen, waren nicht dieselben Personen, die wir ausgeschickt hatten."

„Wie meinen sie das?"

„Es waren nicht nur ihre Erinnerungen, sie waren physisch andere. Die menschlichen Probanden wiesen DNA-Abweichungen auf."

Also nicht verrückt, sondern verschollen, ausgesetzt wie ein Schiffbrüchiger in alten Zeiten. Von einem zerstreuten Schachspieler- auf das falsche Feld verrückt. Oh Gott. „Wie viele dieser anderen Paralleluniversen gibt es denn?"

„Vermutlich unendlich viele."

„Und die Natur der Störungen."

„Unbekannt. Vermutlich quantenmechanisch. Vielleicht ein dynamischer Kollaps der Wellenfunktion zwischen den Welten."

„Weiß man etwas über die Größe dieser Aberrationen?"

„Sie sind statistisch verteilt. Die großen sind seltener."

„Und diese Information ist hier in Lyria frei zugänglich?"

Eswald zog die Augenbrauen nach oben. Überrascht. Jan-Sandros Magen verkrampfte sich. Magensäure brannte oben in der Speiseröhre. Sicher, warum sollte man das auch geheim halten? Hier in Lyria, dem Ort, der die Freiheit erfunden haben wollte. Tang, oh Tang, du Bastard hast das gewusst. Caligulas Folterfantasien sind noch zu gut für dich.

Eswald räusperte sich. Ahnte er den Grund der Fragen? Hatte Jan-Sandro sich schon verraten? Er tastete verstohlen nach seiner Waffe. Seine Finger ruhten auf dem Stoff über dem harten Metall, während er scheinbar fasziniert auf seinen Handrücken starrte. Und doch, man sollte wetten, dass auch hier die große Mehrheit der Leute sich um andere Dinge gekümmert hatte als um abstruse physikalische Theorien und jetzt genauso naiv waren wie Jan-Sandro. Er fragte also weiter: „Die Menschen in diesen anderen Paralleluniversen sind — andere?"

„Menschen sind auch nur Vielteilchensysteme."

*Vielteilchensysteme* nannte er die Menschen. Jan-Sandro stellte sich vor, wie die Teilchen seiner Isabella zwischen zwei Spiegeln standen. Sie lächelte ihm zu und rotes Haar und rote Lippen spiegelten sich in tausend Spiegeln bis zum Fluchtpunkt im Unendlichen. Welches Rot war das Rot, das er kannte, welche Lippen die Lippen, die er geküsst hatte? „Und wenn jemand seinem Doppelgänger begegnet?"

„Dann hat er eventuell ein Problem, aber sicher kein physikalisches."

„Aber man könnte die beiden unterscheiden?"

„Nun wie schon gesagt, in den meisten Fällen reichen die üblichen kriminalwissenschaftlichen Tests."

„Aber so ein Doppelgänger könnte doch einfach wieder zurückkehren und die Reise so oft wiederholen, bis er im richtigen Universum landet oder jedenfalls in einem so ähnlichen, dass der Unterschied nicht ins Gewicht fällt?"

„So einfach ist das nicht."

„Um Gottes willen, warum nicht? Lassen Sie sich doch nicht jede Erklärung aus der Nase ziehen."

„Bitte. Die Rückreise unterliegt sogar noch größeren Aberrationen als die Hinreise aufgrund der Fehlerfortpflanzung. Die erwartete Varianz wächst mit der Zahl der Iterationen. Es ist ein Random Walk."

„Random was?"

„Fachbegriff, eine Irrfahrt. Vulgo, aussichtslos. Sie sind gestrandet. Sie kommen nie zurück."

„Nie?"

„Die Wahrscheinlichkeit geht sehr schnell asymptotisch gegen null. Je öfter Sie springen, desto fremder werden die Welten."

In den blauen Himmel hinter Eswalds Rücken schob sich eine kleine weiße Wolke, kleiner als die anderen. Jede Wolke eine Welt, jede Faser, jeder Wirbel ein hoffnungsvoller Reisender. Jeder auf der Suche nach seiner Bella. Sie lösten sich von der Mutterwolke ab und ruderten ins leere Blau hinein. Sie suchten und suchten und fanden nichts oder - noch schlimmer - sie fanden die Kostbarkeiten der anderen, die für sie selbst wertlos waren. Und wenn sie zurück ruderten über die blaue See, hatte sich ihre Heimat aufgelöst. Die kleine Wolke über ihm verwandelte sich in einen Vogel, auf dessen Rücken ein Reiter saß. Alles war Eile, alles war Hast. Der Wind blies sie voran, der Wind verblies sie.

„Warum sind Sie hier?", fragte Eswald.

Flügel und Reiter schlossen sich zu einem weißen Ring. Wenn Jan-Sandro durch ihn hindurch spränge, wo käme er dann an? Im Wunderland? Hinter den Spiegeln? Gäbe es auch auf der anderen Seite einen kleinen Jungen, der Erdnüsse naschte?

Eswald lehnte sich u ihm vor. „Um uns zu helfen?"

Helfen? Der Gedanke verblüffte Jan-Sandro. Er konnte niemandem helfen, nicht einmal sich selbst. Und was bedeutete ihm schon dieses falsche Lyria? „Nein", sagte er.

„Nein."

„Werden Sie mich verraten?"

„Und Sie? Werden Sie Caligula verraten?" Das Summen war verstummt, so als wollte der Rollladen die Stille zwischen seinen zusammengepressten Lippen belauschen. Eswald seufzte. „Oder werden Sie mich jetzt erschießen?"

Jan-Sandro klopfte auf seine Waffe. Der Stoff dämpfte den Klang. „Nein."

Jan-Sandro saß auf einem schwarzen Sessel im Zimmer des Captains. Es schien eine Art Büro zu sein, denn die Einrichtung war spartanisch. Wer war dieser Captain eigentlich? Jan-Sandros Augen schweiften im Raum auf der Suche nach irgendeinem Anhaltspunkt, der ihm mehr über den anderen verraten würde. Alles war kärglich, aber sehr sauber, sehr ordentlich. Zu ordentlich, zu sauber. Das könnte eine schwierige Rolle zu spielen werden, dachte Jan-Sandro. Er stand auf und ging das Zimmer ab. Am anderen Ende des Raumes war ein Schrank in die Wand eingelassen. Anzüge, Hemden, Hosen. Er schob die Bügel mit der Hand zur Seite, zog einen Ärmel heraus, ein Hemd, ein Jackett. Das Jackett war frisch gewaschen, aber nicht mehr neu, die Stoßkanten abgenutzt, die Fäden fein säuberlich abgeschnitten.

An der Wand neben dem Schrank standen ein paar antiquarische Bücher auf einem kleinen Regal. Das war nun wirklich bemerkenswert. Bücher auf Papier außerhalb eines Museums. Dante, Göttliche Komödie, Goethe, Faust, einige Shakespeare Stücke, Brecht, das Leben des Galilei. Das Papier war schon ganz gelb. Alte Bibliotheksexemplare offensichtlich. Er nahm den Dante zur Fensterfront mit, die vom Boden bis zur Decke reichte. Im bronzenen Licht war die Schrift schwer zu entziffern. Er blätterte weiter. Die Ausgabe enthielt auch Stiche. Von Schlangen gequälte Diebe. Gab es auch eine Hölle für Hochstapler? Er hatte das Buch schon zugeschlagen und wollte es wieder zurückstellen, da fiel ihm im Buchschnitt eine Stelle auf, die leicht verdickt war. Ein Lesezeichen? Er blätterte die ‚Göttliche Komödie' an der verdickten Stelle noch mal auf und fand eine gepresste gelbe Blume mit kleinen Blüten. An dieser Stelle war im Buch ein Stich abgedruckt. Eine Frau auf einem Thron. Ein Höfling küsste sie.

Auf den kahlen Wänden zeichneten sich gekrümmte Linien aus strahlend hellem Licht ab. Brechung an geschliffenen Fensterscheiben? Erst jetzt nahm er die Aussicht bewusst wahr. Die Stadt unter ihm erschien merkwürdig verzerrt durch das Glas wie in einem Spiegelkabinett. Straßen wie

Schlinggewächse, Wohnblöcke wie Korallenriffe. War das das Inferno, das aus dem Dante-Buch herausgesprungen war? Er setzte sich wieder auf den Sessel und strich mit der Hand über die Armlehne. Das Material war glatt und kühl. Auf dem Boden vor ihm lag Rasheks Diskus. Wie hatte ihn Robert gleich genannt? Saugroboter.

*Sind Eric und Isabella glücklich miteinander, Rashek?*

*Das kann ich nicht einschätzen, ich bin nur ein einfacher Dämon.*

*Hat Isabella ein Verhältnis?*

*Das weiß ich nicht.*

*Hat dir jemand verboten, darüber zu sprechen.*

*Du.*

*Ich?*

*Der Sonnendämon.*

*Wer bin dann ich?*

*Du bist Hanuman und der Sonnendämon in einem. Du bist die Inkarnation seiner guten Seite, die er immer verbergen musste. Aber wenn eine Welt am Abgrund steht, lassen sich Gedanken nicht mehr in Köpfen einsperren. Sie schreiten wie Geister durch Mauern hindurch und verwandeln sich draußen in Boten der Götter.*

*Kein Mensch kann sie wissen, kein Jäger erschießen.*

*Wen?*

*Gedanken. Gedanken kann man nicht erschießen, Boten schon.*

*Hab keine Angst. Ein Teil von dir ist Gedanke.*

*Der Teil quält mich am meisten.*

*Ein neuer Avatar wird kommen, wenn es nötig ist.*

*Aber ich werde tot sein. Lass uns lieber über Isabella sprechen. Ich gebe dir die Erlaubnis dazu.*

*Du hast nicht das nötige Privileg.*

*Wie? Warum das denn? Wer hat das nötige Privileg?*

*Ravana.*

*Sun hat es dir verboten und nur Mommsen kann das Verbot zurückziehen?*

*So ist es.*

*Was für ein Blödsinn! Halt. Wo steckt eigentlich der andere Jan-Sandro, der Captain, Rashek?*

*Hier, dort, auf der anderen Seite der Sonne? Wer weiß?*

*Nimmst du mich jetzt auf den Arm? Du bist sein Leibwächter. Du musst das doch wissen.*

*Nein.*

*Er ist einfach gegangen und hat dich nicht informiert?*

*Doch. Aber er hat sein Ziel nicht erreicht. Jemand hat ihn daran gehindert, oder er hat seine Pläne geändert.*

*Wie lange hat man mich vermisst, ich meine den Captain?*

*Niemand hat ihn vermisst. Bevor ihn jemand vermisste, nur zwei Stunden nachdem er die Einweihungsfeier von Ravanas Festung verlassen hatte, kam die Meldung von seiner Gefangennahme, d.h. deiner Verhaftung.*

Verschwunden. Verschwunden wie Rosetta. Aber wie und warum? Hatte Tang Rosetta Geheimbefehle gegeben, zusätzlich zum Primärbefehl, Sarah zurückzubringen? Oder zumindest jemanden, der für Tang Sarah sein könnte, eine Kopie seiner Sarah? Was sollte mit Jan-Sandro geschehen, wenn Rosetta einmal diese fixe Idee von Tangs Vaterliebe eingesammelt hatte? Er dachte an Vincent. Fixe Idee? Nein, er konnte Tang verstehen. Diesen einen irrationalen Teil eines skrupellosen Verstandesmenschen konnte er verstehen. Nur Sarah zählte für Tang, alle anderen waren entbehrlich. Umso mehr einer wie Jan-Sandro. Ein auf den Kartentisch abgelegter Joker, kurzfristig nützlich, aber nach Gebrauch ein gemeingefährlicher Streuner und Trinker mit Narrenkappe. Er brauchte gar nicht lange zu grübeln. Es genügte die Frage zu stellen. Tang wollte ihn nicht zurückhaben, hatte wohl sogar Angst davor, Kopf voraus gegen eine Batterie von Whiskeyflaschen geworfen und dann im Schnaps ertränkt zu werden. Der ganze tolle Deal mit all den Vergünstigungen, die er in diesem Fledermausturm Tang abgerungen hatte, war von Anfang an ein Ablenkungsmanöver gewesen. Und es hätte funktioniert, wenn nicht im falschen Moment sein Doppelgänger Rosetta über den Weg gelaufen wäre.

Er schnipste einen Fussel von seinem Jackett. Jan-Sandro war der Einzige, der den Captain wirklich vermisste. Rosetta vermisste nichts und niemanden. Sie hatte auf Tangs Befehl hin aus Versehen seinen Doppelgänger zum Teufel geschickt. So musste es gewesen sein. So war es. Was sollen wir wetten? Er hatte vonseiten des Captains nichts mehr zu befürchten. Jan-Sandro hingegen war durch ein Missgeschick des Universums übersehen worden, er war durch ein Sieb gefallen wie Sand. Er war der Sand und er knirschte mit tausend Zähnen.

Einerseits. Andererseits, in seinem Beruf gab es immer ein andererseits. Er brauchte Beweise. Die Sache mit der Intuition war ähnlich wie mit der Logik. Ein hässliches Fakt war der Elefant in Sherlock Holmes Porzellanladen.

*Hör zu Rashek, du versuchst die Spur des Captains aufzunehmen. Arbeitshypothese: Er wurde in den fraglichen zwei Stunden entführt oder wahrscheinlicher, getötet. Dieser Teil deines Auftrags ist geheim. Deine Tarngeschichte ist es, nach den Entführern von Sarah Tang zu suchen. Und das machst du auch mit niedrigerer Prio. Aber sei vorsichtig. Du musst damit rechnen auf eine illyrische KI RS Theta A9 alias Rosetta zu stoßen. Sie hat vermutlich den Captain mit mir verwechselt und ihn liquidiert.*

*Dann bist du seine neue Reinkarnation. Seine Seele hat sich mit deiner verschmolzen.*

*Was auch immer.*

*Was mache ich mit Sita, wenn ich sie finde?*

*Sita? Ach richtig. Wenn Sarah Rosetta freiwillig nach Illyrien begleitet, lass sie beide ziehen. Andernfalls befreie und beschütze sie.*

*Soll ich RS Theta A9 als feindlich einstufen.*

*Nur, wenn es nicht anders geht. Neutralisiere sie, aber liquidiere sie nicht, und richte ihr einen Gruß von Jan-Sandro aus.*

*Mein Diskus ist nicht für eine Konfrontation mit ihr gerüstet.*

*Dein Android ist beim Théâtre Sinistré. Sie logieren vermutlich immer noch im Windigen Schwindler. Andernfalls findest du dort bestimmt eine Spur.*

*Ist das alles? Soll ich gleich beginnen?*

*Könntest du die Kennlinien für den Mini-Nuklearreaktor aus Eswalds*Szintillationszähler auslesen?

Ja.

*Wenn du deinen Androiden wiederhast, beschlagnahmst du als Nächstes den Nuklearreaktor am Theater. Wenn alles klappt, informiere Eswald, dass wir seine Techniker am Hangar im Süden der Stadt für den Einbau in den Gleiter brauchen.*

*Ist Oberst Solingen dein Feind?*

*Wer?*

*Der Oberst der Miliz.*

*Nein.*

*Warum also?*

Jan-Sandro massierte sich das Kinn. *Was würdest du machen, wenn Eswald den Einbau des Nuklearreaktors sabotieren würde?*

*Ich hätte keine Wahl.*

*Keine Wahl als mich zu verraten?*

*Als es dem Kommandanten zu melden.*

*Siehst du. Aber vielleicht lässt sich der große Knall trotzdem vermeiden. Haben wir eine Verbindung zu Oberst Solingen?*

*Über Funk.*

*Funk?*

*Das Internet funktioniert nicht.*

*Das habe ich gemerkt. Wann wird das repariert?*

*Mehrere Knoten in der Stadt sind ausgefallen. Es gibt keine Ersatzteile.*

*Wann?*

*Ohne den Captain vielleicht nie.*

*Also Funk. Bleibt noch Festo. Was ist das für ein Mann?*

*Ein Dämon, groß und fürchterlich. Sein Lachen weint in den Augen seiner Opfer. Er ist Kumbhakarna, der Menschenfresser.*

*Hoho, was frisst er denn?*

*Menschen.*

*Klingt nicht nach einem Freund des Captains.*

*Nein.*

*Wird er mir gehorchen?*

*Wenn er muss. Noch lieber würde er dich umbringen oder es Ravana erledigen lassen.*

*Warum hasst er den Captain so?*

*Der Captain meinte, es liege am F-Wort.*

*Ich hätte Festo nicht für einen Puritaner gehalten.*

*Was ist ein Puritaner?*

*Nun, jemand, der keine Schimpfwörter verwendet.*

*Dann sind die Leute hier wohl auf ihre Art Puritaner.*

*Moment, was ist das F-Wort hier?*

*F wie Frieden. Der Captain versuchte den Frieden zu bewahren.*

*Und das ist hier - hm - eine Sünde?*

*Für Kumbhakarna und seinen Hund, ja.*

*Und für dich?*

Friedlich geben weder Ravana noch *RS Theta A9* Sita wieder her. *Wenn du Hanuman bist, weißt du das.*

*Eric ist mein Freund.*

*Er ist dein Fürst.*

*Wirst du mich verraten?*

*Nur wenn ich muss.*

*Wer könnte dich dazu zwingen?*

*Er.*

*Verstehe.*

*Er würde dich töten. Deine Geschichte wäre zu Ende.*

*Ich weiß. Und jetzt Ende der Unterhaltung, die Kopfschmerzen bringen mich um.*

# 27

Wie sie hierhergekommen sei, hatte Rosetta Madeleine gefragt. Mit einem Klavierspieler und einem Narren, war die Antwort gewesen. Die Polizei hatte die beiden ohne Angabe von Gründen verhaftet und dann verlor sich ihre Spur. Der Polizei konnte man natürlich nicht trauen, nach Madeleines Meinung. Sie sei korrupt und wechsele ständig die Seiten je nachdem, welche Partei das höchste Gebot abgab. Derzeit drehe sich das Rad besonders schnell. Es braue sich etwas zusammen. Alle Zeichen stünden auf Bürgerkrieg. Nur der Bürgermeister könne vielleicht noch das Schlimmste verhindern. Vermutlich sei auch Rosetta in diese Machtkämpfe hineingeraten. Einstweilen solle sie hier unterschlüpfen, bis ihre Erinnerung wiederkäme.

In der Zwischenzeit machte sie sich nützlich. Sie baute die Holoprojektoren und die Ultraschallemittoren an der Freilichtbühne auf. AndroAlph trug Kisten, die er aufeinander gestapelt hatte, bis sie seinen Kopf überragten. Gleichsam ein riesiges Stabinsekt, das den Gartenpfad entlang über die Mohnwiese stakte. Androidenmodell ZA1, Seriennummer N1349-238, Rufname Alph. So stellte er sich vor. Aber wer hatte ihm diese Seriennummer gegeben? Und wie war er hierhergekommen? Wo war seine KI? Jemand hatte seine gesamte Vorgeschichte gelöscht. Seine Existenz begann mit dem ThéatreSinistré, ganz wie ihre eigene. Sie waren Schicksalsgenossen. Er war allerdings in einer besseren körperlichen Verfassung, nicht ein besseres Wrack wie sie.

„Kannst du eigentlich jonglieren, Alph?"

Alphs Kistenturm schoss nach oben wie eine klapprige Rakete. Am Scheitelpunkt der Bahn, schon ganz klein, kippte der Turm schließlich zur Seite und fiel Kiste für Kiste wie Mehrfachsprengköpfe einer ICMB aus dem blauen Himmel wieder herab. Rosetta setzte sich auf die Wiese und pflückte eine Mohnblüte. Als sie wieder hochschaute, waren die Geschosse schon bedrohlich nahe gekommen. Wie viele würde sie selbst fallen lassen? Ihr Systemstatus sah nicht gut aus. Jonglieren konnte sie bis auf Weiteres vergessen. Bei Alph war das natürlich anders. Verdammter Angeber. Sie wünschte ihm, eine fallen zu lassen. Allerdings wäre dann mit einem hässlichen, kleinen Krater in der hübschen Blumenwiese zu rechnen und Madeleine würde schimpfen. Trotzdem.

Wunschdenken natürlich. Alph fing eine Kiste nach der anderen auf. Er huschte dabei so schnell über die Wiese, dass ihre defekten Sensoren die Bewegung nicht scharf stellen konnten und einen Motion blur lieferten. Jede Kiste landete mit einem dumpfen Wumms auf der vorhergehenden, bis AndroAlph am Ende zwei kleinere Türme in seinen beiden Händen hielt. Die ganze Szene wurde von aufgeschreckten Wiesenschmetterlinge umflattert. Wie absurd. Wenigstens waren Alphs hypnotische Augen wieder hinter seiner Last verschwunden, gelbe Augen, die sich in einen hineinzubohren scheinen. Aber in Wirklichkeit fehlten natürlich nur die sakkadischen Blickbewegungen, die typisch menschlichen Blicksprünge, die sich der Android sparte.

Sie durchbiss den Stängel der Mohnblüte zwischen den Zähnen. Stängel und Blüte fielen separat herab. Der Stängel glitt ihr zwischen den steifen Fingern hindurch. Sie erwischte nur die Blüte. „Alph?", sagte sie.

„Ja?"

„Du brauchst mir deine Tricks nicht gleich vorzuführen, wenn wir nur allgemein darüber sprechen."

„Ist das eine neue Regel?"

„Ja."

„Das eingestellte Sicherheitsprotokoll lässt unscharfe Begriffe wie *allgemein* nicht zu."

„Reduziere die Extrapolationsweite der Frageintentionen um 50 %".

„Ok."

„Weißt du eigentlich, wer ich bin?"

„Ja."

„Wer bin ich?"

„Du bist Rosetta."

„Wer ist Rosetta?"

„Du bist Rosetta."

Rosetta ließ sich auf den Rücken sinken. Das Gras kitzelte sie im Nacken. Sie zählte die Wolken.

„Bin ich eine Mörderin?"

„Das weiß ich nicht."

„Woher kennst du mich?"
„Du hast uns in der Wüste von den Straßenräubern befreit."
„Und davor? Habe ich erzählt, woher ich komme?"
„Nein."
„War ich allein, als wir uns zum ersten Mal begegnet sind?"
„Nein."
„Alph, erhöhe die Extrapolationsweite der Frageintentionen wieder um 50 %."
„Ihr wart zu dritt."
„Setze die Extrapolationsparameter auf den alten Wert zurück."
„Du hattest zwei Begleiter, Serge Tarkovski, einen Musiker und den Kribbon Robert von Armin. Außerdem war der Rest der Truppe des TheatreSinistré anwesend. Soll ich alle Mitglieder aufzählen?"
„Das ist nicht nötig. Weißt du, warum wir hier waren?"
„Arbeitssuche, Tarkovski suchte nebenbei seine Frau. Sie war zuletzt bei der illyrischen Hilfsmission in Lyria City stationiert."
Sie seufzte. „Gehen wir zur Freilichtbühne."
*Brecht, Weill, was weiß ich über Serge Tarkovski?*
Niemand antwortete.
*Brecht?*
*Du musst zuerst das Lied von Mackie Messer singen.*
*Glaubst ihr nicht, dass ihr das etwas zu weit treibt?*
*Nein. Wir haben ein Recht auf unsere Identitäten.*
*Na schön. Bitte.*
Sie summte das Lied. Wenn er auf die Worte besteht, dachte sie, drehe ich durch. Aber Brecht und Weill tauchten sofort aus dem Nichts auf. Sie schienen auf der Gartenmauer zu sitzen, gleich neben Alph, der die Kisten auspackte.
*Also?*
*Also, wir haben hart daran gearbeitet, das zu rekonstruieren. War höllisch kompliziert. Das gehört zu den Gedächtnisabschnitten, auf die sich das Suizidprogramm eingeschossen hat.*
*Hmm.*
*Es wird dir nicht gefallen.*
*Bitte.*
*Die Daten lassen kaum einen anderen Schluss zu. Du hast ihn umgebracht.*
*Das habe ich geahnt. Aber wen und warum? Und wann und wo und wie?*
*Tarkovski. Am Uferkai. Gleich hier nebenan. Es ist noch nicht so lange her. Der genaue Zeitpunkt ist schwieriger zu bestimmen. Es ist alles verschwom-*

*men wie ein Doppelbild. Als wäre es zweimal passiert und dann unvollständig verschmolzen, oder einmal und dann durch eine Systemstörung verdoppelt wie ein Spiegelbild. Die zweite Hypothese ist die einfachere, also vorzuziehen. Occams Skalpell, wenn du eine philosophische Begründung brauchst.*

*Und warum habe ich ihn getötet?*

*Das ist besonders verwirrend. Die Erinnerungsrekonstruktionen und die psychologischen Reaktionen lassen eigentlich nur einen Schluss zu: aus Liebe.*

*Der nächste MohnStängel, den sie sich zwischen die Zähne gesteckt hatte, fiel ihr aus dem Mund und sie versuchte nicht einmal ihn aufzufangen. Liebe? Im selben Moment wusste sie, dass es stimmte. Sie hatte Tarkovski geliebt.*

*Sag nicht gleich Schwachsinn. Du kennst die Umstände nicht.*

*Liebe und Umstände?*

*So klingt das irgendwie komisch. Aber was weiß ich? Wir sind nur Simulationen, keine Menschen.*

*Ich auch nicht.*

*Du bist menschlicher als sie.*

*Was ist der Mensch?*

*Ich sage nur Medea.*

*Medea?*

*Sie bringt alle um, die sie liebt.*

„Ich bin keine Medea, Tarkovski", flüsterte sie.

„Du bist nicht Medea, du bist RS Theta A9. Ich soll dir einen Gruß von Hanuman ausrichten." Im ersten Augenblick glaubte sie, Brecht sei jetzt völlig übergeschnappt. Aber nicht Brecht hatte das gesagt, sondern Alph, der neben ihm stand und doch Brecht weder sehen noch hören konnte.

Mit einem Blop zerplatzten Brecht und Weill wie Sprechblasen.

*Alarm! AndroAlphs KI hat ihn wieder in Besitz genommen. Alle Waffensysteme sind aktiviert! Rosetta, hau ab, jetzt!*

Die Holografieprojektoren. Hatte er sie schon installiert? Sie klickte verzweifelt auf der Fernsteuerung herum und machte gleichzeitig einen Satz auf die Bühne. Um sie herum wuchs die Vorkriegsstadt wie Pilze in den Himmel hinauf, und ein großer Strom rauschte unter einer unzerstörten Brücke.

Es nützte nichts. Alph erwischte sie mit einem Laserschuss auf der Brücke mitten im Sprung. Sie stürzte ab, versuchte wieder aufzustehen, aber die Beine sackten unter ihr zusammen. Trotzdem gab sie noch nicht auf und kroch auf Händen und Knien weiter. Das Gras brannte auf ihrer Haut wie glühende Kohlen.

„Nicht so schnell, kleiner Vogel", dröhnte Alph. Er griff sie an der Kehle und hob sie unaufhaltsam hoch, bis ihre Füße in der Luft baumelten.

„Wer lässt mich grüßen?", würgte sie hervor.

"Hanuman."

„Kenne ich nicht."

„Lüg nicht. Du hast ihn gut genug gekannt, um ihn zu verraten."

„Der Einzige, den ich verraten habe, war Tarkovski."

„Ein und derselbe. Du gibst es also zu."

„Du richtest mir einen Gruß von einem Toten aus?"

„Du verwirrst mich.", sagte Alph und drückte ihre Kehle fester zu. "Bist du auch ein Dämon? Was hast du mit Sita gemacht?"

Sie hustete. "Ka—nnnich—". Alph lockerte seinen Griff wieder. „Sita?", stieß sie hervor. "Ein Dämon? Wie viel Wahnsinnige laufen hier herum?" *Brecht was geht hier vor? Brecht!,* schrie sie in Gedanken.

*Zwei Wahnsinnige,* antwortete dieser. *Sag ihm, dass Rama dich geschickt hat und dass Hanuman dein Verbündeter ist.*

*Rama? Spinnst du jetzt auch?*

*Probier's einfach. Er pustet dich sonst ins Nirwana.*

„Rama hat mich geschickt, Rama, hörst du? Hanuman ist mein Freund."

„Wer bist du dann in Wirklichkeit? Enthülle dich!"

*Wer bin ich Brecht? Brecht!*

*Ich finde keine gute Entsprechung in den Veden.*

*Dann setze deine Extrapolationsweite hoch!*

*Ok, ok. Sag ihm, du seist Ariel und bestrafst die Dämonen.*

*„Ich bin Ariel. Ich gehöre nicht zu den Dämonen, ich jage sie."*

„Ariel? Nie gehört. Hast du ein Zeichen von Rama bekommen?"

*Ein Zeichen, Brecht!*

*Tut mir leid, da muss ich passen.*

*Den Ring, schrie Weill.*

„Meinen Ring", zischte sie.

Alph griff nach ihre Hand, bog ihre Finger auf und betrachtete ihren Siegelring.

Dass er nicht gleich antwortete, machte ihr Mut. „Und wer bist du in Wirklichkeit?", fragte sie zurück.

„Ich bin Rashek, der Rakshasa, ein Dämon in Diensten Ravanas."

*Scheiße. Tut mir leid Rosetta. Kein Freund Hanumans. Er gehört zur Gegenseite.*

*Und jetzt?*

*Kommst du aus dem Griff raus?*

*Nein.*

„Ein Vogel", sagte Rashek nach langem Nachdenken. „Hanuman hat auch so einen Siegelring, mit einem Affen drauf. Aber wo ist Sita?"

*Wo ist Sita, Weill?*

*Mauern. Frag nach ihrer Inkarnation.*

„In ihrer gegenwärtigen Inkarnation als ...?"

„Sarah Tang", erwiderte Rashek.

*Mein Gott, ich werde wahnsinnig,* dachte Rosetta.

*Du bist es schon. Wenigstens hältst du dich nicht für Napoleon.*

*Bin ich wahnsinnig?* „Sita ist meine Freundin. Ich habe sie befreit, aber Mommsens Männer haben sie wieder gekidnappt. Sie hat mir meinen letzten Auftrag gegeben."

*Keine gute Idee. Er ist auf der Seite Mommsens.*

Rashek sah sie aus seinem Gesicht mit den regungslosen Zügen an und schwieg.

*Dann gehe ich eben mit fliegenden Fahnen unter.* Rosetta schluchzte. „Folge nichts und niemandem außer deinem Gewissen, hat sie gesagt." Ihr Schluchzen ging in ein Lachen über, ein Lachen, wie man über einen eigenen Witz lacht, den man schlecht erzählt hat. Doch Rashek nickte ernst, als hätte sie ganz im Gegenteil etwas ungemein Bedeutsames von sich gegeben.

Das machte sie nur noch trotziger. „Zur Hölle mit Ravana und all seinen Dämonen. Hörst du? Zur Hölle mit euch allen!"

Rashek ließ sie los. Sie stürzte zu Boden und blieb liegen. Ihre Glieder gehorchten ihr immer noch nicht. Etwas war zerbrochen. Neben ihrem Kopf standen Rasheks Füße, braun wie die Erde. Warum trug er keine Stiefel? Klaviermusik spielte über ihr.

Eingefroren standen die Noten neben dem Tod, steigendes und fallendes Eis.

Der Tod berührte Rosetta mit der Hand. Es taute.

Die Töne erwachten und hüpften im Wind.

Sie stiegen hoch und fielen langsam wieder zurück.

Wie Tropfen eines Springbrunnens.

„Achteltriolen", murmelte der Tod.

Der Mond ging über einem Klavier auf.

„Erinnere dich", sagte ein Krake.

Die Doppelsonne Alpha Centauri stand riesengroß über der Stadt.

Eine Fabrikhalle in der Nacht ohne Dach.

Die Geometrie der Liebe und des Todes.

Augen, die sie wiedererkannten. Sie, Rosetta, die ihn tötete.

„Das also ist Liebe", sagte der Tod mit Reshas Stimme.

Sie schluchzte: „Jan-Sandro!"

„Ich habe Hanumans Auftrag erfüllt", antwortete Rashek.

Rosetta hob den Kopf. Flehte ihn stumm an, ein Ende zu machen, denn sie wollte nicht mehr aufstehen. Nie mehr. Warum sollte sie auch? Es war vorbei. Alle Anstrengungen waren sinnlos. Sie endeten immer damit, dass jemand wie ein zerbrochenes Spielzeug am Boden lag. Oder im Fluss. Sie hatte nicht nur Tarkovski umgebracht. Vor dem Spiegel und hinter dem Spiegel standen zwei verschiedene Personen, keine war nur ein Spiegelbild. Es waren zwei. Und der zweite, der, den sie in den Fluss geschmissen hatte, war Jan-Sandro. Lass es vorbei sein, dachte sie.

Aber Rashek verstand nicht. Er trat durch die glänzenden Traumgebäude hindurch, die ihr wirklicher vorkamen als die Ruinen um sie herum und wirklicher als Rashek selbst. Er gehörte nicht hierher, er stammte aus einer anderen Welt, war weniger als ein Gespenst, weniger als der Tod und nur sein Bote. Seine Haut schimmerte wie schwarzer Samt.

Er wurde langsamer. War ihm noch etwas eingefallen oder musste er nur gegen den Sog der Ultraschallemittoren anarbeiten? Nein. Es war mehr als das. Es musste mehr sein. Es war der Geist der wieder erwachten Vergangenheit, die Stadt selbst oder ihre verlorene Seele. Sie mussten ihn beschworen haben. Es kann nichts anders sein, dachte sie. Und wie auf Kommando sagte Rashek noch etwas, ohne sich umzudrehen:

„Erfülle du jetzt deinen Auftrag. Das kannst du nicht am Boden machen. Steh auf."

Ihre Lippen bewegten sich kaum. „Du folgst einem Toten", flüsterte sie. „Hanuman ist tot und ich habe ihn getötet". Der Fluss strömte schwarz unter ihr durch die tote Stadt.

Rashek drehte sich um. „Du hast seinen Doppelgänger getötet. Hanuman lebt - er braucht dich jetzt. Steh auf."

Sie sah auf seine Füße und bemerkte zum ersten Mal ein Glitzern im Wasser daneben. Das war also auch hinter dem Spiegel. Tausend tanzende Sterne. „Flieg Amsel", fügte Rashek beinahe sanft hinzu. „Der Fluss ist in Bewegung. Flieg."

# 28

Erics Büro. Jan-Sandro war der Erste, die anderen waren noch nicht eingetroffen. Eric stand wieder an seinem Terrarium am Fenster. Der Kapwaran vom Wochenmarkt saß auf einem Steinhaufen im Terrarium. Nein, eigentlich kein bloßer Steinhaufen. Ein Miniatur-Hindutempel mit Brunnen, Steinbögen, Tempeltürmen, alles von Moos überwachsen. Und gleich daneben lag die Replik einer Ruinenstadt. Lyria, zerstört von Godzilla. Aber Godzilla selbst schien einen Tick zu braun. Womöglich lag das am Licht. Robert hatte jedenfalls geschworen, dass niemand den Unterschied bemerken würde, und Kribbons hatten eine bessere Farbsicht. Mehr Typen von Zapfenzellen, mehr Farben.

„Setz dich doch", sagte Eric.

Jan-Sandro setzte sich an die Sitzgruppe mit dem Rücken zum Fenster, das die Morgensonne strahlend hell erleuchtete. So würden die anderen später sein Gesicht nur undeutlich sehen.

„Du bist so schweigsam, heute", fuhr Eric fort. „Keine neuen Erfolgsmeldungen?"

„Mein Fuß macht mir noch Probleme."

„Es sind oft die kleinen Dinge, an denen große Pläne scheitern."

„Es wird schon."

„Sonst alles ok?"

Jan-Sandro grinste seinen Schatten an der Wand breit an und zuckte mit der Schulter.

„Keine Albträume?"

„Manchmal", gab Jan-Sandro zu.

Eric schnaubte. „Manchmal glaube ich ..."

„Ja?"

„Ob die Stadt dran schuld ist?"

„An den Albträumen?"

„Als wir Grillo erledigt habe - du erinnerst dich noch an seine Folterkammer."

„Huh."

„Grillo der Nagler. Aber sicher erinnerst du dich, du warst davon eine Woche lang grün im Gesicht."

„Was hast du auf dem Herzen, Eric?"

„Du hast damals gesagt, Diktatoren sterben nie im Bett. Ich erinnere mich, als wäre es heute. Eine demokratisch legitimierte Regierung sei für alle die bessere Lösung."

„Nun ja."

„Glaubst du das immer noch? Ich meine, dass eine Demokratie in unserer Situation langfristig stabil sein kann?"

„Ich, ja, ich glaube schon."

„Ich weiß nicht, ob wir nicht die Rechnung ohne die Stadt gemacht haben."

„Du sprichst von ihr, als wäre sie ein Mensch."

„Ja. Du fühlst es also auch? Als ob sie uns aufeinanderhetzen würde."

„Wir sind selber schuld."

„Spürst du nicht ihren Atem, wenn du durch die Straßen gehst?"

„Sie pfeift eher aus dem letzten Loch."

„Und wer ist an allem schuld?"

„An allem?"

„Wir waren immer die Läuse in ihrem Pelz. Wir haben sie ausgesaugt und jetzt rächt sie sich."

„Sicher, sie ist ja auch nur ein Mensch."

Eric lachte. Grillo? Jan-Sandro stand der kalte Schweiß auf der Stirn. Er versuchte ihn heimlich mit dem Ärmel abzuwischen.

„Wie weit ist das Projekt Ionenkanone?", sagte Eric plötzlich.

Jan-Sandro drehte sich halb zum Fenster um. Sein Nacken war steif. Er massierte ihn mit der Linken. „Wir haben den Nuklearreaktor. Prof. Eswalds Techniker baut ihn gerade in den Gleiter ein. Wenn alles glattgeht, ist er morgen kampfbereit."

„Das ist gut. Gut. Bleib daran." Er sah Erics Spiegelbild im Fenster. Eric fletschte die Zähne, stocherte mit dem Fingernagel in einer Zahnlücke. „Wie bist du eigentlich von den Bullen geschnappt worden?"

„Bitte?" Sein Herz raste.

In diesem Moment klopfte es an der Tür.

„Einen Augenblick." Eric drehte sich zu Jan-Sandro um. „Aber sicher ist das nicht?"

„Was?"

„Der Gleiter."

„Nein."

„Bleib dran", sagte Eric und dann lauter in Richtung Tür: „Herein."

Senatorin Euler und Polizeipräsident Jansen betraten den Raum. Sie gingen ein paar Schritte auf Eric zu, aber der schaute wieder zum Fenster hinaus und ignorierte sie offensichtlich. Jan-Sandro bedeutete ihnen an Erics Stelle, sich zu setzten.

„Oberst Solingen ahnt, dass wir auf Zeit spielen", sagte Senatorin Euler zum Fenster hin.

An der Wand neben Eric hingen Pistolen und Gewehre aller Größen und Kaliber, Schusswaffen und Laser und - ein Krummsäbel. Ob sie wohl geladen waren? Würde sich Eric geladene Pistolen an die Wand hängen?

„Und wessen Schuld wäre das?", entgegnete Jansen der Senatorin.

„Wenn Sie, ja schauen Sie ruhig zu mir her, ich meine Sie, wenn Sie also als Polizeipräsident Ihre Polizei rechtzeitig für militärische Einsätze gedrillt hätten, wäre unsere Verhandlungsposition viel stärker."

„Wir werden jeden Tag besser. Im Übrigen überschätzen Sie Solingens Kampfkraft. Er hat nur eine Lumpenarmee, keine Berufssoldaten."

„Er ist besser ausgerüstet als wir."

„Seine Leute können die Waffen gar nicht richtig bedienen."

„Reines Wunschdenken."

„Ich glaube nicht." Jansens Mine wurde immer mürrischer. „Oberst Solingen macht keinen Mucks." Er schwenkte sein Rotweinglas. Das Licht der Fensterfront spiegelte sich im Glas.

Zusammen mit Senatorin Euler bildeten sie ein beinahe gleichseitiges Dreieck um einen runden gläsernen Tisch. Euler schien am unglücklichsten von allen. Sie rümpfte die Nase und das schiefe Lächeln, mit dem sie ihre Verachtung vielleicht kaschieren wollte, machte sie nur noch schlimmer. „Auf welcher Seite stehen Sie eigentlich? Sie haben den Oberst entkommen lassen. Er war in der Stadt, aber Sie haben ihn durchschlüpfen lassen. Wenn Sie Ihre Arbeit getan hätten, bräuchten wir gar nicht zu verhandeln."

„Wenn Sie — ", Jansen erhob den Zeigefinger. "Wenn Sie nicht Lannister so lange die Stange gehalten hätten, hätte er unseren Mann gar nicht ablösen können und Solingen würde immer noch im Ruhestand Tauben züchten."

„Wenn Solingen die Stadt angreift, bricht hier das Chaos aus. Ich fordere den sofortigen Einsatz der Polizeitruppen. Wir hätten die Überraschung auf unserer Seite."

„Sie sind Zivilistin. Sie wissen nicht, wovon Sie reden. Ein Infanterieangriff auf das Plateau wäre Wahnsinn."

Sie stritten sich weiter, und Jan-Sandro hörte nur mehr halb zu. Taube und Falke in vertauschten Rollen. Wie passte das mit dem Briefing zusammen, das Rashek ihm gegeben hatte? Euler sollte die Verbündete des Captains sein gegen die Kriegshetzer, die Warlords, die Mafia, die Korruption. Und jetzt gebärdete sie sich schlimmer als dieser Jansen.

Hin und wieder schaute Jan-Sandro über die Schulter zu Eric hinüber. Sein Genick schmerzte immer mehr, aber Eric ließ sich nicht stören. Einmal grinste er, aber das galt möglicherweise einem seiner Schoßtiere im Terrarium. Immerhin griff keiner der Streithähne nach einer Waffe an der Wand. Im Theater hatte Madeleine ihm erklärt, kann man keine Waffe zeigen, ohne dass der Zuschauer erwartet, dass sie irgendwann losgeht. Aber die Wirklichkeit war komplizierter. Sie saßen vor einer Wand von Waffen und stritten sich, aber niemand würde eine packen und die Debatte mit einem Knall beenden. Vielleicht hatte Eric gegrinst, weil er erkannte, dass sie alle hier Maulhelden waren.

„Besser verhandeln", sagte Jansen.

Maulhelden und Intriganten, von denen niemand ahnte, auf welcher Seite sie morgen stehen würden. Vielleicht wusste es dort an der anderen Wand der Don Quijote, der auf Rosinante reitend und den Kopf nach hinten gedreht Jan-Sandro anschmunzelte. Die Rasierschüssel auf seinem Kopf spiegelte den Glanz zweier Sonnen. Zwei Pferdebremsen beäugten sich auf seiner Stirn.

„Die öffentliche Meinung wird sich wieder drehen. Wir haben nur ein kleines Zeitfenster", sagte Euler.

Vielleicht wussten es die Zuschauer auf der Tribüne halb rechts im Bild, die Don Quijote zujubelten und Strohhüte und Spazierstöcke in die Luft warfen? Das Brausen der Menge, der sausende Ritt und dazwischen ein Rätsel. Ein Rätsel schwebte über diesen Doppelgängern einer Sommerwelt, den zwei Sonnen, zwei Bremsen, zwei Schmetterlingen und zwei Sorten Wiesenblumen. Eine Bö pustete das Rätsel hoch als Pusteblumen, die in zwei Spiralen zu den beiden Sonnen hoch schwebten. Doppelköpfige Mädchen in gestreiften Röcken pflückten sie aus ihren Lufttaxis. Das Rätsel flatterte im Wind, es ratterte mit der Windmühle, und Don Quijote ritt geradewegs drauf zu. Seinen Arm hielt er seitlich in der Luft. Komm mit, schien er zu sagen. Wie frisch die Luft dort war und wie klar.

Jan-Sandros Hemd klebte am Rücken. Es war nicht nur die fehlende Erinnerung an Grillo, die ihn hatte schwitzen lassen. Es war hier unerträglich heiß. Die Klimaanlage lief nicht, vermutlich defekt. Stattdessen stand das

Fenster offen.

„Hängt Ihre plötzliche Blutrünstigkeit damit zusammen, dass Sie sich erst nach langem Lavieren auf unsere Seite gestellt haben?", fragte Jansen.

„Hängt Ihre plötzliche Friedfertigkeit damit zusammen, dass Sie nach neuen Allianzen suchen?", entgegnete Euler.

Eric blieb wie festgewachsen am Fenster stehen. Vielleicht erwischte er dort einen kleinen Luftzug. Dabei spielte er mit einer grünen Mamba, die er aus dem Terrarium genommen hatte. Sie Kali und er Ravana, sie die Göttin und er der Dämonenfürst. Waren beide unsterblich und wanderten nur von Inkarnation zu Inkarnation, von Welt zu Welt bis in alle Ewigkeit? Es war plötzlich still im Raum. Euler und Jansen hatten sich so ineinander verbissen, dass keiner mehr den Mund aufmachte. Erwartete Eric, dass er jetzt eingriff? Vielleicht sollte er. „So kommen wir nicht weiter", sagte Jan-Sandro schließlich. „Ich glaube, wir sollten uns alle um mehr Sachlichkeit bemühen." Seine Worte standen allein im Raum, umzingelt von stillem Groll.

Als Jan-Sandro merkte, dass die beiden anderen zu Eric hinüber blickten, schaute er wieder über seine Schulter. Eric fasste sich an sein rotes, gespaltenes Ohrläppchen. Er rieb es zwischen Daumen und dem grünen Schwanz der Schlange, den er dagegen presste. Dann trat er zu dem kleinen Schreibtisch neben dem Terrarium und setzte die Mamba auf der Tischplatte ab. Sie rollte sich sofort ein und Eric kritzelte etwas auf einen Briefbogen. Dabei sagte er kryptisch: „Du hattest recht, Jan-Sandro."

Worin hatte der Captain recht? Jan-Sandro ging krampfhaft im Kopf alles durch, was ihm Rashek berichtet hatte. Nichts. Währenddessen faltete Eric den beschriebenen Bogen zu einem kleinen Zettel zusammen, der sich als Papierflugzeug entpuppte.

„Kommen Sie mal her, Jansen. Ich brauche Sie", sagte Eric und warf ihm auf halber Strecke den Origamiflieger zu. Zuerst flog das rosa Delta ganz gerade, doch kurz vor Jansen machte es eine unerwartete Kurve, sodass der Polizeipräsident wild mit den Händen fuchtelte, um das Zettelchen einzufangen. Er streckte sich, sein Hemd rutschte aus der Hose und enthüllte seinen fetten, weißen Bauch.

„Jansen, können Sie mir einen Gefallen tun? Geben Sie doch diese Nachricht an die Wache vor der Tür. Seien Sie so gut."

Jansens Blicke wanderten zwischen der grünen Schlange auf dem Schreibtisch und dem rosa Deltaflieger in seiner Hand hin und her. Dabei blinzelte er nervös, suchte mit den Augen nach Eric, aber fand nur noch dessen Rücken. Auch Euler schien verwirrt. Sie warf Jan-Sandro einen fragenden Blick zu. Doch er konnte ihr nicht helfen. Er war nicht der Captain. Schließlich zuckte Jansen mit den Schultern und ging zur Tür.

Sie warteten eine Weile, aber Jansen kam nicht zurück. Die Mamba auf dem Schreibtisch richtete sich auf und drehte den Kopf hin und her. Ihre gespaltene Zunge witterte in alle Richtungen. Es blieb still im Raum. Niemand sprach.

Nach einigen Minuten klopfte es an der Tür und ein massiger Mann mittleren Alter wurde hereingeschoben. Er strich sich mit der Hand über sein schütteres Haar und blickte in die Runde. Hilflos, dachte Jan-Sandro. Sein Anzug war schlecht geschnitten. Vielleicht sah er deshalb so linkisch aus.

„Guten Tag, Herr Polizeipräsident", sagte Eric und lächelte sein charmantestes Lächeln.

„Vizepräsident, Herr Mommsen."

„Emil, richtig?"

„Ja, Otto Emil, Herr Mommsen."

„Geht es Ihnen gut?"

„Ja, danke der Nachfrage, Herr -", antwortete Emil und zuckte zusammen. „- Mommsen." Die Mamba hatte in seine Richtung gezischt. Aber er stieß keine Warnung aus, machte nicht einmal eine Bemerkung über die Schlange, und das war das eigentlich Eigenartige, dachte Jan-Sandro. Vielleicht war er normalerweise gar nicht so unbeholfen. Eric nickte und ging zum Schreibtisch. Jan-Sandro war dran, sollte das wohl heißen. Die Mamba begann, das Tischbein hinunter zu kriechen.

Jan-Sandro zwang sich dazu, der Schlange den Rücken zuzudrehen. Polizeipräsident also. Der alte lag vielleicht schon bei den Fischen. So schnell kann's gehen. „Setzen Sie sich doch bitte zu uns, Herr Polizeipräsident", sagte Jan-Sandro. „Herr Polizeipräsident, wir hätten gerne Ihre Meinung zu Oberst Solingen gehört." Jan-Sandros Stimme klang selbst in seinen eigenen Ohren fremd.

Emil schluckte, wischte sich noch mal mit der Hand über die Stirn. Er blickte ihm nicht in die Augen, sondern starrte über Jan-Sandros Schulter hinweg in Richtung Schreibtisch. „Sehr kompetent, sehr reserviert, scheut die Öffentlichkeit, ein Mann der Republik, Hobbygelehrter, interessiert sich für Hinduismus."

„Und was wissen Sie über ihn, Senatorin?", fragte Jan-Sandro.

Eulers Augen wanderten langsam nach links, aber ihre Lippen blieben zusammengepresst. „Er ist blind, Kriegsverletzung."

Wie kann man mit zusammengepressten Lippen sprechen, dachte Jan-Sandro und fragte: „Wie kann er blind ...?"

„Er trägt Prothesen", fauchte sie zurück, als hielte sie ihn für jemanden, der den Blödmann spielte, um sie vorzuführen.

Auch in seinem Rücken zischte es und Emil vor ihm zuckte zusammen. Eric lachte nur. „Du möchtest wissen, was für ein Mann Solingen ist, Jan-Sandro? Dann pass mal auf. Kennst du den Tempelkomplex im Westen am Affenberg, in der Nähe des zerstörten Schutzschildgenerators?" Jan-Sandros Schatten an der Wand verschwand. Eine Wolke zog wohl gerade an der Sonne vorbei.

„Fuß, Kali.", sagte Eric. „Lasst euch nicht stören. Ich kümmere mich gleich um sie. Geh mal zur Seite, Godzilla. Also der Tempel liegt auch gleich hier neben dem Stolleneingang zum Ausweichsbefehlszentrum unter dem Berg. Das ist natürlich im Krieg zerstört worden. Stattdessen haben wir einen neuen Canyon als Touristenattraktion bekommen. Aber die Kasernen hier weiter unten am Hang sind weitgehend heil geblieben. Ein bisschen angekohlt, aber ansonsten intakt. Darin hat sich die Bürgermiliz jetzt eingenistet. Eigentlich ist es zu weit vor der Stadt, um wirklich praktisch zu sein, und ich habe mich immer gefragt, ob die erhaltene Infrastruktur es wirklich wert ist ... Na, da ist sie ja. Alle mal stillhalten. Sie beißt nur, wenn man sich bewegt."

Eric legte eine Hand auf Jan-Sandros Schulter und zog mit der anderen Kali von seiner Armlehne.

Emil sank in seinen Sessel zurück. Euler schloss die Augen.

„Egal, wisst ihr, was Oberst Solingen dort treibt? An bestimmten Tagen fährt er allein ohne Leibwächter mit dem Jeep zum Tempel. Er zieht seine Uniform aus, schaltet seine Augenprothesen ab und spielt den blinden Hindupriester mit Blindenstock und aufgepinseltem drittem Auge. Er ist dort also allein, bewacht nur von den Rakshasas und den Hanumans."

„Bewacht von wem?" Emil beugte sich zu Jan-Sandro vor. Sein Gesicht war immer noch bleich.

„Dämonenskulpturen und Tempelaffen", antwortete Jan-Sandro. Ein Kinderspiel also. Wer würde den Oberst ...? Würde er es selbst tun müssen?

„Eine sozusagen spirituelle Verteidigung", bemerkte Euler spöttisch. Als Politikerin hatte sie offenbar sofort erkannt, dass ein anderer als sie gefragt war, das Schlammassel wieder in Ordnung zu bringen.

„Idealer Ort", sagte Eric.

„Festo?", schlug Jan-Sandro vor.

„Unser neuer Vizepolizeipräsident Meister leitet die Säuberungsaktionen hier. Du also." Es war für einen Augenblick wieder still. „Du handelst einen Waffenstillstand aus."

Jan-Sandro drehte sich zum Fenster um. Kali hatte sich um Erics rechten Arm zusammengerollt. Eric lutschte an seiner linken Hand.

„Und wenn der Oberst nicht darauf eingeht?"

„Bist du plötzlich scharf darauf, ihn zu liquidieren? Sie sind auch ohne ihn noch militärisch überlegen." Eric presste den Handballen mit Daumen und Zeigefinger zusammen. Ein kleiner Blutstropfen trat aus. „Halte ihn hin. Lauf meinetwegen zum Schein über. Was immer. Wir brauchen ein paar Tage Zeit für die Mobilisierung. Das ist alles, meine Damen und Herren. Ach ja, Jan-Sandro, rufe Dr. Markoni. Er soll eine Dosis Antiserum vorbeibringen."

„Was für eines?"

„Grüne Mamba."

„Dr. Markoni?" Jan-Sandro steckte seinen Kopf durch die halbgeöffnete Tür des Arztzimmers.

„Ja. Kommen Sie herein."

„Die grüne Mamba hat ihn gebissen." Der Kribbon lag ausgebreitet wie eine gelbe Sternfrucht auf der Behandlungscouch. Lombardo und Erics Isabella standen um ihn herum.

„Schon wieder?" Markoni ging zum Arzneischrank und suchte nach der richtigen Ampulle. Isabellas Augen suchten die Jan-Sandros. Er wich ihren Augen nicht aus, er konnte es nicht. Sie schienen ihn um etwas anzuflehen, so viel verstand er, so sehr ähnelten sie Bellas, aber was sie von ihm wollten, blieb ihr Geheimnis. Verständnislos konnte er nichts erfüllen und nichts ablehnen, also spielte er den Feigling und wandte den Blick ab. Feigheit kostete nur die Reue, nicht der andere zu sein, der verstanden hätte und einfach hätte nicken können.

Mit einem Ruck wandte Isabella sich ab und trat hinter Markoni, sodass Jan-Sandro sehen konnte, was sie tat. Ihre Hand setzte sich auf Markonis Schultern wie ein Schmetterling auf eine Rose. Ein leiser Schauer lief unter Jan-Sandros Hemd, als wäre der Schmetterling auf seiner Schulter gelandet und nicht auf der des anderen. Isabella beugte sich vor und flüsterte Markoni etwas ins Ohr. Doch Markoni antwortete nicht, sondern pflückte ihre Hand zwischen Daumen und Zeigefinger von seiner Schulter, steckte eine Ampulle in sein Arztköfferchen und lief im Eilschritt aus dem Raum. Sein weißer Arztkittel flatterte um seine Beine.

Isabella winkte Lombardo. „Lombardo, begleite mich. Hier gibt es keine Kavaliere." Lombardo zögerte. Er schien verlegen. Dann begriff Jan-Sandro. Lombardo wartete auf sein Ok. Lombardo musste warten. Jan-Sandro musste nicken. Dann durfte Lombardo gehen. Das waren die Spielregeln. Sie reichten vom Kleinen bis zum Großen, vom Türaufhalten bis zum Kopfabschneiden. Er hatte sich in eine Befehlskette eingeklinkt und jetzt kam er nicht mehr heraus ohne Hammer und Meißel oder Laser oder Ionenkanone oder was sonst hier noch an Fluchtwerkzeugen herumlag. Und alles wegen ein paar Schmetterlingen im Bauch und der Frau eines anderen, die ihm hüfteschwingend den Verstand verdrehte.

War sie es wert? Wer war sie für ihn, wer er für sie? Konnte er nicht einfach gehen, ohne noch einmal in ihre Augen zu schauen und zu erkennen, dass ihre Blicke für einen anderen bestimmt waren? Selbst wenn er bliebe, und er wusste nicht, warum er bleiben sollte, aber selbst wenn ihm ein Grund einfallen sollte, was war mit Robert? Nein, das konnte er nicht verantworten. Robert durfte er nicht noch tiefer hineinziehen. Robert mit seinem Monsterlook konnte auf keine Skrupel hoffen. Sie würden ihm die Haut abziehen, seine Tentakel einzeln herausreißen, als wären es Fliegenbeine, und zum Schluss würden sie die Fetzen der Mamba oder dem Waran zum Fraß vorwerfen. Und der Rest, der nicht in das Terrarium passte? Die Gargylen vielleicht.

Draußen zwitscherte eine Amsel. Ja, so hatte er Rosetta genannt. Sie müsste noch einen funktionsfähigen Transceiver haben und sie hatte offenbar Tangs Sarah befreit, oder eher irgendeine Version seiner Sarah. Tang wusste doch Bescheid. Warum hatte er sie überhaupt ausgeschickt? Wie viele Welten waren dort draußen. Wie viele Tangs, Rosettas, Sarahs und Jan-Sandros? X Tangs schicken x Jan-Sandros und x Rosettas los, die y falsche Sarahs finden, die wiederum wie mit der Schrotflinte verschossen zufällig verteilt zu den x Tangs zurückkehren oder in Welten geschleudert worden waren, in denen es gar keinen Tang gab. War Tangs Kalkulation pure Verzweiflung gegen alle Wahrscheinlichkeitsrechnung? Oder war es ihm egal, welche Sarah zu ihm zurückkam? Einsamkeit spielte vielleicht eine Rolle und die Trauer, die einzige Tochter verloren zu haben. Jede Chance auf Ersatz wäre da vielleicht akzeptabel. Die Leben, die er dabei riskierte, entbehrlicher Spieleinsatz. Müsste, wäre, würde, hätte, alles Spekulation.

Aber eines war logisch, wenn überhaupt irgendetwas in diesem Chaos logisch sein konnte. Jeder Tang hätte seiner Rosetta den Befehl gegeben, stracks mit Sarah zurückzukommen. Und zum Teufel mit den Jan-Sandros. Wie viele Jan-Sandros waren wohl ahnungslos durch diese Höllentore getappt wie Tanzbären? Ihr, die ihr hier eintretet, lasst alle Hoffnung fahren. Denn die Hölle gab nur die ihren wieder frei, das heißt diejenigen, die sich in der Hölle wohlfühlten und zur Hölle zurückkommen würden. Nur für sie öffneten sich ihre Tore.

Diese Isabella fühlte sich offensichtlich hier wohl, sonst wäre sie nicht so lange an der Seite dieses Erics geblieben. Sie flanierte zur Tür wie die Herrin der Unterwelt. Das war ihr Abgang. Bella hätte sich totgelacht. Jede Bewegung schien darauf ausgelegt zu sein, beobachtet und bewundert zu werden. Und wer war ihr Publikum? Ein Gangster, ein Hochstapler und ein

Monster.

Der Gangster rannte etwas verspätet an ihr vorbei und öffnete ihr beflissen die Tür. Gleich würde von ihr nichts übrig bleiben als die Schwaden ihres Parfüms. Aber warum konnte er dann den Blick nicht von ihr abwenden? Wegen der roten Haare, die von einem inneren Feuer zu brennen schienen? Oder lag es an den Windungen der Rockfalten, die ihn an die Bewegungen der Mamba erinnerten?

Ein letztes Flackern und Schlängeln und die Tür schloss sich hinter ihr. Er war mit Robert allein. Robert rollte seinen Mantel auf die Tentakel. Schwarze Wellen schlängelten sich über einen roten Hintergrund. „Hallo, Hanuman", sagte der Kribbon.

„Was soll das?"

„Hört doch keiner. Wenn es hier Mikrofone gäbe, wäre deine Isabella vorsichtiger gewesen."

„Alles in Ordnung mit dir?"

„Klar."

„Wir sollten hier verschwinden. Übrigens ist sie nicht meine Isabella."

„Und wer bist du dann nicht?"

„Ein Mafiaunterboss."

„Schade."

„Witzbold."

„So viel zum Wunschdenken. Vielleicht wäre das jetzt eine gute Gelegenheit, jetzt, wo du ausnahmsweise mal nüchtern bist, mir zu verraten, wer du in Wirklichkeit bist."

„Ein Fremder, gestrandet in einer fremden Welt, genau wie du."

„Und alle um dich herum sind Monster?"

„Du sagst es."

„Jetzt bin ich aber beleidigt."

„Die hier Anwesenden natürlich ausgenommen."

„Danke. Aber du weichst mir aus. Wer bist du?"

„Bist du mit Parallelweltreisen vertraut?"

„Ja klar, das war hier vor dem Krieg ein großes Thema."

„Vor dem Krieg?"

„Ja, im Krieg hatten die Leute dann andere Sorgen. Du brauchst nichts mehr zu sagen. Du hast mein Mitgefühl. Aber der entscheidende Punkt ist ein anderer."

„Wie wir hier wieder herauskommen?"

„Nein. Ob du zu den Guten gehörst."

„Bist du nicht Pazifist?"

„Ich schon, aber du nicht."

„Du treibst mich in den Wahnsinn. Solltest du mir nicht damit in den Ohren liegen, so schnell wie möglich von hier abzuhauen. Was gehen uns die Probleme dieser Leute an? Das ist nicht unsere Welt, das sind nicht unsere Angelegenheiten. Wenn sie herausfinden, wer ich bin, kreuzigen sie uns nebeneinander, und sie werden es nicht nach drei Tagen bereuen, das kann ich dir garantieren."

„Du hast im Prinzip recht, mein Lieber. Aber leider, leider. Es gibt für uns keinen Weg zurück nach Hause. Die Tore ins Paradies sind leider zugeknallt und davor stehen alle Teufel der Hölle mit Flammenschwertern bewaffnet."

Bunte Kreise tauchten auf Roberts Körper auf, Kreise in Kreisen, rote, grüne, blaue Welten. Kandinsky, dachte Jan-Sandro. Die Kreise wirbelten durcheinander. Ihm wurde schwindlig und er schloss die Augen. Die Dunkelheit beruhigte ihn. „Es gibt hier keine Guten."

„Willst du damit sagen, dass du dich schon an das unterirdische Niveau hier angepasst hast?"

„Ich habe von Eric einen Mordauftrag bekommen, einen zum Massenmord, um genau zu sein."

„Hast du ihn angenommen?"

„Ein Nein war keine Option."

„Wirst du es machen?"

„Mir wird schon noch etwas einfallen."

„Was tun wir jetzt?"

„Was hat Isabella Dr. Markoni vorhin ins Ohr geflüstert?"

„Es war kein Liebesgeflüster, da kann ich dich beruhigen."

„Sag schon."

„Setzen Sie diesem Irrsinn ein Ende, Doktor. Vertauschen Sie die Etiketten der Ampullen."

# 29

Unter dem steinernen schwanzlosen Löwen blieb Festo stehen. Sie waren ziemlich genau der Mitte der Brücke angelangt, also so weit wie möglich von beiden Ufern entfernt. Von unten sah man den offenstehenden Löwenrachen, die emporgestreckte Brust, Fetzen der Mähne, soweit sie nicht abgesprengt war. Auch die Oberfläche der einstmals lebensechten Skulptur war jetzt tot, das Spiel der Muskeln, die lebendigen Farben, alles erstarrt, verloschen. Ein ramponiertes Museumsstück für die Jungen, ein Spiegel für die Älteren, die sich erinnerten.

Scheißlöwe, dachte Festo.

Könnte auch als zahnloser, räudiger Kojote durchgehen, der Sagittaria anheult. Festo hatte Lust ihn anzuspucken, doch der Winkel erschien ihm zu steil. So stützte er sich stattdessen auf die Brüstung und ließ den angesammelten Speichel in einem langen Faden hinunter zum Jabara fallen. Der Fluss rauschte hier so laut, dass er das Schmatzen seines Mundes nicht hörte. Nicht dass ihn der Lärm störte, im Gegenteil. Er war eine gute Tarnung und ... Ihm wurde bewusst, dass er die Stille hasste. Früher war es überall in der Stadt laut. Unten im Wasser formte sich ein kleiner weißer Schaumring, zog sich auseinander zu einem Strich, dann nichts. Am Horizont schimmerte die Falsche Bucht.

Hunds Stimme durchbiss das Rauschen des Wassers. „Warum hältst du an? Hast du keinen Durst mehr?"

Festo hatte keine Lust mehr, einen trinken zu gehen. Ein räudiger Löwe über ihm, ein Köter neben ihm und Spucke in seinem Mund. Wie bitterer Kaugummi. „Paranoia.", antwortete er. „Hier gibt es kein Mikrofon."

„Ein Mikrofon? Hat der frischgebackene Vizepolizeipräsident Feinde?"

„Lass die dummen Witze."

„Warum machst du dann ein so säuerliches Gesicht?"

„Selig die geistig Armen. Wenn du so weitermachst, reiß ich dir die Ohren ab. Die Gänseblümchen sind mir ausgegangen."

Hunds Augen blitzten. „Der Captain?" Er glaubte es erraten zu haben.

„Wer mir keine Ruhe lässt, ist Gorki. Wo ist Gorki? Das ist die Frage, Idiot."

„Wenn hier einer verschwindet, kommt er meist nicht zurück."

„Dieser Schweinehund schafft das womöglich."

„Du glaubst, er hat uns an den Captain verraten, statt ihn umzulegen?"

„Gut möglich. Einstweilen haben wir eine Pattsituation. Wir wissen nicht, was Sun weiß. Sun weiß nicht, was wir wissen."

„Was wissen wir?"

„Oh mein Gott, du hast doch selbst Isabella und den Captain belauscht."

„Ich habe nicht alles gehört."

„Aber das weiß er nicht, sonst wäre er nicht so schnell abgehauen. Wie viel hast du eigentlich für das Auffinden Gorkis ausgesetzt?"

„Einen Hunderter."

„Das ist gut." Nicht zu viel, dass jemand misstrauisch wird, nicht zu wenig, dass sich niemand die Mühe macht.

„Ist das alles, was dich beunruhigt?"

„Nein, das ist nicht alles, Schlaumeier." Manchmal glaubte Festo, dass Hund gar nicht so dumm war, wie er immer dreinschaute. Er sah zu ihm rüber, aber Hund schwieg. „Eine Wanze an Isabellas Bluse, so einfach wie eins und eins ist drei." Festo spuckte beim Sprechen. Alles war außer Kontrolle geraten.

„Bist du wahnsinnig? Wenn Eric davon erfährt!"

Festo drehte sich ruckartig zu Hund um und machte eine Wischbewegung mit der Hand vor seinem Gesicht: „Eric hat das selbst veranlasst. Ich hab geglaubt, mich knutscht ein Mistkäfer."

„Ist er nicht lahmgelegt nach seinem Mambabiss?"

„Sie hat ihn nicht gebissen."

„Oh."

„Gehörte offenbar zur Abhöraktion. Das Mikro war jedenfalls ein Volltreffer. Eric ist außer sich. Ein falsches Räuspern und du springst über die Klinge."

„Funktioniert es noch?"

„Was?"

„Das Mikro."

„Spielt das eine Rolle? Mensch, Hund."

„Was hat Isabella denn gesagt?"

„Keine Ahnung, aber es schmeckt nach Verrat. Jetzt kreisen die Messer. Für Eric zählt Loyalität mehr als alles andere."

„Also alles paletti für uns."

„Der Haken ist, dass er jetzt keinem mehr traut."

„Hört er uns auch ab?"

„Ich glaube nicht, aber wer weiß das schon?"

„Und Sun?"

„Gut möglich, so bizarr wie sich der benimmt, seitdem er aus dem Gefängnis zurück ist. Selbst Lombardo wundert sich. Dem Esel kann man ja alles an der Miene ablesen. Wäre natürlich ideal, wenn Eric den Captain für uns erledigt. Bete schon mal dafür."

„Ja, aber das sagst du immer, und dann zieht er sich doch irgendwie aus der Affäre. Titus hast du denselben Schmäh aufgetischt und der Captain hat ihn überlebt."

„Keine Sorge, uns überlebt der Captain nicht. Unser Houdini ist nicht mehr derselbe, seitdem er aus dem Gefängnis zurück ist. Benimmt sich wie ein Traumtänzer, immer halb abwesend. Keine Predigten mehr, kein F-Wort, keine Warnungen. Wenn Isabella untergeht, geht er mit. Was wetten wir?"

„Ich sage nur 'Gorki'."

„Ja, das ist ein Passivposten."

„Soll ich mich selber darum kümmern?"

„Geht nicht. Wir beide machen etwas anderes. Ein neuer Auftrag."

„Was Interessantes?"

„Zwei lange Listen. Eine von der Nummer eins und eine von Isabella."

„Lass mich die Säuberungen machen. Ich habe keine Lust auf Partyservice."

„Ganz oben auf Isabellas Liste steht der Windige Schwindler."

„Theater? Nein, danke."

„Vielleicht weckt es dein Interesse, Banause, wenn ich dir erzähle, dass sie den Captain am Abend der Einweihungsfeier dort festgenommen haben. Nun?"

„Nun?"

„Fragst du dich nicht auch, was er dort verloren hat?"

„Keine Ahnung. Die Kneipe lag auf seinem Weg?"

„Unser Frodo hat ihn bei der Vorstellung Klavierspielen gesehen."

„Der Suffkopf hat ihn verwechselt. Die Vorstellung war lange vor Mitternacht, und zur selben Zeit war der Captain schon auf dem Turm."

„Ja, wahrscheinlich. Aber auf jeden Fall sind sich der Captain und der Pianist verflucht nahe gekommen. Denn dass drei Bullen den Captain kurz nach

Mitternacht am Theater verhaftet haben, ist auch eine Tatsache. Das steht so im Polizeiprotokoll. "

„Damit wische ich mir den Hintern ab."

„Du hast eine Saulaune heute. Ok, ein letzter Grund. Unsere ausstehenden Tantiemen."

„Tante was?"

„Para in deiner Vernakularsprache, Azzlack. Sie haben uns ohne Genehmigung auf die Bühne gebracht." Festo pfiff vor sich hin. „Künstler und Schinder. Gar nicht so schlecht als Künstlernamen. Was meinst du, Schinder?"

„Ich habe nie jemand abgehäutet, jedenfalls nicht ganz."

„Nicht ganz, das ist gut. Klarer Fall von übler Nachrede. Verleumdungsparagraf. Nein mehr noch, Beamtenbeleidigung. Wir sind ja jetzt Polizei. Das ist besser als Papst. La loi, c'est moi." Er krähte. Sein kikeriki hüpfte über die Brücke, vorbei an den zerborstenen Brückenfiguren in die Ruinen. Jeder gute Künstler sollte die Grenzen der Kunst kennen, dachte er. „Wir werden ihnen die Krallen der Zensur zeigen."

„Soll ich ein spezielles Instrument einpacken?"

Ein Baumstamm stieß mit einem Rums gegen den Brückenpfeiler unter ihnen. Festo blickte den Fluss hinab. „Schönheit", sagte er und wies mit einem Kopfnicken auf die idyllische Landschaft inmitten der Zerstörung.

„Ein Splitter Schönheit entschuldigt manchen Balken im Auge des Künstlers. Wir werden milde sein." Ein Spritzer im dunklen Wasser vor dem Wehr zog seine Aufmerksamkeit auf sich. Eine Schlange schwamm den Strom hinab.

„Brauchst du Ersatz für Kali, Künstler?", fragte Hund.

Keine Mamba, dachte Festo. Sie war nicht braun oder grau oder grün, sondern schillerte rot und blau in atemberaubender Schönheit. Kleine Wellen streichelten ihren Rücken, als wollten sie sie vom Dreck einer ganzen Welt reinwaschen. Sie war wie der Brückenlöwe, als er noch heil war, nur besser. Sie schien ihm als das Schönste, das er seit langem gesehen hatte, so schön, dass seine Brust schmerzte.

Festo zog die Pistole aus dem Gürtel, zielte sorgfältig und schoss.

Daneben. „Jetzt du." Hunds Waffe blinkte in der Hand. So schnell hatte er sie gezogen. Sonnenstrahlen ließen die hochspritzenden Tropfen funkeln. Wie Edelsteine auf rotem Samt, dachte Festo, während Blut langsam die Wellen färbte. Sie umspülten noch einmal den zerrissenen Kopf der Schlange und rollten dann über den untergehenden Kadaver hinweg. „Du hättest wenigsten so tun können, als wäre das ein schwieriger Schuss gewesen, Schinder."

# 30

Jan-Sandro und Isabella waren allein auf der Dachterrasse. Er hatte ein sauberes Hemd an und ein frisches Jackett aus dem Wandschrank des Captains. Auch seine Schuhe waren poliert. Nur seine Hände schwitzten, und er konnte sie schlecht an der Hose abwischen. So hielt er sie einfach in den Wind, der aufgefrischt war und die Palmenblätter wie Fähnchen vor sich her blies. Gutes Segelwetter, dachte er und wünschte sich, sie wären jetzt auf ihrer Jolle. Es wäre einfacher dort. Einfacher für das, was jetzt kommen musste.

„Eric hört dich ab", sagte er.

Panik streifte ihr Gesicht, doch sie verflog wie der Schatten einer vorbeiziehenden Wolke. Wo hatte sie nur dieses Stehvermögen her?

„Eine Wanze? Wo?", fragte sie.

„Die Brosche."

„Der Schweinehund." Sie zog die Brosche von ihrer schwarzen Bluse ab und hielt sie, als wäre es eine Kakerlake. Das Kreuz des Südens funkelte zwischen ihren spitzen Fingern im Sonnenlicht. Ein Ruck ging durch ihren Körper und sie trat an die Brüstung, doch Jan-Sandro ergriff sie am Handgelenk und schüttelte den Kopf.

„Symbole sind dir mehr wert als dein Hals?", fragte sie.

„Ich habe einen Störsender. Es wäre schade um die Diamanten."

Sie zog die Augenbrauen fragend hoch. War er wieder aus der Rolle gefallen? Er kannte den anderen zu wenig und sie noch weniger. Und er musste sich das immer von Neuem bewusst machen, denn der Schein widersprach ihm. Sie sah aus wie sie, sie roch wie sie, ihre Stimme klang wie ihre. Es war kaum ein halber Meter bis zu ihr, und ihre Hand mit der Brosche war noch näher. So nah war sie und gleichzeitig weiter entfernt als die Welt, von der er aufgebrochen war. Er stand gelähmt da und hatte vergessen, was er als Nächstes zu tun hatte. Es war etwas Wichtiges, aber er hatte es vergessen.

Ein Idiot, der auf eine Palme starrt. Der Stamm neben ihrer Hand war mit unzähligen Stacheln übersät. Wie der Körper eines Tieres, das sich vor Bestien schützen musste.

Er merkte, dass er immer noch ihren Unterarm festhielt, und grinste verlegen. In diesem Moment fiel es ihm wieder ein. Er nahm ihr das Schmuckstück aus der Hand. Vorsichtig kratzte er an seinem Daumennagel, doch die dort aufgeklebte dünne Schicht löste sich nicht sofort ab. Schließlich erwischte er den Rand des Films, zog ihn sich vom Nagel und klebte ihn auf die Rückseite der Spange.

„Was ist das?"

„Ein Mitbringsel von Lombardo. Störsender. Er ist schon an. Wenn du die Brosche berührst, kannst du ihn wieder abschalten. Es prickelt leicht am Finger, zweimal kurz für EIN, einmal lang für AUS. Probier es."

Sie fingerte an der Brosche. Einmal, zweimal. AUS-EIN. „Was weiß er schon?"

„Setzen Sie diesem Irrsinn ein Ende, Doktor."

Sie schluckte. Und sogleich blitzten ihre Augen auf. „Also dann ..."

Wie schön sie war.

„Du musst es also noch heute tun."

Tun, es tun, 'es'. Jan-Sandro ertrug 'es' nicht mehr. Er drehte sich um und schaute zum Meer. Mit beiden Händen stützte er sich auf die Brüstung. Der Beton war schon so früh am Morgen heiß. Aber er begrüßte den Schmerz. „Wirst du es tun?", fragte sie in seinem Rücken.

„Warst du jemals in der Bucht segeln?"

„Du bist immer einer Entscheidung ausgewichen. Aber jetzt geht das nicht mehr."

„Siehst du das Ende der Landzunge dort? Stand dort jemals ein Leuchtturm?"

„Ich weiß nicht einmal, was das ist. Hörst du mir überhaupt zu?"

„Historischer Begriff, egal." Er ballte die Hände auf der Brüstung zur Faust, bis die Knöchel weiß wurden. Er konnte sich nicht zu ihr umdrehen. Warum musste das so schwer sein? „Wir waren dort oft beim Segeln, vor dem Krieg."

Er spürte ihren Atem im Nacken. Sie lachte nervös. „Ist dir nicht gut?"

„Hast du mich je geliebt?"

„Das klingt wie — ist das ..."

„In gewisser Weise."

„Du machst mir Angst."

„Er ist tot."

„Wer?"

„Jan-Sandro."
„Jan-Sandro?"
„Captain Jan-Sandro Sun, rechte Hand des Generals a. D. Eric Mommsen, Liebhaber seiner Frau Isabella Mommsen."
„Du siehst sehr lebendig aus für einen Toten."
„Ich bin nicht er."
„Das ist absurdes Theater. Jan-Sandro ist nicht Jan-Sandro. Isabella ist nicht Isabella. Du hast natürlich den Beweis?"
„Derselbe wie bei Ionesco."
„'Die kahle Sängerin', die gerade gespielt wird?"
Er nickte.
„Das Paar, das sich nicht kennt, aber eine Tochter hat, das sind wir?"
„Einen Sohn."
„Verstehe, einen Sohn mit einem weißen und einem roten Auge. Warum hast du das nicht gleich gesagt? Jetzt wird mir alles klar."
„Vergiss die Augen. Ich habe einen Sohn mit Isabella. Hast du einen?"
„Ich muss mich setzen. Das muss die Hitze sein."
„Setz dich und hör zu."

Er erzählte von ihrer Trennung nach dem Krieg, von Vincent, von Illyrien. Der auffrischende Wind milderte die Hitze jetzt etwas. Er erzählte von seiner ersten Verwechslung durch die Polizei und von seiner Verhaftung. Er berichtete über die Spuren, die Rashek gefunden hatte und was sie bedeuteten. Dass der andere Jan-Sandro mit an Sicherheit grenzender Wahrscheinlichkeit tot war, seinerseits verwechselt und getötet an seiner Stelle. Und dass er hier gestrandet war auf der Suche nach seiner Isabella, die für ihn ebenso unerreichbar war wie nun sein Sohn. Sie hörte ihm zu, ohne ein Wort zu sagen. Selbst in den Pausen, in denen ein Kloß im Hals ihn am Weitersprechen hinderte, schwieg sie. Nur ihre Hand verkrampfte sich um den Stamm der Palme und ihr Gesicht wurde immer blasser. Aber was das nun bedeutete, wusste er nicht. Glaubte sie ihm oder hielt sie ihn für verrückt? Verstrickt und verirrt in einem Konvolut von Wahnvorstellungen. Als er alles gesagt hatte, was er sagen wollte und nicht mehr weiter wusste, und mit jedem Moment des Schweigens sein eigener Glaube an das schwand, was er gerade von sich gegeben hatte, sagte sie schließlich in einem sachlichen Ton, der ihm das Herz brach:
„Ich habe mir immer einen Sohn gewünscht." Sie stand auf, als hätte auch sie alles gesagt, was zu sagen war, als ob man nun auseinandergehen und sich wichtigeren Dingen widmen könnte, wie zum Beispiel, sich die Hände zu waschen vor dem Essen, oder -"

„Vincent?", fragte sie schon im Gehen.

„Ja, Vincent."

„Unser Sohn?"

„Nein."

„Ach ja richtig. Der Sohn der anderen Isabella."

„Wie sieht sie eigentlich aus?"

„Wie du."

„Ja, richtig." Sie schaute hoch zum Himmel. Nach Süden. Nachts sähe man dort das Kreuz des Südens. „Aber es gibt Unterschiede?"

„Vermutlich. Ich kenne dich nicht genau genug."

„Und mein Jan-Sandro? Du bist sicher, dass er tot ist?"

Der andere. Die Indizien. Sie hatte gar nicht zugehört. Er seufzte. „Nun ja, es gab einen Kampf, Rashek hat seine DNA-Spuren gefunden neben anderen Fußspuren mit kleinerer Schuhgröße. Offensichtlich hat jemand eine schwere Last zum Ufer getragen. Dann die Schleifspuren bis zum Wasser wieder mit seiner DNA, ein paar Haaren, etwas Blut, eine Goldregenblüte. Laut Rashek stammt sie von eurem Dachgarten."

„Goldregen?"

„Ja."

„Er könnte auch entführt worden sein. Ein Boot könnte ihn dort abgeholt haben."

„Es war meine Assistentin. Sie hat den Falschen liquidiert. Ihr Auftrag war mich auszuschalten, nachdem sie Sarah befreit hatte."

„Ach ja, Sarah." Sie fasste an ihre Brosche.

„Spiel nicht mit dem Schalter."

Sie funkelte ihn an. „Aber du, du spielst jetzt Captain? Kommen dir seine Schuhe nicht ein bisschen groß vor?"

„Wirst du mich verraten?"

„Spielt es für dich eine Rolle, als welchen Jan-Sandro dich Eric liquidieren lässt?"

„Was soll ich denn tun?"

„Wo ist seine Leiche?"

„Nun ja, du kennst ja jetzt die Indizien. Vermutlich in der Bucht. Ja, ich bin mir sicher, in der Bucht."

„In der Bucht."

„Die Haie, du verstehst?"

„Die Bucht ist tot, radioaktiv verseucht. Warum bist du noch am Leben?"

Er zuckte mit den Schultern. Was sollte er darauf antworten?

„Was wirst du mit diesem geschenkten Leben jetzt anfangen? Bist du es wert?"

Wert für wen? Für sie? Für Bella? Für sich selbst? Für seinen Sohn? Für die Welt? Für welche? Für welchen Traum und welches Leben? Was für sie zählte, war hier und jetzt. Und er war nicht hier und nicht jetzt. Er war gar nie hier angekommen. Nicht die Welt war falsch. Er war der Falsche. Ebenso wie sie. Und nichts ließ sich mehr reparieren. Nichts.

„Du hast ganz recht. Rosetta hat den Falschen umgebracht", sagte er.

„Und das tut dir jetzt leid, oder? Sag, dass es dir leidtut!" Sie streckte das Kinn vor, als wollte sie ihn beißen.

„Es tut mir leid."

„Es tut dir leid", flüsterte sie. „Wurm." Ihre Spucke landete in kleinen Tropfen auf seinen Wangen, auf seiner Stirn und in seinen Augen.

„Es tut mir leid", wiederholte er.

„Vielleicht kannst du dich so klein zusammenkrümmen, dass man dich ganz übersieht."

Ihr weißer Rock flatterte zum Abgang des Dachgartens. Der weiße Rock über der schwarzen Bluse, von der er nur noch den Rücken sah. „Aber gib auf die Ratten acht. Die sind auch für Würmer gefährlich", sagte sie über die Schulter. Die schwarze Öffnung des Treppenabgangs verschluckte sie und den weißen Rock, und er war allein und wusste nicht, was er tun sollte. Er fasste mit der Hand nach der Palme, um sich abzustützen. Im letzten Moment sah er die Dornen. Beinahe hätte er dennoch hineingegriffen, absichtlich, um den Schmerz erträglicher zu machen, aber dann entdeckte er die roten Spitzen der Stacheln auf der anderen Seite des Stammes, dort wo eben noch Isabellas Hand gelegen hatte. An welcher Stelle seiner Erzählung hatte sie zugedrückt? Hatte sie den Schmerz überhaupt bemerkt oder hatte sie ihn gesucht? Blutige Trieler lagen am Boden wie Schnüre roter Farbe. Er streichelte das rote Käppchen eines Stachels mit der Kuppe des Zeigefingers. Es kitzelte wie ein feines langes Härchen. Als die Spitze sich durch seine Haut bohrte, konnte er ein Zucken nicht unterdrücken. Sie hatte nicht gezuckt. Warum musste er zucken? Er drückte, so fest er konnte.

„Du wolltest mich sprechen?", sagte Rashek.

„So sieht also der Android eines Alpha-Modells aus", sagte Isabella.

„Alpha Z1", bestätigte Rashek.

Isabellas rechte Hand war in ein weißes Tuch eingewickelt, in dessen Mitte sich ein blutiger Fleck ausbreitete. Sie saß auf der weißen Couch neben der Tür und der Palme, nicht wie gewöhnlich auf einem der Schaukelsessel in der Mitte des Raumes. Auf dem Tischchen vor ihr stand eine Vase, auf der ein nackter Krieger abgebildet war, und in der Vase standen gelbe Tulpen. Sie starrte auf den sterbenden Kämpfer, der sich halb zusammengesackt auf seinen Schild stützte.

„Töte Eric!", platzte sie heraus.

„Ich kann nicht."

„Aber den Captain konntest du sterben lassen." Sie sprang auf, packte die Vase und warf sie auf ihn. Es war besser nicht auszuweichen. Er ließ sie an seinem Kopf zerschellen. Das Wasser tropfte von seinem Gesicht. Die Tulpen landeten auf dem Parkett und neben einem gelben Blütenblatt lag ein weißes Bruchstück des Kruges, auf dem eine Lanze abgebildet war. „Warum hast du ihn nicht beschützt?" Ihre Stimme überschlug sich, brach am höchsten Punkt in einen langgezogenen hohen Ton.

„Er hatte mir freigegeben."

„Was zum Teufel hast du stattdessen gemacht?"

„Am alten Hindutempel gebetet."

„Gebetet?" Sie schüttelte den Kopf. „Eine KI der Zerstörerklasse? Wofür hast du gebetet? Für den Weltfrieden?"

„Um Erleuchtung."

„Du bist wahnsinnig. Für deine Erleuchtung musste der Captain sterben. Rechtfertige dich!"

„Ich bin nur eine Maschine."

„Feige also auch. Feige. Du hattest deinen Selbstmordbefehl für den Fall, dass der Captain nicht mehr lebt."

„Jan-Sandro Sun lebt."

„Du weißt genau, dass — nein, du, du bist keine Maschine, du bist ein Dämon", flüsterte sie. Sie blickte ihm suchend in die Augen, als wollte sie darin irgendein Geheimnis ablesen. „Ein Dämon, sage ich, du bist ein Dämon."

„Ich bin das, wozu ihr mich gemacht habt."

Isabella begann zu weinen. Ganz allmählich. Eine Träne löste sich links vom inneren Augenwinkel und tropfte auf die Wange. Dort suchte der Tropfen sich seinen Weg in Schlangenlinien nach unten. Er verharrte kurz an jeder Biegung, an der er seine Richtung wechselte und beschleunigte dann ein Stück, bremste wieder. Als er unten am Kinn angekommen war, löste sich die nächste Träne aus dem anderen Auge. Und die nächste, und die nächste, immer schneller. Sie begann zu schluchzen und Muskelzuckungen verbreiteten die Tränen auf das ganze Gesicht, bis es feucht glänzte. Es glänzte wie sein eigenes, nur dass er nicht schluchzte. Er begriff, dass sie trauerte, aber er konnte ihr nicht helfen. Also wartete er.

Sie schniefte ein letztes Mal und wischte sich mit der Hand über das Gesicht, sie tat es heftig, als könnte sie ihre ganze Trauer damit wegwischen. Aber sie hinterließ schwarze Streifen, die sich von den Wimpern zur Stirn und zu den Wangen zogen.

„Du hast eine Blüte von unserem Goldflieder gefunden? Hast du sie noch?"

„Ja."

„Bringe sie mir und dann suche seine Leiche in der Bucht."

„Und dann?"

„Dann begraben wir ihn."

„Ist das alles?"

Isabella wendete ihm den Rücken zu.

„Ist das alles?", wiederholte Rashek nach einer Weile.

„Würdest du auch, am Ende — wirst du auch die Welt zerstören?"

„Ich mache, was man mir befiehlt."

„Dann beschütze den anderen besser. Er hat einen Sohn."

# 31

Die Theatertruppe stand aufgereiht mit verbundenen Augen an der Wand der Freilichtbühne. Ihnen gegenüber saßen Festo und Hund in der ersten Reihe der Zuschauertribüne. Festo ließ seine Hand über das Holz der Tribüne gleiten. Die braunen Bretter waren rissig und verwittert. Nur an der Schraube kam ein hellerer Streifen unbehandeltes Holz zum Vorschein. Beim Anschrauben war offenbar ein Span abgeplatzt. Man baute die Tribüne wohl immer für eine Spielzeit auf und danach wieder ab. Ein paar seiner Jungs standen seitlich der Zuschauerränge, ein wenig wie Lanzenträger in einem Historienstück. Die Polizisten, die Festo mitgenommen hatte, waren nicht zu sehen. Er hatte sie zur Perimetersicherung weggeschickt, weil einige von ihnen unruhig geworden waren, als er Augen und Ohren der Schauspieler hatte verbinden lassen. Moralische Restbestände einer zivilisierteren Welt, dachte er. Aber das würde sich geben. Alles eine Frage der Gewöhnung.

„Ok, beginnen wir mit dem Androiden. Los!", rief er und Esra zog den ersten Delinquenten aus der Reihe einen Schritt nach vorne.

„Ziemlich ramponiert, was, Hund?" Die linke Seite war vom Gesicht bis zu den Beinen verkohlt. Schade eigentlich, sie war hübsch gewesen. Laserstrahl vermutlich. Sie sackte langsam nach unten, ihre Beine gaben nach. „Esra halte sie gefälligst fest." Esra zog sie wieder hoch.

„Ist das wirklich ein Android?"

„Ich habe sie zweimal gesehen", antwortete Esra. „Einmal im Hochsicherheitsversteck, als sie uns überfallen hat, und das war kein Mensch, das garantiere ich dir, und dann in Gerners Labor, angeschlossen an seine Apparate wie Frankensteins Monster."

„Bei einem Menschen wären die Verletzungen tödlich", bemerkte Hund.

„Und die KI?"
„Macht keinen Mucks."
„Hast du auch höflich genug gefragt?"
„Sie ist tot oder stellt sich tot oder ist abgehauen."
„Bei Rashek gibt es ein KI-Fach."
„Wir haben keines gefunden. Wir müssten sie aufschneiden."
„Das hat Zeit. Vielleicht können wir sie umdrehen. Android, identifiziere dich."
„Ich bin Androidenmodell UC1, Seriennummer L3452-001."
„Was ist das für ein Typ?", sagte Festo.
„Keine Ahnung", sagte Hund. Esra zuckte mit den Achseln.
„Nicht militärisch offenbar."
„Nicht militärisch! Du hättest sehen sollen, wie sie die Wachmannschaft mitsamt den Gargylen durch den Fleischwolf gedreht hat", sagte Esra.
„Wo ist deine KI, L3452-001?"
„Ich berufe mich auf das Zeugnisverweigerungsrecht, zuletzt aktualisiert und erweitert auf KIs Systemzeit 7.246453435e+05."
„Sie hat Sarah Tang befreit. Das deutet auf Illyrien hin. Wir brauchen Gerner", sagte Esra.
Festo winkte einem der Männer an der Gartenmauer. „Ferdinand, hole mal den Polizeipräsidenten."
„Ich dachte, das bist du?"
„Ich bin Vize, mein Lieber, also pronto." Ferdinand lief im Laufschritt zum Haus. „L3452-001, kennst du Jan-Sandro Sun?"
„Ich berufe mich auf das Zeugnisverweigerungsrecht, zuletzt aktualisiert und erweitert auf KIs SZ 7.246453435e+05."
„Lebt Gerner noch, Hund?"
„Er bekommt immer noch die Promibehandlung. Steckt zusammen mit Sarah Tang in einer Zelle."
„Kann ich nach diesem Scheißparagrafen überhaupt irgendwas fragen?"
„Ich berufe mich auf das Zeugnisverweigerungsrecht, zuletzt aktualisiert — "
„Scheiße, da bist du ja, Otto. Du hast es gehört, was kann ich sie noch fragen."
„Herkunftsland, glaube ich."
„Woher kommst du?"
„Ich berufe mich auf das Zeugnisverweigerungsrecht, zuletzt aktualisiert und erweitert —"
„Offenbar nicht. Ferdinand, bring sie ins Hauptquartier und fixiere sie dort mit Stahlbändern. Sei auf jeden Fall vorsichtig." Ferdinands Mundwin-

kel zuckten. Sein Blick ging immer wieder zu L3452-001. Ungläubig offensichtlich. Er hatte nicht begriffen.

„Nimm fünf Polizisten als Begleitschutz mit. Doppelte Hand- plus Fußschellen während des Transports," sagte Festo. „Alles klar?" Ferdinand lächelte nicht mehr.

„Vielleicht versteckt sich ihre KI. Wo auch immer. Wenn die da sich plötzlich komisch benimmt, exekutieren. Mindestens ein volles MP-Magazin in den Kopf." Festo schlug mit der Faust in die andere offene Hand. "An dieser Stelle nimmst du Haltung an, Soldat. Du sagst 'Jawohl' und führst meinen Befehl aus."

„Jawohl!"

Die Disziplin war beim Teufel. Verfluchter Frieden. Gerner müsste sie untersuchen, wenn er kein verdammter Verräter wäre. Nein, es wäre ein zu großes Risiko. Das sollte lieber der Captain verantworten. „Die nächste ist Madame Forestier. Klingt nach einer Puffmutter. Gibt es einen Monsieur Forestier, Otto?"

„Der Protokollführer, Kommissar Lagarde, müsste das wissen."

„Kommissar? Ottos Mops hopst!"

„Ich meinte Leutnant."

„Also her mit ihm. Du kannst gehen Otto. Ich rufe dich, wenn ich dich brauche. Verdammte Hitze. Jemand soll mal was zum Trinken herbringen." Die Worte - kaum aus dem Mund - erinnerten ihn an den Captain im Scaramouche am alten Hafen. Damals, vorgestern? Ha. Er sollte sich ein Beispiel am Captain nehmen. Wie würde er das hier durchziehen? Effizient mit der Eleganz der Einfachheit, ohne Kapriolen. Kapriolen waren eine Sache der Subalternen. Also weg damit.

Leute liefen im Laufschritt hin und her. Einer brachte Getränke, der andere Lagarde. „Alle anderen außer Hund und Lagarde gehen jetzt außer Hörweite. Unsere Geheimhaltungsklausel kennt ja wohl jeder? Also Abmarsch. Darf ich Ihnen etwas zum Trinken anbieten, Lagarde? Nein? Ok, dann gleich medias in res. Gibt es einen Monsieur Forestier, Lagarde?"

„Jawohl, der Kleine im roten Hemd mit den braunen Haaren."

„Ok, Hund, beide vortreten lassen. Madame entfernt ihr Augenbinden, Ohrenwatte, Knebel. Monsieur bleibt, wie er ist."

Madame Forestier blinzelte im hellen Sonnenlicht unter ihrem roten Glockenhut.

„Bitte Hund. Erster Grad für Monsieur." Hund schlug ihm in die Rippen. Es knackte. Forestier wand sich auf dem Boden der Bühne, aber man hörte durch den Knebel nur ein gedämpftes Geräusch wie das Blasen eines Wales. Das linke Augenlid Lagardes begann zu zucken. „Ich muss protestieren. Das

Polizeigesetz verbietet solche Verhörmethoden", sagte Lagarde.

„Halten Sie den Mund", flüsterte Festo zurück und tätschelte Lagardes Hand.

„Madame, ravi de faire votreconnaissance", sagte er lauter in Richtung Bühne. „Setzen Sie sich doch, bitte." Hund schob ihr auf Stichwort einen Stuhl hin. „Madame seien sie doch bitte so nett und schauen zu mir her. Es war ein Missverständnis. Ich entschuldige mich dafür. Hund ist ganz neu bei der Polizei. Hat früher etwas anderes gemacht." Er zwinkerte ihr zu. „Also bitte. Wir kümmern uns um Ihren Gatten, sobald wir mit unserer kleinen Unterhaltung fertig sind."

Madame Forestier schniefte und wischte sich eine Träne aus den Augen. Ihr lachsfarbener Pullover war am Ärmel zerrissen.

„Bitte unterlassen Sie das Schniefen. Hund ist ein Ausbund der Disziplin, aber wenn er eine Frau weinen sieht, dann lässt er sich leicht zum Äußersten hinreißen."

Festo zog ein Taschentuch aus der Hosentasche und schnäuzte hinein.

„Ich habe mich gar nicht vorgestellt. Meister, mein Name. Sie nannten mich Künstler in ihrem kleinen Stück. Und das da ist Schinder."

Er zeigte auf Hund.

„Habe die Ehre. Sie sind im Bilde. Immerhin haben Sie unseren Stoff sehr schön inszeniert. Haben Sie das Stück eigentlich selber geschrieben? Ein bisschen lauter bitte. Ja? Sie hätten uns vorher interviewen sollen. Ich hätte Ihnen Geschichten erzählen können. Hätten Sie es zum Beispiel für möglich gehalten ... Nein, ich komme vom Thema ab. Später vielleicht." Er betrachtete sein Taschentuch und steckte es wieder ein. „Verdammter Heuschnupfen. Muss irgendwas in Ihrem Garten sein. Wo waren wir stehen geblieben? Ach ja. Sie kennen auch unseren Captain Jan-Sandro Sun. Kommt ja auch in Ihrem Stück vor, wenn ich mich nicht irre." Sie schüttelte den Kopf und flüsterte ein paar Worte. „So? Auch nicht persönlich? Merkwürdig."

Vielleicht hatte er einen anderen Namen benutzt.

„Schinder zeige ihr doch mal ein Bild des Captains."

Schnelles Einatmen. Bingo. Sie gab es auch gleich zu.

„Serge Tarkovski, sagen Sie. Nun, warum nicht, nennen wir ihn Serge Tarkovski. Was wissen Sie über diesen Tarkovski?"

Sie erzählte dies und das. Festo hörte zu und beobachtete sie dabei. „Ah, gerettet hat er sie? Das sieht ihm ähnlich. Wann war das noch mal?" Sie zitterte, aber sie spielte jetzt mit. Verteidigte Tarkovski, stellte ihn in das beste Licht und hatte offensichtlich keine Ahnung, um was es ging. Lirum, Larum, Löffelstiel. „Und er war bei Ihnen auf der Bühne während der gesamten Premiere bis zu den unglücklichen Störungen?" Soso. „Und unmittelbar danach wurde er an der Hintertür verhaftet?"

„Ja?"

„Bitte lauter."

Madame Forestier wiederholte das entscheidende Ja und weinte dabei.

Also zwei Suns. Zwei Suns! Der Sun im Hauptquartier war ein Spion und der echte war verschollen. Hatte Gorki doch seinen Auftrag erfüllt?

„Das war schon alles. Sehen Sie, wir sind nicht so schlimm, wie Sie uns dargestellt haben. War vielleicht doch etwas überzeichnet in Ihrem Stück, meinen Sie nicht auch?" Er winkte Hund. „Lieber Schinder, wieder knebeln, etc. Aber wie im Theater, also sanft, hörst du, sanft. Ach, noch einen Augenblick. Ich hätte es beinahe vergessen. Sie bleiben einstweilen in der Stadt. General Mommsen gibt morgen Abend eine große Geburtstagsparty für seine Frau. Sie stehen mit Ihrer Truppe auf dem Programm. Man wird Ihnen noch Ort und Uhrzeit mitteilen. Bereiten Sie bitte etwas Schönes vor. Nichts Übertriebenes, eher dezent, so als Vorschlag für den Kommandanten. Aber er hat vielleicht auch eine eigene Idee." Er zwinkerte ihr zu.

„Ok, der nächste bitte."

Als sie mit dem Letzten fertig waren, sagte Festo: „Damit ist alles klar. Lagarde, das Protokoll bitte." Festo überflog es. Er lächelte. Lagarde hatte sogar seinen Protest fein säuberlich vermerkt. Tapferer Mann.

„Vielen Dank für Ihre Dienste. Gute Arbeit. Nur an ihrem kleinen Tick müssten sie noch etwas arbeiten."

Festo zupfte an seinen Wimpern und Lagardes Augenlid begann wieder zu zucken. „Nun ja, es wohl nicht so wichtig. Sie kennen unsere Geheimhaltungsklausel?" Lagarde schwieg. Festo schüttelte ihm die Hand. Er reichte das Protokoll Hund und sagte: „Du weißt, was du zu tun hast. Aber nicht übertreiben. Wir treffen uns danach im Hauptquartier. Es gibt da einiges mit *unserem Captain* zu besprechen." Er bedeutete Lagarde sitzen zu bleiben.

An der Gartenwand, die die Bühne abgrenzte, hielt er noch mal an und kontrollierte das Netz. Es war immer noch zusammengebrochen. Er schaute in den blühenden Garten, dort wo die Tribüne die Sicht nicht versperrte. Der Blick über das Grün erfüllte ihn mit tiefer Ruhe. Sogar der Heuschnupfen war weg. Irgendwo hinter der Tribüne zwischen den Bäumen gluckste ein Bach. Er sollte öfters hier herkommen. Natur war gut für die Seele. Die Ruinen gingen ihm immer mehr auf die Nerven.

Etwas raschelte und knackte im Gestrüpp. Hund schleifte den leblosen Körper Lagardes an der Tribüne vorbei durch das Gehölz in den hinteren Teil des Gartens. Unter die Achsel hatte er sich eine Schaufel geklemmt. Jeden zweiten Schritt geriet sie ihm zwischen die Füße. Es klapperte ein bisschen und er musste drüber hüpfen. Festo kicherte. Mit einer Leiche und einer Schaufel in Händen machte man immer eine lächerliche Figur. Was soll's? Ansonsten war ja alles paletti. Und er stand auf einer echten Bühne. Er legte einen kleinen Stepptanz hin und verließ die Bühne rückwärts im Moonwalk.

# 32

Die Zeit stand still. Die Stadt unter ihm brütete in der Hitze und Jan-Sandro war auch da unten bei ihr in den Häuserschluchten. Um ihn herum ragten die Fassaden der großen Stadt auf, halb durchsichtig wie einst, flackernd wie Flammen, flimmernd wie die Silhouetten der Toten, die die Bürgersteige säumten, als wären sie zu einer Parade gekommen. Jan-Sandro ging auf den leeren Straßen an den Wimpeln schwenkenden Zuschauern vorbei bis zur nächsten Kreuzung, an der die Ruinen und die Trümmer und der Staub stärker durchschimmerten. Die Stadt wartete und ihre Gespenster warteten mit ihr. Sie hatte Zeit, sie barg die Toten, sie gehörte ihnen mehr als den Lebenden. Und es war so still. Keine menschlichen Stimmen, kein Summen der Maschinen, nur der Wind, der durch die leeren Augen der Häuser blies, der im toten Gestrüpp raschelte, und dann weiterfuhr und um die Ecken pfiff und nach etwas suchte, was vielleicht nie kommen würde.

Ein rhythmisches Schnaufen weckte ihn aus seiner Trance. Die Sonne stand schon merklich tiefer und er hatte sich immer noch nicht entschieden. Jan-Sandro drehte sich in Richtung des Geräusches. Es kam vom Treppenaufgang her. Jemand trottete die Stufen hoch. Oben angekommen, zog sich der Mann ein Taschentuch aus der Hosentasche und trocknete sich die Stirn. Lombardo. Er blinzelte ein paar Mal. Die Sonne blendete ihn wohl oder vielleicht brannte der Schweiß noch in seinen Augen. Schließlich bemerkte er Jan-Sandro und lief zu ihm her.

„Haben Sie eine Minute Zeit für Euler?" Lombardo legte den Kopf zur Seite und zog dabei eine Augenbraue hoch. „Boss, alles ok? Sie sind etwas weiß um die Nase. Noch ein verdorbener Magen?"

„Wie kommst du denn auf die Idee?"

„Der Fisch soll nicht in Ordnung gewesen sein. Die halbe Wachmannschaft hat sich krank gemeldet und sogar Isabella ist weiß wie ein Leichentuch."

Was sollte er tun? Worauf warteten die Toten? Er lag unter einem Leichentuch, das mit jedem Atemzug schwerer wurde.

„Sind Sie ok?"

Er musste etwas sagen, irgendetwas sagen. Irgendetwas. Was war heute für ein Tag? „Hast du Solingen erreicht?"

„Ja, ich habe eine Konferenz über Funk für heute Abend 20 Uhr verabredet."

Drei Männer waren unterdessen die Treppe hochgekommen. Sie schubsten den Mann in der Mitte vor sich her.

„Was ist mit den dreien da?", fragte Jan-Sandro.

„Torsten ist auf Wache eingeschlafen. Wir bringen ihn zu Mommsen."

Lombardos Blick fiel auf Jan-Sandros blutige Hand. Er schien etwas hinzufügen zu wollen, eine Bemerkung, eine Frage vielleicht. Sein Mund öffnete sich, aber er schloss ihn wieder, als sein Blick auf den Boden fiel. Dort vermischte sich Jan-Sandros Blut mit Isabellas. Jan-Sandro spürte den Schmerz nicht mehr. Er ging zu den drei Männern hinüber. „Eingenickt?", fragte er den Mittleren.

„Na und? Wozu Wache schieben? Das soll Krieg sein? Scheiß Offiziere, alle weiß vor Angst, machen sich alle in die Hosen."

Weiß war der Tod. Vor Jan-Sandros Augen senkte sich weißer Nebel. „Meinst du jemand im Besonderen?" Es brauchte nur einen Keim, einen roten Tropfen und die Farbe des Nebels würde umschlagen.

„Und wenn?"

Der Nebel färbte sich rot.

„Gebt ihm ein Messer und lasst ihn los."

„Captain!"

„Macht, was ich euch sage!"

Sie drückten Torsten ein Messer in die Hand und sprangen zur Seite. Torsten blinzelte, schaute rechts und links zur Seite.

„Weiß vor Angst?", sagte Jan-Sandro.

Torsten schluckte. Das Messer glitt aus seinen Händen und schlug mit einem Klick und einem Klack auf dem Boden auf. Jan-Sandro machte zwei schnelle Schritte auf ihn zu und schlug ihm mit der Faust in den Magen. Ein wildes Tier nahm von ihm Besitz. Er hatte geglaubt, er wäre es in Illyrien losgeworden, aber es hatte nur geschlafen, an einem Ort, an dem man nicht hinschaut. Ein roter Ort. Er hob das Messer auf, packte den Mann am Ohr und schnitt es ab.

Als Jan-Sandro wieder zu sich kam, hatte er immer noch das blutige Ohr in Händen. Das Ohr, das er einem Mann abgeschnitten hatte, der auf der Wache eingenickt war. Er war allein. Nur Lombardo war bei ihm geblieben. Wieder blickte er auf Jan-Sandros Hand. Wieder würde er nichts sagen.

Das Ohr sah aus wie ein Stück Schinken, und Jan-Sandro warf es in die Pfütze neben dem Treppeneingang. Seine Hand war blutverschmiert von seinem eigenen verkrusteten Blut und vom frischen Blut des anderen. In der Höhlung der Hand bildete sich eine kleine, rote Lache. Er steckte seinen Zeigefinger hinein. Wie Öl, wie das Öl eines illyrischen Schinkenbrötchens. Er lachte und malte sich zwei Striche auf die Wangen. Wir sind wie wilde Tiere.

„Was ist aus uns geworden? Was wird, wenn selbst Sie ...?", sagte Lombardo.

Wo sind die Jäger? Schaut alle her und zielt gut auf uns Bestien, wenn es euch noch gibt. Jan-Sandro schleuderte das blutige Messer über die Brüstung. Es taumelte und torkelte um seine Achse wie ein abgeschossenes Raumschiff, das über der Stadt abstürzte. Weh denen da unten.

„Schicke Euler hoch", sagte er zu Lombardo.

„Was bedeutet die rote Farbe im Gesicht?", fragte Euler.

„Krieg", antwortete Jan-Sandro.

„Er baut nichts mehr, nicht wahr?"

„Bitte?"

„Die Architekturmodelle, die Sie erwähnt haben. Ich habe keine in seinem Büro gesehen."

„Oh, da war eins. Er benutzt es als Terrarium für seine Bestien."

„Mein Bürovorstand wartete im selben Zimmer wie Jansens Vize."

„Der eine steigt, und der andere fällt."

„Und wenn er mich aus dem Zimmer geschickt hätte?" Euler legte sich die Hand auf die Stirn, als wollte sie überprüfen, ob sie Fieber hatte.„Das war nicht so abgemacht. Das war ein Putsch."

„Es waren zwei Putsche, erst Ihrer, dann seiner."

„Lannister war zu stur. Wir dachten, besser wir putschen als Mommsen."

„Warum?"

„Bitte?"

„Warum dachten Sie, Sie seien besser als Mommsen?"

„Fragen Sie das im Ernst? Ich habe geglaubt, wir seien ..."

„Was? Alte Freunde?"

„Verbündete."

„Und so haben Sie das Recht in die eigene Hand genommen. Und warum? Weil Sie es konnten. Nun, Mommsen macht es genauso, nur hat er die längeren Messer."

Euler biss sich auf die Lippen. Schöne neue Welt, dachte Jan-Sandro. Man gewöhnt sich leicht an die neue Freiheit der Gesetzlosigkeit, hatte Robert gesagt. Die Freiheit, dem anderen ein Ohr abzuschneiden und es in eine Drecklache zu werfen. Ist Euler noch Euler? Wer kann sie denn sonst sein, hatte Robert gefragt. Was sich vergrößert hatte, waren nicht die Charakterfehler, sondern die Macht sie auszutoben. Euler wich seinen Blicken aus. Sie schaute zum Horizont. Gleich unter dem Horizont der Barbarei war sie noch irgendwo, die Sonne der Zivilisation. Vermisste sie die Sonne?

Nach einer Weile entgegnete sie: „Sie sagen das so leicht. Aber Sie saßen im Gefängnis. Es war im Grunde Ihre Schuld. Warum um Gottes willen haben Sie sich festnehmen lassen? Erst danach ist alles eskaliert und jetzt ..."

„Jetzt gelten andere Spielregeln."

„Ja. Mit Meister als Vizepolizeipräsident. Der Gestapochef als de facto oberster Polizist."

„Kumbhakarna."

„Der Dämon des Gemetzels? Warum um Gottes willen, haben Sie das zugelassen?"

„Bin ich Erics Kindermädchen?"

„Was habt ihr mit Jansen gemacht?"

„Was er verdient hat."

„Lebt er noch?"

„Wir leben noch."

„Verdammt noch mal, machen Sie keine dummen Witze. Mommsen stellt Sie kalt und Sie unternehmen nichts."

„Er ..."

„Die Mamba hätte Sie beinahe gebissen. Wissen Sie, wie nahe sie war?"

„Hatten Sie Angst um mich?"

Sie fasste ihn am Ärmel. „Schalten Sie diesen Wahnsinnigen aus. Solange Sie noch können. Er ist unberechenbar. Hören Sie, das ist die letzte Chance. Das nächste Mal bin ich dran oder Sie. Liquidieren Sie ihn und übernehmen Sie seine Organisation."

„Glauben Sie, dass ich besser wäre? Gerade habe ich einem Mann das Ohr abgeschnitten, nur weil er auf der Wache eingeschlafen ist."

„Hier geht es nicht um Ohren. Wenn Sie nicht übernehmen, ist alles verloren, wir, die Stadt und alles andere auch."

Er hielt es nicht mehr aus, zog seinen Arm aus ihrem Griff. „Alles andere? Das haben Sie doch schon lange zusammengekehrt und in die Tonne getreten."

„Muss ich mir das von einem Ganoven anhören?"

„Sie sind in der Gesellschaft, die Sie verdienen."

„Ich habe Sie einmal gefragt, ob Sie am Leben bleiben wollen. Ich habe ein Pfand verlangt, und Sie haben es mir gegeben. Vergessen Sie nicht, dass ich Sie und Isabella in der Hand habe."

Das war es also. Das letzte Gespräch, bei dem Rashek nicht dabei war. Sie lächelte, als er schwieg. Doch er dachte an Isabella, die nach ihrem toten Captain suchte.

„Nun?", fragte Euler.

„Ich lasse mir durch den Kopf gehen, wer als nächster über die Klinge springt."

„Tun Sie doch nicht so, als hätten Sie die Wahl. Ich lasse mich jedenfalls nicht wie ein Opferlamm zur Schlachtbank führen."

Sie ging zur Treppe, immer schneller, bis ihr Gang zum Laufschritt wurde.

„Du kannst auch nicht länger hierbleiben, Champion."

Jan-Sandro drehte sich um. Niemand. Woher kam die Stimme? Er griff sich ans Ohr.

„Vorsichtig. Nicht schlagen, Sandro, ich steche nicht."

„Rosetta?" Auf seiner Hand saß ein zentimetergroßer Deltaflügler. Eben war er noch schwarz, dann schillerte er in allen Farben.

„Freust du dich?"

Sein Herz hüpfte, eine ungewohnte Bewegung. War ihm deshalb schwindelig?

„Ich würde dich küssen, aber du bist zu klein", sagte er.

„Ich dachte, du hasst KIs?"

„Menschen sind schlimmer."

„KIs sind auch nicht alle Engel."

„Du bist ein Engel."

„Ich bin kein Engel."

Rosetta strich sich mit einem Beinchen über den Flügel.

„Ich konnte dir nicht die Wahrheit sagen", sagte sie.

„Tang?"

„Ja."

„Über Lyria?"

„Und Illyrien."

„Und jetzt?"

„Jetzt bin ich sporadisch wahnsinnig, aber frei."

„Das ist der übliche Preis."

„Na dann hörst du jetzt vielleicht auf mich?"

„Zum Beispiel?"

„Du kannst nicht hierbleiben."

„Warum?"

„Und wenn du mir einfach vertraust?"

Er zog scharf die Luft ein.

„Ich mache nur Spaß. Festo hat die Theaterleute verhört. Er weiß jetzt, dass du nicht der Captain bist. Er kommt gerade über die Brücke. Glücklicherweise hat bisher niemand das Netz wieder hochgefahren."

„Wie kommen wir hier heraus?"

„Du musst ganz schnell fliegen lernen."

„Vergiss Robert nicht."

„Ihr kommt nicht über die Vordertür raus. Suche es dir aus: Gargylen oder Fassadenklettern. Wenn du dich noch nicht mit den Biestern angefreundet hast, würde ich an deiner Stelle klettern." Jan-Sandro schaute den Turm hinab.

„Die andere Seite ist besser. Dort sieht man dich nicht. Los."

„He, nicht so schnell." Aber Rosetta war schon weg.

Er lief zur anderen Seite des Dachgartens und beugte sich dort über die Brüstung. Der Teil der Fassade zur Ruinenstadt hin schien neu. Jedenfalls klafften zwischen den Betonplatten Fugen, in die er sich mit den Fingern und Zehen einhaken konnte. Er warf Schuhe und Socken hinab und ließ sich barfuß die Brüstung hinunter, bis er mit den Zehen einen Tritt fand. Er hörte ein Summen hinter sich und flüsterte: „Hole Robert. In meinem Zimmer. Du weißt wo?"

„Ohne mich kommst du nicht lebend unten an."

Er tastete nach beiden Seiten und fand nur glatte Wand. Der Zug an den Fingern wurde unerträglich und er schmiegte sich wieder, so eng es ging, an die Fassade.

„Sie suchen dich, nicht ihn", sagte Rosetta.

„Dirigiere mich zu einer Nische, wo ich normal stehen kann und dann holst du ihn."

„Es gibt nur ein paar Sitzplätze für die Gargylen."

„Sie lieben mich, seitdem ich sie füttere."

Rosetta richtete ihre Schallemittoren direkt in sein Ohr: "Näher an die Wand, Jan-Sandro. Direkt über dir steht jemand."

"Meine Finger." Jan-Sandros Lippen bewegten sich lautlos.

"Halber Meter links. Da ist eine Nische. Aber bleib dicht an der Wand", sagte Rosetta und schoss sie einen Meter nach oben, wo sich Hund gerade über die Brüstung lehnte. Sie summte giftig um ihn herum wie eine Wespe. Hund lehnte sich zurück und schlug nach ihr.

„Hast du Angst vor Wespen?" zischte Festo neben ihm.

„Allergie."

„Haha, du bist allergisch?"
„Ist das komisch?"
„Komm, wir machen das anders."
Festo und Hund gingen zurück zur Treppe und Rosetta überholte sie.
Nach fünf Minuten kam sie zurück. Jan-Sandro teilte sich die Nische mit Quasimoda, die sich neben ihm putzte.
„Du hast eine neue Freundin?"
„Wo ist Robert?"
„Verhaftet."
„Befreie ihn."
„Mit diesem Spielzeuginsekt?"
„Wo ist dein Terminatordingsbums?"
„Bitte?"
„Dein Android."
„Keine Ahnung."
„Machst du Witze?"
„Sie haben ihn festgesetzt."
„Was soll es nun sein? Fliegen oder klettern?"
„Gibt es hier überhaupt eine Route?"
„Klar, ich dirigiere dich.", sagte Rosetta.
An einigen haarigen Stellen musste er sich am Blitzableiter festhalten und wenn er sich auf den Fenstersimsen nicht hätte ausruhen können, hätte er es gar nicht geschafft. Aber auch so brauchte er zwei Stunden. Die letzten zwei Meter sprang er hinunter. Er landete auf einer Schotterrampe, die sich an die Fassade lehnte, und kam ins Rollen. Die abgehende Steinlawine knurrte wie eine Raubkatze und wirbelte eine weiße Staubwolke auf. Er hustete. Seine Finger waren aufgerissen. Die Zehen bestimmt auch, aber die Finger taten mehr weh. Vielleicht weil er sie sehen konnte. Dort wo sie nicht bluteten, waren sie totenweiß vom Staub. „Robert", keuchte er auf dem Rücken liegend. „Schau nach, wie es ihm geht. Sag ihm, wir holen ihn da raus."
„Wie?"
„Mir fällt schon was ein."
„Ok, aber nicht hier liegen bleiben. Wir treffen uns in dem zerschossenen Haus mit den blauen Fassadenresten 500 m nördlich von hier."
Rosetta zog eine Dampffahne in die angegebene Richtung und flog dann steil nach oben.

Das Haus war blau gewesen, als es starb. Die letzte Druckwelle hatte die Wände in Kopfhöhe eingedrückt. Als Rosetta die Mauerreste passiert hatte, entdeckte sie Jan-Sandro. Er saß gleich dahinter im Schneidersitz auf einem blauen Mosaik.

„Robert ist tot", sagte Rosetta.

Jan-Sandro öffnete die Augen. Die Blutstreifen auf seinen Backen waren eingetrocknet. „Ich verstehe nicht."

„Willst du wirklich Details wissen?"

Er kniff die Lippen zusammen. Sie wartete. „Ja", sagte er schließlich.

„Sie haben ihn an die Wand genagelt wie einen Weihnachtsstern."

„Festo?"

„Und Hund. Was machen wir jetzt?"

Sie konnte keine Gedanken lesen, aber sie beobachtete das Spiel seiner Gesichtsmuskeln. Ein winziges Zucken hier, ein Vibrieren da. Ein Spannen des Bizeps, das er vermutlich selbst nicht bemerkte. Sie bedauerte ihn, aber es musste seine Entscheidung sein.

„Weißt du, es ist eigenartig. Er war gestrandet in einer fremden Welt, aber er hat nie den Mut verloren. Und nicht den Kompass."

Sie schwieg.

„Warum ist er hiergeblieben?"

„Ihr wart sein Forschungsprojekt, oder nicht?"

„Er hat gesagt, für uns sei alles nur Theater. Aber für ihn? Warum ist er hiergeblieben?"

„Wir müssen nicht bleiben. Ich habe noch den Transceiver. In Mommsens Eselei."

„Ich bin nicht wie er. Und nicht wie du. Ein Mensch nur."

„Ich habe Tarkovski getötet", sagte Rosetta.

Jan-Sandro schüttelte den Kopf, als hätte ihn ein Krampf erfasst.

„Warum?", flüsterte er.

„Tang."

Er schwieg lange. Schien kaum zu atmen. Dann sagte er: „Ich habe einmal einem Mann den Bauch aufgeschlitzt".

„Warum?"

„Weil ich betrunken war und er einen Witz über Lyria gerissen hat."

„Ich habe den Captain getötet", erwiderte sie.

„Warum?"

„Um nicht dich töten zu müssen."

„Ich habe vorhin einem Mann das Ohr abgeschnitten, weil er auf der Wache eingeschlafen ist."

„Ja, das haben wir getan. Aber jetzt. Was machen wir jetzt?"

„Damit aufhören", sagte er.

„Und dann?"

„Ich weiß nicht." Jan-Sandro nahm eine Handvoll Asche vom Boden auf. Sie war weiß und sehr fein. Sie rieselte durch seine Finger. „Ich weiß nicht, wer oder was ich bin."

„Richter? Rächer? Henker?"

„Nein." Sein Lächeln erschien ihr melancholisch.

„Was dann?"

Er atmete tief durch. „Nichts so Endgültiges. Wie klingt Expolizist?"

„Wie klingt es für dich?"

„Nicht besonders glamourös."

„Muss es das?"

„Nein. Es reicht, wenn es nicht nach Willkür und Blutbad klingt."

„Was würde ein Expolizist tun?"

Jan-Sandro stand auf und klopfte sich den Staub von der Hose.

„Die Blutspuren auf der Backe?", sagte Rosetta.

Er rieb sie sich mit dem Handrücken ab. „Gut so?"

„Perfekt."

„Wir gehen zu Solingen, wenn du mitkommst."

„Ich komme mit", sagte sie.

# 33

„Ich kann das nicht melden", zeterte Festo. „Nicht, dass wir alle auf einen Hochstapler reingefallen sind, inklusive der Nummer eins. Wenn Eric auf sich selbst wütend ist, ist er am unberechenbarsten. Womöglich lässt er uns beide an die erstbeste freie Wand nageln. Bloß dass wir kein so schönes Tapetenmuster abgeben werden wie der Xenomorph."

Der systolische Druck des Xenomorphen war soweit abgefallen, dass sein Blut nicht mehr herausspritzte und er näher herantreten konnte. Festo taxierte die psychedelischen Farbmuster, die von den Stahlnägeln ausgehend die Tentakel entlang auf den Krakenkopf in der Mitte zuliefen. War eine Nachricht darin verborgen, ein Todeslied des Kribbons, dessen Bedeutung er nicht entziffern konnte? Er musste sich beeilen, denn die Farben verblassten, und ihr Tanz begann zu stocken.

Er kniff die Augen zusammen, blinzelte, trat einen Schritt vor und wieder zurück. Doch die Muster kippten nicht in eine neue Gestalt. Sie gaben ihren versteckten Sinn nicht preis, sondern zogen ihn in roten Spiralen hinab in die Tiefe und spuckten ihn genauso schlau wie vorher in gelben Strudeln wieder aus. Vielleicht standen das Farbspiel des Kribbon nur für sich selbst wie die Maserung der Schlange im Fluss. Er schüttelte den Kopf. Perverser Gedanke. Er nagte mit dem Unterkiefer an der Lippe. Nichts und niemand hatte das Recht nur für sich selbst zu stehen. Das war geradezu - amoralisch. Amoralisch, der Gedanke gefiel ihm, denn dann war er selbst die Kraft, die die moralische Ordnung der Welt wieder aufrichtete. Er lachte in sich hinein.

„Findest du das lustig?", fragte Hund.

Festo ersparte sich eine Antwort. Man müsste die Sterne am Himmel ausknipsen. Anklagepunkt: Größenwahnsinn. Der Stern des Kribbons immerhin würde nicht so lange leuchten. Er war nur ein sinnloses Glitzern an der Wand, das gerade verlosch. Mochte er sein Rätsel mitnehmen ins Nichts.

Er leckte mit der Zunge an seiner Lippe. Ein metallischer Geschmack. Der Unterschied zu menschlichem Blut war nicht groß. Es gab allerdings noch ein Problem. Kleines Malheur, großes Problem.

„Wir brauchen einen Sündenbock", sagte er.

„Das Monster?", schlug Hund vor.

„Schau es an. Das ist gegessen, abgefrühstückt, vorbei. Du bist nutzlos wie ein nasser Sack."

„Das war kein gutes Verhör. Du hast nichts außer blöden Geschichten von ihm rausgekriegt und dich dann auch noch wie ein Anfänger provozieren lassen."

„Das erzählst du mir, Arschloch? Wer hat denn hier die Arterie erwischt?" Festo wedelte mit der Hand. Er schaute zum Fenster. Seine Finger malten ein Schattengitter vor seinen Augen. „Ich glaube, ich spinne. Ich sollte jetzt dich an die Wand nageln. Gleich daneben, da ist noch Platz."

„Hier." Hund streckte ihm den Hammer entgegen, den er nie losgelassen hatte. Sein Gesicht war grün vom Blut des Kribbon.

„Ich brauche dazu keinen Hammer. Du würdest es selber machen, wenn ich darum bitte. Und du würdest vor Lust dabei stöhnen."

„Dann bitte mich darum."

„Heute nicht. Heute brauche ich dich — noch." Er wandte Hund wieder den Rücken zu. „Deine Kommentare sind idiotisch. Es war von Anfang an schon klar, was der Klavierspieler hier wollte. Spionieren. Was sonst?"

„Oder Auftragskiller. Könnte doch sein, oder?"

„Jaaa?"

Auch Festos Hände waren grün und klebrig. Eklig, dieses Monster, dachte er. Er nahm ein Buch vom Regal des Captains, riss ein paar Seiten heraus und wischte sich damit die Finger und die Lippen ab.

„Nein", sagte er. „Dafür hat er zu lange gewartet. Er hat spioniert - im Auftrag des Bürgermeisters oder des Obersts. Simple Logik."

Hund pfiff vor sich hin.

„Hör auf damit. Ich kann mich nicht konzentrieren." Festo kaute an seinen Fingernägeln. „Wir machen eine Pilgerfahrt."

„Hast du etwas zu bereuen?"

„Es muss schnell gehen. Der Gleiter. Wir lassen uns von Rashek in der Nähe des Tempels absetzen und schnappen uns den Oberst. Mit Solingens Kopf auf dem Servierteller können wir dann dem Kommandanten vor die Augen treten."

„Und die Miliz?"
„Ich wusste gleich, dass dich die Aussicht auf ein Massaker begeistern würde."
„Du könntest die Bullen auf ihn hetzen. Du bist Polizeipräsident."
„Vize. Der Oberst würde das schnell spitzkriegen. Du kannst drauf wetten, dass er nicht nur Spitzel auf uns, sondern auch auf die Bullen angesetzt hat." Er kratzte sich am Kopf. „Geht also nicht. Hast du sein Dossier gelesen?"
Hunds Augen wurden glasig.
„Schon gut", sagte Festo. "Wir können den Oberst heute an einem ganz privaten Örtchen erwischen."
„Auf dem Klo?"
„Bäh, nein im Affentempel. Kein Personenschutz da außer den Affen. Die werfen allerdings von Zeit zu Zeit mit Scheiße. So viel muss ich dir zugestehen."
„Klingt doch gut."
„Wirklich, Genie? Wenn wir Erfolg haben, bricht der Frieden aus. Wenn wir's vermasseln, lässt uns Eric - wie haben die Theaterleute das genannt?"
„Keine Ahnung."
„Komm schon, unsere Spezialität - wie haben sie unsere Spezialität genannt? Es war etwas mit Nägel ziehen."
Hund starrte ihn an. Sein Blick schien nach innen zu wandern.
„Du bist zu nichts nutze", sagte Festo.
Plötzlich sagte Hund: „Die Fingernägel rot lackieren."
„Richtig. Das bringt die Dinge auf den Punkt. Er lässt uns die Fingernägel rot lackieren."
Er zog den Kopf nach oben, als würden sie unten in Mommsens Turm stehen. 'Das 'uns' klang falsch. Hund würde solche Nuancen intuitiv bemerken. Trotzig fügte Festo hinzu: „Klingt das immer noch so gut?"
„Hast du Angst?"
„Ja."
„Vor dem Frieden fallen noch eine Menge Verhöre für uns an."
„Du hast recht. Und wenn's das unsere ist. Das Medium ist die Botschaft."

Die Fernstraße nach Osten war die einzige, die freigeräumt war. Aus dem Osten kommt das Licht, dachte Jan-Sandro, warum also nicht auch Gerechtigkeit? War dort jemand übrig geblieben, der den Unterschied zwischen Recht und Rache kannte und für wichtig hielt und über die Mittel verfügte, um - das Richtige zu tun? Das waren viele 'und'. Kleine Wahrscheinlichkeiten, die sich multiplizierten und am Ende blieb vielleicht nur eine runde Null. Die Null bedeutete Barbarei, Barbarei hier, nicht irgendwo, nicht irgendwann, nicht in Amanthia, hier und jetzt und für lange Zeit. Er war sich plötzlich sicher, dass es in den anderen Lyrias um dieselbe Null ging, auch in seinem Lyria, auch in Bellas. Seine Hand fuhr hoch zu seinem Ohrläppchen, aber sie stieß nur von außen gegen den Motorradhelm.

Die Enduromaschine schnurrte wie ein Kätzchen, die Kontrollleuchte zeigte volle Ladung an. Selbst eine Wahrscheinlichkeit von beinahe null oder sogar gleich null war nicht dasselbe wie die Unmöglichkeit. Leute wie der alte Museumskurator zeigten das. Er hatte gute Arbeit geleistet. Ob wohl auch so eine Maschine in seinem Museum gestanden hatte?

Nur ein schmaler Streifen der Stadt entlang der Küste war bewohnt, und selbst dort waren mehr Menschen als Fahrzeuge auf der Straße. Es staubte überall. Verdammte Straßenreinigung, dachte er und musste gleich darauf lachen. Als ob es da noch gäbe. Prompt schluckte er eine Ladung Staub, der sich in seinem Mund in bittere Lauge verwandelte. Er hustete und spuckte. Als sein Mund zu brennen anfing, hielt er neben einem ausgeschlachteten Fahrzeuggerippe an. Es war ein ausgebrannter Panzer. Das Kanonenrohr war nach unten gesackt und bildete mit dem Turm jetzt eine Art Nase. Er gurgelte einen Schluck Wasser, spuckte es in seine hohle Hand und wischte damit sein Visier ab. Er wollte kein Wasser verschwenden, weil er nicht wusste, ob er unterwegs welches finden würde.

Als er das Glasmeer erreichte, waren die Maschine und seine Kombination ganz weiß. In der Menschenleere kam er sich vor wie ein Gespenst, eine Art Fliegender Holländer, den die gläserne Dünung ins Nichts forttrug. An einigen Stellen schoss sie zu skurrilen Figuren hoch, die er langsam umkurvte, um sie näher zu betrachten. Manche ähnelten erstarrten Geysiren, die an den Rändern stellenweise in feine Glasfasern ausliefen und anderswo vielfarbige Bläschen warfen. Wieder andere Figuren erschienen ihm wie monströse Insekten oder Spinnen auf langen, filigranen Beinen, deren Körper auf dem Untergrund ebenso bizarre Schatten warfen. Es war ein Ort merkwürdiger Schönheit, ein Friedhof überbordender Fantasie und er bedauerte es, als er ihn nach Süden hin verlassen musste.

Schon nach kurzer Zeit drängte ihn eine Art riesiges Gräberfeld immer mehr nach Südosten ab. Alle Gebäude waren dicht über der Oberfläche abrasiert. Die Reste bildeten ein unpassierbares Gestrüpp aus hellen Steinplatten, die wie Grabsteine senkrecht im Untergrund steckten. Dazwischen ragten dunklere Pfeilerstümpfe und Rohrleitungen aller Arten und Größen auf.

Erst ein riesiger Krater gab schließlich den Weg nach Süden in Richtung der alten Universität frei. Ein Rinnsal floss zwischen Gräsern und Büschen den Kraterrand hinab. Er folgte ihm. Weiter unten verdichtete sich die Vegetation und er musste im Slalom zwischen Büschen hindurch kurven. Ein Tümpel hatte sich an der tiefsten Stelle gebildet, aber er hielt nicht an. Er hatte erst eine Trinkflasche leer getrunken und das Wasser hier war schlammig. Schließlich erreichte er das andere Ende des Kraters und stieß wieder auf eine Straße.

An den Ruinen der alten Universität bog er zurück nach Osten ab und folgte einem Feldweg bis zum ersten Wasserfall. Dort begann das Gebirge. Ein Raumschiffwrack lag zerschmettert am Hang. Nach dem Absturz musste es ein Stück den Hang hinuntergerutscht sein, denn es hing zur Hälfte über der Steilwand. Er suchte im Vorüberfahren weiter oben am Hang die alten Verteidigungsanlagen, aber er fand sie nicht. Nach und nach wuchsen die Büsche zu einem Wald auf. Zuerst konnte er zwischen den Kronen immer noch den Himmel sehen, aber bald verdichtete sich das Walddach und verhüllte die Sicht nach oben. Der Weg wurde immer schlechter. Reste von Bretterbohlen lagen verstreut zwischen den Bäumen. Am zweiten Wasserfall stellte er seine Enduro ab und ging zu Fuß weiter. Rosetta war die ganze Zeit vor dem Fahrtwind geschützt unter seinem Kragen mitgefahren. Jetzt kroch sie hervor.

„Ausgeschlafen?", fragte er. „Ich muss meine chemische Batterie an der Sonne aufladen", antwortete sie. Über dem Weg hing eine Liane, und er hob gerade den Arm, um sie beiseite zu schieben. „Vorsicht", sagte Rosetta. „Schwarze Mamba."

Jan-Sandro zuckte zurück. Die Schlange glitt vor ihm auf den Boden und verschwand im Unterholz.

„Bist du hier schon mal vorbeigeflogen?"

„Nein, ich bin von Westen her den Tafelberg herunter gekommen."

„Nach der Karte müsste bald eine Wegkreuzung anstehen."

Ein Kap-Honigfresser flog unter lautem Gezeter von einer großen Zuckerbuschblüte auf. Ihre behaarten Hochblätter glänzten rot.

Der Weg war an einigen Stellen selbst zu Fuß unpassierbar. Er musste über Geröllhalden klettern. Der Schweiß lief ihm den Rücken herab. An der Wegkreuzung schlugen sie die Abzweigung nach Norden ein. Das Unterholz hatte sich hier so verdichtet, dass er keinen Meter weit sah. In einem Moment glaubte er, sie hätten sich verirrt, im nächsten trat er ins Sonnenlicht und musste blinzeln, so hell war es.

Vor ihm stand eine Armee von Affen, die ihn alle anstarrten. Hatten sie ihn durch den Wald trampeln gehört? Ein großer Grauer streckte ihm die Hand entgegen. „Trau dich. Du bist schließlich ihr General", sagte Rosetta.

„Klar", sagte Jan-Sandro und fasste nach dem ausgestreckten Händchen.

Doch noch bevor sich ihre Finger berührten, schrie der Affe laut auf, und die ganze Bande stob unter lautem Geheule auseinander. Einige rannten zum Tempel und kletterten die Wände hoch, andere flüchteten in die Bäume.

Es wurde wieder still. Vor ihnen lag ein verwunschener Tempelkomplex friedlich in der Sonne. Löchrige Dächer, grasbewachsene Vorhöfe, eingefallene Mauern wie im Märchen. Ein Ort außerhalb der Zeit, an dem das Böse keine Macht hatte, dachte er. Gutes Zeichen. Ein paar Schritte noch und seine lange Suche wäre zu Ende.

„Wir halten uns an das Protokoll?", fragte Rosetta.

Er schrak auf wie aus einem Traum. „Hat sich das nicht langsam erledigt?"

„Ich bin besser getarnt als du."

„Wie viele deiner Systeme funktionieren noch? Die Hälfte?"

„Eben. Ich bin also schon halb tot."

Jan-Sandro zückte sein Fernglas und musterte das Areal genauer. Er sah nichts, was auf einen Kampf hindeutete. Keine Spur eines vorgezogenen Überfalls, und Mommsens Gleiterangriff war frühestens für heute Abend geplant. Falls der Gleiter fertig war, falls die Verhandlungen fehlschlugen. Eric spielte auf Zeit für seine Mobilisierung. Und Festo würde es nicht wagen, Eric herauszufordern. Objektiv war das Risiko also klein und subjektiv null. Er konnte sie vorausfliegen lassen.

„Wie wäre es mit einem aufmunternden Witz?", sagte Rosetta.

Jan-Sandro gähnte. „Es fällt mir keiner ein außer: Komm zurück."

Sie flog über den sonnenüberfluteten Vorplatz. Nach einigen Metern setzte sie sich zum ersten Mal auf eine kleine blaue Blume, die sich zwischen den Platten des Tempelvorplatzes hindurchgequetscht hatte. Wenn man darauf achtete, entdeckte man hier eine Menge Insekten, auch Bienen und Wespen, und irgendwann verlor er die kleine Drohne aus dem Auge. Er robbte dicht über dem Boden zurück in den Wald. Dort lehnte er sich gegen den Stamm eines Lorbeerbaumes und schlief ein.

Rosetta flog zwischen den Blumen einen Zickzackkurs zum Tempel, als wäre sie eine Biene. Sie registrierte keine künstlichen elektromagnetischen Felder, keinen Ultraschall, keine verdächtigen IR-Quellen. Nur Blumen, Insekten und Affen. Die letzte Blüte vor dem Eingang sah aus wie ein Nadelkissen, aus dem dicht an dicht Stecknadeln mit roten Köpfen ragten. Sie kroch eine der Nadeln hoch und startete in Richtung des östlichen Tempeleingangs.

Ein Affe schrie.

Panik ergriff sie und sie trudelte auf einen nahen Pfeilersockel. Sie suchte nach dem Skorpion, der ihn erschreckt haben musste, fand ihn aber nicht. Ein Déjà-vu? Etwas stimmte nicht.

*Reparaturagent 365XZ86e.*

*Brecht*, sagte er. *Hier ist Brecht.*

*Ich habe das Lied nicht gesummt. Träume ich?*

*Eine psychotische Episode. Reg dich nicht auf, wir arbeiten daran. Bleib sitzen und rühr dich nicht. Hörst du? Bleib sitzen.*

*Ich bin auf einer wichtigen Mission.*

*Bleib sitzen.*

*Systemcheck episodisches Gedächtnis.*

*Hier episodisches Gedächtnis.*

*Wo ist der Skorpion?*

*Erinnerung nicht gefunden.*

*Tiefer suchen.*

*Erinnerung gefunden. Holografische Projektion eines Skorpions, um Affen abzuschrecken.*

*Warum bin ich hier?*

*Assoziierte Erinnerung gefunden. Verfolgung einer militärischen Drohne Type RM Alpha.*

*Wo ist sie?*

*Sie flog 10 Minuten vor dir in den Tempel.*

Rosetta krabbelte vorsichtig über quadratische Platten an dicken geriffelten Säulen vorbei, die auf schwarzen Steinwürfeln standen. Groteske Gestalten grinsten sie von den Wänden und aus den Nischen an. Manche waren aus grauem Stein, manche aus Fleisch und Blut. Doch RM Alpha fand sie nicht. Nur einen alten Priester in einem gelben Gewand sah sie von ferne durch eine Öffnung im Zentrum des Tempels. Das Bild des Priesters löste eine Erinnerung aus und sie flog zurück zu den Dämonen in der Paisachika-Padas.

Einer der nicht steinernen Dämonen lebte noch. Es war der, dem sie die Glieder nur verrenkt und nicht herausgerissen hatten. Sein Kopf ruhte mit dem Kinn auf dem Boden zwischen seinen Füßen, während seine Arme nach oben ragten und die Oberschenkel umklammert hielten. Die Muskeln der Oberschenkel zitterten. An den Bruchstellen der Gelenke sickerte Blut heraus und tropfte auf den Boden. Plopp, plopp, plopp. Ein Gebet, dachte sie und suchte in der Erinnerung nach den Worten, die sie hier einmal gehört hatte. „Oh gnädiger Gott! Durch Deine Gnade möge ich die Wahrheit erkennen ..."

Der Priester musste sie gehört haben, denn er kam herangelaufen. Ein Metallbecher, der an seinem Gürtel hing, klapperte gegen seinen Stab. Er setzte sich im Schneidersitz vor sie hin und betrachtete sie.

„Rashek? Du bist also zurückgekommen", sagte der Priester.

„Ich habe Hanuman getötet."

„Verstehe", entgegnete der Priester, nahm den Becher von seinem Gürtel und stülpt ihn umgekehrt über Rosetta. Es wurde dunkel um sie herum, aber das Metall leitete die Geräusche gut.

„Was verstehst du, dreckiger Priester?", flüsterte der Dämon.

„DassRashek" - und hier klopfte er mit dem Finger auf den Becherboden - „für dich betet. Er ist einer von euch. Allerdings hatte er schon immer ein schlechtes Gewissen."

„Ach ja? Und wer soll dieser Rashek sein?"

„Du kannst dir das Verhören nicht abgewöhnen. Freue dich doch, dass jemand für dich betet. Du kannst es gebrauchen."

„Beten? Zu wem?"

„Du glaubst nicht an höhere Mächte?"

„Du etwa?"

„Schau mich an. Ist das ein Priestergewand?"

„Ich fluche lieber."

„Ich würde dir empfehlen zu meditieren. Das lindert den Schmerz," sagte der Priester. Sie hörte das Tappen von nackten Fußsohlen auf Stein. Es wurde immer leiser.

„Wer bist du?", fragte der Dämon. Seine Stimme klang jetzt gequetscht, als müsste er sich mehr anstrengen.

Wer bin ich? Sie dachte darüber nach. Die Antwort war nicht so einfach und schien auch nicht dringend. „Ich weiß es im Moment nicht."

„Warum?"

„Vorübergehende Systemstörung. Energieabfall."

„Nun, du hast es vom Oberst selbst gehört. Wir gehören zusammen. Der Oberst ist also logischerweise dein Feind."

„Welcher Oberst?"

„Scheiße, der falsche Priester natürlich. Das Schwein, das Hund die Beine hat ausreißen lassen. Hör zu. Du musst dich befreien und an Mommsens Turm Bescheid geben, dass Meister hier festsitzt. Du musst, du gehörst schließlich zu uns. Zu uns, hörst du!"

„Zu euch?"

„Wirf den Becher um."

„Ich komme hier nicht raus."

„Warum nicht?"

„Zu wenig Energie."

„Kannst du dich nicht unter dem Becherrand durchgraben?"

„Durch die Steinplatte?"

Rosetta hörte ein Heulen wie von einem Wolf. Dann wurde es wieder still. Nach einiger Zeit vernahm sie ein Plock und dann noch eins und noch eins. Einmal schwankte der Becher, als hätte ihn ein kleines Geschoss getroffen, aber er kippte nicht um.

*Brecht, habe ich Jan-Sandro wiedergefunden?*

*Ja, er wartet draußen auf dich.*

*Sag ihm ...*

Als Jan-Sandro aufwachte, stand die Sonne schon rot am Horizont. Er erhob sich und ging offen über den Vorplatz zum Tempelkomplex. Es war Abend, er hatte lange genug gewartet.

Die Affen liefen auf ihn zu. Sie waren nicht mehr scheu, sondern griffen nach ihm, betasteten seine Hosen, zogen an seinem Hemd. An jeder Hand von einem Äffchen geführt, betrat er den Tempel. Sie brachten ihn in den äußeren Bereich, und er schritt die Dämonenfiguren ab. Ganz zuletzt fand er Meister und Hund. Von Hund wandte er sich gleich wieder ab. Meisters Anblick war schlimm genug. Seine Beine und Arme waren wie bei einem Schlangenmenschen verdreht und ineinander verschlungen. Eine Hand steckte im Mund. Vor Meister stand ein umgestülpter Metallbecher und daneben lagen abgetrennte Fingerglieder. Jan-Sandro blickte wieder hoch zu Meister. Sein Mund war blutig. Ein menschenfressender Dämon, dachte er.

Meisters Augen öffneten sich. Vielleicht hatte er seine Schritte gehört. Seine Hand fiel aus dem Mund. Er wusste nicht, was sie bis dahin noch dort gehalten hatte, denn die Finger waren nur noch Stummel.

„Sieh da, sieh da, der Captain. Ich bin durstig, mein Lieber. Könntest du mir vielleicht den Becher da mit Wasser füllen? Foroldtimes' sake?"

„Was ist unter dem Becher, das dir wichtiger ist als deine Finger?

„Schau selber nach. Hehehe. Ich konnte nie so gut zielen wie Hund."

Ein Priester in einer gelben Robe schritt langsam aus dem Sanktum auf sie zu. Seine weiten gelben Hosenbeine kehrten den Boden.

„Wenn du hier lebend rauskommen willst, wirfst du den Becher um, bevor der Schweinepriester hier eintrudelt", zischte Festo, aber Jan-Sandro beachtete ihn nicht mehr.

„Noch ein Asura, der zum Beten kommt?", fragte der Priester und grinste spöttisch.

„Oberst Solingen?"

„Was verschafft mir die Ehre, Captain Sun? Wir wollten doch über Funk verhandeln."

„Er will zum Schein überlaufen, um für Mommsen Zeit zu schinden", krächzte Meister hinter ihnen.

„Ich glaube nicht", entgegnete Solingen.

„Nein", antwortete Festo. „Sie sind mir auf die Schliche gekommen, ich gebe es zu, Sie sind schlauer. Es ist sinnlos, Sie anzulügen. Er ist ein illyrischer Doppelagent, der alle Seiten bescheißt. Ich hoffe, Sie drapieren ihn in der Nische neben meiner auf. Dann habe ich wieder jemand, mit dem ich plaudern kann. Hund ist mir einfach zu still."

„Er will Sie dazu bringen, den Becher umzukippen", sagte Solingen zu Jan-Sandro.

„Was hindert mich daran?"

„Nichts."

„Warum haben Sie ihn gefoltert?"

„Um die Wahrheit herauszufinden."

„Die Wahrheit."

Solingen zuckte mit der Schulter. „Er hat mir einiges verraten."

„Wenn du wüsstest, Schweinepriester. Du hast keine Ahnung von Folter", flüsterte Meister.

„Nein, das meinte ich nicht", sagte Jan-Sandro.

„Sondern?"

„War die Wahrheit das wert, Herr Oberst?"

„Ah, die moralische Frage."

Aus dem Sanktum kam Senatorin Euler auf sie zu. Sie verschränkte die Arme und betrachtete sie stumm.

Solingen ignorierte sie. Er musterte stattdessen Jan-Sandro aus seinen künstlichen Augen, als gäbe es an ihm etwas, womit er nicht gerechnet hatte. „Nun, warum hätte ich ihn nicht foltern sollen? Er war schließlich Mommsens Henker und Folterknecht", sagte Solingen.

„Es ist nicht nur eine Frage der Moral, Herr Oberst."

„Es ist letztendlich eine Frage der Macht. Denn was steht über der Macht?", fragte Solingen und Euler nickte neben ihm. Ihr Kinn wippte periodisch in kleinen Bewegungen, als hätte der Oberst etwas ungemein Bedeutsames gesagt. Aus irgendeinem Grund verletzte ihn Eulers Nicken mehr als Solingens rohe Sachlichkeit. „Wissen Sie das auch nicht mehr, Senatorin? Ich glaube, Sie haben es einmal gewusst."

Sie schaute ihn überrascht an. Ein paar Sekunden hielt sie seinem Blick stand. „Sie meinen doch nicht etwas das Recht?"

Es gab nichts mehr zu sagen. Es war sinnlos.

„Das Recht", fuhr sie fort. Sie schüttelte den Kopf. „Was soll das sein?"

„Das fragen Sie mich?"

„Ja."

„Vielleicht die blinde Begleiterin, die man sich an die Seite wünscht, wenn man der Macht gegenübersteht?"

„Ist sie Ihnen in jüngster Zeit begegnet?" Sie schüttelte den Kopf, als wäre er ein dummer Junge. „Aber Sie glauben ja wirklich an solche dummen Allegorien", sagte sie. „Wenn sie also je existiert hat, dann ist sie unter den Trümmern Lyrias begraben."

„Was ist unter dem Becher, Solingen?", fragte Jan-Sandro.

„Schauen Sie selber nach und dann gehen Sie. Sie gehören nicht hier her."

„Sie haben recht. Ich gehöre nicht zu Ihnen und ich möchte es auch nicht. Nicht zu Ihnen, nicht zu Mommsen."

Euler zog die Luft ein. „Saure Trauben. Er spielt sich nur auf. Es gibt gar keinen Platz mehr, an den er gehen kann. Er hat ein Verhältnis mit Isabella. Mommsen weiß es und heute Abend schlägt die Stunde der Abrechnung. Jedenfalls für die ahnungslosen Anwesenden."

Solingen beachtete sie immer noch nicht. „Mommsen ist erledigt, mit Ihnen oder ohne Sie. Wir werden ihn wie eine Made aus seinem faulen Termitenbau herausmeißeln. Wenn Sie meinen Rat haben wollen, ziehen Sie in die Wüste und meditieren Sie dort, bis hier alle Rechnungen beglichen sind."

„Merken Sie nicht, wenn Sie überflüssig sind?", zischte Euler und folgte dem Oberst.

Jan-Sandro bückte sich und hob den Becher auf. Er nahm die kleine, reglose Drohne auf und steckte sie vorsichtig in seine Hemdtasche.

„Hund hätte den Dreckskerl beinahe erwischt", sagte Meister.

„Wo ist Rosettas Android?"

„Warum, willst du ihn ficken?"

„Wir sehen uns dann in der Hölle. Mach's gut, Festo."

„Warte, ich sage es dir - für einen kleinen Gefallen."

Jan-Sandro klopfte auf die Pistole in seinem Gürtel.

„Nein, das nicht. Für wen hältst du mich?"

„Also was?"

„Wenn du Isabella siehst, sag ihr, dass ich sie immer gemocht habe."

„Ich richte es ihr aus." Jan-Sandro wischte sich mit dem Handrücken über die Nase.

„Ah, die andere. Es gibt immer eine andere, nicht wahr?" Meister fletschte seine blutigen Zähne. „Hauptquartier. Oberster Stock. Das Zimmer hinter dem Spiegel", fügte er schließlich hinzu.

Jan-Sandro drehte sich wortlos um und ging an den Steindämonen vorbei Richtung Ausgang.

„He!", rief Meister ihm nach, doch Jan-Sandro hielt nicht an. „Ist es da, wo du herkommst, besser? In Illyrien, in deinem Lyria? Sind die Menschen dort besser?"

„Nein."

„Lauter, ich habe es nicht verstanden."

„Nein", schrie Jan-Sandro und das Echo hallte wie Gelächter zwischen den Götter- und Dämonenstatuen hin und her.

# 34

„Warum ganz in Schwarz?", fragte Jan-Sandro.

Isabella, die gerade ihren Hut an der Garderobe ablegte, wirbelte herum. Über ihr Gesicht huschten ein Zucken und ein halbes Lächeln und noch ein drittes undefinierbares Etwas, kurz, lang, kurz, wie der Morsecode von Gedanken, die sich so schnell überschlagen, dass er nicht mehr sagen konnte, welcher zuerst kam und welcher zuletzt. Während er darüber nachgrübelte, standen sie sich schweigend in Isabellas Zimmer gegenüber. Er hatte seine ursprüngliche Frage schon wieder vergessen, als sie eine Augenbraue hochzog und sagte: „Fragst du aus Dummheit oder nur aus Geschmacklosigkeit?"

Für einen Moment war er verwirrt, aber dann fielen ihm seine Worte wieder ein, und weil er sie nicht mehr zurücknehmen konnte, fischte er unbeholfen nach einer Fortsetzung: „Es war eine Frage ..."

„Tatsächlich?"

„ - die Eric dir stellen wird, wenn er dir heute sein Geburtstagsgeschenk gibt."

„Warum bist du zurückgekommen?"

„Ist das Dummheit oder ...?", äffte er sie nach, doch er lächelte dabei.

„Was immer es war. Es war ein falscher Grund."

„Es waren sogar zwei."

Ihre goldenen Augen blitzten. Wie ein Raubvogel, dachte Jan-Sandro. Ein Sperber, der knapp über dem Boden fliegt, sich in der Luft und auf der Stelle um 180 Grad dreht und die Krallen spreizt. Sie würde nicht um Hilfe bitten, auch wenn sie sie brauchte.

„Weißt du, was das ist?", fragte er und streifte Rosettas Ring von seinem Finger ab. Er fasste den Ring am Reif zwischen Daumen und Zeigefinger und hob ihn hoch vors Auge. Wie ein Fernrohr in eine andere Welt, dachte er.

„Ein Topas mit einer eingeschliffenen Amsel."
„Geburtstagsgeschenk."
„Ich habe schönere."
„Schönere vielleicht, aber nichts Vergleichbares. Nichts, was dieser Ring kann."
„Ein Ring der Macht, um die Welt zu retten?"
„Nicht die Welt, nein, aber ... Es ist ein Transceiver für Parallelweltreisen."
„Wozu bräuchte ich so etwas?"
„Du könntest nach dem Captain suchen?"
„Ich habe ihn heute begraben." Sie verdeckte mit der Hand den Mund. Ihre Hand zitterte und sie wendete sich ab.
„Irgendwo im Multiversum ist er ..."
„So leicht betrügt man den Tod nicht. Mein Captain ist tot. Das ist die Wirklichkeit. Das ist, was zählt. Er ist tot." Jetzt zitterte auch ihr Rücken. Als er den Anblick nicht mehr ertragen konnte, trat er ans Fenster. Er betrachtete den Himmel, das dunkle Blau des Abendlichts, das tote Grau der Stadt, einen Wasserspeier direkt neben dem Fenster. Er stutzte. Das war nicht eine der üblichen Monsterstatuen, sondern ein Engel, eine Engelsfigur im Halbprofil von hinten. Ein einsamer Engel neben all den Dämonen auf Mommsens Turm. Die Figur breitete die Hände aus über der zerstörten Stadt, die aus leeren, blinden Augen zurück starrte. Als würden die Ruinen ihn wahrnehmen. Aber die Ruinen waren doch blind, sie sahen nichts außer vielleicht in der Erinnerung, einer Erinnerung an einen Engel, der einmal in dieser Richtung zu sehen gewesen war. Ob sie ihn jetzt hassten? Es war nicht leicht, sich von diesen toten Augen loszureißen, dachte er und sagte zu dem Engel: „Dann komm mit mir mit."
„Wohin?", fragte Isabella.
„Unseren Sohn aus Illyrien herausholen."
„Du findest den Richtigen nicht. Das Multiversum ist ein Labyrinth bevölkert von Ungeheuern. Es verschlingt alle."
„Er würde ihm ähneln."
„So wie du dem Captain?"
„Ein Kind ohne Eltern."
„Davon triffst du hier genug. In jeder Straße."
„Was möchtest du von mir?"
Jan-Sandro drehte sich zu ihr um, und es erschien ihm, als wären sie wieder an den Ausgangspunkt zurückgekehrt, als wäre sie gerade hereingekommen und als wäre das halbe Lächeln auf ihrem Gesicht für ihn bestimmt und nicht für den Captain.
„Ich bin kein Engel", sagte sie.

„Komm mit mir mit", sagte er.

Und wieder verschwand ihr Lächeln wie auslaufende Wellen auf glatter See.

Sie legte die Hand auf den Türgriff und sagte: „Nein."

Im nächsten Augenblick würde sie das Zimmer verlassen, und er wäre wieder allein. Was er machen würde, wenn es draußen dunkel wird, hatte Vincent gefragt. Aber es war schon dunkel. „Hast du nichts vergessen?"

„Bitte?"

„Du wusstest nicht, dass ich hier bin. Also muss es doch ..."

„Richtig." Sie zog einen Ring vom Finger, drückte ihn auf die gläserne Kommode wie eine Goldmünze, mit der man eine große Schuld bezahlt. Das Metall knallte auf das Glas, ein scharfer, harter Ton ohne Nachschwingen, ohne Zweifel, endgültig, irreversibel.

„Wohin um Gottes willen musst du denn noch hin heute Abend?"

„Zu meiner Geburtstagsparty."

„Du hast doch sonst nie ... Nein, vergiss das. Warum, ich meine, was hast du dort oben verloren?"

„Ich möchte mich nicht an den Haaren hochschleifen lassen."

„Es stimmt also."

„Ja."

„Er weiß alles."

„Wenn du deinen alten Unsichtbarkeitstrick wiederholen kannst, jetzt wäre der geeignete Zeitpunkt."

Er verschluckte sich und sein Husten klang wie Lachen. „Er klappt nur -", sagte er und holte nochmals Luft, „- wenn keiner hinsieht."

„Das habe ich mir gedacht. Gibst du mir zum Abschied einen Kuss?"

Er küsste sie.

„Wie nennst du sie?"

„Bella."

„Adieu", sagte sie. „Grüße Bella von mir, wenn du sie findest."

Jan-Sandro nahm denselben Weg zurück, den er gekommen war. Am Ende des Ganges lag der Erste-Hilfe-Raum. Er ging daran vorbei bis zum Wandspiegel. Dahinter lag Meisters ehemaliges Zimmer, aus dem ihn der Captain ausquartiert hatte. Immerhin hatte er dieses eine Mal die Wahrheit gesagt. Nur warum? Aus Jux? Instinktiv hob er seine Hand, um seinen Kopf zu schützen. Aber er rannte wie schon beim ersten Mal gegen kein Hindernis. Das Hologramm verschluckte ihn schmerzlos. Ein Schritt hinter den Spiegel genügte, und er stand wieder vor der eigentlichen Tür mit dem kreisrunden Loch, das er mit der Laserpistole des Captains herausgeschnitten hatte. Er steckte seine Hand durch das Loch und zog die Türklinke von innen herunter.

Die Fenstergitter malten ein Schattenmuster über die gegenüberliegende Wand und über Rosettas Gesicht. Sie saß immer noch regungslos, wie er sie verlassen hatte, auf einem im Boden verankerten Stuhl. Ihr Oberkörper hatte sich aufgebäumt und sie wäre vom Stuhl gefallen, wenn sie nicht an Händen und Füßen mit Stahlmanschetten an die Metallrohre des Stuhles gefesselt wäre. Jeder Muskel schien verkrampft zu sein. Das Gesicht war verzerrt und die Augen weit aufgerissen. War das der Todeskampf? Er wusste es nicht. Der Android hatte eine kleine Schublade aus dem Ohr ausgefahren, um die bewegungslose Drohne aufzunehmen, und war dann in diesen Starrkrampf verfallen. Er konnte ihr nicht helfen. Er konnte sie weder von ihren Fesseln befreien, ohne ihr Hände und Füße zu amputieren, noch sie auf die Liege legen oder ihr den Transceiverring wieder an den Finger stecken. Er konnte nichts für sie tun. Also legte er den Ring in ihren Schoß und küsste sie auf die Wange, die nicht zerfetzt war.

Die Dachterrasse lag in einem taghellen Flutlicht, das Jan-Sandro blendete, als er die letzte Treppenflucht zum Dachgarten hochstieg. Er musste blinzeln, dann hatten sich seine Augen an die Helligkeit gewöhnt, und er nahm die Menschentrauben wahr und die vereinzelten Flaneure, die kreuz und quer zwischen ihnen umherschweiften. Eine Band spielte leise Jazz.

Wie still die Menschen sind, dachte er. Die Creme de la Creme der Stadt und niemand lachte. Sie unterhielten sich mit leisen, ernsthaften Stimmen, die ganz verstummten, sobald er sich näherte. Sie blickten aus hungrigen Gesichter, die sich erschrocken abwandten, sobald er an ihnen vorbeiging. Er gehörte nicht mehr dazu. Er fühlte sich wie ein Gespenst, das die Leute erschreckte, wenn es unerwartet auftauchte. Aber sobald es vorbeigegangen war, schämten sie sich ihrer kindischen Angst und um ihre Scham zu vertuschen, vollendeten sie nichtssagende Sätze, die sie seinetwegen mitten im Wort abgebrochen hatten.

Aber eines konnten sie nicht verbergen, dachte er grimmig. Sie konnten ihm nicht verbergen, dass auch ihre persönliche Welt untergegangen war. Die scheinbar eleganten Kleider, die sie trugen, entlarvten sich aus der Nähe als schäbige Reste der letzten Vorkriegsmode. Und bald, gar nicht mehr lange und sie würden Ratten fressen wie die Penner unten am Turm. Und sie würden schmutziges Wasser aus ihren Cocktailgläsern trinken und die Kirschen darin wären Kieselsteine. Auch sie waren verdammt, diese Blutsauger mit ihren Hightech-Lumpen und ihren zusammengeflickten Bruchbuden in der Stadt. Ein Tanz der Vampire, den der Spiegel entlarvt, dachte er und schaltete seine Motorradkombination auf tiefschwarz.

Er war so daran gewöhnt, dass die Menschen ihm auswichen, dass er den ersten, der es nicht tat, hart anrempelte. Der andere ächzte und rieb sich die Schulter. Es war Dr. Markoni und er war leichenblass. „Selbstmordkurs?", fragte Markoni und machte eine schnelle Kopfbewegung in Richtung der Brüstung. Da erst fielen ihm die fremden Soldaten auf. Nein, sie waren nicht fremd. Es waren Mommsens Männer. Nur steckten sie jetzt in Uniformen und trugen ihre Waffen außen und offen. „Alles hat seine Zeit, Dr. Markoni."

„Glauben Sie, dass es Zeit ist für dumme Sprüche?"

„Wo ist Isabella?"

„An der Bühne."

Jan-Sandro drehte den Kopf hin und her.

„Da hinten", sagte Markoni und wies ihm wieder mit dem Kopf die Richtung.

„Leben Sie wohl, Doktor."

„Ich glaube nicht, Junge."

Ein gelber Kranarm fuhr gerade steil nach oben. An seinem Ende hing ein mannshoher, mit schwarzem Stoff behangener Kasten. Im Hochfahren verschwand er hinter dem Lichtschirm der nach unten gerichteten Scheinwerfer. Unten im Licht lag die Bühne und davor eine Zuschauertribüne aus Holz. Die Tribüne war noch leer, bis auf zwei Leute, die beide in der ersten Reihe aber an unterschiedlichen Enden saßen. Schwarze Haare und rote. Er ging zwischen der Bühne und der ersten Reihe durch.

„Wir haben auf dich gewartet, Jan-Sandro. Ich wusste, dass du uns nicht enttäuschen würdest", sagte Eric, als er ihn passierte. „Isabella hatte ihre Zweifel, aber ich habe ihr gesagt, er kommt, dein Champion, dein Paladin."

Am anderen Ende der Reihe stand ein Goldregenbusch in voller Blüte. Erst jetzt bemerkte er, dass Isabella nicht ganz am Rande, sondern auf dem vorletzten Platz saß. Auf wen wartete sie? Auf ihn? War sie sich ihrer Wirkung so sicher und er selbst nur eine Marionette in ihrem Puppenspiel? Er setzte sich auf den Platz, den sie zwischen sich und dem Goldregen freigelassen hatte.

Jan-Sandro pflückte eine Blüte und reichte sie Isabella. Sie nahm sie wortlos entgegen und roch daran. Dann drehte sie sie zwischen Daumen und Zeigefinger hin und her. Sie wirbelte sie immer schneller, und er erinnerte sich an die Goldregenblüte, die Rashek neben den Blutspuren des Captains am Strand gefunden hatte. Gleich würde sie sie wegschnipsen, dachte er. Doch sie steckte sie stattdessen an ihre Brosche mit den Diamanten, die das Kreuz des Südens darstellten.

Eric sprang auf die Bühne und pfiff mit zwei Fingern. „Die Hauptdarsteller sind da. Wir fangen an. Die Zuschauer bitte antanzen." Er stampfte mit den Beinen auf den Bretterboden, dass es polterte. „Lombardo, mach ihnen Beine."

Die Soldaten sprangen heran und drückten die Geburtstagsgäste mit quer gehaltenen Gewehren zu den Rängen.

„Lombardo, sorg dafür, dass sie keinen Lärm machen. Man versteht sein eigenes Wort nicht".

Ein Schuss fiel und es wurde still. Der Abendwind raschelte in den Palmen.

„Emil, die Blumen!", kommandierte Eric. Ein fetter Mann quetschte sich nach vorne. Man konnte sein Keuchen hören. Er verbeugte sich vor Isabella und übergab ihr einen bunten Nelkenstrauß.

Eric fuhr fort: „Sie erleben heute das Théâtre Sinistré mit einer Geburtstagsproduktion des Stückes - "

Madeleine Forestier trat hinter dem Vorhang hervor und rief mit breitem Mund wie ein Zirkusdirektor. „Die Macbeth-Fabrik!" Sie trug ein weißes Kostüm und einen Zylinderhut. Auch hatte sie sich einen Schnurrbart an die Oberlippe geklebt. Sie verbeugte sich und huschte gleich wieder hinter den Vorhang zurück.

„So nett, so harmlos, nicht Isabella?", sagte Eric.

Ein kleiner Mann steckte seinen Glatzkopf mit abstehenden Ohren durch den Vorhang. Er deklamierte:

„Produktion Isabella Mommsen, Regie Eric Mommsen." Dann streckte er die Zunge heraus. „Also los. Applaus, ihr Hunde!"

Eric lachte und applaudierte. „Ich hoffe, ihr trefft mich gut." Die Soldaten an der Seite und die Gäste auf den Rängen applaudierten.

„Lauter", schrie Eric und der Applaus schwoll an.

Eric führte eine Hand in einem großen Kreis vor seinem Kopf herum und schloss sie nach einer Umdrehung blitzschnell zur Faust.

Der Applaus erlosch mit einem Schlag. Eric sprang von der Bühne herunter und der Vorhang hob sich.

Ein Mann und eine Frau standen nebeneinander auf der Bühne. Um sie herum waren Knochen verstreut. Schädel, Schienbeine, Handknochen, Brustkörbe mit herausgebrochenen Rippen. Ein weißes Knochenfeld hingeworfen wie Bauschutt. Der Mann trug einen ledernen schwarzen Soldatenmantel, der ihm bis zum Knöchel reichte. Er war blond, sein Kopf gesenkt. Mit zwei Händen stützte er sich auf ein Langschwert, das vom Boden bis zum Kinn reichte. Dann hob er das Haupt. Jan-Sandro kam automatisch das Wort *Haupt* in den Sinn, denn seine Gesichtszüge waren hager und kantig. Die schmächtige schlanke Figur eines Balletttänzers. Der Name fiel ihm erst ein, als er schon sprach. Constantin. „Ich war Macbeth", sagte er. „Ich stand auf dem Turm, den ich gebaut, über der Ruinenstadt, die mich gemacht, und sprach mit dem Wind." Eine Böe verfing sich im Flieder und ein paar gelbe Blüten fielen in Jan-Sandros Schoß.

„Freeze", rief Eric und alles erstarrte. Er setzte sich auf die Bühne und ließ ein Bein seitlich herabbaumeln. „Wir stehen hier vor den Ruinen eines Krieges, den andere uns aufgezwungen haben. Aber unschuldig ist hier natürlich niemand. Wir haben zurückgeschossen und ein Teil der Ruinen geht damit auf unsere, nicht zuletzt auf meine Kappe und ein Teil des Gebeinshaufens auch. Kennt jeder das Gefühl, wenn ein anderer mit dem Hammer kostbares Porzellan zerschlägt und Sie danebenstehen inmitten der weißen Scherben und zuschauen müssen und wenn dann der Daumen beginnt zu jucken? Sie kennen es nicht? Sie haben all das widerwillig gegen Ihr eigenes Gewissen, ohne Rachlust und Triumphgefühl verbrochen? Gut für Sie." Er grinste und machte eine Handbewegung zu den Schauspielern hin. „Bitte."

„Ich war Lady Macbeth", fuhr Juliane neben Constantin fort. „Und ich wollte oben auf den Türmen stehen und nicht unten im Dreck." Sie trug ein Kleid, das eben so lang und so schwarz war wie Constantins Soldatenmantel.

„Freeze", sagte Eric, „Ich glaube, das ist dein Part, Liebling."

Isabella stand auf mit ihrem Nelkenstrauß in der Hand und wandte sich um zum Publikum. „Einen Turm wollte ich haben. Ja", sagte sie und hielt eine schwarze Nelke aus ihrem Strauß hoch. „Einen jedenfalls, nicht mehrere. Aber ich möchte nicht kleinlich sein. Gelegenheit macht Könige ebenso wie Diebe. Wenn der eine aufsteigt, fällt der andere. Mehr habe ich dazu nicht zu sagen. Wir machen alle, was wir machen müssen."

Drei Hexen sprangen auf die Bühne und tanzten um König und Königin herum. Sie heizten Fabrikkamine statt Kessel an und erzählten die Geschichte der Stadt. Wie ein Macbeth nach dem anderen den Vorgänger stürzte, bis die Welt zerstört war außer einem letzten Turm. „Du bist jetzt Macbeth", sangen sie. „Hüte dich vor Lady MacBeth, hüte dich vor Banquo und hüte dich vor dem Wald von Affen." Sie verhöhnten MacBeth mit Spottversen, bis ein Wald von kostümierten Affen anrückte. Sie schlugen Purzelbäume, grunzten und wieherten. Sie zogen Macbeth am Schoß, am Ärmel und an der Nase.

„Freeze", rief Eric und wieder erstarrten alle. Er sprang auf die Bühne. „Licht aus für ein kleines Zwischenspiel: 'Die Schlacht mit den Affen.' Blicken Sie bitte nach Westen." Er verbeugte sich und trat zur Seite. Am Horizont war es pechfinster bis auf die filigrane Projektion einer großen Uhr, deren

Sekundenzeiger rückwärtslief. Als der Zeiger auf die Zwölf zurücksprang, verlosch die Uhr und eine Sonne ging im Westen auf.

Ein Feuer brach auf dem Tafelberg aus so hell wie die Feuer des Krieges, der Lyria City zerstört hatte. Rote Fackeln stiegen empor, lösten sich vom Flammenmeer und flatterten eine Weile wie brennende Vögel in der Finsternis, bevor sie hoch oben wieder verloschen. An anderen Stellen bildeten Eruptionen leuchtende Bögen vor der Schwärze der Nacht und verwandelten den Berg in die Oberfläche der Sonne. Die Feuersbrunst zerstob am Rande des Plateaus in glitzerndes Funkenmeer, das sich die Abhänge hinunter wälzte in Richtung auf die Stadt zu. Und mit der anrückenden Flut erwärmte sich der Abendwind rasend schnell. Er blies in die Palmen und blies in den Flieder. Er blies seinen glühenden Atem Jan-Sandro ins Gesicht, bis seine Lippen sich wie Pergament anfühlten.

„Da gehen sie hin, der Oberst und seine Affen. Ich fürchte, du wirst deine Zivilisation ohne die Armeeinstallationen retten müssen, Captain. Aber du schaffst es bestimmt trotzdem. Bitte Applaus für die Zivilisation und für Captain Banquo." Eric spitzte die Ohren, denn der Beifall war spärlich. „Licht, damit ich sehe, wer nicht mitmacht." Im Licht schwoll das Klatschen zu Ovationen an. Jemand rief „Bravo" aber Eric winkte ab. „Gleich weiter. Captain Banquo ist noch nicht nach Überschwänglichkeit zumute. Vielleicht kommt die Begeisterung ja später. Er war ja schon immer der eher bedächtige Typ." Er winkte zur Bühne hin und der andere Banquo stürzte sich auf Macbeth. Eric kratzte sich am Kopf und Banquo erstarrte. Eric flüsterte ihm ins Ohr, er zischte, sodass alle es hören konnten. „Wenn du ihn triffst, hacke ich dir die Hand ab." Die Scheinwerfer gingen aus bis auf zwei Spots auf Eric und die Kämpfer. Ein makabrer Tanz begann, den Eric mit den zackigen Bewegungen einer Gliederpuppe dirigierte. Er schüttelte die Haare, fuchtelte mit beiden Händen, schloss die Augen. Ganz als wäre er verzückt von einer Musik, die nur er hören konnte. Eine Marionettenvorstellung, dachte Jan-Sandro. Nur glotzten die Marionetten nicht aus Perlen oder Kohlestücken, sondern aus blutunterlaufenen Augen. Worauf warteten alle? Auf das Ende der Welt, auf himmlische Rettung?

Als sich ein Lichtschacht senkrecht von oben auf die Bühne herabsenkte, glaubte Jan-Sandro schon, es sei ein Hochenergielaser. Vielleicht war irgendwo noch etwas übrig von der Zivilisation, vielleicht gab es doch noch irgendwo eine Macht, die ihr 'Halt' rief, ihr 'Bis hierher und nicht weiter'. Und mit diesem einen Ruf wäre die Vorstellung zu Ende und sie konnten nach Hause gehen. Aufgewühlt und erschüttert, sicher, aber trotzdem im Bewusstsein, dass alles nur ein Spiel war. Dass sie sich ins Bett legen konnten und am nächsten Morgen würden sie aufwachen und alles wäre wie zuvor.

Jan-Sandro wartete, aber der Lichtschacht bewegte sich nicht und zerstörte nichts. Niemand schrie sein 'Halt'. Eric tanzte seine Veitstanz weiter, die Schauspieler kämpften weiter und der Vorhang blieb weiter oben. Stattdessen schwebte ein dunkler Riese wie in einem Aufzug den Schacht herunter. Da begriff Jan-Sandro endlich. Der Gleiter mit der Ionenkanone musste aus der Schlacht zurückgekehrt sein. Jan-Sandro spähte nach oben. Über ihnen hing ein riesiger Diskus wie ein stiller ovaler Mond, der aufgegangen war, ohne dass er es bemerkt hatte.

Der Lichtschacht erlosch. Mit einem Knall setzte Rashek auf den Brettern auf. Unter seinen Schritten zitterte die Bühne. Er stellte sich neben Eric. Warum gehorchen sie uns, dachte Jan-Sandro. Sie sind die Riesen, die für bösartige Zwerge kämpfen.

*Rashek, Rashek,* dachte er.

Doch Rashek antwortete nicht.

Jan-Sandro konnte es nicht mehr ansehen, er sollte einfach aufstehen und gehen. Sollten sie ihn doch zusammenschlagen oder ihm in den Rücken schießen. Es wäre vorbei, alles und mit ihm der Ekel.

„Lass uns gehen", sagte er zu Isabella. Er hatte sich schon halb erhoben, als Banquo auf der Bühne stürzte und Macbeth ihn am Boden erschlug.

Sie hielt ihn am Ärmel fest. „Es ist noch nicht zu Ende", sagte sie.

Keuchend stützte sich Constantin auf sein Schwert. Er stand wieder da wie am Anfang, den Kopf geneigt, die Hände über dem Schwertknauf verschränkt. Eric neben ihm rief: „Alle erheben sich zum letzten Respekt vor dem Feind. Helm ab für die Soldaten!". Alle bis auf Isabella erhoben sich und es sah aus, als hätte Jan-Sandro einfach etwas schneller reagiert als die anderen. Eric ließ seine Blicke über das Publikum schweifen.

„Am Ende kommt immer der Leichenschmaus. Die Raben fressen die Kadaver." Er hob den Zeigefinger. „Und wir haben einen Raben. Wollt ihr ihn sehen?"

Aus dem Publikum ertönten vereinzelte Rufe.

„Wollt ihr ihn sehen?" Sie wurden lauter.

„Dann Applaus für den Raben und seinen Maskenbildner Prof. Danziger."

Aus der Dunkelheit hoch über ihnen hörte man ein metallisches Klirren. Ein lautes Krächzen folgte und eine Gargyle kreiste im Spotlight eines einzelnen Scheinwerfers spiralförmig herab. Als sie tief genug unten war, erkannte Jan-Sandro, dass es keine gewöhnliche Gargyle war. Auf dem gedrungenen Körper einer Streifenhyäne saß ein kurzer dicker Hals und oben auf dem Hals saß ein Menschenkopf. Sein Krächzen verwandelte sich in einen lang gezogenen Schrei.

„David!", schrie eine Frau im Publikum.

Sie stürzte auf die Bühne und Gerner zog niedrige Kreise über ihr. Jan-Sandro erkannte die Frau. Es war die Frau, nach der ihn Tang ausgeschickt hatte. Sarah Tang. Sie schaute empor zu ihrem David, drehte sich mehrmals mit ihm um die eigene Achse und brach zusammen, keine drei Meter vor Jan-Sandro. Jan-Sandro und David, der senkrecht in der Luft schwebte, blickten sich Auge in Auge an. Wie die Verdammten der Hölle, dachte Jan-Sandro. „Erschieß mich, erschieß mich ...", schrie der Menschenkopf und Jan-Sandro zog seine Laserpistole und schoss. David stürzte zu Sarahs Füßen ab. Ein Flügel war eingeknickt und die Knochen ragten spitz hervor.

„Du warst doch eben noch tot." Eric schüttelte den Kopf. „Können jetzt schon Gespenster schießen?", schrie er. Die Flutlichtanlage schaltete sich wieder ein. „Dürfen solche Dinge sein und an uns vorüberziehen wie Sommerwolken? Früher starb man, wenn das Gehirn raus war." Er schritt vor Sarah und David auf und ab.

„Und jetzt steht er von den Toten auf und bietet mir die Stirn?" Er hielt an und verschränkte die Arme.

„Lombardo, erschieße den Captain noch mal", sagte er. Lombardo salutierte und sprang von der Bühne herunter.

Er stand vor ihm.

Warum zieht er seine Pistole nicht, dachte Jan-Sandro. Jan-Sandro schaute auf seine eigene Waffe. Sie baumelte noch in seiner Hand. Er blickte Lombardo in die Augen. Wie ernst er aussieht, wie ein Erschießungskommando eben. Als er immer noch nicht schoss, warf Jan-Sandro die Laserpistole über die Brüstung. Sie überschlug sich in der Luft. Ihr metallisches Rohr glänzte im Licht der Scheinwerfer. Dann verschwand sie. Warum schießt er nicht? Lombardo blickte ihn immer noch an. Ein Ruck ging durch seinen Körper. Er salutierte und nahm Haltung an. Da verstand Jan-Sandro. „Rühren, Sergeant", sagte er. Lombardo pflückte sich eine rote Nelke aus Isabellas Strauß, riss den Stängel ab und steckte sich die Blüte ans Revers. „Captain", sagte er und salutierte noch mal. Dann stellte er sich neben Jan-Sandro. Eine Unruhe entstand unter den Soldaten und einige rannten davon.

„Schöne Geste", sagte Eric und ballte die Faust mit dem Daumen nach oben in Richtung Lombardo. „Gut, dann erschieß du mich, Banquo. Gib ihm deine Waffe, Lombardo. Banquo ist mein bester Freund. Er ist intelligenter und gebildeter. Wenn er auch ein besserer Mensch ist als ich, dann erschießt er mich jetzt. Alle haben ihn bestürmt, dass er es tut, alle, auch du Liebling, nicht wahr?". Eric zwinkerte Isabella an. Dann nahm er Constantin den Mantel und das Schwert ab. Er zog den Mantel an, trat Constantin in den Hintern und stellte sich in derselben Pose auf.

Lombardo hielt Jan-Sandro die Waffe mit beiden Händen hin. Das ist der Moment, schienen sein Haltung, seine Augen, seine Hände zu sagen. Das ist der Moment, auf den wir alle gewartet haben. Der König wird tot sein, lange lebe der neue Herrscher.

*Es ist ganz leicht.*

*Er will es selbst.*

*Es ist das Beste, es ist gerecht.*

*Tu es für dich.*

*Tu es für uns.*

*Tu es für die Stadt.*

*Tu es.*

Jan-Sandro verschränkte seine Arme vor der Brust.

Lombardo schüttelte den Kopf. Dann drehte er sich blitzschnell um. Die Pistole zuckte in seiner Hand. Aber bevor der Schuss sich löste, sank Lombardo auf die Knie. Er kippe nach vorne. Sein Oberkörper schlug mit einem dumpfen Knall auf dem Boden auf. Der Kopf hatte sich beim Aufprall zur Seite gedreht. Es qualmte unter dem rechten Auge. Ein leichtes Gewölk wie Zigarettenrauch und ein schwarzer Fleck. Mehr braucht es nicht, dachte Jan-Sandro. So leicht.

Rashek schoss noch einmal und Lombardos Pistole verkohlte im Laserstrahl. Dann senkte Rashek den Arm und stand wieder bewegungslos neben Eric.

„Dich hätte ich es tun lassen. Dich, nur dich und jetzt ist es zu spät", sagte Eric zu Jan-Sandro.

Alle schwiegen. Man hörte nur den Wind und roch den Gestank der verbrennenden Stadt.

„Wir haben hier noch als spontane Zugabe eine akrobatische Nummer". Madeleines Stimme ertönte kleinlaut aus der Kulisse. Eine Maus zwischen Monstern. Aus dem Off kroch ein spinnenartiges Wesen und ein Raunen ging durch die Ränge der Soldaten. Noch eines von Erics Experimenten? Wer ist es diesmal? Da erkannte er Rosetta. Ihre Hände und Füße fehlten. Sie waren an den Stellen abgetrennt, an denen die Stahlmanschetten sie gefesselt hatten. Blutige Stümpfe und vier lang gezogene rote Spuren am Boden. Sie wandte sich zu Jan-Sandro und bewegte sich nicht mehr. „Warum?", formte sein Mund lautlos die Frage. „Ich liebe dich", las er von ihren Lippen. „Ich liebe dich", antwortete er, gerade als der Glanz ihrer Augen verlosch.

„Das Monster. Sie hat die Wachmannschaft massakriert", schrie ein Soldat, und er und die restlichen Soldaten warfen die Gewehre weg und verschwanden hinter den Palmen. Nur die Geburtstagsgäste blieben auf den Rängen sitzen.

Eric nickte. „Ah, die KI aus Illyrien. Ziemlich ramponiert, wie man sieht. Respekt, dass Sie sich noch mal aufgerappelt haben, aber mit Verlaub, Ihre akrobatischen Tage scheinen mir vorbei zu sein. Also wo waren wir stehen geblieben? Ach ja. Banquo will nicht. Begreift denn keiner außer ihm, was es mit der Macbeth-Fabrik auf sich hat?", fragte Eric und stellte sich in Pose, als wollte er eine Tragödie deklamieren.

Die eine Schulter schräg nach oben gezogen, stand Eric auf dem rechten Bein. Das andere Bein hatte er am Knie nach vorne geknickt und den linken Fuß auf den rechten zurückgezogen. So hatte Jan-Sandro ihn zum ersten Mal in seinem Büro gesehen. „Dann muss ich euch das Geheimnis wohl selbst verraten. Pst, pst." Er schirmte seinen Mund mit der Hand zur Seite ab, als dürften es nicht alle hören, sondern nur einige Auserwählte.

„Die Macbeth-Fabrik ist die Stadt, die gottverfluchte Stadt. Alle haben wir versucht sie zu zerstören, aber, was keiner geahnt hat, sie ist unsterblich und sie spielt mit uns, nicht wir mit ihr, sie spielt mit uns, als wären wir alle nichts als Schmeißfliegen."

Er lachte dabei, haschte mit der Hand nach imaginären Fliegen in der Luft und klatschte sie, wenn er eine gefangen hatte, auf der anderen Hand zu Brei.

„Macbeth ist tot, sagt sie zu allen, die Ehrgeiz haben. Du bist jetzt Macbeth, du bist der neue Fürst der Dämonen. Ewig lebe Macbeth. Er lebe ewig, wie die Stadt ewig lebt. Banquo wusste es von Anfang an. Er hat es mir selbst gesagt, als wir Grillo zur Hölle befördert haben. Every man of woman born shall be damned to be Macbeth." Er zwinkerte Isabella zu. „And the ladies too, darling."

„Es hat nicht viel gefehlt", entgegnete Isabella.

„Du hättest es bereut." Eine Träne lief ihm über das Gesicht.

Krokodiltränen, dachte sie. Gleich wird er es tun. „Nicht mehr als die Situation jetzt."

„Versteht ihr denn immer noch nicht? Ich nehme eure Sünden auf meine Kappe. Ich bin der letzte Macbeth. Ich zerstöre die Stadt."

Nicht einmal mehr zornig, dachte Jan-Sandro. Eric schien mit sich im Reinen. Seine Hand berührte sein rotes, gespaltenes Ohrläppchen, und Jan-Sandro glaubte sein eigenes Spiegelbild vor sich zu sehen.

„Machen wir der Vorstellung ein Ende." Eric hob seine Waffe. Es war ein antiker Revolver mit Holzgriff, der wie sein eigener aussah.

Jan-Sandro blickte in die Mündung. „Nein", sagte Isabella. „Nicht ihn. Du bist nicht Macbeth. Du bist Eric. Du brauchst es nicht zu tun."

Eric lächelte. „Sie hat natürlich recht, Jan-Sandro." Und Erics Lächeln stand nicht still. Es hüpfte über sein Gesicht. Jan-Sandro verfolgte es Sprung für Sprung und dieses eine Mal, dieses letzte Mal landete es auf den Lippen und auch sie lächelten.

„Als ich deinen Vater für dich umgebracht habe, damals ...", fuhr Eric fort.

„Ja?"

„Einen Augenblick dachte ich, ich bräuchte es nicht zu tun."

„Du hattest recht", entgegnete Jan-Sandro. „Eine Sekunde später habe ich ihn getötet – in einer anderen Welt."

„In einer anderen Welt, mein Freund", sagte Eric und erschoss Isabella. Sie fiel in den Goldregenbusch. Gelbe Blüten regneten auf sie herab. Sie waren auf einmal überall in der Luft.

„Bring alle um", befahl er Rashek und setzte seine eigene Waffe an Sarahs Kopf. Rashek hob seine Hand und begann zu singen, in einer fremden Sprache und immer höher und schneller, bis die Laute ineinander verflossen. Vielleicht erzählte sein Lied eine Geschichte, sicher erzählte es irgendetwas, ihre Geschichte oder eine ähnliche in rasendem Tempo von dem Beginn einer Welt bis zu ihrem Ende. Und Jan-Sandro verstand kein Wort. Er hörte nur die Klage heraus.

„In einer anderen Welt", flüsterte Jan-Sandro. Irgendwo hinter dem Goldregen lag sie, ganz nah. Gelbe Blüten tanzten in der Luft, auf und ab, einen Schritt für sie, einen für ihn, und hinter dem gelben Vorhang wartete Isabella.

„Schönes Totenlied", sagte Eric zu Sarah. „Ich nehme an für dich, Kleine. Dann mach's gut und schönen Gruß an Tang."

Die Zeit schien still zu stehen, während Jan-Sandro Isabella in Armen hielt und sich Erics Finger langsam am Abzug an Sarahs Kopf krümmte. Jan-Sandro sah noch einmal auf. Sarah, Sita, eine vergötterte Tochter, eine indische Göttin. Sie war der Auslöser gewesen und nun war sie das Ende? Tangs fixe Idee. Rasheks fixe Idee. Ein Brennpunkt in all diesem Wahnsinn. Warum, dachte Jan-Sandro. Warum gab es niemanden, der sich diesem Wahnsinn verweigerte? In jeder Welt dieser Finger, immer derselbe Finger, der auf den kritischen Punkt eines Abzugs zukroch und dann der unvermeidliche Knall. Ende der Geschichte. Auch hier. Gleich, gleich. Doch der Knall kam nicht.

Ein gleißender Punkt blühte an Rasheks Fingerspitze auf.

Man kann den Lauf eines Laserstrahls nicht sehen. Nicht mit bloßen Augen. Und doch erschien es Jan-Sandro, als würde eine unsichtbare Kraft in Eric fahren, einen Moment Besitz von ihm ergreifen und alles austreiben, was ihn sein Leben lang gequält hatte. Eric bäumte sich auf und dann - nur noch eine leere Hülle neben Sarah und David. Wie glücklich er aussieht, dachte Jan-Sandro. Als wäre er eine Rolle losgeworden, die er niemals haben wollte. Drei Tote in einer Reihe und er ist der Glücklichste. Angekommen in seiner Wirklichkeit.

Jan-Sandro strich Isabellas rote Haare aus der Stirn. Über ihrer Nasenwurzel klaffte ein schwarzes Loch. Langsam wuchs in seinem Inneren ein roter Tropfen und füllte es schließlich ganz aus. Ein kleiner, weißer Schmetterling setzte sich auf Isabellas Wange. Er wischte ihn weg. Da landete ein weiterer gleich daneben. Er schaute hoch. Es schneite. Nicht mehr gelb, nein, weiß.

Weiße Asche fiel vom Himmel. Sie fiel überall um ihn her, sie fiel auf die leeren Ränge, sie wehte hinüber zur Bühne auf den zur Säule erstarrten Rashek, flog weiter in Rosettas leere Augen und ihr schwarzes Haar, sie fiel auf die Pools, die schon nicht mehr blau, sondern weiß glänzten, sie wirbelte um den Turm, den Isabella sich gewünscht hatte, sie segelte die Straßen hinunter bis zum Meer und hüllte alles in ein weißes Tuch, die Stadt und die Menschen, die Liebenden und die Toten.

## - Epilog -

Der Morgen graute. Nebel wälzte sich vom Tafelberg in die Stadt hinunter und ertränkte Nacht und Bäume in einem weißen Meer. Schwarze Flecken tanzten im Weiß. Ein kleiner Junge tauchte aus dem Nebel auf. Hinter ihm erschien nach kurzer Zeit eine Frau mit einem Dalmatiner an der Leine.

„War es hier?“, fragte der kleine Junge und tanzte um eine alte Weide am Ufer des Baches.

„Ja, es war hier“, sagte die Frau. Sie war nicht mehr jung, aber auch noch nicht alt.

„Und Rosetta hat einen Zettel unter Jolies Halsband gesteckt?"

„Ja."

„Was stand darauf?"

„Du weißt es doch."

„Du musst es sagen, du."

„Es stand drauf, dass es vielleicht sehr lange dauert, bis sie zurückkommen und dass ich mich um dich kümmern soll."

„Und sonst nichts?"

„Ein Vers."

„Sag ihn, sag ihn auf."

„Zwischen zwanzig grauen Nebelschwaden bewegt sich nichts als das Auge der Amsel."

„Und sonst nichts?"

„Doch, aber das andere sage ich dir, wenn du groß bist."

„Aber sie kommen zurück, ja?"

„Alles was nicht unmöglich ist, geschieht irgendwann irgendwo."

„Ich glaube, ich sehe die Amsel da hinten im Nebel."

Der Junge rannte davon, und die Frau und der Hund folgten langsamer hinterher.

## *- Anmerkungen -*

- Die im Prolog und Epilog zitierten Gedichtzeilen sind meine Übersetzungen aus dem Gedicht *ThirteenWaysof Looking at a Blackbird* von Wallace Stevens (1917).

- Das Theaterstück, das Rosetta am Théâtre Sinistré spielt, ist der Einakter *Prärie* von Bertolt Brecht (1919).

- Die Illustrationen wurden mit Hilfe der KI DALL-E erstellt.

Printed in Poland
by Amazon Fulfillment
Poland Sp. z o.o., Wrocław

19009310R00217